中国翻译家译丛

潘家洵 译

易卜生戏剧

Henrik Ibsens dramaer

［挪威］ 易卜生 ◎ 著
潘家洵 ◎ 译

人民文学出版社

Henrik Ibsen
HENRIK IBSENS DRAMAER

图书在版编目(CIP)数据

潘家洵译易卜生戏剧/(挪)易卜生著;潘家洵译 —北京:人民文学出版社,2013(2019.12重印)
(中国翻译家译丛)
ISBN 978-7-02-009767-8

Ⅰ.①潘… Ⅱ.①易…②潘… Ⅲ.①戏剧文学—剧本—作品集—挪威—近代 Ⅳ.①I533.34

中国版本图书馆 CIP 数据核字(2013)第 047389 号

选题策划　欧阳韬
责任编辑　张福生
责任印制　任　祎

出版发行　人民文学出版社
社　　址　北京市朝内大街 166 号
邮政编码　100705
网　　址　http://www.rw-cn.com

印　　刷　北京盛通印刷股份有限公司
经　　销　全国新华书店等

字　　数　561 千字
开　　本　710 毫米×1000 毫米　1/16
印　　张　37.5　插页 3
印　　数　11001—14000
版　　次　2015 年 4 月北京第 1 版
印　　次　2019 年 12 月第 3 次印刷

书　　号　978-7-02-009767-8
定　　价　76.00 元

如有印装质量问题,请与本社图书销售中心调换。电话:010-65233595

出 版 说 明

　　人民文学出版社自一九五一年建社以来，出版了很多著名翻译家的优秀译作。这些翻译家学贯中西，才气纵横。他们苦心孤诣，以不倦的译笔为几代读者提供了丰厚的精神食粮，堪当后学楷模。然时下，译界译者、译作之多虽前所未有，却难觅精品、大家。为缅怀名家们对中华文化所做出的巨大贡献，展示他们的严谨学风和卓越成就，更为激浊扬清，在文学翻译领域树一面正色之旗，人民文学出版社决定携手中国翻译协会出版"中国翻译家译丛"，精选杰出文学翻译家的代表译作，每人一种，分辑出版。

人民文学出版社编辑部
二〇一四年十月

"中国翻译家译丛"顾问委员会

主　任

李肇星

顾　问

（按姓氏笔画排序）

于友先　卢永福　孙绳武　任吉生　刘习良

李肇星　陈众议　肖丽媛　桂晓风　黄友义

目 录

前言 ··· *1*

青年同盟 ······································· *1*

社会支柱 ······································· *105*

玩偶之家 ······································· *191*

群鬼 ··· *263*

人民公敌 ······································· *325*

野鸭 ··· *409*

罗斯莫庄 ······································· *505*

前　言

这个新选本是从我国杰出的戏剧翻译家潘家洵移译的19世纪挪威作家易卜生(1828—1906)十八部剧作中精选出来的,入选的剧本包括《青年同盟》、《社会支柱》、《玩偶之家》、《群鬼》、《人民公敌》、《野鸭》、《罗斯莫庄》,共七部。这本选集作为"中国翻译家译丛"的优秀成果之一,新装问世,无疑适应了中挪戏剧文学会通并连接中外文化交流与时俱进的需要,对强化易卜生在中国的百年际遇乃至其戏剧"四重奏"(翻译、研究、演出、教学)的感染动力和审美意义,大有裨益。与此同时,各界读者均可从而理解跨语际、跨文化的翻译所起的重要中介作用。中国人民懂得易卜生,中国人民需要易卜生。易卜生走过了从民族抒情诗人到"现代戏剧之父"的光辉道路,被人们誉为世界戏剧史上的罗马和"伟大的问号"。这位使人类永远又惊又喜的文化巨人的二十五部戏剧(不包括有争议的《圣约翰之夜》),还有丰富的诗歌、书信、演讲和文艺论文等,已融合为一部翔实而生动的"巨人传"。理所当然,作家的戏剧文学创作是"巨人传"里的"重中之重"。可以认同如此意见:尽管易卜生仅在《培尔·金特》和《海上夫人》两剧中提及中国,但他在世界文学史上却是对中国影响最深远、与中国瓜葛切实的作家。素有"中国话剧之父"美称的易卜生,依当下不少中国作家、学者、艺术家和广大读者之见,他在日益发展的世界戏剧史上的意义和地位,实际上超过了英国文艺复兴时期的"文化巨人"莎士比亚。

作为现代戏剧大师的易卜生,一反当时欧洲流行的情节结构巧合而内容空洞贫乏乃至矫揉造作的伪浪漫诗剧,积极发扬并拓展现实主义传统精神(寓理想于反映现实的描写之中),藉此与他生活创作时代的多种文艺表现手法交流会通。剧作家通过人民大众喜闻乐见的鲜活感人的形式,把社会问题和舞台艺术结合起来了。他的社会问题剧以提出尖锐的社会问题为戏剧的冲突中心，抓住典型人物和典型事件解剖社会，其结尾虽不直接作出结论，却能激发广大观众思考，探索问题。这些戏剧布局越平凡越能引起观众的兴趣，戏剧和讨论合而为一，观众和剧中人物合而为一，观众自己的事和剧中情节合而为一，达到思想内容和戏剧性的有机统一。剧作家的争论性的戏剧构思，使故事情节更加丰富多彩，使形象的"辩词"和警句更加精辟锋利。肖伯纳曾经指出，使戏剧性、抒情性和那渗透了动作的"讨论方式"结合起来，是易卜生戏剧"新技巧"的精华。

这部集子选收的七部剧作，无论思想意识或艺术表现，均有承前而超前，启后而提升的功能。所谓"前"，意指剧作家创作前期的民族浪漫主义作品（1850—1868）；所谓"后"，意指剧作家后期哲学心理象征主义作品（1884—1890）。易卜生戏剧创作中期（1869—1883）以五部现实主义社会问题剧为主体，在这本选集中已全部收入，其余两部剧作诞生于创作后期之初。而读解如此七部剧作时，务须紧密链接其与前后剧作的互动关系，尤其重要的是：切勿忘却剧作家反复强调他关注"人"而写"人"（"我的任务一直是描写人类"）。这些戏剧作为审美"人学"，早已参与中华民族文化意识的建构和发展，其中有的剧本通过"四重奏"，在中国流传和接受已逾百年。这里的七部剧作可分为两组解读。一组包括《青年同盟》、《社会支柱》、《玩偶之家》、《群鬼》和《人民公敌》五部，其中《玩偶之家》和《群鬼》取材家庭生活，而《青年同盟》、《社会支柱》和《人民公敌》则取材于政治生活；但功效一致，从不同视角的题材提出当时诸多尖锐的社会问题，而且寓有启迪后世的深意。《玩偶之家》、《人民公敌》这一类戏剧，堪称易卜生社会问题剧的代表作，无论思想意识指向，还是艺术技巧表达，均可作为其范本。另一组剧作包括《野鸭》和《罗斯莫庄》，两部剧作虽然归属易卜生后期创作，充分采用了象征手法，表现深层人生哲理探讨，却又与前期、中期戏剧有千丝万缕的外在联系和内在因缘，为此，讲解两剧文本时，不可忽视其在戏剧思维和艺术方法方面的双重承上启下作用。

所选七部剧作按发表先后排列，而剧作家在其写作期间的思维活动与采用的艺术手法常处于复杂态势。如此特性在交织写作《青年同盟》（1868—1869）和下一部戏剧即哲学历史剧《皇帝与加利利人》（1866—1873）的创作过程中显现出来了。前者是剧作家在德国用散文写的，异于此前的第一个现实主义社会问题剧，而后者虽然仍为散文体，但其人物与情节均有浓重的混合着浪漫主义、象征主义的描写，同时曲折地表达了剧作家真实的人生信仰和社会改革的理想。剧作家笔下的《青年同盟》在戏剧艺术表现方法和提升艺术效果方面,确实适应了新时代的需求。此剧在挪威首都剧院两次上演时(1969年10月8日—9日),因剧中人物与情节讽刺了冒牌的自由党政客而引起轩然大波,自由党人表示愤怒,保守派有人自鸣得意,也有人不很满意,还有不少类似变色龙的人,认为这出喜剧的人和事影响了自己,很不满意。该剧的两次演出都使剧院热闹非凡,喜剧发展为闹剧。这说明《青年同盟》的演出产生了强烈的社会反响。其实,《青年同盟》在以现实主义描写为主导的同时,仍有浪漫的激情乃至浪漫的象征画面。还是美国著名剧评家、导演哈罗德·克勒曼说得好:"史丹斯戈是个小人物型的培尔·金特——这就是说他是没有培尔·金特的那种羽饰、魅力与深度的培尔·金特。"此剧为了适应新时代的舞台要求,采用了大量的现代口语或旁白。有人认为此剧有散文"尝试之作"的缺陷,枯燥议论多,群众形象抽象,此言不无道理。但此剧和剧作家过去的剧作比较,仍然采用了不少传统戏剧的艺术技巧,如误投的信件、被偷听的谈话等;在戏剧中,政客们确实为好高骛远的幻想说了一堆空话,不过剧作家对这里的一些流行的政治见解予以讽刺性漫画化,都不乏感人的艺术魅力。如此这般纵横交错的艺术方法的特色创作,比同期的剧本有显著的进展。《青年同盟》问世八年后,《社会支柱》出版了(1877),剧作家在这里再接再厉地抨击时政和伪君子。

《社会支柱》一剧中的主人公博尼克确有其人,似以格利姆斯达城的奠基人摩登·皮德生为原型,剧作家在格利姆斯达当药店学徒时见过此人的坟墓,熟悉他成为"社会栋梁"的传说。易卜生经过长期的酝酿,使这一生活原型艺术化,成为具有高度艺术概括性的典型人物。作为社会活动家的博尼克,被人们认为是道德高尚的坚实的"社会支柱"。其实,他是一个唯利是图,不管别人死活的船老板,一个骗子、伪君子、犯罪分子。由这样腐朽的"柱子"支撑的腐朽社会,还能维持多久?其结论自然是不言而喻的。剧作家还通过正面人物楼纳、棣纳和约翰提出说真话、不撒谎、不吹牛、冲破传统束缚、求索自由之路的主张,把"真理的精神和自由的精神"当做真正可靠的"社会支柱"。在这里,易卜生向那些顽固守旧势力和伪装进步的"自由主义者"发动了猛烈的进攻,因而受到左右两方面反对派的夹击。这个剧本问世时,也许各大剧院对《青年同盟》演出的风波记忆犹新,没有把它搬上舞台。1877年11月,《社会支柱》在丹麦首都哥本哈根首次演出,翌年春天,又在德国首都柏林各大剧院演出,颇受观众欢迎。国外评论界对这出戏提出的社会问题很关注,予以充分肯定和赞扬。虚伪的"社会支柱"必然危害社会,这些东西不仅在挪威,而且在其他欧洲国家也是存在的。关于这出戏的"皆大欢喜"的结局评论界的意见并不一致。有人赞成博尼克的"人性复归",同意剧作家让他通过忏悔,重新做人。也有人不同意这样的处理,认为这样的处理不符合人物发展的自然逻辑,甚至削弱了戏剧所提出的社会问题的批判意义。易卜生虽然口头上不承认《社会支柱》的结局存在不切合实际的幻想的弱点,却在日后社会问题剧中尽力回避类似的描写。尤其是在作为社会问题剧代表作的《玩偶之家》中,比较而言,戏剧结局比《社会支柱》的戏剧结局要自然得多。

《人民公敌》(1882)则从另一角度,更加直接揭批资产阶级社会的弊病。《人民公敌》的创作机遇,与《玩偶之家》、《群鬼》的出版以及演出中的风波有密切关系。这两部"家庭悲剧"触及严重的"妇女向何处去"的社会问题,号召妇女不当旧礼教和男权的牺牲品,提倡妇女解放,大大地激怒了资产阶级"正人君子"。有人漫骂易卜生是"人民公敌",他对此感到非常愤恨,于是用《人民公敌》这出戏反击敌人的进攻。《人民公敌》的剧名和《社会支柱》(连同《青年同盟》)的剧名一样,饱含着辛辣的讽刺,资产阶级恶棍、骗子、刑事犯,"造船厂老板"卡斯腾·博尼克,被人们尊称为"社会支柱";而真心实意为群众服务的医生斯多克芒,只落得戴上"人民公敌"黑帽的下场。在《人民公敌》这出充满悲愤情绪的五幕"喜剧"里,剧作家为读者和观众画出一个挪威外省的社会生活风貌。在资本主义社会中,始终不渝地追求真理和资产阶级伪善欺诈的冲突主题,借艺术化的辩论形式,得到了充分的开展。这部戏剧把深刻的思想内容和生动、丰富的情节较好地融合起来,戏剧感非常强烈,人物描写令人信服。剧作家再一次收到了运用讨论问题的方式反映社会生活而又不落入说教窠臼的良好效果。

斯多克芒是挪威南部临海某城市温泉浴池的医官,为人正直勇敢、慷慨大方,坚持真理,忠于科学。从社会阶层上讲,他是挪威"自由农民之子",有自己独立个性。从道德上讲,他是易卜生理想的小资产阶级知识分子,敢于和社会上的坏人坏事作斗争。不过,他的斗争历程只是从个人抗议与精神反叛开始,到幻想的道德教育结束。

上文提及的《玩偶之家》和《群鬼》是易卜生取材于"家庭生活"的戏剧,亦即选集中第一组剧作中的另一类型。家庭是社会的必然组成部分,家庭问题实际上是社会问题。在这一方面，《玩偶之家》（1879）颇有典范意义。这出三幕剧通过一对夫妻（娜拉和海尔茂）从虚伪的"和谐"到尖锐对立的故事，探讨资产阶级婚姻问题和伦理道德问题，提出资产阶级社会问题，暴露了男权社会与妇女解放之间的矛盾冲突。《玩偶之家》和当时西欧常见的戏剧创作不同，它不像资产阶级观众盼望的那样，按照他们的观点与要求，预先设置一些不合情理的冲突，最后来一个感伤的结束。它也不同于易卜生早期和后期的一些戏剧，把关于现实的反映尽力融化在浪漫幻化或象征寓意的哲学概括里（尽管两者并不绝缘）。《玩偶之家》是一部批判现实主义的散文剧，剧情使人惊悸不安，好像投进资本主义世界的一颗重磅炸弹。为了使这颗重磅炸弹发挥更大威力，易卜生灵巧地运用了"回溯法"，在"面临危机"时开幕，使回溯的危机和剧情的本身结合得自然，合乎逻辑，同样深刻。《玩偶之家》不仅在故事的结尾处开始，而且对于幕前的情节，也不集中在第一幕中交代，而是在全剧进行中分散地予以说明，这不仅打破了当时的旧公式，同时也打破了整个浪漫派的传统基调。女主人公娜拉满怀浪漫的生活激情，在严酷的现实中看清楚了海尔茂的可憎面目（阴阳脸），十分厌弃"玩偶之家"，终于大门在她身后"砰"的一声关上了。娜拉要走上社会，探究男尊女卑社会的弊病，弄清楚"究竟是社会正确，还是我正确"。娜拉的社会批评，连同她关于"出走"的宣布，简直是一篇"妇女独立宣言"。可以认为，娜拉从幼稚的和谐到复杂的矛盾，从耽于幻想到幻想的破灭，从安于"玩偶之家"到坚决出走的过程，是挪威妇女觉醒的苦难的历程。觉醒的娜拉，就是恩格斯所称赞的富有独立自主精神的挪威的小资产阶级妇女的代表。易卜生在另一部剧作《群鬼》中创造了一个同娜拉相反的女性阿尔文太太，她是"群鬼"作祟下的牺牲品。剧作家认为，挪威的女性只能走娜拉的反抗道路，不可像阿尔文太太那样，屈从于旧的道德和宗教，而不敢和社会上的"群鬼"作斗争，《玩偶之家》通过妇女觉醒问题的讨论与普通家庭悲剧的描写，无情地揭露批判了资本主义社会的丑恶，它是剧作家对整个资本主义社会的抗议书。

三幕剧《群鬼》于1881年问世，可作《玩偶之家》的"姊妹篇"。在这出戏里，易卜生塑造了一个和娜拉很不一样的女性阿尔文太太。阿尔文太太由母亲做主嫁人婚后生活很不幸。由于丈夫阿尔文（宫廷侍从）行为放荡，荒淫无耻，她也曾向她从前喜欢过的曼德牧师倾诉衷情，很想离开丈夫出走，希望获得同情支持，没想到这位道貌岸然的牧师劝她逆来顺受地死守"妇道"，从而扼杀了她残存的"浪漫激情",使她死守着自己不爱的丈夫过日子。丈夫病死了,不料儿子欧士华既继承了父亲的淫荡恶习,又染上了父亲遗传下来的病毒,终于成为白痴,只有死路一条。阿尔文太太没有勇气和"群鬼"斗争,成为旧礼教的殉道者和淫乱社会的牺牲品。戏剧临近结束时,白痴欧士华只会呼喊:"太阳!"这样的结尾撼动人心,令人战栗。如同《玩偶之家》的结局("砰"的一响,娜拉出走),同样引起人们强烈的感悟,导致对剧本本身的理解和争论。从国际文坛到我国学界,关于娜拉出走和阿尔文太太言行及其命运的分歧评议从未休止,这就是力证。

另一组作品是《野鸭》(1884)和《罗斯莫庄》(1886),可作为易卜生戏剧创作正式进入第三时期的标志。剧作家在他的一部分书信中多次论及《野鸭》,这对我们读解作者创作思维与艺术人生很重要。他在致出版商弗雷德里克·海格尔的信中提《野鸭》时,有这么一句话,此剧"很可能会把我们中间一些年轻的剧作家引上一条新的创作道路",这里的新道路所指究竟为何,值得深思与探讨。他在另一封信中指出,《野鸭》翻译成他国文字的难度很大,准确地把握人物性格和主要情节"绝非易事"。事实如此,《野鸭》难译难解,除开文字隔膜,还有多维视野互动、多元表现手法交织的"雾障"的缘故。人们认同易卜生的"自白"(以"描写人类"为己任)。作为后期剧作之首的《野鸭》,无论它通过如何复杂的自审、辩驳形式表现多重思想意义,如能拨开浪漫的、象征的迷雾,就不难见出其针砭黑暗现实社会的功能:始终不渝地追求生活真理和人性自由。

《野鸭》作为悲剧故事发展到喜剧性的结局是低调的,雅尔马和基纳的和解,他和她都愿意"互相帮着过下去",即使是这样和解(前途难卜),也建立在格瑞格斯揭秘后,彼此坦白过去而相互谅解的基础上。剧作家弹出如此低调时,伴随格瑞格斯与瑞凌关于雅尔马作为人的品质是否提高和持久性问题的争论,瑞凌认为雅尔马一时闪现的高贵品质不会长久,格瑞格斯不同意如此犬儒主义的人性论。其实这里连同上文议论,也显示了剧作家关于人性自由经过各种环境冶炼,逐渐升华而完善的信念。剧作家并未忘却他表白的"自由理想":"我听说的为自由而斗争不是别的,就是自由理想的不断实现的过程"(1871年给布朗迪的信)。总而言之,易卜生的杰出剧作《野鸭》通过多元艺术方法,包括象征主义、现实主义、现代主义、后现代主义等,凭借自审、辩驳的形式,包括自疑、自辩、对驳等,表现了多重思想意义。可以简化为三位一体的主要三层绿色之思,予以概括。一、从戏剧情节和人物关系层面上观察,艾克达尔父子受老威利欺骗和压迫的故事,批判了社会不公平;格瑞格斯揭秘引起海特维格自杀的悲剧,反映了剧作家的自审精神,反思不切合当时实际的"理想要求",可能引发人们现实生活的危机。二、从格瑞格斯和瑞凌的多次争议的深层观察,显示了剧作家关于"做讲真理的人",如何抵制"生活的谎言"而又不损害人们正常的现实生活安宁的新思路。三、从人物形象的象征性、各类"象征物"(森林、野鸭、照相等)的影射指向,并结合反讽式辩驳的隐性内层观察,剧作家的绿色之思并未淡化,只是因为处于"两难境地"(包括基尔凯郭尔影响下的"存在之思")呈显出更为复杂的隐性态势。就布朗德——斯多克芒——格瑞格斯……而言,诸多这样的典型形象无论存在什么缺点或失误,他们仍然是易卜生式的道德高尚的英雄人物,坚持实在的理性真理,为了"全有",宁愿陷入"全无"的危机,即使今日,"全无"也是为了未来的"全有"。诚然,格瑞格斯们在"理想主义"下的精神面貌,提升人性自由的本质,讲真话和真理,做完全的人和理想的人,这在现实生活中确实难以找到,但期待这样的将来出现而且常见,仍有其审美意义。依我之见,格瑞格斯们在自审反思中不断克服本身的弱点,而继续发扬已有的优势,不断使"自我主义"与人类所有个体的需要融合起来,从而实现人的真正本性,那么,格瑞格斯们就走上了奔向理想的人性的大道。或者换句话说,在这条大道上奔走的易卜生的理想人物,和马克思所提出的"总体的人"(全面的人)似可适当联系思考,自然这样的人只能出现在个人完全成为"社会人"的社会发展阶段。有人认为格瑞格斯们的"理想主义"(包括理想的人性自由)部分地反映了易卜生的乌托邦追求(包括人与自然、人与人、人与社会)具有重大的审美意义。因为:审美的乌托邦是人类社会不断前进的原动力之一。最后,还想补充几句并非多余的话:本文多次讲及"环境描写"、"环境意识"、"缺席的自然"等,这与当下生态批评的环境转向的大方向、大趋势是一致的,而且适用于读解易卜生的剧作《野鸭》。

四幕剧《罗斯莫庄》是易卜生从文本层面上公开抨击挪威社会政治结构、新闻事业腐化以及利己主义党派纷争的"总结",转向写作内在世界外化的象征主义戏剧的严正深入之始。此剧之所以获得巨大的成功,主要在于它具有内在的"悲剧风暴",能激起人们的怜悯和同情。全剧始终弥漫、渗透着苦难意识和阴冷的神秘象征意象。退职牧师罗斯莫是罗斯莫庄的主人,他立志为创建真正的民主政治而奋斗,但这位怀有善良愿望和远大理想的人,竟被各种政治集团的诱逼的重担、妻子碧爱特的自杀压垮了。他和他所爱的吕贝克都要受那束缚人心的罗斯莫庄"宿命论"的人生观支配,永远躲不开那群象征死亡的"白马"。当"白马"出现时,他们搂在一块儿投水自杀。罗斯莫和吕贝克"生死恋"的悲剧反证了旧人生观、旧道德、旧法则潜藏在人们思想意识的深层结构中,不是短时间也不是单靠外力可以清除干净的;对这些顽固的东西,必须在主客观相结合的基础上进行长期的反复的斗争。这出悲剧的结局不止于悲,还凸显了"壮",有其积极的批判意义。关于《罗斯莫庄》的阅读和评论,可以各式各样,其解读方式迥异,评论分析特大。这是为什么?这是由于剧中存在多种相互抵挡的矛盾因素,从而构成了作品中的多重待破解的"阐释代码"。不过,无论依据何种理论或采用何种方法,都不应该也不可能完全离弃文本实际社会现实。你可以把《罗斯莫庄》当作"命运悲剧",或"伦理悲剧",或"心理悲剧",或"性格悲剧",也可以把它归类于"心理浪漫主义"、"心理现实主义"或"心理现代主义"(剧作家隐退而人物客观呈现);但说到底,它不可能与"社会悲剧"绝缘,它是综合内外能量,反映社会现实的多元艺术的"汇集"。实事求是地说,这也是易卜生戏剧艺术的特色,最吸引世界现当代剧作家注意力的所在。

综合以上两组剧作之解读评述,可以深刻认知这七部戏剧切实有代表易卜生全部剧作的功能,充分发扬了审美人文主义(易卜生主义)的精神、影响和艺术魅力。易卜生式的人物,确如恩格斯所指出,具有"他"自己的性格及首创的和独立的精神。社会问题剧和象征主义哲理剧对资本主义世界黑暗的暴露和批判,早已引起人们对其"永世长存"谎言的怀疑和否定。按照马克思主义的观点,即使易卜生在这里"没有直接提出任何解决办法",他的这些贯通前期戏剧和后期戏剧的优秀剧作,也"完成了自己的使命"。易卜生的社会问题剧和象征主义哲理剧深刻的思想内容以及精湛的艺术技巧与时俱进,永远激动人心。当下,解读、研究、评论这些剧作,也要与时俱进,务必使之符合建构中国特色社会主义文化的基本原则。比如,前文提及的剧作家强调运用多元艺术方法创作,"一直是描写人类",就应由此而链接当代中华民族的文化意识的核心,进行研读评析易卜生戏剧就不能离开"以人为本"。近十多年来,运用新的视角与方法评论易卜生的《玩偶之家》、《人民公敌》等"问题剧"以及《野鸭》、《罗斯莫庄》等象征哲理剧,大有人在。如采用生态女性主义视角解读《玩偶之家》,通过《社会支柱》、《人民公敌》、《野鸭》、《罗斯莫庄》等剧的论析,关注易卜生的"生态之思":自然生态与人的心灵异化,社会与个体生命安全。总而言之,易卜生的社会问题剧以及象征主义哲理剧等是"说不尽的"。

王忠祥
二〇一四年二月

青 年 同 盟

(1869)

【题　解】

《青年同盟》(1868—1869)是易卜生在德国用散文写的第一个现实主义的社会问题剧。为了掌握适当的戏剧艺术表现方法,追求新时代的艺术效果,剧作家为创作这出喜剧整整工作了一年。一八六九年十月,挪威首都克立斯替阿尼遏剧院首次上演此剧。在演出过程中,因剧中人物与情节讽刺了冒牌的自由党政客而引起轩然大波,自由党人表示愤怒,保守派自鸣得意。参加自由党的剧作家比昂逊曾把自己摆在受攻击者之中,有意疏远易卜生,直到八十年代初才消除误会。此剧由潘家洵翻译,最初收入他所编选的《易卜生集》第二册(上海商务印书馆1921年版),译名是《少年党》;一九五六年又收入人民文学出版社出版的潘译《易卜生戏剧集》第一册,译文经过译者修订,并改为现在的译名。

这个剧本取材于挪威现实社会生活,故事发生在靠近挪威南部斯通里镇的铁矿地区。挪威独立纪念节这一天,铁厂老板、宫廷侍从官布拉茨柏的园子里正在开庆祝大会,倾向侍从官一边的地主伦德斯达站在讲台上讲话,强调"自由是从祖宗手里传下来的",许多人欢呼"万岁",群众中也有人发出嘘声表示不满。陪同年轻律师史丹斯戈前来的商业资本家孟森讽刺伦德斯达是个"过时货",认为他躲在侍从官背后"出主意捣鬼","大权独揽"。史丹斯戈答应他设法清除对方的权势,帮助孟森竞选。印刷所老板阿斯拉克森称赞史丹斯戈能言善辩、笔下生花,愿意让自己的报纸为他服务。史丹斯戈怨恨侍从官是有原因的,他曾两次拜访侍从官都遭到"谢绝",甚至从海瑞嘴里得知侍从官骂他是"投机分子和捣乱分子"。他在大会上发表演说,自称是激进的自由党人,为青年人的利益而斗争;他高呼打倒维护旧时代、旧势力的"幽灵"和"老虎"。会后,史丹斯戈抓紧时机,动手组织"青年同盟",作为争夺本地政权的起点。与此同时,他把原来的婚事退了,拼命追求孟森的女儿瑞娜,这也是他向上爬的整体计划中的一部分。

史丹斯戈的"演说"虽然没有讲明攻击的对象,但人们都知道矛头指向侍从官。侍从官竟误以为他攻击的是孟森,还请史丹斯戈参加宴会。史丹斯戈接到侍从官的邀请信,马上改变态度,在费尔博医生面前承认自己的话"太过火了",甚至不同意阿斯拉克森的报纸照原样刊载他攻击侍从官的那段话。他打算投靠侍从官,抛弃瑞娜而追求侍从官的女儿托拉。他还想通过这一条路竞选国会议员。为了讨好侍从官,史丹斯戈向侍从官坦白了"演说"的原意,表示忏悔。侍从官不予谅解,把他撵出家门。

史丹斯戈早就说过:"谁要是妨碍我的前程,挡住我的道路,什么事我都干得出来。"他千方百计地设法报复侍从官,只要达到目的,可以不择手段。正在这时,濒于破产的孟森给他送来侍从官的儿子埃吕克签署的一张借据,借据上还有埃吕克和侍从官的签名。史丹斯戈知道埃吕克是孟森的合伙人,孟森的破产必然使埃吕克陷入困境,埃吕克的借据就可能损害侍从官的名誉与财产。因此,他要借此威胁侍从官,要求侍从官优待他,支持他的竞选活动。之后,他又轻信了海瑞的谎言,以为这张借据的两个签名都是伪造的故而毫无用处,这时,他又改变了主意,立即托人将借据送还侍从官,表示他对侍从官的"忠心"。侍从官开始非常感谢史丹斯戈,经过海瑞的证实,才知道自己又一次上当受骗。在侍从官过生日时,史丹斯戈又来到侍从官府邸,但大家看清了他变来变去的嘴脸,瑞娜挑选了教师赫黎,托拉挑选了费尔博,连史丹斯戈最后追逐的对象即寡妇伦铎尔曼太太也嫁了别人。他只得在侍从官的骂声中灰溜溜地逃走。不过,伦德斯达认为再过十年或十五年,善于钻营的史丹斯戈还会飞黄腾达,"不是国会议员就是部长"。

人 物 表

布拉茨柏——宫廷侍从官①，铁厂老板
埃吕克·布拉茨柏——他的儿子，商人
托拉——他的女儿
赛尔玛——埃吕克的妻子
费尔博大夫——铁厂医生
史丹斯戈——律师
孟斯·孟森——斯通里地方的人
巴斯丁·孟森——他的儿子
瑞娜——他的女儿
赫黎——神学家，斯通里地方的教师
凌达尔——铁厂经理
安德·伦德斯达——地主
丹尼尔·海瑞
伦铎尔曼太太——寡妇，亡夫是商店和酒馆老板
阿斯拉克森——印刷所老板
布拉茨柏家的一个女用人
一个茶房
伦铎尔曼太太家的一个女用人
市民——布拉茨柏家的客人，以及其他的人

事情发生在靠近挪威南部一个市镇的铁矿地区。

---

① 宫廷侍从官是挪威国王赐给有家私有地位的市民的一种官职或头衔。下文简称侍从官。

第 一 幕

〔五月十七日,挪威独立纪念日①。宫廷侍从官家园子里正在开群众庆祝会。园子后方有人跳舞奏乐。树林里挂着五颜六色的灯火。中间靠后有一座演说台。右边是供应茶点的帐篷的入口,帐篷前面摆着一张桌子和几条长凳。前方左首还有一张桌子,桌上摆着鲜花,四面放着躺椅。

〔一大群人。伦德斯达胸前纽孔上挂着委员会徽章,站在演说台上。凌达尔也戴着委员会徽章,站在桌子左边。

伦德斯达　——所以,诸位朋友,诸位同胞,我祝贺咱们的自由。咱们的自由是从祖宗手里传下来的,咱们要为自己和子孙把它好好地保持住。纪念节万岁！五月十七日独立节万岁！

群　众　万岁！万岁！万岁！

凌达尔　(伦德斯达正从演说台上走下来)还有伦德斯达老先生万岁！

群众中几个人　(不满意的声音)嘘！嘘！

许多人的声音　(盖过了别人的声音)伦德斯达万岁！伦德斯达老先生万岁！万岁！

〔群众逐渐散开。孟森和他的儿子巴斯丁以及史丹斯戈、阿斯拉克森从人堆里挤到前面来。

孟　森　这老家伙是个过时货！

阿斯拉克森　他讲的是本地老一套的情况！嘿嘿！

孟　森　我记得他年年说来说去老是这一套！上这边来吧。

---

① 一八一四年挪威脱离丹麦统治与瑞典合并为联合王国,两国各有独立主权；同年五月十七日,挪威颁布宪法并把这一天定为独立纪念日。

史丹斯戈　不,不,孟森先生,你走错了。咱们把你小姐撂在后头了。

孟　　森　啊,没关系,瑞娜会找到咱们的。

巴斯丁　没问题,有赫黎陪着她。

史丹斯戈　赫黎?

孟　　森　对,赫黎。(很亲热地用胳臂肘推推史丹斯戈)你怕什么,这儿有我,还有别人。快走! 这儿人少了,咱们可以细谈一谈——

　　　　〔说话时在左面的桌子旁边坐下。

凌达尔　(走过来)对不起,孟森先生——这张桌子有人定下了。

史丹斯戈　定下了? 谁定的?

凌达尔　侍从官他们定的。

史丹斯戈　什么侍从官不侍从官的! 他们一个都没来!

凌达尔　不错,可是他们一会儿就来。

史丹斯戈　回头让他们另找地方。(坐下)

伦德斯达　(用手按着椅子)不行,这张桌子定下了,说什么都不行。

孟　　森　(站起来)走吧,史丹斯戈先生,那儿也有好座位。(向右走)茶房! 哼,连个茶房都没有。委员会办事真马虎。喂,阿斯拉克森,你进去给我们拿四瓶香槟酒。要顶好的。告诉他们记孟森的账!

　　　　〔阿斯拉克森走进帐篷,其余三人各自坐下。

伦德斯达　(悄悄走过来,向史丹斯戈)你别生气。

孟　　森　生气! 哪儿的话! 没有的事!

伦德斯达　(还是向史丹斯戈)这不是我的主意,是委员会决定下来的。

孟　　森　那还用说,委员会怎么吩咐,咱们就该怎么办。

伦德斯达　(还是那样)你想,这是在侍从官自己园子里。今天晚上他好意把园子借给咱们开庆祝会,咱们不能不——

史丹斯戈　伦德斯达先生,我们在这儿很舒服——只要没人搅我们——我是指群众说的。

伦德斯达　(不动声色)好,那就没事了。(走向后方)

阿斯拉克森　(从帐篷里出来)茶房马上就拿酒来。

孟　　森　委员会给他们特别留下一张桌子,不许人坐! 别的日子还不说,偏偏在咱们的独立纪念日! 只要瞧瞧这件事,就知道咱们这儿是什么局面了。

史丹斯戈　你们这班好好先生为什么连气儿都不吭?

7

孟　森　这是好几代的老脾气了。

阿斯拉克森　史丹斯戈先生,本地老一套的情况你不熟悉,要是你知道一点儿——

茶　房　（拿着香槟酒上）是您这儿要酒吗？

阿斯拉克森　不错,是这儿。把瓶子打开。

茶　房　（斟酒）孟森先生,是不是记您的账？

孟　森　都记我的账,放心,漂不了。（茶房下）

孟　森　（跟史丹斯戈碰杯）史丹斯戈先生,我们欢迎你！能跟你交朋友,我心里真痛快。我觉得像你这么个人能在我们这儿住下,真是地方上的光荣。你的大名,我们在报纸上早看熟了。史丹斯戈先生,你生就一副好口才,并且热心公益。我想你会用全副精神为——嗯——为——

阿斯拉克森　为改善本地情况而努力。

孟　森　嗯,对,为改善本地情况而努力。我敬你一杯。（大家喝酒）

史丹斯戈　不论我干什么,我一定把全副精神拿出来。

孟　森　好！好！为这句话再干一杯。

史丹斯戈　不行了,我已经——

孟　森　喔,哪儿的话！再干一杯,咱们一言为定。

〔大家碰杯豪饮,继续谈话,巴斯丁不断给大家斟酒。

孟　森　现在既然谈起这件事,我老实告诉你,作威作福、大权独揽的人不是侍从官本人。躲在后头出主意捣鬼的是伦德斯达那老家伙。

史丹斯戈　我听见好些人都这么说。我不明白像他那么个自由党——

孟　森　你说的是伦德斯达？你说安德·伦德斯达是个自由党？不错,他年轻没爬上梯子的时候参加过自由党。后来他继承了他父亲的国会议员席。天啊！我们这儿什么都是世袭的。

史丹斯戈　这些坏事总得想法子清除才行。

阿斯拉克森　对,真他妈的,史丹斯戈先生,看你有办法没有！

史丹斯戈　我不是说我有——

阿斯拉克森　你有办法！你干这个正合适。你这人,像老话说的,能言善辩,口若悬河。你不但嘴能说,笔下也来得快。你知道,我的报纸可以任凭你使唤。

孟　森　要下手,就得快。初选①还有三天就要投票了。

史丹斯戈　你要是当选了,你的私事能不能让你腾出手来?

孟　森　我的私事当然要受影响。可是要是为了公众利益必须这么办,我也只好把自己的事搁起来。

史丹斯戈　好,好极了! 你已经有了一个党,这一点我看得很清楚。

孟　森　我敢说,大多数有进取心的青年——

阿斯拉克森　喂,喂,小心奸细!

〔丹尼尔·海瑞从帐篷里出来。他眯缝着近视眼四面张望,一步一步走过来。

海　瑞　我想借条空凳子,我要到那边去坐。

孟　森　你看,这些长凳子都是钉死了的。你就在这桌上坐着好不好?

海　瑞　在这桌上? 啊,好极了。(坐下)嗳呀! 是香槟酒吧!

孟　森　是的,你要喝一杯吗?

海　瑞　喔,不喝,谢谢! 伦铎尔曼太太的香槟酒——也罢,喝半杯奉陪奉陪。可惜没杯子。

孟　森　巴斯丁,去拿只杯子来。

巴斯丁　阿斯拉克森,你去拿。

〔阿斯拉克森走进帐篷。半晌无声。

海　瑞　诸位先生,别让我打断你们的话头儿。千万别——! 啊,劳驾,阿斯拉克森。(向史丹斯戈鞠躬)这位脸很生——大概是新到的客人吧! 莫非就是著名律师史丹斯戈先生?

孟　森　正是。(给他们介绍)这位是史丹斯戈先生,这位是丹尼尔·海瑞先生——

巴斯丁　一位资本家。

海　瑞　从前倒是。现在资本都没了,都从我手指缝里漏出去了。可是我没破产,诸位别误会。

孟　森　喝吧,喝吧,趁着酒还有泡沫儿。

海　瑞　可是无赖的行为——欺骗的手段,诸如此类的事情——我不多说了。我相信这只是暂时的情形。等我把那些官司和另外几件小事情撕掳开

---

① 在易卜生写这个剧本的时代,挪威行的是间接选举法。先由选民选出一个"选民团",再由"选民团"选举国会议员。孟森在这儿说的是"选民团"的初选投票。

了,我就要动手对付那只有官衔的老狐狸精了。咱们先喝一杯庆祝庆祝,怎么样?

史丹斯戈　我想先听听你说的贵族老狐狸精是谁。

海　瑞　嘻嘻!朋友,你别慌。你当我是指孟森先生说的吗?谁也不会说他是有官衔的。朋友,不是孟森先生,我说的是布拉茨柏侍从官。

史丹斯戈　什么!在钱财上头,侍从官绝对靠得住。

海　瑞　是吗,年轻朋友?哼,我不多说了。(凑近些)二十年前我是个大财主。我父亲给我留下一份大产业。你们大概听见过我父亲的名字吧?啊?没听见过老汉斯·海瑞?他外号叫金子汉斯。他是个轮船老板,当年封锁大陆的时候①发了大财。家里的窗格子门柱子都是镀金的,他花得起这份儿钱——。我不多说了。因此人家称呼他金子汉斯。

阿斯拉克森　听说他家里的烟囱帽儿也镀了金,是不是?

海　瑞　不,那是小报记者造的谣言,这句话可早就有了。可是我父亲喜欢挥霍,我年轻时候也喜欢挥霍。比方说,那年我上伦敦去游历——你没听说过我上伦敦吗?我带了一大批随员,排场简直像王爷。唔,你真没听说过?还有我花在艺术和科学上的那些钱,为了提拔年轻人花的钱,那就更不用提了!

阿斯拉克森　(站起来)诸位先生,对不起,我要失陪了。

孟　森　什么?你要走?

阿斯拉克森　是的,我想活动活动两条腿。(下)

海　瑞　(低声)他也沾过我的光,嘻嘻!你们不知道我供他上过一年大学吗?

史丹斯戈　真的吗?阿斯拉克森上过大学?

海　瑞　像小孟森一样,他也上过大学。可是他白糟蹋工夫,也像——。我不多说了。后来我只好撒手不管,那时候他已经沾上了喝酒的嗜好——

孟　森　你忘了刚才要跟史丹斯戈先生讲侍从官的事吗?

海　瑞　哦,这件事说起来话长。我父亲得意的时候,老侍从官——就是现在这位侍从官的爸爸——正走下坡路。你知道,他们爷儿俩都是侍从官。

巴斯丁　那还用说,这儿什么事都是世袭的。

海　瑞　社会上的特权都传代。我不多说了。币制变革,疯狂投机,个人挥

---

① 指十九世纪初英国跟拿破仑作战时对欧洲大陆的封锁,当时许多北欧商人都因此发了财。

霍,这些事凑起来逼着他在一八一六年左右不能不出卖一部分土地。

史丹斯戈　是你父亲买下来的?

海　瑞　我父亲拿现钱买下来的。你猜后来怎么样?产业到了我手里,我做了许许多多改良的事儿——

巴斯丁　那还用说。

海　瑞　朋友,敬你一杯!我做了许许多多改良的事儿——像疏理树林这一类事情。过了几年,小狐狸精出来了——我说的是现在这一位——从前订的约他一概不承认!

史丹斯戈　岂有此理,海瑞先生,你当然可以不理他。

海　瑞　事情不那么简单!他说,契约上有些小条款我们没照办。再说,那时候恰好我临时有困难,后来临时的困难又变成了永久的困难。你说这年头儿手里没钱能办什么事?

孟　森　你说对了!可是,话又说回来了,在好些事儿上头,有了钱也不大顶用。我尝过这滋味儿,我是吃过亏的人。不用说别人,连我的孩子们——

巴斯丁　(用拳头捶桌子)嘿,爸爸!只要有几个人帮我一把忙!

史丹斯戈　你说你的孩子们?

孟　森　是啊,就拿巴斯丁说吧。也许我没给他好教育?

海　瑞　他的教育可不坏,三重儿的!先上大学,后学画画儿,后来又——又学什么?他现在是土木工程师,对不对?

巴斯丁　惭愧!

孟　森　一点儿都不假,他是土木工程师。我有他的学费收据和学业证书,可以作凭据!可是市政工程谁在搞?这两年地方上的筑路工程是谁包揽的?都是外国人,再不就是外乡人——反正都是咱们不认识的人!

海　瑞　可不是吗!这些事真丢人。不用往远处说,今年年初储蓄银行经理出了缺,他们不提孟森,反倒找了个——(咳嗽)死攥着钱口袋不撒手的人——咱们这位主人的手面可大方。只要重要位置出了缺,每次都是老一套!补缺的老是当权的那批家伙的亲信人——永远轮不到孟森。这是罗马法里说的 commune suffragium,意思是:"市议会翻船"①。真丢人!

---

① "commune"的意思是"市区"。"suffragium"的意思是"选举","naufragium"的意思是"翻船",读音相近,海瑞是在玩弄字眼。

敬你一杯！

孟　森　谢谢！咱们换个题目谈谈吧。你的官司打得怎么样了？

海　瑞　还没了呢。这会儿我还不能多谈。这些事儿真把人烦死了！下星期我得要求市政当局出席仲裁委员会①。

巴斯丁　听说有一回你自己也参加过仲裁委员会？

海　瑞　我自己？不错，可是我没到场。

孟　森　哈哈！你没到场？

海　瑞　我有充分的理由：那年事情不凑巧，正是巴斯丁修的桥——我正要过河，扑通一下子，桥塌了——

巴斯丁　他妈的！

海　瑞　年轻朋友，别生气！不能埋怨你一个人。从前的工程师都得负责任。你知道，咱们这儿什么都是世袭——我不多说了。

孟　森　哈哈！你不多说了？好，喝酒，别再说了。（向史丹斯戈）你看，海瑞先生的嘴是百无禁忌的，想说什么就说什么。

海　瑞　不错，只有言论自由才是真有价值的公民权。

史丹斯戈　可惜法律要限制它。

海　瑞　嘻嘻！我们这位律师朋友一心想抓一件造谣中伤的案子过过瘾，对不对？先生，你不必白操心！不瞒你说，我是行家！

史丹斯戈　说坏话糟蹋人的行家？

海　瑞　对不起，年轻朋友！你生气足见你这人有情义。我这老头子不识时务，在你朋友背后说实话，请你别见怪。

史丹斯戈　在我的朋友背后？

海　瑞　当然我不讨厌他儿子——也不讨厌他女儿。要是我无意中说话糟蹋了侍从官的名誉——

史丹斯戈　侍从官的名誉？你把侍从官一家子当作我的朋友？

海　瑞　我想你不会去拜望仇人吧？

巴斯丁　拜望？

孟　森　什么？

---

① 按照当时挪威习惯，人们有争端，先由仲裁委员会调解。要是双方同意仲裁委员会的调解办法，这办法就等于法院的判决，不必再到法院。

海　瑞　噢,噢,噢!我说话不留神,走漏了消息!

孟　森　你上侍从官家里去过吗?

史丹斯戈　胡说!这是误会。

海　瑞　只怪我太粗心。可是我怎么知道这是瞒人的事儿?(向孟森)再说,你也别把我的话看得太认真。我说的拜望只是应酬拜访,穿着大礼服,戴着黄手套——

史丹斯戈　我告诉你,我没跟他家的人说过一句话。

海　瑞　真的吗?第二次上门,他们也不见你?我知道你第一次去的时候,他们说"不在家"。

史丹斯戈　(向孟森)克立斯替阿尼遏①有个朋友托我转交一封信——就为这么点事。

海　瑞　(站起来)他妈的,真叫人生气!一个刚冒头儿的小伙子一心一意想靠近一个久经世故、在江湖上闯荡过的老前辈,他上门去求教——。我不多说了。那老家伙关紧大门不睬他,每次都挡驾,总说不在家——。我不多说了。(生气)真是,长了耳朵没听见过这么欺负人的事!

史丹斯戈　唉,别提那没意思的事儿了!

海　瑞　不见客!那老家伙逢人便说:只要是品行端正的人上门找他,他从来不挡驾。

史丹斯戈　他真说过这话吗?

海　瑞　其实也是句空话。孟森先生去找他,他也照样挡驾。可是我不明白他为什么那么恨你。他把你恨透了。你知道我昨天听见了什么话?

史丹斯戈　我不想知道你昨天听见了什么话。

海　瑞　好,那我就不多说了。再说,那些话从侍从官嘴里说出来也不算稀奇。我就是不明白,他为什么还要加上个"捣乱分子"的称呼。

史丹斯戈　捣乱分子!

海　瑞　既然你一定要问,我只好说实话。侍从官说你是投机分子和捣乱分子。

史丹斯戈　(跳起来)什么!

海　瑞　投机分子和捣乱分子——再不就是捣乱分子和投机分子,次序我记不清了。

---

① 挪威首都,现名奥斯陆。

史丹斯戈　你亲耳听见的?

海　瑞　我?要是我在场的话,史丹斯戈先生,我准会给你打抱不平。

孟　森　你看,这就是——

史丹斯戈　那个老混蛋竟敢——

海　瑞　算了,算了!别生气。也许他是打个比方,随便开个小玩笑。明天你可以当面质问他,他明天大请客,你不是也要去赴宴会吗?

史丹斯戈　我不赴什么宴会。

海　瑞　拜访了两次,连张请帖都没弄到手!

史丹斯戈　骂我捣乱分子和投机分子!他安的是什么心?

孟　森　来了!说起魔鬼——!① 巴斯丁,咱们走吧。(父子一同下场)

史丹斯戈　海瑞先生,侍从官说那句话是什么意思?

海　瑞　一点儿都猜不出来。你听了心里难受,是不是?对不起,年轻朋友,恕我心直口快冒犯了你。老实说,往后你难受的事儿还多着呢。你年纪轻,心眼儿老实,容易相信人。这是长处,还叫人看着怪感动的。可是——可是——心眼儿老实是银子,经验阅历是金子:这是我发明的一句格言,先生!上帝保佑你!(走开)

〔布拉茨柏侍从官、他的女儿托拉和费尔博医生从左边进来。

伦德斯达　(敲敲演说台上的铃)诸位请听凌达尔先生讲话。

史丹斯戈　(大声)伦德斯达先生,我要求发言。

伦德斯达　等会儿。

史丹斯戈　不行!我现在就要说话!

伦德斯达　这会儿你不能发言。大家请听凌达尔先生讲话。

凌达尔　(在演说台上)诸位女士!诸位先生!现在这儿来了一位贵客,咱们真是万分荣幸!这位贵客热心慷慨,仗义疏财,多少年来咱们一直把他当父亲看待,他随时随地用语言行动帮助咱们,他从来不拒绝品行端正的客人,他——诸位女士先生,咱们这位贵客不爱听长篇大段的演说,所以,我不再多说了,我只提议大家向布拉茨柏侍从官和他的家属三呼万岁!祝他们万岁!万岁!

群　众　万岁!万岁!万岁!

---

① 孟森这句话没说完,下句是:"魔鬼就到。"

〔群众踊跃欢呼,把侍从官团团围紧。侍从官向大家道谢,并且跟挨得最近的人拉手。

史丹斯戈　现在我可以说话了吧?

伦德斯达　可以。这演说台由你使用。

史丹斯戈　(跳上桌子)我有我自己的演说台①。

一群青年　(挤上来围着他)说得好!

侍从官　(向医生)这个乱嚷乱叫的人是谁?

费尔博　是史丹斯戈。

侍从官　哦,就是他!

史丹斯戈　快乐的兄弟姐妹们,听我说几句话!虽然你们嘴里没声音,你们心里都在欢呼歌唱咱们这自由节!我在这儿是个外乡人——

阿斯拉克森　不是!

史丹斯戈　谢谢那位说"不是"的朋友!我把他这句话当作一种对我有所期望的表示。虽然我是外乡人,可是我赌咒,我对于你们的欢乐和痛苦、成功和失败,都抱着深切的同情。要是我有力量——

阿斯拉克森　你有,你有力量!

伦德斯达　别插嘴!你不配发言。

史丹斯戈　你更不配!我不承认委员会!青年们,自由节的自由万岁!

青年们　自由万岁!

史丹斯戈　他们剥夺你们的发言权!你们听见没有——他们想把你们的嘴堵住。打倒这种专制行为!我不愿意站在这儿对一群哑巴动物演说。我要说话,可是你们也应该说话。咱们要彼此开诚布公地谈话。

群　众　(情绪更加热烈)说得好!

史丹斯戈　咱们以后不要这种死气沉沉的无聊庆祝会!从今以后,每年五月十七日都会出现一批新事业!五月!五月不正是发芽开花,一年之中最有生气的月份吗?到六月一日,我在你们这儿就整整两个月了,这两个月里,大大小小,好好坏坏,什么事儿我没见过?

侍从官　费尔博大夫,他唠唠叨叨说些什么?

---

① 原文是"Platform"。这字除了"演说台"、"讲坛"之外,还有"政纲"、"主张"、"意见"一类的意思。史丹斯戈用的是双关语,意思是说他有自己的政策和主张。

费尔博　阿斯拉克森说,他讲的是本地老一套的情况。

史丹斯戈　我看见群众中间有出色的嫩芽,可是同时也看见一股腐朽力量把那些有希望的嫩芽紧紧压住,不让它们发展。我看见诚实热心的青年抱着希望奋勇前进,可是他们的路被人堵住了。

托　拉　喔,天啊!

侍从官　他这些话是什么意思?

史丹斯戈　快乐的兄弟姐妹们!咱们周围有一种势力在盘旋,它是腐烂死亡的旧时代的幽灵,它把应该是活泼光明的世界搅成一个使人不能喘气的黑暗地狱。咱们必须打倒这幽灵!

群　众　万岁!五月十七日独立纪念日万岁!

托　拉　爸爸,咱们走吧!

侍从官　他说的幽灵是什么意思?费尔博大夫,他指着谁说?

费尔博　(急忙)啊,他说的是——(凑着他耳朵说了一句话)

侍从官　哈哈!原来如此!

托　拉　(低声向费尔博)这还罢了!

史丹斯戈　要是别人不敢打老虎,我敢!可是,青年们,咱们必须同心协力!

许多声音　对!对!

史丹斯戈　咱们都是年轻人!这个时代属于咱们,可是咱们也属于这个时代!咱们的权利正是咱们的义务!咱们应该有发挥才能、意志、力量的机会!大家听我说!咱们必须组织一个同盟。财阀在咱们这儿掌权的时代已经过去了!

侍从官　说得好!(向费尔博)他说财阀。你说对了,果然是指孟森。

史丹斯戈　只要咱们肚子里有东西,咱们就是国家的财富。咱们的意志就是货真价实的黄金,一定要在群众中流通。谁敢妨碍它流通,咱们就跟谁拼命!

群　众　好!

史丹斯戈　刚才有人向我叫了一声"倒好"。

侍从官　没有,没有!

史丹斯戈　我可不在乎!称赞和威吓都不能动摇坚强的意志。上帝保佑咱们!因为咱们怀着信心,仗着年轻,马上就要动手给上帝服务!现在大家都到帐篷里去吧。咱们的同盟马上就要成立了。

群　众　好!把他抬起来!把他举得高高的!

〔史丹斯戈被群众举起来。

许多声音　说下去！往下说！往下说！

史丹斯戈　我说，咱们要同心协力！咱们青年同盟有上帝保佑。这地方应该归咱们统治！

〔一阵狂呼乱嚷，大家把他抬进帐篷。

伦铎尔曼太太　（擦擦眼睛）喔，天啊，他说得多好听！海瑞先生，你是不是想搂着他亲一亲？

海　瑞　谢谢，我不想。

伦铎尔曼太太　喔，对了，你不想。

海　瑞　伦铎尔曼太太，也许你倒想跟他亲个嘴吧。

伦铎尔曼太太　你这家伙真讨厌。

〔她走进帐篷，海瑞跟在她后面。

侍从官　幽灵——老虎——财阀！话说得真不客气，可是非常恰当！

伦德斯达　（走过来）侍从官，我很抱歉——

侍从官　伦德斯达，你看人没睁开眼睛！算了，算了，谁都有看错人的时候。明天见，谢谢你，今天晚上真痛快。（转过去向托拉和医生）唉，可是我对这位青年志士太简慢了！

费尔博　你怎么简慢他了？

托　拉　爸爸，你是不是说他来拜访过你——

侍从官　他来过两回。都是伦德斯达的错儿，他说他是投机分子和——别的字眼我忘了。幸亏还来得及补救。

托　拉　怎么补救？

侍从官　托拉，咱们马上就——

费尔博　侍从官，你看犯得上吗？

托　拉　（低声）嘘！

侍从官　一个人做错了事，应该马上改正，这是很明显的义务。明天见，费尔博大夫。不过今天晚上我还是过得很痛快，我得谢谢你。

费尔博　谢我，侍从官？

侍从官　当然，谢谢你，还要谢谢别人。

费尔博　我做了什么？

侍从官　费尔博大夫，别追究了。我从来不追究别人的事。好，好，别见怪，明

17

天见！

〔侍从官父女从左边出去。费尔博若有所思地目送他们下。

阿斯拉克森 （从帐篷里出来）喂，茶房！把笔墨拿来！费尔博大夫，事情热闹起来了！

费尔博 什么事？

阿斯拉克森 他在组织青年同盟，差不多成功了。

伦德斯达 （悄悄走过来）签名的人多不多？

阿斯拉克森 我们差不多已经有了三十七个人，寡妇和一些别的人还没算在里头。笔墨呢！茶房也找不着！这是本地情况的缺点。（自帐篷后面下）

伦德斯达 嘿！今儿真热。

费尔博 恐怕更热的日子还在后头呢。

伦德斯达 你看侍从官是不是很生气？

费尔博 喔，一点儿都不，你看不出来吗？你对于这新成立的同盟有什么意见？

伦德斯达 唔，我没意见。有什么可说的？

费尔博 这是争夺本地政权的起点。

伦德斯达 争夺怕什么！史丹斯戈这小伙子很有才干。

费尔博 他一心想出头。

伦德斯达 年轻人都想出头。我年轻时候也想出头。谁也不能说这事不应该。可是咱们不妨进去看一看风色——

海瑞 （从帐篷里出来）伦德斯达先生，你是不是要动议讨论先决问题①？出来带头反对？嘻嘻！你得赶快才行。

伦德斯达 啊，你放心，我早晚会动手。

海瑞 太迟了！要是你愿意做教父，也许还来得及。（帐篷里传来欢呼声）你听，他们在唱"阿门"，洗礼已经做完了。②

伦德斯达 我想，进去听听大概没关系吧。我决不多嘴。（走进帐篷）

海瑞 他也是一棵快要倒下来的树！瞧着吧，砍树刨根的热闹大场面就在眼前了！咱们这儿的情况不久就要像狂风暴雨之后的树林子了。我心里

---

① "动议讨论先决问题"是议会里的用语。"先决问题"就是对于主要问题要不要投票的问题。"动议讨论先决问题"的目的是想阻止表决主要问题。

② 海瑞的意思是：青年同盟已经成立，大家表示一致赞成，反对已经太迟了，可是要是想做教父（赞助人），也许还来得及。

怎么能不痛快！

费尔博　海瑞先生，这事跟你有什么相干？

海　瑞　相干？费尔博大夫，这事跟我一点儿都不相干。我心里痛快是为大伙儿。往后的事就有生气、有精神了。拿我自己说，反正谁来都一样。从前奥国皇帝跟法国国王打仗的时候，土耳其皇帝说过一句话——现在我也这么说——无论是猪吃狗，或是狗吃猪，对我反正都一样。（从右后方出去）

群　众　（在帐篷里）史丹斯戈万岁！万岁！青年同盟万岁！葡萄酒！喷奇酒①！嘻嘻！啤酒！万岁！

巴斯丁　（从帐篷里出来）上帝保佑你，保佑大伙儿！（兴奋得几乎流眼泪）喔，费尔博大夫，今天晚上我觉得有力没处使。我一定得干点儿什么才行。

费尔博　别管我。你想干什么？

巴斯丁　我想到跳舞厅里找人打架。（绕过帐篷，从后面出去）

史丹斯戈　（从帐篷里出来，没戴帽子，非常兴奋）我的好费尔博，你在这儿？

费尔博　人民领袖，有话请吩咐！你大概是当选了。

史丹斯戈　那还用说，可是——

费尔博　以后怎么样？你可以得个什么好差事？银行经理？再不就是——

史丹斯戈　喔，别跟我说这些话。我知道你是开玩笑。你这人爱装傻，其实你并不傻。

费尔博　装傻？

史丹斯戈　费尔博！咱们还是像从前似的做朋友吧！这一阵子咱们俩有点儿小误会。你的冷嘲热讽刺痛了我的心，伤害了你我的交情。说句老实话，你对不起我。（搂着他）喔，天呀，我真快活！

费尔博　你也快活？我跟你一样，我跟你一样！

史丹斯戈　上天待我这么好，要是我不好好儿做人，连条狗都不如了。费尔博，我有什么长处？像我这么个有罪孽的人，怎么配享受这么大的福气？

费尔博　咱们拉拉手！从今以后我是你的好朋友。

史丹斯戈　谢谢！咱们俩彼此要忠实！啊，群众相信我，跟我走，我心里的痛快真是没法儿说！单凭这一片感激的心情，我就不能不向上，不能不爱我

---

① 一种果汁、香料和酒搀和的混合饮料。

的同胞！我恨不得把大家一齐都搂住,哭着求他们原谅我,因为上帝太偏心,待我比待大家好。

费尔博　（静静地）不错,人在走运的时候,无价之宝一齐都会送上门。今天晚上,哪怕是条小虫子,哪怕是片绿叶子,我都舍不得用脚踩。

史丹斯戈　你？

费尔博　不必谈这个了。这跟眼前的事不相干。我只是要表明,我已经了解你。

史丹斯戈　这一片夜景多可爱！你听音乐和欢笑的声音在草地上飘荡。山谷里多安静！要是一个人在这种时候还不肯把生命献给神圣的事业,他就不配在世界上活下去！

费尔博　你的话不错,可是从明天起,在将来的日常工作里你打算建设些什么？

史丹斯戈　建设？咱们先得做破坏的工作。费尔博,从前我做过一个梦——也许是我真看见的吧？不是看见的,是个梦,可是这个梦简直像真事儿！我觉得世界的末日好像到了。地球的轮廓我都看见了。太阳没有了,只剩下一道青灰的闪光。忽然起了一阵风暴,从西边扫过来,东西都在天空中乱飞,先是枯叶子,后来是一群人,可是那些人没让风刮倒,他们的衣服紧贴在身上,所以看起来好像他们是被风卷着走,自己不动脚。起初他们像是在大风里追帽子的平常人,可是走近一看,原来都是皇帝和国王,他们追的是王冠和珠宝,好像老是眼看着就要抓到手,可是永远抓不着。他们的人数足有好几百,可是谁也不明白究竟是怎么回事。其中有好些人一边哭一边问:"这阵风暴是从哪里吹来的？"有人回答说:"一个人发出了'呼声',这阵风暴就是那个'呼声'的回音。"

费尔博　你这梦是什么时候做的？

史丹斯戈　我不记得了,大概是前几年的事。

费尔博　我想大概那时候欧洲各国正在闹乱子,你吃饱了晚饭就看报,吃的东西没消化,才做这个梦。

史丹斯戈　那天晚上我脊梁骨上好像触了电,今天晚上那股子劲儿又来了。我要把灵魂里的话全都说出来。我要做那个"呼声"——

费尔博　别忙,我的好史丹斯戈,仔细想一想。你说你要做"呼声"。很好！可是你打算在什么地方做？在本区呢,还是至多在本州？你发出呼声,谁会响应你？谁会发动风暴？还不就是孟森、阿斯拉克森和笨家伙巴斯丁那一伙人！到那时候咱们看见的不是皇帝国王,而是伦德斯达失掉了议员位置,在大风里乱跑。结果怎么样？风暴卷走的不过是你在梦中最初看见的那些平常人。

史丹斯戈　不错,起头是这样。可是谁料得定这阵风暴会吹多远？

费尔博　什么风暴不风暴的,简直是胡闹！你糊里糊涂地上了人家的当,一开头就攻击本地的好人和有才干的人——

史丹斯戈　你这话说错了。

费尔博　我没说错！你一到这儿,孟森和斯通里的那帮家伙就把你包围起来了。要是你不把他们撇得远远的,你准得遭殃。布拉茨柏侍从官是个正派人,这一点你可以放心。你知道孟森那家伙为什么恨他？因为——

史丹斯戈　别再说了！我不愿意听别人说我朋友的坏话。

费尔博　你自己仔细想一想,史丹斯戈！孟森先生真是你的朋友吗？

史丹斯戈　孟森先生跟我很亲近。

费尔博　身份高的人不愿意亲近他。

史丹斯戈　哦,谁是身份高的人？无非是几个摆架子的臭官僚！什么事瞒得过我！斯通里的那些人很客气地接待我,对我很器重——

费尔博　器重？糟糕！问题就在这儿。

史丹斯戈　不见得！我眼睛雪亮。孟森先生有才干,有学问,对于公共事业有责任心。

费尔博　才干？嗯,也算有点儿！也有学问,他天天看报,念你的演说,念你的文章。他称赞你的演说和文章当然也就证明他对公共事业有责任心。

史丹斯戈　费尔博,你脑子里的渣滓又在作怪了。你怎么永远扔不掉思想里的脏东西？为什么你总觉得别人一举一动都安着坏心眼儿？啊,我知道你是开玩笑。现在你不开玩笑了,让我把事情的底细告诉你。你认识瑞娜吗？

费尔博　孟森的女儿？嗯,也算认识吧——听别人说过。

史丹斯戈　我知道她有时也上侍从官家里去。

费尔博　不错,偷偷儿走动。她跟布拉茨柏小姐是老同学。

史丹斯戈　你觉得瑞娜怎么样？

费尔博　嗯,据我听人说,她仿佛是个很好的女孩子。

史丹斯戈　喔,你还没看见她在家里过日子呢！她的心整天都在两个小妹妹身上。从前她服侍她母亲,一定也是非常尽心的。你知道她母亲去世之前犯了好几年的精神病。

费尔博　不错,有一阵子我常去给他们看病。可是,好朋友,难道你——

史丹斯戈　对,费尔博,我真心爱她,我不必瞒你。我知道你为什么纳闷儿。你一定觉得很奇怪,事情才过了没多久——不用说你一定知道我在克立斯替阿尼遏订过婚?

费尔博　知道,我听别人说过。

史丹斯戈　那件事糟透了。我不能不退婚,退了婚大家有好处。喔,为了那件事我的痛苦真是说不尽。我的心好像有刀子扎,又好像压着一块大石头!谢谢老天爷,现在我好不容易才从火坑里跳了出来。所以我不愿意再在京城里待下去。

费尔博　这回你把瑞娜·孟森看准了?

史丹斯戈　看准了。这回一定错不了。

费尔博　好,那么,你就放开手干吧!这是你的终身幸福!喔,我有一肚子话想跟你说。

史丹斯戈　当真?瑞娜说过什么没有?她把心事告诉布拉茨柏小姐了吗?

费尔博　我想谈的不是这件事。我不明白的是,你眼前正在过快活日子,为什么又要搞这乱七八糟的政治?人家嘴里胡扯的话怎么就会把你这样的人吸引住了。

史丹斯戈　怎么不会?人是个复杂的机器——至少我是这样。再说,我正要借重这些政治纠纷把瑞娜弄到手。

费尔博　这办法太庸俗。

史丹斯戈　费尔博,我是有志向的人,你是知道的。我一定得往上爬。我一想起自己已经三十岁了,还在梯子的末一级,我就觉得好像良心的牙齿在咬我。

费尔博　良心咬你的时候,用的不是智慧的牙齿。

史丹斯戈　跟你说话白费力。你从来不想往上爬,你不懂得那滋味儿。你一向糊里糊涂过日子——最初在大学,后来在外国,现在在这儿,都是白糟蹋时间。

费尔博　也许是吧,可是我的日子过得很轻松,并且没有像你从桌子上跳下来之后心里那股子不好受的味儿——

史丹斯戈　住嘴!你说别的都没关系,这种话我可受不了。你太岂有此理——你扫我的兴。

费尔博　嗳呀！要是你这么容易扫兴——

史丹斯戈　住嘴,听见没有！你为什么要叫我不痛快？难道你当我说的不是正经话？

费尔博　我知道你说的是正经话。

史丹斯戈　既然知道,为什么你要使我感觉空虚,心里烦腻,并且对自己怀疑呢？(帐篷里传来欢呼声)你听！他们正在为我干杯呢！一句话就能抓住这么些人,其中一定有道理！

〔托拉、瑞娜、赫黎从左边进来,往右后方走。

赫　黎　布拉茨柏小姐,你看,史丹斯戈先生在那边。

托　拉　那么,我不跟你们走了。瑞娜,明天见。

赫黎和瑞娜　(同时)明天见,明天见。(从右边出去)

托　拉　(走上来)我是布拉茨柏侍从官的女儿。我父亲有封信给你。

史丹斯戈　有封信给我？

托　拉　正是,信在这儿。(转身就走)

费尔博　要我送你回家吗？

托　拉　不,谢谢。我不用人送。再见。(从左边出去)

史丹斯戈　(凑着一盏彩纸灯笼看信)这是什么？

费尔博　嗯——侍从官跟你说什么？

史丹斯戈　(放声大笑)哈哈！真想不到！

费尔博　什么事？

史丹斯戈　布拉茨柏侍从官没出息。

费尔博　你敢——

史丹斯戈　我说他没出息！没出息！你告诉谁都没关系。再不,不提也好——(把信掖在衣袋里)这件事别告诉人！

〔群众从帐篷里出来。

孟　森　主席先生！史丹斯戈先生在哪儿？

群　众　在那儿！万岁！

伦德斯达　主席先生把帽子忘了。(把帽子递给他)

阿斯拉克森　来,这儿有喷奇酒！喝一大杯！

史丹斯戈　谢谢,我不能再喝了。

孟　森　青年同盟盟员别忘了咱们明天在斯通里开会。

史丹斯戈　明天？不是明天吧？

孟　森　是明天,开会起草宣言的稿子。

史丹斯戈　不行,明天我有事。改后天吧,再不就是大后天。再见,朋友们。谢谢大家,咱们的前途万岁!

群　众　万岁!咱们欢送他回家!

史丹斯戈　谢谢,谢谢!诸位真的不必——

阿斯拉克森　我们都跟你一块儿走。

史丹斯戈　很好,一块儿走。明天见,费尔博,你不跟我们一块儿走吗?

费尔博　不。可是我告诉你,你说布拉茨柏侍从官的那些话——

史丹斯戈　嘘,嘘!我的话太过火了,只当我没说。朋友们,你们要走,就一块儿走。我带头。

孟　森　史丹斯戈,让我挽着你的胳臂走!

巴斯丁　唱歌!奏乐!来一支爱国的曲子!

群　众　唱歌!唱歌!奏乐!

〔大家唱一支流行歌曲,有音乐伴奏。队伍从后面右首出去。

费尔博　(向留着没走的伦德斯达)多英勇的队伍。

伦德斯达　对——还有英勇的领袖。

费尔博　伦德斯达先生,你现在上哪儿?

伦德斯达　我?我回家睡觉去。

〔他点头走开。费尔博医生独自留下。

第 二 幕

〔侍从官家对着花园的一间屋子,屋内布置得精致讲究,有钢琴,有名贵花草。正门在后方。左边一扇门通饭厅。右边好几扇玻璃门通花园。
〔阿斯拉克森站在正门口。一个女用人端着几碟水果正要进饭厅。

女用人　知道,可是他们没散席呢。你再来一趟吧。
阿斯拉克森　要是可以的话,我倒愿意等着。
女用人　好,你愿意等就等吧。你可以在那儿坐一会。
　　　〔女用人走进饭厅。阿斯拉克森拣个座位靠近门坐下。静默。费尔博医生从后边进来。
费尔博　哦,阿斯拉克森,你在这儿?
女用人　(从饭厅里出来)费尔博大夫,今天您来晚了。
费尔博　我刚给一个病人瞧完病。
女用人　侍从官和我们小姐直打听您。
费尔博　真的?
女用人　可不是吗!您马上进去好不好? 再不,我去——
费尔博　不忙,不忙。回头我随便吃点儿什么就行了。这会儿我先在这儿坐一坐。
女用人　快散席了。(从后面出去)
阿斯拉克森　(顿了一顿)费尔博大夫,你怎么舍得不去吃这么顿好酒席——山珍海味,水果点心,各种好酒,那么些好东西?
费尔博　朋友,我觉得咱们这儿好东西太多了,不是太少了。
阿斯拉克森　这句话我不敢赞成。
费尔博　嗯。你大概是在等人吧?
阿斯拉克森　不错,我在等人。

费尔博　你家里光景还过得去吗？你老婆——？

阿斯拉克森　还躺在床上，净咳嗽，一天不如一天。

费尔博　你的第二个孩子呢？

阿斯拉克森　唉，一辈子残废了。这些事儿你都知道。我们命该如此，提它干什么？

费尔博　阿斯拉克森，让我瞧瞧你的脸！

阿斯拉克森　你瞧什么？

费尔博　今天你喝过酒了。

阿斯拉克森　不错，昨天也喝了。

费尔博　昨天喝酒还有可说，可是今天——

阿斯拉克森　那么，饭厅里你的那些朋友怎么说呢？他们不是也在喝酒吗？

费尔博　阿斯拉克森，这话驳得有理。可是世界上各人境遇不同。

阿斯拉克森　我的境遇不是自己安排的。

费尔博　不错，是上帝给你安排的。

阿斯拉克森　不对，不是上帝安排的，是人给我安排的。丹尼尔·海瑞当初把我从印刷所送进大学的时候，他给我做了安排。后来布拉茨柏侍从官搞垮了丹尼尔·海瑞，把我从大学拉出来送回印刷所，也给我做了安排。

费尔博　你这话靠不住。布拉茨柏侍从官并没搞垮丹尼尔·海瑞。丹尼尔·海瑞是自己搞垮的。

阿斯拉克森　也许是吧！可是丹尼尔·海瑞对我有那么些责任，他把自己搞垮了怎么对得起我？当然，上帝也要负一部分责任。上帝为什么要给我才干能力？不用说，我本来可以利用我的才干能力做个规规矩矩的手艺人，可是偏偏来了那个爱管闲事的老家伙——

费尔博　你说这话太没良心。丹尼尔·海瑞当初是一片好意。

阿斯拉克森　他一片"好意"，我沾了什么光？你没听见他们在饭厅里喝酒碰杯的声音？从前我也在那张桌子上坐着喝过酒，身上穿得挺讲究，比他们谁也不次——！那种日子很对劲儿，合我脾胃，因为我念了一肚子书，一直想过好日子。可是在天堂里①享了几天福？扑通！哗啦！一个筋斗栽

---

① 原文是："蒂波在天堂里"。《一千零一夜》里有个故事，说一个商人被人灌醉了酒，抬进王宫，做了一夜国王。丹麦戏剧家霍尔堡（B. L. Holberg，1684—1754）写过一个喜剧，借用了上述的故事。蒂波就是那个喜剧的主角。阿斯拉克森用这典故，是说好景不长。

下来,好像排字房的铅字架子翻了身。

费尔博　可是后来你的光景也不算坏,你还可以干你的旧行业。

阿斯拉克森　说说很容易。一个人让人家从圈子里挤出来之后,别打算再挤进去。人家把我站脚的地方抢走了,把我推到滑溜溜的冰块儿上——我栽筋斗,他们还埋怨我自己没站稳。

费尔博　我决不埋怨你。

阿斯拉克森　对,你不应该埋怨我。真怪!丹尼尔·海瑞、上帝、侍从官、命运、境遇,这些乱七八糟的东西搅在一块儿,把我裹在核心里。我老想解开这疙瘩,写成一本书,可是疙瘩系得那么紧——(朝左边的门瞟了一眼)啊!他们散席了。

〔男客女客有说有笑地从饭厅走进花园。史丹斯戈也在客人中间。他左手挽着托拉,右手挽着赛尔玛。费尔博和阿斯拉克森站在后面正门旁边。

史丹斯戈　这儿的路我还不熟,太太小姐们,请你们说要我陪你们上哪儿?

赛尔玛　上外头去,你得瞧瞧我们的花园。

史丹斯戈　啊,好极了。

〔他们从右边最靠前的玻璃门里出去。

费尔博　真怪!史丹斯戈会在这儿!

阿斯拉克森　我就是找他说话。我到处找他,幸亏碰见了丹尼尔·海瑞。

〔丹尼尔·海瑞和埃吕克·布拉茨柏从饭厅里进来。

海　瑞　嘻嘻!这白葡萄酒真不错。从伦敦回来我还没喝过这么好的酒。

埃吕克　嗯,不错,是不是?喝了长精神。

海　瑞　嗯,嗯,钱花得不冤枉,真痛快。

埃吕克　怎么见得不冤枉?(大笑)哦,对,对,我明白了!

〔他们俩走进花园。

费尔博　你说你要找史丹斯戈说话?

阿斯拉克森　对。

费尔博　有公事?

阿斯拉克森　当然,为庆祝会的新闻稿。

费尔博　好吧,你暂时先在外头等一等。

阿斯拉克森　在过道里等?

费尔博　在候客室里等。你来的时间不合适,地方也不合适——好吧,等他一有空儿,我就告诉他。

阿斯拉克森　好,我耐着性子等着就是。(从后面出去)

〔布拉茨柏侍从官、伦德斯达、凌达尔和另外两位男客从饭厅里进来。

侍从官　(向伦德斯达)你说什么?太激烈?嗯,那篇演说的格式也许不妥当,可是内容真不错。

伦德斯达　侍从官,要是你听了满意,我还有什么可说的。

侍从官　可不是吗?哦,费尔博大夫来了。一定挨饿了吧。

费尔博　没关系,侍从官。用人们会给我张罗。你知道,在这儿我觉得跟在自己家里一样。

侍从官　喔,是吗?我要是你,我可不这么性急。

费尔博　什么?是不是我太冒昧了?你亲口允许过我——

侍从官　我允许过的事情,当然算数。好,好,别客气,去找点儿东西吃。(轻轻拍拍费尔博的肩膀,转过去向伦德斯达)这个人你可以叫他投机分子——还有什么?那个名字我记不起了。

费尔博　侍从官,你说什么!

伦德斯达　没什么,别着急。

侍从官　刚吃过饭别吵架,吵架妨碍消化。外头就要喝咖啡了。(带着客人进花园)

伦德斯达　(向费尔博)你看见过侍从官像今天晚上这么古怪吗?

费尔博　昨天晚上我就觉得。

伦德斯达　他一口咬定,我从前说过史丹斯戈先生是个投机分子一类的人物。

费尔博　啊,伦德斯达先生,你就算说了又怎么样呢?对不起,我要去陪女客们说话了。(从右边出去)

伦德斯达　(向正在安排牌桌的凌达尔)史丹斯戈先生今天来吃饭,你说是怎么回事?

凌达尔　是啊,谁知道是怎么回事?原来的名单上没有他。

伦德斯达　这么说,是后来添上去的?是在昨天他把侍从官臭骂一顿之后——?

凌达尔　不错,你不明白吗?

伦德斯达　明白?哦,不错,我明白了。

凌达尔　（放低声音）你看侍从官是不是怕他？

伦德斯达　我看他是谨慎——这是我的看法。

〔他们一边说话一边往后走，进了花园。同时赛尔玛和史丹斯戈从右边最靠前的门里进来。

赛尔玛　不错，你瞧——从树顶上望出去，可以看见教堂的塔和上半个城。

史丹斯戈　不错，看得见。我没想到能看得这么远。

赛尔玛　你看这儿风景美不美？

史丹斯戈　这儿什么都美：花园、风景、太阳、人物，嗳呀，真是无一不美！整个夏天你们都在这儿住吗？

赛尔玛　不，我和我丈夫来来去去，不经常住在这儿。在城里我们有所讲究的大房子，比这所漂亮多了。不久你瞧吧。

史丹斯戈　大概你家里的人都在城里住吧？

赛尔玛　我家里的人？谁是我家里的人？

史丹斯戈　喔，我不知道——

赛尔玛　我们这些仙国公主没有家。

史丹斯戈　仙国公主？

赛尔玛　我们顶多有个狠心的晚娘。

史丹斯戈　不错，坏心肠的丑婆子！原来你是一位公主！

赛尔玛　我是掌管一切仙宫水殿的公主，夏天晚上你可以听见宫殿里仙乐飘扬。费尔博大夫觉得当个公主一定很快活，可是——

埃吕克　（从花园里进来）喔，好容易才把小宝贝找着了！

赛尔玛　小宝贝正在给史丹斯戈先生讲自己的故事。

埃吕克　哦，原来是这么回事。但不知她丈夫在故事里是个什么角色？

赛尔玛　当然是王子喽。（向史丹斯戈）最后总是王子出场，破了魔法，大家欢天喜地，互相道喜，神仙故事就这样结束了。

史丹斯戈　喔，太短了。

赛尔玛　嗯，也许是吧。

埃吕克　（一只胳臂搂着她的腰）可是老故事又翻成了新故事，公主变成了王后！

赛尔玛　她的情况跟一般真的公主一样不一样？

埃吕克　什么情况？

赛尔玛　一般公主必须逃到外国去过流亡日子。

埃吕克　史丹斯戈先生，来支雪茄好吗？

史丹斯戈　谢谢，现在不抽。

〔费尔博医生和托拉从花园里进来。

赛尔玛　（迎上去）喔，托拉，你是不是病了？

托　拉　我？我没病。

赛尔玛　哦，我看你一定有病，这一阵子你常找大夫。

托　拉　不，我没病。

赛尔玛　胡说！让我按按你的脉！呦，你烧得多厉害！我的好大夫，你看她这阵烧容易不容易退？

费尔博　什么事都有一定的期限。

托　拉　难道你要我冷得像块冰？

赛尔玛　对，不冷不热的温度最合适——不信你问我丈夫。

侍从官　（从花园里进来）一家子凑在一块儿谈心？这太简慢客人了。

托　拉　爸爸，我正要——

侍从官　哈哈，史丹斯戈先生，女客跟你这么亲热！我得小心点儿。

托　拉　（低声向费尔博）你别走！（走进花园）

埃吕克　（把胳臂递给赛尔玛）夫人请——？

赛尔玛　走！（两人从右边出去）

侍从官　（眼睛盯着他们）简直没法子把他们俩拆开。

费尔博　想把他们拆开是造孽的事情。

侍从官　咱们这些人真傻！可是上帝照样保佑咱们。（大声）托拉，托拉，小心招呼赛尔玛！给她拿个披肩，别让她这么乱跑，小心她着凉。费尔博大夫，咱们这些人眼睛近视得厉害！你看有没有法子治？

费尔博　戴一副经验眼镜可以治近视。戴上经验眼镜，看东西就清楚多了。

侍从官　是吗！谢谢你指教。可是既然你在这儿觉得跟在自己家里一样，你得帮我好好儿招待客人。

费尔博　是，是。喂，史丹斯戈，咱们——？

侍从官　不，不，我的老朋友海瑞在外头——

费尔博　海瑞也觉得在这儿像在自己家里一样，不是做客。

侍从官　哈哈哈！不错。

费尔博　我们俩一定同心协力给你办事。（走进花园）

30

史丹斯戈　侍从官,刚才你们谈到丹尼尔·海瑞。不瞒你说,我没想到他会在这儿。

侍从官　是吗?海瑞先生和我是中学大学的老同学。再说,从前我们彼此有过好些来往。

史丹斯戈　不错,昨天晚上海瑞先生在我面前谈了一些。

侍从官　嗯。

史丹斯戈　要不是听了他那些话,昨天我不会那么激烈。他喜欢说长道短,乱批评人。总而言之,他的嘴不安分。

侍从官　我的年轻朋友,你别忘了海瑞先生是我的客人。我的家是自由厅,干什么都行,只有一件事不行:不许人家说我客人的坏话。

史丹斯戈　喔,对不起,我实在——

侍从官　喔,没关系。你是年轻人,年轻人不大注意这些事。至于海瑞先生这个人,恐怕你没十分看清楚。不管他对别人怎么样,我得过他的好处可不少。

史丹斯戈　不错,他话里是有这意思,不过恐怕——

侍从官　史丹斯戈先生,我的家庭幸福也多半亏了他!要不是他,我就不会有现在这位儿媳妇。这是句老实话。丹尼尔·海瑞从小就待她好。她是个女神童,十岁就开音乐表演会。她叫赛尔玛·萧伯洛,你也许听人说起过。

史丹斯戈　萧伯洛?喔,听见过,她父亲是不是瑞典人?

侍从官　不错,是位音乐教师,好多年前就上这儿来了。你知道,音乐家难得是富翁,音乐家的性格脾气都不容易做富翁——总之一句话,有才干的人逃不过海瑞先生的眼睛,他一眼就赏识了那女孩子,把她送到柏林去留学。后来她父亲去世了,海瑞先生的光景也一天不如一天了,她才回到克立斯替阿尼遏。不用说,到了那儿自有阔人照应她。这样,我儿子才认识她。

史丹斯戈　这么说,老丹尼尔·海瑞简直是净给人家当傀儡——

侍从官　你知道,世界上的事都是从一件牵扯到另一件。史丹斯戈先生,咱们都是傀儡,你也跟别人一样。你大概是专发脾气的傀儡。

史丹斯戈　喔,别提昨天的事了,侍从官。我惭愧得要命。

侍从官　惭愧?

史丹斯戈　我昨天实在不像话。

侍从官　你那篇演说的格式也许有问题,可是意思好得很。现在我想嘱咐你,将来你打算再做这种事情的时候,先上我这儿来一趟,把事情老老实实告诉我。你知道,咱们都想把事情办好。我的责任是——

史丹斯戈　你许我在你面前说老实话吗?

侍从官　当然,那还用说。你以为我没老早看出来我们这儿的情形有点儿不对头?可是那时候我有什么办法?老国王在位的时候,我住在斯德哥尔摩①的日子多。现在我老了。再说,我的性格不适宜领导改良运动或者投入政治漩涡。史丹斯戈先生,你跟我正相反,干这些事最合适。所以咱们俩应该靠拢。

史丹斯戈　谢谢,侍从官,我非常感激!

〔凌达尔和丹尼尔·海瑞从花园里进来。

凌达尔　我告诉你,一定是你听错了。

海　瑞　当真?我那么糊涂!亲耳听见的还错得了?

侍从官　海瑞,有什么新闻没有?

海　瑞　没别的,就是安德·伦德斯达投到斯通里那边去了。

侍从官　哦,你别开玩笑!

海　瑞　对不起,我不是开玩笑。这是他亲口告诉我的。伦德斯达先生说,因为身体不好,想要退出政界。这句话是什么意思,你自己去想吧。

史丹斯戈　这话是他亲口告诉你的吗?

海　瑞　那还用说。他在花园里郑重其事地宣布这件事,大家听了都愣住了。嘻嘻!

侍从官　凌达尔,这里头有什么文章?

海　瑞　喔,并不难猜。

侍从官　不容易猜。这是本地一件大事。凌达尔,走,咱们一定得找他本人谈一谈。

〔侍从官和凌达尔走进花园。

费尔博　(从最靠后的园门里进来)侍从官出去了吗?

海　瑞　嘘!大人物正在开会!有重要新闻,费尔博大夫!伦德斯达要辞职了。

费尔博　哦,没有的事!

史丹斯戈　你说这是怎么回事?

---

① 在挪威和瑞典还是联合王国的时候,国王住在斯德哥尔摩,所以有些官员也住在那里。

海　瑞　嗯,往后咱们等着瞧热闹吧。史丹斯戈先生,青年同盟的力量在发生作用了。你说你们的党该叫什么名字?过几天我告诉你。

史丹斯戈　你说难道真是我们的党——?

海　瑞　毫无疑问。看样子我们就要选举我们这位敬爱的朋友孟森先生当国会议员了!我但愿他已经当选了。我愿意帮他一把忙——。我不多说了。嘻嘻!(走进花园)

史丹斯戈　费尔博,你懂不懂这是怎么回事?

费尔博　还有些别的事比这更难懂。比方说,你怎么会上这儿来?

史丹斯戈　我?我跟别的客人一样——当然是帖子请来的。

费尔博　我听说你的请帖是昨天晚上到手的——在你发表演说之后——

史丹斯戈　这有什么关系?

费尔博　你怎么会收下他的请帖?

史丹斯戈　我不收下怎么办?我不能得罪这些大人物。

费尔博　当真!你不能得罪他们?那么,你为什么要发表那篇演说?

史丹斯戈　你好糊涂!我在演说词里攻击的是原则,不是个人。

费尔博　侍从官请你吃饭是什么道理?

史丹斯戈　好朋友,只有一个道理。

费尔博　就是,他怕你。

史丹斯戈　嗳呀,这是什么话,他何必怕我!他是个正人君子。

费尔博　他是正人君子。

史丹斯戈　他老人家气量那么大,叫人怎么不感动?而且布拉茨柏小姐给我送请帖的时候她的态度真可爱!

费尔博　我问你,昨天的事儿,他们是不是一字都没提?

史丹斯戈　一字都没提。他们是有分寸的人,当然不会提。可是我满心后悔,必须找个机会道歉。

费尔博　我劝你千万别这么办!你不知道侍从官的脾气——

史丹斯戈　也罢,将来瞧我的行动吧。

费尔博　你不想跟斯通里的那帮人断绝关系?

史丹斯戈　我想给双方调解讲和。我有青年同盟;你知道,这已经是一种力量。

费尔博　哦,我想起来了,咱们谈到孟森小姐的时候,我劝过你放开手去干。

史丹斯戈　喔,忙什么。

费尔博　可是后来我又想了一想,我觉得你最好还是别打这主意。

史丹斯戈　你这话很有道理。我要是跟一个下等人家结了亲,就跟那一家子分不清了。

费尔博　不错,并且还有别的理由。

史丹斯戈　孟森是个下等人,这一点我现在看清了。

费尔博　他这人修养不大够。

史丹斯戈　对,确实不够!他到处说客人的坏话,这不像上等人。他家里每间屋子都有一股子霉烟丝味儿。

费尔博　真怪,你从前怎么闻不出那股霉烟丝味儿?

史丹斯戈　不比不知道,比了才知道。我初来的时候走错了道儿。我上了那帮人的圈套,他们说得天花乱坠,把我迷惑住了。可是从今以后我一定要跳出这圈套!我不能白给自私自利或是糊涂透顶的家伙当傀儡。

费尔博　你打算把青年同盟怎么样?

史丹斯戈　照现在的样子不变动,它的基础很宽广。它的目的是对抗一切恶势力。现在我才开始看清楚恶势力是从哪方面来的。

费尔博　可是"青年"的看法会跟你一样吗?

史丹斯戈　不许他们不一样!我的眼光比那些人远,他们应该听我的话。

费尔博　要是他们不听呢?

史丹斯戈　那就让他们自己干自己的,我撒手不管了。我不能为了盲目地硬求前后一致,走上错误的路,永远达不到目的。

费尔博　你的目的是什么?

史丹斯戈　我的目的是一桩可以施展我的才干、满足我的志向的事业。

费尔博　别净说空话!你的目的究竟是什么?

史丹斯戈　好吧,在你面前不妨说实话。我的目的是:将来要当个国会议员,再不就是当部长,并且娶个有钱有势人家的女儿做老婆。

费尔博　哦,原来如此!你想靠侍从官的社会关系——?

史丹斯戈　不,我要用自己的力量达到我的目的。我一定要做到,并且一定做得到,不用谁帮忙。当然,我不见得一下子就做得到,可是没关系!我可以先在这儿享几天福,陶醉在美丽愉快的生活里——

费尔博　在这儿?

史丹斯戈　不错,在这儿!这儿的气派真大方,日子过得真高雅!不用说别的,就连地板好像也只有穿漆皮鞋的人才能踩。这儿的椅子扶手那么高,垫子那么厚,女客坐在里头多优雅。这儿谈的话又轻松又美妙,好像打板球,没人会抽冷子说句冒失话,害得大家脸上下不来。喔,费尔博——这是我生平第一次体会到高贵生活的滋味儿!咱们这儿有个高贵的社会,有个小圈子,有个贵族的文化团体,我愿意待在这圈子里。你不觉得这儿有一股提炼性格的力量吗?你不觉得金钱在这儿不显着俗气吗?我一想起孟森的钱,就好像看见一堆一堆腥臭的钞票、肮脏的债券——可是在这儿呢!钱就变成了雪亮的银子!人也是一样。瞧瞧侍从官——多么文雅高贵的一位老先生!

费尔博　真是。

史丹斯戈　还有他儿子——多机灵,多直爽,多能干!

费尔博　一点不错。

史丹斯戈　还有他那位儿媳妇!你看她像不像一颗夜明珠?嗳呀,好一副柔媚迷人的性格!

费尔博　托拉——布拉茨柏小姐也有这副性格。

史丹斯戈　不错,不错,可是不大看得出来。

费尔博　喔,你不知道她的性格。你不知道她多幽静,多稳重,多端正。

史丹斯戈　喔,可是他那位儿媳妇真了不起!那么豪爽,待人几乎毫无拘束,可是又那么懂好歹,那么叫人爱——

费尔博　你大概爱上她了吧。

史丹斯戈　爱一个有夫之妇?你疯了?爱她有什么好处?可是我是在爱一个人——我自己心里很明白。真是,她又幽静、又稳重、又端正。

费尔博　谁?

史丹斯戈　当然是布拉茨柏小姐喽。

费尔博　什么?难道你想——?

史丹斯戈　是,我真想!

费尔博　我告诉你,这件事绝对做不到。

史丹斯戈　哈哈!天下无难事,只怕有心人!做得到做不到,咱们等着瞧吧。

费尔博　唉,这简直不像话!昨天还是孟森小姐——

史丹斯戈　孟森小姐的事儿怪我太性急。再说,你也劝过我别——

费尔博　我正经劝你在她们俩身上都别再打瞎主意。

史丹斯戈　哦！是不是你自己看上了她们中间的一个？

费尔博　我？没有的事。

史丹斯戈　嗯,有也没关系。谁要是妨碍我的前程,挡住我的道儿,什么事我都干得出来。

费尔博　小心,我也会说这句话！

史丹斯戈　你？你凭什么自命为布拉茨柏侍从官一家子的保护人？

费尔博　我至少是他们的朋友。

史丹斯戈　呸！这种话对我算白说。你的打算都是为自己！你在侍从官家里,唯我独尊,大模大样,满心痛快,所以不让我插脚。

费尔博　这样对你最安全。你脚底下站的是空心地。

史丹斯戈　真的吗？谢谢你！让我想法子把地填瓷实。

费尔博　好,你试试吧。可是我警告你,等不到你把地填瓷实,你的两只脚早就陷下去了。

史丹斯戈　哈哈！想不到你在暗地里算计我！幸亏我发觉得早。现在我认识你了。你是我的仇人,是我在这儿独一无二的仇人。

费尔博　我不是你的仇人。

史丹斯戈　你是！从咱们同学时候起,你就总爱跟我作对。我在这儿虽然是个外人,可是你瞧,谁不看重我？你是我的熟人,可是一向看不起我。你老看不起人——这是你的大毛病。在克立斯替阿尼遏的时候,你除了从东家串到西家,喝喝茶、聊聊天,信口开河,说几句俏皮话之外,还干什么？过那种日子你自己会吃亏！你把脑子弄迟钝了,不能领会高尚纯洁、有价值的东西,要不了多久,你就事事落后,什么都不懂得了。

费尔博　我什么都不懂得？

史丹斯戈　你一向懂得领略我的长处吗？

费尔博　叫我领略你什么长处？

史丹斯戈　就算没别的长处,我的意志总值得你看重吧？昨天庆祝会上那么些人——还有侍从官一家子——他们谁都看重我这一点——

费尔博　对,还有孟森先生和他的化身！哦,提起他,我倒想起来了——外头有人等你呢。

史丹斯戈　谁？

费尔博　（朝后面走去）是个看重你的人。（开门叫喊）阿斯拉克森,进来！

史丹斯戈　阿斯拉克森？

阿斯拉克森　（进来）啊，好容易等着了！

费尔博　我失陪了。你们商量事情，我不打搅你们。（走进花园）

史丹斯戈　你跑到这儿来找我干什么？

阿斯拉克森　我有话跟你说。你昨天答应给我一篇青年同盟成立的文章，并且——

史丹斯戈　这篇文章现在不能给你，过些时候再说。

阿斯拉克森　史丹斯戈先生，不行，明天早晨报纸要出版。

史丹斯戈　胡说！那篇文章整个儿都得改。这件事有了新发展，添了许多新力量。我说布拉茨柏侍从官的那段话必须完全重新写过才能发表。

阿斯拉克森　喔，关于侍从官的那段话已经排好了。

史丹斯戈　那你一定得拆版。

阿斯拉克森　不把它排进去？

史丹斯戈　不修改，我不能让它登出来。你为什么瞪着眼瞧我？难道你怕我不会处理青年同盟的事情吗？

阿斯拉克森　喔，当然不是，可是我得告诉你——

史丹斯戈　阿斯拉克森，别跟我抬杠，不许你多说话。

阿斯拉克森　史丹斯戈先生，你知道不知道，你这种做法是存心把我挤得没饭吃？你明白不明白？

史丹斯戈　我不明白。

阿斯拉克森　实际上你是跟我过不去。去年冬天你没来的时候，我这张报办得很有起色。我告诉你，那时候我自己当编辑，我有一定的原则。

史丹斯戈　你？

阿斯拉克森　不错，是我！我自己跟自己说：支持一张报纸的是广大的社会。现在的社会是个坏社会——这是本地老一套情况的产物——坏社会只能看坏报纸。所以我就把报纸编得——

史丹斯戈　编得很坏！这是无可抵赖的。

阿斯拉克森　可是我很赚钱。后来你来了，带来了新思想。报纸的性质改变了，拥护伦德斯达的读者都跑掉了。剩下那些订报的人不肯付报费——

史丹斯戈　报纸可是变好了。

阿斯拉克森　靠着好报纸我不能过日子。你本来打算轰轰烈烈干一场，昨天你自己说,还打算跟坏人斗一斗。你想把要人们的丑面目揭出来,报纸上登满了大家不能不看的新闻——现在你一下子把我撇在泥坑里不管了——

史丹斯戈　哈哈!你要我老给你写骂人的文章!朋友,你别痴心妄想了。

阿斯拉克森　史丹斯戈先生,你别逼着我跳墙。逼出事来怕你会后悔。

史丹斯戈　这话是什么意思?

阿斯拉克森　我的意思是说,我一定要另想办法让报纸赚钱。天知道,我本心并不愿意这么办。你没来的时候我靠着登载惨祸、自杀,以及其他无关紧要、有时候甚至是完全捏造的新闻,规规矩矩挣钱过日子。现在你把事情搞得一团糟,大家要看另一种新闻——

史丹斯戈　你记着我这句话:要是你敢乱走一步,有一个字不照我的意思办,想借机会在浑水里给自己捞一把,我就去找对方的印刷所另办一种新报纸。你要知道,我们有的是钱!半个月工夫我们就能挤垮你的破报馆。

阿斯拉克森　(脸色发白)你真会这么干?

史丹斯戈　我真会这么干。你瞧着,我办的报纸准能投合大众的脾胃。

阿斯拉克森　那我马上去找布拉茨柏侍从官。

史丹斯戈　你?你找他干什么?

阿斯拉克森　你找他干什么?你以为我不知道他为什么请你来吃饭?那是因为他怕你,并且怕你做出什么来,因此你就拿这机会做本钱。可是要是他怕你做出什么来,他也会怕我在报纸上登出什么来,因此**我**也要拿这机会做本钱!

史丹斯戈　你敢?像你这么个下流家伙——!

阿斯拉克森　别忙,你瞧着吧。要是不登你的演说稿,侍从官一定得给我不登的代价。

史丹斯戈　好,你去试试吧!你这家伙大概是喝醉了!

阿斯拉克森　醉得不算厉害。可是要是你想抢掉我这碗苦饭,我会跟你拼命。你不知道我家里是什么情形:一个躺着不能动的老婆,一个残废孩子——

史丹斯戈　滚开!你想叫我沾你身上的腥臭味儿吗?你老婆有病,你孩子残废,干我屁事!可是要是你敢做任何一件妨碍我发展前途的事,管保你过不了年就得上街要饭!

阿斯拉克森　我再等你一天。

史丹斯戈　啊,你脑子清醒起来了。

阿斯拉克森　明天我发一张通知给订报的人,就说,因为编辑人在庆祝会上得了点病,所以——

史丹斯戈　不错,这么办很好。我想,过些时候咱们彼此会了解。

阿斯拉克森　我希望有这么一天。史丹斯戈先生,请你记着一句话:这张报纸是我的宝贝。(从后面出去)

伦德斯达　(在最靠前的园门口)哦,史丹斯戈先生!

史丹斯戈　哦,伦德斯达先生!

伦德斯达　你一个人在这儿? 要是你愿意,我想跟你说几句话。

史丹斯戈　很好。

伦德斯达　首先我要说,要是有人告诉你,我说过你坏话,你千万别信他。

史丹斯戈　说我的坏话? 这是什么意思?

伦德斯达　喔,没什么,你放心。你要知道,咱们这儿爱管闲事的人太多,成天搬嘴弄舌,挑拨是非。

史丹斯戈　嗯,也许咱俩的关系有点儿不正常。

伦德斯达　咱们的关系很正常,史丹斯戈先生,老一代跟新一代的关系一向是这样。

史丹斯戈　喔,伦德斯达先生,你还说不上这么老。

伦德斯达　我是老了。从一八三九年起,我就当国会议员。现在是该我卸肩的时候了。

史丹斯戈　卸肩?

伦德斯达　你看,时代改变了。新问题发生了,解决新问题需要新力量。

史丹斯戈　伦德斯达先生,老实告诉我,你是不是想把国会议员的位置让给孟森先生?

伦德斯达　让给孟森? 不,当然不是让给他。

史丹斯戈　那我就不明白了——

伦德斯达　要是我真辞职让孟森,你看他会不会当选?

史丹斯戈　这话很难说。后天就是初选投票的日子,恐怕来不及给大家作准备。可是——

伦德斯达　我看他不见得有办法。侍从官一派的人——也就是我这一派的人——不会投他的票。不用说,"我这一派"这句话不过是打比方,我的

　　　　　意思是说本地有产业有根基的名门世家。他们瞧不起孟森。孟森是个新来的人，谁都不知道他的家世底细。要是他想给自己腾出一块空地方，他先得——连人带树——砍除一大片。

史丹斯戈　那么，要是你看他没希望的话——

伦德斯达　嗯！史丹斯戈先生，你是个才能出众的人。老天在你身上很慷慨，可惜有个小地方做得不周到。他应该再多给你一件东西。

史丹斯戈　那是什么？

伦德斯达　老实告诉我——你为什么从来不给自己打算？你为什么没有大志向？

史丹斯戈　大志向？我？

伦德斯达　你为什么把自己的力气都花在别人身上？说简单些——你为什么不想自己当国会议员？

史丹斯戈　我？你这话是当真吗？

伦德斯达　为什么不当真？我听说你有资格。要是你不抓住这机会，有人就要插进来了。等到他脚跟一站稳，再想把他推出去可就费事了。

史丹斯戈　嗳呀，伦德斯达先生！你说的是真话吗？

伦德斯达　喔，我并不想硬拉你。要是你不愿意的话——

史丹斯戈　不愿意！不瞒你说，我并不像你说的那么一点儿志向都没有。可是你看是不是做得到？

伦德斯达　喔，没什么做不到。我一定全力支持你，并且，不用说，侍从官也愿意帮忙，他知道你口才好。还有年轻人拥护你。

史丹斯戈　嗳呀，伦德斯达先生，你真是我的好朋友！

伦德斯达　喔，你这句话不见得很有诚意。要是你真把我当朋友看，你应该给我卸下这副重担子。你年纪轻，肩膀宽，挑着不费力。

史丹斯戈　我完全听你使唤，决不失信。

伦德斯达　这么说，你不是不愿意——？

史丹斯戈　决不反悔！

伦德斯达　谢谢！放心，史丹斯戈先生，管保你不会后悔。可是现在咱们行动要仔细。咱俩一定得想法子被选入选民团——我提你做我的后任，在大家面前考验你，叫大家信服你，然后你再发表自己的意见——

史丹斯戈　要是咱们做到这一步，事情就成了。到了选民团里，你就万能了。

伦德斯达　万能也有个限度。不用说，你必须施展你的口才，你必须把人家看着实在别扭和不对头的事解释清楚——

史丹斯戈　你是不是要我跟我的党分手？

伦德斯达　咱们把问题好好儿看一看。咱们常说两个党,究竟是什么意思？那就是说,有两批人。一批是享受普通公民利益的人——所谓普通公民利益,就是财产、独立和权力。我属于这一党。另一批是也想分享这些利益的年轻些的公民。那就是你的党。可是等到你一掌权——更不用说稳稳当当地做财主——你会十分自然合理地退出你那个党——史丹斯戈先生,**这是必要的一步**。

史丹斯戈　不错,我想是必要的。可是时间很短促,这么个地位不是一天能到手的。

伦德斯达　不错,可是先给这么个地位开辟一条路,也许就足够——

史丹斯戈　开辟一条路？

伦德斯达　史丹斯戈先生,你是不是坚决不愿意跟有钱的女人结婚？这儿乡下财主女儿多得很,像你这么个前程远大、稳做高官的人,我担保,只要你手法巧妙,不必担心碰钉子。

史丹斯戈　既然如此,感激不尽,千万帮我一把忙！你在我脑子里开辟了一个新天地——给我指出了伟大的前景！我一向盼望的、梦想的、好像渺渺茫茫难以到手的东西,现在一下子都来到了我眼前——我要领导大家走上解放的道路,我要——

伦德斯达　不错,史丹斯戈先生,咱们做事要睁开眼睛。我看你的劲头已经上来了。很好。以后的事情自然有办法。现在我先谢谢你！你肯一口答应把这副担子从我这老头儿的肩膀上卸下来,我永远忘不了。

　　〔众人陆续从花园里进来。两个女用人在下面一段时间里拿进蜡烛,还给大家递送茶点。

赛尔玛　(向右后方的钢琴走过去)史丹斯戈先生,你也来吧,我们正要玩"罚东西"①的游戏。

史丹斯戈　很好,我正想玩儿。

　　〔他跟着她走向后方,帮她摆椅子,安排东西。

埃吕克　(低声)海瑞先生,我父亲到底在说什么？昨天史丹斯戈先生演说的

---

① 在这种游戏里,参加的人要是犯了错误,就得罚出一件东西来(往往是随身佩带的小东西)。可是只要他做一桩能逗大家发笑的事情,就可以把罚出来的东西赎回去。

内容是什么？

海　瑞　嘻嘻！你不知道吗？

埃吕克　不知道。我们城里一批人昨天在俱乐部吃饭跳舞。我父亲告诉大家，史丹斯戈先生跟斯通里的那帮人已经翻了脸——说他对孟森非常不客气——

海　瑞　对孟森？不，你一定把他的意思弄错了，我的好先生。

埃吕克　他说话的时候人很多，所以我也听不大清楚他说的是什么，可是我确实听见——

海　瑞　等着明天瞧吧——我不多说了。明天早晨你喝咖啡看阿斯拉克森的报纸的时候就都知道了。（两人分手）

侍从官　伦德斯达，你还死抱着你那些古怪的想法？

伦德斯达　侍从官，不是古怪想法。与其让人家轰出去，不如自己体体面面走下台。

侍从官　胡说！谁想把你轰出去？

伦德斯达　嗯，我是个善于看风的人。风向改变了。再说，我把后任都预备下了。史丹斯戈先生愿意——

侍从官　史丹斯戈先生？

伦德斯达　你从前说的不就是这意思吗？你说过，他这人咱们应该拉拢支持，我把你这句话当作了暗示。

侍从官　我的意思是说，在他攻击斯通里的那帮人、骂他们欺诈腐化的时候，咱们应该支持他。

伦德斯达　可是你怎么拿得稳他会跟那伙人翻脸呢？

侍从官　嗨，你真糊涂，他昨天晚上的态度还不够明白吗！

伦德斯达　昨天晚上？

侍从官　是啊，在他说到孟森在本地的恶势力的时候。

伦德斯达　（张嘴吃惊）他说孟森的恶势力？

侍从官　那还用说。那是他站在桌子上的时候——

伦德斯达　站在桌子上？是吗？

侍从官　他很不客气，他骂孟森是财阀，是怪鸟，是毒蛇，还有别的。哈哈！听他骂人怪有意思。

伦德斯达　怪有意思？

侍从官　怪有意思。老实说,这帮人挨几句骂,我觉得不算过分。可是现在咱们一定得支持他,因为在这顿臭骂之后——

伦德斯达　你说的是昨天那顿臭骂?

侍从官　当然。

伦德斯达　站在桌子上骂的话?

侍从官　不错,站在桌子上骂的话。

伦德斯达　骂孟森的话?

侍从官　不错,骂孟森和他手下那帮人的话。他们挨了骂当然想报仇,这也怪不得他们。

伦德斯达　(坚决地)咱们要支持史丹斯戈先生——这是一定的!

托　拉　爸爸,你也过来跟我们玩儿吧。

侍从官　喔,别瞎扯了,孩子——

托　拉　你一定得来。你不来,赛尔玛不答应。

侍从官　好吧,看样子我不能不答应了。(一面跟托拉向后方走去,一面低声地)伦德斯达真是老糊涂了,你想,他一点儿都听不懂史丹斯戈说的话——

托　拉　喔,快走,快走,他们已经开始了。

〔她把侍从官拖到玩得兴高采烈的年轻人圈子里。

埃吕克　(在自己座位上喊)海瑞先生,大家推你当裁判。

海　瑞　嘻嘻!这是我生平第一个差事。

史丹斯戈　(也在圈子里)海瑞先生,因为你有法律经验。

海　瑞　喔,可爱的年轻朋友们,我要罚你们大家——。我不多说了!

史丹斯戈　(悄悄溜到站在左前方的伦德斯达身边)刚才你跟侍从官说话,说的是什么?是不是说我?

伦德斯达　对不起,是说你——是说昨天晚上那件事——

史丹斯戈　(难受)喔,该死!

伦德斯达　他说你非常不客气。

史丹斯戈　你当我心里不难受吗?

伦德斯达　现在是你立功赎罪的时候了。

埃吕克　(喊叫)史丹斯戈先生,轮到你了。

史丹斯戈　来了!(急忙向伦德斯达)你这话是什么意思?

43

伦德斯达　找个机会向侍从官赔不是吧。

史丹斯戈　对,我真愿意赔不是!

赛尔玛　快点,快点!

史丹斯戈　就来!来了!

〔笑语喧腾,众人玩得十分高兴。有几个年长的男客在右边打纸牌。伦德斯达在左边坐下,海瑞挨着他。

海　瑞　那小子拿我的法律经验开玩笑,是不是?

伦德斯达　他的嘴爱胡说,这是实情。

海　瑞　因此他们全家都巴结他。嘻嘻!他们对他怕得要命。

伦德斯达　不,海瑞先生,你弄错了,侍从官并不怕他。

海　瑞　不怕他?哼哼,你当我是瞎子,我的好先生?

伦德斯达　不怕他,可是——你别把话说出去,我把实话告诉你。侍从官以为他骂的是孟森。

海　瑞　孟森?喔,岂有此理!

伦德斯达　真的,海瑞先生!侍从官一定是信了凌达尔或是托拉小姐的话——

海　瑞　所以就请他参加这大宴会!他妈的,真是多少年没听见过的新鲜事儿!不行,**这回我可憋不住了。**

伦德斯达　嘘,嘘!别忘了你答应我的话。侍从官是你的老同学。即使他有些对不起你的地方——

海　瑞　嘻嘻!我要加倍回敬他!

伦德斯达　小心!侍从官有势力。别在老虎嘴上拔胡子!

海　瑞　你说布拉茨柏是老虎?呸,他是傻瓜,我可不傻。瞧着吧,等我们这场大官司一开头,我准可以抓一大批嘲笑挖苦的好材料!

赛尔玛　(在圈子里喊)裁判先生,这回输的人该罚他什么?

埃吕克　(乘人不备,向海瑞)这回输的人是史丹斯戈先生!罚他做点什么逗人笑的玩意儿。

海　瑞　这回罚他?嘻嘻,让我想想。罚他——这么办吧——对!——罚他做一篇演说!

赛尔玛　这是史丹斯戈先生应得的处罚。

埃吕克　史丹斯戈先生应该做一篇演说。

史丹斯戈　喔,不行,饶了我吧。昨天晚上我就说得够糟了。

侍从官　你说得好极了,史丹斯戈先生,演说的事我不太外行。

伦德斯达　(向海瑞)只要他这回不走错步子栽跟头就行。

海　瑞　走错步子?嘻嘻!你真厉害!这是个很好的启示!(低声向史丹斯戈)要是你昨天晚上把话说糟了,为什么今天晚上不弥补一下子?

史丹斯戈　(灵机一动)伦德斯达,机会来了!

伦德斯达　(闪闪烁烁)好好儿干吧。(找着帽子,悄悄溜向门口)

史丹斯戈　好,我就做一篇演说。

年轻女客们　好极了!好极了!

史丹斯戈　诸位,请把你们的酒杯斟满!我这篇演说开头是个寓言,因为在这儿我好像呼吸的是寓言世界的空气。

埃吕克　(向女客们)别做声!听!

〔侍从官从右边牌桌上拿起酒杯,站在桌旁。凌达尔、费尔博和另外一两位男客从花园里进来。

史丹斯戈　那时候是春天。一只小布谷鸟从高冈上飞过来。那只布谷鸟是个投机分子。那时候下面草地上正在开百鸟会议,野鸟家禽一群一群从各地飞来开会。有的从鸡棚里跳出来,有的从鸭池里摇摇摆摆走上来。忽然从斯通里飞来了一只又肥又笨的大松鸡,刷拉刷拉在大家头顶上转圈儿。它落下地来,张开羽毛,抖抖翅膀,把身子抖得比原来更大了。它嘴里一声一声地叫:"克拉克,克拉克,克拉克!"好像在说:"我就是斯通里的大公鸡!"

侍从官　说得真好!听,听!

史丹斯戈　这时候又来了一只老啄木鸟,抱着树身忽上忽下地用尖嘴鵮吃幼虫和树瘤子。只听见它嘴里乱叫:"普利克,普利克,普利克!"这就是啄木鸟。

埃吕克　对不起,恐怕是一只灰鹤吧,再不就是一只——①

海　瑞　别多嘴!

史丹斯戈　这就是老啄木鸟。不多会儿,鸟群里热闹起来了,因为它们发现了

---

① 埃吕克想说"海瑞";"海瑞"(Heire)这个字,在挪威文里的意思是"鹭鸶"。海瑞自己当然懂得这句双关语,所以赶紧拦住埃吕克。

45

起哄的好题目。大家飞在一块儿,唧唧喳喳一齐叫,到后来那只小布谷鸟也凑上来跟着叫唤——

费尔博 （乘人不备）喂,朋友,别说了!

史丹斯戈 它们围着乱叫唤的是一只鹰——这只大鹰高高地独立在峭壁上。① 大家对鹰的看法都一样。一只哑嗓子大乌鸦呱呱地乱叫:"鹰是本地的大魔王。"可是鹰翻身扑下来,抓住布谷鸟,把它带到高冈的鹰窝里。这叫作好汉爱好汉! 从那笔直的悬崖上,投机分子布谷鸟顾盼自豪地往下看,它在上头找着了和平和光明。从上往下看,它才能认识那群鸡鸭野鸟的真面貌——

费尔博 （高声）好,好! 奏乐。

侍从官 嘘! 别打断他。

史丹斯戈 布拉茨柏侍从官——故事讲完了。现在我当着大家给你赔不是,昨天晚上我对你太放肆,请你饶恕我。

侍从官 （惊得倒退一步）对我太放肆?

史丹斯戈 我感谢你宽宏大量,不计较我说的那些糊涂话。从今以后我愿意在你手下做一个忠实的拥护者。诸位,现在我敬祝高山上的鹰——布拉茨柏侍从官——的健康。

侍从官 （用手抓桌子）史——史丹斯戈先生,谢谢你。

客人们 （大部分人都惊讶得不知所措）侍从官! 布拉茨柏侍从官!

侍从官 诸位女士! 诸位先生! （低声）托拉!

托 拉 爸爸!

侍从官 喔,费尔博大夫,事情都坏在你身上。

史丹斯戈 （拿着酒杯,得意扬扬）大家各归原位! 喂,费尔博! 过来——加入——加入我们的青年同盟! 我们这玩意儿真热闹!

海 瑞 （在左前方）对,这玩意儿真热闹!

〔伦德斯达悄悄从后门溜出去。

---

① 这里的"峭壁"影射"布拉茨柏",在挪威文里"Et brat fjeld"（峭壁）和"Bratsberg"（布拉茨柏）这两个词发音有点相近。

第 三 幕

〔一间讲究的起居室,通外面的门在后方。左边是通侍从官书房的门,往后去,还有一扇门通客厅。右边一扇门通到凌达尔的办公室,再往前来,有一扇窗。
〔托拉坐在左边沙发上哭。侍从官怒气冲冲地在屋子里来回走动。

侍从官　对,伤心、落泪——这是咱们的下场白——
托　拉　嗳,咱们认识那家伙真倒霉!
侍从官　哪个家伙?
托　拉　当然是史丹斯戈那坏家伙。
侍从官　你还不如说:"嗳,咱们认识那坏家伙大夫真倒霉。"
托　拉　你说的是费尔博大夫吗?
侍从官　当然,费尔博,费尔博!对我撒一套谎话的还不就是他?
托　拉　不,爸爸,撒谎的是我。
侍从官　你?这么说,你们两个人都有份儿。你帮着他在我背后捣鬼。干得好事情!
托　拉　喔,爸爸,要是你知道——
侍从官　喔,我知道的事儿够多了,嫌多了,太多了!
　　　　〔费尔博医生从后面进来。
费尔博　你好,侍从官!你好,布拉茨柏小姐!
侍从官　(依然来回走动)你来了吗——你这不吉利的倒霉鬼!
费尔博　不错,那件事闹得很别扭。
侍从官　(望着窗外)喔,你也觉得别扭?
费尔博　你一定看见昨天晚上我一直没放松史丹斯戈。可是倒霉的是,我一听说大家要玩"罚东西"的游戏,我就以为不要紧了——

侍从官　（跺脚）让这么个吹牛家伙拿我开玩笑！昨晚那些客人不知把我当作什么人！他们以为我卑鄙得想收买这个——这个——伦德斯达说的什么家伙！

费尔博　不错,可是——

托　拉　（趁她父亲没看见）别说话！

侍从官　（顿了一顿,转向费尔博）费尔博大夫,老实告诉我,难道我真比一般人都笨吗？

费尔博　侍从官,你怎么问这么一句话？

侍从官　要不然,怎么别人都知道那篇倒霉演说是骂我,只有我一个人不知道呢？

费尔博　要不要我把原因告诉你？

侍从官　当然要。

费尔博　因为你对自己在本地的身份的看法,跟别人对你的看法不一样。

侍从官　我对我自己身份的看法,跟我父亲从前对他的身份的看法没有两样。可是从来没人敢这么对待他。

费尔博　你父亲是一八三〇年左右去世的。

侍从官　嗯,不错,这些年来社会上许多界限已经消灭了。可是归根结底,还是怪我自己不好。我跟这些大人物太接近了,所以现在我只好任凭别人把我的名字跟伦德斯达的名字连在一起说！

费尔博　说老实话,这也算不上丢脸。

侍从官　喔,你一定很明白我的意思。我当然不是拿地位、头衔这一类东西夸耀自己。可是我自己看重并且希望别人也看重的是,我家历代相传的清白家风。我的意思是,像伦德斯达那种人一入政界,要他规规矩矩、清清白白,是做不到的事。到了大家胡乱攻击的时候,他一定会挨骂。可是他们何必把我牵扯在里头。我又没有党派。

费尔博　不见得吧,侍从官,至少在你觉得挨骂的是孟森的时候,你心里挺舒服。

侍从官　再别提那家伙！败坏本地风气的就是他。现在他把我儿子也勾引坏了,这家伙真该死！

托　拉　把埃吕克勾引坏了？

费尔博　把你儿子勾引坏了？

侍从官　可不是吗！好端端地为什么要去做买卖？做买卖不会有好结果。

费尔博　侍从官，你别埋怨他，他总得过日子——

侍从官　只要他肯省俭，他母亲留给他的那点钱足够他过日子。

费尔博　那点钱也许够他过日子，可是他总得有点事情做，你叫他做什么好？

侍从官　做什么好？嗯，要是他一定要做点事，他不是有资格当律师吗？他可以拿这个当职业。

费尔博　不行，他不能当律师。当律师跟他性格不合。他没有做官的希望。你的产业都是自己管，不让他插手。他也没有儿女可教育。照这种情形，他看见周围那些叫人眼红的榜样——看见那些白手起家，挣到五十万家私的人——

侍从官　五十万！喔，范围缩小点，咱们单说十万的吧。五十万也好，十万也好，要是手不脏，一定捞不着。我并不是说公然做坏事，谁都知道，不犯法并不是难事。我说的是良心问题。不用说，我儿子决不肯做不名誉的事，所以你瞧着吧，埃吕克·布拉茨柏做买卖一定挣不了五十万家私。

〔赛尔玛穿着出门衣服从后面进来。

赛尔玛　你早！埃吕克不在这儿吗？

侍从官　你早，孩子！你是不是找你丈夫？

赛尔玛　是，他说要上这儿来。今天一清早孟森先生来找他，后来——

侍从官　孟森？孟森常上你们那儿去吗？

赛尔玛　有时候去，去的时候大概都有事。嗳呀，我的亲托拉，你怎么啦？你是不是刚哭过？

托　拉　喔，没什么。

赛尔玛　喔，**不会**没什么！在家里，埃吕克发脾气，在这儿——我从你脸上看得出一定出了事。到底是什么事？

侍从官　反正是不用你操心的事。你太娇嫩，肩膀上挑不起重担子，我的小赛尔玛。先上客厅去坐坐吧。要是埃吕克说过要上这儿来，他一定就会来。

赛尔玛　走吧，托拉——别让我坐在风口里！（拥抱她）喔，我的好托拉，我恨不能把你爱死！（她们从左边出去）

侍从官　哼，原来两个投机分子勾搭得这么紧！他们合伙做买卖。孟森和布拉茨柏——这两个名字连起来多好听！（有人敲后面的门）进来！

49

〔史丹斯戈进来。

侍从官　（倒退一步）这是怎么回事？

史丹斯戈　侍从官,是我,我又来了!

侍从官　我知道。

费尔博　你疯了吧,史丹斯戈？

史丹斯戈　侍从官,昨天晚上你走得很早。等到费尔博把事情对我解释明白,你已经——

侍从官　对不起,一切解释都是废话——

史丹斯戈　我知道,所以我不是来解释的。

侍从官　真的吗？

史丹斯戈　我知道我把你得罪了。

侍从官　不用你说,我也知道。趁我还没把你撵出去,你不妨说说今天你来干什么。

史丹斯戈　侍从官,因为我爱你女儿。

费尔博　你真是——!

侍从官　他说什么,费尔博大夫？

史丹斯戈　啊,侍从官,你没法子了解这意思。你年纪大了,没有什么必须争取的事了——

侍从官　你竟敢——？

史丹斯戈　侍从官,我现在是来向你女儿求婚的。

侍从官　你——你——？你坐下。

史丹斯戈　谢谢,我愿意站着。

侍从官　费尔博大夫,你看这是怎么回事？

史丹斯戈　哦,费尔博是帮我的。他是我朋友,是我唯一的好朋友。

费尔博　喂,别胡说!我绝不是你的朋友,要是你——

侍从官　莫非费尔博大夫就是打着这个主意,才想法子把他的朋友引到我家里来？

史丹斯戈　侍从官,你只知道我昨天和前天干的那些事。这是不够的。再说,我今天已经跟从前不一样了。自从我跟你和你府上的人有了来往之后,我精神上好像洒了一场春雨,一夜工夫开了好些新鲜花朵儿!你千万别把我踢出去,叫我重新再过从前那种肮脏日子。以前,我从来没贴近过人生的美丽的东西,我老是摸不到手——

侍从官　可是我女儿——?

史丹斯戈　喔,我有法子叫她爱我。

侍从官　真的?哼!

史丹斯戈　真的,因为我的意志很坚决。别忘了你昨天告诉我的话。当初你反对你儿子那门亲事——可是后来怎么样!费尔博说得好,你一定得戴上经验眼镜——

侍从官　哦,原来你是这意思?

费尔博　不是,不是!侍从官,让我跟他单独谈一谈。

史丹斯戈　胡说!我跟你没什么可谈的。侍从官,我劝你别固执!像你们这种老世家需要结几门新亲事,要不然你们的脑筋就迟钝了——

侍从官　喔,这话太岂有此理了!

史丹斯戈　喂,喂,别生气!你别这么拿架子,摆身份——当然你也知道这些东西根本就无聊。你瞧着吧,将来你跟我混熟了,你会看重我。没问题,你们父女俩一定都会看重我!我能叫你女儿——

侍从官　费尔博大夫,你看这是怎么回事?

费尔博　我看这是发疯。

史丹斯戈　在你也许是发疯,可是在我就不一样,在这美丽的世界上,我有个重要使命。我不容许无聊的偏见阻挡我完成这使命。

侍从官　史丹斯戈先生,请你出去。

史丹斯戈　你轰我——?

侍从官　出去!

史丹斯戈　别轰我出去!

侍从官　滚出去!你是个投机分子,你还是个——还是个什么?唉,我的记性坏透了!你还是个——

史丹斯戈　我还是个什么?

侍从官　你还是——那个东西——这名字就在我嘴边,怎么想不起来了——

史丹斯戈　你要小心,别阻碍我的前程!

侍从官　小心?小心什么?

史丹斯戈　小心我在报纸上攻击你,跟你过不去,造你的谣言,用尽方法破坏你的名誉。我的鞭子抽在你身上,你会疼得哇哇叫。我会让你觉得,好像

51

半空中有一群鬼拿着鞭子像雨点儿似的在你身上抽。你会害怕得缩成一团蹲下来,双手抱着脑袋躲鞭子——你会爬到僻静地方藏起来——

侍从官　你自己快爬到疯人院里躲起来吧! 你这人只配进疯人院!

史丹斯戈　哈哈! 这种反骂真无聊! 可是,布拉茨柏先生,量你也说不出更高明的话! 我告诉你,你得罪我,就是触犯了天怒。你反对我,就是反对上帝的意志。上帝派定我走光明的道路——你偏要给我蒙上个黑影子! 看样子今天我跟你谈不下去了,不过也没关系。我只要你告诉你女儿——叫她心里有准备——给她个选择的机会! 仔细想一想,睁开眼睛四面瞧一瞧! 在这些蠢家伙里头你能找着个好女婿吗? 费尔博说你女儿又幽静又稳重又端正。现在你明白是怎么回事了。侍从官,再见! 要我做你的朋友,还是要我做你的敌人,你自己拿主意吧。再见!(从后面出去)

侍从官　事情闹到了这步田地! 他们竟敢在我自己家里这么侮辱我!

费尔博　史丹斯戈敢这么做,别人不敢。

侍从官　今天是他,明天就许是别人。

费尔博　让他们来吧。我会把他们轰出去。我愿意为你舍命出力——

侍从官　你就是这件事的祸根子! 哼,这个史丹斯戈是个最不要脸的混账东西! 可是,话又说回来了,真岂有此理,他还有些叫我喜欢的地方。

费尔博　他这人有前途——

侍从官　费尔博大夫,他性格很直爽。他不像有些人只会在背后捣鬼。他——他——!

费尔博　这值不得讨论。侍从官,只要你拿定主意对待史丹斯戈,给他一个不答应,两个不答应!

侍从官　不用你给我出主意! 你放心,我不会答应他,也不会答应别人——

凌达尔　(从右边门里进来)侍从官,对不起。有句话——(耳语)

侍从官　什么? 在你屋子里?

凌达尔　他从后门进来的,想见你。

侍从官　嗯。喂,费尔博大夫,你上客厅坐会儿,我有个客——你千万别跟赛尔玛提起史丹斯戈和他刚上这儿来的事情。这些事都别叫她知道。至于我女儿嘛,我想最好你也别跟她说什么。可是——唉,其实有什么用——? 你走吧。

〔费尔博走进客厅。凌达尔已经回到自己的办公室。不久孟森从办

　　　　　室走出来。

孟　　森　（在门口）万分对不起——

侍从官　进来,进来！

孟　　森　府上大概都好吧？

侍从官　谢谢。你是不是有事找我帮忙？

孟　　森　这话不一定是这么说。谢谢老天,我是个差不多什么东西都不缺的人。

侍从官　哦,是吗？能说这句话可不容易。

孟　　森　可是那些东西不是白来的,是我辛辛苦苦用力气挣来的。我知道我做的事你不怎么太赞成。

侍从官　我想,我赞成不赞成对你的事业不会有什么影响。

孟　　森　那谁知道？反正我现在正打算一步一步把身子抽出来,不干这买卖了。

侍从官　真的吗？

孟　　森　不瞒你说,我运气一直都很好,我想做的事都做成了,所以现在该是松一把手的时候了——

侍从官　我恭喜你——还恭喜别人。

孟　　森　可是要是同时我能帮你一点忙的话,侍从官——

侍从官　帮我？

孟　　森　五年前拍卖郎吉鲁森林的时候,你出过价钱——

侍从官　不错,可是你出的价钱比我大,让你买到手了。

孟　　森　现在你可以买回去,连森林、锯木厂带全部设备,一齐买回去。

侍从官　经过了你那伤天害理的一阵子乱砍乱伐——

孟　　森　喔,那些树林子还很值钱,并且要是按照你的办法去经营,要不了几年工夫——

侍从官　谢谢,可惜我不能跟你做这宗买卖。

孟　　森　侍从官,这里头你可以发一笔大财。我自己呢,不瞒你说,正在做一宗大投机生意,数目很可观,可以捞一大把——大概有十万左右——

侍从官　十万？这可不是小数目。

孟　　森　哈哈！好比锦上添花。可是,常言说得好,大战的时候需要后备军。我手里现款不太多,可以用来抵押的户头都用出去了——

侍从官　不错,有些人在这上头抓得很紧。

孟　　森　这种事反正是你算计我,我算计你。侍从官,这个买卖你做不做？我

53

把森林卖给你，价钱由你说——

侍从官　孟森先生，怎么便宜我都不愿意买。

孟　森　行了好心可有好报啊！侍从官，你肯不肯帮我一把忙？

侍从官　这话是什么意思？

孟　森　不用说，我有可靠的抵押品。我的产业多得很。你看——这些契券——让我把我的情形讲给你听。

侍从官　（用手挥开契券）你是不是想跟我借钱？

孟　森　不是现款。不是，不是！可是我要你支持我，侍从官。当然我不叫你白帮忙——我有东西作抵押——还有——

侍从官　你就为这件事找我？

孟　森　不错，正是找你。我知道你碰见人家真有急难的时候，往往不计较过去的事情。

侍从官　也许我应该谢谢你这么夸奖——特别是在目前这时候，可是——

孟　森　侍从官，你是不是可以告诉我，你为什么恨我？

侍从官　说了有什么好处？

孟　森　说了也许咱们彼此可以多了解一点。我从来没成心跟你作过对。

侍从官　是吗？好，那么让我告诉你一桩你跟我作对的事儿。从前我为铁厂职工和别的人创办了那个铁厂储蓄银行，你偏偏跟我作对，也办银行，大家把款子都存到你那儿——

孟　森　那是当然的道理，侍从官，我的存款利息大。

侍从官　不错，可是你放款的利息也大。

孟　森　可是我不大计较抵押品和其他的条件。

侍从官　这正是你可恶的地方，因为现在的人一借债动不动就是一两万块钱①，其实呢，放债的主儿和借债的主儿都是两手空空，一个铜子儿都没有。孟森先生，我恨你就为这个。另外还有一桩更叫我痛心的事儿。你以为我眼睁睁瞧着我儿子乱搞这些危险的投机生意，心里高兴吗？

孟　森　可是我有什么办法？

侍从官　他跟别人一样，学你的坏榜样。你为什么不守着你的老本行？

---

① 易卜生一八六九年写这个剧本的时候，挪威的币制单位为"元"。后来改用"克罗纳"。一元等于四个克罗纳。

孟　森　像我父亲似的做个木材商人？

侍从官　他在我手下做事能算丢脸吗？当年你父亲做事规规矩矩，同行的人都敬重他。

孟　森　不错，他一直做到差不多筋疲力尽，最后连人带木筏子一齐翻到瀑布里去了。侍从官，你知道不知道干这一行的人过的是什么日子？你舒舒服服坐在家里发财享福，你知道不知道那些在森林里、在河湾里为你工作的人吃的是什么苦，受的是什么罪？你能埋怨吃这碗饭的人想往上爬吗？我受的教育比我父亲多点儿，也许我比他聪明点儿——

侍从官　大概是吧。可是你是怎么爬上去的？最初你卖酒。后来你收买来历不明的债券，不顾死活地逼着债主还钱。你就这么一步一步爬上去了。为了自己发财，你手里不知害过多少人！

孟　森　做买卖就是这样，一个上来，一个下去。

侍从官　可是买卖有各种各样的做法。我知道有几个体面人家被你害得进了贫民院。

孟　森　丹尼尔·海瑞离进贫民院的日子也不远了。

侍从官　我明白你这句话的意思，可是我做的事对天对人都无愧！当初咱们国家跟丹麦分开之后，光景非常艰难，我父亲不惜一切牺牲，报效国家，因此我家一部分产业就到了海瑞家里。结果怎么样？因为丹尼尔·海瑞不会经营，靠着他那份产业过日子的人都很吃苦。他把树林子一顿乱砍乱伐，当地的人不但吃了大亏，并且，我简直可以说，被他害得倾家荡产。要是我有力量的话，你说我是不是应该出来干涉？事情凑巧，那时候我正好有这份力量。法律支持我的立场，我就正正当当地又把祖产买回来了。

孟　森　法律也一直支持我。

侍从官　要是你有良心的话，你的行为在良心上说得过去吗？你破坏了社会秩序！你损伤了大众对于财富的尊敬！如今，大家谈话的时候，决不问某家的钱是怎么来的，某家的钱传了几辈子，他们只打听，某人手里现在有多少钱。他们就按照钱的多少对待那个人。我就吃了这种亏，人家把我当作跟你是一伙的人，人家把你我连在一块儿说，因为咱们俩是本地两个最大的财主。这种情形我受不了！我干脆告诉你吧，这就是我恨你的原因。

孟　森　这种情形快改变了，侍从官。我愿意把买卖收起来，什么事都让你

55

干,可是我求你帮我一把忙!

侍从官　做不到。

孟　森　你要什么价钱我都肯出——

侍从官　出价钱! 你敢——

孟　森　你不替我打算,也应该替你儿子打算打算!

侍从官　替我儿子打算!

孟　森　不错,你儿子也有份儿。我估计他准可以赚两万来块钱。

侍从官　准可以赚?

孟　森　不错。

侍从官　那么,天啊,蚀本的会是谁呢?

孟　森　你这话怎么讲?

侍从官　我儿子赚钱,一定有人蚀本啊。

孟　森　这是一宗好买卖,其余的话我就不便多说了。可是我必须借重一个殷实可靠的户头,我只要你在借据后头签个字——

侍从官　签字! 要我在这么一张借据上——?

孟　森　数目不大,一万或是一万五千块钱。

侍从官　难道你以为我肯——? 用我的名字! 干这种事情! 不用说,你一定是想拿我的名字作担保,是不是?

孟　森　这不过是一种形式——

侍从官　这简直是个骗局! 要我签字! 绝对办不到。我从来没给别人签过字。

孟　森　从来没有? 侍从官,你这句话可是言过其实了。

侍从官　这是实实在在的情形。

孟　森　不见得吧,我就亲眼看见过。

侍从官　你看见过什么?

孟　森　看见过你的签字——至少看见过**一张**借据上有你的签字。

侍从官　简直胡说! 没有的事!

孟　森　我真看见过! 是一张两千块的借据。你再仔细想一想!

侍从官　两千的也没有,一万的也没有! 我敢赌咒,从来没有!

孟　森　这么说,那个签字是假的。

侍从官　假的?

孟　森　不错,一定是假的——因为**我确实**看见过。

侍从官　假的？假的！你在什么地方看见的？在谁手里看见的？

孟　森　这我不能告诉你。

侍从官　哈哈！反正不久就会查出来。

孟　森　听我说！

侍从官　住嘴！事情竟然闹到这步田地了！伪造签名！他们干这些丑事，一定要把我拉进去！难怪人家把我和你们这伙人看作是一个鼻孔出气的。可是现在是该我算账的时候了！

孟　森　侍从官——你要替自己打算，也要替别人打算——

侍从官　滚出去！快滚！这些事都坏在你身上！祸根子就是你！作恶的人该遭殃！你的家庭生活丑得很。你结交的都是些什么人？无非是从京城里和别处来的一群混账东西，他们交朋友不管是什么人，只知道吃，只知道喝。你少说话！我亲眼见过你那些高宾贵客在圣诞节像一群狼似的在路上乱嚷乱闯。这还不算，还有更丑的事呢。你在家里跟自己的女用人干的那些下流事！你那么荒唐，还虐待你老婆，把她气疯了。

孟　森　嘿，这可太不像话了！你骂我这些话，我不能白饶你！

侍从官　你这些话只有鬼听了才害怕！我怕你什么？我？刚才你问我为什么恨你。我已经说过了。现在你总明白了，为什么我一直不让你混进上等社会来。

孟　森　不错，你一向排挤我，现在我要搞垮你们这个上等社会——

侍从官　滚出去！

孟　森　我走就是了，侍从官！（从后面出去）

侍从官　（开了右边的门喊）凌达尔，凌达尔——上这儿来！

凌达尔　什么事？

侍从官　（向饭厅里喊）费尔博大夫，进来吧！凌达尔，你瞧我的预言果然应验了。

费尔博　（进来）侍从官，你叫我有什么事？

凌达尔　你说什么预言？

侍从官　费尔博大夫，现在你还有什么可说的？从前我说本地的风气让孟森搞坏了，你老埋怨我说的太过火。

费尔博　不错，我说过，究竟是怎么回事？

侍从官　我告诉你，咱们这儿的事越来越不像话了。你猜怎么样？外头发现伪造签名的事情了。

57

费尔博　伪造签名？

侍从官　一点不错,伪造签名!你猜他们签的是谁的名字?哼,签的是我的名字!

费尔博　谁敢干这种事？

侍从官　那我怎么知道？本地的坏蛋我不能一个个都认识。反正不久就会查出来。费尔博大夫,劳驾帮我一点忙。这些借据反正不是在储蓄银行就是在铁厂银行。赶紧去找伦德斯达,他是银行经理,事情最熟悉。你叫他查一查有没有这么一张伪造签名的借据。

费尔博　好,我马上就去。

凌达尔　伦德斯达今天在厂里;学校董事会要开会。

侍从官　那更好了。赶紧去找他,把他叫来。

费尔博　我马上就去。(从后面出去)

侍从官　凌达尔,你上铁厂去调查。事情一弄清楚,咱们马上就起诉。咱们不能放松这批坏家伙!

凌达尔　好,我就去。天啊,谁想得到会有这种事!(从右边出去)

〔侍从官在屋里来回走了一两趟,正要走进自己书房,埃吕克从后面进来。

埃吕克　爸爸!

侍从官　哦,是你？

埃吕克　爸爸,我急于要跟你说句话。

侍从官　嗯,这时候我跟谁都不愿意说话。你来干什么？

埃吕克　爸爸,你是知道的,我做买卖从来没牵扯过你。

侍从官　这番好意我实在不敢当。

埃吕克　可是现在我不能不——

侍从官　不能不什么？

埃吕克　爸爸,你一定得帮我一把忙!

侍从官　帮你一笔钱!哼,老实告诉你——

埃吕克　只这一回!我赌咒下回再不——!不瞒你说,我跟斯通里的孟森有几宗款子来往的事情——

侍从官　我知道。你们正在干一宗发财的投机生意。

埃吕克　投机生意？我们？没有的事!谁告诉你的？

侍从官　孟森自己告诉我的。

埃吕克　他来过了吗？

侍从官　他刚走。是我把他轰出去的。

埃吕克　爸爸,要是你不帮忙,我就完了。

侍从官　你?

埃吕克　嗯,我就完了。我借过孟森的钱,利息重得要命,现在那些借款都到期了——

侍从官　果然不出我所料!从前我怎么跟你说的?

埃吕克　不错,不错,可是现在来不及了——

侍从官　都完了!只有两年工夫!照你的做法,怎么会有别的下场?你跟这些嘴里说得天花乱坠、手里一个钱都没有的骗子搅在一块儿干什么?你不是他们的对手。跟那些人打交道,你一定得一拳来一脚去才行,不然你准倒霉,现在你该明白了吧。

埃吕克　爸爸,你到底愿意救我,还是不愿意救我?

侍从官　不,我不救你,这是我最后一句话。

埃吕克　我的名誉恐怕保不住了——

侍从官　喔,咱们不必说这些冠冕堂皇的话。这年头儿做买卖发财跟名誉不相干,我看,反过来说倒还正确些。回去把账算出来,欠人家的债都还清,赶紧把事情弄清楚,越快越好。

埃吕克　喔,爸爸,你不知道——

〔赛尔玛和托拉从客厅里进来。

赛尔玛　是不是埃吕克说话的声音?天啊,怎么回事?

侍从官　没什么。你们还是上客厅去吧。

赛尔玛　不,我不去。你们得告诉我。埃吕克,究竟是怎么回事?快说!

埃吕克　没什么别的,我完蛋了!

托　拉　你完蛋了!

侍从官　你看,就是这么回事!

赛尔玛　你什么完蛋了?

埃吕克　全都完蛋了。

赛尔玛　你是不是说做买卖蚀了本了?

埃吕克　本钱、房子、祖产——全部都完了。

赛尔玛　你说的"全部"就是这些东西吗?

埃吕克　赛尔玛,咱们走吧。我只剩下你了,别的什么都没有了。这场灾难咱们必须一块儿担当。

赛尔玛　这场灾难？一块儿担当？（大声）你看我现在配不配？

侍从官　怎么啦！

埃吕克　你这话是什么意思？

托　拉　喔，赛尔玛，小心！

赛尔玛　我用不着小心！我不能老是藏头露尾，撒谎骗人！我一定要说实话。我什么都愿意"担当"！

埃吕克　赛尔玛！

侍从官　孩子，你说什么？

赛尔玛　喔，你们待我真狠心！真岂有此理——你们这些人！我总是拿别人的东西——从来不把东西给别人。我跟你们过日子像个要饭的。你们从来不要求我牺牲点什么，因为你们觉得我没这能力。我恨你们！我讨厌你们！

埃吕克　这是怎么回事？

侍从官　她有病，她精神错乱了！

赛尔玛　我一向苦苦地盼望能给你们代一点劳，分一点忧。可是每逢我提起这话的时候，你们总是一笑了事。你们把我打扮得像泥娃娃似的。你们像逗小孩子似的逗我玩儿。喔，要是我能给你们分担点责任，那多快活！我从前一心想过广大崇高、奋发有为的日子！埃吕克，现在你别的东西都没有了才来找我。可是我不愿意让你把我当最后一着棋子儿使用。现在你的患难跟我毫不相干。我不跟你过日子了！我宁可上大街去卖唱！让我走！让我走！（从后面跑出去）

侍从官　托拉，是不是这里头有文章，还是——？

托　拉　嗯，不错，这里头有文章，可惜我从前没看出来。（从后面出去）

埃吕克　不行。别的我都舍得，只有她我舍不得！赛尔玛！赛尔玛！（跟着托拉和赛尔玛出去）

凌达尔　（从右边进来）侍从官！

侍从官　什么事？

凌达尔　我上银行去过了——

侍从官　银行？哦，不错，为那张借据的事——

凌达尔　没问题。银行里没有你签字的借据——

〔费尔博和伦德斯达从后面进来。

费尔博　一场虚惊,侍从官!

侍从官　当真?储蓄银行也没有?

伦德斯达　当然没有。我当了这些年经理,从来没见过你签字的借据。不过你在你儿子的借据上签的字当然不算。

侍从官　我儿子的借据?

伦德斯达　不错,就是今年初春你给他签字的那张。

侍从官　什么?我儿子的借据?你敢当着我的面撒谎?

伦德斯达　喔,别着急,仔细想想,是你儿子出的一张两千块钱的借据。

侍从官　(想用手抓一张椅子)喔,天啊——!

费尔博　嗳呀!

凌达尔　不会有这种事吧!

侍从官　(倒在一张椅子里)别慌!别慌!伦德斯达,你刚才说,那张借据是我儿子出的?是我签的字?数目是两千块?

费尔博　(向伦德斯达)这张借据在储蓄银行?

伦德斯达　现在不在银行里了,上星期被孟森赎出去了。

侍从官　被孟森赎出去了?

凌达尔　孟森也许还在厂里没走呢,我去——

侍从官　别忙!

〔丹尼尔·海瑞从后面进来。

海　瑞　诸位先生早!侍从官早!昨天晚上真痛快,谢谢!你们猜我刚听见什么新闻?

凌达尔　对不起,我们忙得很——

海　瑞　你们忙,人家也忙,就拿咱们斯通里的那位朋友说吧——

侍从官　你是不是说孟森?

海　瑞　嘻嘻!是桩有趣的事儿!外头选举的花招儿搞得正热闹!你猜他们出的是什么新鲜主意?侍从官,他们打算用钱收买你!

伦德斯达　收买——?

侍从官　他们是凭着果子估计树。

海　瑞　简直没听见过这么不要脸的事!刚才我上伦铎尔曼太太铺子里喝苦啤酒,看见孟森和史丹斯戈坐着喝红葡萄酒——我可不喝那脏东西,可是

61

他们也应该让我一让才对呀。孟森倒转过脸来冲着我说："你敢不敢赌东道,说明天初选时候布拉茨柏侍从官不跟我们投一样的票?"我说:"真的吗?你们有什么把握?"他说:"嗯,我们手里这张借据能叫他——"

费尔博　借据?

伦德斯达　在选举时候?

侍从官　啊?有借据又怎么样?

海　瑞　喔,别的我不知道了。我只听见他们说什么两千块钱。他们估计着,用这个数目就能收买一个上等人的良心。哼,真不像话!

侍从官　一张两千块钱的借据?

凌达尔　借据在孟森手里?

海　瑞　不,他把借据交给史丹斯戈了。

伦德斯达　有这种事!

费尔博　他交给史丹斯戈了?

侍从官　你没听错吧?

海　瑞　我听得清清楚楚。孟森跟史丹斯戈说:"这张借据你爱怎么使用就怎么使用。"可是我不明白——

伦德斯达　海瑞先生,我要跟你说句话——凌达尔,你也过来。

〔三个人在后面低声谈话。

费尔博　侍从官!

侍从官　什么事?

费尔博　你儿子那张借据一定是真的了?

侍从官　大概是吧。

费尔博　一定是。可是要是这张伪造签名的借据出现的话——?

侍从官　我不起诉了。

费尔博　当然不起诉。可是单是不起诉还不够,你还得做一件事。

侍从官　(站起来)别的事我不能做。

费尔博　你能做,并且非做不可。你一定得救你儿子。

侍从官　怎么救他?

费尔博　简单得很,只要承认那个伪造的签名是你的亲笔就行了。

侍从官　费尔博大夫,照你看起来,是不是我们家的人什么事都肯干?

费尔博　侍从官,我是从最稳当的方面着想。

侍从官　难道我能撒谎？难道我能钻那伪造签名的人的圈套？
费尔博　可是你要是不承认,你有没有想到结果会怎么样？
侍从官　犯罪的人自有法律处置。(从左边出去)

第 四 幕

〔伦铎尔曼太太酒馆里的一间厅堂。正门在后面,两旁各有一小门。右边有一扇窗,窗前有张桌子,桌上摆着文具。屋子中央,靠后另有一张桌子。

伦铎尔曼太太 （在左边屋里高声说话）喂,叫他们走! 告诉他们,他们是来投票的,不是来喝酒的。要是不愿意等,尽管走他们的!

史丹斯戈 （从后面进来）你早! 唔,唔,伦铎尔曼太太不在这儿! （走到左边门口敲门）你早,伦铎尔曼太太!

伦铎尔曼太太 （在里面）喔! 谁啊?

史丹斯戈 是我——史丹斯戈。我可以进来吗?

伦铎尔曼太太 不行,不行! 我还没穿好衣服呢。

史丹斯戈 怎么? 你今天这么晚?

伦铎尔曼太太 我起来好几个钟头了,可是一个人总得打扮得整齐点儿啊。（头上蒙着块头巾,探头向外张望）啊,什么事? 你别瞧我,史丹斯戈先生。喔,有人来了! （砰的一声把门关上,就不见了）

阿斯拉克森 （手里拿着一卷报纸,从后面进来）你早,史丹斯戈先生!

史丹斯戈 印好了吗?

阿斯拉克森 印好了,这就是。请看:"独立日庆祝大会——本报特约记者"。反面是青年同盟成立纪事,上头是你的演说词。我把骂人的地方都用黑线画出来了。

史丹斯戈 看上去好像都是黑线。

阿斯拉克森 差不多都是。

史丹斯戈 号外昨天都发出去了吧?

阿斯拉克森　那还用说,各处都发了,订报的和不订报的都发到了。你要不要瞧瞧?(递给他一份)

史丹斯戈　(匆匆看过去)"可敬的国会议员伦德斯达先生准备辞职……长久而忠实的服务……诗人说得好:'休息吧,爱国志士,这是你应享的权利!'"嗯!"青年同盟于独立日成立……史丹斯戈先生,青年同盟的主脑人物……及时的改革,低利的信用贷款。"嗯,很好。投票开始没有?

阿斯拉克森　正是热闹的时候。青年同盟全部人马都到了——投票的和不投票的都在场。

史丹斯戈　哼,那些不投票的人真可恶——这话可别说出去。你去跟那些动摇分子谈一谈。

阿斯拉克森　好吧。

史丹斯戈　你告诉他们,我跟伦德斯达意见很一致。

阿斯拉克森　你放心。本地老一套的情况我很清楚。

史丹斯戈　还有一件事,阿斯拉克森,今天你千万别喝酒。

阿斯拉克森　哦,你说这话干什么?

史丹斯戈　事情完了咱们痛痛快快乐一夜。可是你要记着,你,还有我,担着多大的风险。你的报纸——喂,朋友,你得好好儿——

阿斯拉克森　够了,别说了。我不是小孩子,不用别人操心。(从右边出去)

伦铎尔曼太太　(穿着华丽服装,从左边进来)史丹斯戈先生,现在我有工夫了,你有要紧事吗?

史丹斯戈　没什么要紧事,我不过想跟你打听一声孟森先生什么时候来。

伦铎尔曼太太　他今天不来。

史丹斯戈　今天不来?

伦铎尔曼太太　不来。今天清早四点钟他坐车路过这儿,这些日子,他老是跑来跑去。这还不算,他还进来把我从床上叫起来——他要跟我借钱。

史丹斯戈　孟森要借钱?

伦铎尔曼太太　要借钱。孟森花钱可厉害哪。我希望他事情顺手。我也希望你顺手,因为我听说你快当国会议员了。

史丹斯戈　我?没有的话。谁告诉你的?

伦铎尔曼太太　伦德斯达那帮人说的。

海　瑞　(从后面进来)嘻嘻!你们早!我打搅你们了吧?

65

伦铎尔曼太太　哪儿的话！

海　瑞　可了不得,真漂亮！你这么打扮是不是为我？

伦铎尔曼太太　那还用说。我们这么打扮就为你们这些单身汉。

海　瑞　不错,为了想结婚的男人,伦铎尔曼太太！为了我们！可惜我忙着打官司,没工夫——

伦铎尔曼太太　胡说,你要结婚,有的是工夫。

海　瑞　没有。我要有工夫才怪呢。结婚这件事要用全副精神去对付。好吧——要是你不能嫁我,就另找个人吧。反正你应该再嫁人。

伦铎尔曼太太　不瞒你说,有时候我也这么想。

海　瑞　当然。一个人尝过了结婚的好滋味儿——不用说,去世的伦铎尔曼真是个千中挑一的好男人——

伦铎尔曼太太　我不愿意说得这么过分,他脾气有点粗暴,并且还贪杯。可丈夫嘛总是丈夫。

海　瑞　这话很对,伦铎尔曼太太。丈夫总是丈夫,寡妇总是寡妇——

伦铎尔曼太太　买卖也总是买卖。喔,我一想起有那么些事要料理,马上就头晕眼花,不知该怎么下手才好。东西人人要买,可是到了收账的时候,我就得仗着法院给我传人、扣押,搞这些乱七八糟的事情。你瞧着吧,不久我就得请个律师专给我办事了。

海　瑞　我告诉你,伦铎尔曼太太,你应该就请史丹斯戈先生,他是个单身汉。

伦铎尔曼太太　嘿,你说的不像话！我不想再听了。(从右边出去)

海　瑞　这女人挺受用！日子过得舒服,样子不见老,目前还没生孩子,产业很稳当。她也受过教育,书念得不少。

史丹斯戈　哦,书念得不少？

海　瑞　嘻嘻！她在阿姆流动图书馆管过两年事,书应该念得很不少。可是我觉得你今天好像有一肚子别的事。

史丹斯戈　一点儿都没有。我连自己投票不投票都还说不定。海瑞先生,你打算投谁的票？

海　瑞　我没有选举票。市场上只有一个窝儿够得上行市,可是让你买到手了。

史丹斯戈　要是你找不着地盘,我可以让给你。

海　瑞　嘻嘻,你说笑话。啊,青年,青年,你们这班人真有趣！可是我要去看动物展览会了。听说青年同盟全体出动了。(看见费尔博从后面进来)费尔博大夫也来了！你上这儿来大概有科学任务吧？

费尔博　科学任务？

海　瑞　是啊，研究流行病，你大概听说外头发现了很厉害的疯狗症了吧？亲爱的年轻朋友们，上帝保佑你们！（从右边出去）

史丹斯戈　赶紧告诉我——今天你看见过侍从官没有？

费尔博　看见过。

史丹斯戈　他怎么说？

费尔博　他怎么说？

史丹斯戈　是啊，你知道，我给他写了封信。

费尔博　是吗？你信里说些什么？

史丹斯戈　我说，我对他女儿的态度还是照旧，我想跟他仔细谈谈这件事，我想明天到他家去。

费尔博　我要是你的话，我至少要迟一两天再去。明天侍从官过生日，客人一定很多——

史丹斯戈　没关系，人越多越好。不瞒你说，我手里有大牌，一定输不了。

费尔博　也许你有点儿虚张声势，想用大牌吓唬人吧？

史丹斯戈　你这话是什么意思？

费尔博　我的意思是说，你在谈情说爱的时候也许点缀了一两句威胁的话吧？

史丹斯戈　费尔博，你一定看见我那封信了！

费尔博　没看见。

史丹斯戈　既然如此，老实告诉你吧——我那封信是威胁他的。

费尔博　哦！既然如此，我手里这张东西可以算是侍从官给你的答复。

史丹斯戈　答复？什么答复？快说！

费尔博　（给他看一宗封好的文件）你看——这是侍从官的代理投票委任状。

史丹斯戈　他选的是谁？

费尔博　反正不是你。

史丹斯戈　不是我是谁？

费尔博　他选的是州官和本区牧师。

史丹斯戈　什么！他连伦德斯达都不选？

费尔博　不选。你知道为什么？因为伦德斯达要推荐你做他的后任。

史丹斯戈　他敢这么做！

费尔博　不错,他敢这么做。并且他还跟我说:"要是你看见史丹斯戈,你可以告诉他我选的是谁。他听了就明白我对他的态度了。"

史丹斯戈　好,他一定要这么做也没办法!

费尔博　你要小心,使劲儿拉一座旧塔是很危险的事情——它也许会倒下来压在你头上。

史丹斯戈　这两天我学乖了。

费尔博　当真?你乖得还是得让伦德斯达牵着鼻子走。

史丹斯戈　你当我没看透伦德斯达吗?你当我不知道他跟我亲热,是因为他以为我已经把侍从官拉过来了,并且因为他打算破坏青年同盟,把孟森挤出去?

费尔博　可是现在他已经知道你没把侍从官拉过来——

史丹斯戈　他已经来不及改变态度了。我利用时间四处散发宣言。支持他的人大部分都没来投票,支持我的人可都到场了。

费尔博　从初选到复选是很长一段路呢。

史丹斯戈　伦德斯达心里明白,要是初选他不让我当选,我就要鼓动大家把他赶出市议会。

费尔博　这个计策真不错。你是不是觉得,一定得在这儿把根子扎得比现在更结实才能达到你的目的?

史丹斯戈　是的,这批人老是要求物质保证和共同利益——

费尔博　一点不错,所以你就不能不牺牲布拉茨柏小姐了?

史丹斯戈　牺牲?要是真是这样的话,那我简直是个下流东西了。可是我确实相信我是为她的幸福打算。你还有什么可说的?费尔博,你的气色不正常,究竟为什么?你肚子里一定藏着坏主意。

费尔博　我?

史丹斯戈　不错,正是你!你在暗地里跟我捣乱。究竟你为什么跟我过不去?有话老实说——好不好?

费尔博　我不愿意跟你说实话。你这人居心险恶,什么事都干得出来——说得客气点,你是个做事不顾前后的人——所以谁都不敢跟你说实话。无论什么事一到你耳朵里,你马上就拿它做本钱。可是我有一句做朋友的话劝告你,你趁早儿别在布拉茨柏小姐身上打主意。

史丹斯戈　办不到。我一定要摆脱目前这种下贱环境。我不能老过这种不上不下的日子。照我现在的生活,我不能不跟不三不四的人称兄道弟,我不能不背着人跟他们交头接耳,喝酒打闹,听他们喝醉酒以后胡说八道,给他们赔笑捧场,跟一群傻瓜、笨蛋、毛头小伙子亲热要好。请问在这种环境里,我怎么能保持我的爱国爱民的纯洁心情?我觉得好像我的话里喷出一股热气。现在我没有活动的地方,没有新鲜空气可以呼吸。喔,有时候我真想漂亮的女人!我需要美丽的东西!我现在是钻在一个浑浊的漩涡里,外头却有一股碧绿澄清的泉水从我旁边流过去——可是这些事你怎么懂得!

伦德斯达 （从后面进来）哦,你们两位在这儿!你们早!

史丹斯戈 伦德斯达先生,我有件新闻告诉你!你知道不知道侍从官投谁的票?

费尔博 住嘴!你太对不起朋友了。

史丹斯戈 我不在乎!伦德斯达先生,侍从官选举的是州官和本区牧师。

伦德斯达 嗯,这是早就料得到的事。你跟他的关系搞坏了——虽然我劝过你要好好儿搞。

史丹斯戈 从今以后我一定好好儿搞。

费尔博 你要小心——你会搞,别人也会搞。（从右边出去）

史丹斯戈 那家伙心里藏着坏主意。你猜是什么坏主意?

伦德斯达 我不知道。喔,我看见你今天在报上发表了一篇大文章。

史丹斯戈 我?

伦德斯达 可不是吗!你还给我来了一段很妙的短评。

史丹斯戈 不用说,准是阿斯拉克森那畜生干的事——

伦德斯达 你骂侍从官的文章也登出来了。

史丹斯戈 我一点儿都不知道。要是侍从官跟我开火的话,我手里的武器比他的厉害。

伦德斯达 是吗!

史丹斯戈 你看见过这张借据没有?你看。大概靠得住吧?

伦德斯达 什么,你说这张借据靠得住?

史丹斯戈 你再仔细看一看。

海 瑞 （从右边进来）唔,这是怎么回事?嘿,真有意思!你们两位别动!你们可知道,看见你们俩在一块儿我想起了什么?我想起了极北地带的夏天晚上。

69

伦德斯达　这个比喻古怪得很。

海　瑞　这个比喻的意思很明显:落山的太阳和出山的太阳碰在一块儿了。有趣,有趣!提起这件事,我不明白外头那些人在乱搞些什么?你那班朋友像吓傻了的鸡鸭似的,叽叽呱呱,乱钻乱叫,不知道应该在什么地方落脚。

史丹斯戈　这是一桩关系重大的事情。

海　瑞　就着你说,当然是重要事情!其实满不是那么回事,我的好朋友!外头纷纷传说出了一桩大倒账的事情。一桩大破产的事情——不是政治上的破产,伦德斯达先生,我不是说那个。

史丹斯戈　破产的事情?

海　瑞　嘻嘻!一听见破产,我们这位律师朋友的兴致马上就来了。不错,正是破产的事情,有个人快完蛋了,斧子已经架在树根上了——我不多说了!刚才有人看见两位生客坐车从这儿过去,究竟是上哪儿去的?上谁家去的?伦德斯达先生,你知道什么消息没有?

伦德斯达　海瑞先生,我只知道不多说话。

海　瑞　当然。你是个政治家,你是个外交家。可是我得出去打听个仔细。这些大财阀真有意思,他们像串在线儿上的一串珠子似的,只要一颗滑下来,其余那些也就滴溜溜儿地跟着滑下来了。(从后面出去)

史丹斯戈　这消息靠得住吗?

伦德斯达　刚才你给我看过一张借据,我好像看见上头有小布拉茨柏先生的名字?

史丹斯戈　还有侍从官的名字呢。

伦德斯达　你是不是问过我那张借据靠得住靠不住?

史丹斯戈　我问过,你再看看吧。

伦德斯达　也许不怎么太靠得住。

史丹斯戈　这么说,你看出来了?

伦德斯达　看出什么来了?

史丹斯戈　看出签字是假的。

伦德斯达　假的?伪造签名的借据往往最靠得住,人家常常先归还这种借款。

史丹斯戈　可是你的看法怎么样?这张借据的签字是不是假的?

伦德斯达　我觉得这张借据没什么了不起。

史丹斯戈　为什么?

伦德斯达　像这样的借据恐怕外头多得很，史丹斯戈先生。

史丹斯戈　什么！难道说——？

伦德斯达　要是小布拉茨柏先生从线儿上滑下来，跟他最亲近的那些人免不了都得跟着滑下来。

史丹斯戈　（一把抓住伦德斯达的胳臂）你说的跟他最亲近的人是谁？

伦德斯达　谁还能比父亲跟儿子再亲近？

史丹斯戈　嗳呀，天啊！

伦德斯达　记着，我没说什么！刚才是丹尼尔·海瑞说的什么倒账啦，破产啦，还有——

史丹斯戈　这好像是在我头顶上打了个晴天霹雳。

伦德斯达　从前有好些人外头看起来家道很殷实，可是后来都破产了。也许侍从官太忠厚，随便给别人作保，有时候现钱不凑手，只好把产业像白送似的卖出去。

史丹斯戈　不用说，这一定会连累——连累他的子女。

伦德斯达　是啊，所以我十分替布拉茨柏小姐难受。她母亲没给她留下多少钱，现在连她手里有的那点钱还不知保得住保不住。

史丹斯戈　哦，现在我才明白费尔博劝我的话！他究竟是个好朋友。

伦德斯达　费尔博大夫跟你说的是什么？

史丹斯戈　他这人对侍从官很忠心，不肯多说话，可是我还是了解他的意思。伦德斯达先生，现在我也了解你的意思了。

伦德斯达　从前你不了解我吗？

史丹斯戈　不太清楚。那时候我忘了快要沉下去的船和一群耗子的俗话了。[①]

伦德斯达　这个说法不大好听。哦，你怎么啦？你的脸色很不好看。天啊，是不是我说话扫了你的兴？

史丹斯戈　你这话是什么意思？

伦德斯达　一定是，一定是——现在我都明白了。我真是个老糊涂！史丹斯戈先生，要是你真心爱那女孩子，她有钱没钱又有什么关系？

史丹斯戈　关系？喔，当然没关系。

伦德斯达　谁都知道，幸福不是金钱问题。

[①] 根据西方传说，船快要沉的时候耗子有预感，忙着要搬家。

史丹斯戈　当然不是。

伦德斯达　只要能刻苦,有决心,不久你还能爬起来。千万别人穷志短。恋爱的滋味儿我尝过,那种日子我年轻时候都经历过。一个幸福的家庭,一个忠实的老婆——!年轻朋友,千万小心,别干叫自己一辈子后悔的事情。

史丹斯戈　那么你那些计划怎么办呢?

伦德斯达　喔,那只好听其自然了。我绝不能要求你为我的事牺牲爱情!

史丹斯戈　可是我愿意牺牲。我要让你看看我有这种魄力。你想想外头那些伸着脖子盼望的人,他们嘴里不说,心里怀着一片深情,要我给他们出力。我不能,我也不敢辜负他们的好意。

伦德斯达　不错,可是本地的前途——?

史丹斯戈　伦德斯达先生,在这个问题上,我会想法子满足市民的要求。我有个办法,我有个新办法,我要照着它去做。从前,我一直在暗地里甘心为我心爱的女人出力,现在我情愿放弃这种快乐。我要告诉我的同胞:"我在这儿——任凭你们差遣!"

伦德斯达　(瞧着他,心里暗暗佩服,使劲握他的手)史丹斯戈先生,你真是个才干出众的人!(从右边出去)

〔史丹斯戈在屋里来回走了几趟,有时候在窗口站一站,有时候抓抓头发。不多会儿,巴斯丁·孟森从后面进来。

巴斯丁　喂,老朋友,我来了。

史丹斯戈　你从哪儿来?

巴斯丁　从"国民"那儿来。

史丹斯戈　什么叫"国民"?

巴斯丁　你不懂得什么叫"国民"?"国民"就是"人民",就是普通人,就是那些没有财产、没有地位的人,也就是那些被人家用链子锁着的人——

史丹斯戈　我倒要问问你搞的是些什么鬼把戏?

巴斯丁　鬼把戏?

史丹斯戈　我近来觉得你处处在学我的样子,你甚至于还学我怎么穿衣服,怎么写字。请你以后别再学我。

巴斯丁　这话我不明白。难道咱们不是一党的人吗?

史丹斯戈　不错,咱们是一党的人,可是我看不惯你这样子——你的一举一动叫人好笑——

巴斯丁　因为像你,所以好笑?

史丹斯戈　因为摹仿我,所以好笑。别胡闹了,巴斯丁,以后别再学我了。这样子叫人讨厌。喂——你知道不知道你父亲什么时候回来?

巴斯丁　不知道。他大概是上克立斯替阿尼遏去了。一两个星期里头不见得能回来。

史丹斯戈　是吗?真不凑巧。我听说他手里有宗大买卖。

巴斯丁　我手里也有宗大买卖。喂,史丹斯戈,你一定得帮我一把忙。

史丹斯戈　好极了。帮什么忙?

巴斯丁　我觉得我精神饱满。这件事要谢谢你,因为是你把我鼓舞起来的。史丹斯戈,我觉得我一定得做点什么:我想结婚。

史丹斯戈　想结婚?跟谁结婚?

巴斯丁　嘘,声音小点!那个人就在这儿。

史丹斯戈　是不是伦铎尔曼太太?

巴斯丁　声音小点!不错,正是她。千万给我说句好话!这门亲事对我最合适。你要知道,她是个近水楼台,自从她姐姐在侍从官家里做了管家之后,她跟侍从官一家子都很亲密。要是我能把她弄到手,说不定那些市政工程合同也能弄到手。总而言之——他妈的,我真爱她!

史丹斯戈　喔,爱,爱!别再这么假仁假义,叫人恶心啦。

巴斯丁　假仁假义!

史丹斯戈　是的。至少你是在对自己撒谎。你把市政工程合同和恋爱连在一起说。为什么不老老实实,有一句说一句?你这种举动有点下流,我不愿意管你的事儿。

巴斯丁　别忙,听我说——!

史丹斯戈　你爱干下流事,自己去干!(向刚从右边进来的费尔博)喂,选举的事儿怎么样了?

费尔博　看样子对你很有利。我刚碰见伦德斯达,他说所有的选票都是你得的。

史丹斯戈　真有这事吗?

费尔博　可是你得了那些选票有什么好处?你又不是个财主——

史丹斯戈　(低声)真该死!

费尔博　你不能同时做两件事。一方面赢了,另一方面你就得甘心认输。再

73

见吧！（从后面出去）

巴斯丁　他说什么赢啊输啊的？

史丹斯戈　以后我再告诉你。我的好巴斯丁，现在咱们还是回到刚才谈的事情上头吧——我已经答应帮你说好话了。

巴斯丁　你答应了吗？刚才听你的口气，我还以为你不肯——

史丹斯戈　喔，没有的事。刚才你没让我来得及把话说完。我的意思无非是说，把恋爱和工程合同搅在一块儿，有点儿庸俗，损伤了你的高贵品质。所以我说，你要是真心爱那女孩子——

巴斯丁　爱那寡妇——

史丹斯戈　不错，不错，其实是一样。我的意思是说，一个人要是真爱上了一个女人，别的都不成问题。

巴斯丁　对，我正是这意思。那么，你答应给我帮忙了，是不是？

史丹斯戈　是，我愿意帮忙——可是有个条件。

巴斯丁　什么条件？

史丹斯戈　巴斯丁，咱们有来有往，公平交易——你也得替我说句好话。

巴斯丁　我？在谁面前替你说好话？

史丹斯戈　你当真没看出来吗？那人就在你眼前。

巴斯丁　你莫非是说——？

史丹斯戈　你妹妹瑞娜？不错，正是她。喔，看了她那种一心一意、牺牲自己、埋头家务的样子，你不知道我心里有多感动。

巴斯丁　这是你的真心话吗？

史丹斯戈　你这双眼睛那么厉害，难道一点儿都没看出来？

巴斯丁　不错，有一阵子我也觉得——可是现在人家都说你老在侍从官家里打转——

史丹斯戈　哦，侍从官家里！嗯，巴斯丁，跟你老实说吧，有一段时候我是有点儿拿不定主意，可是，幸而还好，那种情形已经过去了。现在我已经把我的路子看得清清楚楚了。

巴斯丁　好，既然如此，我答应你。我一定帮忙，你放心就是。至于瑞娜嘛——嗯，什么问题都没有，爸爸和我叫她干什么，她不敢不答应。

史丹斯戈　不错，可是你父亲那一面——刚才我想说的正是这件事——

巴斯丁　别做声！嘿——我听见伦铎尔曼太太来了。要是她不太忙的话，现在你替我说话的机会到了,太忙的时候她容易发脾气。好朋友,你只要尽力替我说好话,其余的事儿有我自己呢。你刚才看见阿斯拉克森没有?

史丹斯戈　他大概是在投票站。

〔巴斯丁刚从后面出去,伦铎尔曼太太就从右边进来。

伦铎尔曼太太　事情顺利极了,史丹斯戈先生,人人都投你的票。

史丹斯戈　这事很怪。

伦铎尔曼太太　谁知道斯通里的孟森将来会说什么话。

史丹斯戈　伦铎尔曼太太,我想跟你说句话。

伦铎尔曼太太　什么话?

史丹斯戈　你愿意不愿意听?

伦铎尔曼太太　嗳呀,怎么会不愿意!

史丹斯戈　那么,我就说了。刚才你不是说,一个人孤孤单单的——

伦铎尔曼太太　喔,那是海瑞那老家伙——

史丹斯戈　你还说,一个无依无靠的寡妇过日子怎么不容易——

伦铎尔曼太太　这话可不假。你尝尝那滋味儿就知道了,史丹斯戈先生!

史丹斯戈　现在要是有个漂亮小伙子——

伦铎尔曼太太　漂亮小伙子?

史丹斯戈　那小伙子一直在暗地里爱你——

伦铎尔曼太太　喔,算了吧,史丹斯戈先生,我不听你胡说八道。

史丹斯戈　不行,你得听下去!这个小伙子,也跟你一样,觉得一个人过日子不容易——

伦铎尔曼太太　不容易又怎么样?你说话这么没头没脑的。

史丹斯戈　伦铎尔曼太太,要是你肯成全两个人的幸福——一个是你自己,一个是——

伦铎尔曼太太　一个漂亮小伙子?

史丹斯戈　一点不错。现在你答复我吧。

伦铎尔曼太太　史丹斯戈先生,你嘴里怎么老没正经话?

史丹斯戈　难道这种事我还开玩笑?要是你愿意——

伦铎尔曼太太　喔,那还用说,我愿意!喔,我的亲宝贝——

史丹斯戈　(倒退一步)这是怎么回事?

伦铎尔曼太太　讨厌,有人来了。

〔瑞娜急急忙忙从后面进来，一副心慌意乱的样子。

瑞　娜　对不起——我父亲不在这儿吗？

伦铎尔曼太太　你父亲？在这儿。哦，不在！我——我——不知道——对不起——

瑞　娜　他在什么地方？

伦铎尔曼太太　你父亲？哦，今天早晨他路过这儿——

史丹斯戈　上克立斯替阿尼遏去了。

瑞　娜　喔，没有的事！

伦铎尔曼太太　我确实知道他坐车顺着公路过去了。喔，亲爱的孟森小姐，你不知道我心里多快活！别走——让我上地窖里拿瓶好酒来。（从左边出去）

史丹斯戈　孟森小姐——你真是找你父亲吗？

瑞　娜　那还用说。

史丹斯戈　你不知道他出门了？

瑞　娜　喔，我怎么会知道？他们什么事都瞒着我。要说是上克立斯替阿尼遏——？决没有的事。要是真有这事的话，他们会碰见他。再见吧！

史丹斯戈　（拦住她）瑞娜！说实话！为什么你近来对我这么冷淡？

瑞　娜　我对你冷淡？别拦着我！让我过去！

史丹斯戈　不行，我不让你走！这时候你来得凑巧，真是上帝照应我。喔，你为什么躲着我？从前你可不是这样的。

瑞　娜　谢天谢地，那段事儿总算过去了！

史丹斯戈　为什么要谢天谢地？

瑞　娜　我把你看透了。幸亏我明白得早。

史丹斯戈　哦，原来为的是这个？有人造我的谣言吧？也许我自己也有不是，我自己迷迷糊糊，找不着方向。可是这是过去的事了，不必再谈。现在我一看见你，心里就清醒过来了。我真心爱的是你。瑞娜，我心里只有你一个人，没有别人！

瑞　娜　让我过去！我怕你——

史丹斯戈　瑞娜，那么明天怎么样？明天我能不能来找你说话？

瑞　娜　好，好，你一定要来就来。只有今天不行。

史丹斯戈　只有今天不行！哈哈！我胜利了！现在我可快活了！

伦铎尔曼太太　（拿着酒和点心从左边进来）来，咱们得喝杯酒祝贺祝贺。

史丹斯戈　祝贺恋爱成功！为恋爱和幸福干杯！明天万岁！（干杯）

赫　黎　（从右边进来，向瑞娜）你找着他没有？

瑞　娜　没有，他不在这儿。走吧！

伦铎尔曼太太　嗳呀，什么事？

赫　黎　没什么，只不过斯通里到了几个客人——

瑞　娜　谢谢你，伦铎尔曼太太。

伦铎尔曼太太　哦，你们家又到了客人了？

瑞　娜　是的，是的。对不起，我要回家了。再见！

史丹斯戈　再见！明天见！（瑞娜和赫黎从后面出去）

〔丹尼尔·海瑞从右边进来。

海　瑞　哈哈！外头真热闹！他们嘴里叽叽呱呱，都在叫唤："史丹斯戈，史丹斯戈，史丹斯戈！"他们都给你一个人捧场！伦铎尔曼太太，你也该给他捧捧场啊！

伦铎尔曼太太　嘿，这话说得对！是不是大家都投他的票？

海　瑞　一致投他的票——史丹斯戈先生得到了选民的信任。伦德斯达那老家伙的脸气得像酱黄瓜似的。瞧着这些人真有趣儿。

伦铎尔曼太太　大家投他的票将来绝不会后悔！虽然我不能投票，我可会做东道。（从左边出去）

海　瑞　啊，史丹斯戈先生，你这人正合寡妇的脾胃！我告诉你——只要能把她弄到手，你就发财了！

史丹斯戈　把伦铎尔曼太太弄到手？

海　瑞　可不是吗！从哪方面说，她都是个很受用的女人。等到斯通里的纸房子一垮，她就可以算是首屈一指了。

史丹斯戈　斯通里出了乱子了，不见得吧？

海　瑞　不见得？老兄，你的记性可真坏。我不是告诉过你外头有谣言，说有人倒账、破产，还有——

史丹斯戈　哦，不错，后来怎么样？

海　瑞　后来怎么样？我们正要打听后来怎么样。大家一齐喊叫要捉拿孟森。有两个人已经到斯通里去了——

史丹斯戈　不错，我知道——有两位客人——

海　瑞　老兄，这两位客人不是请来的。外头还谣传着，警察和火星直冒的债

77

主都去了——你知道,账目里头也有不清不白的地方!说起账目,昨天孟森给你一张什么东西?

史丹斯戈　没什么,就是一张纸——你刚才说账目不清不白?喂!侍从官的签字你该认识吧?

海　瑞　嘻嘻!我想我大概认识。

史丹斯戈　(把借据拿出来)你看,这是什么。

海　瑞　让我拿过来仔细瞧瞧——你知道我眼睛有点近视。(仔细看了看)哦,这个啊?这不是侍从官的亲笔。

史丹斯戈　不是他的亲笔?那么是——?

海　瑞　这张借据是不是孟森出的?

史丹斯戈　不是,是侍从官的儿子出的。

海　瑞　胡说!让我再仔细瞧瞧。(又看了看,把借据交还)这张东西你留着点雪茄烟吧。

史丹斯戈　什么!出借据人的名字也是——?

海　瑞　也是假的。确实是假的,好比我的名字确实叫丹尼尔一样。你只要带着怀疑态度看这张东西就明白了。

史丹斯戈　可是怎么会有这种事儿?孟森事先会不知道——

海　瑞　孟森?哼,别人的借据,自己的借据,他一概不知道。幸而现在事情揭穿了,史丹斯戈先生!这是一种良心上的痛快。喔,有时候我白瞪着眼看他们胡闹,心里真可以说是满腔义愤——我不多说了!最妙的是现在孟森自己垮台了,也把小布拉茨柏先生拖倒了;将来儿子还要把父亲拖倒呢。

史丹斯戈　不错,伦德斯达就是这么说的。

海　瑞　可是,就是破产,也得有个办法。你瞧着吧,不是我夸口,我这人料事如神。孟森得坐监牢;小布拉茨柏得向债主清理债务;侍从官的财产要被托管,那就是说,债权人每年给他两千块钱。事情准是这样,史丹斯戈先生。我心里有数,我心里有数!古书上怎么说的?Fiat justitia, pereat mundus. 这句话的意思是:这个万恶世界的所谓公道是狗屁!

史丹斯戈　(在屋里走来走去)一桩跟着一桩!两条路都走不通!

海　瑞　你说什么——?

史丹斯戈　偏偏是现在!偏偏赶在这当口!

阿斯拉克森　（从右边进来）恭喜,恭喜,人民的特选人物!

史丹斯戈　我当选了吗?

阿斯拉克森　你一百十七票当选,伦德斯达只有五十三票。其余的人一票都没有。

海　瑞　这是你得意高升的第一步,史丹斯戈先生。

阿斯拉克森　少不得要破费你一杯喜酒了。

海　瑞　常言说得好,事情的第一步都是要破费的。

阿斯拉克森　（一边嚷,一边朝左边走去）拿喷奇酒来,伦铎尔曼太太!大碗的喷奇酒!人民的特选人物做东道!

〔伦德斯达从右边进来,后面跟着几个选举人。

海　瑞　（用惋惜的声调向伦德斯达）五十三票!这是白头爱国志士得到的酬劳!

伦德斯达　（低声向史丹斯戈）你的主意是不是拿定了?

史丹斯戈　现在事情搞得乱七八糟,没头没脑,拿主意还不是白搭?

伦德斯达　你是不是觉得事情没希望了?

阿斯拉克森　（从左边回来）伦铎尔曼太太自己请客。她说她最有资格做东道。

史丹斯戈　（心生一计）伦铎尔曼太太!——她最有资格——!

伦德斯达　什么?

史丹斯戈　伦德斯达先生,事情还有希望!（在右边桌旁坐下写字）

伦德斯达　（低声）阿斯拉克森——在下一期报纸上你能不能给我登点东西?

阿斯拉克森　当然可以。是不是骂人的文章?

伦德斯达　不是,不是!

阿斯拉克森　是也没关系,我照样儿给你登!

伦德斯达　这是我政治生活的临终遗嘱。今晚我就写。

女用人　（从左边进来）喷奇酒来了,伦铎尔曼太太孝敬大家的。

阿斯拉克森　哈哈!现在本地老一套的情况变得有点生气了。

〔他把酒碗搁在当中桌子上,给别人斟过之后自己就一个劲儿开怀畅饮。这时巴斯丁已经从右边走进屋来。

巴斯丁　（低声）你没忘了我那封信吧?

阿斯拉克森　放心。（拍拍前胸衣袋）在这儿呢。

巴斯丁　你越早交出去越好——看她没事的时候交给她,你明白吗?

阿斯拉克森　我明白。(大声)喂,喂,酒都斟满了。

巴斯丁　你放心,我不会让你白出力。

阿斯拉克森　是啦,是啦。(向女用人)克兰,来个柠檬——越快越好!

〔巴斯丁走开。

史丹斯戈　我跟你说句话,阿斯拉克森。明天晚上你要路过这儿吗?

阿斯拉克森　明天晚上?你要我来,我可以来。

史丹斯戈　那么,你进来一趟,把这封信交给伦铎尔曼太太。

阿斯拉克森　是你给她的?

史丹斯戈　你把信搁在衣袋里。好了。那么,明天晚上见吧?

阿斯拉克森　好。你尽管放心。

〔女用人送柠檬进来。史丹斯戈走向窗口。

巴斯丁　怎么样?你跟伦铎尔曼太太说过没有?

史丹斯戈　说过没有?哦,说过了。我说了一两句——

巴斯丁　你看她怎么样?

史丹斯戈　啊——嗯——后来有人来把我们的话打断了。我不敢说一定怎么样。

巴斯丁　反正我得碰碰运气,她老抱怨一个人过日子寂寞。再过一个钟头我的命运就决定了。

史丹斯戈　一个钟头?

巴斯丁　(看见伦铎尔曼太太从左边进来)嘘!别人面前一字别提!(朝后面走去)

史丹斯戈　(低声向阿斯拉克森)把那封信还我。

阿斯拉克森　你要把信拿回去?

史丹斯戈　是的,马上给我。我自己去交。

阿斯拉克森　好吧。拿去。

〔史丹斯戈把信往衣袋里一掖,走过去跟大家混在一块儿。

伦铎尔曼太太　(向巴斯丁)你看这次选举怎么样,巴斯丁先生?

巴斯丁　我很满意。你知道,史丹斯戈跟我是知心朋友。他当国会议员是我早就料到的。

伦铎尔曼太太　可是你父亲不见得高兴吧。

巴斯丁　喔,我父亲手里事情太多,忙不过来。再说,要是史丹斯戈当选了,国会议员还是在我们家里。

伦铎尔曼太太　这话怎么讲？

巴斯丁　他想娶——

伦铎尔曼太太　天啊！他说过什么没有？

巴斯丁　他说了，我还答应给他添好话呢。这门亲事管保没问题。我知道瑞娜爱他。

伦铎尔曼太太　瑞娜！

伦德斯达　（走近）什么事叫你这么关心，伦铎尔曼太太？

伦铎尔曼太太　你猜巴斯丁先生说什么？他说史丹斯戈先生正在追求——

伦德斯达　不错，可是恐怕他不容易对付侍从官。

巴斯丁　对付侍从官？

伦德斯达　也许侍从官觉得她嫁给一个律师太可惜了。

伦铎尔曼太太　谁？谁嫁给他？

伦德斯达　那还用问？当然是他女儿布拉茨柏小姐喽。

巴斯丁　他不见得在追求布拉茨柏小姐吧？

伦德斯达　他是在追求。

伦铎尔曼太太　你拿得稳吗？

巴斯丁　可是他亲口告诉过我——！哦，我跟你说句话！

〔伦德斯达和巴斯丁朝后面走去。

伦铎尔曼太太　（走近史丹斯戈）你得小心防着点儿，史丹斯戈先生。

史丹斯戈　防谁？

伦铎尔曼太太　防着那批造你谣言的坏人。

史丹斯戈　没关系，让他们去造——只要**一个**人不信那些谣言就行了。

伦铎尔曼太太　这人是谁？

史丹斯戈　（把信塞在她手里）拿着。没人的时候再看。

伦铎尔曼太太　啊，我早就知道！（从左边出去）

凌达尔　（从右边进来）我听说你打了个大胜仗，史丹斯戈先生。

史丹斯戈　是的，凌达尔先生，尽管你贵东家费了那么些力气。

凌达尔　费了力气？为什么？

史丹斯戈　为了把我挤出去。

凌达尔　他跟别人一样，有权利爱选谁就选谁。

81

史丹斯戈　可惜他那种权利恐怕长不了啦。

凌达尔　你这话是什么意思？

史丹斯戈　我的意思是说，既然他的事情看样子有点不妙——

凌达尔　他的事情？什么事情？你听见什么消息了？

史丹斯戈　喔，你不用装糊涂。难道你不知道风暴就要来了——眼看着就要出大娄子了？

凌达尔　不错，我听各方面都这么说。

史丹斯戈　侍从官爷儿俩不也得跟着垮台？

凌达尔　老兄，你疯了吧？

史丹斯戈　当然这种消息你不愿意说出来。

凌达尔　不说有什么用？这种事瞒不了人。

史丹斯戈　这么说，这消息靠不住？

凌达尔　关于侍从官的话，一句都靠不住。你怎么会信这种无稽之谈。谁在糊弄你？

史丹斯戈　这会儿我不愿意告诉你。

凌达尔　你不用告诉我。可是不管那人是谁，他心里一定有打算。

史丹斯戈　有打算！

凌达尔　你仔细想想，有没有人存心想离间你跟侍从官？

史丹斯戈　不错，确有这么个人。

凌达尔　其实侍从官很瞧得起你。

史丹斯戈　是吗？

凌达尔　是，所以人家要在你们俩中间挑拨是非。他们就是欺你对这里的情形不熟，性子急躁，容易听信别人的话——

史丹斯戈　喔，这些可恶东西！可是我的信已经到了伦铎尔曼太太手里！

凌达尔　什么信？

史丹斯戈　喔，没什么。可是还来得及！凌达尔先生，今天晚上你见得着侍从官吗？

凌达尔　大概见得着。

史丹斯戈　那么，请你告诉他，别把那些恐吓的话放在心上——你这么说，他自然明白。再告诉他，明天我去拜望他，一切事情当面解释。

凌达尔　你要去看他？

82

史丹斯戈　是的,我要向他当面证明——啊,我有真凭实据!你瞧,凌达尔先生。你肯不肯替我把这张借据交给侍从官?

凌达尔　这张借据?

史丹斯戈　正是。这件事的底细我不便告诉你。你只要交给他就行了。

凌达尔　你放心,史丹斯戈先生。

史丹斯戈　再请你给我在他面前转达一句话:我就是这么报答投票反对我的人!

凌达尔　我一定忘不了。(从后面出去)

史丹斯戈　我说,海瑞先生——你怎么编了侍从官那么一套话糊弄我?

海　瑞　我糊弄你——?

史丹斯戈　可不是吗!你那套话全是假的。

海　瑞　假的!是吗?你说得真妙!伦德斯达先生,你听见没有?关于侍从官的那些话都是假的。

伦德斯达　别做声!咱们认错人了,这件事眼看着就要爆发。

史丹斯戈　怎么眼看着就要爆发?

伦德斯达　我没有确实消息,可是人家说伦铎尔曼太太——

史丹斯戈　什么?

海　瑞　我不是早就料到了吗!她跟咱们这位斯通里的朋友太亲热了——

伦德斯达　今儿早晨天还没亮他就坐着车跑了。

海　瑞　现在他家里的人正在四处找他。

伦德斯达　他儿子巴斯丁想尽方法要把妹妹安顿下来。

史丹斯戈　安顿下来!他妹妹答应"明天再说";可是她挂念父亲的事情!

海　瑞　嘻嘻!你瞧着吧,她父亲准是上吊了!

阿斯拉克森　有人上吊了吗?

伦德斯达　海瑞先生说,斯通里的孟森——

孟　森　(从后面进来)来一打香槟酒!

阿斯拉克森和其余的人　孟森!

孟　森　正是孟森!香槟孟森!财主孟森!管他妈的,咱们喝酒!

海　瑞　这究竟是怎么回事啊!

史丹斯戈　你从哪儿钻出来的?

孟　森　老兄,我做了一宗买卖!赚了十万!嗨!明天我在斯通里大请客。请你们诸位都赏光。喂,香槟酒!我给你道喜,史丹斯戈先生!我听说你

83

当选了。

史丹斯戈　不错。我得对你解释一下——

孟　森　呸！跟我什么相干？喂，快拿酒来！伦铎尔曼太太上哪儿去了？（想从左边出去）

女用人　（恰好从外边进来，把他拦住）老板娘这时候不见客。她刚收到一封信——

巴斯丁　咳，他妈的！（从后面出去）

史丹斯戈　她是不是正在看信？

女用人　是。她看了信好像心里很乱。

史丹斯戈　再见，孟森先生。你明天是不是在斯通里请客？

孟　森　不错，明天。再见！

史丹斯戈　（低声）海瑞先生，你肯不肯帮个忙？

海　瑞　可以，可以。

史丹斯戈　你赶紧在伦铎尔曼太太面前说我一两句坏话，隐隐约约糟蹋我两句。这种事你最擅长。

海　瑞　怪啦，这算怎么回事啊？

史丹斯戈　我自有道理。这是我跟一个和你有仇的人开玩笑赌的东道。

海　瑞　哈哈！我明白了。我不多说了！

史丹斯戈　可别把我糟蹋得太厉害了。你要把我这人说得闪闪烁烁——让她一时捉摸不透。

海　瑞　放心。我很愿意效劳。

史丹斯戈　好，我先道个谢。（走向桌旁）伦德斯达先生，明天上午咱们在侍从官家见面。

伦德斯达　你有希望没有？

史丹斯戈　我有三重希望。

伦德斯达　三重？这话我不明白。

史丹斯戈　你不必明白。从今以后我自己拿主意了。（从后面出去）

孟　森　（喝着酒）再来一杯，阿斯拉克森！巴斯丁哪儿去了？

阿斯拉克森　他刚出去。我要替他交一封信。

孟　森　交一封信？

阿斯拉克森　交给伦铎尔曼太太。

孟　森　哦,他到底走上这一步了!

阿斯拉克森　可是他叫我明天晚上送去,也别太早,也别太晚。敬你一杯!

海　瑞　(向伦德斯达)史丹斯戈跟伦铎尔曼太太鬼鬼祟祟搞些什么事?

伦德斯达　(低声)他在向她求婚。

海　瑞　我早就猜着了!可是他又叫我在伦铎尔曼太太面前说他的坏话——糟蹋他——

伦德斯达　你答应了吗?

海　瑞　那还用说!

伦德斯达　我记得他说过,你这人说到哪儿准做到哪儿——也不过火。

海　瑞　嘻嘻,这家伙!这回他该上当了。

伦铎尔曼太太　(手里拿着一封拆开的信,站在左边门口)史丹斯戈先生哪儿去了?

海　瑞　他搂着你的女用人亲了个嘴跑了,伦铎尔曼太太!

第 五 幕

〔侍从官家大客厅。大门在后边。左右各有几扇门。凌达尔站在一张桌子旁边看文件。有人敲门。

凌达尔　请进。
费尔博　(从后面进来)你早。
凌达尔　你早,费尔博大夫。
费尔博　没出什么事吗?
凌达尔　喔,没有。可是——
费尔博　可是什么?
凌达尔　不用说,那件大新闻你一定听见了吧?
费尔博　没听见。什么新闻?
凌达尔　难道你没听见斯通里出了事儿?
费尔博　没有。
凌达尔　孟森跑了。
费尔博　孟森跑了?
凌达尔　跑了。
费尔博　真想不到——!
凌达尔　昨天外头就有不好听的谣言,可是后来孟森又露了露面,他想迷惑别人的眼睛——
费尔博　为什么?怎么回事?
凌达尔　据说是因为木料生意大亏本。克立斯替阿尼遏好几家木料行都不肯付款了,因此——
费尔博　因此他就跑了!

凌达尔　大概是跑到瑞典去了。今天早晨官府派人接管了斯通里，现在正在把他的产业一件一件查抄登账——

费尔博　他那些可怜的儿女呢？

凌达尔　他儿子好像跟这事没关系。至少我听说他装着一副满不在乎的样子。

费尔博　那么他女儿呢？

凌达尔　嘘！他女儿在这儿。

费尔博　在这儿？

凌达尔　今天早晨，他们家的老师赫黎带着她和两个小的躲到这儿来了。现在布拉茨柏小姐正在张罗他们，你知道，这件事是瞒人的。

费尔博　出了这件事，孟森女儿心里受得了吗？

凌达尔　喔，大概还受得了。你想，她在家里过惯了那种日子——再说，你要知道，她——喔，侍从官来了。

侍从官　（从左边进来）你来了吗，费尔博大夫？

费尔博　是，我出来得很早。恭喜，恭喜，侍从官。

侍从官　喔，说什么恭喜！反正我得谢谢你，我知道你是一片好意。

费尔博　侍从官，我要请问——？

侍从官　我插一句话，往后请你别再这么称呼我。

费尔博　这是怎么回事？

侍从官　我是个铁厂老板，别的什么都不是。

费尔博　这话真怪！

侍从官　我已经放弃了我的官衔。今天我就要把辞呈递上去。

费尔博　你先别忙。

侍从官　当初蒙国王加恩，赐了我一个官衔，那是因为我家好几代的名声都是清清白白的。

费尔博　现在怎么样？

侍从官　现在我家出丑丢脸，像孟森先生一样。不用说，你一定听见孟森的事儿了吧？

费尔博　不错，我听见了。

侍从官　（向凌达尔）还有他别的消息没有？

凌达尔　没什么别的，无非是他还连累了一大批年轻人。

侍从官　我儿子怎么样？

87

凌达尔　你儿子已经把结清的账目交给我了。他的欠款可以全部付清,可是没东西剩下了。

侍从官　唔。那么你把我的辞呈誊清一遍,好不好?

凌达尔　好吧。(从右边最靠前的门里出去)

费尔博　放弃官衔的事你仔细想过没有?这档子事只要悄悄地安排一下就行了。

侍从官　当真!外头出的事情我能假装不知道吗?

费尔博　喔,说了半天,到底出了什么事情?他不是已经写信给你,认错赔罪,求你饶恕他吗?这是他头一回干那种事。想个办法一遮盖不就完了吗?

侍从官　你肯干我儿子干的那种事吗?

费尔博　他下回不会再犯了,这是主要的一点。

侍从官　你怎么知道他下回不会再犯了?

费尔博　不说别的,单说你自己告诉我的他们小夫妻吵架的事情,就知道他以后不会再犯了。不管别的怎么样,这回吵过架,下回他就不敢胡来了。

侍从官　(在屋里走来走去)可怜的赛尔玛!我们不能再过太平幸福的日子了!

费尔博　世界上还有比太平幸福的日子更有价值的东西。你的幸福一向是一种幻象。老实告诉你,你的幸福和你其他许多东西都是建筑在空心基础上的。侍从官,你眼光太近,并且自以为了不起!

侍从官　(止步)我?

费尔博　不错,是你!你一向以为自己家世光荣,门第清白,瞧不起人,可是这件事经过考验没有?你敢担保它经得起考验?

侍从官　费尔博大夫,你不必教训我了。你以为经过了最近这些事情我还没得到教训吗?

费尔博　我想你是得到了教训,可是你应该用事实证明:你应该把度量放宽一点,把眼光看远一点。你只知道责备你儿子,可是你一向是怎么教育他的?你一心只顾培养他的才干,可是忘了培养他的品格。你只知道教导他怎么爱惜家世门第的荣誉,可是没在他性格里把荣誉观念培养成为一股子坚强的力量。

侍从官　你觉得是这样?

费尔博　我不但觉得,并且确实知道。不但你是这样,这儿一般人都是这样:大家都看重学问,不着重做人。结果怎么样?你看,许多有天才的人都变成了半生不熟的货色,他们的思想感情是一回事,他们的习惯行动完全是另外一回事。只要瞧瞧史丹斯戈——

侍从官　哦,不错,史丹斯戈!你看他这人怎么样?

费尔博　他这人是一件各种材料杂凑起来的货色。打小时候起,我就认识他。他父亲是个不成器的家伙,是个脓包,是块废料。他父亲开小杂货铺,还带做点典押生意,凑合着过日子,其实都是他老婆一手替他经管。他老婆脾气坏透了,我没见过像她那么不守妇道的娘们儿。她搞得她丈夫被法院剥夺公权。她一点儿心肝都没有。史丹斯戈小时候就在这么个家庭过日子。后来他进了小学。他母亲说:"我得让孩子上大学。我得让我儿子当个出色的律师。"他在家里过的是邋遢日子,在学校过的是紧张生活,他的精神、气质、意志、才干,各奔各的路——结果不是人格的分裂是什么?

侍从官　你觉得不会有别的结果?我倒想听听什么才合你的意。在史丹斯戈身上我们没有指望了,在我儿子身上也没有指望了,可是我们也许可以指望你——?

费尔博　不错,一点都不错,可以指望我。喔,你别笑。我不是表扬自己,我一生的经历和处境都有条件使我养成平稳坚定的性格。我是在一个中等人家安静和谐的日子里长大的。我母亲是个最有德行的女人。我家的人从来没有非分的欲望,没有因为贪求什么而遭过祸殃,也没有因为亲近的人死了使我们感觉空虚寂寞。我们是在爱美的环境中长大的,爱美的心理已经融化在我们的整个人生观里,而不是一种可有可无的兴趣。大人教导我们:无论在理智或是感情方面,都要避免过火的举动——

侍从官　嗳呀!所以你就成了十全十美的人了,是不是?

费尔博　不,我绝不是这意思。我不过说,上天待我不薄,我觉得上天给我恩惠,我就有责任。

侍从官　好。可是要是史丹斯戈没有这种责任,他这人岂不越发可敬了?

费尔博　什么事使他越发可敬了?

侍从官　费尔博大夫,你把他看错了。你瞧,这是什么?

费尔博　这是你儿子的借据!

侍从官　不错,他给我送回来了。

费尔博　他是出于自愿的吗?

侍从官　是出于自愿的,不带任何条件。做得真漂亮,做得真大方。所以从今

89

以后我许他随便来往。

费尔博　你再仔细想想！替你自己想想,替你女儿想想！

侍从官　喔,别啰嗦了！他好些地方都比你强。不管怎么样,他性格直爽,你做事可是鬼鬼祟祟的。

费尔博　我？

侍从官　不是你是谁！你毫不客气地把我的家当作你自己的家,来去自由。我什么事都跟你商量——可是——

费尔博　唔？可是怎么样？

侍从官　可是你老是藏头露尾,并且还有点大模大样,实在叫我受不了。

费尔博　请你把话解释清楚点！

侍从官　我？你才应该把话解释清楚呢！不必多说了,现在你自作自受,别埋怨我。

费尔博　咱们彼此不了解,侍从官。我固然没有借据可交,可是你准知道我不能为你出一把更大的力吗？

侍从官　嘎！怎么出力？

费尔博　替你守秘密。

侍从官　守秘密,嘿嘿！要不要我告诉你,你过去做下圈套要我搞什么？你要我不顾自己的身份,信口骂人,加入青年同盟。费尔博大夫,像你这么个顽固的假道学,在我们的自由社会不时兴了。你看看史丹斯戈,他不像你,所以我许他在我家自由来往,我许他——我许他——！喔,跟你说也是白搭！反正你自作自受,自己倒霉。

伦德斯达　(从后面进来)恭喜恭喜,侍从官！祝你永远受人尊敬——

侍从官　喔,我忍不住要说——去你的吧。我的好伦德斯达,这都是骗人的玩意儿。这个世界上除了骗人的玩意儿没别的。

伦德斯达　孟森先生的债主就这么说。

侍从官　哦,提起孟森——他的事儿你是不是觉得完全出乎意外？

伦德斯达　喔,侍从官,你不是早就料到了吗？

侍从官　唔,唔——不错,不错,我早就料到了。前天我还这么说呢。他来找我通融款子——

费尔博　要是你答应了,也许能救他。

伦德斯达　不行,救不了啦,他的事儿没法收拾了。现在这样是最好的结局。

侍从官　这是你的看法？那么,昨天你选举失败也是最好的结局？

伦德斯达　我并没失败。事情都是照着我的意思做的。史丹斯戈这个人犯不上得罪,咱们不想要的东西他都有。

侍从官　我不十分明白你的意思。

伦德斯达　他有迷惑人的能力。他占便宜的地方,是不受人格、信仰或是社会地位的牵制,所以自由主义对他最方便。

侍从官　啊,咱们不都是自由党吗！

伦德斯达　不错,咱们当然是自由党,这毫无问题。可是里头有这么个分别:咱们的自由主义只限于自己,可是史丹斯戈的自由主义还应用到别人身上。新鲜事就在这儿。

侍从官　现在你是不是相信这些荒谬思想？

伦德斯达　从前我在旧小说里看见有一等人只会呼魔唤鬼,可是不会祛魔送鬼。

侍从官　嗳呀,伦德斯达,像你这么个明白人,怎么——？

伦德斯达　侍从官,我知道这不过是天主教的迷信说法。可是新思想很像魔鬼,进了门就不容易送出去了。最好的办法是竭力跟它们妥协。

侍从官　可是现在孟森已经垮台了,他手下那批捣乱分子一定——

伦德斯达　要是孟森早两三天垮台,情势就大不相同了。

侍从官　是啊,事情不凑巧。也怪你太性急了。

伦德斯达　我性急,一半也是为你,侍从官。

侍从官　为我？

伦德斯达　咱们的党在群众中间一定得保持它的威信。咱们这批人代表挪威民族年代久远的光荣传统。要是在那时候我不跟史丹斯戈合作,你要知道他手里拿着一张东西——

侍从官　那张东西现在不在他手里了。

伦德斯达　什么？

侍从官　那张东西在我这儿。

伦德斯达　他交还你了？

侍从官　交还了。就私人方面说,他是个正人君子,我不能抹煞他这点长处。

伦德斯达　（沉思）史丹斯戈先生的才干真是少有。

史丹斯戈　（站在后面门口）我能不能进来？

侍从官　（迎上去）欢迎,欢迎。

史丹斯戈　我想跟你道喜,行不行?

侍从官　我诚心诚意感谢你。

史丹斯戈　那么,我诚心诚意祝你幸福!我写的那些无聊文章请你千万别挂在心上。

侍从官　我看人根据事实,不根据言论,史丹斯戈先生。

史丹斯戈　这话说得真大方!

侍从官　从今以后,既然你愿意来,在我这儿尽管随便,不要客气。

史丹斯戈　当真?使得吗?(有人敲门)

侍从官　进来。

〔本地几个领袖人物、市参议员和其他的人走进屋来,侍从官起身迎接。大家向他道喜,他客气了几句,跟他们随意谈话。

托　　拉　(这时已经从左边第二道门进来)史丹斯戈先生,我得跟你道谢。

史丹斯戈　你跟我道谢,布拉茨柏小姐!

托　　拉　爸爸告诉我了,你的举动真是慷慨大方。

史丹斯戈　可是——?

托　　拉　我们从前把你看错了!

史丹斯戈　你们从前——?

托　　拉　那要埋怨你自己——不对,不对,还是得埋怨我们。喔,为了向你赔礼认罪,你要我干什么我都愿意。

史丹斯戈　是吗?你自己愿意?你真的——?

托　　拉　我们一家子都愿意,只要我们知道——

侍从官　孩子,给客人预备茶点。

托　　拉　茶点马上就来。

〔她转身走向左边第二道门,一个用人恰好从门外走进来,端着酒和点心,分敬客人。

史丹斯戈　喔,伦德斯达!我觉得我好像是个打了胜仗的天神。

伦德斯达　大概昨天你也有这种感觉。

史丹斯戈　呸!今天的事儿完全不一样。这是最后的胜利!成功的顶点!我的生命上头罩着一片金光,一道光轮。

伦德斯达　嘿嘿,恋爱的迷梦!

史丹斯戈　不是梦!是现实,是光明灿烂的现实!

伦德斯达　这么说,她哥哥巴斯丁已经把回信带给你了?

史丹斯戈　巴斯丁?

伦德斯达　正是,昨天他在我面前露了点口风,他说他答应过替你在一位姑娘面前说好话。

史丹斯戈　喔,胡说。

伦德斯达　为什么要瞒人?要是你还没知道这消息,我可以告诉你。你的事儿成了,史丹斯戈先生。这是凌达尔告诉我的。

史丹斯戈　他告诉你什么?

伦德斯达　他说孟森小姐已经答应你了。

史丹斯戈　什么?

伦德斯达　答应了你的亲事。

史丹斯戈　答应了我的亲事!可是她父亲溜之大吉了!

伦德斯达　女儿可没溜呀!

史丹斯戈　她答应了我的亲事!家里正在乱糟糟的当口!好不懂道理!稍微有点情义的男人都讨厌这种女人!其实这件事完全是误会。我并没委托巴斯丁——这个糊涂东西怎么——?不过好在跟我不相干。他自己干的糊涂事让他自己担当。

海　瑞　(从后面进来)嘻嘻!好热闹,真是济济一堂!这也难怪!像老话说的,大家都是来向贵人致敬请罪的。我也——

侍从官　多谢多谢,老朋友!

海　瑞　喔,老先生,这可使不得!你太屈尊了。(又一批客人来到)啊,衙役公差都来了①——长官——。我不多说了。(走过去向史丹斯戈)哦,走运的年轻人,你也在这儿?来,来,老头子给你至至诚诚道个喜。

史丹斯戈　道什么喜?

海　瑞　昨天你叫我在她面前说你几句坏话。

史丹斯戈　不错,不错,后来怎么样?

海　瑞　我甘心情愿给你效劳。

史丹斯戈　唔——后来怎么样?她的态度怎么样?

海　瑞　那还用说,真像个多情女子,听完了我的话,她就哇的一声哭起来了,

---

① 这是一句讽刺话,暗骂那些客人像是伺候贵人的衙役公差。

躲到自己屋里,也不答话,也不露面——

史丹斯戈　啊,惭愧!

海　瑞　用这样手段考验寡妇的心肠,看着她伤心,自己心里痛快,真是太狠了!可是情人的眼睛像猫眼睛一样尖利——我不多说了。因为今天我经过那儿的时候,看见伦铎尔曼太太靠着敞开的窗口,高高兴兴,活活泼泼,正在梳头。说句不怕你生气的话,她的样子活像条美人鱼。她真是个出色的女子!

史丹斯戈　后来又怎么样?

海　瑞　她在窗口一看见我,好像着魔的人似的放声大笑,拿着一封信在空中晃摇,嘴里嚷着:"求婚的信,海瑞先生!我订婚了。"

史丹斯戈　什么!她订婚了?

海　瑞　恭喜恭喜,年轻朋友!我心里说不出的快活,我是头一个报喜的人。

史丹斯戈　简直无聊!真是胡闹!

海　瑞　怎么是胡闹?

史丹斯戈　你误会了伦铎尔曼太太的意思。要不然就是她误会了——。订婚!岂有此理!现在孟森垮了台,恐怕她——

海　瑞　不会,不会!伦铎尔曼太太的财产毫无问题。

史丹斯戈　跟我不相干。我有别的打算。那封信是开玩笑的——是赌的东道,我不是跟你说过吗?海瑞先生,这桩无聊事请你在谁的面前都一字别提。

海　瑞　我懂得,我懂得!这事不能告诉人,这是一段风流艳史。啊,青年,青年!除了风雅事儿别的都不在你心上。

史丹斯戈　对,对。记着:别说话。将来你决不吃亏——我帮你打官司。嘘!我把这事托付你了。(转身走开)

侍从官　(一直在跟伦德斯达说话)没有的事,伦德斯达——**这话**我再也不信!

伦德斯达　真的,侍从官——丹尼尔·海瑞亲口告诉我的。

海　瑞　请问,我告诉你什么了?

侍从官　昨天史丹斯戈先生给你看过一张借据没有?

海　瑞　哦,对了!那是怎么回事?

侍从官　将来我再告诉你。可是你对他说——

伦德斯达　你对他说那张东西是假的?

海　瑞　嗨!这不过是句玩笑话,在他趾高气扬的时候扫扫他的兴。

伦德斯达　你还跟他说两个签字都是假的？

海　瑞　嗯，不错，我既然撒谎，为什么不顺便撒个痛快呢？

侍从官　这就是了。

伦德斯达　（向侍从官）他听了**那句话**之后——

侍从官　就把那张借据交给凌达尔了！

伦德斯达　一张不能用来敲诈别人的借据。

侍从官　他假装慷慨大方！又来叫我上当！混到我家里，要我欢迎他，感谢他——这——这！这家伙正是——

海　瑞　你要说什么，侍从官？

侍从官　将来我再告诉你。（把伦德斯达拉到旁边）这家伙正是你照应、提拔、拉扯的人！

伦德斯达　你也上了他的当啊！

侍从官　唉，我恨不得——！

伦德斯达　（用手指着正在跟托拉谈话的史丹斯戈）你瞧！别人看着这样子，心里会怎么估计！

侍从官　不久我就要把事情揭开，不让别人瞎估计了。

伦德斯达　来不及了，侍从官。他会用空口白话、花言巧语一步一步钻进来——

侍从官　我也有对付他的办法，伦德斯达先生。

伦德斯达　你打算怎么办？

侍从官　你瞧着吧。（走到费尔博身旁）费尔博大夫，你愿意不愿意帮我一把忙？

费尔博　愿意。

侍从官　那么，把那家伙给我轰出去。

费尔博　把史丹斯戈轰出去？

侍从官　不错，正是那投机分子。我连他的名字都不愿意提。把他轰出去！

费尔博　叫我怎么下手？

侍从官　这就是你的事了。你爱怎么办就怎么办。

费尔博　爱怎么办就怎么办！这话当真？怎么下手都行？

侍从官　是，怎么都行。

费尔博　你这话说了算数，侍从官！

侍从官　当然算数。

费尔博　好,就这么办。现在不下手,还等什么时候!(高声)诸位先生,听我说几句话!

侍从官　大家别做声,听费尔博大夫说话!

费尔博　我现在得了布拉茨柏侍从官同意,宣布我跟他的千金小姐订婚的事情。

〔大家一阵惊讶。托拉低低叫了一声。侍从官想要说话,又咽住了。一片高声谈话和道喜的声音。

史丹斯戈　订婚!你跟——

海　瑞　跟侍从官——?侍从官——?这是怎么回事?

伦德斯达　费尔博大夫疯了吧?

史丹斯戈　可是,侍从官——?

侍从官　我有什么办法?我是个自由党!现在我加入青年同盟!

费尔博　多谢,多谢——请你原谅!

侍从官　结社入党现在很时兴,史丹斯戈先生!什么事都比不上自由竞争!

托　拉　喔,爸爸!

伦德斯达　不错,订婚也很时兴。我也有一桩事要宣布。

史丹斯戈　胡说八道!

伦德斯达　一点儿都不是胡说八道。孟森小姐已经跟——

史丹斯戈　撒谎,撒谎!

托　拉　不是撒谎,爸爸,是真事。他们俩都在这儿。

侍从官　谁?在哪儿?

托　拉　瑞娜和赫黎先生。他们俩都在屋里。(走向右边第二道门)

伦德斯达　赫黎先生!这么说,是他——!

侍从官　在这儿?在我家里?(也向右边第二道门走去)出来,好孩子。

瑞　娜　(不好意思地,想出来又缩回去)喔,不,不,外头有那么些人。

侍从官　别害臊,家里出事不能怨你。

赫　黎　现在她无家可归了,侍从官。

瑞　娜　喔,你一定得帮我们一把!

侍从官　当然,这不用说。我还得谢谢你们允许我帮忙。

海　瑞　订婚很时兴,这话一点不假。我也要添补一件。

侍从官　什么?你?你这岁数?太鲁莽了!

海　瑞　喔——！我不多说了。

伦德斯达　事情没指望了，史丹斯戈先生。

史丹斯戈　是吗？（高声）海瑞先生，**我**也要添补一件！诸位先生，我现在宣布，我也把终身大事定下了。

侍从官　什么？

史丹斯戈　有时候一个人做事不能不骑两头马，为的是遮掩别人的耳目。在争取公众幸福的紧急关头，我觉得这种手段是可以采用的。我的终身事业清清楚楚摆在我眼前，它是我的全部生命。我要把全副精力贡献出来，给本地人效劳。我觉得本地人的思想非常混乱，我一定要把这些混乱思想澄清一下。可是这事不是仗着一个投机分子单枪匹马做得成的。地方上的人必须自动拥护愿意担当这任务的人。因此我决定用爱情的联系把我的利益跟你们的利益紧紧结合在一起。要是有人上过我的当，我现在对他们道歉赔不是。我宣布我也订婚了。

侍从官　你？

费尔博　订婚了？

海　瑞　我可以做见证。

侍从官　可是——？

费尔博　跟谁订了婚？

伦德斯达　不会是——？

史丹斯戈　这是感情和理智两方面的结合。诸位同胞，我跟伦铎尔曼太太订婚了。

费尔博　跟伦铎尔曼太太！

侍从官　那开店的寡妇！

伦德斯达　哼，真是！

侍从官　我简直摸不着头脑！你怎么——？

史丹斯戈　这是一条计策，布拉茨柏先生！

伦德斯达　他这人真有本事！

阿斯拉克森　（在后面门口张望）对不起——

侍从官　哦，阿斯拉克森，进来！你是来道喜的，是不是？

阿斯拉克森　喔，不是，不是，我不敢——。可是我有极要紧的事情告诉史丹斯戈先生。

史丹斯戈　等会儿再说。你在外头等着。

阿斯拉克森　喔,不行,我一定得马上告诉你——

史丹斯戈　少说话!你乱插嘴干什么?诸位先生,世界上的事真是千奇百怪,没法子捉摸。本地人和我需要一种联系,把我们紧密团结起来。我找着了一个老练成熟、可以帮我安家立业的女人。诸位先生,我已经摆脱了投机分子的身份,现在我跟你们站在一起,是你们一家人了。千万别把我当外人。要是你们委派我干什么,我一定舍着命去干。

伦德斯达　你胜利了。

侍从官　哦,想不到——(向刚从后面进来的女用人)什么事?你咯儿咯儿地笑什么?

女用人　伦铎尔曼太太——?

大　家　(异口同声)伦铎尔曼太太?

侍从官　她怎么啦?

女用人　伦铎尔曼太太带着她的男人在外头等着呢。

大　家　(互相诧问)她的男人?伦铎尔曼太太的男人?这是怎么回事?

史丹斯戈　胡说!

阿斯拉克森　不是胡说,刚才我正要告诉你——

侍从官　(在门口)请进,请进!

〔巴斯丁挽着伦铎尔曼太太从后面进来。大家一阵骚动。

伦铎尔曼太太　我是不是太冒昧?

侍从官　没有的事,没有的事。

伦铎尔曼太太　我不能不把我的男人带来见见你和布拉茨柏小姐。

侍从官　不错,我听说你订婚了,可是——

托　拉　我们不知道——

史丹斯戈　(向阿斯拉克森)这是怎么回事?

阿斯拉克森　昨天我脑子里事情太多——好些事儿要动脑筋——

史丹斯戈　可是我把我的信给她了,并且——

阿斯拉克森　不,你给她的是巴斯丁的信。你的信在这儿。

史丹斯戈　我给她的信是巴斯丁的?这封是——?(看了一眼信封上的字,把信一揉,往衣袋里一塞)你这该死的糊涂东西!

伦铎尔曼太太　当然我很愿意。我知道,男人嘴里的话靠不住,可是要是在信上写得明明白白，说是正式求婚——。哦，那不是史丹斯戈先生吗！史丹斯戈先生，你怎么不跟我道喜？

海　瑞　（向伦德斯达）你瞧伦铎尔曼太太恨不得要把他一口吞下去。

侍从官　他当然应该跟你道喜，伦铎尔曼太太。可是你也应该跟你未来的小姑子道喜。

伦铎尔曼太太　谁？

托　拉　瑞娜。她也订婚了。

巴斯丁　你也订婚了，瑞娜？

伦铎尔曼太太　真的吗？不错，巴斯丁跟我说过，仿佛是有个人。我跟你们两位道喜。史丹斯戈先生，现在你也是咱们一家人了。

费尔博　不，不，不是史丹斯戈！

侍从官　不是，是赫黎先生。真让孟森小姐挑着了。说起来，你也应该跟我女儿道喜。

伦铎尔曼太太　布拉茨柏小姐！哦，伦德斯达的话到底没说错。托拉小姐，恭喜恭喜！史丹斯戈先生，恭喜恭喜！

费尔博　你是想跟费尔博大夫道喜？

伦铎尔曼太太　什么？

费尔博　侍从官的新女婿是我。

伦铎尔曼太太　嗳呀，可把我弄糊涂了。

侍从官　我们也是刚弄明白。

史丹斯戈　对不起，我还有个约会——

侍从官　（悄悄地）伦德斯达，他另外那名字叫什么？

伦德斯达　什么另外那名字？

侍从官　不是投机分子，是另外那个——？

伦德斯达　哦，捣乱分子。

史丹斯戈　我告辞了。

侍从官　还有一句话——只有一句话，史丹斯戈先生，一句老在我嘴边没说出来的话。

史丹斯戈　（在门口）对不起，我有急事。

侍从官　（追过去）捣乱分子！

史丹斯戈　再见，再见！（从后面出去）

侍从官　（走回来）朋友们，现在空气又干净了。

巴斯丁　侍从官，你不因为我家里出了事儿埋怨我吧？

侍从官　各人的事应该各人自己担当。

巴斯丁　其实事情真没我的份儿。

赛尔玛　（本来一直在右首第二道门口静听）爸爸！现在你高兴了，可以让他进来吧？

侍从官　哦，赛尔玛！是你！你给他讲情？事情刚出了两天——

赛尔玛　喔，两天够长的了。现在没事了。现在我知道他有时候会走岔道儿——

侍从官　你也不生气？

赛尔玛　他会走岔道儿，可是以后我就不让他走了。

侍从官　既然如此，带他进来。

　　　　〔赛尔玛从右边出去。

凌达尔　（从右边最靠前的门里进来）你的辞呈抄好了。

侍从官　费心，费心！可是你把它撕了吧。

凌达尔　把它撕了？

侍从官　是的，凌达尔，我又想了个别的办法。不用放弃官衔，我就能弥补这件事。从今以后我要认真——

埃吕克　（跟赛尔玛一起从右边进来）爸爸，你肯饶我吗？

侍从官　（把借据递给他）命运待你这么好，我不能不饶你。

埃吕克　爸爸！从今以后，我不干你最恨的那宗买卖了。

侍从官　不必。你尽管干下去！别害怕！喜欢干什么，别缩手！有我帮着你。（高声）诸位先生，我宣布一件事！我跟我儿子合伙做买卖了。

几个客人　什么？你做买卖，侍从官？

海　瑞　你老先生做买卖？

侍从官　是的。做买卖是个正经有用的职业。或者说，至少你可以把它当作正经有用的职业去干。现在我没有理由再站在旁边了。

伦德斯达　我告诉你，侍从官，既然你打算出来给本地人办事，要是像我这么个老兵反倒在营帐里躲着，那就太丢脸了。

侍从官　唔，这话什么意思？

伦德斯达　我不能再躲着了。史丹斯戈先生今天在恋爱上头碰了一大串钉子,咱们不应该逼着他在政治上再受折腾。他应该休养休养,恢复精神。他需要换个地方住住,这事我担保可以做得到。所以,要是我的选举人愿意我回来,我决不推辞。

客人们　(跟他热烈握手)谢谢,伦德斯达!这才是好朋友!你说了话可得算数!

侍从官　应该如此,现在事情又消停下来了。可是这些事究竟是谁的功劳?

费尔博　喂,阿斯拉克森,你仔细说一说,好不好?

阿斯拉克森　(惊慌)我?费尔博大夫?这些事跟我完全不相干。

费尔博　那么,那封信的事儿——?

阿斯拉克森　那也不是我的错!说到功劳,这都要谢谢选举、巴斯丁、机会、命运、伦铎尔曼太太的喷奇酒——酒里可没柠檬——还有我,整个报纸的负责人——

侍从官　(走过来)什么?你说什么?

阿斯拉克森　我说的是报纸。

侍从官　报纸!不错,不错!我不是常说现在这年头儿报纸的势力大得很吗?

阿斯拉克森　哦,侍从官——

侍从官　别假客气了,阿斯拉克森先生!从前我不看你的报,可是从今以后我要看了。我要订十份。

阿斯拉克森　你要二十份都行,侍从官!

侍从官　那么,好吧,我就订二十份。要是你需用款子的话,尽管找我。我愿意支持报纸。可是我跟你直截了当地说——我不给报纸写文章。

凌达尔　刚才你说什么?你说你的女儿订婚了?

侍从官　订婚了,你看怎么样?

凌达尔　好极了!什么时候订的?

费尔博　(急忙)改天再告诉你。

侍从官　五月十七日订的。

费尔博　什么?

侍从官　就在瑞娜小姐上这儿来的那天订的。

托　拉　爸爸,爸爸,你莫非早就知道——?

侍从官　我知道,宝贝。我一向就知道。

费尔博　啊,侍从官——!

托　拉　谁想得到——?

侍从官　下回我在窗口打瞌睡的时候,我劝你们这些小姐奶奶们说话声音小点儿。

托　拉　哦!你在窗帘后头偷听?

费尔博　现在我明白了!

侍从官　你是个有话藏着不肯说的人。

费尔博　我早说了会有好处没有?

侍从官　对,费尔博。这些日子我学了些乖巧。

托　拉　(低声向费尔博)你这人真能藏着话不说。史丹斯戈先生的这些事儿——为什么你在我面前一字不提?

费尔博　老鹰在鸽子窝上头打旋的时候,我们只要暗地里保护小鸽子,不必惊动她。

〔他们的话头被伦铎尔曼太太打断。

海　瑞　(向侍从官)对不起,侍从官,咱们俩那几件小债务官司只好无限期地搁起来了。

侍从官　是吗!为什么?

海　瑞　你要知道,我已经担任了阿斯拉克森报馆社会新闻采访员的职务。

侍从官　好极了。

海　瑞　不用说,你一定明白——我手里有这些事儿——

侍从官　好,好,老朋友,我等着就是。

伦铎尔曼太太　(向托拉)真是,我告诉你,他害我赔了不少眼泪,那坏家伙。现在我谢谢上帝,巴斯丁到了我手里。那家伙像海里的泡沫儿一样地靠不住。他烟瘾又那么大,布拉茨柏小姐,他吃东西还挑剔得厉害。我看他简直是个老馋嘴。

女用人　(从左边进来)饭开好了。

侍从官　走吧,大家一块儿来。伦德斯达先生,你得挨着我坐。还有阿斯拉克森先生,你也挨着我。

凌达尔　饭后,咱们得喝好几杯喜酒呢!

海　瑞　对。你们也许得让我老头子给"不在座的朋友们"讨一杯喜酒喝。

伦德斯达　有一位不在座的朋友将来会回来,海瑞先生。

海　瑞　你说的是史丹斯戈?

伦德斯达　正是。诸位先生，你们瞧着吧！再过十年或是十五年，史丹斯戈不是国会议员就是部长——说不定还是国会议员兼部长呢。①

费尔博　再过十年或是十五年？也许是吧。可是到那时候他不见得能当青年同盟的领袖了。

海　瑞　为什么不能？

费尔博　因为到那时候他的青年就要——靠不住了。

海　瑞　那么，他可以当"靠不住同盟"的领袖啊。这是伦德斯达的话。他学了拿破仑的口气说："只有靠不住的人才能当政客。"嘻嘻！

费尔博　不论怎么说，咱们这个同盟，在青年时期也罢，在靠不住的时期也罢，都得让它站住脚，并且让它永远是青年同盟。当初史丹斯戈创办这个同盟，大家在独立日的兴头上把他抬起来的时候，他说过这么一句话："咱们青年同盟有上帝保佑。"我想，尽管赫黎先生是一位神学家，他也会允许咱们借用那句话。

侍从官　朋友们，我也这么想，因为我们一直在黑暗中瞎摸乱撞，幸亏天使老在暗地里指点我们。

伦德斯达　喔，在这件事上头，我想天使的力量很有限。

阿斯拉克森　这是本地老一套的情况造成的，伦德斯达先生。

——剧　终

---

① 易卜生在一八六九年写这个剧本的时候，挪威的部长不能兼任国会议员。后来，在一八七二到一八八四年的宪法斗争中，这个制度改变了，结果自由党获得胜利，自由党的领袖做了内阁首相，易卜生在这儿的预言果然应验了。

社 会 支 柱

(1877)

【题　解】

从一八七五至一八七七年,易卜生花了两年工夫写成四幕剧《社会支柱》。这部剧作继《青年同盟》之后,批评当时挪威的政治与社会生活。一八七七年十一月,丹麦首都哥本哈根上演了这出戏。稍后,此剧还在斯堪的纳维亚半岛和德国柏林各大剧院演出,颇受观众欢迎。大约一八九六年,此剧在法国上演。剧中主人公博尼克确有其人,似以格利姆斯达城的奠基人摩顿·皮德生为原型。剧作家在格利姆斯达当学徒时见过此人之墓,并熟悉他成为"社会栋梁"的传说。易卜生经过长期的酝酿,使这一原型艺术化,成为具有高度艺术概括性的典型人物。关于这个剧本,早在二十、三十年代,我国就出版了两种译名不同的中译本,即周瘦鹃的《社会柱石》(1921),孙熙的《社会栋梁》(1938)。这里采用的是潘家洵的译作(曾收入《易卜生戏剧集》,人民文学出版社1956年版),并经译者校订。

戏剧故事发生在挪威沿海的一座小城市里。启幕时,一群妇女在博尼克家聊闲天,博尼克太太贝蒂的叔伯弟弟希尔马、教师罗冷博士有时也参与她们的谈话,博尼克正在他的办公室与商人鲁米尔、桑斯达、维纪兰商议修建铁路的计划。妇女们闲聊的范围很广泛,谈论得最多的还是博尼克和他的家事。她们认为博尼克是"又老练,又和气"的"十足的上等人",这也是市民的"评价"。博尼克是这个小海港的大造船商,并代外国政府执行领事职务;他有钱有势,又是保守派的头面人物,社会建设与道德规范方面的"支柱",享有极高的威望。与此同时,妇女们也议论了博尼克一家"光明幸福生活上的一个黑斑点",那就是贝蒂的弟弟约翰做了风流丑事、盗窃公款后逃往美国,贝蒂的异母姐姐楼纳跑到美国找约翰去了。妇女们的观点,在本地也是具有代表性的。不过,她们的看法并不符合事实,这是十五年前的一个"冤案"。博尼克从法国回来后,为了财富而和贝蒂结婚,抛弃了自己热恋过的楼纳。在他与贝蒂订婚期间,竟与旅行剧团的女演员通奸,如不跳窗逃走,就会被女演员的丈夫发现。这种丑闻如果在小市镇传播开来,博尼克就会垮台。他哀求"光棍"约翰代他承担罪责后远走美国。约翰离开本地之后,博尼克又造谣说约翰盗走了他母亲所主持的一家公司的巨款,借以挽救自己破产的厄运。不久,女演员逝世,留下一个孤苦的女孩棣纳,博尼克把她收留在家里。约翰逃到美国后务农维持生活,楼纳像母亲对待儿子那样照顾约翰。

　　约翰和楼纳在美国过了十五年的艰苦奋斗生活,都很想念故乡,所以结伴回国。早已飞黄腾达的博尼克突然见到他们,非常惊愕。他害怕他们说出过去丑闻的真相,使他身败名裂,更担心这件事影响他的建设铁路的"大计划"。起初他曾反对这项工程,知道自己可从中获取暴利后又成为发起人。为了自身的安全,博尼克千方百计地阻挠约翰与楼纳在本地住下去。约翰回国后爱上了棣纳,楼纳和过去爱过约翰的马塞(博尼克的妹妹)都很赞成。由于过去的"丑闻",干扰了约翰与棣纳的结合,约翰坚决要求公开"事实"真相。楼纳也劝说博尼克坦白自己的罪过,重新做人。博尼克在困境中得知约翰准备乘"印第安少女"号轮船赴美,内心暗暗高兴。因为此船腐朽,很可能沉没,这样,约翰也就一去不复返了。于是,他不顾船厂工头渥尼等人的劝阻,悍然下令准备开船。可是事与愿违,约翰与棣纳乘坐另一艘船去美国,而且传来消息:博尼克的十三岁的儿子渥拉夫躲进"印第安少女"号,打算去美国游玩。博尼克以为"印第安少女"号早已根据他的命令出海了,心急如焚,悔恨交加。幸亏渥尼在暴风雨之夜假借博尼克之令,延期开航,免去了一场灾难。这件事,加上楼纳的劝告,触动了博尼克的"良心"。他在一次庆祝大会上不同意罗冷对他歌功颂德,并以"模范人物"、"社会支柱"的身份公布自己过去与现在的罪过,请求群众谅解。他愿以女儿为社会支柱,楼纳予以纠正,指出真正的社会支柱是"真理的精神和自由的精神"。

人 物 表

卡斯腾·博尼克——领事①

贝蒂·博尼克——他的妻子

渥拉夫——他们的儿子，十三岁

马塞·博尼克小姐——卡斯腾·博尼克的妹妹

约翰·汤尼森——博尼克太太的弟弟

楼纳·海斯尔小姐——博尼克太太的不同胞姐姐

希尔马·汤尼森——博尼克太太的叔伯弟弟

棣纳·铎尔夫——住在博尼克家的一个女孩子

罗冷博士——教师

鲁米尔——商人

维纪兰——商人

桑斯达——商人

克拉普——博尼克的秘书

渥尼——博尼克船厂的工头

鲁米尔太太

希尔达·鲁米尔——她的女儿

霍尔特太太——邮政局长霍尔特的妻子

奈达·霍尔特——她的女儿

林纪太太——林纪医生的妻子

市民，来客——外国水手，轮船旅客，等等

事情发生在挪威沿海一个小城市的博尼克家。

---

① 过去挪威海口的大商人可以代外国政府执行领事职务，所以剧中称呼"博尼克先生"的地方都可以用"博尼克领事"代替。

第 一 幕

〔博尼克家对着花园的一间大屋子。前方左首,有一扇门通到博尼克办公室。靠后些,也在左墙上,另有一扇形式相似的门。右墙中央是上外头去的大门。后墙几乎全是大玻璃窗,有一扇门,门外是廊子,廊下有一溜宽台阶通到花园里。廊子上张着一幅遮太阳的天幕。从廊子里望出去,可以看见花园的一角,花园周围有栅栏,栅栏中间有一扇小门。栅栏外头是一条平行的街,对面排列着一溜木头小房子,油漆得鲜艳夺目。正是夏天,太阳晒得热呼呼的。街上有人来来往往,有人站着谈话,在拐角一家铺子里,有顾客出出进进。

〔屋子里许多女客围桌而坐。博尼克太太坐在正中。在她左首是霍尔特太太和她女儿奈达,顺着下去是鲁米尔太太和她女儿希尔达。在博尼克太太右首是林纪太太、马塞·博尼克和棣纳·铎尔夫。女客们都在忙着做活。桌子上堆着好些内衣和别的衣服,有的做成了一半,有的只是刚裁好。再往后去,有张小桌子,桌子上摆着两盆花和一玻璃杯糖水,罗冷坐在桌子旁边,手里拿着一本金边的书正在朗诵,可是声音的高度只能使屋里的人偶尔听见一两个词。渥拉夫在外头花园里跑来跑去,手里拿着一张小弓练习射靶。

〔过了不多会儿,渥尼悄悄地从右边门里走进来。罗冷的朗诵稍微停了一下。博尼克太太冲着渥尼点点头,用手指指左边的门。渥尼悄悄地穿过屋子,在博尼克办公室门上轻轻敲一下,过了会儿又敲一下。克拉普从办公室走出来,手里拿着帽子,胳臂底下夹着一卷文件。

克拉普　哦,是你敲门?
渥　尼　博尼克先生叫我来的。

克拉普　不错,是他叫你来的,可是他现在没工夫见你,他打发我告诉你——

渥　尼　打发你?可是我倒希望——

克拉普　——他打发我把话转告给你。他说,以后不许你在星期六给工人做讲演。

渥　尼　真的吗?我一直觉得我可以用自己的闲工夫——

克拉普　你不应该用自己的闲工夫挑拨工人在工作时间不干活。上星期六你对工人讲将来咱们厂里用了新机器新方法,他们会倒霉。你为什么说这种话?

渥　尼　我说这种话是支持社会。

克拉普　这说法真怪!博尼克先生说你是破坏社会。

渥　尼　克拉普先生,我说的"社会"不是博尼克先生的"社会"!我是工人协会主席,我不能不——

克拉普　你是博尼克先生船厂的工头,你首先应该对这个"博尼克公司"的社会尽责任;你要知道,咱们这批人靠它吃饭。现在你知道了,这就是博尼克先生要跟你说的话。

渥　尼　克拉普先生,博尼克先生不会这么说!可是我知道是谁闯的祸。都是那只进厂修理的倒霉美国船!那些美国佬要咱们照他们的办法给他们做活,并且——

克拉普　好,好,我没工夫跟你谈大道理。反正你已经知道博尼克先生的意思,这就够了。你现在还是回厂去吧,那儿也许有事等着你。一会儿我就来。对不起,诸位太太小姐!(向女客们鞠躬,穿过花园,走上大街。渥尼悄悄从右边出去。克拉普跟渥尼谈话的时候,罗冷一直在念书,现在砰的一声把书合上了)

罗　冷　喂,诸位太太小姐,故事念完了。

鲁米尔太太　听这故事真有好处!

霍尔特太太　是个劝人为善的故事!

博尼克太太　像这么一本书真能启发思想。

罗　冷　一点儿都不错,这本书的内容跟咱们每天在报纸杂志上看见的不幸的事情正好是个鲜明的对照。瞧瞧那些现代的大社会,表面上金碧辉煌,里头藏着什么!说句不客气的话,除了空虚和腐败,别的什么都没有!那些社会没有道德基础。干脆一句话,现代的大社会像粉刷的坟墓,①里头

---

① 见《新约·马太福音》,意思是"伪善者"。

全是虚伪骗人的东西。

霍尔特太太　对！对！

鲁米尔太太　不用往远处说,只要看看眼前在咱们这儿的那只美国轮船的水手。

罗　冷　喔,我不愿意提那些社会的渣滓。可是即使在那些地方的上等社会里,情形又怎么样?到处都是犹疑彷徨的景象,人们心神不安定,社会秩序在动摇。瞧瞧家庭生活给破坏得成了什么样子!瞧瞧最基本的真理受到了多么可耻的摧残!

棣　纳　(做着活计,没抬头)可是他们也做了些伟大的事情,你说对不对?

罗　冷　伟大的事情?这话我不懂。

霍尔特太太　(吃惊)天呀,棣纳!

鲁米尔太太　(同时)棣纳,你怎么说这话?

罗　冷　要是这种"伟大的事情"在这儿流行起来,恐怕不是咱们的幸福。咱们应该感谢上帝,咱们的命运这么好。当然,咱们这儿也有坏人,像麦子里头有时候长杂草一样,可是咱们会老老实实把杂草拔干净。诸位太太小姐,最要紧的是要保持社会的纯洁,要小心提防别让这个急躁的新时代强迫咱们采用冒险的新花样。

霍尔特太太　啊,可惜新花样太多了。

鲁米尔太太　是呀,去年咱们好容易才把修铁道的计划推翻了。

博尼克太太　啊,那是卡斯腾推翻的。

罗　冷　那是天意,博尼克太太。你可以相信,博尼克先生反对那个计划的时候他在执行上帝的意志。

博尼克太太　可是报纸上还说他那么些丑话!哦,罗冷博士,我们忘了谢谢你。你为我们花费了那么些时间,你的心肠真是太好了。

罗　冷　喔,哪儿的话。现在是假期——

博尼克太太　话是不错,可是在你还是一种牺牲,罗冷博士。

罗　冷　(把椅子拉近些)博尼克太太,别这么客气。你们大家不也是为公益事情出力吗?并且还高高兴兴出于自愿。咱们目前搭救的这批堕落的女人好像战场上受伤的军人,你们诸位太太小姐好像红十字会的女护士,给受伤的人摘纱布,用绷带给她们轻轻地包扎伤口,给她们治疗,把她们治好——

博尼克太太　把每件事都看得这么美,真是天才!

罗　冷　大部分是天才,可是一部分是修养。最要紧的是咱们应该把事情看作庄严的使命。(问马塞)博尼克小姐,你说我的话对不对?你专心从事学校的工作是不是觉得脚底下比从前踏实点儿?

马　塞　我实在不知道该怎么说。有时候,我在学校闷得慌,恨不能一下子漂到狂风大浪的海洋里。

罗　冷　我的好小姐,这是叫人上当。这种不安分的思想千万别让它钻到脑子里。你说"狂风大浪的海洋"当然是打比方。你意思是指好些人在里头翻船的那个不安定的世界。人家嘴里说的那种乱哄哄的生活难道真能把你迷住吗?你抬头瞧瞧街上那些人,在大太阳底下,跑来跑去,满头大汗,忙些微不足道的小事情。咱们可比他们强多了,坐在阴凉地里,背朝着外头,眼睛看不见那出乱子的地方。

马　塞　你说的不错。

罗　冷　像你们这种人家——又善良,又纯洁——家庭生活达到了最美满的境界——亲亲热热,一团和气——(转过去问博尼克太太)你在听什么,博尼克太太?

博尼克太太　(脸朝着博尼克办公室的门)他们在里头说话声音那么大。

罗　冷　有什么特别事情没有?

博尼克太太　不知道。大概我丈夫有客人。

〔希尔马·汤尼森抽着雪茄在右边门口出现。他一看见这么些女客马上站住。

希尔马　哦,对不起——(正要转身回去)

博尼克太太　没关系,希尔马,进来。你有什么事?

希尔马　没什么事,我路过这儿,顺便进来看看。诸位太太小姐早安!(向博尼克太太)结果怎么样?

博尼克太太　什么事结果怎么样?

希尔马　卡斯腾召集了一个会,你知道。

博尼克太太　是吗!为了什么事?

希尔马　喔,还不是为了那无聊的铁路。

鲁米尔太太　不会!真有这事吗?

博尼克太太　卡斯腾真可怜,他是不是又要操心了?

罗　冷　汤尼森先生,究竟是怎么回事?博尼克先生去年不是明明白白说过

113

他反对修铁路吗？

希尔马　不错，我也是这么想。可是刚才我碰见他的秘书克拉普，他告诉我铁路计划又提出来了，博尼克先生正在跟本地三个资本家商量这件事。

鲁米尔太太　真的，怪不得刚才我听见我丈夫在里头说话的声音。

希尔马　鲁米尔先生当然是其中的一个，另外两个是桑斯达和外号叫"圣麦克尔"的麦克尔·维纪兰。

罗　冷　哼！

希尔马　对不起，罗冷博士。

博尼克太太　日子刚过得平平稳稳，又要出事情！

希尔马　他们翻旧账，重新吵架，我倒不反对。这至少是个消遣。

罗　冷　我觉得这种消遣不必要。

希尔马　这要看各人的性格。有人喜欢大阵仗。可是在咱们这种小地方见不着大阵仗，并且也不是人人都——（一边说一边翻看罗冷刚才念的那本书）"妇女乃社会之奴仆"。好无聊的书！

博尼克太太　喔，希尔马，你别这么说。你又没看过这本书。

希尔马　不错，没看过，我也不想看。

博尼克太太　我看你今天身体不大舒服。

希尔马　嗯，不舒服。

博尼克太太　也许昨天晚上你没睡好觉吧？

希尔马　睡得很坏。昨晚我因为身体不舒服，出去散步，走到俱乐部，看了一篇北极探险的文章。那些人在冰天雪地里跟自然作斗争，看着很提神。

鲁米尔太太　汤尼森先生，可是那篇文章对你似乎没什么大好处。

希尔马　确实没好处。我在床上翻来覆去一整夜，半睡半醒，恍恍惚惚梦见一只可怕的海象在追我。

渥拉夫　（在他们谈话的时候已经从花园台阶上上来了）舅舅，你让海象追过吗？

希尔马　你这小傻瓜，我是做梦！你还拉那只没意思的小号？为什么不弄支真枪打打？

渥拉夫　我倒想打枪，就是——

希尔马　真枪还有点儿意思。扳枪的时候精神真爽快。

渥拉夫　舅舅，有了枪我不就可以打熊了吗？就是爸爸不许我弄枪。

博尼克太太　希尔马，你别拿这些话逗孩子。

希尔马　哼！咱们培养的这一代！咱们嘴里尽管说年轻人应该有气魄,有胆量,可是,天知道,结果全都是空话。咱们从来没认真打算把年轻人锻炼成不怕危险的好汉子。哎,傻瓜,别把你的弓冲着我拉——小心失手射出来。

渥拉夫　不会,舅舅,里头没箭。

希尔马　你怎么知道没箭？也许有。谁知道？快把弓拿开,听见没有！真怪,你为什么一直没搭你爸爸的轮船上美国去？在美国你可以打野牛,再不就跟印第安人去打仗。

博尼克太太　喔,希尔马！

渥拉夫　舅舅,我真想去。再说,在美国我也许还能碰见约翰小舅舅和楼纳阿姨呢。

希尔马　哼！胡说八道！

博尼克太太　渥拉夫,你再上花园玩儿去吧。

渥拉夫　妈妈,我上街行不行？

博尼克太太　行,就是别走得太远,记着。

〔渥拉夫跑进花园,又从花园栅栏门里跑到街上。

罗　冷　汤尼森先生,你不应该跟小孩子说那些话。

希尔马　当然不应该,像许多别的孩子一样,他已经注定了一辈子死守着家不出门。

罗　冷　你自己为什么不上美国去？

希尔马　我？带着我的病上美国？当然人家不会关心我的病。再说,我对自己的社会还有应尽的义务。咱们这儿必须有人高高举起理想的旗帜。嘿,他又嚷起来了！

女客们　(一齐说)谁在嚷？

希尔马　喔,我不知道。他们在里头说话声音那么大,我的神经实在受不了。

鲁米尔太太　汤尼森先生,你听见的是我丈夫的声音。你别忘了他在大会上说惯了话——

罗　冷　我觉得别人的嗓门也不算小。

希尔马　是啊,他们只要谈到掏钱的事——咱们这儿不拘什么事归根结底小算盘都是打到钱上头。嘿！

博尼克太太　无论如何总比从前每次胡闹一阵子强点儿。

林纪太太　从前这儿的情形真是那么糟吗?

鲁米尔太太　真的,林纪太太。那时候你不在这儿住,算是运气。

霍尔特太太　真是,年头改了!现在我回想我做女孩子的时候——

鲁米尔太太　喔,不用往远处说,就拿十四五年前的事说吧,说句不怕造孽的话,那时候大家过的是什么日子!那时候有跳舞协会,有音乐协会——

马　塞　还有戏剧协会,我记得很清楚。

鲁米尔太太　不错,汤尼森先生,你的剧本就是他们排演的。

希尔马　(在后方)喔,胡说!

罗　冷　汤尼森先生的剧本?

鲁米尔太太　不错,那是在你来之前好多年的事,罗冷博士。那个剧本只演了一次。

林纪太太　鲁米尔太太,不是你告诉过我在那出戏里你还扮演过女主角吗?

鲁米尔太太　(眼睛瞟着罗冷)我?林纪太太,我实在不记得了。可是我记得那时候大家无拘无束玩得真痛快。

霍尔特太太　是啊,我还记得有些人家每星期必定有两次大宴会。

林纪太太　我还听说有个旅行剧团上这儿来过。

鲁米尔太太　不错,有这么回事,这件事糟透了——

霍尔特太太　(局促不安)嗯哼!

鲁米尔太太　你说什么旅行剧团?我一点儿都不记得了。

林纪太太　哼,我还听说那些唱戏的闹了不少的乱子呢。究竟是怎么回事?

鲁米尔太太　喔,林纪太太,没什么。

霍尔特太太　棣纳,好宝贝,把那件衬衣递给我。

博尼克太太　(同时说)棣纳,亲爱的,你去叫卡德利把咱们的咖啡拿来,好不好?

马　塞　我跟你一块儿去,棣纳。

〔棣纳和马塞从左首靠后的门里出去。

博尼克太太　(站起来)对不起,我要失陪一会儿。我想咱们还是在外头喝咖啡吧。(走到廊下,动手摆桌子。罗冷站在门口跟她谈话。希尔马坐在外面抽烟)

鲁米尔太太　(低声)可了不得,林纪太太,刚才你把我吓坏了!

林纪太太　我?

霍尔特太太　可不是吗!鲁米尔太太,起头的可是你。

鲁米尔太太　什么！是我？你怎么说这话,霍尔特太太？我一句话都没说！

林纪太太　究竟是怎么回事？

鲁米尔太太　刚才你怎么提起那件事！难道你没看见棣纳在屋里？

林纪太太　棣纳？天啊,跟她有什么关系？

霍尔特太太　有关系,并且事情还出在这所房子里！你不知道是博尼克太太的弟弟——

林纪太太　他怎么样？我一点儿都不知道。我到这儿不久,情形很隔膜。

鲁米尔太太　这么说,你没听说过——？嗯哼！(向自己女儿)希尔达,你上花园去散散步吧。

霍尔特太太　奈达,你也一块儿去。棣纳回来的时候跟她亲热点儿。

〔希尔达和奈达一同走进花园。

林纪太太　现在你可以说了,博尼克太太的弟弟怎么样？

鲁米尔太太　你不知道他是那件丑事的主角吗？

林纪太太　希尔马先生是丑事的主角！

鲁米尔太太　喔,不是他！林纪太太,希尔马是博尼克太太的叔伯弟弟。我说的是她亲弟弟。

霍尔特太太　你说的是那浪子汤尼森。

鲁米尔太太　他名字叫约翰。出事之后他跑到美国去了。

霍尔特太太　你知道,他不跑不行。

林纪太太　这么说,那件丑事是他干的？

鲁米尔太太　可不是吗。他跟棣纳的母亲发生了——叫我怎么说呢？——发生了某种关系。我记得清清楚楚,好像是昨天的事儿。那时候约翰在上一辈的博尼克太太公司里做事,卡斯腾·博尼克刚从巴黎回来——他还没订婚——

林纪太太　可是那件丑事——？

鲁米尔太太　那年冬天,墨勒剧团正在本地演戏。

霍尔特太太　演戏的铎尔夫和他老婆都在班子里。本地的年轻小伙子都在那女人身上着了迷。

鲁米尔太太　嗳哟,天啊,那群男人真不开眼！可是有一天晚上,铎尔夫回去得很晚——

霍尔特太太　并且谁也没料到他要回去。

鲁米尔太太　他看见——嗳,不说也罢,这种事实在难出口。

霍尔特太太　鲁米尔太太,其实铎尔夫什么也没看见,因为房门是在里头反锁的。

鲁米尔太太　是啊,我也正要这么说——他看见门锁着。屋子里那个人听见铎尔夫回来了,只能从窗户里跳下去。

霍尔特太太　从阁楼窗户里跳下去!

林纪太太　跳窗的那个人就是博尼克太太的弟弟?

鲁米尔太太　当然是他喽。

林纪太太　因此他就跑到美国去了?

霍尔特太太　是的,你知道,他不跑不行。

鲁米尔太太　因为后来又发现了一件事,也是见不得人的。你想,他私开银柜,盗窃公款。

霍尔特太太　鲁米尔太太,可是究竟谁也没拿住真凭实据,也许根本是谣言。

鲁米尔太太　嗯,不见得!后来不是大家都知道了?为了这件事,博尼克老太太不是几乎要破产?鲁米尔亲口告诉我的。可是我决不给他们说出去!

霍尔特太太　反正铎尔夫的老婆没到手那笔钱,因为她——

林纪太太　后来棣纳的父母怎么样了?

鲁米尔太太　哦,后来铎尔夫把老婆孩子都扔下了。可是他老婆居然有脸在这儿住了整整一年。当然她不好意思再演戏,她靠着给人家洗洗缝缝对付过日子——

霍尔特太太　后来她还想办跳舞学校。

鲁米尔太太　当然办不成。你想谁家父母肯把孩子交给这么个女人?可是她撑了没多久,这位爱享福的太太过不惯苦日子,得了肺病,没几天就死了。

林纪太太　真丢人!

鲁米尔太太　真的,你想博尼克一家子心里多难受。鲁米尔说得好,这是他家光明幸福生活上的一个黑斑点。林纪太太,以后你千万别在这儿再提这件事。

霍尔特太太　也别提博尼克太太的不同胞的姐姐。

林纪太太　哦,博尼克太太还有个不同胞的姐姐?

鲁米尔太太　从前有,幸亏现在没有了,她们现在不认姐妹了。她是个怪物!说起来你也不信,她把头发铰得精短,下雨天穿着男人的靴子满处跑!

霍尔特太太　她那没出息的不同胞的弟弟跑到美国之后,本地人当然全都在他身上说长道短的——可是你猜她怎么办？她也上美国找她弟弟去了！

鲁米尔太太　话是不错,可是,霍尔特太太,你别忘了她动身之前干的那桩丑事！

霍尔特太太　咻,别提了！

林纪太太　怎么,她也有丑事？

鲁米尔太太　林纪太太,听我告诉你。那时候博尼克先生刚跟贝蒂·汤尼森订婚,他挽着贝蒂的胳臂走进贝蒂姑姑的屋子,打算把订婚之事告诉老人家——

霍尔特太太　你知道,那时候贝蒂的父母已经不在了。

鲁米尔太太　那时候楼纳·海斯尔正在屋子里,嗯的一下子她从椅子里跳起来,照准这位漂亮大方的卡斯腾·博尼克脸上就是一巴掌！

林纪太太　天啊,真有这种事！

霍尔特太太　真的,谁都知道。

鲁米尔太太　后来她就收拾行李上美国去了。

林纪太太　我猜她自己一定在博尼克身上打主意。

鲁米尔太太　这话说对了。她满心以为博尼克从巴黎一回来就会向她求婚。

霍尔特太太　她真是痴心妄想！像卡斯腾那么个男人——又老练,又和气——一个十足的上等人——女人全都喜欢他——

鲁米尔太太　霍尔特太太,他品行还那么好——道德那么高。

林纪太太　这位海斯尔小姐到了美国之后怎么样？

鲁米尔太太　嗯,后来这件事——我丈夫有一回说过——就好像蒙上了一层纱,谁也不愿意再把它揭开了。

林纪太太　这话怎么讲？

鲁米尔太太　当然她跟家里人不通消息了,可是本地人都知道,她在美国是在酒店里卖唱过日子——

霍尔特太太　并且还公开讲演——

鲁米尔太太　还出版了一本胡说八道的书。

林纪太太　真的吗？

鲁米尔太太　可不是吗！楼纳·海斯尔也是博尼克一家子光明幸福生活上的一个黑斑点。好,林纪太太,现在你都知道了。我告诉你这件事只是要你以后说话小心点。

119

林纪太太　你放心。可是棣纳·铎尔夫这苦命孩子！我真替她难受。

鲁米尔太太　仔细想想,其实倒是她的运气。你想,要是她在自己父母手里过日子！——不用说,那时候我们对她都关心,时常给她讲点大道理。最后博尼克小姐把她接到家里来了。

霍尔特太太　可是这孩子很不好对付——她受了坏榜样的影响。当然她跟咱们自己的孩子不一样——咱们对她只能将就点。

鲁米尔太太　嘘——她来了。(提高嗓子)是啊,你说的不错,棣纳真是个聪明孩子。喔,棣纳,你来了？我们正想赶完这些活。

霍尔特太太　你煮的咖啡喷香,我的好棣纳。早晨喝这么杯咖啡——

博尼克太太　(在廊下)咖啡预备好了,太太小姐们。

〔这时候马塞和棣纳帮着女用人把咖啡端出来。女客们走到廊下坐着,她们跟棣纳说话时争着跟她套亲热。过了会儿棣纳又回到屋里找她的活计。

博尼克太太　(在咖啡桌前)棣纳,你不——？

棣　纳　谢谢,我不想喝。(坐下做活计。博尼克太太跟罗冷说了一两句话。过了会儿罗冷回到屋里,找个题目走到桌子旁边跟棣纳低声说话)

罗　冷　棣纳。

棣　纳　什么事？

罗　冷　为什么你不愿意跟大家一块儿坐？

棣　纳　刚才我端咖啡的时候看了那个陌生女客的脸,就知道她们在议论我。

罗　冷　你没看出来她跟你说话多和气？

棣　纳　我就是受不了那份儿和气！

罗　冷　你的性格很倔强。

棣　纳　不错,很倔强。

罗　冷　为什么？

棣　纳　我生下来就是这样儿。

罗　冷　能不能想法子改一改？

棣　纳　不能。

罗　冷　为什么不能？

棣　纳　(抬头瞧他)因为我是个"堕落的女人"。

罗　冷　胡说,棣纳！

棣　纳　从前我母亲也是个堕落的女人。

罗　冷　这些话谁告诉你的？

棣　纳　没人告诉我。他们从来不说。他们为什么不说？他们对待我都是那么轻手轻脚地，好像怕我禁不住碰，一碰就会碎。喔，我真讨厌这种好心肠！

罗　冷　我的好棣纳，我很懂得你在这里住着心里受委屈，可是——

棣　纳　喔，我恨不能马上就走得远远的。我自己有办法，只要我不跟这些——这些——

罗　冷　这些什么？

棣　纳　这些规矩正派人住在一块儿。

罗　冷　喔，棣纳，这不是你的真心话。

棣　纳　你知道我不是说着玩儿的。希尔达和奈达天天上这儿来就是让我学她们的好榜样。我不会学她们的那副千金小姐的正经派头，我也不想学。只要我能马上走得远远的，我就可以有出息。

罗　冷　好棣纳，你已经很有出息了。

棣　纳　在这儿有出息对我有什么好处？

罗　冷　这么说，你真想走？

棣　纳　要不是为了你，我一天也不愿意在这儿待下去。

罗　冷　老实告诉我，棣纳——你为什么喜欢跟我在一块儿？

棣　纳　因为你教给我许多美丽的东西。

罗　冷　美丽的东西？我教给你的那点儿东西你说是美丽的吗？

棣　纳　是的。或者说得更正确些，你并没教我什么，可是我听你说话的时候，我脑子里出现了许多美丽的东西。

罗　冷　你说的美丽东西究竟是什么？

棣　纳　这问题我还没仔细想过。

罗　冷　那么，你现在仔细想一想。你说的美丽东西究竟是什么？

棣　纳　美丽东西是伟大的——并且在远处。

罗　冷　唉！棣纳，我真替你担心。

棣　纳　只是替我担心？没别的？

罗　冷　你当然知道我心里多么喜欢你。

棣　纳　要是我是希尔达或是奈达，你就不怕别人知道你的心事了。

罗　冷　唉，棣纳，你不知道我心里有那么些顾虑！一个人要是命里注定了该做社会上的道德支柱,他就得步步留神。我希望人家别误会我。不过那也没关系,反正我得帮你往上走。棣纳,现在咱们先把话说好了,要是将来有一天我可以向你求婚,你得答应我,做我的老婆。你愿意不愿意?

棣　　纳　　我愿意。

罗　　冷　　谢谢!谢谢!喔,棣纳,我真爱你!嘘!有人来了。棣纳,看在我面上,出去跟大家一块儿坐着吧。

　　　　　　〔她走到外面的咖啡桌旁边。这时候鲁米尔、桑斯达和维纪兰都从办公室走出来,博尼克手里拿着一卷文件跟在后面。

博尼克　　那么,事情就算决定了。

维纪兰　　天啊,千万别再变卦了。

鲁米尔　　博尼克,事情当然决定了!你知道,挪威人说的话像多佛尔海峡①的岩石一样地牢靠。

博尼克　　不管别人怎么反对,咱们谁都不许让步,不许打退堂鼓。

鲁米尔　　博尼克,成功失败,咱们都是一条心。

希尔马　　(从廊子上走进来)对不起,是不是铁路计划失败了?

博尼克　　不但没失败,并且正在往前进行。

鲁米尔　　正在飞快地进行,汤尼森先生。

希尔马　　(凑近些)当真?

罗　　冷　　什么?

博尼克太太　　(在廊子门口)卡斯腾,你们说什么——?

博尼克　　贝蒂,这种事你不爱听。(向那三个人)咱们赶紧把计划草案弄出来,越快越好。咱们四个人当然得先签名。咱们是社会上有地位的人,应该格外多出力。

桑斯达　　这不用说,博尼克先生。

鲁米尔　　咱们一定得把这件事做好。

博尼克　　对,不怕做不成。咱们各人在自己熟人里头多拉拢。只要这事能引起社会上各种人的注意,地方当局自然会出来帮忙。

博尼克太太　　卡斯腾,你快过来讲给我们听——

博尼克　　贝蒂,女人不懂得这些事。

---

① 法语称"加来海峡",为英吉利海峡的东部,介于英国与法国之间。

希尔马　这么说,你真打算支持这个铁路计划了?

博尼克　当然。

罗　冷　博尼克先生,可是你去年——

博尼克　去年情形完全不一样。那时候的计划是沿海修铁路——

维纪兰　沿海修铁路完全是多余的,罗冷博士,因为咱们有轮船。

桑斯达　并且那笔费用也太大。

鲁米尔　对,修了铁路,本地有些重要企业就会受影响。

博尼克　主要理由是,修那条铁路对于整个社会没好处。因此我去年反对那计划,结果才决定另修一条内地的路线。

希尔马　话是不错,可是这条新路线沾不着咱们附近的城市。

博尼克　希尔马,将来会沾着咱们这城市,因为我们还打算修一条支线。

希尔马　哈哈——这么说,完全是个新计划?

鲁米尔　对,这主意不错吧?

罗　冷　哼!

维纪兰　真是,好像上天特别安排好的,叫咱们修一条支线。

罗　冷　维纪兰先生,你这话是不是开玩笑?

博尼克　这话不是开玩笑。我觉得真像是天意。今年春天我有事出门,无意中走过一道从前没走过的山沟。我心里像闪电似的一亮,忽然想到正好在那儿修一条支线。我马上找工程师测量了一下。我手里这些就是初步勘查估计的材料。现在什么都没问题了。

博尼克太太　(还在廊子门口陪女客)卡斯腾,你为什么一直瞒得这么紧?

博尼克　喔,贝蒂,告诉了你,你也懂不透其中的道理。再说,我一直谁也没告诉,今天我才把事情说出来。现在事情已经到了决定阶段,咱们一定要把全副力量使出来,公开地干。即使有倾家荡产的危险,我也要干下去。

鲁米尔　博尼克,你放心,我们都支持你。

罗　冷　诸位先生,修这条铁路真有像你们说的这么些好处吗?

博尼克　当然。你想,对于咱们整个社会有多大的推动力!你再想,修了铁路,大片的森林不就可以利用了吗!丰富的矿产不就可以开发了吗!还有一个瀑布连着一个瀑布的那条大河!总之,对于各种工业的好处简直说不尽。

罗　冷　修了铁路,你不怕外头的坏风气更容易跟咱们接触吗?

博尼克　不怕。你尽管放心,罗冷博士。谢谢老天,咱们这个勤苦耐劳的小城市是建筑在坚固的道德基础上的。要是打个比方的话,我可以说咱们大家一直都在做打扫垃圾的工作,以后还要继续打扫。罗冷博士,你还得在咱们的学校和家庭里继续你那对于大家有益的活动。我们这些经营实际事业的人要努力推进社会福利,范围越大越好。至于咱们的妇女——诸位太太小姐——请走近一步——咱们的妇女,咱们的妻子女儿尽管去搞她们的慈善事业,帮助、安慰她们最亲近的人,就像我的贝蒂和马塞对待我和渥拉夫——(说到这儿,四面张望)渥拉夫今天上哪儿去了?

博尼克太太　喔,放假的日子可没法儿不让他出去。

博尼克　这么说,他准是又跑到海边去了!你瞧着吧,早晚会出乱子。

希尔马　呸!玩玩海里的波浪——

鲁米尔太太　博尼克先生,你对家庭的事真热心!

博尼克　家庭是社会的核心。一个人要是有个好家庭,有几个可靠的正经朋友,亲亲密密地过日子,没有什么扫兴的事情——

〔克拉普拿着许多信札和文件从右边进来。

克拉普　博尼克先生,这是国外来的邮件——还有纽约来的一封电报。

博尼克　(接过电报一看)哦,是"印第安少女"号老板打来的。

鲁米尔　邮件到了?对不起,那么我要失陪了。

维纪兰　我也要走了。

桑斯达　再见,博尼克先生。

博尼克　诸位先生,再见,再见。别忘了今天下午五点咱们有会。

三个人　是,是,忘不了。(三人一同从右边出去)

博尼克　(看过电报)真是十足的美国脾气!简直不像话!

博尼克太太　什么事,卡斯腾?

博尼克　克拉普,你瞧这封电报!

克拉普　(读电报)"修理从简。'印第安少女'号速启碇。机不可失。必要时可装货开航。"哼,真怪!

博尼克　装货开航!这班老爷们明明知道,要是出点儿事的话,船装了货会像块大石头似的直沉海底。

罗　冷　这就是那些被人称赞的大国家的情形。

博尼克　你这话很对。只要自己能发财,别人的性命不当回事。(向克拉普)

"印第安少女"号四五天里头能开出去吗?

克拉普　能,只要维纪兰先生答应咱们把"棕树"号的工程暂时搁一搁。

博尼克　哼——他未必肯答应。好吧,你先去把那些信件看一遍。哦,我想起来了,你看见渥拉夫在码头上没有?

克拉普　没看见,博尼克先生。(走进办公室)

博尼克　(再看电报)这些股东老爷只顾发财,不顾十八条性命。

希尔马　乘风破浪是水手的本行。他们的性命跟海底只隔着薄薄的一层板,那种生活真叫人兴奋——

博尼克　咱们这儿的船主没有一个良心这么坏。一个都没有,一个都没有!(一眼望见渥拉夫)哦,谢天谢地,他回来了,居然没出乱子。

〔渥拉夫手里拿着钓竿,从街上穿过花园跑进来。

渥拉夫　希尔马舅舅,我在海边看轮船。

博尼克　你又到码头上去了?

渥拉夫　不,我是坐小船出去玩的。舅舅,你不知道岸上刚到个大马戏团,带着好些马,好些野兽。另外还有好些旅客。

鲁米尔太太　什么,咱们真要看马戏了吗?

罗　冷　咱们?我可不想看。

鲁米尔太太　咱们当然不想看,我是说——

棣　纳　我倒很想看马戏。

渥拉夫　我也想看。

希尔马　你是个小傻瓜。马戏有什么可看的?净是骗人的假玩意儿。看南美洲的牧人骑着野马在潘帕斯大草原①上飞跑那才有意思呢。可是,真可怜,在咱们这种小城市——

渥拉夫　(扯扯马塞的衣服)姑姑,快瞧!他们来了!

霍尔特太太　嗳呀,可不是吗,他们真来了!

林纪太太　哼,这些丑家伙!

〔好些旅客和一大群市民在街上走过。

鲁米尔太太　真是一群走江湖的。霍尔特太太,快瞧那肩膀上搭着背包穿灰衣服的女人。

---

① 潘帕斯大草原,在阿根廷。

125

霍尔特太太　不错——快瞧——她把背包挂在阳伞把儿上了。她一定是马戏团的老板娘。

鲁米尔太太　那个长胡子的男人一定是老板喽！简直像个海盗。希尔达,别瞧他！

霍尔特太太　奈达,你也别瞧他！

渥拉夫　妈妈,那老板在冲咱们鞠躬呢。

博尼克　什么？

博尼克太太　孩子,你说什么？

鲁米尔太太　可不是吗。天呀,那个女人也冲咱们点头呢。

博尼克　太不像话了！

马　塞　(不由自主地叫了一声)啊！

博尼克太太　什么事,马塞？

马　塞　没什么,没什么。我只当——

渥拉夫　(快活得叫起来)快瞧后头那些人,牵着马,还有好些野兽！还有美国人！"印第安少女"号的水手也来了！

〔一支木箫和一面鼓正在吹打《扬基歌》。

希尔马　(捂着耳朵)嘿！嘿！嘿！

罗　冷　诸位太太小姐,我想咱们应该避一避,咱们犯不上看这些怪样子。还是做自己的事要紧。

博尼克太太　你看咱们把帘子拉上好不好？

罗　冷　对,我正是这意思。

〔女客们重新回到桌子旁边。罗冷关上通廊子的门,把门帘窗帘都拉好,屋子变成半黑。

渥拉夫　(从帘子缝里朝外张望)妈妈,马戏团的老板娘站在喷水池旁边洗脸呢。

博尼克太太　什么？在大街上洗脸？

鲁米尔太太　并且还在大白天！

希尔马　要是我在沙漠里旅行,看见了一股泉水,我也会马上——喔,那支箫真难听！

罗　冷　警察应该出来干涉他们。

博尼克　喔,对待外来的人不必太认真。那些人当然不会像咱们这么懂道理,

126

做事有分寸。他们爱怎么就怎么,碍不着咱们。伤风败俗的坏风气幸而还没沾染咱们本地人——这是怎么回事!

〔一个陌生女人快步从右边门里进来。

女客们 （吃惊,低声）马戏团的女人!老板的老婆!

博尼克太太 天啊,这是怎么回事!

马 塞 （跳起来）啊!

陌生女人 贝蒂,你好!马塞,你好!妹夫,你好!

博尼克太太 （惊叫）楼纳!

博尼克 （吃惊倒退）怪事!

霍尔特太太 嗳呀!

鲁米尔太太 难道真是——

希尔马 嘿!嘿!

博尼克太太 楼纳!真是你吗?

楼 纳 是我?一点儿都不错,是我,快过来跟我亲热亲热。

希尔马 嘿!嘿!

博尼克太太 你现在做了——

博尼克 并且还想露面?

楼 纳 露面?怎么露面?

博尼克 我意思是说——在马戏团里露面——

楼 纳 哈哈!妹夫!这是什么话!你当我是马戏团的人吗?不是。我倒确实做过好些事,也上过好些当——

鲁米尔太太 哼!

楼 纳 可是没学过演马戏。

博尼克 这么说,你不是——

博尼克太太 喔,谢天谢地!

楼 纳 我们在路上,吃,喝,住,都跟上等人一样。当然,舱位是二等,不过我们坐惯了,倒也不在乎。

博尼克太太 你说"我们"?

博尼克 （向前一步）"我们"是谁?

楼 纳 当然是我和我的孩子喽。

女客们 （齐声喊叫）你的孩子!

127

希尔马　什么!

罗　冷　真是——!

博尼克太太　楼纳,我不明白你的话。

楼　纳　我当然是指约恩说的,我只有这么一个孩子——就是你们从前叫他约翰的那个孩子。

博尼克太太　约翰!

鲁米尔太太　(低声向林纪太太)就是那没出息的弟弟!

博尼克　(迟疑)约翰跟你一块儿回来了?

楼　纳　那还用说,我不能把他扔下。你们大家为什么这么愁眉苦脸地坐在这阴惨惨的屋子里缝白衣服?是不是家里出了丧事?

罗　冷　海斯尔小姐,在座的都是"堕落妇女进德会"会员——

楼　纳　(一半自言自语)什么?这些整整齐齐、规规矩矩的太太小姐难道真是——

鲁米尔太太　喔,太不像话了!

楼　纳　哦,我明白了!嗳呀,这不是鲁米尔太太吗!哦,霍尔特太太也在这儿!咱们三个人分手之后都不那么年轻了。可是,诸位善心的太太小姐,堕落的女人多等一天没关系。像今天这个快活日子——

罗　冷　回家不一定是快活事情。

楼　纳　是吗?牧师先生,那么,《圣经》你是怎么读的?

罗　冷　我不是牧师。

楼　纳　喔,你现在不是,将来一定是。可是——呸!这些道德衬衣有一股霉味儿——好像死人穿的寿衣。告诉你们吧,我是闻惯了大草原上新鲜空气的人。

博尼克　(擦擦头上的汗)不错,这儿的空气太闷了。

楼　纳　别忙,咱们早晚有一天会从坟墓里爬出来。(把窗帘都拉开)回头我的孩子来的时候这屋子一定得豁亮通气才行。你们等着瞧吧,那孩子洗得干干净净的——

希尔马　嘿!

楼　纳　(打开门窗)他先得在旅馆里洗洗干净——他在轮船上脏得像猪一样。

希尔马　嘿,嘿!

楼　纳　"嘿"?这不是——?(指着希尔马问别人)他还这么吊儿郎当不做事

情,嘴里"嘿嘿嘿"的?

希尔马　我不是不做事,我有病,大夫叫我休养。

罗　冷　嗯哼!诸位太太小姐,看样子大家不想——

楼　纳　(一眼看见渥拉夫)贝蒂,这是你的孩子吗?好孩子,把小拳头伸出来!你怕你的丑老阿姨吗?

罗　冷　(把书夹在胳臂底下)诸位太太小姐,看样子今天大家不想再工作了。那么咱们明天见,好不好?

〔客人纷纷起身告辞。

楼　纳　好吧。明天我也来。

罗　冷　你也来?对不起,海斯尔小姐,你到我们会里来干什么?

楼　纳　牧师先生,我想给你们放点新鲜空气进来。

第 二 幕

〔还是那间屋子。博尼克太太独自坐在活计桌子旁边缝东西。过了会儿,博尼克从右边进来,戴着帽子手套,拿着手杖。

博尼克太太　卡斯腾,你这么快就回来了?

博尼克　回来了,我约了人到家里来。

博尼克太太　(叹气)唉,不错,大概约翰又快来了。

博尼克　不,我约的是个工人。(放下帽子)那些女客今天怎么不来?

博尼克太太　鲁米尔太太和她女儿希尔达今天没工夫。

博尼克　哦!她们有信通知没有?

博尼克太太　有,她们说今天家里事情太忙,分不开身。

博尼克　哼,当然。大概其余那些人也不来喽?

博尼克太太　不来了,她们都说有事,不能来。

博尼克　我早就料到。渥拉夫在哪儿?

博尼克太太　我让他跟棣纳出去玩儿了。

博尼克　哼——棣纳那丫头很轻狂。你没看见她昨天一下子跟约翰那么亲热的样子?

博尼克太太　卡斯腾,棣纳一点儿都不知道——

博尼克　她当然不知道,可是约翰应该有点分寸,不应该对她那么殷勤。从维纪兰脸上,我看得很清楚,他心里是怎么个想法。

博尼克太太　(把活计撂在腿上)卡斯腾,你猜约翰回来干什么?

博尼克　嗯——他在美国办了个农场,搞得不大好。你没听楼纳昨天说他们坐不起头等舱,只能坐二等——

博尼克太太　我听见了,我看准是那么回事。可是她怎么有脸跟约翰一块儿回来？她从前那么侮辱过你！

博尼克　喔,那是过去的事,别再想了。

博尼克太太　我怎么能不想？他究竟是我亲兄弟。再说,我心里难受,不是为他,是担心他们回来会给你惹麻烦。卡斯腾,我真害怕——

博尼克　害怕什么？

博尼克太太　你看人家会不会为他偷你母亲款子的事情叫他坐牢？

博尼克　胡说！谁能证明我母亲丢过钱？

博尼克太太　这件事人人都知道。并且你自己也说过——

博尼克　我没说过什么。别人也不知道这件事。外头那些话全都是谣言。

博尼克太太　卡斯腾,你这人真是宽宏大量！

博尼克　别翻这些旧账了,好不好！你不知道,你翻这些旧账我心里多难受！（在屋里走来走去,忽然把手杖往旁边一扔）岂有此理,他们偏偏在这时候回来——目前这时候我最怕地方上和报馆里的人说闲话。各地的报纸上一定都有人写文章。不管我看了那些文章态度怎么样,他们反正会——像你似的——把从前的旧账翻出来。在咱们这社会里——（把手套往桌上一扔）我又没个知心的人可以谈谈这件事,可以帮我一把忙。

博尼克太太　卡斯腾,一个知心人你都没有？

博尼克　没有,你说是谁？偏偏在这当口他们回来给我添麻烦！不用说,他们准得闹乱子——楼纳更靠不住。有这种亲戚简直倒霉透了！

博尼克太太　可是我有什么办法——

博尼克　你说什么事没办法？你没办法叫他们不做你的姐姐弟弟？这倒是实话。

博尼克太太　再说,我也没叫他们回来。

博尼克　对——又来了！"我没叫他们回来！我没给他们写信！我没揪着他们的头发把他们拉回来！"喔,这些话我都背得出来了。

博尼克太太　（哭起来）你犯不上这么欺负我！

博尼克　对,动不动就哭,好让街坊邻居嚼舌头。贝蒂,别胡闹了。快上外头去坐着,这儿也许有人来。你是不是要让人家看见你红着眼睛？这事要是传出去,可就糟了——喔,外头过道里有人来了。（有人敲门）进来！

〔博尼克太太赶紧拿了活计走到廊子里。渥尼从右边进来。

渥　尼　您早,博尼克先生。

博尼克　你早,你大概知道我叫你有什么事？

渥　尼　克拉普先生昨天跟我说您不满意这——

博尼克　渥尼,造船厂的情形我全都不满意。修理工程做得太慢。"棕树"号早就该开出去。维纪兰先生天天跑来说闲话。他这人爱找碴儿,跟他同事不容易对付。

渥　尼　"棕树"号后天就能开出去。

博尼克　居然有这么一天！可是那只美国船"印第安少女"号在这儿五个星期了——

渥　尼　那只美国船？我当是您要我们把您自己的船先修好呢。

博尼克　我从来没给过你这种指示。你应该同时尽力赶修那只美国船,可是你没这么办。

渥　尼　那只船的船底烂得像块糟木头,博尼克先生。越修理越糟。

博尼克　我知道并不是那么回事。克拉普把实情都告诉我了。原因是你不会用新机器——或者不如说,你不愿意用新机器。

渥　尼　博尼克先生,我是眼看快六十的人了,打小时候起我就用惯了那套老办法——

博尼克　那套老办法现在吃不开了。渥尼,你别以为我净是为多赚钱。我不是等钱花的人。我对社会和船厂都有责任。我得带头求进步,要不然事业就不会有进步。

渥　尼　博尼克先生,我不反对求进步。

博尼克　不错,你不反对为自己的小圈子求进步——不反对为工人阶级求进步。嗯,你那一套鼓动风潮的本领我都知道！你会演说,你会煽动工人,可是一碰见真正进步的东西——像咱们厂里的新机器——你就不赞成了。你心里害怕。

渥　尼　不错,我心里害怕。我怕新机器挤破工人的饭碗。先生,您常说咱们对社会有责任,可是,据我看,社会对咱们也有责任。为什么社会不先训练一批会用新技术的工人,就冒冒失失把科学上的新发明用在工厂里？

博尼克　渥尼,你书看得太多,问题想得太多。这对你没好处。你这人不安分也就在这上面。

渥　尼　博尼克先生,这倒不是,我心里难受的是眼看着好工人一个个的让新机器挤得没饭吃。

博尼克　哼！从前发明了印刷技术，好些抄写员没饭吃，道理还不是一样。

渥　尼　先生，要是您是个抄写员，您会不会那么喜欢印刷技术？

博尼克　我不是找你来斗嘴的。我叫你来告诉你，"印第安少女"号后天一定得开出去。

渥　尼　可是，博尼克先生——

博尼克　后天，听见没有？跟咱们自己的船同时开出去，晚一点钟都不行。我不是平白无故催你。你没看今天的报纸吗？看了报纸你就知道美国水手又在闹乱子了。这批下流东西把咱们这地方搅得天翻地覆。没有一个晚上酒馆里大街上没有打架的事情——更不用说别的下流事了。

渥　尼　不错，那伙人真不是好东西。

博尼克　他们胡闹，挨骂的是谁？挨骂的是我！倒霉的是我！报馆里那些家伙都在暗地里骂咱们，说咱们把全副力量都用在"棕树"号船上了。带头作榜样是我的责任，可是结果反倒做了大家的箭靶子。这份儿冤枉我可受不了！我的名誉不能让人家这么白糟蹋。

渥　尼　先生，您的名誉好得很，别说这点儿小风险，就是再大点儿也禁得住。

博尼克　目前可不行。目前这当口，我特别需要别人尊敬我，对我有好感。我正在计划一件大事业，也许你已经听说过。要是不怀好意的人破坏了我的信用，我以后的事可就难办了。无论如何我得把这些骂人的嘴堵一堵。我限你后天把"印第安少女"号开出去也是为这个。

渥　尼　博尼克先生，其实您限我今天下午开船也一样。

博尼克　你是不是说后天开船绝对办不到？

渥　尼　不错，咱们厂里总共只有那么些工人——

博尼克　好吧，那么咱们只好到别处想法子。

渥　尼　先生，您是不是想再开除几个老工人？

博尼克　不，我没这意思。

渥　尼　您要是这么办的话，恐怕地方上的人和各报馆都会说闲话。

博尼克　很可能，所以我不想这么办。可是，要是"印第安少女"号后天走不成，我就开除你。

渥　尼　（吓了一跳）开除我！（大笑起来）博尼克先生，您别跟我开玩笑。

博尼克　你别当我跟你开玩笑。

渥　尼　您真想开除我？我爸爸，还有我爷爷，都在您厂里干了一辈子，我自己——

博尼克　我问你,谁逼着我开除你?

渥　尼　博尼克先生,您要我做的事根本办不到。

博尼克　哼,常言说得好,有志者事竟成。一句话,办得到还是办不到?干脆答复我,要不然我马上就把你开除。

渥　尼　(走近一步)博尼克先生,您大概没仔细想开除个老工人是怎么回事。您说他可以到别处另找事。不错,他也许可以这么办,可是事情真这么简单吗?您应该到一个被开除的工人家里看一看,看他晚上带着家伙回家时心里是什么滋味儿。

博尼克　你以为我愿意开除你吗?我一向亏待过你没有?

渥　尼　博尼克先生,所以更糟糕。正因为您一向待我不错,我家里人不会埋怨您。他们当着我的面不会说什么,他们不敢说。可是背着我的时候他们会埋怨我,说我自己犯了错,开除不冤枉。这个——这个我实在受不了。我是个平常人,可是在自己家里我坐惯了第一把交椅。博尼克先生,我的小家庭也是个小社会——我能养活、维持这个小社会,是因为我老婆信任我,我的孩子们也信任我。现在什么都完蛋了。

博尼克　要是没有别的办法,只好照顾大事,不照顾小事,为了大众的利益只好牺牲个人。我没别的话可说了,世界上的事就是这样。渥尼,你脾气很固执!你不听我的话,不是你没办法,是你不愿意证明机器比手工强。

渥　尼　博尼克先生,您拿定主意这办,是因为您知道,把我开除了,您可以对报馆表明责任不在您身上。

博尼克　就算是的,又怎么样?我已经跟你说过这件事对我有多大的关系,目前我只有两条路,一条是不得罪报馆里的人,一条是在我正在举办一桩社会福利事业的时候,让他们攻击我。你说我不开除你怎么办?你是不是要我,像你刚才说的,为了维持你的家,牺牲几百个新家庭?你要知道,要是我的计划不能实现,那些新家庭就永远建立不起来,得不到安身的地方。所以你得自己拿主意。

渥　尼　好,要是您这么说,我就没话可说了。

博尼克　嗯,亲爱的渥尼,我实在不愿意跟你分手。

渥　尼　您放心,咱们不会分手,博尼克先生。

博尼克　这话怎么讲?

渥　尼　就是一个平常人也不肯放松自己的权利。

博尼克　对,对,这么说,你可以答应——

渥　尼　我担保"印第安少女"号后天开出去。(鞠躬,从右边出去)

博尼克　哈哈,那个顽固家伙到底拗不过我,这是个好兆头。

〔希尔马嘴里叼着雪茄,从花园门里进来。

希尔马　(站在廊子台阶上)你早,贝蒂!你早,卡斯腾!

博尼克太太　你早!

希尔马　嗯,我看你像刚哭过。这么说,你都知道了,是不是?

博尼克太太　知道什么?

希尔马　外头闹得不像话了。嘿!

博尼克　这话怎么讲?

希尔马　(走进屋子)从美国回来的两位朋友带着棣纳·铎尔夫在大街上大摇大摆地走来走去。

博尼克太太　(跟他进屋)希尔马,真的吗?

希尔马　可惜一点儿不假。不知趣的楼纳还当着大家叫我,我当然假装听不见。

博尼克　不用说,别人不会看不见。

希尔马　可不是吗!街上的人都转过脸来瞧他们。不多会儿,消息就像野火似的传遍了全城——那情形很像美国西部草原的大火。家家窗口都是人——窗帘后头挤得满满的——等着看热闹。嘿!贝蒂,你别怪我说"嘿"。这种事情我实在受不了。要是再这么闹下去,我只好找个地方换一换空气。

博尼克太太　其实你应该对约翰说明白——

希尔马　在大街上跟他说话?对不起,我办不到。你想那家伙居然敢在这儿露面!咱们倒要看看报纸上会不会整他一下子。哦,对不起,贝蒂,可是——

博尼克　你说报纸?你听见外头有风声吗?

希尔马　怎么没听见?昨儿晚上我从这儿出去,因为身体不大舒服,散步走到俱乐部,我一进门,大家马上不做声,我就知道他们准是在议论那一对美国人。在那当口,不要脸的报馆编辑海墨进来了,他当着大家跟我道喜,说我那叔伯兄弟从美国发财回来了。

博尼克　发财?

135

希尔马　他真这么说。不用说,我上上下下地瞪了他几眼,不客气地回答他,约翰·汤尼森发财的事情我完全不知道。他接着说,"真的吗?这可怪了!在美国,只要手里有几文钱,发财很容易,我们知道你那位贵本家上美国的时候手里很有几文钱。"

博尼克　哼——请你——

博尼克太太　(心里难受)卡斯腾,你看——

希尔马　总而言之,为了他的事,我一夜没合眼。你看,现在他在街上那副大摇大摆若无其事的样子。为什么他老不死呢?有些人的命真硬。

博尼克太太　希尔马,你说什么?

希尔马　没说什么。这家伙在火车上遇过几次险,跟加利福尼亚的灰熊和土人打过仗,他不但没送命,连头皮都没破一块。嘿!他们来了。

博尼克　(顺着街望过去)渥拉夫也跟他们在一块儿!

希尔马　那还用说!他们决不肯让别人忘了他们是本地第一号人家的亲戚。快瞧!那些从药房里出来看热闹的人都用眼睛瞪着他们,嘴里叽叽咕咕的。我的神经实在受不了。像这种情形我怎么能把理想的旗帜举起来——

博尼克　他们来了!贝蒂,千万记着,你务必和和气气地招待他们。

博尼克太太　喔,卡斯腾,使得吗?

博尼克　当然使得。希尔马,你也和气点儿。他们在这儿住不长。等他们一走,过去之事不必再提。现在千万别得罪他们。

博尼克太太　卡斯腾,你这人真是宽宏大量!

博尼克　别说这话。

博尼克太太　我得谢谢你,你要原谅我性子太急。你本来满可以——

博尼克　喔,别说了,别说了!

希尔马　嘿!

〔约翰·汤尼森和棣纳从花园里走上来,后面跟着楼纳和渥拉夫。

楼　纳　诸位亲人,你们早!

约　翰　卡斯腾,我们各处走了一走,瞧瞧这老地方。

博尼克　我听说了。是不是大改样子了?

楼　纳　到处都是博尼克先生的伟大成绩。我们也到过了你捐款修造的公园。

博尼克　公园也去过了?

楼　　纳　　大门上写着"卡斯腾·博尼克捐赠"。地方上的事情好像都是你一个人办的。

约　　翰　　你还造了那么些漂亮轮船！我碰见了"棕树"号船长，他是我的老同学。

楼　　纳　　你还修了个新学校。我还听说本地的煤气厂、自来水厂都是你创办的。

博尼克　　喔，给地方上服务是应该的。

楼　　纳　　你的成绩很不错，妹夫。看别人对你这么歌功颂德，我心里也痛快。我想，我不是爱面子的人，可是我跟人家谈话的时候，忍不住要提起我们跟你是亲戚。

希尔马　　嘿！

楼　　纳　　你说"嘿"？

希尔马　　我没说"嘿"，我说的是"哼"。

楼　　纳　　嗳，可怜的东西，你爱说就说吧。今天你们没客人？

博尼克　　没有。

楼　　纳　　刚才我们在市场上碰见你们进德会的两位会员。看样子她们忙得很。我还没机会跟你仔细谈一谈。昨天你们这儿有三个进步分子和一位牧师——

希尔马　　他是教师。

楼　　纳　　我叫他牧师。现在我要你说说这十五年里头我的工作做得怎么样？他有出息了吧？谁看得出他就是当年从家里跑出去的那个荒唐小伙子？

希尔马　　哼！

约　　翰　　楼纳，别太夸口。

楼　　纳　　没关系，我心里实在很得意。我一辈子几乎只做了这么一件事，可是因此我觉得活着不惭愧。约翰，我一想起咱们刚到美国时候只有两双空拳头——

希尔马　　两双手。

楼　　纳　　我说是拳头，并且脏得很。

希尔马　　嘿！

楼　　纳　　并且还是空拳头。

希尔马　　空拳头？这就——

楼　　纳　　这就什么？

博尼克　哼！

希尔马　这就——嘿！（从花园里走出去）

楼　纳　这人怎么回事？

博尼克　别理他，他近来神经有毛病。你要不要到花园里看一看？你还没去过，我正好有点闲工夫，可以陪你走一走。

楼　纳　好极了。说老实话，我时常想起从前跟你们一块儿在花园里的日子。

博尼克太太　回头你瞧吧，花园大改样子了。

〔博尼克夫妇陪着楼纳走进花园，以后有时可以看见他们三个人在花园里走动。

渥拉夫　（在花园门口）希尔马舅舅，你猜约翰小舅舅问我什么话？他问我愿不愿意跟他上美国。

希尔马　你上美国！像你这么个成天离不开妈妈的小傻瓜——

渥拉夫　往后我就不这样了。你瞧着吧，等我长大了——

希尔马　胡说八道！你没有那股子冒险劲儿——

〔他们走进花园。棣纳已经摘了帽子，站在右边门口，正在抖落衣服上的灰尘。

约　翰　（向棣纳）你走得怪热的。

棣　纳　是的，走得很痛快。我从来没走得这么痛快。

约　翰　早晨你不常出去散步吗？

棣　纳　去，可是只带着渥拉夫。

约　翰　哦！你愿意上花园去，还是愿意在这儿待着？

棣　纳　我愿意在这儿待着。

约　翰　我也愿意待在这儿。以后咱们约定每天早晨出去散步，好不好？

棣　纳　汤尼森先生，使不得。

约　翰　为什么使不得？你不是已经答应了吗？

棣　纳　不错，我答应了，可是再仔细一想，你不能跟我一块儿出去。

约　翰　为什么？

棣　纳　你刚回来——不明白其中的道理。我告诉你——

约　翰　告诉我什么？

棣　纳　喔，我还是不说的好。

约　翰　喔，怕什么？在我面前你说什么都没关系。

138

棣　纳　我告诉你,我在这儿跟别的女孩子不一样。人家看起来,我这人有点儿——有点儿不顺眼。所以你别跟我在一块儿散步。

约　翰　这句话叫我摸不着头脑。你又没做什么错事!

棣　纳　我没做错事,可是——喔,现在我不想多说了。反正早晚你从别人嘴里会知道。

约　翰　嗯!

棣　纳　可是另外有件事我想问问你。

约　翰　什么事?

棣　纳　在美国找个站脚的地方是不是不太难?

约　翰　不一定很容易。开头的时候常常很困难,一定得吃苦。

棣　纳　我愿意吃苦。

约　翰　你?

棣　纳　我能工作,身体很健康。在马塞姑姑手里我学会了好些东西。

约　翰　这么说,怕什么!跟我们一块儿回去吧。

棣　纳　喔,你是拿我开玩笑,你对渥拉夫也说过这句话。我想打听的是,在美国的人是不是很——很讲道德。

约　翰　讲道德?

棣　纳　我想问的是,他们是不是像此地的人这么正经,这么规矩。

约　翰　嗯,无论如何他们不像此地人说的那么坏。这一层你不必担心。

棣　纳　你不明白我的意思。我希望他们不这么规矩,不这么讲道德。

约　翰　哦?那么,你希望他们怎么样?

棣　纳　我希望他们自自然然地做人过日子。

约　翰　嗯,也许他们就是这样。

棣　纳　那么我去倒合适。

约　翰　你去很合适。所以你一定得跟我们一块儿走。

棣　纳　不,我不跟你们走。我一个人走。我要想办法,我要找出路。

博尼克　(在花园台阶底下跟楼纳和他老婆说话)等一等——贝蒂,我去拿,你会着凉。(走进屋来找他老婆的披肩)

博尼克太太　(在外头)约翰,你也出来。我们要到假山洞里去。

博尼克　不,我要约翰待在这儿。喂,棣纳,你拿着博尼克太太的披肩跟他们一块儿去。贝蒂,我想听约翰谈谈美国的情形。

博尼克太太　好吧,回头你再找我们,反正你知道我们在什么地方。

〔博尼克太太、楼纳和棣纳三个人穿过花园向左走去。博尼克看她们走远了才走到左边靠后那扇门口,把门锁上,回到约翰旁边,抓住他两只手,亲亲热热地拉个不休。

博尼克　约翰,现在没别人了,我得好好儿谢谢你。

约　翰　哦,这是什么话!

博尼克　我的家、我的家庭幸福——还有我在社会上的地位——这一切都是你成全我的。

约　翰　卡斯腾,咱们撒的那个谎总算有成绩。

博尼克　(又跟他拉手)反正得谢谢你。你为我做的事一万人里头未必有一个肯做。

约　翰　胡说!那时候咱们不都是年轻不懂事吗?闹了乱子,咱们两个人里头总得有一个出来担当。

博尼克　可是应该叫那有罪的人出来担当。

约　翰　别说了!当时的情形恰好应该叫那没罪的人出来担当。你记得,那时候我无牵无挂——是个孤儿。我借机会摆脱公司的苦差使也算是运气。你的情形就不同了,那时候你母亲还活着,你刚跟贝蒂暗地里订了婚,她那么爱你。要是那件事传到她耳朵里,叫她怎么办?

博尼克　不错,不错,可是——

约　翰　不是为了贝蒂你才跟铎尔夫老婆断绝往来吗?为了想跟她了结这件事,那天晚上你才去找她——

博尼克　是啊,那天晚上真不巧,偏让那醉鬼回家撞着了。约翰,你说得不错,我是为贝蒂,可是归根结底我还是得谢谢你,你那么慷慨,代人受过,害得你在本乡站不住脚。

约　翰　我的好卡斯腾,你不必对我抱歉。那是咱们事先商量好的,你的名誉要紧,总得有人搭救你,你是我的朋友,我应该帮忙。老实告诉你,那时候我能跟你交朋友,心里很得意。你想,那时候我是个待在家里没出息的人,你呢,刚从外国回来,是个到过伦敦、巴黎的大人物。虽然我比你小四岁,你不嫌弃我,愿意跟我做好朋友——现在我当然明白了,那是因为你正在跟贝蒂搞恋爱——可是当时我心里很得意。你想,跟你交朋友谁会不得意?谁不愿意给你做替身?并且看当时的情形,只消一个月,风势一过去,我就可以借此溜到外国去。

博尼克　啊,我的好约翰,老实告诉你,这件事人家还没忘干净。

约　翰　真的吗?嗯,那也没关系,我再回美国去种地,事情不就完了吗?

博尼克　这么说,你还要回去?

约　翰　当然。

博尼克　大概不是马上就走吧?

约　翰　能走就走。你知道,我这次回来是顺着楼纳的意思。

博尼克　是吗?这话怎么讲?

约　翰　你看,楼纳年纪不小了,近来她常想家,虽然嘴里不肯说。(微笑)你想她怎么放心把我这么个靠不住的人扔在美国,我十九岁就闹过乱子——

博尼克　后来怎么样?

约　翰　卡斯腾,现在我要说一句不好意思出口的话。

博尼克　你没把实话告诉她?

约　翰　告诉她了。这件事我做错了,可是当时没办法。你不能想象楼纳待我怎么好。那种情形你一定受不了,可是她待我像母亲一样。我们刚去的那几年,事情很别扭,喔——她那种拼命苦干的精神!我病了好久,不能挣钱,她到酒店里卖唱,我拦不住她。她还公开讲演,大家听了都笑她。后来她还写了一本书,为了那本书她一直哭哭笑笑的——总之一句话,她都是为想挣钱养活我。去年冬天我看她常想家,我自己心里盘算,她一直那么出力养活我,现在她有心事我能不帮个忙吗?卡斯腾,当然我不能不帮忙。因此我就对她说,"楼纳,你回去吧。你不用为我担心,我这人不像你想的那么靠不住。"到后来——我只能把实话告诉她。

博尼克　她听了怎么说?

约　翰　她说——她说得很对——既然我没做错事,跟她回来走一趟怕什么。不过,卡斯腾,你放心,楼纳不会说什么,以后我也不再多说话。

博尼克　是,是,我知道你不会。

约　翰　我对你担保。现在咱们不必再谈过去的事情。幸亏咱们只干过这么一件荒唐事。我在这儿日子住不长,我要痛痛快快过一过。你不知道今天早晨我们在外头走得多痛快。谁想得到当初四处乱跑在戏台上扮演天使的小家伙现在——!喔,提起她,我想问你,后来她父母怎么样了?

博尼克　我知道的也就是你动身之后我马上写信告诉你的那几句话。我那两封信当然你都收到了？

约　　翰　两封都收到了。后来那醉鬼就把她扔下不管了？

博尼克　他自己拼命喝酒把命送掉了。

约　　翰　是不是他老婆不久也死了？你大概暗地里帮过她的忙吧？

博尼克　她脾气很高傲。她什么都不说，也不接受别人的帮助。

约　　翰　无论如何，你把棣纳收养在自己家里是对的。

博尼克　也许是吧。其实这件事是马塞安排的。

约　　翰　马塞安排的？提起马塞，她今天在什么地方？

博尼克　她？喔，她不是上学校教书，就是看护病人。

约　　翰　哦，我不知道照管棣纳的是马塞。

博尼克　是她。马塞一向喜欢教书，所以她在市立学校找了个事情。这事很无聊。

约　　翰　昨天我看她样子很疲劳。恐怕她身体吃不消。

博尼克　喔，她身体倒没问题。就是我面子上不好看。人家瞧着好像我做哥哥的不愿意养活她。

约　　翰　养活她？我以为她手里很够过的。

博尼克　她手里一个钱都没有。也许你还记得，你走的时候我母亲光景很不好。我帮她把买卖对付了一阵子，可是当然我不愿意永远那么干下去。后来我就跟她合了伙，可是买卖还是没起色。最后我只能把公司全部接过来。我把账目一清算，我母亲名下几乎一个钱都没有了。母亲不久就死了，不用说，马塞什么都没拿到手。

约　　翰　苦命的马塞！

博尼克　苦命！这是什么话！难道我会让她短吃的短穿的吗？不会，我敢说我是个好哥哥。不用说，她跟我们在一块儿吃饭不花钱，她教书的薪水足够穿衣服。一个没结婚的女人还要怎么样？

约　　翰　嗯，我们在美国的想法不一样。

博尼克　不错，你们的想法也许不一样。你们那儿捣乱的人太多。可是在我们的小圈子里，谢谢老天，腐败的风气还没钻进来，女人甘心做点不出风头的小事情。再说，也怪马塞自己不好，要是她愿意，她早就有办法。

约　　翰　你是不是说她早就可以结婚？

博尼克　一点都不错,并且还可以嫁个有钱的人。说也奇怪,像她这么个手里没钱、年纪不小、并且不出名的女人,居然有好几家有钱的人来求亲。

约　翰　不出名?

博尼克　我不怪她不出名。我也不愿意她出名。你知道,像我们这种大户人家有她那么个稳稳当当的人,碰上有事的时候倒是有个依靠。

约　翰　话是不错。可是她自己——

博尼克　她自己?这话怎么讲?哦,不用说,她操心的事多得很,她要照管贝蒂、渥拉夫和我。一个人不应该先想自己的事——女人更不应该。不论咱们的社会是大还是小,咱们都应该为社会服务。无论如何,我是这么做的。(指着刚从右边进来的克拉普)你瞧,这就是个现成的榜样。你以为我这么操心是为自己的事吗?决不是。(急着问克拉普)怎么样?

克拉普　(低声回答,指着手里一卷文件)这是买产业的全部合同,手续都齐了。

博尼克　好!好极了!约翰,对不起,我要失陪一会儿。(低声,抓紧约翰的手)约翰,谢谢你!放心,需要我帮忙的时候——不用多说,你自然明白。克拉普,跟我来。(两人同入办公室)

约　翰　(用眼睛盯了他们一会儿)哼!(正要转身走进花园,马塞胳臂上挎着一只小篮子从右边走进来)马塞!

马　塞　哦,约翰——原来是你?

约　翰　出来得这么早?

马　塞　是的。等一等。那些人快来了。(走向左边门口)

约　翰　马塞,你是不是老这么忙?

马　塞　我?

约　翰　昨天你好像躲着我似的,所以我始终没机会跟你说句话——你记得咱们小时候老在一块儿玩。

马　塞　喔,约翰,那是好多好多年前的事了。

约　翰　嗯——整整十五年,不多也不少。你觉得我大改样子了吧?

马　塞　你?不错,你也改了样子了,虽然——

约　翰　你这话什么意思?

马　塞　喔,没什么。

约　翰　你好像不怎么高兴看见我回来似的。

马　塞　约翰,我等得很久了——等得太久了。

143

约　翰　等什么？等我回来？

马　塞　是。

约　翰　你为什么觉得我应该回来？

马　塞　你做错了事应该回来赎罪。

约　翰　我？

马　塞　难道你不记得你害得一个女人没饭吃,没脸见人,把性命送掉？难道你不记得你害得一个女孩子在青春时期过痛苦的日子？

约　翰　你怎么对我说这种话？马塞,难道你哥哥从来没——

马　塞　他从来没什么？

约　翰　他从来没——喔,当然,我的意思是说,难道他连替我辩护的话从来都没说过一句？

马　塞　约翰,你还不知道卡斯腾的古板脾气。

约　翰　嗯——当然,不用说——我知道老朋友卡斯腾的古板脾气。不过这件事——嗯,我刚跟他谈过话。我觉得他好像大有改变,活动多了。

马　塞　你怎么说这话？卡斯腾始终是个好人。

约　翰　我不是这意思,不过没关系,不提算了。嗯,现在我才明白你把我当作怎么一等人,原来这些年你在等浪子回家。

马　塞　约翰,我告诉你我把你当作怎么一种人。（指着外面的花园）你看见在草地上跟渥拉夫一块儿玩的那个女孩子没有？那就是棣纳。你记得不记得你临走时候写给我的那封前言不对后语的信？在信里你叫我信任你。约翰,我听了你的话,一直信任你。后来人家传说的那些坏事一定是你在走投无路的时候糊里糊涂做出来的——

约　翰　你说什么？

马　塞　喔,你自己心里明白。不必再说了。可是当时你不能不走——到外头去重新做人。我——你小时候的同伴——就在家里接替了你的工作。凡是你忘了的义务,或者无力担当的义务,我都替你担当下来了。我告诉你这些事,为的是让你心里少难受些。我对待那受屈的孩子像对待自己女儿一样,我用全副力量把她教养成人——

约　翰　因此就耽误了你自己的一生！

马　塞　这不算耽误。不过,约翰,你回来得太晚了点儿。

约　翰　马塞——我恨不能告诉你——好,反正我得谢谢你这番深情厚谊。

马　塞　（凄然一笑）唉！现在咱们把实话都说出来了。嘘,有人来了。再见。我不愿意让他们——

〔她从左边第二道门里出去。楼纳·海斯尔从花园里上来,后面跟着博尼克太太。

博尼克太太　（还在花园里）嗳呀,楼纳,这可使不得！

楼　纳　你别管。我一定要跟他谈一谈。

博尼克太太　闹出乱子来可不好听啊！哦,约翰,你还在这儿没走？

楼　纳　出去,孩子。别老闷在不透气的屋子里。上花园里找棣纳说说话儿。

约　翰　我正想去。

博尼克太太　可是——

楼　纳　约翰,你仔细瞧过棣纳没有？

约　翰　嗯,我瞧过了。

楼　纳　孩子,你应该把她仔细瞧一瞧。你正需要她这么个人。

博尼克太太　楼纳！

约　翰　我？

楼　纳　是的,你要仔细瞧瞧她。快走！

约　翰　好,好,不用你催。（走进花园）

博尼克太太　楼纳,你吓了我一跳。你是开玩笑吧？

楼　纳　不,我说的是正经话。她难道不是个活泼健康、诚实天真的姑娘吗？她给约翰做老婆正合适。约翰在美国需要像她这么个伴儿,不需要像我这么个不同胞的老姐姐。

博尼克太太　可是棣纳！棣纳·铎尔夫！这怎么使得！

楼　纳　别的不管,我只为约翰的幸福着想。这件事我一定要给他帮忙。这种事他需要别人帮忙,女人的事情他一向不放在心上。

博尼克太太　你说他？约翰？可惜咱们有证据——

楼　纳　喔,别信从前那些鬼话！卡斯腾在什么地方？我要跟他说话。

博尼克太太　楼纳,这事千万做不得！

楼　纳　我要做。要是约翰喜欢她,她也喜欢约翰,为什么不让他们做夫妻？卡斯腾是个聪明人,他一定有办法——

博尼克太太　你以为大家能容忍这些美国丑事情——

楼　纳　胡说,贝蒂！

145

博尼克太太　你以为像卡斯腾这么古板方正——

楼　纳　喔,他不见得真那么古板方正。

博尼克太太　什么?你敢说——

楼　纳　我敢说卡斯腾的道德不见得比别人特别高。

博尼克太太　你是不是还这么恨他?要是你老忘不了从前的事,你回来干什么?我不明白你把他平白无故地侮辱了一场,怎么还有脸见他。

楼　纳　不错,那件事我做得太鲁莽。

博尼克太太　你再想想,他没做错事白受了冤枉,还对你那么大量,不跟你计较。你在他身上打主意,他有什么办法?可是从那时候起你也把我恨上了。(哭起来)你老不甘心我过好日子。现在你又回来给我添麻烦,让大家看看卡斯腾老婆家里都是些什么人。这些倒霉事儿都落在我头上。现在趁了你的愿了。哦,你这人真可恨!

〔她一边哭一边从左边第二道门出去。

楼　纳　(眼睛盯着她)可怜的贝蒂!

〔博尼克从办公室走出来。

博尼克　(还在门口)克拉普,好,好,就这么办——好极了。送四百克朗给贫民食堂。(转身)楼纳!(走过来)你一个人在这儿?贝蒂不在这儿?

楼　纳　不在。要不要叫她?

博尼克　不必,不必!喔,楼纳,你不知道我一直想跟你痛痛快快谈一谈——求你饶恕我。

楼　纳　卡斯腾,你听我说,不要婆婆妈妈的,咱们用不着来这一套。

博尼克　楼纳,你得听我说下去。自从你听见棣纳妈妈那段事情之后,我知道情势对我很不利。可是我敢对你赌咒,那只是我一时的糊涂。有一段时候我实实在在、真心诚意地爱你。

楼　纳　你知道不知道这次我回来干什么?

博尼克　不管你心里打什么算盘,在我没把自己洗刷干净之前,求你暂且忍耐一下。楼纳,我有法子给自己洗刷,至少我可以证明不完全是我的错。

楼　纳　现在你害怕了。你说,你从前爱过我?不错,在你给我的信里你常这么说。这话也许有几分可靠,因为那时候你在广大自由的世界里过日子,你自己有胆量运用广大自由的思想。也许那时候你觉得比起许多本地人来,我的个性强一些,我的意志也强一些。再说,那时候你爱我,别人不知道,你不怕人家笑你眼界低。

博尼克　楼纳,你怎么说这话!

楼　纳　可是你一回国,情形就不同了。你一听见人家那么讥笑我,一看见人家嘲笑我的所谓怪脾气——

博尼克　那时候你的举动是有点儿过火。

楼　纳　我故意要让本地那批假正经的男女心里不舒服。后来你碰见了那个迷人的女演员——

博尼克　那是我一时糊涂,没什么别的。我可以在你面前赌咒,人家在我身上造的那些谣言十句里头没有一句靠得住。

楼　纳　也许是吧。可是后来贝蒂回来了——那时候她年轻,漂亮,人人都奉承她——大家又知道我们姑姑的产业将来都归她一个人,没有我的份儿——

博尼克　对,楼纳,根本问题就在这儿。现在让我把实话告诉你。那时候我不爱贝蒂,我扔下你不是为了我有新相好。我扔下你,完全是为钱。我不能不那么做,我必须把钱弄到手。

楼　纳　你有脸对我当面说这话!

博尼克　嗯。楼纳,听我说下去。

楼　纳　可是你还写信给我,说你怎么爱贝蒂,一股无法抵抗的热情怎么缠着你。你求我饶恕你,央告我看在贝蒂面上别把咱们的事情说出去。

博尼克　老实告诉你,我是出于不得已。

楼　纳　我并不后悔那天对你发脾气。

博尼克　让我平心静气细细地告诉你那时候我的情况怎么样。你知道,那时候我母亲是公司总经理,可是她不会办事。他们把我急急忙忙从巴黎叫回来。公司的情形很危险,他们叫我想办法。你猜那时候公司是什么局面?我仔细一查账——这件事你千万别告诉人——我发现这个经营了三代、信用可靠的公司实际上已经破产。母亲只有我一个儿子,你说我能白瞧着不管吗?当然我只能四面想法子挽救这局面。

楼　纳　所以你牺牲一个女人挽救博尼克公司。

博尼克　你很清楚那时候贝蒂是爱我的。

楼　纳　可是我呢?

博尼克　楼纳,你跟我过日子不会有幸福。

楼　纳　这么说你扔下我是为我打算？

博尼克　难道你以为我是为自己打算？要是当时我是无牵无挂的人，我一定有勇气高高兴兴重新开创事业。可是你不知道，一个大公司的首脑，挑着千斤担子，跟他事业的利益是分不开的。你知道不知道，几百人甚至几千人的幸福都靠在他身上？万一博尼克公司垮了台，你我家乡的整个社会都要遭殃，这种情形能不能不考虑？

楼　纳　这么说，这十五年你为了社会的幸福靠着撒谎过日子？

博尼克　我撒谎？

楼　纳　贝蒂知道不知道你跟她结婚暗中藏着一大篇文章？

博尼克　难道我能无缘无故地把这些事告诉她让她伤心？

楼　纳　什么！你说无缘无故地？嗯，你是个做买卖的人，你懂得什么叫无缘无故地，什么叫不无缘无故地。你听我说，卡斯腾，我也要平心静气跟你细细谈一谈。我问你，你究竟是不是真幸福？

博尼克　你是不是问我在家里的日子？

楼　纳　当然。

博尼克　楼纳，我在家里很幸福。你并没有为我白牺牲。我跟你说实话，我的日子一年比一年幸福。贝蒂心地好并且肯听话。这些年她学会了怎么把自己的性格迁就我——

楼　纳　哼！

博尼克　当然，起头的时候，她对恋爱有一套不切实际的想法。她不承认，日子长了，恋爱会逐渐变成平静的友谊。

楼　纳　现在她不是已经接受了新的看法吗？

博尼克　完全接受了。她跟我每天的接触在她性格上不会没有感染的力量。无论是谁，想在自己的社会里完成他的义务，必须降低个人权利的要求。贝蒂已经渐渐懂得这道理，所以我们的家庭是本地人的模范。

楼　纳　可是本地人不知道你撒的谎话？

博尼克　谎话？

楼　纳　是谎话——就是这十五年你用来支持自己的那个谎话。

博尼克　你说那是谎话？

楼　纳　是的——是个三方面的谎话。第一，对我撒谎；第二，对贝蒂撒谎；第三，对约翰撒谎。

博尼克　贝蒂从来没要求我说实话。

楼　纳　那是因为她不知道你撒谎。

博尼克　你也不会要求我说实话,为了照顾贝蒂,你不会这么做。

楼　纳　喔,我不会,人家讥笑我,我有法子担当。我的肩膀很宽。

博尼克　约翰也不会要求我说实话,他已经跟我说好了。

楼　纳　卡斯腾,那么你自己怎么样? 难道你的良心不逼着你说实话?

博尼克　难道你要我自动地牺牲我的家庭幸福和社会地位!

楼　纳　你有什么资格享受你现在的地位?

博尼克　十五年以来,我用行动、用力气、用成绩,每天都在争取这资格。

楼　纳　不错,这十五年里头,你给自己、给别人出过许多力,做过许多事。现在你是本地第一号有钱有势的大人物。大家都得听你的话,因为在人家眼睛里你是个干干净净、没污点、没毛病的人。你的家庭可以做模范,你的行为也可以做模范。可是这些外表堂皇的东西,连你自己在内,只是建筑在一片流沙上。要是你不趁早打主意救自己,早晚有一天,只要有人说一句话,你和你这座富丽堂皇的空架子马上就会陷到泥坑里。

博尼克　楼纳,这次你回来干什么?

楼　纳　卡斯腾,我回来想帮你找一块结实的站脚的地方。

博尼克　不,你想报仇! 你想跟我算账! 我早猜着了。可是你休想成功! 只有一个人有资格说话,可是他不说话。

楼　纳　你说的是约翰?

博尼克　正是约翰。要是别人控告我,我会赖得干干净净。要是你想摧毁我,我会跟你拼命。老实告诉你,你决不会成功。能摧毁我的人偏不肯说话,并且他也快走了。

〔鲁米尔和维纪兰从右边进来。

鲁米尔　你早,博尼克。你跟我们到商业协会去。你知道,咱们有个会,讨论修铁路的事。

博尼克　不行。现在我不能去。

维纪兰　博尼克先生,你非去不可。

鲁米尔　博尼克,你不能不去。现在有人跟咱们作对。海墨和那批赞成沿海修铁路的人公开说新计划后面暗藏着私人打算。

博尼克　那么,给他们解释解释——

维纪兰　我们跟他们解释没用处。

鲁米尔　不行,你非亲自到场不可。当然,没有人敢怀疑你有私心。

楼　纳　我想人家不会怀疑。

博尼克　我告诉你,我不能去。我身体不舒服。至少得等一等——让我定定神。

〔罗冷从右边进来。

罗　冷　对不起,博尼克先生,你看我心里真难受。

博尼克　什么事？

罗　冷　博尼克先生,我要问你一句话。是不是你允许那位在你家寄居的姑娘在大街上跟一个——

楼　纳　跟一个什么人,牧师先生？

罗　冷　跟一个她最不应该接近的人在一块儿走。

楼　纳　哈哈！

罗　冷　博尼克先生,是不是你允许她这么做？

博尼克　我一点儿都不知道。(找自己的帽子和手套)对不起,我没工夫,我要到商业协会去。

希尔马　(从花园里进来走到左边第二道门口)贝蒂,快来,快来！

博尼克太太　(在门口)什么事？

希尔马　你快到花园里去拦住一个人跟棣纳・铎尔夫小姐调情。我听了那些话实在肉麻。

楼　纳　真的吗？那个人说些什么话？

希尔马　喔,他只说要她跟他一块儿上美国。嘿！

罗　冷　岂有此理！

博尼克太太　(向希尔马)你看怎么样？

楼　纳　那太好了。

博尼克　没有的事！你一定听错了他的话。

希尔马　那么你去问他自己。那一对来了。千万别把我拉扯在里头。

博尼克　(向鲁米尔和维纪兰)你们两位先走一步,我马上就来。

〔鲁米尔和维纪兰从右边出去。约翰・汤尼森和棣纳从花园里走上来。

约　翰　好极了,楼纳,她答应跟咱们一块儿走！

博尼克太太　喔,约翰,你真胡闹！

罗　冷　难道真有这事？真有这种荒唐事？你用了什么下流手段引诱她——

约　翰　喂,喂,朋友,你说什么?

罗　冷　棣纳,我问你,这是不是你自己的意思?你是不是经过仔细考虑,出于自愿?

棣　纳　我非离开此地不可。

罗　冷　可是偏要跟他走——跟他一块儿走?

棣　纳　请问除了他谁敢带我走?

罗　冷　好吧,那么,我只好老实告诉你他是个什么人了。

约　翰　住嘴!

博尼克　别再说了。

罗　冷　我有维持本地风化道德的责任,我不说实话对不起本地人,也对不起这位我也负过重大责任教育培养的小姐,她对我——

约　翰　你小心点儿!

罗　冷　我非告诉她不可!棣纳,当年害你母亲吃苦丢脸的就是这家伙!

博尼克　罗冷先生——

棣　纳　是他!(向约翰)真的吗?

约　翰　卡斯腾,你替我回答!

博尼克　别再说了。今天别再谈了。

棣　纳　这么说是真的了。

罗　冷　真的,真的!事情还不止这点。你准备把自己托付给他的这家伙不是空手逃走的——博尼克老太太保险箱失窃的事——博尼克先生可以作见证!

楼　纳　你撒谎!

博尼克　嗳!

博尼克太太　天啊!天啊!

约　翰　(举起手来向罗冷扑过去)你敢——

楼　纳　(拦住约翰)约翰,别打他!

罗　冷　好,爱打尽管打。事实瞒不住人。我说的是事实。博尼克先生自己也这么说,全城的人都知道。棣纳,现在你知道他是怎么一等人了。(半晌无声)

约　翰　(轻轻抓住博尼克的胳臂)卡斯腾,卡斯腾,你干的什么事?

博尼克太太　(低声,含泪)喔,卡斯腾,我连累你丢脸!

桑斯达　（急急忙忙从右边进来，嘴里说话的时候手还攥着门拉手）博尼克先生，你非到会不可了。整个儿铁路计划要垮台。

博尼克　（精神恍惚）怎么了？叫我怎么办？

楼　　纳　（严肃而又含蓄）妹夫，你应该去支持他们。

桑斯达　对，快走，快走！我们需要你的优越的道德力量。

约　　翰　（凑近他）这事咱们明天再谈，卡斯腾。

〔约翰穿花园出去。博尼克陪着桑斯达从右边出去，直僵僵地好像意志已经麻木。

第 三 幕

〔还是博尼克家对着花园的那间屋子。博尼克拿着根棍子怒气冲冲地从左边第二间屋子里进来,让门半敞着。

博尼克　哼!这回我可不客气了!这顿棍子他大概忘不了啦!(向隔壁屋里的人)你说什么?我说你是个糊涂妈妈!你护着儿子,纵容他胡闹。你说不是胡闹?那么是什么?夜里溜出去,坐了小渔船下海,第二天老晚才回家,把我吓得半死,好像我自己的事还不够麻烦似的。这小流氓还敢吓唬我,说他要逃走!好,让他试试!你?恐怕做不到。他出乱子你不在乎。要是有一天他把命送掉——!哦,真的?可是我的事业将来得有人接着干下去,我不愿意绝子绝孙。贝蒂,别跟我斗嘴,我的话一定得照办,从今以后不许他出门。(听)嘘,别让人家看出什么来。

〔克拉普从右边进来。

克拉普　博尼克先生,有工夫吗?

博尼克　(丢开棍子)有,有。你是不是从船厂里来?

克拉普　刚从那儿来。嗯——

博尼克　怎么样?"棕树"号没出乱子吧?

克拉普　"棕树"号明天可以开出去,可是——

博尼克　这么说,"印第安少女"号有问题?我早料到那顽固家伙——

克拉普　"印第安少女"号明天也能开出去,可是我怕它走不了多少路。

博尼克　这话怎么讲?

克拉普　对不起,博尼克先生,门没关严,隔壁屋子里好像有人——

博尼克　(把门关严)好了。你这么鬼鬼祟祟的干什么?

克拉普　是这么回事:据我看,渥尼想把"印第安少女"号船上的人都送到海里去喂鱼。

博尼克　岂有此理！这是什么话？

克拉普　除此之外，我想不出别的道理，博尼克先生。

博尼克　你给我简单地说一说。

克拉普　好吧。你知道不知道，自从厂里安了新机器，雇了生手的新工人，咱们的工程做得多么慢？

博尼克　知道，知道。

克拉普　可是今天上午我到厂里去的时候看见那只美国船的修理工程做得飞快。船底的大窟窿——你知道，就是那个烂补钉——

博尼克　是，是，窟窿怎么样？

克拉普　从外面看起来，窟窿完全补好了，勾抹得很整齐，看着像新的一样。我听说渥尼打着灯笼亲自动手干了一整夜。

博尼克　嗯，嗯，后来怎么样？

克拉普　我心里很纳闷儿。那时候正好工人都在吃早饭，我趁着没人，把那只船里里外外仔细瞧了一瞧。从货堆里钻到船舱里不是桩容易事，可是我看了几处，心里就明白了。博尼克先生，厂里有人在捣乱。

博尼克　不会，克拉普先生，我不信渥尼会捣乱。

克拉普　我也不愿意这么说，可是事情确实是这样。我想一定有人在捣乱。我仔细检查过，一块新木料都没用，只用薄木板、油布这些乱七八糟的东西胡乱把漏洞堵住，抹上油灰就算了。这简直是糊弄人！"印第安少女"号一定到不了纽约。它会像破罐子似的直沉到海底。

博尼克　这还了得！你看渥尼是什么居心？

克拉普　也许他成心要让新机器现眼，想给自己出口气，想逼着你再雇用那批老工人。

博尼克　为了这点事他就让船上的人去送死？

克拉普　有人听他说过"印第安少女"号的水手是群畜生，不是人。

博尼克　对，也许是，可是他不怕浪费资本吗？

克拉普　博尼克先生，渥尼对于资本没什么好感。

博尼克　你这话很对，他是个鼓动风潮的捣乱分子，可是像这种伤天害理的行为——！克拉普先生，我告诉你，这件事还得仔细调查调查。这会儿在谁面前都别提。要是这件事传到人家耳朵里，咱们船厂会倒霉。

154

克拉普　当然,可是——

博尼克　回头工人吃饭的时候,你再到船上仔细看一看。我先得把真凭实据拿到手。

克拉普　博尼克先生,你放心。可是,对不起,我要请问有了真凭实据你打算怎么办?

博尼克　当然要报告地方当局。咱们不能跟着人家做坏事。我做事不能昧良心。再说,报告之后,报馆和地方上的人看我不计较私人利益,按着法律办事,对咱们会有好印象。

克拉普　一点不错,博尼克先生。

博尼克　可是,第一,必须先拿住真凭实据——这会儿千万别声张。

克拉普　博尼克先生,我一字不提。我一定能给你真凭实据。(穿过花园走上大街)

博尼克　(低声)真糟!不过不会有这事——不能想象!(正要转身走进自己的屋子,希尔马·汤尼森从右边走进来)

希尔马　卡斯腾,你早!恭喜你昨天在商业协会一战成功。

博尼克　谢谢。

希尔马　听说是个大胜仗,有理性的为公众服务的精神战胜了自私和偏见——这个仗打得像法国人兜拿凯比尔人①一样。奇怪的是,昨天在这儿闹了一场小风波你还能——

博尼克　好,好,别再提了。

希尔马　可是决定胜败的大仗还在后头呢。

博尼克　你是不是指修铁路的事?

希尔马　是。我想你大概已经知道咱们那位报馆朋友正在想法子捣蛋。

博尼克　(着急)我不知道!什么事?

希尔马　他抓住了外头的谣言,正要借题目发表一篇文章。

博尼克　什么谣言?

希尔马　当然是关于沿着铁路支线大批收买产业的事情。

博尼克　这话怎么讲?外头有这种谣言吗?

---

① 凯比尔是北非阿尔及利亚的一个民族,经常受法国殖民者的剿杀。在希尔马眼里,凯比尔当然是野蛮人。

希尔马　全城都传遍了。我在俱乐部听见的。他们说,有人委托本地一个律师收买铁路沿线全部森林、矿山、水力——

博尼克　大家知道不知道他给谁买的?

希尔马　俱乐部的人说一定是别处一家公司听见了你的新计划,趁着那些产业没涨价赶紧派人来收买的。你说丢脸不丢脸?嘿!

博尼克　丢脸?

希尔马　真丢脸,咱们的油水让外头人白蘸。并且还有本地律师给他们卖力气!肥水都落在别人的田地里了。

博尼克　这话靠不住。

希尔马　可是大家都相信。明天或是后天你等着看报纸的社评吧。这事已经惹起了公愤。我听见有人说,要是谣言一证实,他们马上就退股。

博尼克　不会有的事!

希尔马　你说不会有?你说那些只认识钱的家伙为什么愿意跟你合伙?难道你看不出他们自己在打主意——

博尼克　我说不会。咱们这小社会里很有些热心公益的人。

希尔马　在咱们这儿?喔,你太乐观了,拿自己的心揣度别人。可是我的眼睛比你亮,我觉得咱们这儿没有一个人——当然咱们自己是例外——没有一个人举着理想的旗帜。(朝廊子走去)嘿,你瞧他们!

博尼克　谁?

希尔马　那两位美国朋友。(从右边朝外看)跟他们在一块儿的那个人是谁?哦,是"印第安少女"号的船长。嘿!

博尼克　他们跟他搅在一块儿干什么?

希尔马　哼,那种人正合他们的脾胃。人家说他是个奴隶贩子,再不就是当过海盗。谁知道这些年那一对宝贝在美国干什么。

博尼克　我告诉你,这些刻薄话都是冤枉他们的。

希尔马　不错,你是个乐观主义者。可是现在他们又找到咱们头上来了。所以我一定得趁早儿走。(朝左边的门走去)

楼　纳　怎么,希尔马,是不是我把你撵走了?

希尔马　不是,不是。我早就要走。我有话告诉贝蒂。(从左边第二个门里出去)

博尼克　(静默半晌)怎么样,楼纳?

楼　纳　嗯？

博尼克　你今天对我怎么看法？

楼　纳　跟昨天一样——你反正还是撒谎。

博尼克　这件事我一定要对你说清楚。约翰上哪儿去了？

楼　纳　他一会儿就来，他在外头跟人说话呢。

博尼克　你听了昨天的话，你可以明白，要是事实宣布出来，我这一辈子就完蛋了。

楼　纳　我明白。

博尼克　当然我用不着告诉你，外头传说的那件坏事不是我干的。

楼　纳　当然。可是偷钱的究竟是谁？

博尼克　没人偷钱。根本就没丢钱——一个钱都没丢。

楼　纳　什么？

博尼克　我告诉你，一个钱都没丢。

楼　纳　那么谣言从哪里来的？怎么有些不要脸的人说约翰——

博尼克　楼纳，我觉得只有在你面前我可以说实话。让我把实话告诉你。散布谣言我也有份儿。

楼　纳　你！你用这种下流手段对付一个从前为你——

博尼克　你埋怨我可别忘了当时的情形。昨天我告诉过你，我回国的时候发现母亲搞了些赔钱买卖，正在走投无路。各种倒霉事儿接二连三地落到了我们头上，公司眼看要垮台。楼纳，那时候我一半是鲁莽急躁，一半是无路可走。主要为的是想消除自己的烦恼，我就安排了那么个圈套，逼得约翰在本国站不住脚。

楼　纳　嗯——

博尼克　你可以想得到，你们一走，各种谣言都起来了。有人说，这不是他所干的第一件坏事。有人说，他给了铎尔夫一大笔钱堵住他的嘴。又有人说，钱是给他老婆的。同时，外头也有谣言，说我们公司没钱还账。你想，根据当时的情形，造谣的人把两个谣言扯到一块儿，这不是很自然的事情吗？后来，铎尔夫老婆日子过得非常苦，人家就又说，约翰把钱拐到美国去了，钱的数目越说越大了。

楼　纳　卡斯腾，你——？

博尼克　我拼命想抓住这谣言，就像掉在水里的人想拼命抓住一根草一样。

楼　　纳　你也帮着大家散布谣言？

博尼克　我没反驳这谣言。那时候债主都逼着我要钱——我不能不想法子敷衍他们，不让他们疑心公司内部很不稳。我想尽方法让他们相信我们公司只是暂时款子周转不过来，只要债主别逼得太紧，把期限放宽点儿，他们的钱一个都短不了。

楼　　纳　后来是不是全部还清了？

博尼克　都还清了，楼纳。那个谣言救了我们公司，还成全了我今天的地位。

楼　　纳　这就是说，一篇谎话成全了你今天的地位。

博尼克　你说谁吃了谣言的亏？约翰自己愿意一去不回来。

楼　　纳　你问我谁吃了谣言的亏？你问问自己的良心是不是吃了亏？

博尼克　谁的良心上都有见不得人的黑斑点。

楼　　纳　你们这种人还自命为社会支柱？

博尼克　社会上找不出比我们更好的人。

楼　　纳　那么，这种社会垮台不垮台有什么关系？现在社会上最流行的是什么？无非是撒谎、欺骗。就拿你来说吧，你是本地第一号人物，有钱有势，人人敬重你，可是你会把犯罪的恶名声安在一个好人的头上。

博尼克　难道你以为我做了对不起他的事心里不难受吗？难道你以为我不想赔偿他的损失吗？

楼　　纳　怎么赔偿？是不是打算把实话说出来？

博尼克　你要我说实话？

楼　　纳　除了说实话，你有什么法子赔偿他的损失？

博尼克　楼纳，我手里有的是钱，约翰要多少我可以给多少。

楼　　纳　好，你给他钱，看他怎么答复你。

博尼克　你知道不知道他打算怎么办？

楼　　纳　不知道。从昨天起他没跟我说过话。好像经过这件事之后，他从小孩子一下子变成了大人。

博尼克　我一定要跟他谈谈。

楼　　纳　他来了。

〔约翰·汤尼森从右边进来。

博尼克　（迎上去）约翰——

约　　翰　（做手势叫他走开）让我先说。昨天早晨我答应你不说话。

博尼克　你答应过的。

约　翰　可是那时候我不知道——

博尼克　约翰,让我说两句话把当时的情形解释一下——

约　翰　不用解释。当时的情形我很清楚。那时候你们公司的情形很危险,我在美国,你可以把我的没保障的名誉随便利用和糟蹋。这也罢了,我不十分责备你,那时候咱们年纪小,脑子糊涂。可是我现在要你说实话,你非说实话不可。

博尼克　目前正是我最需要道德威望的时候,我不能说实话。

约　翰　你在我身上捏造的那些谎话我倒不十分计较,可是另外那件事你必须自己担当。我一定要跟棣纳结婚,我要跟她在这儿住下去。

楼　纳　你真打算这么办?

博尼克　你跟棣纳结婚!要她做你的妻子?还要在这儿住下去?

约　翰　一点不错,正是在这儿。我要在这儿住下去,跟那些撒谎造谣的家伙斗口气。可是你先得把我洗刷干净,我才能跟她结婚。

博尼克　可是你想过没有,要是我承认了这件事,我也必须承认那件事?你也许会说,我可以公布公司的账目,证明并没有人盗窃公款。可是我不能公布账目,因为那时候我们的账目不大靠得住。退一步说,即使账目可以公布,公布了又有什么好处?公布之后,在人家眼睛里我至少是个借着撒谎搭救自己的人,并且十五年以来丝毫不肯认错。你说是不是?你一定忘了咱们的社会是怎么个社会,要不然,你会明白,说了实话我会身败名裂。

约　翰　我再说一遍,我要跟铎尔夫太太的女儿结婚,在本地住下去。

博尼克　(擦擦头上的汗)约翰,你听我说——你也听着,楼纳。我目前的处境很特别。我目前的情形是这样,要是你这么打击我,我马上就会完蛋。不但我完蛋,并且本地的——也是你小时候家乡的——光明前途也就跟着完蛋。

约　翰　要是我不打击你,我自己将来的幸福就会完蛋。

楼　纳　你往下说,卡斯腾。

博尼克　好,你们听着。关键都在这铁路计划上,情形不像你们想的那样简单。你们一定听见过,去年有人提议修一条沿海铁路,那时候本地许多有势力的人都赞成那计划,新闻界尤其出力拥护。可是计划被我推翻了,因为那条线路会妨害我们轮船公司沿海的航业。

159

楼　纳　轮船公司你有股份没有？

博尼克　有，可是没人敢疑惑我有私心。我的名声很清白，这是我极大的保障。我有力量担当轮船公司的损失，可是地方上没力量担当。后来就决定修一条内地铁路。路线一决定，我马上就暗地里盘算，想修一条通到本城的支线。

楼　纳　卡斯腾，你为什么暗地里盘算？

博尼克　你没听说有人在沿线大批收买森林、矿山、水力的消息吗？

约　翰　听说了，是别的地方一家公司收买的。

博尼克　这些产业分散在许多人手里可以说是毫无用处，所以卖价很便宜。要是等到修支线的消息传开之后再去收买，卖主就会漫天讨价。

楼　纳　也许是吧，后来怎么样？

博尼克　现在我要说一件事，这件事可以有好的看法，也可以有坏的看法——这是一件冒险的事，除了本地有声望的人，谁也不敢做。

楼　纳　嗯？

博尼克　收买整批产业的人就是我，不是别人。

楼　纳　是你？

约　翰　给你自己买的？

博尼克　给我自己买的。要是那条支线修得起来，我就是个百万富翁；要是修不起来，我就会倾家荡产。

楼　纳　卡斯腾，这个风险可不小啊。

博尼克　我这做法可以说是"孤注一掷"。

楼　纳　我不是指钱说，我是说万一泄漏了消息——

博尼克　不错，这是关键问题。凭着我过去的名誉声望，即使泄漏了消息，我也有力量担当应付，我会向大家宣布，"诸位，我冒这风险是为了社会的福利！"

楼　纳　社会的福利？

博尼克　是的，没人会怀疑我另外有私心。

楼　纳　我觉得有几个人的举动好像比你光明些，他们没有私心，肚子里没鬼。

博尼克　你说的是谁？

楼　纳　当然是鲁米尔、桑斯达和维纪兰。

博尼克　为了要他们支持我,我不能不把秘密告诉他们。

楼　纳　他们怎么说?

博尼克　他们要求五分之一的利润。

楼　纳　哼,这些社会支柱!

博尼克　难道你看不出是社会逼着我们采取偷偷摸摸的手段吗?要是我不偷偷地干,你猜局面会怎么样?不用说,人人都想伸把手,这件事一定会搞得乱七八糟,一塌糊涂。除了我,本地谁都没能力组织这么大规模的企业。咱们这儿真有办事能力的人几乎都不是在本地生长的。所以在这件事情上头我的良心并不难受。只有把产业集中在我手里,那一大批靠着这些产业生活的人才能得到永久的利益。

楼　纳　卡斯腾,你的话也许不错。

约　翰　你说的"那一大批人"跟我不相干,可是我一生幸福的关键都在这个问题上。

博尼克　你家乡福利的关键也在这个问题上。要是对于我早年历史不利的消息传出去,我的敌人会联合起来攻击我。在咱们这儿,年轻时候做的错事,人家永远忘不了。他们会把我从前干的事一件一件仔细推敲,把鸡毛蒜皮的小事儿全都翻出来,用新发现的材料解释和批评我从前的历史。他们会用谣言和谎话把我压得抬不起头来。到那时候我只好辞掉铁道委员会的职务。只要我一松手,整个儿计划管保会垮台,我不但要倾家荡产,并且也会身败名裂。

楼　纳　约翰,听了这一段话,你非走不可了,并且一句话也别说。

博尼克　对,对,约翰,你非走不可!

约　翰　好,我走,一句话也不说。可是将来我还要回来,那时候我要说话。

博尼克　约翰,你去了别回来。只要你肯不说话,我愿意分给你——

约　翰　我不要你的钱,我要你恢复我的名誉。

博尼克　你要我牺牲我自己的名誉?

约　翰　这个问题你得跟你的"社会"去解决。我一定要跟棣纳结婚。所以明天我就搭"印第安少女"号上美国。

博尼克　搭"印第安少女"号?

约　翰　是的,船长已经答应带我走。我告诉你,我到美国把农庄卖掉,把事情料理清楚,两个月以后就回来。

博尼克　到那时候你就要说话了？

约　翰　不错,到那时候,犯罪的人就要自己担当罪名了。

博尼克　难道你忘了,除了我自己的罪名,我还要担当别人的罪名？

约　翰　谁是在那十五年前无耻的谣言上头沾过光的人？

博尼克　你逼得我无路可走了！要是你宣布出来,我会一句都不承认。我会说,这是个害我的阴谋,你想在我身上报复,你这次回来是想敲诈我！

楼　纳　不要脸,卡斯腾！

博尼克　我告诉你,我是个无路可走的人,我只能拼命！我会一句都不承认——一句都不承认。

约　翰　我手里有你给我的两封信,我在箱子里找出来的。今天早晨我把两封信仔细又看了一遍,信里的话说得清清楚楚。

博尼克　你打算公布那两封信？

约　翰　嗯,要是你逼得我没办法的话。

博尼克　是不是两个月以后你就回来？

约　翰　大概是吧。这时候海里风浪很平静。要是"印第安少女"号不沉下去的话,三个星期我可以到纽约。

博尼克　（吃惊）沉下去？为什么"印第安少女"号会沉下去？

约　翰　是啊,我也这么说,无缘无故怎么会沉下去。

博尼克　（声音低得几乎听不见）沉下去？

约　翰　卡斯腾,现在你已经知道在你面前摆着个什么问题。在这两个月里头你必须作好准备。再见！替我问候贝蒂——虽然她待我不像个姐姐。可是我一定得见见马塞。她一定得告诉棣纳——她一定得答应我——

（话没说完就从左边第二个门走出去）

博尼克　（自言自语）"印第安少女"号——？（很快地）楼纳,你得拦住他！

楼　纳　卡斯腾,你亲眼看见的,我已经管不住他了。（跟着约翰走进左边屋子）

博尼克　（心神不定）沉下去？

〔渥尼从右边进来。

渥　尼　博尼克先生,对不起,我可以跟您说句话吗？

博尼克　（转过身来,满脸怒容）你来干什么？

渥　尼　博尼克先生,我想问您一句话。

博尼克　有话快说。什么事？

162

渥　　尼　　我想问问，要是"印第安少女"号明天开不出去，是不是您还拿定主意——一点儿都不通融——非把我开除不可？

博尼克　　怎么？不是明天可以开船吗！

渥　　尼　　不错，明天可以开船。可是万一开不出去——是不是我一定得卷铺盖？

博尼克　　问这些废话干什么？

渥　　尼　　先生，我想问个踏实。请您告诉我：是不是我一定得卷铺盖？

博尼克　　我是不是说了话不算数的人？

渥　　尼　　是不是说，从明天起我在家庭里的地位要改变了？我在工人弟兄中间的力量要消灭了？我不再有机会帮助那些受人欺负的伙伴了？

博尼克　　渥尼，这个问题咱们早就讨论过了。

渥　　尼　　这么说，"印第安少女"号一定得开出去。

〔静默片刻。

博尼克　　听我说，我不能事事自己操心，自己负责。我想你大概可以对我保证修理工程已经彻底完成了吧？

渥　　尼　　博尼克先生，您给我的限期太短。

博尼克　　可是你说过工程保证没问题？

渥　　尼　　现在天气好，又正是夏天。

〔又是一阵静默。

博尼克　　你还有别的话没有？

渥　　尼　　我想没什么可说的了，先生。

博尼克　　既然如此——"印第安少女"号要开出去——

渥　　尼　　明天？

博尼克　　明天。

渥　　尼　　好吧。（鞠躬，出去）

〔博尼克站了会儿，拿不定主意，他快步走到门口，好像想把渥尼叫回来，可是又在门口站住，攥着门拉手，犹豫不决。正在这当口，克拉普从外头开门进来。

克拉普　　（低声）嘿嘿，他刚来过。他说实话没有？

博尼克　　嗯——你查出什么毛病没有？

克拉普　　还用查？难道你没看见那家伙一脸的亏心样子？

163

博尼克　喔,没有的话,这种事脸上看不出来。我问你查出什么毛病没有。

克拉普　我没法子查,我去得太晚了。他们正在忙着把船从船坞里拖出去。他们那种急急忙忙的样子正好证明——

博尼克　不能证明什么。检验手续办过了?

克拉普　当然,可是——

博尼克　你看!他们一定没发现毛病啊?

克拉普　博尼克先生,你知道检验手续多重要,在咱们这么个有名的船厂里关系更重大。

博尼克　没关系,反正责任不在咱们身上。

克拉普　博尼克先生,难道你真看不出渥尼脸上——

博尼克　我告诉你,我对渥尼的工作很满意。

克拉普　博尼克先生,我告诉你,凭良心说——

博尼克　克拉普先生,你这是怎么回事?我看得很清楚,你跟这个人有仇。可是你跟他作对不应该挑这时候。你应该知道,我有要紧事——或者可以说船主人有要紧事——"印第安少女"号明天必须开出去。

克拉普　好吧,就这么办。可是要是这只船不出事的话——哼!

〔维纪兰从右边进来。

维纪兰　你好,博尼克先生!有工夫说句话吗?

博尼克　有话请说,维纪兰先生。

维纪兰　我只想问问,你是不是同意明天把"棕树"号开出去。

博尼克　当然——这是已经决定的问题。

维纪兰　可是船长刚才跑来告诉我,风暴信号已经挂起来了。

克拉普　从今天早晨起,气压降得很快。

博尼克　哦?风暴就要来了?

维纪兰　至少有阵急风,可是不是逆风,风向倒很顺。

博尼克　嗯,你的意见怎么样?

维纪兰　我的意见是,刚才我跟船长说过了,"棕树"号有上帝保佑。再说,它一起头只开到北海,眼前英国的运费高得很,所以——

博尼克　对,要是咱们拖日子,可能受损失。

维纪兰　你知道,"棕树"号船身很结实,还保足了十成险。我告诉你,"印第安少女"号的情形可不同——

164

博尼克　这话怎么讲？

维纪兰　它明天也要开出去。

博尼克　是啊，船老板催得紧，况且——

维纪兰　要是那只破船可以开出去——再加上那批混蛋水手——咱们的船不能开可就丢脸了。

博尼克　对。船上的证件你都带来了吗？

维纪兰　都带来了，在这儿。

博尼克　好。那么请你跟克拉普先生去——

克拉普　维纪兰先生，请走这边。咱们马上就可以办齐。

维纪兰　谢谢！博尼克先生，以后的事咱们就听天由命了。（跟着克拉普走进办公室。罗冷从花园里进来）

罗　冷　哦！博尼克先生，这时候你还在家里待着！

博尼克　（心不在焉）是啊！

罗　冷　我是来找你太太的。我想她也许需要我安慰她两句。

博尼克　也许是吧。可是我也想跟你说句话。

罗　冷　好极了。你怎么回事？脸这么苍白，精神这么恍惚。

博尼克　是吗？真的吗？嗳，这也难怪，这么一大堆事儿一下子都挤在我头上。除了我原来那些事，再加上修铁路的事——罗冷博士，我想费你点儿时间，请教个问题。

罗　冷　有话尽管说吧，博尼克先生。

博尼克　近来我心里发生了这么个问题：要是一个人正在创办一件大事业——对于千千万万人有利的事业——万一必须牺牲一个人——

罗　冷　这话我不懂。

博尼克　打个比方吧，有人打算创办一个大工厂，他心里很明白——因为他有经验——办工厂迟早总得牺牲几条人命。

罗　冷　这是难免的。

博尼克　或者比方说，他想开矿，他雇用了一批有老婆孩子的和年轻力壮的工人。咱们是不是可以预先估计将来必定有一部分工人会送命？

罗　冷　不幸可以这么说。

博尼克　好，这个人事先知道，在他的事业里，迟早一定有人会送命。可是他的事业是为大多数人谋福利，牺牲一条命，好几千人准可以得好处。

罗　冷　啊,你是在想修铁路的事——怎么开地道、怎么炸山洞这一类危险玩意儿——

博尼克　不错,不错,我是在想修铁路的事。再说,修了铁路,跟着就要办工厂开矿。可是你看是不是——?

罗　冷　我的博尼克先生,你这人顾虑太多。要是你把这件事交给老天爷——

博尼克　是,是,当然,老天爷——

罗　冷　要是你信任老天爷,你就可以问心无愧。你尽管大胆去修铁路。

博尼克　是,可是我要谈个特殊问题。比方说,有个危险地方必须用炸药,要是不炸开,铁路就得停工。工程师明明知道点引线的工人性命一定保不住,可是引线不能不点,工程师应该派人去做这件事。

罗　冷　嗯哼——

博尼克　我知道你会说:工程师应该自告奋勇拿火去点引线。可是这个办法行不通,所以他必须牺牲一个工人。

罗　冷　咱们这儿的工程师都不肯这么办。

博尼克　可是大国家的工程师都肯这么办,一点儿不踌躇。

罗　冷　大国家?嗯,也许是吧。在那种腐败无耻的社会里——

博尼克　喔,那种社会也有长处。

罗　冷　像你这么个人也说这种话?

博尼克　在大国家里,一个人至少还有机会做点有用的事业。在那些地方,人们有勇气为大事业牺牲。可是在咱们这儿就不同了,小顾虑太多,把人拘束得不能活动。

罗　冷　一条人命难道能说是小顾虑?

博尼克　要是那条人命妨碍了几千人的福利,那就不值得顾虑。

罗　冷　博尼克先生,你说的都是无中生有的例子!你今天说的话不容易懂。你提起大国家——请问在那些国家里一条人命算得了什么?他们把人命当作赌钱的筹码。可是咱们用完全跟他们不一样的道德观点来看问题。看看咱们的船厂老板们多正派!咱们这儿有没有一个老板肯为自己的小利益牺牲别人的性命?再看看大国家的那些没良心的坏蛋,他们只顾自己发财,把有毛病的轮船一只一只开出去——

博尼克　我不是说有毛病的船!

罗　冷　我可正说的是那些轮船,博尼克先生。

博尼克　你说那个干什么?那跟眼前的问题不相干。喔,这种缩手缩脚的小顾虑!我想,要是咱们国家有位将军带着队伍去打仗,打死了几个弟兄,大概他会几夜睡不着觉。在别的国家,情形就不一样。你应该听听那家伙怎么说——(说到这儿,指着左边的门)

罗　冷　你说的是谁?是不是说那美国人?

博尼克　那还用说。你应该听他讲讲在美国——

罗　冷　他在屋里吗?你为什么不早告诉我?我马上就去——

博尼克　你去也没用。反正你劝不动他。

罗　冷　那也不一定。喔,他出来了。

〔约翰·汤尼森从左边屋里走出来。

约　翰　(在门口冲着里屋说)是了,是了,棣纳,就这么办,可是我不会把你扔下。我还要回来,到时候咱们的事儿一定没问题。

罗　冷　对不起,请问你说这些话是什么意思?你打算怎么样?

约　翰　我打算跟昨天你在她面前糟蹋我的那个女孩子结婚。

罗　冷　你跟她结婚?你真打算——

约　翰　我一定要跟她结婚。

罗　冷　好,既然如此,我只能对你说实话——(走到那半开的门口)博尼克太太,请你出来做个见证,好不好——还有马塞小姐。请把棣纳也带出来。(看见楼纳)哦,你也在这儿?

楼　纳　(在门口)我能不能进来。

罗　冷　谁爱来谁来——人越多越好。

博尼克　你打算干什么?

〔楼纳、博尼克太太、马塞、棣纳和希尔马·汤尼森都从左边屋里走出来。

博尼克太太　罗冷博士,我把话都说尽了,可是没法子阻止他——

罗　冷　博尼克太太,我有法子阻止他。棣纳,你是个不懂事的女孩子。我不十分责备你。这些年你一直缺少精神上的支持。我只怪自己不能早支持你。

棣　纳　你现在别说话!

博尼克太太　这是怎么回事?

罗　冷　棣纳,虽然你昨天和今天的举动给我添了十倍的困难,可是我现在不能不说话。为了要搭救你,别的事就顾不得了。你一定还记得我答应你

167

的那句话。你一定还记得,你答应过,到了适当的时候怎么答复我。现在我不能再迟疑了,所以我——(向约翰·汤尼森)——我告诉你,你追求的这女孩子已经跟我订了婚。

博尼克太太　你说什么?

博尼克　棣纳!

约　翰　她跟你订了婚?

马　塞　没有的事,棣纳!

楼　纳　他撒谎!

约　翰　棣纳——那家伙说的是真话吗?

棣　纳　(沉默片刻)是真话。

罗　冷　现在你那套勾引女人的手段大概没法子施展了。现在我要让大家知道,我走这一步路是为棣纳谋幸福。我希望——不,我简直有把握——人家不会误会我的意思。博尼克太太,现在我想最好把棣纳带到别处去,想法子让她的精神平静一下。

博尼克太太　对,跟我走。喔,棣纳,你好福气!(带着棣纳从左边出去。罗冷跟在她们后面)

马　塞　约翰,再见!(出去)

希尔马　(在花园门口)哼——真不像话——

楼　纳　(眼睛盯着棣纳,向约翰)孩子,别灰心!我待在这儿监视牧师。(从右边出去)

博尼克　约翰,现在你不搭"印第安少女"号上美国了吧?

约　翰　现在我越发要走。

博尼克　那么你去了不回来了?

约　翰　我要回来。

博尼克　这么个局面你还回来?回来干什么?

约　翰　回来跟你们这伙人算账,打倒你们几个算几个。(从右边出去。维纪兰和克拉普从博尼克办公室出来)

维纪兰　博尼克先生,证件都办齐了。

博尼克　好,好——

克拉普　(低声)这么说,"印第安少女"号明天决定开出去?

博尼克　决定开出去。(走进办公室。维纪兰和克拉普从右边出去,希尔马·汤

尼森跟在他们后面,这时候渥拉夫在左边门口偷偷探头张望)

渥拉夫　舅舅!希尔马舅舅!

希尔马　哦,是你?你为什么不在楼上待着?你知道爸爸不许你出门。

渥拉夫　(走近几步)嘘!希尔马舅舅,你听见新闻没有?

希尔马　我听见你今天挨了一顿打。

渥拉夫　(狠狠地瞧着他父亲的办公室)往后他再也别想打我了。你听见没有,约翰舅舅明天要跟那些美国人一块儿走?

希尔马　跟你有什么相干?快上楼去!

渥拉夫　舅舅,也许有一天我也能去打野牛。

希尔马　胡说!像你这么个乏货——

渥拉夫　别忙,明天你瞧着吧!

希尔马　小傻瓜!(从花园里出去)

〔克拉普正从右边进来,渥拉夫一眼看见他,马上躲进屋子,把门关上。

克拉普　(走到博尼克办公室门口,把门推开一点儿)博尼克先生,对不起,我又来了,现在外头正在起暴风。(等了会儿,里头没人答话)有暴风,"印第安少女"号是不是照样开?(过了半晌,才听见下面这句话)

博尼克　(在办公室里回答)有暴风,"印第安少女"号还是照样开。

〔克拉普关上门,仍从右边出去。

169

第 四 幕

〔还是博尼克家对着花园那间屋子。桌子搬走了。黄昏时候,狂风怒吼,天气昏暗,夜色越来越深。

〔一个男用人在点烛台上的蜡烛,两个女用人把花盆、灯和蜡烛从外头搬进来,分别安置在桌子上和靠墙的架子上。鲁米尔穿着礼服,戴着白手套,系着白领带,站在屋里指挥用人。

鲁米尔　（吩咐男用人）杰克,蜡不用都点,一支隔一支就行了。屋子别布置得太刺眼,要做得像是突如其来的样子,不是预先安排的。这些花儿怎么办？喔,搁着没关系,让人看着好像原来就在屋子里。

〔博尼克从办公室出来。

博尼克　（在门口）唔,这是怎么回事？

鲁米尔　嘿,嘿,你来了？（吩咐用人）好,你们出去吧。

〔用人们从左边第二道门里出去。

博尼克　（走进屋子）鲁米尔,这是怎么回事？

鲁米尔　这就是说,你一生最光荣的时候到了。全体市民排着队伍就要上这儿来向公民领袖致敬。

博尼克　什么？

鲁米尔　他们打着旗子,带着乐队！本来还想拿火把,因为风太大,怕有危险,所以没拿。可是有灯彩——明天登在报纸上格外体面。

博尼克　鲁米尔,你听我说——我不要这一套。

鲁米尔　喔,来不及了,还有半点钟他们就来了。

博尼克　你为什么不事先告诉我？

鲁米尔　就因为怕你不赞成。这件事是我跟你太太安排的。她叫我把屋子布

170

置一下，她自己在准备茶点。

博尼克　（听）这是什么声音？他们这么快就来了？我好像听见有人唱歌。

鲁米尔　（在花园门口）唱歌？喔，是那些美国人在唱歌。他们正在把"印第安少女"号从船坞里拖出去。

博尼克　从船坞里拖出去！喔——鲁米尔，今天晚上我不行，我身体不舒服。

鲁米尔　你脸色确实不好看。可是你得打起精神来。喂，喂，朋友，快把精神打起来。我和桑斯达、维纪兰都把这件事看得非常重要。咱们要用群众的力量压倒敌人。外头谣言四起，收买产业的事情不能再不发表了。今天晚上，趁着唱歌、演说、碰杯的当口——趁着庆祝会的热烈气氛——你一定得把你做的事当众宣布，说明是为本地人谋福利。借着庆祝会的热烈空气，我刚说过，你可以在群众中间取得巨大的胜利。可是咱们首先必须制造这种热烈气氛，不然就没办法。

博尼克　是，是，是——

鲁米尔　咱们眼前这件事非常扎手，更得格外小心。博尼克，幸亏你的名誉很好，可以支持咱们。现在咱们必须安排几个节目。希尔马·汤尼森先生给你写了一首歌词。开头一句漂亮得很："高举起理想的旗帜"。罗冷博士答应在会上致词。你当然要致答词。

博尼克　鲁米尔，今天晚上我不行。你能不能替我——

鲁米尔　我倒很愿意，可是办不到。你要知道，罗冷博士今晚在会上致词，当然主要是对你说话，他在我们这几个人身上也许顺便只提一两句。这话我已经跟维纪兰和桑斯达说过。我们商量好了，你致答词的时候应该提议为社会公共福利干杯。你说完之后，桑斯达要谈一谈本地各阶层的友好关系，维纪兰也要说几句话，热烈希望咱们的新事业不至于破坏本地的道德基础。最后，我要用几句恰当的话请大家注意妇女的权利，她们力量虽然有限，对于社会却是很有用处。啊，你怎么不听——

博尼克　哦，哦，我在这儿听。你说这时候海里风浪是不是很大？

鲁米尔　哦，你是为"棕树"号担心！它已经保足了险，你不知道吗？

博尼克　我知道它保了险，可是——

鲁米尔　而且船身一点儿毛病都没有，这是最要紧的事。

博尼克　嗯。即使轮船出事，船上的人不一定都会死。船也许会沉下去，货物也许会沉下去——箱子和文件也许会沉下去——

鲁米尔　嗳呀,箱子和文件没多大关系。

博尼克　没多大关系! 不错,不错,我只是说——快听——他们又唱起来了!

鲁米尔　这是在"棕树"号船上唱。

〔维纪兰从右边进来。

维纪兰　他们正在把"棕树"号拖出去。博尼克先生,你好!

博尼克　(向维纪兰)飘洋过海,你是行家,怎么不再仔细——

维纪兰　博尼克先生,我相信上帝! 再说,我刚到船上去过,发了几份小册子,他们随身带着可以消灾免祸。

〔桑斯达和克拉普从右边进来。

桑斯达　(在门口跟人说话)不出乱子才怪呢! 啊,诸位先生,晚安。

博尼克　克拉普先生,出了什么事?

克拉普　博尼克先生,我不知道。

桑斯达　"印第安少女"号的水手全都喝醉了。要是这群畜生能活着到美国,往后谁也别信我的话。

〔楼纳从右边进来。

楼　纳　(向博尼克)约翰叫我替他给大家辞行。

博尼克　他已经上船了吗?

楼　纳　还没上船,反正快了。我们在旅馆外头分的手。

博尼克　他还是拿定主意要走?

楼　纳　决不改主意。

鲁米尔　(在一扇窗户上乱摸)这些新玩意儿真讨厌。我不会拉这窗帘。

楼　纳　要拉上窗帘吗? 我还以为你要——

鲁米尔　海斯尔小姐,咱们先把窗帘拉上。你当然知道外头在干什么?

楼　纳　喔,我知道。让我帮你拉。(拉住一根窗帘绳)我给妹夫闭上幕——其实我倒愿意给他把幕拉开。

鲁米尔　回头你可以再给他把幕拉开。等到花园里挤满了人,你把窗帘拉开,让人家看看这又惊又喜的一家子。公民的家庭应该让大家一目了然。

〔博尼克好像要说话,可是忽然急忙转身走进办公室。

鲁米尔　喂,咱们进去开一次最后的参谋会议吧。克拉普先生,你也进来,我们要请你供给点材料。

〔几个男人都走进博尼克办公室。楼纳已经把窗帘都拉好了,正要去拉开着的玻璃门的帘子,渥拉夫忽然从楼上屋子里跳下来,落在花园台阶的顶端。他肩膀上披着围巾,手里拿着一卷东西。

楼　纳　天呀,孩子,你吓死我了!

渥拉夫　(不让她看见手里的东西)阿姨,别做声!

楼　纳　你为什么从窗户里跳出来?你上哪儿去?

渥拉夫　嘘,阿姨,别告诉人。我去找约翰舅舅,就在码头上——给他送行。明天见,阿姨!(从花园里跑出去)

楼　纳　别走!站住!渥拉夫!渥拉夫!

〔约翰·汤尼森穿着旅行服装,肩膀上背着背包,小心地从右边门里溜进来。

约　翰　楼纳!

楼　纳　(转身)怎么着!你又回来了?

约　翰　还有几分钟工夫。我一定得再见她一面。我们不能就这么分手。

〔马塞和棣纳从左边第二道门里进来。她们都穿着外套,棣纳手里拿着个小旅行袋。

棣　纳　我一定要见他!我一定要见他!

马　塞　好,棣纳,你去找他吧!

棣　纳　他来了!

约　翰　棣纳!

棣　纳　带我一块儿走!

约　翰　你说什么!

楼　纳　你真愿意走?

棣　纳　真愿意,带我一块儿走。那家伙写信给我,说今天晚上他要宣布——

约　翰　棣纳——你不爱他吗?

棣　纳　我从来没爱过那家伙!我宁可淹死在海峡里也不愿意跟他订婚!喔,昨天他说了一大篇迁就我的话,好像他是我的大恩人,好像我的身份比他矮一截儿。他好像要我明白他在抬举一个下贱女孩子!我不愿意再让人家瞧不起。我一定要走。我跟你一块儿走行不行?

约　翰　行,行——一百个行!

棣　纳　我决不长期拖累你。只要你把我带到美国去,帮我起个头儿——

约　翰　好极了!棣纳,这一定办得到。

楼　纳　（指着博尼克办公室）嘘！声音小点儿！

约　翰　棣纳，我一定用心照顾你。

棣　纳　不，我不用你照顾。我自己会想办法。到了美国我一定有办法。只要让我离开这儿。喔，你不知道，那些女人真可笑，今天她们给我写信，说我运气怎么好，说他的气量怎么大，劝我必须知道好歹。从明天起，她们每天要注意我是不是对得起这步好运气。这番好意我实在受不了！

约　翰　棣纳，老实告诉我，你想离开这儿是不是只为这件事？是不是你没把我放在心上？

棣　纳　不，约翰，你是我最亲爱的人。

约　翰　喔，棣纳——

棣　纳　他们都对我说，我应该恨你，应该瞧不起你——他们说这是我的义务。可是我不明白为什么这是我的义务。我一辈子不会明白。

楼　纳　孩子，你不必明白！

马　塞　真是，你不必明白，所以你一定得跟他结婚，一块儿走。

约　翰　对，对！

楼　纳　什么！马塞，我要亲你一亲！我没想到你会说这话。

马　塞　不错，你大概没想到。连我自己都没想到。不过我知道事情早晚会发作。喔，本地的风俗习惯把咱们压得多苦啊！棣纳，起来反抗！跟他结婚！让大家看看，咱们有胆量反抗传统的风俗习惯！

约　翰　棣纳，你怎么说？

棣　纳　我愿意跟你结婚。

约　翰　棣纳！

棣　纳　可是首先我要工作，像你似的，做个有出息的人。我要对人家有贡献，不愿意只做个被人家收容的人。

楼　纳　对，对！应该这样。

约　翰　好，我愿意等待，希望——

楼　纳　孩子，你的希望会实现。现在上船去吧。

约　翰　好，上船去！楼纳，我跟你说句话。过来——（把她带到后面，跟她很快地说了几句话）

马　塞　棣纳——你这有福气的孩子！让我再看看你，跟你亲一亲——这是最后一次了。

棣　纳　不是最后一次。我的好阿姨,咱们将来还能见面。

马　塞　不会见面了！棣纳,答应我,不要再回来。(抓住她两只手,仔细瞧她)好孩子,飘洋过海去过幸福日子吧！我在学校里也常常盼望能到那边去过新生活。那地方一定很美丽,天比这儿宽,云比这儿高,人们呼吸的空气比这儿自由——

棣　纳　喔,马塞阿姨,早晚有一天你会来找我们的。

马　塞　我？我永远不会来。我在这儿有点儿小事业,现在我想我可以一心一意地干下去。

棣　纳　我舍不得撇下你。

马　塞　棣纳,有好些事舍不得撇也得撇。(吻她)不过你将来吃不着这种苦,好孩子。你要答应我,让他快快活活过日子。

棣　纳　我不愿意预先答应什么事。我最恨事情没做先许愿。事情该怎么样就一定怎么样。

马　塞　是,是,你说得有理。只要你不改样子——对自己忠实。

棣　纳　我一定这样,马塞阿姨。

楼　纳　(把约翰刚给她的几张纸掖在衣袋里)好,好,约翰,我的好孩子,走吧。

约　翰　对,不能再耽搁了。楼纳,再见,谢谢你一向这么照顾我。马塞,也谢谢你对我的深情厚谊。

马　塞　约翰,再见！棣纳,再见！祝你们俩一辈子幸福！

　　　　〔马塞和楼纳催他们走到后门口。约翰和棣纳急忙穿花园出去。楼纳关上门,拉上门帘。

楼　纳　马塞,现在剩下咱们两个人了。你丢了棣纳,我丢了约翰。

马　塞　你——丢了约翰？

楼　纳　喔,其实在美国我已经只能做他一半儿主了。这孩子一心想自立,因此我在他面前假装想家要回来。

马　塞　原来是这么回事！现在我才明白你为什么回来。楼纳,可是他将来还要你去。

楼　纳　像我这么个不同胞的老姐姐,他要我回去干什么？幸福生活一招手,男人就把亲爱的老朋友撇在脑后了。

马　塞　有时候确是如此。

楼　纳　马塞,咱们俩现在必须要靠紧。

马　塞　我对你能有用吗？

楼　纳　谁都比不上你对我用处大。咱们都做过干妈妈——现在咱们的干儿女都走了。只剩下咱们两个人。

马　塞　不错，只剩下咱们两个人。现在我要老实告诉你一句话：他是我最心爱的人。

楼　纳　马塞！（抓住她的胳臂）这是真话？

马　塞　我的生命就在这句话里头。我爱他，我等着他。每年夏天我都盼望他回来。后来他果然回来了——可是不把我放在心上了。

楼　纳　你从前爱过他！可是给他成全这段美满姻缘的就是你自己。

马　塞　我既然爱他，我怎么能不成全他？不错，我从前爱他。自从他走了，我整个的心都在他身上。你也许要问，我有什么理由痴心等着他？喔，我想从前我有理由。可是后来他回来了，好像把从前的事都忘了。他不把我放在心上了。

楼　纳　马塞，你被棣纳压下去了。

马　塞　她把我压下去，倒是件好事情。约翰出去的时候我跟他年纪一样大。可是这回我再看见他——喔，见面时候真难受——我觉得自己比他大十岁。这些年他在光明灿烂的阳光里过日子，呼吸青春健康的空气，我却坐在家里不停手地纺线——

楼　纳　纺出线来给他织幸福的生活。

马　塞　不错，我给他纺的是金线。我心里不难受！楼纳，咱们都是他的好姐姐，你说是不是？

楼　纳　（拥抱她）马塞！

〔博尼克从办公室出来。

博尼克　（向办公室里的人）好，好，你们爱怎么办就怎么办。到那时候我会——（把门关上）哦，你们在这儿！喂，马塞，你把衣服穿整齐点儿。告诉贝蒂也换件衣服。当然我并不要你们穿得特别讲究，只要家常衣服整整齐齐就行。可是你们得快点儿。

楼　纳　马塞，你得高高兴兴，快快活活的。要知道这是一件意外的大喜事。

博尼克　叫渥拉夫也下楼来。我要他站在我旁边。

楼　纳　嗯，渥拉夫——

马　塞　我去告诉贝蒂。（从左边第二道门里出去）

176

楼　　纳　伟大庄严的时候就在眼前了。

博尼克　（走来走去，心神不定）不错，就在眼前了。

楼　　纳　在这么个时候，一个人一定觉得又骄傲又快活。

博尼克　（瞧她）嗯——

楼　　纳　我听说今天晚上全城都要张灯结彩。

博尼克　嗯，大概有这么回事。

楼　　纳　各团体都要打着旗子排队游行。你的名字要用灯彩扎出来。今晚各报馆要用电报把这条新闻打到全国各城市，新闻里写着："博尼克先生，被他的快乐家庭围绕着，接受了本地公民的致敬，大家公认他是社会的支柱。"

博尼克　不错，并且大街上的群众还要高声欢呼，要求我走到门口跟他们见面，我不能不出去鞠躬道谢。

楼　　纳　为什么不能不——？

博尼克　你以为那时候我心里快活吗？

楼　　纳　我想你不会很快活。

博尼克　楼纳，你心里瞧不起我。

楼　　纳　现在还不。

博尼克　你不应该瞧不起我。你不应该！楼纳，你不能了解，在这狭小局促的社会里，我完全是单枪匹马一个人做事——我本打算痛痛快快干点大事业——可是事业的圈子缩得一年比一年小。表面上看着很热闹，其实我做了什么事？我只做了点零零碎碎、微不足道的事。在这儿做不出大事业。要是我打算在思想上比别人多迈一小步，大家就会跟我过不去，我在社会上就会失掉势力。人家说我们是社会的支柱，其实我们是什么？我们不过是社会的工具。

楼　　纳　为什么你现在才明白这道理？

博尼克　因为自从你回来之后——尤其是今天晚上——我想得很多。喔，我只恨自己在那时候——在当初——为什么不能彻底了解你。

楼　　纳　了解了又怎么样？

博尼克　那我当初就不会把你撇开。你不离开我，我就不会弄到今天这地步。

楼　　纳　你撇了我跟贝蒂结婚的时候，难道没想过她将来是你怎么样的一个帮手？

177

博尼克　别的不说，反正我知道她不是我需要的那么个帮手。

楼　纳　那是因为你从来没让她参加你的事业。因为你不让她跟你自由坦白地交换意见。因为你做了对不起她亲人的事情，害她成天心里难受。

博尼克　对，对，对，这都是我撒谎欺骗人的下场。

楼　纳　既然如此，你为什么不把这些撒谎欺骗的丑事一齐都揭露出来？

博尼克　现在？楼纳，现在已经来不及了。

楼　纳　卡斯腾，我问你——这套骗人的把戏究竟对你有什么好处？

博尼克　对我一点儿好处都没有。我迟早一定会垮台，这个乱七八糟的社会会跟着我完蛋。可是咱们这儿有新的一代，我正在为我儿子卖力气，给他的事业打基础。在咱们社会里，真理总有一天会抬头，那时候他的生活可以过得比他父亲更快活。

楼　纳　可是他的生活还不是建筑在谎话的基础上？你仔细想一想，你给他的是一份什么样的产业？

博尼克　（忍住绝望的情绪）我给他的产业比你知道的坏一千倍。可是这个罪孽迟早会消除。可是——可是——（发狠）你怎么能把这些事情一齐堆在我头上！现在事情已经做出来了。干下去再说吧！你没法子打倒我！

〔希尔马·汤尼森手里拿着一封拆开的信，慌慌张张从右边跑进来。

希尔马　哦，这是——。贝蒂，贝蒂！

博尼克　干什么？他们已经来了吗？

希尔马　没有，没有。我要马上找人说句话——（从左边第二道门出去）

楼　纳　卡斯腾，你说我们这次回来打算跟你过不去。我老实告诉你这个浪子是怎么一种人吧。你们这些假道学看他好像身上有鼠疫，不敢走近他。他是个好汉子。他不用你们帮忙，他已经走了。

博尼克　可是他还要回来——

楼　纳　约翰不回来了。棣纳也跟他走了。他们俩都永远不回来了。

博尼克　永远不回来了？棣纳也走了？

楼　纳　走了，去做他老婆了。你看，像我从前似的，他们俩在你们这些正派人脸上狠狠地打了一巴掌——不必再提了！

博尼克　约翰走了！棣纳也走了！他们坐的是"印第安少女"号？

楼　纳　不，约翰带着这件宝贝不敢坐混账水手开的那只船。他带着棣纳坐的是"棕树"号。

博尼克　啊！这么说都是白操心——(慌忙跑到办公室门口,把门使劲拉开,朝着里头喊)克拉普,赶紧截住"印第安少女"号！今晚别让它开出去！

克拉普　(在办公室里)博尼克先生,"印第安少女"号已经开出去了。

博尼克　(关门,低声说)来不及了——一切都是白操心——

楼　纳　这话什么意思？

博尼克　没什么,没什么！别管我的事！

楼　纳　嗯。卡斯腾,你听我说。约翰叫我告诉你,从前你借用过他的名誉,他在外国时候你也偷用过他的名誉,现在他把他的名誉交给我保管。约翰自己不说话。这件事我想怎么办就可以怎么办。你看,现在我手里拿的是你给他的两封信。

博尼克　信在你手里！现在——现在你打算——也许就在今天晚上——游行队伍来的时候——

楼　纳　我这次回来不是想揭开你的假面具,我只想试一试能不能劝你自己把假面具揭下来。这事我没做成功。你还照样在撒谎。你瞧,我把这两封信撕碎了。撕碎的信你拿去。卡斯腾,现在证据消灭了。你没有危险了,并且,要是你做得到的话,还可以尽量地快活。

博尼克　(非常感动)楼纳,你为什么不早这么做！现在太迟了。我这一辈子都完了。明天我就活不下去了。

楼　纳　这是怎么回事？

博尼克　别问我。话虽然这么说,我还得活下去。为了渥拉夫,我还得活下去。我要他恢复我的事业,并且替我赎罪——

楼　纳　卡斯腾！

〔希尔马·汤尼森又慌慌张张走进来。

希尔马　一个人都找不着。都出去了。连贝蒂都不在家。

博尼克　你究竟有什么事？

希尔马　我不敢告诉你。

博尼克　什么事？你一定得告诉我。

希尔马　也罢——渥拉夫坐了"印第安少女"号逃走了。

博尼克　(身子摇晃着往后一退)渥拉夫——坐了"印第安少女"号逃走了！没有的事！

楼　纳　真的！现在我才明白——我看见他从窗户里跳出去的。

博尼克 （在办公室门口，绝望悲哀地喊道）克拉普，无论如何要截住"印第安少女"号！

克拉普 博尼克先生，办不到了。咱们没法子——

博尼克 咱们一定得截住它！渥拉夫在船上！

克拉普 什么！

鲁米尔 （从办公室出来）渥拉夫逃走了？没有的事！

桑斯达 （也从办公室出来）博尼克先生，领港的人会把他送回来的。

希尔马 不会，不会，那孩子有信给我。（把信拿出来）他说他要藏在货舱里，等船开到大海里他才钻出来。

博尼克 我再也见不着他了！

鲁米尔 喔，胡说。这么一只结实船，又是新修理——

维纪兰 （也进屋来了）——并且还是在你自己厂里修理的，博尼克先生。

博尼克 我告诉你们，我再也见不着他了。楼纳，我没有儿子了，并且，我现在才明白，从前他也不能算是我儿子。（听）什么声音？

鲁米尔 奏乐的声音。游行队伍来了。

博尼克 我不能见人，我不愿意见人。

鲁米尔 你在打什么主意？不行——

桑斯达 不行，不行，博尼克先生，这件事可不能开玩笑。

博尼克 现在我还有什么可计较的？现在我还给谁出力？

鲁米尔 这是什么话？你可以给我们出力，给社会出力。

维纪兰 一点不错。

桑斯达 博尼克先生，你一定记得，咱们——

〔马塞从左边第二道门里进来。街上远处有音乐声。

马　塞 游行队伍来了，可是贝蒂不在家，不知她上哪儿去了——

博尼克 她不在家！楼纳，你看！快活的时候，伤心的时候，都没人支持我。

鲁米尔 快把窗帘门帘都拉开！克拉普先生，过来帮我拉！桑斯达，你也来！真糟糕，偏偏在这时候他们一家子东一个西一个的不在一块儿！跟预定的节目完全不一样。

〔门帘窗帘全都拉开了。满街都是明晃晃的灯彩。博尼克住宅对面有一幅灯彩大标语："社会支柱卡斯腾·博尼克万岁！"

博尼克 （往后退）快把标语摘下来！我不愿意看！快把灯吹灭！

鲁米尔　博尼克先生,对不起,你是不是神志不清?

马　塞　楼纳,他怎么了?

楼　纳　嘘!(凑在马塞耳朵上说话)

博尼克　快把挖苦我的标语摘下来,听见没有!你们难道看不见这些灯光一闪一闪地都在眨眼笑咱们?

鲁米尔　嗳,我知道——

博尼克　喔,你知道什么!可是我——我——我看这些灯光像送丧的蜡烛!

克拉普　嗯——

鲁米尔　喂,我告诉你,你把事情看得太认真了。

桑斯达　你那孩子在大西洋上走一趟就会回来的。

维纪兰　博尼克先生,你只要信任上帝。

鲁米尔　并且信任那只船。我知道那只船很靠得住。

克拉普　嗯——

鲁米尔　我听说大国家的轮船公司常把破烂的棺材船①装运客货,要是"印第安少女"号也像那种船,那就糟了——

博尼克　我急得头发都白了。

〔博尼克太太头上蒙着大披肩,从花园门里进来。

博尼克太太　卡斯腾,卡斯腾,你知道不知道——?

博尼克　我知道——可是你——你真糊涂,不把儿子的事情放在心上——

博尼克太太　喔,听我说——

博尼克　你为什么不小心照管他?现在儿子丢了。你有本事给我把他找回来?

博尼克太太　我有本事!我把他找着了!

博尼克　你把他找着了!

男人们　(同时)啊!

希尔马　啊,我早就料到。

马　塞　卡斯腾,现在你儿子又找回来了。

楼　纳　是的,并且还得让他真心爱你。

博尼克　你把他找着了!真的吗?他在什么地方?

博尼克太太　等你饶了他,我才告诉你。

---

① "棺材船"是不适于航海的破旧船。

181

博尼克　喔,饶他,当然饶他!可是你怎么知道他——

博尼克太太　做母亲的难道是瞎子?我提心吊胆怕你知道这件事。昨天他露了点儿口风。后来楼上屋子里没人了,他的背包和衣服也不见了——

博尼克　后来怎么样?

博尼克太太　我马上跑出去,抓住渥尼,我们坐了他的小船追出去,那时候那只美国船正要往外开。幸亏我们到得早——我们到货舱里一阵子搜查——才把他找着了。喔,你千万别责罚他!

博尼克　贝蒂!

博尼克太太　你也别责罚渥尼!

博尼克　渥尼?跟他什么相干?"印第安少女"号后来开出去了吗?

博尼克太太　没有,现在我要说的就是这件事——

博尼克　快说,快说!

博尼克太太　那时候渥尼像我一样地心慌。搜查耽误了时候,天黑下来了,领港的不愿意开船。因此渥尼假借你的名义——自己做主——

博尼克　怎么样?

博尼克太太　把开船的日期往后推了一天。

克拉普　嗯——

博尼克　喔,我真是说不出的高兴!

博尼克太太　你不生气?

博尼克　喔,贝蒂,我高兴极了!

鲁米尔　你太紧张了。

希尔马　喔,跟自然斗争的时候当然会紧张——嘿!

克拉普　(在窗口)博尼克先生,游行队伍从花园门里进来了。

博尼克　好,现在让他们来吧!

鲁米尔　花园里挤满了人。

桑斯达　大街上也挤满了。

鲁米尔　博尼克,全城的人都出来了。真叫人高兴。

维纪兰　鲁米尔先生,咱们的态度要谦虚点儿。

鲁米尔　旗子都打起来了。队伍多整齐!啊,代表团来了,罗冷博士带着头。

博尼克　让他们进来!

鲁米尔　博尼克,可是你这么心慌意乱的——

博尼克　怎么样？

鲁米尔　我倒愿意替你说话。

博尼克　不,谢谢你。今天晚上我要自己说话。

鲁米尔　你知道不知道该说什么话？

博尼克　喔,鲁米尔,别害怕——现在我知道该说什么话了。

〔这时候音乐停止。花园门突然敞开。罗冷率领代表团从外头进来,两个雇工抬着一只有盖儿的篮子跟在后头。各种各样的市民随着进屋,把屋子挤得水泄不通。花园里,大街上,到处都是打旗子拿标语的人。

罗　冷　博尼克先生！看了你脸上惊讶的神气,我就知道今天晚上你坐在安静幸福的家庭里,公正热心的同事朋友围着你,你没想到我们这些客人会突然跑来打搅你。我们敢来打搅你,是因为我们的热情逼着我们来向你致敬。当然,我们不是第一次向你致敬了,可是今天的规模特别大。我们不止一次地感谢你把咱们的社会像大楼似的,建立在宽广稳固的道德基础上。今天我们向你致敬,主要因为你是个有眼光、有毅力、不自私并且肯牺牲自己的公民,你带头办了一件事,我们相信,这件事会大大地促进本地的物质繁荣和公共福利。

群众的声音　(喝彩)好！好！

罗　冷　博尼克先生,这些年你在本城是个赫赫有名的模范人物。现在我不提你的模范家庭和你的高尚品格。你的这些美德是私人谈心的题目,不必当着大家宣扬。今天我要说的是你在公共事业上表现的成绩。船身坚固、设备完善的轮船一只一只从你的船厂里开出去,挂着咱们的国旗在大海洋上航行。一大批快乐幸福的工人把你当父亲那么敬重。你创办了许多新工业,给好几百个家庭带来了幸福。换句话说,你简直是咱们社会的支柱、社会的基础。

群众的声音　好,好！说得好！

罗　冷　你的大公无私的光明举动给地方上带来了说不尽的利益,尤其是在这时候。目前你正在给我们筹划——不怕俗气说句老实话——一条铁路。

群众的声音　好！好！

罗　冷　不过这个计划似乎注定了有困难,主要是因为有一批人只在自己狭小的利益上头打算盘。

群众的声音　听吧,听吧！听他说什么,听他说什么！

罗　冷　现在我们知道,有几个外来的人偷偷地抢在埋头苦干的本地人前面,把应该属于本地社会的利益抓在自己手里。

群众的声音　对,对！听他说,听他说！

罗　冷　博尼克先生,当然你不是不知道这件不幸的事情。可是你还照样埋头苦干,因为你知道一个爱国公民不应该只顾本地的利益。

群众的声音　(不同的意见)嗯！不对,不对！对,对！

罗　冷　所以我们今晚开会向你致敬,你是个理想的公民,你是一切公民道德的模范。我们预祝你的事业会促进本地的真正永久的福利！不用说,修了铁路,恶劣分子容易从外头钻进来,可是,修了铁路,咱们也可以很快地把恶劣分子从内部清除出去。目前,外来的恶劣分子还没肃清。可是,我听说就在今天晚上咱们这儿清除了几个这样的恶劣分子,这是意外的好消息,要是这消息可靠的话——

群众的声音　嘘,嘘！

罗　冷　——我认为对于咱们的事业这是个吉利的预兆。现在我提起这件事,是因为咱们知道在眼前这位模范公民的家庭里,道德观念比亲属关系更被重视。

群众的声音　说得好,说得好！

博尼克　(同时说)让我——

罗　冷　博尼克先生,我只剩几句话了。你给本地人出力办事当然不希望物质报酬。可是本地市民感激你,对你有一点儿小小的表示,你决不能推辞——在目前这重要当口更不能推辞,因为做实际事务的人告诉我们,我们正在跨进一个新时代。

群众的声音　说得好！听他说,听他说！

〔罗冷对两个雇工打了个招呼,他们马上把篮子抬上来。罗冷说下面的话的时候,代表们照着他说的次序把篮子里的礼物一件一件递上来。

罗　冷　博尼克先生,现在请你收下这套银咖啡用具,等到将来我们像过去一样到你府上打搅的时候,你可以把它摆在桌子上做个点缀的东西。

　　还有你们几位跟咱们领袖热诚合作的先生,我们也准备了几件不成意思的小东西,务必请你们赏脸收下来。鲁米尔先生,这只银酒杯是送给你的。你不止一次地在宴会碰杯的时候发表流利动听的演说,拥护大众的利益。祝颂你将来常有机会用这只杯子在宴会上干杯。桑斯达先生，请你收下这本相片簿，里头是本地公民的照片，你待人慷慨厚道，所以社会各阶层都有你的朋友。维纪兰先生，我们送你这本家庭祷告书，它是羊皮纸印的，装潢很精致，随着年龄的增长，你做人的态度严肃起来了。崇高神圣的思想提高了你在世俗生活中的行动。(转过脸去对群众)朋友们，现在咱们给博尼克先生和他的同事们致敬！社会支柱万岁！

全体群众　博尼克先生万岁！社会支柱万岁！万岁！万岁！万岁！

楼　　纳　妹夫，我给你道喜！

〔群众肃静无声，等博尼克说话。

博尼克　(严肃而迟缓地)诸位朋友，你们的发言人刚才说过咱们正在跨进一个新时代，我希望事实确是如此。可是，要想跨进新时代，咱们必须认识一个咱们这社会从前不认识的真理。(群众表示惊讶)我首先必须声明，我不能接受罗冷博士那一篇在这种场合照例有的颂扬文章，我担当不起，因为到现在为止，我的行动并不是大公无私。即使我并不一味只想发财，至少在大部分事情上头我的动机是为争取权力、地位和别人对我的尊敬。

鲁米尔　(低声)底下怎么样？

博尼克　在大家面前，我不说这是我的错误，因为我至今还相信，在本地最会办事的人里头，我也算得上一把好手。

许多人　对，对，对！

博尼克　我的毛病是喜欢用拐弯抹角的手段，我不敢老老实实，因为我知道我们无论做什么事，社会上的人总疑惑我们居心不正。现在让我举个眼前的例子。

鲁米尔　(着急)哼——哼！

博尼克　外头有谣言，说有人在新铁路线旁边收买大批的产业。这些产业都是我买的——都是我一个人买的。

群　　众　(窃窃私语)他说什么？他？博尼克先生？

博尼克　这些产业目前都在我手里。当然，我没瞒我的同事鲁米尔、维纪兰和桑斯达三位先生，我们商量好——

鲁米尔　这话不是真的！拿出证据来！拿出证据来！

维纪兰　我们没商量什么！

桑斯达　哼，这简直是——

博尼克 不错,关于刚才我正要谈的那件事,我们的意见还不一致。可是我现在决定组织一个开发这些产业的股份公司,愿意入股的人都可以入股,我想这三位先生一定赞成我的主张。

许多人 好!博尼克先生万岁!

鲁米尔 (低声向博尼克)这种出卖朋友的下流举动——

桑斯达 (也低声地)这么说,你一直在耍我们——

维纪兰 真混账!喔,天呀,我说的什么话!

群 众 (在外头)万岁,万岁,万岁!

博尼克 诸位朋友,请安静点儿。你们的敬意我不敢接受,因为我现在决定的办法不是我原来的意思。我原来打算把全部产业都留在自己手里。并且我现在还相信,要是全部产业交给一个人经营,成绩可以做得特别好。究竟怎么办,应该让股东们决定。要是股东愿意把事情交给我,我一定拿出最大的力气给他们服务。

群众的声音 赞成,赞成!

博尼克 可是,诸位,首先你们必须彻底了解我,然后每人也扪心自问,让咱们在今天晚上真正开始一个新时代。咱们要抛弃旧时代,把旧社会的假面子、假道德、假正经和怯懦的劣根性都送进博物馆让大家去展览,当做个教训。这套咖啡用具,这只酒杯,这本相片簿和这本羊皮纸印的精装祷告书,是不是也应该送进博物馆?

鲁米尔 当然。

维纪兰 (嘴里叽咕)要是别的东西你都拿走了,那么——

桑斯达 随你的便。

博尼克 现在我要清算最主要的一笔账。刚才有人说,恶劣分子今天晚上走掉了。我可以补充一个你们不知道的消息:你们说的那个恶劣分子不是单身走的,他还带走了个女人给他做老婆——

楼 纳 (高声)那个女人是棣纳·铎尔夫!

罗 冷 什么!

博尼克太太 你说什么?(一阵骚动)

罗 冷 跑了?跟他跑了!没有的事!

博尼克 罗冷先生,她要做他的老婆。底下我还有话说。(低声向他老婆)贝蒂,沉住气,听我说下去。(高声)我说,我要向那个人致敬,因为他勇敢地

186

把别人的罪名担当在自己肩膀上。朋友们,我要招认这件撒谎欺骗的事情,我身体上每个细胞里几乎都沾染了欺骗的毒素。现在我要说实话。十五年前犯罪的人是我。

博尼克太太 (声音发颤,低声地)卡斯腾!

马　塞 (同样)喔,约翰——

楼　纳 现在你总算认清了自己的真面目!

〔听众惊讶得说不出话。

博尼克 朋友们,犯罪的是我,逃走的是他。后来传布的那些下流无稽的谣言现在来不及反驳了,可是我用不着抱怨。十五年前我借了这些谣言的力量青云直上,爬到了社会的上层,现在谣言揭穿了,我是不是也跟着下台,这应该让大家决定。

罗　冷 真像是个晴天霹雳!本地第一号大人物——(低声向博尼克太太)喔,博尼克太太,我真替你难受!

希尔马 一篇好供状!唉,这真是——

博尼克 可是今天晚上你们不必急于作决定。我劝诸位回家去——平心静气,扪心自问。头脑清醒之后,你们就可以判断,今天我说了实话,是吃亏还是不吃亏。诸位朋友,明天见!我还有好些事情要忏悔,不过那是我自己的良心问题。明天见!把这场面赶紧收起来,谁看着都觉得刺眼。

罗　冷 真是刺眼。(低声向博尼克太太)她跑了!这么说,她到底不配受抬举。(把声音提高些,向代表团)诸位,事情到了这步田地,咱们还是赶紧散会吧。

希尔马 以后叫我怎么再把理想的旗帜举起来——嘿!

〔这时候消息已经在群众中悄悄地传开,参加游行的人陆续走出花园。鲁米尔、桑斯达和维纪兰一边走一边低声热烈地争辩。希尔马·汤尼森从右边溜出去。屋里只剩下博尼克夫妇、马塞、楼纳和克拉普。半晌无声。

博尼克 贝蒂,你能不能原谅我?

博尼克太太 (带笑瞧他)卡斯腾,你知道不知道这些年我从没像今天晚上这么快活过?现在我有了新希望。

博尼克 为什么?

博尼克太太 这许多年我老觉得你曾经爱过我,后来才不爱我了。现在我才

187

知道,你从来就没爱过我,可是总有一天我会使你真爱我。

博尼克 （把她搂紧）喔,贝蒂,我现在已经爱你了!听了楼纳一篇话我才真正了解你。快叫渥拉夫进来。

博尼克太太 你放心,他会来的。克拉普先生——（在后方对克拉普低声说了句话,克拉普从花园门里走出去。随着,各处的灯光逐渐熄灭）

博尼克 （低声）楼纳,谢谢你,你保全了我的良心——并且还救了我。

楼　纳 你以为我原先有别的打算吗?

博尼克 是啊,你原先有什么打算?我猜不透。

楼　纳 嗯——

博尼克 这么说,你不是恨我?也不是要报仇?你究竟回来干什么?

楼　纳 撇不下从前的旧交情。

博尼克 楼纳!

楼　纳 约翰把十五年前的谎话在我面前揭穿的时候,我就发狠对自己说:"我一定要让我年轻时候的意中人做个自由诚实的人。"

博尼克 喔,像我这没出息的人不配你这么抬举!

楼　纳 喔,卡斯腾,说什么配不配,要是我们女人在这上头太认真——
　　〔话没说完,渥尼带着渥拉夫从花园里进来。

博尼克 （跑过去）渥拉夫!

渥拉夫 爸爸,下回我不这样了。

博尼克 不逃走了?

渥拉夫 嗯,爸爸,你放心,我不走了。

博尼克 你也放心,以后我不会再把你逼走了。你长大了有自己的事业,我不强迫你干我的事业。

渥拉夫 将来我想做什么你就让我做什么吗?

博尼克 你爱干什么就干什么。

渥拉夫 谢谢你,爸爸。那么,我不愿意做社会支柱。

博尼克 啊!为什么不愿意?

渥拉夫 喔,我想那一定怪没意思的。

博尼克 渥拉夫,你应该做你自己;做了你自己,别的事自然就有办法了。渥尼,你——

渥　尼 博尼克先生,我知道,您把我开除了。

博尼克　不,渥尼,咱们不分手。并且还要请你原谅我——

渥　尼　什么？今天晚上船开不出去。

博尼克　明天也不开。我给你的期限太短了。那条船必须彻底大修理。

渥　尼　对,应该大修理——还得装新机器！

博尼克　就这么办——记着,要老老实实地彻底修理。咱们这儿有好些事都应该老老实实地彻底修理。你去吧,渥尼,明天见！

渥　尼　明天见,博尼克先生。谢谢您。(从右边出去)

博尼克太太　现在他们都走了。

博尼克　只剩下咱们几个自己人了。我的名字不在灯光里照耀了。窗户外头的灯都灭了。

楼　纳　你要那些灯再点起来吗？

博尼克　再也不要了。这些年我过的日子是什么滋味？你知道了会吓一大跳。我现在好像中了毒的人刚醒过来。可是我觉得——我觉得我还可以做个年轻有力的人。喔,你们凑紧点儿——过来挨着我。贝蒂,过来！渥拉夫,过来！马塞,你也过来,这些年我好像没看见你似的。

楼　纳　恐怕是。你的社会在本质上是光身汉的社会,你眼睛里看不见女人。

博尼克　你说得一点儿都不错。正因为如此,楼纳,你别离开贝蒂和我。咱们就这么约定了,好不好？

博尼克太太　对,楼纳,你千万别走！

楼　纳　好,我不走。你们一对年轻人刚起头过日子,我怎么舍得把你们扔下。难道我不是你们的干妈妈吗？马塞,咱们是两个老姑姑——喂,你在瞧什么？

马　塞　你看,天晴了,海面上多光明。"棕树"号运气真好。

楼　纳　幸福就在那船上。

博尼克　咱们——咱们面前还摆着一大串正经事,我的事比别人格外多。可是我不怕！只要你们这几个忠实可靠的女人紧紧挨着我。这几天我学会了一条道理:你们女人是社会的支柱。

楼　纳　妹夫,你学会的道理靠不住。(把手使劲按在他肩膀上)你说错了。真理的精神和自由的精神才是社会的支柱。

——剧　终

189

玩偶之家

(1879)

【题　　解】

一八七九年,易卜生在罗马与阿马尔菲(意大利名镇)写成《玩偶之家》,该剧出版两周后即在哥本哈根演出。易卜生关心妇女问题并非从此剧开始,女主人公娜拉的形象也有其生活原型。早在十年前发表的《青年同盟》中,易卜生就曾为妇女地位鸣不平,其中宫廷侍从官的儿媳赛尔玛身上已有娜拉的影子。一八七一至一八七二年,剧作家在德累斯顿认识了挪威女权主义者卡米拉·科莱特(1813—1895),几年后在慕尼黑与她再度会晤。在卡米拉为妇女解放而斗争的精神感召下,易卜生产生了创作一出反映妇女问题的戏剧的热情。一八八九年,剧作家写信告诉这位女权主义者:"您开始通过您的精神生活道路,以某种形式进入我的作品","至今已有许多年了"。一般认为,劳拉·基勒(1849—1932)是娜拉的更为重要的原型。劳拉为医治丈夫基勒的病而在一份借券上伪造保人的签字,导致幸福家庭破裂。这个真实的故事使易卜生深受感染,他就以它为"蓝本"写出自己的剧作。不过,剧中女主人公是高度的艺术概括,并不等于原型。在世界舞台上,《玩偶之家》的演出经久不衰,受到各国观众的好评。它的较早的中译本有陈嘏的《傀儡家庭》,胡适与罗家伦的《娜拉》(1918)。潘家洵的译本最初收入《易卜生集》(1921),后经修改收入《易卜生戏剧集》(1956)。这里采用的是潘家洵的译本,并经译者校订。

这出戏开场时,主要是女主人公娜拉与男主人公海尔茂的戏。圣诞节快到了,一个"幸福的家庭"充满节日的气象。海尔茂有望晋升银行经理职位,娜拉采购了许多东西,快活极了。不过,就在这场戏里预示出:"生活风暴"即将来临。娜拉与海尔茂结婚八年了,已是三个孩子的母亲,在家中仍处于"玩偶"的地位。也许,她对此有所觉察,却又往往被海尔茂的"温柔体贴"迷惑,乃至不感到受委屈。通过他们婚后八年的一个生活片段,剧作家隐约地向读者与观众展示了男权社会的一个侧面。可以从这个生活片段里随手拈来几件事予以印证：一、海尔茂肉麻地称呼娜拉"小鸟儿"、"小松鼠儿"，与其说他特别喜爱娜拉，不如说他把妻子当作花大钱买来的高级"玩具"；二、从生活习惯到思想情感，海尔茂严格控制着娜拉，无论严词训斥，还是软语欺哄，他都置娜拉于极不平等的地位，只准妻子想丈夫所允许想的，做丈夫所允许做的；三、在经济方面，妻子成为丈夫的"附庸"，海尔茂还是个并不富裕的律师时，娜拉过圣诞节要"打饥荒"，等到海尔茂一步一步爬向银行经理高位"捞大钱"时，娜拉想多花点钱还得向丈夫一点一点地乞讨，甚至还得装扮笑脸迎接丈夫的指责："乱花钱的"，"不懂事的"，"小撒谎的"。接着，娜拉的老同学林丹太太，海尔茂的"同事"柯洛克斯泰闯进了他们的家。林丹太太"回溯往事"，她为了全家的生存曾嫁给自己并不喜爱的男人，丈夫死后又过着孤寂的生活。娜拉也"回溯往事"，婚后一年海尔茂身患重病，根据医嘱必须到南方疗养，自己无钱又无人资助，娜拉只好背地里假冒父亲的签字向银行职员柯洛克斯泰借了一大笔债，陪同丈夫去意大利住了一年。此后，娜拉瞒着丈夫承担一些抄写工作，挣钱偿还了一部分债务。娜拉知道林丹太太向银行求职的要求后，乐意帮忙。这时，海尔茂正准备辞退柯洛克斯泰，所以答应了林丹太太的请求。柯洛克斯泰知道了这一坏消息，立即要求娜拉为他"说情"，否则公开借债与冒名签字的"秘密"。娜拉"说情"无效，柯洛克斯泰向海尔茂发出了"讹诈信"。戏剧的高潮在临近结尾处。海尔茂看了柯洛克斯泰的信，大发雷霆，咒骂娜拉做出丢人的事，害得他身败名裂。就在这时，海尔茂又收到了柯洛克斯泰退还借据的"和解信"，感到自己仍很安全，于是对娜拉笑脸相迎，并发出豪言壮语："你在这儿很安全，我可以保护你，像保护一只从鹰爪底下救出来的小鸽子一样。"但是，娜拉看清了海尔茂可憎的面目，十分厌恶"玩偶之家"，终于出走，大门在她身后"砰"地关上了。这里的结局，也可能是另一出戏的开始，在另一出人生戏剧中，娜拉会扮演什么角色呢？人们都在思考这个问题。

人 物 表

托伐·海尔茂
娜拉——他的妻子
阮克医生
林丹太太
尼尔·柯洛克斯泰
海尔茂夫妇的三个孩子
安娜——孩子们的保姆
爱伦——女用人
脚夫

事情发生在克里斯替阿尼遏海尔茂家里。

第 一 幕

〔一间屋子,布置得很舒服雅致,可是并不奢华。后面右边,一扇门通到门厅。左边一扇门通到海尔茂的书房。两扇门中间有一架钢琴。左墙中央有一扇门,靠前一点,有一扇窗。靠窗有一张圆桌,几把扶手椅和一只小沙发。右墙里,靠后,又有一扇门,靠墙往前一点,一只瓷火炉,火炉前面有一对扶手椅和一张摇椅。侧门和火炉中间有一张小桌子。墙上挂着许多版画。一只什锦架上摆着瓷器和小古玩。一个小书橱里放满了精装书籍。地上铺着地毯。炉子里生着火。正是冬天。

〔门厅里有铃声。紧接着就听见外面的门打开了。娜拉高高兴兴地哼着从外面走进来,身上穿着出门衣服,手里拿着几包东西。她把东西搁在右边桌子上,让门厅的门敞着。我们看见外头站着个脚夫,正在把手里一棵圣诞树和一只篮子递给开门的女用人。

娜　拉　爱伦,把那棵圣诞树好好儿藏起来。白天别让孩子们看见,晚上才点呢。(取出钱包,问脚夫)多少钱?
脚　夫　五十个欧尔①。
娜　拉　这是一克朗。不用找钱了。

〔脚夫道了谢出去。娜拉随手关上门。她一边脱外衣,一边还是在快活地笑。她从衣袋里掏出一袋杏仁甜饼干,吃了一两块。吃完之后,她踮着脚尖,走到海尔茂书房门口听动静。

娜　拉　嗯,他在家。(嘴里又哼起来,走到右边桌子前)
海尔茂　(在书房里)我的小鸟儿又唱起来了?

---

① 挪威币制单位。一百欧尔等于一克朗。

196

娜　拉　(忙着解包)嗯。

海尔茂　小松鼠儿又在淘气了?

娜　拉　嗯!

海尔茂　小松鼠儿什么时候回来的?

娜　拉　刚回来。(把那袋杏仁饼干掖在衣袋里,急忙擦擦嘴)托伐,快出来瞧我买的东西。

海尔茂　我还有事呢。(过了会儿,手里拿着笔,开门朝外望一望)你又买东西了?什么!那一大堆都是刚买的?我的乱花钱的孩子又糟蹋钱了?

娜　拉　嗯,托伐,现在咱们花钱可以松点儿了。今年是咱们头一回过圣诞节不用打饥荒。

海尔茂　不对,不对,咱们还不能乱花钱。

娜　拉　喔,托伐,现在咱们可以多花点儿了——只多花那么一丁点儿!你知道,不久你就要挣大堆的钱了。

海尔茂　不错,从一月一号起。可是还有整整三个月才到我领薪水的日子。

娜　拉　那没关系,咱们可以先借点钱花花。

海尔茂　娜拉!(走到她面前,开玩笑地捏着她耳朵说道)你还是个不懂事的小孩子!要是今天我借了一千克朗,圣诞节一个礼拜你随随便便把钱都花完了,万一除夕那天房上掉下一块瓦片把我砸死了——

娜　拉　(用手捂住他的嘴)嘘!别这么胡说!

海尔茂　要是真有这么回事怎么办?

娜　拉　要是真有这种倒霉事,我欠债不欠债还不是一样。

海尔茂　那些债主怎么办?

娜　拉　债主!谁管他们的事?他们都是跟我不相干的外头人。

海尔茂　娜拉!娜拉!你真不懂事!正经跟你说,你知道在钱财上头,我有我的主张:不欠债!不借钱!一借钱,一欠债,家庭生活马上就会不自由,不美满。咱们俩硬着脖子挺到了现在,难道说到末了反倒软下来不成。

娜　拉　(走到火炉边)好吧,随你的便,托伐。

海尔茂　(跟过去)喂,喂,我的小鸟儿别这么耷拉着翅膀。什么?小松鼠儿生气了?(掏出钱包来)娜拉,你猜这里头是什么?

娜　拉　(急忙转过身来)是钱!

海尔茂　给你!(给她几张钞票)我当然知道过圣诞节什么东西都得花钱。

197

娜　拉　（数着）一十,二十,三十,四十。啊,托伐,谢谢你! 这很够花些日子了。

海尔茂　但愿如此。

娜　拉　真是够花些日子了。你快过来,瞧瞧我买的这些东西。多便宜! 你瞧,这是给伊娃买的一套新衣服,一把小剑。这是巴布的一只小马,一个喇叭。这个小洋娃娃和摇篮是给爱密的。这两件东西不算太好,可是让爱密拆着玩儿也就够好的了。另外还有几块衣料几块手绢是给用人的。其实我应该买几件好点儿的东西送给老安娜。

海尔茂　那包是什么?

娜　拉　（大声喊叫）托伐,不许动,晚上才让你瞧!

海尔茂　喔! 乱花钱的孩子,你给自己买点儿什么没有?

娜　拉　给我自己? 我自己什么都不要。

海尔茂　胡说! 告诉我你正经要点儿什么。

娜　拉　我真不知道我要什么! 喔,有啦,托伐,我告诉你——

海尔茂　什么?

娜　拉　（玩弄海尔茂的衣钮,眼睛不看他）要是你真想给我买东西的话——你可以——

海尔茂　可以什么? 快说!

娜　拉　（急忙）托伐,你可以给我点儿现钱。用不着太多,只要是你手里富余的数目就够了。我留着以后买东西。

海尔茂　可是,娜拉——

娜　拉　好托伐,别多说了,快把钱给我吧。我要用漂亮的金纸把钱包起来挂在圣诞树上。你说好玩儿不好玩儿?

海尔茂　那些会花钱的小鸟儿叫什么名字?

娜　拉　喔,不用说,我知道,它们叫败家精。托伐,你先把钱给我。以后我再仔细想我最需要什么东西。

海尔茂　（一边笑）话是不错,那就是说,要是你真把我给你的钱花在自己身上的话。可是你老把钱都花在家用上头,买好些没用的东西,到后来我还得再拿出钱来。

娜　拉　可是,托伐——

海尔茂　娜拉,你能赖得了吗?（一只手搂着她）这是一只可爱的小鸟儿,就是很能花钱。谁也不会相信一个男人养活你这么一只小鸟儿要花那么些钱。

娜　拉　不害臊！你怎么说这话！我花钱一向是能节省多少就节省多少。

海尔茂　（大笑）一点儿都不错，能节省多少就节省多少，可是实际上一点儿都节省不下来。

娜　拉　（一边哼一边笑，心里暗暗高兴）哼！你哪儿知道我们小鸟儿、松鼠儿的花费。

海尔茂　你真是个小怪东西！活像你父亲——一天到晚睁大了眼睛到处找钱。可是钱一到手，不知怎么又从手指头缝里漏出去了。你自己都不知道钱到哪儿去了。你天生就这副性格，我也没办法。这是骨子里的脾气。真的，娜拉，这种事情都是会遗传的。

娜　拉　我但愿能像爸爸，有他那样的好性格，好脾气。

海尔茂　我不要你别的，只要你像现在这样——做我会唱歌的可爱的小鸟儿。可是我觉得——今天你的神气有点儿——有点儿——叫我说什么好呢？有点儿跟平常不一样——

娜　拉　真的吗？

海尔茂　真的。抬起头来。

娜　拉　（抬头瞧他）怎么啦？

海尔茂　（伸出一个手指头吓唬她）爱吃甜的孩子又偷嘴了吧？

娜　拉　没有。别胡说！

海尔茂　刚才又溜到糖果店里去了吧？

娜　拉　没有，托伐，真的没有。

海尔茂　没去喝杯果子露吗？

娜　拉　没有，真的没有。

海尔茂　也没吃杏仁甜饼干吗？

娜　拉　没有，托伐，真没有，真没有！

海尔茂　好，好，我跟你说着玩儿呢。

娜　拉　（朝右边桌子走去）你不赞成的事情我决不做。

海尔茂　这话我信，并且你还答应过我——（走近娜拉）娜拉宝贝，现在你尽管把圣诞节的秘密瞒着我们吧。到了晚上圣诞树上的灯火一点起来，那就什么都瞒不住了。

娜　拉　你记着约阮克大夫没有？

海尔茂　我忘了。其实也用不着约。他反正会来。回头他来的时候我再约他。我买了点上等好酒。娜拉,你不知道我想起了今天晚上过节心里多高兴。

娜　　拉　我也一样。孩子们更不知怎么高兴呢,托伐!

海尔茂　唉,一个人有了稳固的地位和丰富的收入真快活!想想都叫人高兴,对不对?

娜　　拉　对,真是太好了!

海尔茂　你还记不记得去年圣诞节的事情?事先足足有三个礼拜,每天晚上你把自己关在屋子里熬到大后半夜,忙着做圣诞树的彩花和别的各种各样不让我们知道的新鲜玩意儿。我觉得没有比那个再讨厌的事情了。

娜　　拉　我自己一点儿都不觉得讨厌。

海尔茂　(微笑)娜拉,可是后来我们什么玩意儿都没看见。

娜　　拉　喔,你又提那个取笑我呀?小猫儿要钻进去把我做的东西抓得稀烂,叫我有什么办法?

海尔茂　是啊,可怜的娜拉,你确是没办法。你想尽了方法使我们快活,这是主要的一点。可是不管怎么样,苦日子过完了总是桩痛快事。

娜　　拉　喔,真痛快!

海尔茂　现在我不用一个人闷坐了,你的一双可爱的眼睛和两只嫩手也不用吃苦了——

娜　　拉　(拍手)喔,托伐,真是不用吃苦了!喔,想起来真快活!(挽着海尔茂的胳臂)托伐,让我告诉你往后咱们应该怎么过日子。圣诞节一过去——(门厅的门铃响起来)喔,有人按铃!(把屋子整理整理)一定是有客来了。真讨厌!

海尔茂　我不见客。记着。

爱　　伦　(在门洞里)太太,有位女客要见您。

娜　　拉　请她进来。

爱　　伦　(向海尔茂)先生,阮克大夫刚来。

海尔茂　他到我书房去了吗?

爱　　伦　是的。

　　　　　　〔海尔茂走进书房。爱伦把林丹太太请进来之后自己出去,随手关上门。林丹太太穿着旅行服装。

林丹太太　(局促犹豫)娜拉,你好?

娜　拉　（捉摸不定）你好？

林丹太太　你不认识我了吧？

娜　拉　我不——哦，是了！——不错——（忽然高兴起来）什么，克里斯蒂纳！真的是你吗？

林丹太太　不错，是我！

娜　拉　克里斯蒂纳！你看，刚才我简直不认识你了。可是也难怪我——（声音放低）你很改了些样子，克里斯蒂纳！

林丹太太　不错，我是改了样子。这八九年工夫——

娜　拉　咱们真有那么些年没见面吗？不错，不错。喔，我告诉你，这八年工夫可真快活！现在你进城来了。腊月里大冷天，那么老远的路！真佩服你！

林丹太太　我是搭今天早班轮船来的。

娜　拉　不用说，一定是来过个快活的圣诞节。喔，真有意思！咱们要痛痛快快过个圣诞节。请把外头衣服脱下来。你冻坏了吧？（帮她脱衣服）好。现在咱们坐下舒舒服服地烤烤火。你坐那把扶手椅，我坐这把摇椅。（抓住林丹太太两只手）现在看着你又像从前的样子了。乍一见的时候真不像——不过，克里斯蒂纳，你的气色显得没有从前那么好——好像也瘦了点儿似的。

林丹太太　还比从前老多了，娜拉。

娜　拉　嗯，也许是老了点儿——可是有限——只是一丁点儿。（忽然把话咽住，改说正经话）喔，我这人真粗心！只顾乱说——亲爱的克里斯蒂纳，你会原谅我吧？

林丹太太　你说什么，娜拉？

娜　拉　（声音低柔）可怜的克里斯蒂纳！我忘了你是个单身人。

林丹太太　不错，我丈夫三年前就死了。

娜　拉　我知道，我知道，我在报上看见的。喔，老实告诉你，那时候我真想给你写封信，可是总没工夫，一直就拖下来了。

林丹太太　我很明白你的困难，娜拉。

娜　拉　克里斯蒂纳，我真不应该。喔，你真可怜！你一定吃了好些苦！他没给你留下点儿什么吗？

林丹太太　没有。

201

娜　　拉　也没孩子？

林丹太太　没有。

娜　　拉　什么都没有？

林丹太太　连个可以纪念的东西都没有。

娜　　拉　（瞧着她不敢相信）我的好克里斯蒂纳，真有这种事吗？

林丹太太　（一边伤心地笑着，一边抚摩她的头发）娜拉，有时候真有这种事。

娜　　拉　一个人孤孤单单的！这种日子怎么受得了！我有三个顶可爱的孩子！现在他们都跟保姆出去了，不能叫来给你瞧瞧。可是现在你得把你的事全都告诉我。

林丹太太　不，不，我要先听听你的话——

娜　　拉　不，你先说。今天我不愿意净说自己的事。今天我只想听你的。喔！可是有件事我得告诉你——也许你已经听说我们交了好运？

林丹太太　没听说。什么好运？

娜　　拉　你想想！我丈夫当了合资股份银行经理了。

林丹太太　你丈夫！哦，运气真好！

娜　　拉　可不是吗！做律师生活不稳定，尤其像托伐这样的，来历不明的钱他一个都不肯要。这一点我跟他意见完全一样。喔，你想我们现在多快活！一过新年他就要接事了，以后他就可以拿大薪水，分红利。往后我们的日子可就大不相同了——老实说，爱怎么过就可以怎么过了。喔，克里斯蒂纳，我心里真高兴，真快活！手里有钱，不用为什么事操心，你说痛快不痛快？

林丹太太　不错。不缺少日用必需品至少是桩痛快事！

娜　　拉　不单是不缺少日用必需品，还有大堆的钱——整堆整堆的钱！

林丹太太　（微笑）娜拉，娜拉，你的老脾气还没改？从前咱们一块儿念书时候你就是个顶会花钱的孩子。

娜　　拉　（笑）不错，托伐说我现在还是。（伸出食指指着她）可是"娜拉，娜拉"并不像你们说的那么不懂事。喔，我从来没机会可以乱花钱。我们俩都得辛辛苦苦地工作。

林丹太太　你也得工作吗？

娜　　拉　是的，做点轻巧活计，像编织、绣花一类的事情。（说到这儿，口气变得随随便便的）还得做点别的事。你是知道的，我们结婚的时候，托伐辞掉了政府机关的工作。那时候他的位置并不高,升不上去,薪水又不多,当然只好想办法额外多挣几个钱。我们结婚以后头一年,他拼命地工作,忙得要死。你知道,为了要多点收入,各种各样的额外工作他都得做,起早熬夜地不休息。日子长了他支持不住,害起重病来了。医生说他得到南边去疗养,病才好得了。

林丹太太　你们在意大利住了整整一年,是不是?

娜　拉　住了一整年。我告诉你,那段日子可真难对付。那时候伊娃刚生下来。可是,当然,我们不能不出门。喔,说起来那次旅行真是妙,救了托伐的命。可是钱也花得真不少,克里斯蒂纳!

林丹太太　我想大概少不了。

娜　拉　花了一千二百块!四千八百克朗①!你看数目大不大?

林丹太太　幸亏你们花得起。

娜　拉　你要知道,那笔钱是从我爸爸那儿弄来的。

林丹太太　喔,原来是这样。他正是那时候死的,是不是?

娜　拉　不错,正是那时候死的。你想!我不能回家服侍他!那时候我正等着伊娃生出来,并且还得照顾害病的托伐!唉,我那亲爱慈祥的爸爸!我没能再见他一面,克里斯蒂纳。喔,这是我结婚以后最难受的一件事。

林丹太太　我知道你最爱你父亲。后来你们就到意大利去了,是不是?

娜　拉　是。我们钱也有了,医生叫我们别再耽误时候。过了一个月我们就动身了。

林丹太太　回来时候你丈夫完全复原了吗?

娜　拉　完全复原了。

林丹太太　可是——刚才那位医生?

娜　拉　你说什么?

林丹太太　我记得刚才进门时候,你们的女用人说什么大夫来了。

娜　拉　哦,那是阮克大夫。他不是来看病的。他是我们顶要好的朋友,没有一天不来看我们。从那以后托伐连个小病都没有害过。几个孩子身体全都那么好,我自己也很好。(跳起来拍手)喔,克里斯蒂纳,克里斯蒂纳,活着过快活日子多有意思!咳,我真岂有此理!我又净说自己的事了。(在靠近

---

① 挪威旧币制单位为"元",在易卜生写这个剧本之前不久,改用了"克朗"新单位。

203

林丹太太的一张矮凳上坐下,两只胳臂搁在林丹太太的腿上)喔,别生气!告诉我,你是不是真不爱你丈夫?既然不爱他,当初你为什么跟他结婚?

林丹太太　那时候我母亲还在,病在床上不能动。我还有两个弟弟要照顾。所以那时候我觉得不应该拒绝他。

娜　拉　也许不应该。大概那时候他有钱吧?

林丹太太　他日子很过得去。不过他的事业靠不住,他死后事情就一败涂地了,一个钱都没留下。

娜　拉　后来呢?

林丹太太　后来我对付着开了个小铺子,办了个小学校,反正有什么做什么,想尽办法凑合过日子。这三年工夫在我是一个长期奋斗的过程。现在总算过完了,娜拉。苦命的母亲用不着我了,她已经去世了。两个弟弟也有事,可以照顾自己了。

娜　拉　现在你一定觉得很自由了!

林丹太太　不,不见得,娜拉。我心里只觉得说不出的空虚。活在世上谁也不用我操心!（心神不定,站起身来)所以在那偏僻冷静的地方我再也住不下去了。在这大地方,找点消磨时间——排遣烦闷的事情一定容易些。我只想找个安定的工作——像机关办公室一类的事情。

娜　拉　克里斯蒂纳,那种工作很辛苦,你的身体看上去已经很疲乏了。你最好到海边去休养一阵子。

林丹太太　（走到窗口)娜拉,我没有父亲供给我钱呀。

娜　拉　（站起来)喔,别生气。

林丹太太　（走近她)好娜拉,别见怪。像我这种境遇的人最容易发牢骚。像我这样的人活在世上并不为着谁,可是精神老是那么紧张。人总得活下去,因此我就变得这么自私,只会想自己的事。我听见你们交了好运——说起来也许你不信——我替你们高兴,尤其替自己高兴。

娜　拉　这话怎么讲?喔,我明白了!你想托伐也许可以帮你一点忙。

林丹太太　不错,我正是那么想的。

娜　拉　他一定肯帮忙,克里斯蒂纳。你把这事交给我。我会拐弯抹角想办法。我想个好办法先把他哄高兴了,他就不会不答应。喔,我真愿意帮你一把忙!

林丹太太　娜拉,你心肠真好,这么热心帮忙!像你这么个没经历过什么艰苦的人真是尤其难得。

娜　拉　我？我没经历过——？

林丹太太　（微笑）喔，你只懂得做点轻巧活计一类的事情。你还是个小孩子，娜拉。

娜　拉　（把头一扬，在屋子里走来走去）喔，你别摆出老前辈的架子来！

林丹太太　是吗？

娜　拉　你跟他们都一样。你们都觉得我这人不会做正经事——

林丹太太　嗯，嗯——

娜　拉　你们都以为在这烦恼世界里我没经过什么烦恼事。

林丹太太　我的好娜拉，刚才你不是已经把你的烦恼事都告诉我了吗？

娜　拉　哼，那点小事情算得了什么！（低声）大事情我还没告诉你呢。

林丹太太　大事情？这话怎么讲？

娜　拉　克里斯蒂纳，我知道你瞧不起我，可是你不应该小看我。你辛辛苦苦供养你母亲那么些年，你觉得很得意。

林丹太太　我实在谁也没看不起。不过想起了母亲临死那几年我能让她宽心过日子，我心里确是又得意又高兴。

娜　拉　想起了给两个弟弟出了那些力，你也觉得很得意。

林丹太太　难道我不应该得意吗？

娜　拉　当然应该。可是，克里斯蒂纳，现在让我告诉你，我也做过一件又得意又高兴的事情。

林丹太太　这话我倒信。你说的是什么事？

娜　拉　嘘！声音小一点！要是让托伐听见，那可不得了！别让他听见——千万使不得！克里斯蒂纳，这件事，除了你，我谁都不告诉。

林丹太太　究竟是什么事？

娜　拉　你过来。（把林丹太太拉到沙发上，叫她坐在自己旁边）克里斯蒂纳，我也做过一桩又得意又高兴的事情。我救过托伐的命。

林丹太太　救过他的命？怎么救的？

娜　拉　我们到意大利去的事情我刚才已经说过了。要不亏那一次旅行，托伐的命一定保不住。

林丹太太　那我知道。你们花的钱是你父亲供给的。

娜　拉　（含笑）不错，托伐和别人全都那么想。可是——

林丹太太　可是怎么样？

娜　　拉　可是爸爸一个钱都没给我们。筹划那笔款子的人是我。

林丹太太　是你？那么大一笔款子？

娜　　拉　一千二百块。四千八百克朗。你觉得怎么样？

林丹太太　我的好娜拉，那笔钱你怎么弄来的？是不是买彩票中了奖？

娜　　拉　（鄙视的表情）买彩票？哼！那谁都会！

林丹太太　那么，那笔钱你从什么地方弄来的？

娜　　拉　（嘴里哼着，脸上露出一副叫人捉摸不透的笑容）哼！特拉——拉——拉——拉！

林丹太太　当然不会是你借来的。

娜　　拉　不会？为什么不会？

林丹太太　做老婆的不得她丈夫的同意没法子借钱。

娜　　拉　（把头一扬）喔！要是做老婆的有点办事能力，会想办法——

林丹太太　娜拉，我实在不明白——

娜　　拉　你用不着明白。我没说钱是借来的。除了借，我还有好些别的办法。（往后一仰，靠在沙发上）也许是从一个爱我的男人手里弄来的。要是一个女人长得像我这么漂亮——

林丹太太　你太无聊了，娜拉。

娜　　拉　克里斯蒂纳，我知道你急于要打听这件事。

林丹太太　娜拉，你听我说，这件事你是不是做得太鲁莽了点儿？

娜　　拉　（重新坐直身子）搭救丈夫的性命能说是鲁莽吗？

林丹太太　我觉得你瞒着他就是太鲁莽。

娜　　拉　可是一让他知道这件事，他的命就保不住。你明白不明白？不用说把这件事告诉他，连他自己病到什么地步都不能让他知道。那些大夫偷偷地跟我说，他的病很危险，除了到南边去过个冬，没有别的办法能救他的命。你以为一开头我没使过手段吗？我假意告诉他，像别人的年轻老婆一样，我很想出门玩一趟。他不答应，我就一边哭一边央告他为我的身体想一想，不要拒绝我。并且我的话里还暗示着要是没有钱，可以跟人借。克里斯蒂纳，谁知道他听了我的话非常不高兴，几乎发脾气。他埋怨我不懂事，还说他做丈夫的不应该由着我这么任性胡闹。他尽管那么说，我自己心里想，"好吧，反正我一定得想法子救你的命。"后来我就想出办法来了。

林丹太太　难道你父亲从来没告诉你丈夫,钱不是从他那儿借的吗?

娜　拉　没有,从来没有。爸爸就是那时候死的。我本打算把这事告诉我爸爸,叫他不要跟人说。可是他病得很厉害,所以就用不着告诉他了。

林丹太太　你也没在你丈夫面前说实话?

娜　拉　嗳呀!这话亏你怎么问得出!他最恨的是跟人家借钱,你难道要我把借钱的事告诉他?再说,像托伐那么个好胜、要面子的男子汉,要是知道受了我的恩惠,那得多惭愧,多难受呀!我们俩的感情就会冷淡,我们的美满快乐的家庭就会改样子。

林丹太太　你是不是永远不打算告诉他?

娜　拉　(若有所思,半笑半不笑地)唔,也许有一天会告诉他,到好多好多年之后,到我不像现在这么——这么漂亮的时候。你别笑!我的意思是说等托伐不像现在这么爱我,不像现在这么喜欢看我跳舞、化装演戏的时候。到那时候我手里留着点东西也许稳当些。(把话打住)喔,没有的事,没有的事!那种日子永远不会来。克里斯蒂纳,你听了我的秘密事觉得怎么样?现在你还能说我什么事都不会办吗?你要知道我的心血费得很不少。按时准期付款不是开玩笑。克里斯蒂纳,你要知道商业场中有什么分期交款、按季付息一大些名目都是不容易对付的。因此我就只能东拼西凑,到处想办法。家用里头省不出多少钱,因为我当然不能让托伐过日子受委屈。我也不能让孩子们穿得太不像样,凡是孩子们的钱我都花在孩子们身上,这些小宝贝!

林丹太太　可怜的娜拉,你只好拿自己的生活费贴补家用。

娜　拉　那还用说。反正这件事是我一个人在筹划。每逢托伐给我钱叫我买衣服什么的时候,我老是顶多花一半,买东西老是挑最简单最便宜的。幸亏我穿戴什么都好看,托伐从来没疑心过。可是,克里斯蒂纳,我心里时常很难过,因为衣服穿得好是桩痛快事,你说对不对?

林丹太太　一点儿都不错。

娜　拉　除了那个,我还用别的法子去弄钱。去年冬天运气好,弄到了好些抄写的工作。我每天晚上躲在屋子里一直抄到后半夜。喔,有时候我实在累得不得了。可是能这么做事挣钱,心里很痛快。我几乎觉得自己像一个男人。

林丹太太　你的债究竟还清了多少？

娜　拉　这很难说。那种事不大容易弄清楚。我只知道凡是能拼拼凑凑弄到手的钱全都还了债。有时候我真不知道应该怎么办。（微笑）我时常坐着心里瞎想，好像有个阔人把我爱上了。

林丹太太　什么！那阔人是谁？

娜　拉　并不是真有那么个人！是我心里瞎想的，只当他已经死了，人家拆开他的遗嘱时，看见里面用大字写着："把我死后所有的财产立刻全部交给那位可爱的娜拉·海尔茂太太。"

林丹太太　喔，我的好娜拉，你说的那人究竟是谁？

娜　拉　唉，你还不明白吗？并不是真有那么个人。那不过是我需要款子走投无路时的穷思极想。可是现在没关系了。那个讨厌的老东西现在有没有都没关系了。连人带遗嘱都不在我心上了，我的艰难日子已经过完了。（跳起来）喔，克里斯蒂纳，想起来心里真痛快！我完全不用再操心了！真自由！每天跟孩子们玩玩闹闹，把家里一切事情完全按照托伐的意思安排得妥妥当当的。大好的春光快来了，一片长空，万里碧云，那该多美呀！到时候我们也许有一次短期旅行。也许我又可以看见海了。喔，活在世上过快活日子多有意思！

〔门厅铃响。

林丹太太　（站起来）外头有人按铃。我还是走吧。

娜　拉　不，别走。没人会上这儿来。那一定是找托伐的。

爱　伦　（在门洞里）太太，外头有位男客要见海尔茂先生。

娜　拉　是谁？

柯洛克斯泰　（在门洞里）海尔茂太太，是我。

〔林丹太太吃了一惊，急忙躲到窗口去。

娜　拉　（走近柯洛克斯泰一步，有点着急，低声说道）原来是你？什么事？你要见我丈夫干什么？

柯洛克斯泰　可以说是——银行的事吧。我在合资股份银行里是个小职员，听说你丈夫就要做我们的新经理了。

娜　拉　因此你——

柯洛克斯泰　不是别的，是件讨厌的公事，海尔茂太太。

娜　拉　那么请你到书房去找他吧。

〔柯洛克斯泰转身走出去。娜拉一边冷淡地打招呼,一边把通门厅的门关上。她回到火炉边,对着火出神。

林丹太太　娜拉——刚才来的那人是谁?

娜　　拉　他叫柯洛克斯泰——是个律师。

林丹太太　这么说起来真是他?

娜　　拉　你认识他吗?

林丹太太　从前认识——那是好多年前的事了。那时候他在我们那儿一个律师事务所里做事。

娜　　拉　不错,他在那儿做过事。

林丹太太　他样子可改多了!

娜　　拉　听说从前他们夫妻很别扭。

林丹太太　现在他是不是单身汉?

娜　　拉　是,他带着几个孩子过日子。好! 火旺起来了!

〔娜拉关上炉门,把摇椅往旁边推一推。

林丹太太　人家说,他做的事不怎么太体面。

娜　　拉　真的吗? 不见得吧。我不知道。咱们不谈那些事——讨厌得很。

〔阮克医生从海尔茂书房里走出来。

阮　　克　(还在门洞里)不,不,我要走了。我在这儿会打搅你。我去找你太太说说话。(把书房门关好,一眼看见林丹太太)哦,对不起。我到这儿也碍事。

娜　　拉　没关系,没关系。(给他们介绍)这是阮克大夫——这是林丹太太。

阮　　克　喔,不错,我常听说林丹太太的名字。好像刚才我上楼时咱们碰见的。

林丹太太　是的,我走得很慢。我最怕上楼梯。

阮　　克　哦——你身体不大好?

林丹太太　没什么。就是工作太累了。

阮　　克　没别的病? 那么,不用说,你是进城休养散闷来了。

林丹太太　不,我是进城找工作来的。

阮　　克　找工作? 那是休养的好办法吗?

林丹太太　人总得活下去,阮克大夫。

阮　　克　不错,人人都说这句话。

娜　　拉　喔,阮克大夫,你自己也想活下去。

阮　　克　那还用说。尽管我活着是受罪,能多拖一天,我总想拖一天。到我这儿看病的人都有这么个傻想头。道德有毛病的人也是那么想。这时候在里头跟海尔茂说话的人就是害了道德上治不好的毛病。

林丹太太　（低声）唉!

娜　　拉　你说的是谁?

阮　　克　喔,这人你不认识,他叫柯洛克斯泰,是个坏透了的人。可是他一张嘴,就说要活命,好像活命是件了不起的事情似的。

娜　　拉　真的吗?他找托伐干什么?

阮　　克　我不清楚,好像是为银行的事情。

娜　　拉　我从前不知道柯洛克——这位柯洛克斯泰先生跟银行有关系。

阮　　克　有关系。他是银行里的什么职员。（向林丹太太）我不知道你们那儿有没有一批人,东抓抓,西闻闻,到处搜索别人道德上的毛病,要是让他们发现了一个有毛病的人,他们就摆开阵势包围他,盯着他不放松。身上没毛病的人,他们连理都不爱理。

林丹太太　我想有毛病的人确是需要多照顾。

阮　　克　（耸耸肩膀）对了!大家都这么想,所以咱们的社会变了一所大医院。

〔娜拉正在想心事,忽然低声笑起来,拍拍手。

阮　　克　你笑什么?你懂得什么叫"社会"?

娜　　拉　谁高兴管你们那讨厌的社会?我刚才笑的是别的事——一桩非常好玩的事。阮克大夫,我问你,是不是银行里的职员现在都归托伐管了?

阮　　克　你觉得非常好玩的事就是这个?

娜　　拉　（一边笑一边哼）没什么,没什么!（在屋里走来走去）想起来真有趣,我们——托伐可以管这么些人。（从衣袋里掏出纸袋来）阮克大夫,你要不要吃块杏仁甜饼干?

阮　　克　什么!杏仁甜饼干!我记得你们家不准吃这个。

娜　　拉　不错。这是克里斯蒂纳送给我的。

林丹太太　什么!我——?

娜　　拉　喔,没什么!别害怕。你当然不知道托伐不准吃。他怕我把牙齿吃坏了。喔,别管它,吃一回没关系!这块给你,阮克大夫!（把一块饼干送到他嘴里）你也吃一块,克里斯蒂纳。你们吃,我也吃一块——只吃一小块,顶多吃两块。（又来回地走）喔,我真快活!我只想做一件事。

阮　克　什么事？

娜　拉　一件要跟托伐当面说的事。

阮　克　既然想说，为什么不说？

娜　拉　我不敢说，说出来很难听。

林丹太太　难听？

阮　克　要是难听，还是不说好。可是在我们面前你不妨说一说。你想跟海尔茂当面说什么？

娜　拉　我恨不得说"我该死"！

阮　克　你疯了？

林丹太太　嗳呀，娜拉——

阮　克　好——他来了。

娜　拉　（把饼干袋藏起来）嘘！嘘！嘘！

〔海尔茂从自己屋里走出来，帽子拿在手里，外套搭在胳臂上。

娜　拉　（迎上去）托伐，你把他打发走了吗？

海尔茂　他刚走。

娜　拉　让我给你介绍，这是克里斯蒂纳，刚进城。

海尔茂　克里斯蒂纳？对不起，我不认识——

娜　拉　托伐，她就是林丹太太——克里斯蒂纳·林丹。

海尔茂　（向林丹太太）不错，不错！大概是我太太的老同学吧？

林丹太太　一点不错，我们从小就认识。

娜　拉　你想想！她这么大老远地专诚来找你。

海尔茂　找我！

林丹太太　也不一定是——

娜　拉　克里斯蒂纳擅长簿记，她一心想在一个能干人手下找点事情做，为的是自己可以进修学习。

海尔茂　（向林丹太太）这意思很好。

娜　拉　她听说你当了经理——这消息她是在报上看见的——马上就赶来了，托伐，看在我面上，给克里斯蒂纳想想办法，行不行？

海尔茂　这倒不是做不到的事。林丹太太，现在你是单身人吧？

林丹太太　可不是吗！

海尔茂　有簿记的经验？

林丹太太　不算很少。

海尔茂　好吧,既然这样,我也许可以给你找个事情做。

娜　拉　(拍手)你看!你看!

海尔茂　林丹太太,你这回来得真凑巧。

林丹太太　喔,我不知该怎么谢你才好。

海尔茂　用不着谢。(穿上外套)对不起,我要失陪会儿。

阮　克　等一等,我跟你一块儿走。(走到外厅把自己的皮外套拿进来,在火上烤烤)

娜　拉　别多耽搁,托伐。

海尔茂　一个钟头,不会再多。

娜　拉　你也要走,克里斯蒂纳?

林丹太太　(穿外套)是,我得找个住的地方。

海尔茂　那么咱们一块儿走好不好?

娜　拉　(帮她穿外套)可惜我们没有空屋子,没法子留你住——

林丹太太　我不想打搅你们。再见,娜拉,谢谢你。

娜　拉　回头见。今儿晚上你一定得来。阮克大夫,你也得来。你说什么?身体好就来?今儿晚上你不会害病。只要穿暖和点儿。(他们一边说话一边走到门厅里。外头楼梯上有好几个小孩子说话的声音)他们回来了!他们回来了!(她跑过去开门。保姆安娜带着孩子们走进门厅)进来!进来!(弯腰吻孩子们)喔,我的小宝贝!你看见没有,克里斯蒂纳?他们可爱不可爱?

阮　克　咱们别站在风口里说话。

海尔茂　走吧,林丹太太。这股冷风只有做妈妈的受得了。

　　　　〔阮克医生、海尔茂、林丹太太一块儿下楼梯。安娜带着孩子进屋来,娜拉也走进屋来,把门关好。

娜　拉　你们真精神,真活泼!小脸儿多红!红得像苹果,也像玫瑰花。(娜拉说下面一段话时,三个孩子也跟母亲叽里呱啦说不完)你们玩儿得好不好?太好了!喔,真的吗!你推着爱密跟巴布坐雪车!——一个人推两个,真能干!伊娃,你简直像个大人了。安娜,让我抱她一会儿。我的小宝贝!(从保姆手里把顶小的孩子接过来,抱着她在手里跳)好,好,妈妈也跟巴布跳。什么?刚才你们玩雪球了?喔,可惜我没跟你们在一块儿。

安娜,你撒手,我给他们脱。喔,让我来,真好玩儿。你冻坏了,快上自己屋里去暖和暖和吧。炉子上有热咖啡。(保姆走进左边屋子。娜拉给孩子们脱衣服,把脱下来的东西随手乱扔,孩子们一齐乱说话)真的吗!一只大狗追你们?没咬着你们吧?别害怕,狗不咬乖宝贝。伊娃,别偷看那些纸包。这是什么?你猜猜。留神,它会咬人!什么?咱们玩点什么?玩什么呢?捉迷藏?好,好,咱们就玩捉迷藏。巴布先藏。你们要我先藏?

〔她跟三个孩子在这间和右边连着的那间屋子里连笑带嚷地玩起来。末了,娜拉藏在桌子底下,孩子们从外头跑进来,到处乱找,可是找不着,忽然听见她咯儿一声笑,他们一齐跑到桌子前,揭起桌布,把她找着了。一阵大笑乱嚷。娜拉从桌子底下爬出来,装作要吓唬他们的样子。又是一阵笑嚷。在这当口,有人在敲通门厅的门,可是没人理会。门自己开了一半,柯洛克斯泰在门口出现。他站在门口等了会儿,娜拉跟孩子们还在玩耍。

柯洛克斯泰　对不起,海尔茂太太——

娜　拉　(低低叫了一声,转过身来,半跪在地上)哦!你来干什么?

柯洛克斯泰　对不起,外头的门是开着的,一定是有人出去忘了关。

娜　拉　(站起来)柯洛克斯泰先生,我丈夫不在家。

柯洛克斯泰　我知道。

娜　拉　那么你来干什么?

柯洛克斯泰　我来找你说句话。

娜　拉　找我说话?(低声告诉孩子们)你们进去找安娜。什么?别害怕,生人不会欺负妈妈。等他走了咱们再玩。(把孩子们送到左边屋子里,关好门。心神不定)你要找我说话?

柯洛克斯泰　不错,要找你说话。

娜　拉　今天就找我?还没到一号呢——

柯洛克斯泰　今天是二十四号,是圣诞节的前一天。这个节能不能过得好全在你自己。

娜　拉　你要干什么,今天款子我没预备好。

柯洛克斯泰　暂时不用管那个。我来是为别的事。你有工夫吗?

娜　拉　喔,有工夫,可是——

柯洛克斯泰　好。刚才我在对门饭馆里,看见你丈夫在街上走过去——

娜　拉　怎么样？

柯洛克斯泰　陪着一位女客。

娜　拉　又怎么样？

柯洛克斯泰　请问你那女客是不是林丹太太？

娜　拉　是。

柯洛克斯泰　她是不是刚进城？

娜　拉　不错，今天刚进城。

柯洛克斯泰　大概她是你的好朋友吧？

娜　拉　是。可是我不明白——

柯洛克斯泰　从前我也认识她。

娜　拉　我知道你认识她。

柯洛克斯泰　哦！原来你都知道。我早就猜着了。现在老实告诉我，是不是林丹太太在银行里有事了？

娜　拉　柯洛克斯泰先生，你是我丈夫手下的人，怎么敢这么盘问我？不过你既然要打听，我索性告诉你。一点儿都不假，林丹太太就要进银行。举荐她的人就是我，柯洛克斯泰先生。现在你都明白了？

柯洛克斯泰　这么说，我都猜对了。

娜　拉　（走来走去）你看，一个人有时候多少也有点儿力量。并不是做了女人就——柯洛克斯泰先生，一个人在别人手下做事总得格外小心点儿，别得罪那——那——

柯洛克斯泰　别得罪那有力量的人？

娜　拉　一点都不错。

柯洛克斯泰　（换一副口气）海尔茂太太，你肯不肯用你的力量帮我点儿忙？

娜　拉　什么？这话怎么讲？

柯洛克斯泰　你肯不肯想办法帮我保全我在银行里的小位置？

娜　拉　这话我不懂。谁想抢你的位置？

柯洛克斯泰　喔，你不用装糊涂。我知道你的朋友躲着不肯见我。我也知道把我开除了谁补我的缺。

娜　拉　可是我实在——

柯洛克斯泰　也许你真不知道。干脆一句话，趁着现在还来得及，我劝你赶紧用你的力量挡住这件事。

娜　拉　柯洛克斯泰先生,我没力量挡住这件事——一点儿力量都没有。

柯洛克斯泰　没有?我记得刚才你还说——

娜　拉　我说的不是那意思。我!你怎么会以为我在丈夫身上有这么大力量?

柯洛克斯泰　喔,从前我们同学时候我就知道你丈夫的脾气。我想他不见得比别人的丈夫难支配。

娜　拉　要是你说话时对我丈夫不尊敬,我就请你走出去。

柯洛克斯泰　夫人,你的胆子真不小。

娜　拉　我现在不怕你了。过了一月一号,我很快就会把那件事整个儿摆脱了。

柯洛克斯泰　(耐着性子)海尔茂太太,你听我说。到了必要的时候,我会为我银行的小位置跟人家拼命。

娜　拉　不错,我看你会。

柯洛克斯泰　我并不专为那薪水,那个我最不放在心上。我为的是别的事。嗯,我索性老实都对你说了吧。我想,你跟别人一样,一定听说过好些年前我闹了点小乱子。

娜　拉　我好像听说有那么一回事。

柯洛克斯泰　事情虽然没闹到法院去,可是从此以后我的路全让人家堵住了。后来我就干了你知道的那个行业。我总得抓点事情做,在那个行业里我不能算是最狠心的人。现在我想洗手不干了。我的儿子都长大了,为了他们的前途,我必须尽力恢复我自己的名誉,好好儿爬上去,重新再做人。我在那银行里的小位置是我往上爬的第一步,想不到你丈夫要把我一脚踢下来,叫我再跌到泥坑里。

娜　拉　柯洛克斯泰先生,老实告诉你,我真没力量帮助你。

柯洛克斯泰　那是因为你不愿意帮忙。可是我有法子硬逼你。

娜　拉　你是不是要把借钱的事告诉我丈夫?

柯洛克斯泰　唔,要是我真告诉他又怎么样?

娜　拉　那你就太丢人了。(带着哭声)想想,我这件又高兴又得意的秘密事要用这么不漂亮的方式告诉他——并且还是从你嘴里说出来。他知道了这件事会给我惹许多烦恼。

柯洛克斯泰　仅仅是烦恼?

娜　拉　(赌气)好,你尽管告诉他。到后来最倒霉的还是你自己,因为那时候

215

我丈夫会看出你这人多么坏,你的位置一定保不住。

柯洛克斯泰　我刚才问你是不是只怕在家庭里闹别扭?

娜　　拉　要是我丈夫知道了,他当然会把我欠你的钱马上都还清,从此以后我们跟你就再也不相干了。

柯洛克斯泰　(走近一步)海尔茂太太,听我告诉你。不是你记性太坏,就是你不大懂得做生意的规矩。我一定要把事情的底细跟你说一说。

娜　　拉　你究竟是怎么回事?

柯洛克斯泰　你丈夫害病的时候,你来找我要借一千二百块钱。

娜　　拉　我没有别的地方可以想法子。

柯洛克斯泰　当时我答应给你想法子。

娜　　拉　后来你果然把钱给我借来了。

柯洛克斯泰　我答应给你弄钱的时候,有几个条件。当时你只顾着你丈夫,急于把钱弄到手让他出门去养病,大概没十分注意那些小节目。现在让我提醒你一下。我借钱给你的时候,要你在我写的一张借据上签个字。

娜　　拉　不错,我签了字。

柯洛克斯泰　不错,你签了字。可是后来我又在那借据上加了几句话,要你父亲做保人。你父亲应该签个字。

娜　　拉　应该签?他确是签了字。

柯洛克斯泰　我把借据的日期空着没填写。那就是说,要你父亲亲笔签字填日期。这件事你还记得不记得?

娜　　拉　不错,我想大概是——

柯洛克斯泰　后来我把借据交给你,要你从邮局寄给你父亲。这话对不对?

娜　　拉　对。

柯洛克斯泰　不用说,你一定是马上寄去的,因为没过五六天你就把借据交给我,你父亲已经签了字,我也就把款子交给你了。

娜　　拉　难道后来我没按日子还钱吗?

柯洛克斯泰　日子准得很。可是咱们还是回到主要的问题上来吧。海尔茂太太,那时候你是不是正为一件事很着急?

娜　　拉　一点儿都不错。

柯洛克斯泰　是不是因为你父亲病得很厉害?

娜　　拉　不错,他躺在床上病得快死了。

柯洛克斯泰　不久他果然就死了？

娜　　拉　是的。

柯洛克斯泰　海尔茂太太，你还记得他死的日子是哪一天？

娜　　拉　他是九月二十九死的。

柯洛克斯泰　一点都不错。我仔细调查过。可是这里头有件古怪事——（从身上掏出一张纸）叫人没法子解释。

娜　　拉　什么古怪事？我不知道——

柯洛克斯泰　海尔茂太太，古怪的是，你父亲死了三天才在这张纸上签字！

娜　　拉　什么？我不明白——

柯洛克斯泰　你父亲是九月二十九死的。可是你看，他签字的日子是十月二号！海尔茂太太，你说古怪不古怪？（娜拉不做声）你能说出这是什么道理吗？（娜拉还是不做声）另外还有一点古怪的地方，"十月二号"跟年份那几个字不是你父亲的亲笔，是别人代写的，我认识那笔迹。不过这一点还有法子解释。也许你父亲签了字忘了填日子，别人不知道他死了，胡乱替他填了个日子。这也算不了什么。问题都在签名上头。海尔茂太太，不用说，签名一定是真的喽？真是你父亲的亲笔喽？

娜　　拉　（等了会儿，把头往后一仰，狠狠地瞧着柯洛克斯泰）不，不是他的亲笔。是我签的父亲的名字。

柯洛克斯泰　啊！夫人，你知道不知道承认这件事非常危险？

娜　　拉　怎么见得？反正我欠你的钱都快还清了。

柯洛克斯泰　我再请问一句话，为什么那时候你不把借据寄给你父亲？

娜　　拉　我不能寄给他。那时候我父亲病得很厉害。要是我要他在借据上签字，那我就一定得告诉他，我为什么需要那笔钱。他病得正厉害，我不能告诉他，我丈夫的病很危险。那万万使不得。

柯洛克斯泰　既然使不得，当时你就不如取消你们出国旅行的计划。

娜　　拉　那也使不得，不出门养病，我丈夫一定活不成，我不能取消那计划。

柯洛克斯泰　可是难道你没想到你是欺骗我？

娜　　拉　这事当时我并没放在心上。我一点儿都没顾到你。那时候你虽然明知我丈夫病得那么厉害，可是还千方百计刁难我，我简直把你恨透了。

柯洛克斯泰　海尔茂太太，你好像还不知道自己犯了什么罪。老实告诉你，从前我犯的正是那么一桩罪，那桩罪弄得我身败名裂，在社会上到处难以站脚。

娜　拉　你？难道你也冒险救过你老婆的性命？

柯洛克斯泰　法律不考虑动机。

娜　拉　那么那一定是笨法律。

柯洛克斯泰　笨也罢,不笨也罢,要是我拿这张借据到法院去告你,他们就可以按照法律惩办你。

娜　拉　我不信。难道法律不许女儿想法子让病得快死的父亲少受些烦恼吗？难道法律不许老婆搭救丈夫的性命吗？我不大懂法律,可是我想法律上总该有那样的条文允许人家做这些事。你,你是个律师,难道不懂得？看起来你一定是个坏律师,柯洛克斯泰先生。

柯洛克斯泰　也许是。可是像咱们眼前这种事我懂得。你信不信？好,信不信由你。不过我得告诉你一句话,要是有人二次把我推到沟里去,我要拉你做伴儿。(鞠躬,从门厅走出去)

娜　拉　(站着想了会儿,把头一扬)喔,没有的事！他想吓唬我。我也不会那么傻。(动手整理孩子们刚才脱下来的衣服。住手)可是——？不会,不会！我干那件事是为我丈夫。

孩子们　(在左边门口)妈妈,生人走了。

娜　拉　我知道,我知道。你们别告诉人有生客到这儿来过。听见没有？连爸爸都别告诉！

孩子们　听见了,妈妈。可是你还得跟我们玩儿。

娜　拉　不,不,现在不行。

孩子们　喔,妈妈,来吧,刚才你答应我们的。

娜　拉　不错,可是现在不行。快上你们自己屋里去。我有好些事呢。快去,快去,乖乖的,我的小宝贝！(轻轻把孩子们推进里屋,把门关上。转身坐在沙发上,挑了几针花,手又停住了)不会！(丢下手里的活计,站起身来,走到门厅口喊)爱伦,把圣诞树搬进来。(走到左边桌子前,开抽屉,手又停下来)喔,不会有事的！

爱　伦　(搬着圣诞树)太太,搁在哪儿？

娜　拉　那儿,屋子中间。

爱　伦　还要别的东西不要？

娜　拉　谢谢你,东西都齐了,不要什么了。

〔爱伦搁下圣诞树,转身走出去。

娜　拉　(忙着装饰圣诞树)这儿得插支蜡烛,那儿得挂几朵花。那个人真可恶!没关系!没什么可怕的!圣诞树一定要打扮得漂亮。托伐,我要想尽办法让你高兴。我给你唱歌,我给你跳舞,我还给你——

〔说到这儿,海尔茂胳臂底下夹着文件,从门厅里走进来。

娜　拉　喔,这么快就回来了?
海尔茂　是。这儿有人来过没有?
娜　拉　这儿?没有。
海尔茂　这就怪了。我看见柯洛克斯泰从咱们这儿走出去。
娜　拉　真的吗?喔,不错,我想起来了,他来过一会儿。
海尔茂　娜拉,从你脸上我看得出他来求你给他说好话。
娜　拉　是的。
海尔茂　他还叫你假装说是你自己的意思,并且叫你别把他到这儿来的事情告诉我,是不是?
娜　拉　是,托伐。不过——
海尔茂　娜拉,娜拉!你居然做得出这种事!跟那么个人谈话!还答应他要求的事情!并且还对我撒谎!
娜　拉　撒谎?
海尔茂　你不是说没人来过吗?(伸出一只手指头吓唬她)我的小鸟儿以后再不准撒谎!唱歌的鸟儿要唱得清清楚楚,不要瞎唱。(一只胳臂搂着她)你说对不对?应该是这样。(松开胳臂)现在咱们别再谈这个了。(在火炉前面坐下)喔!这儿真暖和,真舒服!(翻看文件)
娜　拉　(忙着装饰圣诞树,过了会儿)托伐!
海尔茂　干什么?
娜　拉　我在盼望后天斯丹保家的化装跳舞会。
海尔茂　我倒急于要看看你准备了什么新鲜节目。
娜　拉　喔,说起来真心烦!
海尔茂　为什么?
娜　拉　因为我想不出什么好节目。什么节目都无聊,都没意思。
海尔茂　小娜拉居然明白了?
娜　拉　(站在海尔茂椅子后面,两只胳臂搭在椅背上)托伐,你是不是很忙?
海尔茂　唔——

娜　拉　那一堆是什么文件？

海尔茂　银行的公事。

娜　拉　你已经办公了？

海尔茂　我得了原经理的同意，人事和机构方面都要做一些必要的调整。我要趁着圣诞节把这些事赶出来，一到新年事情就都办齐了。

娜　拉　难怪柯洛克斯泰——

海尔茂　哼！

娜　拉　（还是靠在椅背上，慢慢地抚摩海尔茂的头发）托伐，要不是你这么忙，我倒想向你求个大人情。

海尔茂　什么人情？快说！

娜　拉　谁的审美能力都赶不上你。我很想在后天化装跳舞会上打扮得漂亮点儿。托伐，你能不能给我帮忙出主意，告诉我扮个什么样儿的角色，穿个什么样儿的服装？

海尔茂　啊哈！你这任性的孩子居然也会自己没主意向人家求救。

娜　拉　喔，托伐，帮我想想办法吧。你要是不帮忙，我就没主意了。

海尔茂　好，好，让我仔细想一想。咱们反正有办法。

娜　拉　谢谢你！（重新走到树旁。过了会儿）那几朵红花多好看。托伐，我问你，这个柯洛克斯泰犯过的事当真很严重吗？

海尔茂　伪造签字，一句话都在里头了。你懂得这四个字的意思不懂得？

娜　拉　他也许是不得已吧？

海尔茂　不错，他也许像有些人似的完全是粗心鲁莽。我也不是那种狠心肠的人，为了一桩错处就把人家骂得一文不值。

娜　拉　托伐，你当然不是那等人。

海尔茂　犯罪的人只要肯公开认罪，甘心受罚，就可以恢复名誉。

娜　拉　受罚？

海尔茂　可是柯洛克斯泰并没这么做。他使用狡猾手段，逃避法律的制裁，后来他的品行越来越堕落，就没法子挽救了。

娜　拉　你觉得他——

海尔茂　你想，一个人干了那种亏心事就不能不成天撒谎、做假、欺骗。这种人就是当着他们最亲近的人——当着自己的老婆孩子——也不能不戴上一副假面具。娜拉，最可怕的是这种人在自己儿女身上发生的坏影响。

娜　拉　为什么?

海尔茂　因为在那种撒谎欺骗的环境里,家庭生活全部沾染了毒气。孩子们呼吸的空气里都有罪恶的细菌。

娜　拉　(从后面靠得更近些)真的吗?

海尔茂　我的宝贝,我当了多少年律师,这一类事情见得太多了。年轻人犯罪的案子差不多都可以追溯到撒谎的母亲身上。

娜　拉　为什么你只说母亲?

海尔茂　当然父亲的影响也一样,不过一般说都是受了母亲的影响。这一点凡是做律师的都知道。这个柯洛克斯泰这些年一直是在欺骗撒谎,害他自己的儿女,所以我说他的品行已经堕落到不可救药的地步。(把一双手伸给她)我的娜拉宝贝一定得答应我,别再给他说好话。咱们拉拉手。怎么啦?把手伸出来。这才对,咱们现在说好了。我告诉你,要我跟他在一块儿工作简直做不到。跟这种人待在一块儿真是不舒服。

〔娜拉把手抽回来,走到圣诞树的那一边。

娜　拉　这儿好热,我事情还多得很。

海尔茂　(站起来,收拾文件)好,我也要在饭前看几个文件,并且还得给你想服装。也许我还能给你想点用金纸包着挂在圣诞树上的东西。(把手按在她头上)我的宝贝小鸟儿!(说完之后走进书房,把门关上)

娜　拉　(过了会儿,低声地)没有的事。不会有的事!

安　娜　(在左边门口)孩子们怪可怜地嚷着要上妈妈这儿来。

娜　拉　不行,不行,别让他们上我这儿来!安娜,让他们跟着你。

安　娜　好吧,太太。(把门关上)

娜　拉　(吓得面如土色)带坏我的儿女!害我的家庭!(顿了一顿,把头一扬)这话靠不住!不会有的事!

第 二 幕

〔还是第一幕那间屋子。墙角的钢琴旁边立着一棵圣诞树,树上的东西都摘干净了,蜡烛也点完了。娜拉的外套和帽子扔在沙发上。

〔娜拉心烦意乱地独自在屋里走来走去,突然在沙发前面站住,拿起外套。

娜　拉　(又把外套丢下)外头有人来了!(走到通门厅的门口仔细听)没人。今天是圣诞节,当然不会有人来。明天也不会有。可是也许——(开门往外看)信箱里没有信。里头是空的,什么都没有。(走向前来)胡说八道!他不过说说罢了。这种事情不会有!决没有的事。我有三个孩子。

〔安娜拿着一只大硬纸盒从左边走进来。

安　娜　我好容易把化装衣服连盒子找着了。

娜　拉　谢谢你,把盒子搁在桌上吧。

安　娜　(把盒子搁在桌子上)那衣服恐怕得好好整理一下子。

娜　拉　我恨不得把衣服撕成碎片儿!

安　娜　使不得。不太难整理。耐点性儿就行了。

娜　拉　我去找林丹太太来帮忙。

安　娜　您还出门吗,太太? 这么冷的天!别把自己冻坏了。

娜　拉　或许还有更坏的事呢!孩子们在干什么?

安　娜　小宝贝都在玩圣诞节的玩意儿,可是——

娜　拉　他们想找我吗?

安　娜　您想,他们一向跟惯了妈妈。

娜　拉　不错,可是,安娜,以后我可不能常跟他们在一块儿了。

安　娜　好在孩子们什么事都容易习惯。

娜　拉　真的吗？你看，要是他们的妈妈走掉了，他们也会不想她吗？

安　娜　什么话！走掉了？

娜　拉　安娜，我时常奇怪你怎么舍得把自己孩子交给不相干的外头人。

安　娜　因为我要给我的小娜拉姑娘当奶妈，就不能不那么办。

娜　拉　你怎么能下那种决心？

安　娜　我有那么个好机会为什么不下决心？一个上了男人的当的苦命女孩子什么都得将就点儿。那个没良心的坏家伙扔下我不管了。

娜　拉　你女儿也许把你忘了。

安　娜　喔，太太，她没忘。她在行坚信礼①和结婚的时候都有信给我。

娜　拉　(搂着安娜)我的亲安娜，我小时候你待我像母亲一个样儿。

安　娜　可怜的小娜拉除了我就没有母亲了。

娜　拉　要是我的孩子没有母亲，我知道你一定会——我在这儿胡说八道！(开盒子)快进去看孩子。现在我要——明天你瞧我打扮得多漂亮吧。

安　娜　我准知道跳舞会上谁也赶不上我的娜拉姑娘那么漂亮。(走进左边屋子)

娜　拉　(从盒子里拿出衣服，又随手把衣服扔下)喔，最好我有胆子出去走一趟。最好我出去的时候没有客人来。最好我出去的时候家里不出什么事。胡说！没有人会来。只要不想就行。这个皮手筒多好看！这副手套真漂亮！别想，别想！一，二，三，四，五，六——(叫起来)啊，有人来了。(想要走到门口去，可是拿不定主意)

　　　〔林丹太太把外套和帽子搁在门厅里，从门厅走进来。

娜　拉　哦，克里斯蒂纳，原来是你。外头有没有别的人？你来得正凑巧。

林丹太太　我听说你上我那儿去了。

娜　拉　不错，我路过你那儿。我有件事一定要你帮个忙。咱们在沙发上坐着谈。明天晚上楼上斯丹保领事家里要开化装舞会，托伐要我打扮个意大利南方的打渔姑娘，跳一个我在喀普里岛上学的塔兰特拉土风舞②。

林丹太太　喔，你还想扮那个角色。

娜　拉　嗯，这是托伐的意思。你瞧，这就是那一套服装，托伐在意大利给我

---

① 按照基督教习惯，小孩受了洗礼以后，到了青春发育期，一般要再受一次"坚信礼"，以加强和巩固他对宗教的信心。

② 喀普里岛在意大利的那不勒斯湾，"塔兰特拉"是那不勒斯的一种土风舞。

223

做的,现在已经扯得不像样子了,我不知道该——

林丹太太　喔,整理起来并不难,有些花边带子开了线,只要缝几针就行了。你有针线没有?喔,这儿有。

娜　拉　费心,费心!

林丹太太　(做针线)娜拉,这么说,明天你要打扮起来了。我告诉你,我要来看你上了装怎么漂亮。我还忘了谢谢你,昨天晚上真快活。

娜　拉　(站起来,在屋里走动)喔,昨天,昨天不像平常那么快活。克里斯蒂纳,你应该早几天进城。托伐真的有本事把家里安排得又精致又漂亮。

林丹太太　我觉得你也有本事,要不然你就不像你父亲了。我问你,阮克大夫是不是经常像昨天晚上那么不高兴?

娜　拉　不,昨天晚上特别看得出。你要知道,他真可怜,身上害了一种病,叫作脊髓痨。人家说他父亲是个吃喝嫖赌的荒唐鬼,所以他从小就有病。

林丹太太　(把手里活计撂在膝盖上)啊,我的好娜拉,你怎么懂得这些事?

娜　拉　(在屋里走动)一个女人有了三个孩子,有时候就有懂点医道的女人来找她谈谈这个谈谈那个。

林丹太太　(继续做针线,过了会儿)阮克大夫是不是天天上这儿来?

娜　拉　他没有一天不来。他从小就是托伐最亲密的朋友,他也是我的好朋友。阮克大夫简直可以算是我们一家人。

林丹太太　他这人诚恳不诚恳?我意思是要问,他是不是有点喜欢奉承人?

娜　拉　不,恰好相反。你为什么问这句话?

林丹太太　因为昨天你给我们介绍的时候,他说时常听人提起我,可是后来我看你丈夫一点都不认识我。阮克大夫怎么会——

娜　拉　克里斯蒂纳,他不是瞎说。你想,托伐那么痴心爱我,他常说要把我独占在手里。我们刚结婚的时候,只要我提起一个从前的好朋友,他立刻就妒忌,因此我后来自然就不再提了。可是阮克大夫倒喜欢听从前的事情,所以我就时常给他讲一点儿。

林丹太太　娜拉,听我告诉你,在许多事情上头,你还是个小孩子。我年纪比你大,阅历也比你深。我有一句话告诉你,你跟阮克大夫这一套应该赶紧结束。

娜　拉　结束什么?

林丹太太　结束整个儿这一套。昨天你说有个爱你的阔人答应给你筹款子——

娜　　拉　　不错,我说过,可惜真的并没有那么一个人！你问这个干什么？

林丹太太　　阮克大夫有钱没有？

娜　　拉　　他有钱。

林丹太太　　没人靠他过日子？

娜　　拉　　没有。可是——

林丹太太　　他天天上这儿来？

娜　　拉　　不错,我刚才说过了。

林丹太太　　他做事怎么这么不检点？

娜　　拉　　你的话我一点儿都不懂。

林丹太太　　娜拉,别在我面前装糊涂。你以为我猜不出借给你一千二百块钱的人是谁吗？

娜　　拉　　你疯了吧？怎么会说这种话？一个天天来的朋友！要是真像你说的,那怎么受得了！

林丹太太　　这么说,借给你钱的人不是他？

娜　　拉　　当然不是他。我从来没想到过——况且那时候他也没钱借给我,他的产业是后来到手的。

林丹太太　　娜拉,我想那是你运气好。

娜　　拉　　我从来没想跟阮克大夫——可是我拿得稳,要是我向他开口——

林丹太太　　你当然不会。

娜　　拉　　我当然不会。并且也用不着。可是我拿得稳,要是我向他借钱——

林丹太太　　瞒着你丈夫？

娜　　拉　　另外有件事我也得结束,那也是瞒着我丈夫的。我一定要把它结束。

林丹太太　　是的,我昨天就跟你说过了,可是——

娜　　拉　　(走来走去)处理这种事,男人比女人有办法。

林丹太太　　是,自己丈夫更有办法。

娜　　拉　　没有的事！(自言自语,站住)款子付清了,借据就可以收回来。

林丹太太　　那还用说。

娜　　拉　　并且还可以把那害人的脏东西撕成碎片儿,扔在火里烧掉！

林丹太太　　(眼睛盯着娜拉,放下针线,慢慢地站起来)娜拉,你心里一定有事瞒着我。

娜　拉　你看我脸上像有事吗?

林丹太太　昨天我走后一定出了什么事。娜拉,赶紧老实告诉我。

娜　拉　(向她身边走过去)克里斯蒂纳——(细听)嘘!托伐回来了。你先上孩子们屋里坐坐好不好?托伐不爱看人缝衣服。叫安娜帮着你。

林丹太太　(拿了几件东西)好吧。可是回头你得把那件事告诉我,不然我不走。

〔海尔茂从门厅走进来,林丹太太从左边走出去。

娜　拉　(跑过去接他)托伐,我等你好半天了!

海尔茂　刚才出去的是裁缝吗?

娜　拉　不是,是克里斯蒂纳。她帮我整理跳舞衣服呢。你等着瞧我明天打扮得怎么漂亮吧。

海尔茂　我给你出的主意好不好?

娜　拉　好极了!可是我听你的话跳那土风舞,不也是待你好吗?

海尔茂　(托着她下巴)待我好?听丈夫的话也算待他好?算了,算了,小冒失鬼,我知道你是随便说说的。我不打搅你,也许你要试试新衣服。

娜　拉　你也要工作,是不是?

海尔茂　是。(给她看一叠文件)你瞧。我刚从银行来。(转身要到书房去)

娜　拉　托伐。

海尔茂　(站住)什么事?

娜　拉　要是你的小松鼠儿求你点事——

海尔茂　唔?

娜　拉　你肯不肯答应她?

海尔茂　我得先知道是什么事。

娜　拉　要是你肯答应她,小松鼠儿就会跳跳蹦蹦在你面前耍把戏。

海尔茂　好吧,快说是什么事。

娜　拉　要是你肯答应她,小鸟儿就会唧唧喳喳一天到晚给你唱歌儿。

海尔茂　喔,那也算不了什么,反正她要唱。

娜　拉　要是你肯答应我,我变个仙女在月亮底下给你跳舞。

海尔茂　娜拉,你莫非想说今天早起提过的事情?

娜　拉　(走近些)是,托伐,我求你答应我!

海尔茂　你真敢再提那件事?

娜　拉　是,是,为了我,你一定得把柯洛克斯泰留在银行里。

海尔茂　我的娜拉,我答应林丹太太的就是柯洛克斯泰的位置。

娜　　拉　不错,我得谢谢你。可是你可以留下柯洛克斯泰,另外辞掉一个人。

海尔茂　喔,没见过像你这种拗脾气!因为你随随便便答应给他说好话,我就得——

娜　　拉　托伐,不是为那个,是为你自己。这个人在好几家最爱造谣言的报馆里当通讯员,这是你自己说的。他跟你捣起乱来可没个完。我实在怕他。

海尔茂　喔,我明白了,你想起从前的事情,所以心里害怕了。

娜　　拉　你这话怎么讲?

海尔茂　你一定想起了你父亲的事情。

娜　　拉　那还用说。你想想当初那些坏家伙给我爸爸造的谣言。要不是打发你去调查那件事,帮了爸爸一把忙,他一定会撤职。

海尔茂　我的娜拉,你父亲跟我完全不一样。你父亲不是个完全没有缺点的人。我可没有缺点,并且希望永远不会有。

娜　　拉　啊,坏人瞎捣乱,谁也防不胜防。托伐,现在咱们可以快快活活,安安静静,带着孩子在甜蜜的家庭里过日子。所以我求你——

海尔茂　正因为你帮他说好话,我更不能留着他。银行里已经都知道我要辞掉柯洛克斯泰。要是现在消息传出去,说新经理让他老婆牵着鼻子走——

娜　　拉　就算牵着鼻子走又怎么样?

海尔茂　喔,不怎么样,你这任性的女人只顾自己心里舒服!哼,难道你要银行里的人全都取笑我,说我心软意活,棉花耳朵?你瞧着吧,照这样子不久我就会受影响。再说,我不能把柯洛克斯泰留在银行里,另外还有个原因。

娜　　拉　什么原因?

海尔茂　如果有必要的话,他品行上的缺点我倒也许可以不计较。

娜　　拉　托伐,真的吗?

海尔茂　并且我听说他的业务能力很不错。问题是,他在大学跟我同过学,我们有过一段交情,当初我不小心,现在很后悔,这种事情常常有。我索性把话老实告诉你吧——他随便乱叫我的小名,不管旁边有人没有人。他最爱跟我套亲热,托伐长托伐短的叫个没有完!你说,我怎么受得了。要是他在银行待下去,我这经理实在当不了。

娜　　拉　托伐,你是说着玩儿吧?

海尔茂　不,我为什么要开玩笑?

娜　　拉　你这种看法心眼儿太小。

海尔茂　你说什么?心眼儿太小?你说我心眼儿小?

娜　　拉　不,不是,托伐。正因为你不是小心眼儿所以我才——

海尔茂　没关系。你说我做事小心眼儿,那么我这人一定也是小心眼儿。小心眼儿!好!咱们索性把这件事一刀两断。(走到门厅门口喊)爱伦!

娜　　拉　干什么?

海尔茂　(在文件堆里搜寻)我要了结这件事。(爱伦走进来)来,把这封信交给信差,叫他马上就送去。信上有地址。钱在这儿。

爱　　伦　是,先生。(拿着信走出去)

海尔茂　(整理文件)好,任性的太太。

娜　　拉　(提心吊胆)托伐,那是什么信?

海尔茂　是辞退柯洛克斯泰的信。

娜　　拉　托伐,赶紧把信收回来!现在还来得及。喔,托伐,为了我,为了你自己,为了孩子们,赶紧把信收回来!听见没有,托伐?赶快!你不知道那封信会给咱们惹出什么大祸来。

海尔茂　来不及了。

娜　　拉　不错,来不及了。

海尔茂　娜拉,你这么着急,我倒可以原谅你,可是这是侮辱我。我为什么要怕一个造谣言的坏蛋报复我?可是我还是原谅你,因为这证明你非常爱我。(搂着她)我的亲娜拉,这才对呢。什么事都不用怕,到时候我自有胆子和力量。你瞧着吧,我的两只阔肩膀足够挑起那副重担子。

娜　　拉　(吓愣了)你说什么?

海尔茂　我说一副重担子。

娜　　拉　(定下心来)不用你挑那副重担子!

海尔茂　很好,娜拉,那么咱们夫妻分着挑。这是应该的。(安慰她)现在你该满意了吧?喂,喂,喂,别像一只吓傻了的小鸽子。这都是胡思乱想,都是不会有的事。现在你该用手鼓练习跳舞了。我到里屋去,把门都关上,什么声音我都不会听见。你爱怎么热闹都可以。(在门洞里转身)阮克大夫来的时候,叫他到里屋来找我。(向娜拉点点头,带着文件走进自己的房间,随手关上门)

娜　拉　（吓得糊里糊涂，站在那儿好像脚底下生了根，低声对自己说）他会干出来的。他真会做出来。他会什么都不管，他干得出来的。喔，使不得，使不得，万万使不得！什么都使得，只有那件事使不得！喔，总得想个脱身的办法！叫我怎么办？（外厅铃响）是阮克大夫！什么都使得，只有那个使不得！

　　　　〔娜拉两只手在脸上摸了摸，定了定神，走过去开门。阮克医生正在外头挂他的皮外套。从这时候起，天色渐渐黑下来。

娜　拉　阮克大夫，你好。我听见铃声就知道是你。你先别上托伐那儿去，他手里事情忙得很。

阮　克　你有工夫吗？（一边问一边走进来，关上门）

娜　拉　你还不知道你来我一定有工夫。

阮　克　谢谢你。你对我的好意，我能享受多么久，一定要享受多么久。

娜　拉　你说什么？能享受多么久？

阮　克　是的。你听了害怕吗？

娜　拉　我觉得你说得很古怪。是不是要出什么事？

阮　克　这事我心里早就有准备，不过没想到来得这么快。

娜　拉　（一把抓住他胳臂）你又发现了什么？阮克大夫，你得告诉我。

阮　克　（在火炉旁边坐下）我完了，没法子救了。

娜　拉　（松了口气）是你的事？

阮　克　不是我的事是谁的事？为什么要自己骗自己？海尔茂太太，在我的病人里头，我自己的病最严重。这些日子我正在给自己盘货底，算总账。算出来的结果是破产！也许不到一个月我就烂在坟墓里了。

娜　拉　喔！你说得真难听。

阮　克　这件事本身就难听。最糟糕的是还得经过好些丑恶的阶段才会走到末了那一步。还有一次最后的检查。到那时候我差不多就可以知道内部总崩溃从哪一天开始。我要嘱咐你一句话：海尔茂胆子小，一切丑恶的事情他都怕，我不要他到病房来看我。

娜　拉　可是，阮克大夫——

阮　克　我决不要他来看我，我会关上门不让他进来。等到我确实知道了最后的消息，我马上会给你寄一张名片，你看见上头画着黑十字，就知道我的总崩溃已经开始了。

娜　拉　你今天简直是胡闹,刚才我还盼望你心情好一点。

阮　克　死在临头叫我心情怎么好得了?别人造了孽,我替他活受罪!这公平不公平?你仔细去打听,家家都有这么一笔无情的冤枉账。

娜　拉　(堵住耳朵)胡说,胡说!别这么伤心!

阮　克　这件事实在只该招人笑。我父亲欠了一笔荒唐账,逼着我这倒霉冤枉的脊梁骨给他来还债。

娜　拉　(在左边桌子前)是不是他太喜欢吃芦笋和馅饼?

阮　克　是的,还有香菌。

娜　拉　不错,还有香菌。还有牡蛎,是不是?

阮　克　是的,还有牡蛎。

娜　拉　还有葡萄酒、香槟酒!真可怜,这些好东西都会伤害脊梁骨①。

阮　克　最可怜的是,倒霉的脊梁骨并没吃着那些好东西。

娜　拉　啊,不错,真倒霉。

阮　克　(凝神看着她)嗯——

娜　拉　(过了会儿)刚才你为什么笑?

阮　克　我没笑,是你笑。

娜　拉　阮克大夫,我没笑,是你笑。

阮　克　(站起来)我从前没看透你这么坏。

娜　拉　我今天有点不正常。

阮　克　好像是。

娜　拉　(两手搭在阮克医生肩膀上)阮克大夫,要是你死了,托伐和我不会忘了你。

阮　克　过不了多少日子你们就会忘了我。不在眼前的人很容易忘掉。

娜　拉　(担心地瞧着他)你真这样想吗?

阮　克　一般人一结交新朋友就会——

娜　拉　谁结交新朋友啦?

阮　克　我死之后,你和海尔茂就会结交新朋友。我觉得你已经在抢先准备了。那位林丹太太昨天上这儿来干什么?

---

① 这些好吃的东西当然害不了脊梁骨。阮克的父亲是个荒唐鬼,得了花柳病,阮克不愿意对娜拉说实话。

娜　拉　嘿,嘿!你是不是妒忌可怜的克里斯蒂纳?

阮　克　就算是吧。将来她会在这儿做我的替身。我一死,这个女人说不定就会——

娜　拉　嘘!声音小点儿!她在里屋呢。

阮　克　她今天又来了?你瞧!

娜　拉　她是来给我整理衣服的。嗳呀,你这人真不讲理!(坐在沙发上)乖点儿,阮克大夫。明天你看我跳舞的时候只当我是为了你——不用说也是为托伐。(从盒子里把各种东西拿出来)阮克大夫,坐到这儿来,我拿点东西给你瞧。

阮　克　(坐下)什么东西?

娜　拉　你瞧!

阮　克　丝袜子。

娜　拉　肉色的。漂亮不漂亮?这时候天黑了,明天——不,不,只许你看我的脚。喔,也罢,别处也让你看。

阮　克　唔——

娜　拉　你在仔细瞧什么?是不是那些东西我不配穿?

阮　克　这些事情我外行,不能发表意见。

娜　拉　(瞧了他半晌)不害臊!(用丝袜子在他耳朵上轻轻打一下)这是教训你。(把丝袜子卷起来)

阮　克　还有什么别的新鲜玩意儿给我瞧?

娜　拉　不给你瞧了,因为你不老实。(一边哼着一边翻东西)

阮　克　(沉默了会儿)我坐在这儿跟你聊天的时候,我想不出——我真想不出——要是我始终不到你们这儿来,我的日子不知怎么过。

娜　拉　(微笑)不错,我觉得你跟我们非常合得来。

阮　克　(声音更低了,眼睛直着看前面)现在我只能一切都丢下——

娜　拉　胡说。我们不许你离开。

阮　克　(还是那声调)连表示感谢的一点儿纪念品都不能留下来,几乎连让人家叹口气的机会都没有——留下的只是一个空位子,谁来都可以补上这个缺。

娜　拉　要是我问你要——?不。

阮　克　问我要什么?

娜　拉　要一个咱们的交情的纪念品。

阮　克　说下去!

娜　拉　我的意思是,要你给我出一大把力。

阮　克　你真肯让我有个快活的机会吗?

娜　拉　你不知道是怎么回事。

阮　克　那么老实告诉我。

娜　拉　阮克大夫,不行,我没法子出口。这件事情太大了——不但要请你出点力,还要请你帮忙出主意。

阮　克　那就更好了。我猜不透你说的是什么。赶紧说下去。难道你不信任我吗?

娜　拉　我最信任你。我知道你是我最靠得住、最要好的朋友,所以我要告诉你。阮克大夫,有件事你得帮我挡住。托伐怎么爱我,你是知道的。为了我,他会毫不踌躇地牺牲自己的性命。

阮　克　(弯身凑近她)娜拉,你以为世界上只有他一个人肯——

娜　拉　(有点吃惊)肯什么?

阮　克　肯为你牺牲自己的性命。

娜　拉　(伤心)喔!

阮　克　我已经发过誓,在我——在我走之前一定要把话说出来。我再也找不到一个比这更好的机会了。现在我已经说出来了,你也知道你可以放心信任我。

娜　拉　(站起来,慎重安详地说道)让我过去。

阮　克　(让她过去,可是坐着不动)娜拉——

娜　拉　(在门洞里)爱伦,把灯拿进来。(走到火炉边)喔,阮克大夫,刚才你太不应该了。

阮　克　(站起来)我像别人一样地爱你难道不应该?

娜　拉　不是说那个,我说你不应该告诉我。实在用不着——

阮　克　什么?你从前知道——

〔爱伦把灯拿进来,放在桌子上,又走出去。

阮　克　娜拉——海尔茂太太,我问你,你从前知道不知道?

娜　拉　喔,我怎么知道我知道不知道?我实在没法儿说——阮克大夫,你怎么这么没分寸?咱们一向处得很合适!

阮　克　不管怎么样,你现在已经知道我的整个生命都可以由你支配。往下说吧。

娜　拉　(瞧着他)往下说?现在还能往下说?

阮　克　告诉我,你想要我做什么。

娜　拉　现在我不能告诉你了。

阮　克　快说,快说!别这么捉弄我。只要是男人做得到的事,我都愿意给你做。

娜　拉　现在我没有事情要你做了。再说,我实在也不要人帮忙。将来你会知道这都是我胡思乱想。不用说,一定是胡思乱想!(在摇椅里坐下,含笑瞧着他)阮克大夫,你是个知趣的人!现在屋子里点了灯,你自己害臊不害臊?

阮　克　不,不一定。可是也许我该走了——永远不再来了。

娜　拉　那可不行。以后你应该跟我们照常来往。你知道托伐没有你不行。

阮　克　不错,可是你呢?

娜　拉　喔,你知道我一向喜欢你上这儿来。

阮　克　我上当就在这上头。你是我猜不透的一个哑谜儿。我时常觉得你喜欢我跟你做伴,几乎像喜欢海尔茂跟你做伴一样。

娜　拉　是呀,你不是看出来了吗?有些人是我最爱的,也有些人我喜欢跟他们说话做伴。

阮　克　不错,这话有道理。

娜　拉　我小时候当然最爱我爸爸。可是我老喜欢溜到用人屋子里,因为,第一,她们从来不教训我,第二,听她们聊天怪有意思的。

阮　克　喔,我明白了。现在我代替了她们的地位。

娜　拉　(跳起来,赶紧向他跑过去)啊,阮克大夫,我不是这意思。你要知道,跟托伐在一块儿有点像跟爸爸在一块儿——

〔爱伦从门厅走进来。

爱　伦　对不起,太太——(低低说了一句话,把一张名片递给她)

娜　拉　(向名片瞟了一眼)哦!(把名片揣在衣袋里)

阮　克　出了什么事?

娜　拉　没什么,没什么。只是为了我的新衣服。

阮　克　你的新衣服!不是在那儿吗?

娜　拉　喔,不是那件。是另外定做的一件。千万别告诉托伐。

阮　　克　哈哈！原来是桩瞒人的大事情。

娜　　拉　当然是。你去找他吧,他在里屋。我这儿有事,别让他出来。

阮　　克　别着急,反正他跑不了。(走进海尔茂的屋子)

娜　　拉　(向爱伦)他在厨房里等着吗?

爱　　伦　是,他从后楼梯进来的。

娜　　拉　你没跟他说我没工夫吗?

爱　　伦　我说了,可是不中用。

娜　　拉　是不是他不肯走?

爱　　伦　不肯走,太太,他说要见了您才肯走。

娜　　拉　那么就让他进来吧,可是要轻一点儿。爱伦,你别跟人家说。这事得瞒着我丈夫。

爱　　伦　是了,太太,我明白。(走出去)

娜　　拉　事情发作了！祸事到底发作了。喔,不会,不会,祸事不会落在我头上！

〔她走到海尔茂书房门口,从外面轻轻把门闩好。爱伦给柯洛克斯泰开门,等他进来之后又把门关上。柯洛克斯泰身上穿着出门的厚外套,脚上穿着高筒靴,头上戴着皮便帽。

娜　　拉　(迎上去)说话声音小一点,我丈夫在家。

柯洛克斯泰　好吧。其实跟我没关系。

娜　　拉　你来干什么?

柯洛克斯泰　报告一个小消息。

娜　　拉　那么,快说。什么消息?

柯洛克斯泰　你知道你丈夫已经把我辞掉了。

娜　　拉　柯洛克斯泰先生,我实在没法子阻挡他。我用尽了力量帮助你,可是不中用。

柯洛克斯泰　你丈夫把你这么不放在心上?他明知道你在我手心里,还敢——

娜　　拉　我怎么能把实话告诉他?

柯洛克斯泰　老实说,我也没想你会告诉他。我的朋友托伐·海尔茂本不像那么有胆量——

娜　　拉　柯洛克斯泰先生,请你对我丈夫客气点。

柯洛克斯泰　当然尽量地客气。不过我看你这么着急想把事情瞒起来,大概因为今天你对于自己做的事比昨天多明白了一点儿。
娜　拉　我心里比你说的还明白。
柯洛克斯泰　是啊,像我这么个坏律师。
娜　拉　你究竟来干什么?
柯洛克斯泰　没什么,海尔茂太太,只是来问候问候你。我替你想了一整天。我虽然是个放债鬼,虽然是个下流记者,总之一句话,像我这样一个人到底也还有一点儿人家常说的同情心。
娜　拉　有就拿出来。替我的孩子想一想。
柯洛克斯泰　你和你丈夫替我的孩子想过吗?不过这种话不必再提了。我今天来只想告诉你,不要把这事看得太认真。我目前不会控告你。
娜　拉　当然不会。我知道你不会。
柯洛克斯泰　这件事很可以和平解决。用不着告诉人。只有咱们三个人知道。
娜　拉　千万别让我丈夫知道。
柯洛克斯泰　那怎么做得到?剩下的债务你能还清吗?
娜　拉　一时还不清。
柯洛克斯泰　这几天里头你有法子凑出那笔钱来吗?
娜　拉　法子倒有,可是那种法子我不愿意用。
柯洛克斯泰　即使你有法子,现在也不中用了。不论你给我多少钱,我也不肯把你的借据交还你。
娜　拉　你留着做什么用?
柯洛克斯泰　我只想留着它,抓在我手里。不许外人知道这件事。万一你把心一横,想做点儿傻事情——
娜　拉　那又怎么样?
柯洛克斯泰　万一你想丢下丈夫和儿女——
娜　拉　那又怎么样?
柯洛克斯泰　再不然万一你想做点儿——比这更糟的事情——
娜　拉　你怎么知道我想做什么?
柯洛克斯泰　万一你有那种傻念头,赶紧把它收起来。
娜　拉　你怎么知道我心里想什么?
柯洛克斯泰　咱们这种人第一步差不多都是这么想。当初我也那么想过,只是没胆量做出来。

娜　　拉　（声音低哑）我也没胆量。

柯洛克斯泰　（放心）我没有。你也没有吗？

娜　　拉　我没有，我没有。

柯洛克斯泰　再说，有也很无聊。至多家里闹一场，事情过去就完了。我身上带着一封给你丈夫的信。

娜　　拉　信里把这事完全告诉他了？

柯洛克斯泰　信里把情节尽量说得轻。

娜　　拉　（急忙）别让他看那封信。快把信撕了。我好歹给你去弄钱。

柯洛克斯泰　对不起，海尔茂太太，我记得我说过——

娜　　拉　喔，我不是说我欠你的那笔债。我要你告诉我，你想问我丈夫要多少钱，我去想法子凑出来。

柯洛克斯泰　我一个钱都不想跟你丈夫要。

娜　　拉　那么你想要什么？

柯洛克斯泰　告诉你吧。我想恢复我的社会地位。我想往上爬，你丈夫一定得给我帮忙。在过去的一年半里我一件坏事都没干。虽然日子苦得很，可是我耐着性子咬着牙一步一步往上爬。现在我又被人一脚踢下来了，要是人家可怜我，只把原来的位置还给我，我决不甘休。我告诉你，我想往上爬。我一定要回到银行去，位置要比从前高。你丈夫必须给我特别添个新位置——

娜　　拉　他决不会答应。

柯洛克斯泰　他会答应。我知道他的脾气，他不敢不答应。等我做了你丈夫的同事，你瞧着吧。用不了一年工夫，我就是经理离不开的一个好帮手。那时候合资股份银行真正的经理是尼尔·柯洛克斯泰，不是托伐·海尔茂。

娜　　拉　不会有这种事。

柯洛克斯泰　你是不是会——？

娜　　拉　现在我有胆量了。

柯洛克斯泰　喔，你别打算吓唬我！像你这么个娇生惯养的女人——

娜　　拉　你瞧着吧！你瞧着吧！

柯洛克斯泰　是不是躺在冰底下？钻在冰凉漆黑的深水里？明年春天开冻的时候漂到水面上，头发也没有了，丑得叫人不认识——

娜　拉　你别打算吓唬我。

柯洛克斯泰　你也吓唬不了我。海尔茂太太,没人会干这种傻事情。再说,干了又有什么用?到那时候你丈夫还是在我手心里。

娜　拉　以后还是在你手心里?将来我不在的时候——?

柯洛克斯泰　你忘了,你的名誉也在我手心里。(娜拉站着不做声,两眼瞧着他)现在我已经通知你了。别干傻事情。海尔茂一接到我的信,我想他就会答复我。你要记着,逼着我重新走上邪路的正是你丈夫。这件事我决不饶他。海尔茂太太,再见吧。

〔他从门厅里出去。娜拉赶紧跑到门口,把门拉开一点,仔细听。

娜　拉　他走了。他没把信扔在信箱里。喔,这是不会有的事!(把门慢慢拉开)怎么啦!他站着不走,他不下楼!难道他改变了主意?难道他——(听见一封信扔到信箱里。柯洛克斯泰下楼脚步声渐渐地远了。娜拉低低叫了一声苦,跑到小桌子旁边,半晌不做声)信扔在信箱里了!(蹑手蹑脚地走到门厅门口)信在里头了!托伐,托伐,现在咱们完了!

〔林丹太太拿着衣服从左边进来。

林丹太太　衣服都弄好了。咱们试一试,好不好?

娜　拉　(声音低哑)你过来,克里斯蒂纳。

林丹太太　(把衣服扔在沙发上)什么事?我看你好像心里很乱。

娜　拉　你过来。你看见那封信没有?瞧,从信箱玻璃往里看。

林丹太太　不错,我看见了。

娜　拉　那封信是柯洛克斯泰的。

林丹太太　借钱给你的就是柯洛克斯泰吗?

娜　拉　是,现在托伐都要知道了。

林丹太太　娜拉,我告诉你,他知道了对于你们俩都有好处。

娜　拉　你还不知道事情的全部底细呢。我冒名签过字——

林丹太太　什么!

娜　拉　克里斯蒂纳,听我说下去。将来你要给我作证人——

林丹太太　怎么作证人?要我证明什么事?

娜　拉　要是我精神错乱了——这种事很容易发生——

林丹太太　娜拉!

娜　拉　或是我出了什么别的事,到时候我不能在这儿——

林丹太太　娜拉,娜拉,你真是精神错乱了!

娜　拉　将来要是有人要把全部责任、全部罪名拉到他自己身上去——

林丹太太　是,是,可是你怎么想到——?

娜　拉　那时候你要给我作证人,证明不是那么一回事,克里斯蒂纳。我的精神一点儿都没错乱,我自己说的话自己都明白。那件事是我一个人做的,别人完全不知道。你记着。

林丹太太　我一定记着。可是我不明白你说的什么话。

娜　拉　喔,你怎么会明白?那是一桩还没发生的奇迹。

林丹太太　奇迹?

娜　拉　不错,是个奇迹,克里斯蒂纳,可是非常可怕,千万别让它发生。

林丹太太　我马上去找柯洛克斯泰谈谈这件事。

娜　拉　你别去,你去会吃亏。

林丹太太　从前有一个时期我要他做什么他都肯答应。

娜　拉　是吗?

林丹太太　他住在什么地方?

娜　拉　我怎么知道?喔,有啦——(在自己衣袋里摸索)这是他的名片。可是那封信,那封信——

海尔茂　(在书房里敲门)娜拉!

娜　拉　(吓得叫起来)喔,什么事?你叫我干什么?

海尔茂　别害怕。我们不是要进来,门让你闩上了。你是不是正在试衣服?

娜　拉　是,是,我正在这儿试衣服。衣服很合适,托伐。

林丹太太　(看过名片)喔,他住得离这儿不远。

娜　拉　不错,可是现在你去也不中用。我们完了。他那封信已经扔在信箱里了。

林丹太太　信箱钥匙在你丈夫手里吗?

娜　拉　老是在他手里。

林丹太太　咱们一定得想法子叫柯洛克斯泰把信原封不动要回去,叫他想个推托的主意。

娜　拉　可是现在正是托伐每天——

林丹太太　你想法子拦着他,找点事,叫他没工夫开信箱。我一定尽快赶回来。(急急忙忙从门厅走出去)

娜　拉　（开了海尔茂的屋门朝里望）托伐！

海尔茂　（在里屋）现在我可以走进自己的屋子了吧？来吧，阮克大夫，咱们去瞧瞧——（在门洞里）这是怎么回事？

娜　拉　什么事，托伐？

海尔茂　阮克大夫叫我准备看一套大戏法。

阮　克　（在门洞里）刚才我是那么想。恐怕是我弄错了。

娜　拉　明天晚上才许你们看我的打扮，现在不许看。

海尔茂　娜拉，我看你很疲乏，是不是练习得太辛苦了？

娜　拉　不是，我还没开始呢。

海尔茂　可是你一定得——

娜　拉　喔，是，是，我一定得练习。可是，托伐，我没有你帮忙不行。我全都忘了。

海尔茂　咱们温习温习就熟了。

娜　拉　很好，托伐，你帮我温习。你一定得答应我。喔，我心里真着急，明天晚上当着那么许多人。今天晚上你得把工夫都给我，别的事一件都不许做，连笔都不许动一动。好托伐，你肯不肯答应我？

海尔茂　好吧，我答应你就是了。今天晚上你叫我干什么我就干什么，可怜的小东西！哦，我想起来了，我要去——（向通门厅的门走过去）

娜　拉　你去干什么？

海尔茂　我去看看有信没有。

娜　拉　你别去，托伐。

海尔茂　为什么？

娜　拉　你别去，那儿没有信。

海尔茂　喔，我去看一看。

〔他正走过去的时候，娜拉在钢琴上弹起塔兰特拉舞曲的开头几节。

海尔茂　（在门口站住）哈哈！

娜　拉　今天我要是不跟你先练习一遍，明天我准跳不成。

海尔茂　（走近她）娜拉，你真这么紧张吗？

娜　拉　真的，我紧张得要命！让我马上就练习。晚饭前还来得及练一遍。喔，好托伐，坐下给我弹钢琴，像从前似的，指点我，别让我出错儿。

海尔茂　好吧，我都依着你。

239

〔他在钢琴前坐下。娜拉从盒子里抓出一面手鼓来,慌忙裹上一块杂色的长披肩,一步跳到屋子当中。

娜　　拉　快给我弹琴!我要跳舞了!

〔海尔茂弹琴,娜拉跳舞。阮克站在海尔茂后头看跳舞。

海尔茂　(一边弹琴)慢一点!慢一点!

娜　　拉　我慢不了!

海尔茂　别这么使劲儿,娜拉。

娜　　拉　一定得使劲儿!

海尔茂　(停止弹琴)不行,不行,娜拉,你这步法完全不对头。

娜　　拉　(一边摇手鼓一边大笑)刚才我不是跟你说过吗!

阮　　克　让我给她弹钢琴。

海尔茂　(站起来)好吧,你来。这么着我可以腾出手来指点她。

〔阮克坐下弹琴。娜拉跳得越来越疯狂。海尔茂站在火炉旁边随时指点她,她好像没听见。她的头发松开了,披散在肩膀上,她自己不觉得,还接着跳下去。林丹太太走进屋子来,在门洞里呆住了。

林丹太太　啊!

娜　　拉　(不停地跳)克里斯蒂纳,真好玩儿!

海尔茂　娜拉,你这种跳法好像是到了生死关头似的。

娜　　拉　本来是嘛。

海尔茂　阮克,算了吧。这简直是胡闹!别弹琴了!

〔阮克停止弹奏,娜拉突然站住。

海尔茂　(向她走过来)我真不信,你把我教给你的东西全都忘了。

娜　　拉　(扔下手鼓)你看,我没说错吧?

海尔茂　你真得从头学。

娜　　拉　是啊,我真得从头学。你得陪我练到底。托伐,你答应不答应?

海尔茂　答应,答应。

娜　　拉　今天和明天,只许你想我的事,不许想别的。不许你看信,也不许你开信箱。

海尔茂　啊,你还在怕那个人——

娜　　拉　不错,我心里还是怕。

海尔茂　娜拉,从你脸上我可以看出来,信箱里有他寄来的一封信。

娜　拉　我不知道,也许有。可是现在你什么都不许看。现在别让丑事来打搅咱们,等到这件事情完了再说。

阮　克　(低声嘱咐海尔茂)你要顺着她。

海尔茂　(伸出一只胳臂搂着她)我就顺着这孩子。可是明天晚上开完跳舞会——

娜　拉　那时候你爱干什么就干什么。

　　　　〔爱伦在右边门洞里出现。

爱　伦　太太,饭开好了。

娜　拉　我们要喝点儿香槟酒。

爱　伦　是,太太。(出去)

海尔茂　嗳呀!好讲究的酒席!

娜　拉　可不是吗,咱们要吃到大天亮。(叫喊)爱伦,多拿点杏仁甜饼干——就这一回。

海尔茂　(抓住她的手)别这么瞎胡闹!还是乖乖地做我的小鸟儿吧。

娜　拉　好。上饭厅去吧。你也去,阮克大夫。克里斯蒂纳,你帮我把头发拢上去。

阮　克　(一边走出去一边低声问海尔茂)会不会发生什么事?她是不是——

海尔茂　喔,没什么。就是刚才我跟你说的那种小孩子爱发愁的脾气。

　　　　〔两人一同从右边走出去。

娜　拉　怎么样?

林丹太太　他出城去了。

娜　拉　刚才我看你脸上的神气就知道。

林丹太太　他明天晚上就回来。我给他留了个字条。

娜　拉　其实你不该管这件事。应该让它自然发展。再说,等着奇迹发生也很有意思。

林丹太太　你等什么?

娜　拉　喔,你不懂。快上饭厅去,一会儿我就来。

　　　　〔林丹太太走进饭厅。娜拉独自站了会儿,好像要定定神,接着看了看表。

娜　拉　现在是五点。到半夜里还有七个钟头。到明天半夜里再加上二十四个钟头。那时候跳舞会已经开完了。二十四加七?还可以活三十一个钟头。

〔海尔茂在右边门口出现。

海尔茂　我的小鸟儿在哪儿?
娜　　拉　(伸开双手跑过去)在这儿!

第 三 幕

〔还是那间屋子。桌子摆在当中,四面围着椅子。桌上点着灯。通门厅的门敞着。楼上有跳舞音乐的声音。

〔林丹太太坐在桌子旁边,用手翻弄一本书。她想看书,可是没心绪。她时时朝着通门厅的门望一眼,仔细听听有没有动静。

林丹太太　（看表）还没来,时候快过去了。只怕是他没有——（再听）喔,他来了。（走进门厅,轻轻开大门。门外楼梯上有轻微的脚步声。低声地）进来,这儿没别人。

柯洛克斯泰　（在门洞里）我回家时候看见你留下的字条。这是怎么回事？

林丹太太　我一定得跟你谈一谈。

柯洛克斯泰　当真？一定得在这儿谈？

林丹太太　我不能让你到我公寓去。公寓只有一个门,出入不方便。你进来,这儿只有咱们两个人。女用人已经睡觉了,海尔茂夫妻在楼上开跳舞会。

柯洛克斯泰　（走进屋子来）啊！海尔茂夫妻今天晚上还跳舞？

林丹太太　为什么不可以？

柯洛克斯泰　问得对。为什么不可以？

林丹太太　尼尔,现在咱们谈一谈。

柯洛克斯泰　咱们还有什么可谈的？

林丹太太　要谈的话多得很。

柯洛克斯泰　我可没想到。

林丹太太　那是因为你从来没有真正了解我。

柯洛克斯泰　有什么可以了解的？这是世界上最平常的事——一个没良心的女人有了更好的机会,就把原来的情人扔掉了。

林丹太太　你真把我当作那么没良心的人？你以为那时我丢下你心里好受吗？

柯洛克斯泰　有什么不好受？

林丹太太　尼尔,你当真这么想？

柯洛克斯泰　要是你心里不好受,你为什么写给我那么一封信？

林丹太太　那是没办法。既然那时我不能不跟你分手,我觉得应该写信让你死了心。

柯洛克斯泰　(捏紧双手)原来是这么回事。总之一句话——一切都是为了钱！

林丹太太　你别忘了那时我有个无依无靠的母亲,还有两个小弟弟。尼尔,看你当时的光景,我们一家子实在没法子等下去。

柯洛克斯泰　也许是吧,可是你也不应该为了别人就把我扔下,不管那人是谁。

林丹太太　我自己也不明白。我时常问自己当初到底该不该把你扔下。

柯洛克斯泰　(和缓了一点)自从你把我扔下之后,我好像脚底下落了空。你看我现在的光景,好像是个翻了船、死抓住一块破船板的人。

林丹太太　救星也许快来了。

柯洛克斯泰　前两天救星已经到了我跟前,可是偏偏你又出来妨碍我。

林丹太太　我完全不知道,尼尔。今天我才知道我到银行里就是顶你的缺。

柯洛克斯泰　你既然这么说,我就信你的话吧。可是现在你已经知道了,你是不是打算把位置让给我？

林丹太太　不,我把位置让给你对于你一点儿益处都没有。

柯洛克斯泰　喔,益处,益处！不论有益处没益处,我要是你,我一定会把位置让出来。

林丹太太　我学会了做事要谨慎。这是阅历和艰苦给我的教训。

柯洛克斯泰　阅历教训我不要相信人家的甜言蜜语。

林丹太太　那么,阅历倒是给了你一个好教训。可是你应该相信事实吧？

柯洛克斯泰　这话怎么讲？

林丹太太　你说你像翻了船、死抓住一块破船板的人。

柯洛克斯泰　我这话没说错。

林丹太太　我也是翻了船、死抓住一块破船板的人。没有人需要我纪念,没有人需要我照应。

柯洛克斯泰　那是你自愿。

林丹太太　那时候我只有一条路。

柯洛克斯泰　现在呢？

林丹太太　尼尔,现在咱们两个翻了船的人凑在一块儿,你看怎么样？

柯洛克斯泰　你说什么？

林丹太太　两个人坐在筏子上总比各自抱着一块破板子希望大一点。

柯洛克斯泰　克里斯蒂纳！

林丹太太　你知道我进城干什么？

柯洛克斯泰　难道你还想着我？

林丹太太　我一定得工作,不然活着没意思。现在我回想我一生从来没闲过。工作是我一生唯一最大的快乐。现在我一个人过日子,空空洞洞,孤孤单单,一点儿乐趣都没有。一个人为自己工作没有乐趣。尼尔,给我一个人,给我一件事,让我的工作有个目的。

柯洛克斯泰　我不信你这一套话。这不过是女人一股自我牺牲的浪漫热情。

林丹太太　你什么时候看见过我有那种浪漫思想？

柯洛克斯泰　难道你真愿意——？你知道不知道我的全部历史？

林丹太太　我知道。

柯洛克斯泰　你知道不知道人家对我的看法？

林丹太太　你刚才不是说,当初要是有了我,你不会弄到这步田地吗？

柯洛克斯泰　那是一定的。

林丹太太　现在是不是太晚了？

柯洛克斯泰　克里斯蒂纳,你明白自己说的什么话吗？我想你明白,从你脸上我可以看得出。这么说,难道你真有胆量——

林丹太太　我想弄个孩子来照顾,恰好你的孩子需要人照顾。你缺少一个我,我也缺少一个你。尼尔,我相信你的良心。有了你,我什么都不怕。

柯洛克斯泰　(抓紧她两只手)谢谢你,谢谢你,克里斯蒂纳！现在我要努力做好人,让人家看我也像你看我一样。哦,我忘了——

林丹太太　(细听楼上的音乐)嘘！这是塔兰特拉土风舞！快走,快走！

柯洛克斯泰　为什么？这是怎么回事？

林丹太太　你没听见楼上的音乐吗？这是末一个节目,这个一完事他们就要下来了。

柯洛克斯泰　是,是,我就走。可是走也没有用。你当然不知道我对付海尔茂夫妻的手段。

林丹太太　我都知道,尼尔。

柯洛克斯泰　知道了你还有胆量——

林丹太太　我知道一个人在走投无路的时候,什么手段都会使出来。

柯洛克斯泰　喔,我恨不能取消这件事。

林丹太太　现在还来得及。你的信还在信箱里。

柯洛克斯泰　真的吗?

林丹太太　真的。可是——

柯洛克斯泰　(仔细瞧她)难道你的目的就在这上头?你一心想救你的朋友。老实告诉我,是不是这么回事?

林丹太太　尼尔,一个女人为了别人把自己出卖过一次,不会出卖第二次。

柯洛克斯泰　我要把那封信要回来。

林丹太太　不行,不行。

柯洛克斯泰　我一定得把信要回来。我要在这儿等海尔茂回家,叫他把信还给我,我只说信里说的是辞退我的事,现在我不要他看那封信。

林丹太太　尼尔,你千万别把信要回来。

柯洛克斯泰　老实告诉我,你把我弄到这儿来是不是就为这件事?

林丹太太　一起头我很慌张,心里确实有这个打算。可是现在一天已经过去了,在这一天里头,我在这儿看见了许多想不到的事。海尔茂应该知道这件事。这件害人的秘密事应该全部揭出来。他们夫妻应该彻底了解,不许再那么闪闪躲躲,鬼鬼祟祟。

柯洛克斯泰　好吧,要是你愿意冒险,你就这么办吧。可是有件事我可以帮忙,我马上就去办。

林丹太太　(细听)快走!快走!舞会散了,咱们再待下去就不行了。

柯洛克斯泰　我在街上等你。

林丹太太　好,你一定得送我回家。

柯洛克斯泰　我从来没像今天这么快活!

〔柯洛克斯泰走大门出去。屋子与门厅之间的门还是开着。

林丹太太　(整理屋子,把自己的衣帽归置在一块儿)多大的变化!多大的变化！现在我的工作有了目标，我的生活有了意义！我要为一个家庭谋幸福！万一做不成，决不是我的错。我盼望他们快回来。（细听）喔，他们回来了！让我先穿上衣服。

〔她拿起帽子和大衣。外面传来海尔茂和娜拉的说话声音。门上锁一转，娜拉几乎硬被海尔茂拉进来。娜拉穿着意大利服装，外面裹着一块黑的大披肩。海尔茂穿着大礼服，外面罩着一件附带假面具的黑舞衣，敞着没扣好。

娜　拉　（在门洞里跟海尔茂挣扎）不，不，不，我不进去！我还要上楼去跳舞。我不愿意这么早回家。

海尔茂　亲爱的娜拉，可是——

娜　拉　亲爱的托伐，我求你，咱们再跳一个钟头。

海尔茂　一分钟都不行。好娜拉，你知道这是咱们事先说好的。快进来，在这儿你要着凉了。（娜拉尽管挣扎，还是被他轻轻一把拉进来）

林丹太太　你们好！

娜　拉　克里斯蒂纳！

海尔茂　什么！林丹太太！这么晚你还上这儿来？

林丹太太　是，请你别见怪。我一心想看看娜拉怎么打扮。

娜　拉　你一直在这儿等我们？

林丹太太　是，我来迟了一步，你们已经上楼了，我不看见你，舍不得回去。

海尔茂　（把娜拉的披肩揭下来）你仔细鉴赏吧！她实在值得看。林丹太太，你说她漂亮不漂亮？

林丹太太　真漂亮。

海尔茂　她真美极了。谁都这么说。可是这小宝贝脾气真倔强。我不知该把她怎么办。你想，我差不多是硬把她拉回来的。

娜　拉　喔，托伐，今天你不让我在楼上多待一会儿——哪怕是多待半点钟——将来你一定会后悔。

海尔茂　你听她说什么，林丹太太！她跳完了塔兰特拉土风舞，大家热烈鼓掌。难怪大家都鼓掌，她实在跳得好，不过就是表情有点儿过火，严格说起来，超过了艺术标准。不过那是小事情，主要的是，她跳得很成功，大家全都称赞她。难道说，大家鼓完掌我还能让她待下去，减少艺术的效果？那可使不得。所以我就一把挽着我的意大利姑娘——我的任性的意大利

247

姑娘——一阵风似的转了个圈儿,四面道过谢,像小说里描写的,一转眼漂亮的妖精就不见了!林丹太太,下场时候应该讲效果,可惜娜拉不懂这道理。嘿,这屋子真热!(把舞衣脱下来扔在椅子上,打开自己书房的门)什么!里头这么黑?哦,是了。林丹太太,失陪了。(进去点蜡烛)

娜　　拉　(提心吊胆地急忙低声问)事情怎么样?

林丹太太　(低声回答)我跟他谈过了。

娜　　拉　他——

林丹太太　娜拉,你应该把这件事全部告诉你丈夫。

娜　　拉　(平板的声调)我早就知道。

林丹太太　你不用怕柯洛克斯泰。可是你一定得对你丈夫说实话。

娜　　拉　我不说实话怎么样?

林丹太太　那么,那封信会说实话。

娜　　拉　谢谢你,克里斯蒂纳。现在我知道怎么办了。嘘!

海尔茂　(从书房出来)怎么样,林丹太太,你把她仔细鉴赏过没有?

林丹太太　鉴赏过了。现在我要走了。明天见。

海尔茂　什么!就要走?这块编织的活计是你的吗?

林丹太太　(把编织活计接过来)是,谢谢,我差点儿忘了。

海尔茂　你也编织东西?

林丹太太　是。

海尔茂　你不该编织东西,你应该刺绣。

林丹太太　是吗!为什么?

海尔茂　因为刺绣的时候姿态好看得多。我做个样儿给你瞧瞧!左手拿着活计,右手拿着针,胳臂轻轻地伸出去,弯弯地拐回来,姿态多美。你看对不对?

林丹太太　大概是吧。

海尔茂　可是编织东西的姿势没那么好看。你瞧,胳臂贴紧了,针儿一上一下的——有点中国味儿。刚才他们的香槟酒真好喝!①

林丹太太　明天见,娜拉,别再固执了。

海尔茂　说得好,林丹太太!

---

① 这些都是无意识的话。海尔茂有点醉了,所以语无伦次。

林丹太太　海尔茂先生,明天见。

海尔茂　(送她到门口)明天见,明天见,一路平安。我本来该送你回去,可是好在路很近。再见,再见。(林丹太太走出去,海尔茂关上大门回到屋子里)好了,好容易才把她打发走。这个女人真啰嗦!

娜　拉　你累了吧,托伐?

海尔茂　一点儿都不累。

娜　拉　也不想睡觉?

海尔茂　一点儿都不想。精神觉得特别好。你呢?你好像又累又想睡。

娜　拉　是,我很累。我就要去睡觉。

海尔茂　你看!我不让你再跳舞不算错吧?

娜　拉　喔,你做的事都不错。

海尔茂　(亲她的前额)我的小鸟儿这回说话懂道理。你看见没有,今儿晚上阮克真高兴!

娜　拉　是吗?他居然很高兴?我没跟他说过话。

海尔茂　我也只跟他说了一两句。可是我好久没看见他兴致这么好了。(对她看了会儿,把身子凑过去)回到自己家里,静悄悄的只有咱们两个人,滋味多么好!喔,迷人的小东西!

娜　拉　别那么瞧我。

海尔茂　难道我不该瞧我的好宝贝——我一个人的亲宝贝?

娜　拉　(走到桌子那边)今天晚上你别跟我说这些话。

海尔茂　(跟过来)你血管里还在跳塔兰特拉——所以你今天晚上格外惹人爱。你听,楼上的客要走了。(声音放低些)娜拉,再过一会儿整个这所房子里就静悄悄地没有声音了。

娜　拉　我想是吧。

海尔茂　是啊,我的娜拉。咱们出去做客的时候我不大跟你说话,我故意避开你,偶然偷看你一眼,你知道为什么?因为我心里好像觉得咱们偷偷地在恋爱,偷偷地订了婚,谁也不知道咱们的关系。

娜　拉　是,是,是,我知道你的心都在我身上。

海尔茂　到了要回家的时候,我把披肩搭上你的滑溜的肩膀,围着你的娇嫩的脖子,我心里好像觉得你是我的新娘子,咱们刚结婚,我头一次把你带回家——头一次跟你待在一块儿,头一次陪着你这娇滴滴的小宝贝!今天晚上我什么都没想,只是想你一个人。刚才跳舞的时候,我看见你那些轻巧活泼的身段,我的心也跳得按捺不住了,所以那么早我就把你拉下楼。

娜　　拉　走开,托伐!撒手,我不爱听这些话。

海尔茂　什么?你成心逗我吗,娜拉?你不爱听!难道我不是你丈夫?(有人敲大门)

娜　　拉　(吃惊)你听见没有?

海尔茂　(走到门厅里)谁?

阮　　克　(在外面)是我。我能不能进来坐会儿?

海尔茂　(低声叽咕)讨厌!这时候他还来干什么?(高声)等一等!(开门)请进,谢谢你从来不肯过门不入。

阮　　克　我走过这儿好像听见你说话的声音,因此就忍不住想进来坐一坐。(四面望望)啊,这个亲热的老地方!你们俩在这儿真快活,真舒服!

海尔茂　刚才你在楼上好像也觉得很受用。

阮　　克　很受用。为什么不受用?一个人活在世界上能享受为什么不享受?能享受多少就算多少,能享受多久就算多久。今晚的酒可真好。

海尔茂　香槟酒特别好。

阮　　克　你也觉得好?我喝了那么多,说起来别人也不信。

娜　　拉　托伐喝的香槟酒也不少。

阮　　克　是吗?

娜　　拉　真的,他喝了酒兴致总是这么好。

阮　　克　辛苦了一天,晚上喝点儿酒没什么不应该。

海尔茂　辛苦了一天!这句话我可不配说。

阮　　克　(在海尔茂肩膀上拍一下)我倒可以说这句话。

娜　　拉　阮克大夫,你是不是刚做完科学研究?

阮　　克　一点儿都不错。

海尔茂　你听!小娜拉也谈起科学研究来了!

娜　　拉　结果怎么样,是不是可以给你道喜?

阮　　克　可以。

娜　　拉　这么说,结果很好?

阮　　克　好极了,对大夫也好,对病人也好,结果是确实无疑的。

娜　　拉　(追问)确实无疑?

阮　　克　绝对地确实无疑。知道了这样的结果，你说难道我还不应该痛快一晚上？

娜　　拉　不错，很应该，阮克大夫。

海尔茂　我也这么说，只要你明天不还账。

阮　　克　在这世界上没有白拿的东西，什么全都得还账。

娜　　拉　阮克大夫，我知道你很喜欢化装跳舞会。

阮　　克　是，只要有新奇打扮，我就喜欢。

娜　　拉　我问你，下次化装跳舞会咱们俩应该打扮什么？①

海尔茂　不懂事的孩子！已经想到下次跳舞会了！

阮　　克　你问咱们俩打扮什么？我告诉你，你打扮个仙女。

海尔茂　好，可是仙女该怎么打扮？

阮　　克　仙女不用打扮，只穿家常衣服就行。②

海尔茂　你真会说！你自己打扮什么角色呢？

阮　　克　喔，我的好朋友，我早打定主意了。

海尔茂　什么主意？

阮　　克　下次开化装跳舞会的时候，我要扮隐身人。

海尔茂　这话真逗人。

阮　　克　我要戴一顶大黑帽子——你们没听说过眼睛瞧不见的帽子吗？帽子一套在头上，人家就看不见你了。

海尔茂　（忍住笑）是，是。

阮　　克　哦，我忘了进来干什么了。海尔茂，给我一支雪茄烟——要那种黑的哈瓦那。

海尔茂　请。（把雪茄烟盒递过去）

阮　　克　（拿了一支烟，把烟头切掉）谢谢。

娜　　拉　（给他划火柴）我给你点烟。

阮　　克　谢谢，谢谢！（娜拉拿着火柴，阮克就着火点烟）现在我要跟你们告别了！

海尔茂　再见，再见！老朋友！

娜　　拉　阮克大夫，祝你安眠。

---

① 这时候娜拉已经有自杀的意思，所以说"咱们俩"。
② 阮克本就爱娜拉，说她穿家常衣服就像个仙女，是赞美她。

阮　　克　谢谢你。

娜　　拉　你也应该照样祝我。

阮　　克　祝你？好吧,既然你要我说,我就说。祝你安眠。谢谢你给我点烟。

〔阮克向他们点点头,走出去。

海尔茂　(低声)他喝得太多了。

娜　　拉　(心不在焉)大概是吧。(海尔茂从衣袋里掏出一串钥匙来,走进门厅)托伐,你出去干什么？

海尔茂　我把信箱倒一倒,里头东西都满了,明天早上报纸装不下了。

娜　　拉　今晚你工作不工作？

海尔茂　你不是知道我今晚不工作吗？唔,这是怎么回事？有人弄过锁。

娜　　拉　弄过锁？

海尔茂　一定是。这是怎么回事？我想用人不会——？这儿有只撅折的头发夹子。娜拉,这是你常用的。

娜　　拉　(急忙接嘴)一定是孩子们——

海尔茂　你得管教他们别这么胡闹。好！好容易开开了。(把信箱里的信件拿出来,朝着厨房喊道)爱伦,爱伦,把门厅的灯吹灭了。(拿着信件回到屋里,关上门)你瞧,攒了这么一大堆。(把整叠信件翻过来)哦,这是什么？

娜　　拉　(在窗口)那封信！喔,托伐,别看！

海尔茂　有两张名片,是阮克大夫的。

娜　　拉　阮克大夫的？

海尔茂　(瞧名片)阮克大夫。这两张名片在上头,一定是他刚扔进去的。

娜　　拉　名片上写着什么没有？

海尔茂　他的名字上头有个黑十字。你瞧,多么不吉利！好像他给自己报死信。

娜　　拉　他是这意思。

海尔茂　什么！你知道这件事？他跟你说过什么没有？

娜　　拉　他说了。他说给咱们这两张名片的意思就是跟咱们告别。他以后就在家里关着门等死。

海尔茂　真可怜！我早知道他活不长,可是没想到这么快！像一只受伤的野兽爬到窝里藏起来！

娜　　拉　一个人到了非死不可的时候最好还是静悄悄地死。托伐,你说对不对？

海尔茂　(走来走去)这些年他跟咱们的生活已经结合成一片,我不能想象他

252

会离开咱们。他的痛苦和寂寞比起咱们的幸福好像乌云衬托着太阳,苦乐格外分明。这样也许倒好——至少对他很好。(站住)娜拉,对于咱们也未必不好。现在只剩下咱们俩,靠得更紧了。(搂着她)亲爱的宝贝!我总是觉得把你搂得不够紧。娜拉,你知道不知道,我常常盼望有桩危险事情威胁你,好让我拼着命,牺牲一切去救你。

娜　　拉　(从他怀里挣出来,斩钉截铁的口气)托伐,现在你可以看信了。

海尔茂　不,不,今晚我不看信。今晚我要陪着你,我的好宝贝。

娜　　拉　想着快死的朋友,你还有心肠陪我?

海尔茂　你说的不错。想起这件事咱们心里都很难受。丑恶的事情把咱们分开了,想起死人真扫兴。咱们得想法子撇开这些念头。咱们暂且各自回到屋里去吧。

娜　　拉　(搂着他脖子)托伐!明天见!明天见!

海尔茂　(亲她的前额)明天见,我的小鸟儿。好好儿睡觉,娜拉!我去看信了。

〔他拿了那些信走进自己的书房,随手关上门。

娜　　拉　(瞪着眼瞎摸,抓起海尔茂的舞衣披在自己身上,急急忙忙,断断续续,哑着嗓子,低声自言自语)从今以后再也见不着他了!永远见不着了,永远见不着了。(把披肩蒙在头上)也见不着孩子们了!永远见不着了!喔,漆黑冰凉的水!没底的海!快点完事多好啊!现在他已经拿着信了,正在看!喔,还没看。再见,托伐!再见,孩子们!

〔她正朝着门厅跑出去,海尔茂猛然推开门,手里拿着一封拆开的信,站在门口。

海尔茂　娜拉!

娜　　拉　(叫起来)啊!

海尔茂　这是谁的信?你知道信里说的什么事?

娜　　拉　我知道。快让我走!让我出去!①

海尔茂　(拉住她)你上哪儿去?

娜　　拉　(竭力想脱身)别拉着我,托伐。

海尔茂　(惊慌倒退)真有这件事?他信里的话难道是真的?不会,不会,不会是真的。

---

① 娜拉想出去投水自杀。

娜　拉　全是真的。我只知道爱你，别的什么都不管。

海尔茂　哼，别这么花言巧语的！

娜　拉　（走近他一步）托伐！

海尔茂　你这坏东西——干得好事情！

娜　拉　让我走——你别拦着我！我做的坏事不用你担当。

海尔茂　不用装腔作势给我看。（把出去的门锁上）我要你老老实实把事情招出来，不许走。你知道不知道自己干的什么事？快说！你知道吗？

娜　拉　（眼睛盯着他，态度越来越冷静）嗯，现在我才完全明白了。

海尔茂　（走来走去）嘿！好像做了一场噩梦醒过来！这八年工夫——我最得意、最喜欢的女人——没想到是个伪君子，是个撒谎的人——比这还坏——是个犯罪的人。真是可恶极了！哼！哼！（娜拉不做声，只用眼睛盯着他）其实我早就该知道。我早该料到这一步。你父亲的坏德行——（娜拉正要说话）少说话！你父亲的坏德行，你全都沾上了——不信宗教，不讲道德，没有责任心。当初我给他遮盖，如今遭了这么个报应！我帮你父亲都是为了你，没想到现在你这么报答我！

娜　拉　不错，这么报答你。

海尔茂　你把我一生幸福全都葬送了。我的前途也让你断送了。喔，想起来真可怕！现在我让一个坏蛋抓在手心里。他要我怎么样我就得怎么样，他要我干什么我就得干什么。他可以随便摆布我，我不能不依他。我这场大祸都是一个下贱女人惹出来的！

娜　拉　我死了你就没事了。

海尔茂　哼，少说骗人的话。你父亲从前也老有那么一大套。照你说，就是你死了，我有什么好处？一点儿好处都没有。他还是可以把事情宣布出去，人家甚至还会疑惑我是跟你串通一气的，疑惑是我出主意撺掇你干的。这些事情我都得谢谢你——结婚以来我疼了你这些年，想不到你这么报答我。现在你明白你给我惹的是什么祸吗？

娜　拉　（冷静安详）我明白。

海尔茂　这件事真是想不到，我简直摸不着头脑。可是咱们好歹得商量个办法。把披肩摘下来。摘下来，听见没有！我先得想个办法稳住他，这件事无论如何不能让人家知道。咱们俩，表面上照样过日子——不要改变样子，你明白不明白我的话？当然你还得在这儿住下去。可是孩子不能再交在你手里。我不敢再把他们交给你——唉,我对你说这么一句话心里真难受,因为你一向是我最心爱并且现在还——!可是现在情形已经改变了。从今以后再说不上什么幸福不幸福,只有想法子怎么挽救、怎么遮盖、怎么维持这个残破的局面——(门铃响起来,海尔茂吓了一跳)什么事?三更半夜的!难道事情发作了?难道他——娜拉,你快藏起来,只推托有病。(娜拉站着不动。海尔茂走过去开门)

爱　伦　(披着衣服在门厅里)太太,您有封信。

海尔茂　给我。(把信抢过来,关上门)果然是他的。你别看。我念给你听。

娜　拉　快念!

海尔茂　(凑着灯光)我几乎不敢看这封信。说不定咱们俩都会完蛋。也罢,反正总得看。(慌忙拆信,看了几行之后发现信里夹着一张纸,马上快活得叫起来)娜拉!(娜拉莫名其妙地瞧着他)

海尔茂　娜拉!喔,别忙!让我再看一遍!不错,不错!我没事了!娜拉,我没事了!

娜　拉　我呢?

海尔茂　当然你也没事了,咱们俩都没事了。你看,他把借据还你了。他在信里说,这件事非常抱歉,要请你原谅,他又说他现在交了运——喔,管他还写些什么。娜拉,咱们没事了!现在没人能害你了。喔,娜拉,娜拉——咱们先把这害人的东西消灭了再说。让我再看看——(朝着借据瞟了一眼)喔,我不想再看它,只当是做了一场梦。(把借据和柯洛克斯泰的两封信一齐都撕掉,扔在火炉里,看它们烧)好!烧掉了!他说自从二十四号起——喔,娜拉,这三天你一定很难过。

娜　拉　这三天我真不好过。

海尔茂　你心里难过,想不出好办法,只能——喔,现在别再想那可怕的事情了。我们只应该高高兴兴地多说几遍"现在没事了,现在没事了!"听见没有,娜拉!你好像不明白。我告诉你,现在没事了。你为什么绷着脸不说话?喔,我的可怜的娜拉,我明白了,你以为我还没饶恕你。娜拉,我赌咒,我已经饶恕你了。我知道你干那件事都是因为爱我。

娜　拉　这倒是实话。

海尔茂　你正像做老婆的应该爱丈夫那样地爱我。只是你没有经验,用错了方法。可是难道因为你自己没主意,我就不爱你吗?我决不会。你只要一心一意依赖我,我会指点你,教导你。正因为你自己没办法,所以我格外爱你,要不然我还算什么男子汉大丈夫?刚才我觉得好像天要塌下来,心里一害怕,就说了几句不好听的话,你千万别放在心上。娜拉,我已经饶恕你了。我赌咒不再埋怨你。

娜　　拉　　谢谢你饶恕我。(从右边走出去)

海尔茂　　别走!(向门洞里张望)你要干什么?

娜　　拉　　(在里屋)我去脱掉跳舞的服装。

海尔茂　　(在门洞里)好,去吧。受惊的小鸟儿,别害怕,定定神,把心静下来。你放心,一切事情都有我。我的翅膀宽,可以保护你。(在门口走来走去)喔,娜拉,咱们的家多可爱,多舒服!你在这儿很安全,我可以保护你,像保护一只从鹰爪子底下救出来的小鸽子一样。我不久就能让你那颗扑扑跳的心定下来,娜拉,你放心。到了明天,事情就不一样了,一切都会恢复老样子。我不用再说我已经饶恕你,你心里自然会明白我不是说假话。难道我舍得把你撵出去?别说撵出去,就说是责备,难道我舍得责备你?娜拉,你不懂得男子汉的好心肠。要是男人饶恕了他老婆——真正饶恕了她,从心坎里饶恕了她——他心里会有一股没法子形容的好滋味。从此以后他老婆越发是他私有的财产。做老婆的就像重新投了胎,不但是她丈夫的老婆,并且还是她丈夫的孩子。从今以后,你就是我的孩子,我的吓坏了的可怜的小宝贝。别着急,娜拉,只要你老老实实对待我,你的事情都由我做主,都由我指点。(娜拉换了家常衣服走进来)怎么,你还不睡觉?又换衣服干什么?

娜　　拉　　不错,我把衣服换掉了。

海尔茂　　这么晚还换衣服干什么?

娜　　拉　　今晚我不睡觉。

海尔茂　　可是,娜拉——

娜　　拉　　(看自己的表)时候还不算晚。托伐,坐下,咱们有好些话要谈一谈。(她在桌子一头坐下)

海尔茂　　娜拉,这是什么意思?你的脸色铁板冰冷的——

娜　　拉　　坐下。一下子说不完。我有好些话跟你谈。

海尔茂　　(在桌子那一头坐下)娜拉,你把我吓了一大跳。我不了解你。

娜　　拉　　这话说得对,你不了解我,我也到今天晚上才了解你。别打岔。听我说下去。托伐,咱们必须把总账算一算。

海尔茂　这话怎么讲?

娜　拉　(顿了一顿)现在咱们面对面坐着,你心里有什么感想?

海尔茂　我有什么感想?

娜　拉　咱们结婚已经八年了。你觉得不觉得,这是头一次咱们夫妻正正经经谈谈话?

海尔茂　正正经经!这四个字怎么讲?

娜　拉　这整整的八年——要是从咱们认识的时候算起,其实还不止八年——咱们从来没在正经事情上头谈过一句正经话。

海尔茂　难道要我经常把你不能帮我解决的事情麻烦你?

娜　拉　我不是指着你的业务说。我说的是,咱们从来没坐下来正正经经细谈过一件事。

海尔茂　我的好娜拉,正经事跟你有什么相干?

娜　拉　咱们的问题就在这儿!你从来就没了解过我。我受尽了委屈,先在我父亲手里,后来又在你手里。

海尔茂　这是什么话!你父亲和我这么爱你,你还说受了我们的委屈!

娜　拉　(摇头)你们何尝真爱过我,你们爱我只是拿我消遣。

海尔茂　娜拉,这是什么话!

娜　拉　托伐,这是老实话。我在家跟父亲过日子的时候,他把他的意见告诉我,我就跟着他的意见走。要是我的意见跟他不一样,我也不让他知道,因为他知道了会不高兴。他叫我"泥娃娃孩子",把我当作一件玩意儿,就像我小时候玩我的泥娃娃一样。后来我到你家来住着——

海尔茂　用这种字眼形容咱们的夫妻生活简直不像话!

娜　拉　(满不在乎)我是说,我从父亲手里转移到了你手里。跟你在一块儿,事情都归你安排。你爱什么我也爱什么,或者假装爱什么——我不知道是真还是假——也许有时候真,有时候假。现在我回头想一想,这些年我在这儿简直像个要饭的叫化子,要一口,吃一口。托伐,我靠着给你耍把戏过日子。可是你喜欢我这么做。你和我父亲把我害苦了。我现在这么没出息都要怪你们。

海尔茂　娜拉,你真不讲理,真不知好歹!你在这儿过的日子难道不快活?

娜　拉　不快活。过去我以为快活,其实不快活。

海尔茂　什么！不快活！

娜　拉　说不上快活,不过说说笑笑凑个热闹罢了。你一向待我很好。可是咱们的家只是一个玩儿的地方,从来不谈正经事。在这儿我是你的"玩偶老婆",正像我在家里是我父亲的"玩偶女儿"一样。我的孩子又是我的泥娃娃。你逗着我玩儿,我觉得有意思,正像我逗孩子们,孩子们也觉得有意思。托伐,这就是咱们的夫妻生活。

海尔茂　你这段话虽然说得太过火,倒也有点儿道理。可是以后的情形就不一样了。玩耍的时候过去了,现在是受教育的时候了。

娜　拉　谁的教育？我的教育还是孩子们的教育？

海尔茂　两方面的,我的好娜拉。

娜　拉　托伐,你不配教育我怎样做个好老婆。

海尔茂　你怎么说这句话？

娜　拉　我配教育我的孩子吗？

海尔茂　娜拉！

娜　拉　刚才你不是说不敢再把孩子交给我吗？

海尔茂　那是气头上的话,你老提它干什么？

娜　拉　其实你的话没说错。我不配教育孩子。要想教育孩子,先得教育我自己。你没资格帮我的忙。我一定得自己干。所以现在我要离开你。

海尔茂　（跳起来）你说什么？

娜　拉　要想了解我自己和我的环境,我得一个人过日子,所以我不能再跟你待下去。

海尔茂　娜拉！娜拉！

娜　拉　我马上就走。克里斯蒂纳一定会留我过夜。

海尔茂　你疯了！我不让你走！你不许走！

娜　拉　你不许我走也没用。我只带自己的东西。你的东西我一件都不要,现在不要,以后也不要。

海尔茂　你怎么疯到这步田地！

娜　拉　明天我要回家去——回到从前的老家去。在那儿找点事情做也许不太难。

海尔茂　喔,像你这么没经验——

娜　拉　我会努力去吸取。

海尔茂　丢了你的家,丢了你丈夫,丢了你儿女!不怕人家说什么话!

娜　拉　人家说什么不在我心上。我只知道我应该这么做。

海尔茂　这话真荒唐!你就这么把你最神圣的责任扔下不管了?

娜　拉　你说什么是我最神圣的责任?

海尔茂　那还用我说?你最神圣的责任是你对丈夫和儿女的责任。

娜　拉　我还有别的同样神圣的责任。

海尔茂　没有的事!你说的是什么责任?

娜　拉　我说的是我对自己的责任。

海尔茂　别的不用说,首先你是一个老婆,一个母亲。

娜　拉　这些话现在我都不信了。现在我只信,首先我是一个人,跟你一样的一个人——至少我要学做一个人。托伐,我知道大多数人赞成你的话,并且书本里也是这么说的。可是从今以后我不能一味相信大多数人说的话,也不能一味相信书本里说的话。什么事情我都要用自己脑子想一想,把事情的道理弄明白。

海尔茂　难道你不明白你在自己家庭的地位?难道在这些问题上没有颠扑不破的道理指导你?难道你不信仰宗教?

娜　拉　托伐,不瞒你说,我真不知道宗教是什么。

海尔茂　你这话怎么讲?

娜　拉　除了行坚信礼的时候牧师对我说的那套话,我什么都不知道。牧师告诉过我,宗教是这个,宗教是那个。等我离开这儿一个人过日子的时候,我也要把宗教问题仔细想一想。我要仔细想一想,牧师告诉我的话究竟对不对,对我合用不合用。

海尔茂　喔,从来没听说过这种话!并且还是从这么个年轻女人嘴里说出来的!要是宗教不能带你走正路,让我唤醒你的良心来帮助你——你大概还有点道德观念吧?要是没有,你就干脆说没有。

娜　拉　托伐,这个问题不容易回答。我实在不明白。这些事情我摸不清。我只知道我的想法跟你的想法完全不一样。我也听说,国家的法律跟我心里想的不一样,可是我不信那些法律是正确的。父亲病得快死了,法律不许女儿给他省烦恼。丈夫病得快死了,法律不许老婆想法子救他的性命!我不信世界上有这种不讲理的法律。

海尔茂　你说这些话像个小孩子。你不了解咱们的社会。

娜　　拉　我真不了解。现在我要去学习。我一定要弄清楚,究竟是社会正确,还是我正确。

海尔茂　娜拉,你病了,你在发烧说胡话。我看你像精神错乱了。

娜　　拉　我的脑子从来没像今天晚上这么清醒、这么有把握。

海尔茂　你这么清醒、这么有把握,居然要丢掉丈夫和儿女?

娜　　拉　一点不错。

海尔茂　这么说,只有一句话讲得通。

娜　　拉　什么话?

海尔茂　那就是你不爱我了。

娜　　拉　不错,我不爱你了。

海尔茂　娜拉!你忍心说这话!

娜　　拉　托伐,我说这话心里也难受,因为你一向待我很不错。可是我不能不说这句话。现在我不爱你了。

海尔茂　(勉强管住自己)这也是你清醒的有把握的话?

娜　　拉　一点不错。所以我不能再在这儿待下去。

海尔茂　你能不能说明白,我究竟做了什么事使你不爱我?

娜　　拉　能。就因为今天晚上奇迹没出现,我才知道你不是我理想中的那种人。

海尔茂　这话我不懂,你再说清楚点。

娜　　拉　我耐着性子整整等了八年,我当然知道奇迹不会天天有。后来大祸临头的时候,我曾经满怀信心地跟自己说,"奇迹来了!"柯洛克斯泰把信扔在信箱里以后,我决没想到你会接受他的条件。我满心以为你一定会对他说,"尽管宣布吧",而且你说了这句话之后,还一定会——

海尔茂　一定会怎么样?叫我自己的老婆出丑丢脸,让人家笑骂?

娜　　拉　我满心以为你说了那句话之后,还一定会挺身出来,把全部责任担在自己肩膀上,对大家说,"事情都是我干的。"

海尔茂　娜拉——

娜　　拉　你以为我会让你替我担当罪名吗?不,当然不会。可是我的话怎么比得上你的话那么容易叫人家相信?这正是我盼望它发生又怕它发生的奇迹。为了不让奇迹发生,我已经准备自杀。

海尔茂　娜拉,我愿意为你日夜工作,我愿意为你受穷受苦。可是男人不能为他所爱的女人牺牲自己的名誉。

260

娜　拉　千千万万的女人都为男人牺牲过名誉。

海尔茂　喔,你心里想的嘴里说的都像个傻孩子。

娜　拉　也许是吧。可是你想的和说的也不像我可以跟他过日子的男人。后来危险过去了——你不是怕我有危险,是怕你自己有危险——不用害怕了,你又装作没事人儿了。你又叫我跟从前一样乖乖地做你的小鸟儿,做你的泥娃娃,说什么以后要格外小心保护我,因为我那么脆弱不中用。(站起来)托伐,就在那当口,我好像忽然从梦里醒过来,我简直跟一个陌生人同居了八年,给他生了三个孩子。喔,想起来真难受!我恨透了自己没出息!

海尔茂　(伤心)我明白了,我明白了,在咱们中间出现了一道深沟。可是,娜拉,难道咱们不能把它填平吗?

娜　拉　照我现在这样子,我不能跟你做夫妻。

海尔茂　我有勇气重新再做人。

娜　拉　在你的泥娃娃离开你之后——也许有。

海尔茂　要我跟你分手!不,娜拉,不行!这是不能设想的事情。

娜　拉　(走进右边屋子)要是你不能设想,咱们更应该分开。(拿着外套、帽子和旅行小提包又走出来,把东西搁在桌子旁边椅子上)

海尔茂　娜拉,娜拉,现在别走,明天再走。

娜　拉　(穿外套)我不能在陌生人家里过夜。

海尔茂　难道咱们不能像哥哥妹妹那么过日子?

娜　拉　(戴帽子)你知道那种日子长不了。(围披肩)托伐,再见。我不去看孩子了。我知道现在照管他们的人比我强得多。照我现在这样子,我对他们一点儿用处都没有。

海尔茂　可是,娜拉,将来总有一天——

娜　拉　那就难说了。我不知道我以后会怎么样。

海尔茂　无论怎么样,你还是我的老婆。

娜　拉　托伐,我告诉你。我听人说,要是一个女人像我这样从她丈夫家里走出去,按法律说,她就解除了丈夫对她的一切义务。不管法律是不是这样,我现在把你对我的义务全部解除。你不受我拘束,我也不受你拘束。双方都有绝对的自由。拿去,这是你的戒指。把我的也还我。

海尔茂　连戒指都要还?

261

娜　　拉　要还。

海尔茂　拿去。

娜　　拉　好。现在事情完了。我把钥匙都搁在这儿。家里的事,用人都知道——她们比我更熟悉。明天我动身之后,克里斯蒂纳会来给我收拾我从家里带来的东西。我会叫她把东西寄给我。

海尔茂　完了！完了！娜拉,你永远不会再想我了吧？

娜　　拉　喔,我会时常想到你,想到孩子们,想到这个家。

海尔茂　我可以给你写信吗？

娜　　拉　不,千万别写信。

海尔茂　可是我总得给你寄点儿——

娜　　拉　什么都不用寄。

海尔茂　你手头不方便的时候我得帮点忙。

娜　　拉　不必,我不接受陌生人的帮助。

海尔茂　娜拉,难道我永远只是个陌生人？

娜　　拉　(拿起手提包)托伐,那就要等奇迹中的奇迹发生了。

海尔茂　什么叫奇迹中的奇迹？

娜　　拉　那就是说,咱们俩都得改变到——喔,托伐,我现在不信世界上有奇迹了。

海尔茂　可是我信。你说下去！咱们俩都得改变到什么样子——？

娜　　拉　改变到咱们在一块儿过日子真正像夫妻。再见。(她从门厅走出去)

海尔茂　(倒在靠门的一张椅子里,双手蒙着脸)娜拉！娜拉！(四面望望,站起身来)屋子空了。她走了。(心里闪出一个新希望)啊！奇迹中的奇迹——

〔楼下砰的一响传来关大门的声音。

——剧　终

群　　鬼

(1881)

【题　解】

　　三幕剧《群鬼》于一八八一年问世,出版后两周即在丹麦首都哥本哈根上演。一八八三年,《群鬼》在瑞典首次演出。一八八九年,奥托·布拉赫在柏林他的自由剧场演出《群鬼》,这一年英国独立剧院也演出此剧。由于这个剧本诅咒了堕落的社会,堕落的社会也报之以攻击。剧作家早已预见到他的剧作要遭受一群"卫道者"的批评与诘难,一八八一年他给《群鬼》的出版商写信说:"《群鬼》可能引起某些社会集团的惊慌,不过这实在是无法避免的。假如不这样,我当初就不写它了。"一八九一年,此剧在伦敦演出时,有个批评家竟贬它为"一部糟糕透顶的作品,一个令人反感的卑劣的剧本";在挪威国内,自由党与保守党对它的攻讦更加激烈。英国著名戏剧家肖伯纳曾撰文为《群鬼》辩护,驳斥了那些对易卜生的怀有敌意的批评;挪威著名戏剧家比昂逊也站在易卜生一边,为他辩护。早在清末民初,《群鬼》便传到了中国,由译述家林纾根据别人的口译改写为小说,并予以发表。当时的译名是《梅孽》,一说《梅孽》于一九二一年正式出版。一九一四年,话剧界的先辈陆镜若在《俳优杂志》创刊号上发表专论《伊蒲生之剧》,不但论及《玩偶之家》、《人民公敌》等剧,也介绍了《群鬼》。"五四"运动期间,《群鬼》在我国上演过。一九二一年,潘家洵译的《易卜生集》第一集收入《群鬼》。这里采用的是潘家洵的译本(曾收入《易卜生戏剧集》,人民文学出版社1956年版),并经译者校订的。

　　剧名《群鬼》有两层彼此呼应的意思,一是指海伦·阿尔文太太家里两代人"闹鬼";一是"群鬼"意味着旧制度、旧道德观念的陈旧腐朽。可以把此剧和《玩偶之家》结合起来阅读,它描写一个和娜拉性格很不相同的妇女的悲惨故事。海伦年轻时由母亲和两个姑姑做主,嫁给年轻、漂亮、有钱的宫廷侍从官阿尔文。婚后一年,海伦对这个荒淫无度的丈夫感到愤懑,难以忍受精神上的痛苦,便去找她从前喜欢过的知己朋友曼德牧师,但道貌岸然的曼德牧师为了自己的名誉、地位而拒绝她的求援,竟以服从上帝意志的名义,要她忍辱负重,守着坏丈夫过日子。海伦生下儿子欧士华之后,也曾希望丈夫好转,可是阿尔文"索性把丑事闹到家里来了"。他和女用人乔安娜"闹鬼",乔安娜生了个私生女儿吕嘉纳。海伦忍受着极大的痛苦,让乔安娜与跛脚木匠安格斯川结婚,并收留吕嘉纳在家做使女。她不愿意幼小的欧士华在家里受到父亲恶习的感染,就将他送往巴黎学习绘画艺术。后来,阿尔文病死。为了体面,海伦一直写信告诉儿子,说他父亲是个道德高尚的人。她还拿出大量的钱财开办孤儿院等慈善事业,替阿尔文沽名钓誉。

　　本剧启幕时,二十六七岁的欧士华从巴黎回到家里,孤儿院也快要开幕了,海伦面对这些"喜事",感到无比高兴,认为苦尽甘来,从此可以过快快活活的日子了。然而,事与愿违。欧士华爱上了异母妹妹吕嘉纳,他俩重演了二十年前"闹鬼"的丑剧,海伦听到吕嘉纳在"暖房"里低声呼叫:"欧士华!别闹!你疯了?快撒手!"海伦很想把吕嘉纳嫁出去,但欧士华坚决要求母亲答应他与吕嘉纳结婚,因为他要追求"生活的乐趣"(和他父亲一样)。海伦下决心向欧士华公开阿尔文的真实情况,正在这时,孤儿院被一场大火烧光了。海伦不顾曼德牧师的阻止,在欧士华和吕嘉纳的面前交待了阿尔文的浪荡生活以及他俩的关系。吕嘉纳知道事情的真相后,决定离开欧士华去寻找自己的享乐生活,甚至宁愿到安格斯川办的"阿尔文公寓"(妓院)去。欧士华也向母亲交"底"了,原来他从娘胎里遗传了阿尔文的梅毒(花柳病)。他想让吕嘉纳照顾自己,现在落空了。戏剧临近结束时,欧士华病情恶化,成为一个白痴,只会呼喊:"太阳!"

人 物 表

海伦·阿尔文太太——寡妇,她丈夫阿尔文上尉从前是宫廷侍从官①

欧士华·阿尔文——她的儿子,画家

曼德牧师

杰克·安格斯川——木匠

吕嘉纳·安格斯川——阿尔文太太的女用人

事情发生在靠近挪威西部一个大峡湾的阿尔文太太的别墅里。

---

① "宫廷侍从官",是挪威国王赐给有家产有地位的人的一种荣誉头衔。

第 一 幕

〔一间通花园的大屋子,左边一扇门,右边两扇门。屋子当中有一张圆桌,桌子周围有几把椅子。桌上有书籍、杂志、报纸。左前方有一扇窗,靠窗有一张小沙发,沙发前面有一张带抽屉的针线桌。后方接连着一间比这间略小些的养花暖房,四面都是落地大玻璃窗。暖房右边有一扇门,开门出去就是花园。大玻璃窗外迷迷蒙蒙,正在下雨,隐隐约约可以望见峡湾里的苍茫景色。

〔木匠安格斯川站在通花园的门边。他的左腿有点瘸,左脚靴子底下加了一层厚木头底。吕嘉纳手里拿着一把空喷水壶,拦着不许他进来。

吕嘉纳　(低声)你干什么?站着别动。你瞧你身上的雨水直往下滴答。
安格斯川　这是上帝下的好雨,我的孩子。
吕嘉纳　我说这是魔鬼下的雨!
安格斯川　天呀,这是什么话,吕嘉纳。(往前拐了一两步)我要跟你说的是这么档子事——
吕嘉纳　你那只脚别这么呱哒呱哒的,听见没有!少爷在楼上睡觉呢。
安格斯川　睡觉?晌午还睡觉?
吕嘉纳　你管不着。
安格斯川　昨儿晚上我出去喝了个痛快——
吕嘉纳　这话我倒信。
安格斯川　嗳,孩子,咱们都是拿不定主意的人——
吕嘉纳　是啊。
安格斯川　——外头迷魂阵太多,不容易抵挡。可是今儿大清早五点半我就上工了。

吕嘉纳　好,好,你还是快走吧。我不愿意站在这儿,好像跟你有rendez vous①似的。

安格斯川　你说好像跟我有什么?

吕嘉纳　我不愿意人家瞧见你在这儿。你明白了吧,快走。

安格斯川　(走近一两步)那可不行!我得跟你说几句话才走。今儿晚半晌学校工程都完了,夜里我就搭轮船回家。

吕嘉纳　(嘴里咕哝)祝你一路平安!

安格斯川　谢谢你,孩子。明天孤儿院开幕,不用说,准得热闹一下子,大伙儿喝顿痛快酒。我不能让人说杰克·安格斯川看见迷魂汤舍不得走。

吕嘉纳　哼!

安格斯川　你瞧着吧,明儿来的阔人管保少不了。听说曼德牧师也要下乡来。

吕嘉纳　他今儿就来。

安格斯川　你瞧,我没说错吧!我得特别留点儿神,别让他抓出错来。你明白不明白?

吕嘉纳　嘿嘿!是不是你又想捣鬼?

安格斯川　你说我又想什么?

吕嘉纳　(仔细打量他)这回你又想在曼德牧师身上打什么鬼主意?

安格斯川　嘘!嘘!你疯了?我想在曼德牧师身上打主意?这是什么话!曼德牧师待我那么好,我能算计他!刚才我要跟你说的是我今晚回家的事儿。

吕嘉纳　你越走得早越好。

安格斯川　可是我想把你带着一块儿走,吕嘉纳。

吕嘉纳　(吃惊)你要把我带走?这是什么话?

安格斯川　我要把你带回家。

吕嘉纳　(瞧不起他)干脆一句话,办不到!

安格斯川　嗯,咱们瞧着吧!

吕嘉纳　哼,你放心,咱们瞧着吧!我是在阿尔文太太这么个大户人家长大的!她待我跟自己女儿差不多!你想把我带回家?带到你那么个乌糟地方去?你真不要脸!

---

① 法文。意思是"约会"。吕嘉纳喜欢说法文,表示她是上流社会的人。

安格斯川　他妈的,你说什么?臭丫头,你敢跟你老子顶嘴?

吕嘉纳　（嘴里咕哝,连看也不看他）你说过不知多少回我不是你生的。

安格斯川　呸!提那些话干什么?

吕嘉纳　你不是骂过好几回,说我是个——?不害臊!①

安格斯川　我敢赌咒没说过这种脏字眼。

吕嘉纳　我清清楚楚记得你说过。

安格斯川　那一定是我说话时候多喝了点儿酒。世界上的迷魂阵太多,我的孩子。

吕嘉纳　嘿!

安格斯川　再说,那时候你妈一定正在发脾气,我得找句话顶住她。你妈最爱装腔作势,混充上等人。（学他老婆说话）"别管我,安格斯川,你管不着。别忘了我在罗森伏庄园阿尔文老爷家里待过三年,他家的人见过皇上。"真肉麻!她老忘不了在他家当差时阿尔文上尉封了宫廷侍从官。

吕嘉纳　苦命的妈!没几天你就把她折磨死了。

安格斯川　（把肩膀一耸）哼,不用说!什么都是我的错。

吕嘉纳　（转过身去,声音不大）哼!还有那条腿!

安格斯川　你说什么?

吕嘉纳　羊腿。②

安格斯川　你说的是英国话?

吕嘉纳　是。

安格斯川　对,对,你在这儿学的东西真不少。现在也许有用了,吕嘉纳。

吕嘉纳　（半晌不说话）你要我进城干什么?

安格斯川　我只有你这么一个孩子,亏你问得出我要你回去干什么!我现在还不是个无依无靠的孤老头儿?

吕嘉纳　哼,别给我来这套鬼话!干脆说你要我回去干什么?

安格斯川　老实告诉你,我一直想干个新行当。

吕嘉纳　（瞧不起他）你的行当换过不止一回了,可是哪回都是一团糟。

安格斯川　这回你瞧着吧,吕嘉纳!他妈的,要是我——

---

① 原文为法文。
② 原文为法文。

吕嘉纳　（跺脚）嘴里干净点儿！

安格斯川　嘘！嘘！这话对,孩子。我要跟你说的是——在这孤儿院的工程上我很攒了几文钱。

吕嘉纳　是吗？那更好了。

安格斯川　你说这乡下地方有钱能往哪儿花？

吕嘉纳　那你打算怎么办？

安格斯川　我想搞点儿挣钱的买卖。我打算开个水手饭店。

吕嘉纳　呸！

安格斯川　当然是个规规矩矩的上等饭店,不是那种接待平常水手的乌糟的烂猪窝。不,没那事儿！我这饭店专伺候船长和大副,还有——还有——地道的阔主顾。

吕嘉纳　你要我去——？

安格斯川　不用说,要你去帮忙。我只要你做幌子,一点儿粗活都不让你碰。你爱干什么就干什么。

吕嘉纳　哦,原来是这么回事！

安格斯川　你知道,开饭店总得有个娘们儿,这是明摆着的事。到了晚半响儿,总得唱唱歌,跳跳舞,来点什么热闹玩意儿。你知道饭店主顾都是飘洋过海、在船上住腻了的人。（走近一步）吕嘉纳,你别想不开,别把自己耽误了！在这儿待下去你将来怎么个了局？阿尔文太太用心栽培你,可是对你有什么好处？听说她要你上孤儿院照管小孩子。那种事儿是你干的吗？难道说你真这么死心眼儿,愿意一辈子给那群臭孩子当苦力？

吕嘉纳　不,只要事情能如意,我就——唔,事情难说——事情难说。

安格斯川　什么叫"事情难说"？

吕嘉纳　你不用管。你究竟攒了多少钱？

安格斯川　算到一块儿,大概有七八百克朗。

吕嘉纳　倒也不算少。

安格斯川　起头足够了,我的孩子。

吕嘉纳　你不肯给我点儿吗？

安格斯川　这可办不到！

吕嘉纳　连买块料子做件新衣服的钱都不给？

安格斯川　姑娘,只要你跟我进城,管保你新衣服穿不完。

271

吕嘉纳　　呸！要是想新衣服穿不完,我自己也有办法。

安格斯川　可是你得有做爸爸的给你出主意,吕嘉纳。我在小港街看中了一所好房子,不用付多少现钱就能租下来。咱们可以开个水手公寓。

吕嘉纳　　可是我不想跟你在一块儿过日子！我跟你丝毫不相干。快走！

安格斯川　姑娘,你跟我反正住不长。我没那么大造化！只要你开窍,像你在这两年长得这么漂亮——

吕嘉纳　　怎么样？

安格斯川　用不了多少日子你准能抓上个大副——说不定还能找个船长。

吕嘉纳　　我不愿意嫁那等人。做水手的不懂得礼貌。①

安格斯川　你说他们不懂得什么？

吕嘉纳　　老实告诉你,我知道水手是怎么一等人。那等人嫁不得。

安格斯川　那就别嫁他们。不结婚照样能弄钱。(更为机密地)你还记得那个英国人——坐着游艇的那家伙——在她身上就花了七十英镑,她长得一点儿也不比你漂亮②。

吕嘉纳　　(逼近他)滚出去！

安格斯川　(倒退)嗳！嗳！你敢揍我？

吕嘉纳　　敢！你要这么说话糟蹋我妈妈,我就敢揍你。滚出去,听见没有！(把他推到园门口)关门声音小点儿。少爷在——

安格斯川　他在睡觉,我知道。真怪,你这么关心小阿尔文先生。(声音放低了些)哦嗬！难道他——

吕嘉纳　　快滚！你简直胡说八道。喂,别走那条路。曼德牧师来了,你快从厨房台阶下去。

安格斯川　(向右走)是,是,我就走。回头他来的时候,你跟他谈一谈。他会教导你做女儿的该怎么孝顺爸爸。不管怎么说,我总算是你爸爸。你不信,我有教堂登记簿。

〔他从吕嘉纳给他打开的右边第二道门里走出去,吕嘉纳随手关上门,匆匆忙忙在镜子里照了一照,用手绢儿把身上掸一掸,整一整领带,就忙着浇花儿。

----

① 原文为法文。
② 安格斯川这里说的"她"是指他老婆。这件事后文有交代。

〔曼德牧师从通花园的门里走进暖房来。他穿着外套,拿着雨伞,肩膀上用皮带背着个旅行小提包。

曼　德　你早,安格斯川姑娘。

吕嘉纳　(转过身来,装出一副又惊又喜的样子)哦,我当是谁,原来是曼德牧师,您好!轮船到得这么早?

曼　德　刚到。(从暖房走进大屋子)这些日子天天下雨,真讨厌。

吕嘉纳　(跟他进来)这雨庄稼人可喜欢。

曼　德　对,对。我们城里人想不到这上头。(脱外套)

吕嘉纳　来,让我帮您脱!好了。您瞧外套湿得这样子!我给您挂在门厅里。还有那把伞,我拿去张开,让它吹吹干。

〔吕嘉纳拿着外套、雨伞,从右边第二道门里走出去。曼德牧师把提包从肩膀上卸下来,连帽子一齐搁在一把椅子上。这时吕嘉纳已经回到屋里。

曼　德　啊,从外头进来真舒服。这儿事情大概都顺当吧?

吕嘉纳　都顺当,谢谢您关心。

曼　德　你们准备明天的事儿大概很忙吧?

吕嘉纳　可不是吗,事情真不少。

曼　德　阿尔文太太大概在家吧?

吕嘉纳　在家。她刚上楼给少爷预备巧克力去了。

曼　德　哦,我正要问你,刚才我在码头上听说欧士华回来了。

吕嘉纳　是。他前天回来的。我们本来算计他今天才能到家。

曼　德　他身体很好吧?

吕嘉纳　谢谢您,很好。就是路上太累了。他从巴黎一直赶回来,整天坐火车,路上没休息。这时候他也许正睡觉呢,咱们说话声音还是小点儿好。

曼　德　对,越小越好。

吕嘉纳　(把一张扶手椅推到桌子旁边)请坐,曼德牧师,别客气。(曼德牧师坐下,吕嘉纳给他搬过一个脚踏来)好!这么舒服吗?

曼　德　谢谢,这么很舒服。(瞧着她)安格斯川姑娘,自从我上回看见你之后,你真长高了。

吕嘉纳　是吗?阿尔文太太说我也长胖了。

曼　德　长胖了?唔,也许是,不太胖,正合适。(沉默了一会儿)

273

吕嘉纳　要不要告诉阿尔文太太说您来了？

曼　德　谢谢,不忙,好孩子。哦,我想问问你,吕嘉纳,你爸爸在这儿过得怎么样？

吕嘉纳　喔,谢谢您,他过得很好。

曼　德　他上回进城时找过我。

吕嘉纳　是吗？他最爱跟您老人家说话。

曼　德　你大概常到工地瞧他吧？

吕嘉纳　我？喔,当然,我有工夫的时候,总是——

曼　德　安格斯川姑娘,你爸爸是个没主意的人,他不大靠得住,必须有人照管他。

吕嘉纳　喔,他是这么个人。

曼　德　他经常需要一个能照顾又能指点他的人。这是他上回进城找我亲口说的话。

吕嘉纳　是的,他也跟我说过这一类的话。可是我不知道阿尔文太太能不能让我走。现在新盖的孤儿院正好又需要人照管。再说,我也不愿意离开阿尔文太太,她一向待我那么好。

曼　德　可是,好孩子,做女儿的应该——当然,咱们先得问你主人愿意不愿意。

吕嘉纳　可是我不知道像我这么大的女孩子给单身汉管家合适不合适。

曼　德　什么话！安格斯川姑娘！那单身汉是你自己的爸爸呀！

吕嘉纳　就算是吧,可是——要是真是个好人家,真是个上等人——

曼　德　喔,吕嘉纳——

吕嘉纳　——要是真是个值得亲爱,值得敬重,够得上做我爸爸的人——

曼　德　喔,我的好孩子——

吕嘉纳　那我倒也愿意进城去。这儿乡下的日子太冷清,曼德先生,一个人过日子的滋味您是知道的。要是有好地方,我真愿意去。曼德先生,您能不能给我找个合适的事儿？

曼　德　我？我办不到。

吕嘉纳　曼德先生,好歹别把我忘了,要是——

曼　德　（站起来）喔,当然不会忘,安格斯川姑娘。

吕嘉纳　因为,要是我——

曼　德　请你告诉阿尔文太太,说我要见她。

吕嘉纳　好,我马上就去。(从左边走出去)

曼　德　(来回走了几步,背着手在屋子后方玻璃窗口站着往外瞧。随后他又回到桌子旁边,随手拿起一本书,看看封面,吓了一跳,再看一些别的书的封面)哦!可了不得!

〔阿尔文太太从左边走进来。吕嘉纳跟在后面,可是马上就从右边第一道门走出去。

阿尔文太太　(伸出手来)曼德牧师,你好?

曼　德　阿尔文太太,你好?我答应来现在真来了。

阿尔文太太　你倒老是那么准时。

曼　德　这回我下乡可真不容易。我要参加那么些教区会和董事会——

阿尔文太太　这么说,你来得这么早就更得谢谢你了。咱们把事情赶完了再吃饭。你的行李呢?

曼　德　(赶紧回答)我的行李在旅馆里。今儿晚上我在旅馆住。

阿尔文太太　(忍着不笑出来)难道说现在还没法子劝你在我家里住一夜?

曼　德　不,不。多谢,多谢!我还像每回似的住旅馆好。那儿离码头近,上轮船最方便。

阿尔文太太　当然随你的便。可是我觉得实在没关系,现在咱们都老了——

曼　德　哈哈!你又说笑话。也难怪你今天兴致这么好,孤儿院明天要开幕,欧士华又是刚回家。

阿尔文太太　可不是吗?你说我心里多痛快!他有两年多没回家了。他说这回要陪着我过个冬。

曼　德　真的吗?这是他孝顺你,要不然他怎么肯扔下罗马和巴黎的繁华生活到乡下过日子。

阿尔文太太　是啊,可是他妈妈在乡下呀。真是个好孩子,他心眼儿里还有他妈妈!

曼　德　要是为了学艺术那种东西就把母子感情冷淡了,那可太不像话了。

阿尔文太太　你说得很对。可是我儿子没问题。我很想看看你是不是还认识他。他快下楼了。这会儿他在楼上沙发上躺着休息呢。请坐,亲爱的牧师。

曼　德　谢谢。你有工夫吗?

阿尔文太太　当然有。

曼　德　很好。那么让我拿几件东西给你看——(走到搁小提包的椅子边,从提包里拿出一包文件来，在阿尔文太太对面坐下，想在桌子上找块空地方搁文件）这是第一桩——（把话打住）阿尔文太太，你先告诉我，桌子上这些书是干什么的？

阿尔文太太　你问这些书？是我看的呀。

曼　德　你看这一类东西？

阿尔文太太　不错。

曼　德　你看了这种书心里是不是舒服点儿，快活点儿？

阿尔文太太　我看了这些书好像觉得自己心里多点儿把握。

曼　德　真怪！你这话是什么意思？

阿尔文太太　喔，我平日心里想的问题好像在书里都得到了答案，得到了证实。曼德牧师，最奇怪的是，这些书里说的都是平常人想得到、信得过的道理，不是什么新鲜玩意儿。不过平常人不是没把那些道理整理起来，就是不敢说出来。

曼　德　嗳呀，天啊！难道你真相信平常人——

阿尔文太太　我真相信。

曼　德　这儿的人总不会这样吧？像咱们这些人总不会这样吧？

阿尔文太太　为什么不？乡下城里都一样。

曼　德　我真想不到——

阿尔文太太　再说，你为什么讨厌这些书？

曼　德　讨厌？我有闲工夫看这些无聊东西吗？

阿尔文太太　其实你并不懂得你所讨厌的东西。

曼　德　我读过好些批评这些书的文章，所以我不赞成这些书。

阿尔文太太　不错，可是你自己的见解——

曼　德　阿尔文太太，在好些事情上头咱们必须倚仗别人的意见。世界上的事就是这么安排的，这么安排很恰当。要不然，咱们的社会还成什么样子？

阿尔文太太　你说得也许有道理。

曼　德　我当然不否认这种书可能很吸引人。而且，我听说在外国——就是你让你儿子去待那么些年的地方——各种各样的思想讲得很热闹，你想知道点儿情况，我也不能埋怨你。可是——

阿尔文太太　可是什么？

曼　德　（声音低下来）可是嘴里不许说，阿尔文太太。一个人在自己家里想些什么,看些什么书,当然不必一五一十地去告诉别人。

阿尔文太太　　当然不必。我的意见完全跟你一样。

曼　德　　可是你得替这孤儿院想一想,在你决定创办孤儿院的时候——要是我没看错的话——你对宗教的看法跟现在很不一样。

阿尔文太太　　喔,不错,这一点我承认。可是咱们刚才正要谈孤儿院——

曼　德　　不错,咱们正要谈孤儿院的事。我只想嘱咐你一句话:你要小心,阿尔文太太! 现在咱们谈正经事。(打开纸包,拿出几张文件来)你看见没有?

阿尔文太太　　是不是文件?

曼　德　　是。都在里头了——手续全都办齐了。老实告诉你,把这些东西按时弄到手可真不容易。我一步都不能放松。遇到产权问题,地方当局认真得要命。可是现在到底都办齐了。(翻看文件)你瞧! 这是罗森伏庄园索尔卫那块地的过户契约——连地带新盖的教室、教员住宅、教堂、全部建筑都在里头了。这是孤儿院章程的批准书。你看一遍好不好?(念道)"阿尔文上尉孤儿院章程"。

阿尔文太太　　(对文件瞧了好半天)喔,都办好了。

曼　德　　我故意用"上尉",没用"侍从官"。"上尉"不像"侍从官"那么招摇。

阿尔文太太　　对,对,你觉得怎么好就怎么办。

曼　德　　这是银行存款簿,存款利息指定作为孤儿院的经常开支。

阿尔文太太　　谢谢。可是别交给我,你拿着方便些。

曼　德　　好吧。我想目前还是把款子存在银行里。利息确是不大,年息四分,提款六个月前通知。要是将来能做利息大点儿的押款——当然抵押品一定得来历分明,确实可靠——咱们再重新安排。

阿尔文太太　　对,对,曼德牧师。这些事你最会安排。

曼　德　　反正我随时留意就是了。可是还有一件事,我好几回想问你。

阿尔文太太　　什么事?

曼　德　　孤儿院的房子要不要保火险?

阿尔文太太　　那还用说,当然要保险。

曼　德　　啊,别忙,阿尔文太太。咱们再仔细想一想。

阿尔文太太　　我家里什么东西都保了火险——房子、家具、牲口、粮食,什么都保了险。

曼　德　　不用说,那是你私人的产业。当然我也是这么办的。可是孤儿院就完全不同了。孤儿院可以说是桩神圣的事业。

阿尔文太太　是啊,可是咱们不应该因此就不——

曼　　德　就我自己说,我觉得保火险预防意外,并没什么不应该。

阿尔文太太　我的想法也一样。

曼　　德　可是本地一般人的想法怎么样?这一点当然你比我更清楚。

阿尔文太太　唔——一般人的想法——

曼　　德　会不会有一批——真正重要的人物——不赞成保火险?

阿尔文太太　什么叫"真正重要的人物"?

曼　　德　我指的是那些有地位有势力的人,他们的意见咱们不能不理会。

阿尔文太太　本地有几个这样的人会反对,要是咱们——

曼　　德　你看!这样的人城里也很多。拿我同事的教友们说吧,他们就会说咱们保火险就是不相信上帝。

阿尔文太太　可是在你这方面,我的好牧师,你心里至少该明白——

曼　　德　当然,我知道——我知道。我问心无愧,决没问题。可是咱们还是难免让人家误会,人家的误会就许对孤儿院不利。

阿尔文太太　既然如此,那么——

曼　　德　还有一层,我也不能不考虑我将来的处境可能发生困难——或者甚至于很苦恼。城里那些有势力的人非常注意咱们这孤儿院。不用说,这个孤儿院也应该照顾城里人,那些人希望能给他们大大减轻贫民救济税①。我一向是你的顾问,替你照管孤儿院的事,所以我怕心里怀恨的人将来会拿我开刀——

阿尔文太太　喔,你千万别担这风险。

曼　　德　更不用说有些报纸杂志准会骂我喽。

阿尔文太太　好,好,我的好牧师,既然如此,咱们就把事情决定下来。

曼　　德　那么你的意思是孤儿院不必保火险?

阿尔文太太　对,不必保火险。

曼　　德　（靠在椅子里）可是万一出点儿乱子呢?事情可难说啊——到那时候你有没有力量弥补那笔损失?

阿尔文太太　没有。老实告诉你,我也决不想弥补。

---

① 一种征收来救济贫民的地方税。

曼　德　不过,我得告诉你,阿尔文太太,不保火险,咱们肩膀上的责任可不轻啊。

阿尔文太太　你看有没有别的办法?

曼　德　没有。问题就在这儿。咱们简直没别的办法。咱们不应该让人家发生误会,也不该做得罪教友的事。

阿尔文太太　你是牧师,当然不应该那么办。

曼　德　并且我觉得咱们可以相信这么个慈善事业不会遭殃——上天一定会特别保佑它。

阿尔文太太　但愿如此,曼德牧师。

曼　德　那么,咱们就碰碰运气吧?

阿尔文太太　好。

曼　德　很好。就这么决定了。(记下来)好——不保火险。

阿尔文太太　说起来真可笑,凑巧你今天提起这件事——

曼　德　我想问你这件事不是一天了。

阿尔文太太　——因为昨天咱们工地上差点儿没着火。

曼　德　真的吗?

阿尔文太太　真的,幸亏没什么大关系。木工场里有一堆刨花让火引着了。

曼　德　是不是安格斯川做活的地方?

阿尔文太太　是。人家说他划了洋火老爱随地乱扔。

曼　德　他心里事情太多——怪可怜的——他有那么些心事。谢天谢地,现在好了,听说他想规规矩矩过日子了。

阿尔文太太　真的吗?谁说的?

曼　德　是他自己告诉我的。他手艺真不坏。

阿尔文太太　嗯,不喝酒的时候倒是不坏。

曼　德　嗳,那个害人的毛病!可是他说长了那只坏腿不能不喝点儿酒。他上次进城找我的时候,我听了他的话心里很感动。他千恩万谢地感激我给他在这儿找活做,让他好跟吕嘉纳在一块儿。

阿尔文太太　他不常看见吕嘉纳。

曼　德　可是他说他跟她天天见面说话儿。这是他亲口告诉我的。

阿尔文太太　唔,也许是吧。

曼　德　他自己很明白迷魂阵包围他的时候必得有人好好儿管着他。他怪可怜地跑来找我,自己骂自己,承认自己的毛病,这是杰克·安格斯川最可爱的地方。他上回进城找我提起——阿尔文太太,要是他真用得着吕嘉纳回家的话——

阿尔文太太 (急忙站起来)吕嘉纳!

曼 德 ——你可别反对。

阿尔文太太 哼,我一定反对。再说,吕嘉纳将来在孤儿院有工作。

曼 德 可是你别忘了,他究竟是吕嘉纳的爸爸。

阿尔文太太 哼,我很清楚他一向怎么对待吕嘉纳。不行!我决不让她跟他走。

曼 德 (站起来)我的好太太,别生气。你错怪了安格斯川。你好像很担心——

阿尔文太太 (安静了些)那没关系。从前我照管吕嘉纳,以后我还得照管她。(听)嘘,曼德先生,别再说下去了。(面有喜色)你听!欧士华下楼来了。现在咱们只该想他的事。

〔欧士华·阿尔文身上穿一件薄外套,手里拿着帽子,嘴里叼着一只海泡石大烟斗,从左边门里走进来。

欧士华 (在门口站住)哦,对不起,我以为你在书房里。(走上前来)曼德牧师,你好。

曼 德 (瞪着眼瞧他)哦!真怪!

阿尔文太太 你看他怎么样,曼德先生?

曼 德 我——我——难道真是——

欧士华 不错,正是那浪子,曼德先生。

曼 德 亲爱的年轻朋友——

欧士华 迷路的绵羊回来了。

阿尔文太太 欧士华是在想你从前反对他学画画儿的事情。

曼 德 有些事乍一看似乎不妥当,可是后来——(抓住他的手)不管怎么样,欢迎你回家!亲爱的欧士华——现在我还能叫你欧士华吗?

欧士华 有什么别的可叫的?

曼 德 很好,谢谢你。我想说的是,亲爱的欧士华,你别以为我完全反对学艺术。我相信有好些人虽然学艺术,可是跟学别的东西一样,还能不损伤自己的内心。

欧士华 但愿如此。

阿尔文太太 (笑容满面)我知道有一个人外表和内心都没受损伤。你瞧瞧那个人,曼德先生。

欧士华 （心神不定,走来走去）是,是,亲爱的妈妈。咱们别再说了。

曼　德　没问题,谁都得承认。你已经渐渐地出名了。报纸上时常提起你,对你的批评很好。可是近来我好像不大看见你的名字了。

欧士华 （朝暖房走去）近来我不能多画画儿。

阿尔文太太　艺术家还不是跟别人一样,有时候也得休息休息。

曼　德　对,对。休息的时候可以养精蓄锐,准备更伟大的创作。

欧士华　对。妈妈,快开饭了吗?

阿尔文太太　再等不到半点钟。他胃口这么好,倒是要感谢上帝。

曼　德　并且还爱抽烟。

欧士华　我在楼上屋子里找着了爸爸这只烟斗——

曼　德　哦,怪不得!

阿尔文太太　怪不得什么?

曼　德　怪不得刚才欧士华走进门的时候嘴里叼着烟斗,样子活像他父亲。

欧士华　真的吗?

阿尔文太太　喔,没有的事!欧士华像我。

曼　德　话是不错,不过看他嘴边那股神气——那两片嘴唇——我就想起阿尔文先生来了——现在他抽烟的时候特别像父亲。

阿尔文太太　一点儿都不像。我倒觉得欧士华的嘴弯弯的有点像牧师。

曼　德　对,对,我有几个同事的嘴都是这样子。

阿尔文太太　可是,好孩子,你得把烟斗搁下。我这儿不许抽烟。

欧士华 （放下烟斗）好吧。我只是学抽着玩儿,因为我小时候抽过一回。

阿尔文太太　你?

欧士华　是,那时候我才一点儿大。我记得有天晚上走到楼上爸爸屋里去,正赶上他很高兴。

阿尔文太太　喔,那时候的事情你怎么会记得。

欧士华　我记得很清楚。他抱我坐在他腿上,叫我抽他的烟斗。他说,"抽吧!孩子,使劲儿抽!"于是我就使劲儿抽,抽得脸都发青了,脑袋上的汗珠子像黄豆那么大。爸爸就哈哈大笑——

曼　德　真是太怪了。

阿尔文太太　曼德先生,不是真事,是欧士华做的梦。

281

欧士华　不,妈妈,我不是做梦。你忘了吗?你进来把我抱到我自己屋子里,后来我就病了,我还看见你哭呢。爸爸是不是常爱这么开玩笑?

曼　德　他年轻时候兴致好——

欧士华　可是他还做了那么些事——又好又有用的事——虽然他死得那么早。

曼　德　不错,欧士华·阿尔文,你父亲是个精明强干、了不起的人,你有这么个父亲,一定可以鼓励你上进——

欧士华　不错,应该这样。

曼　德　你能回家参加你父亲的纪念会,是你的孝心。

欧士华　纪念我爸爸,我不能不回来。

阿尔文太太　并且他还要在家里陪我住么些日子!这件事我最高兴。

曼　德　我听说你要在家里过冬。

欧士华　我要长期待下去,曼德先生。喔,在家里待着真好!

阿尔文太太　(面有喜色)可不是吗,好儿子!

曼　德　(同情地望着欧士华)我的好欧士华,你很早就出门上外头去了。

欧士华　是啊。有时候我也想那是不是太早了点儿。

阿尔文太太　喔,一点儿都不早。身体健康的孩子出去得早更好。他要是没有姐妹兄弟,更不应该在家里老挨着爸爸妈妈,把脾气惯坏了。

曼　德　嗯,这还是个值得讨论的问题,阿尔文太太。一个小孩子的正常住处应该是他自己的家。

欧士华　这一点我的意思跟你完全一样,曼德牧师。

曼　德　就拿你自己的儿子说吧——咱们不妨当着他的面说——结果对他怎么样?他今年二十六七岁了,还不知道一个规规矩矩的家庭是什么样子。

欧士华　对不起,牧师,这话你可完全说错了。

曼　德　是吗?我还以为你差不多老在艺术家的圈子里过日子呢。

欧士华　一点儿都不错,我是这样。

曼　德　主要是跟青年艺术家待在一块儿,是不是?

欧士华　是,一点儿都不错。

曼　德　可是我一向总以为那些年轻人难得有力量成家立业,养活老婆孩子。

欧士华　是,好些人没钱结婚。

曼　德　是啊,我说的正是这意思。

欧士华　可是他们还是可以有个家,事实上好些人确是有家,并且还是个规规矩矩、舒舒服服的家。

〔阿尔文太太用心细听儿子的话，点头赞成，可是没说什么。

曼　　德　喔，我不是说单身汉住的地方。我说的"家"是一个家庭住的地方——一个男人带着他的老婆孩子过日子的地方。

欧士华　是啊，或者是带着他的孩子和孩子的妈妈过日子的地方。

曼　　德　（吃惊，捏紧双手）你说什么？

欧士华　怎么样？

曼　　德　跟他孩子的妈妈？

欧士华　是啊，难道你要他把孩子的妈妈撵出去吗？

曼　　德　闹了半天你说的是不合法的结合！那叫作不正常的婚姻！

欧士华　我看不出那些人过的日子有什么特别不正常的地方。

曼　　德　要体面的青年男女难道好意思公开过那种日子？

欧士华　他们有什么别的办法？一个是年轻的穷艺术家——一个是苦命的女孩子——结婚的费用大得很。你说，叫他们怎么办？

曼　　德　叫他们怎么办？阿尔文先生，让我告诉你他们应该怎么办。他们一起头就应该管住自己。这才是他们应该做的事。

欧士华　正在恋爱的热情青年男女可不容易接受你这条道理。

阿尔文太太　实在不容易接受！

曼　　德　（接着说下去）政府当局怎么不干涉！让他们公然干这种事！（向阿尔文太太）现在你看，当初我为你儿子担心难道是多事？有些地方不道德的行为非常流行，并且还有人支持——

欧士华　曼德牧师，我告诉你，每星期日我差不多总到一两个这种不正常的人家去做客——

曼　　德　偏偏还在星期日！

欧士华　星期日难道不是应该休息玩儿的日子？在这种人家我从来没听见过一句难听的话，更没看见过一件可以叫作不道德的事情。从来没有。你知道不知道我在什么时候，什么地方，看见过艺术界有不道德的事情？

曼　　德　喔，我怎么知道！

欧士华　好，让我告诉你。我看见不道德的事情是在你们的模范丈夫和模范父亲私自上巴黎开眼界、光顾艺术圈子的时候。他们是行家。我们连梦都没做过的地方和事情，他们都能告诉我们。

曼　　德　什么！你是不是说规矩人一到外头就会——

欧士华　这些规矩人回到家里的时候,你没听见过他们批评外头风俗怎么坏、道德怎么堕落吗？

曼　　德　是,是,我当然听见过,不过——

阿尔文太太　我也听见过。

欧士华　你可以信他们的话。他们有些人是这里头的老行家。(双手抱头)喔！想不到外头那种伟大、自由、光辉的生活让人家糟蹋到这步田地！

阿尔文太太　欧士华,你别生气。生气对你没好处。

欧士华　是,妈妈,你说得很对。我知道生气对我没好处。你看,我疲乏得要命。我想出去活动活动再吃饭。曼德牧师,对不起,我知道你决不会同意我的看法,可是我不能不说老实话。(从右首第二道门里出去)

阿尔文太太　可怜的孩子！

曼　　德　你说得不错。这就是他的下场！

〔阿尔文太太瞧着他,一言不发。

曼　　德　(走来走去)他说自己是个浪子。唉！唉！

〔阿尔文太太还是瞧着他。

曼　　德　你的意见怎么样？

阿尔文太太　我觉得欧士华的话句句都正确。

曼　　德　正确？正确？这种意见还算得上正确？

阿尔文太太　曼德牧师,我一个人在家的时候心里也有他那种想法。只是我从来不敢说出来。好！现在有我儿子替我发言了。

曼　　德　阿尔文太太,你真可怜。可是现在我要正正经经跟你说几句话。现在站在你面前的不是替你办事的经理,不是你的顾问,也不是你和你丈夫的老朋友。现在站在你面前的是你的牧师,就像当年有一次在你走岔道的紧要关头他站在你面前一样。

阿尔文太太　请问牧师要跟我说什么话？

曼　　德　首先我要用过去的事情来提醒你一下。现在这时候非常合适。明天是你丈夫去世的十周年。明天他的纪念碑就要揭幕了。明天我要在全体到会的人面前发言。可是今天我要跟你单独先说几句话。

阿尔文太太　很好,曼德牧师。有话请说！

曼　　德　你还记得不记得,在你结婚不到一年的时候,有一次你走到了悬崖峭壁的边沿？你还记得不记得,你扔下了你的家庭,从你丈夫那儿逃走了？阿尔文太太,你还记得不记得,你逃走了,并且不管你丈夫怎么央告,你还是坚决不回去？

阿尔文太太　你难道忘了我结婚第一年日子多痛苦？

曼　德　想在这个世界上求幸福就是反叛精神的表现。咱们有什么权利享受幸福？咱们只能尽自己的义务,阿尔文太太！那时你的义务就是靠紧你自己选定的并且上帝叫你贴紧的那个男人。

阿尔文太太　那时我丈夫过的什么日子,他怎么荒唐,怎么胡闹,你不是不知道。

曼　德　外头对他的传说我都知道,要是传说靠得住的话,你丈夫年轻时那些行为我最不赞成。可是做老婆的不是她丈夫的裁判人。你的义务是低声下气地忍受上帝在你身上安排的苦难。可是你偏不那么做,不肯忍受苦难,你扔下你应该扶持的堕落男人,损伤你自己的名誉,并且还差点儿损伤了别人的名誉。

阿尔文太太　别人的名誉？你大概是说某一个人的名誉吧。

曼　德　你最鲁莽的一件事是跑来找我。

阿尔文太太　找我们的牧师算鲁莽？找我们的知己朋友算鲁莽？

曼　德　正因为是朋友,你更不该找我。你应该感谢上帝,亏得那时候我主意拿得稳,劝你丢掉了原来的荒唐计划,并且上帝保佑我,使我终于把你重新带上正路去尽义务,去找你自己的丈夫。

阿尔文太太　不错,曼德牧师,这是你的成绩。

曼　德　我不过是替上帝办事的仆人。难道我当初劝你回去尽义务,服从命令,后来没证明是为你的幸福打算吗？难道我的预料后来没实现吗？难道你丈夫后来没认识错误、改邪归正吗？难道他从此以后没一直跟你和和气气、规规矩矩地过日子吗？难道他没捐款施舍,做地方上的恩人吗？难道他没把你抬得像他自己那么高,指导你帮他处理事务吗？并且你还是个头等的好帮手！阿尔文太太,我不应该埋没你这点功劳。可是现在我要谈你一生的第二个大错误了。

阿尔文太太　你指什么说？

曼　德　正像你第一次抛弃了做老婆的义务,后来你又抛弃了做母亲的义务。

阿尔文太太　啊——

曼　德　你一生吃了固执任性的大亏。你脑子里老是有不服从、不守法的念

285

头。你从来不肯忍受束缚。凡是你应该负担的义务你都肆无忌惮地推开,好像是一副你可以随意推开的担子。你不高兴做老婆,就马上丢下你丈夫。你嫌做母亲太麻烦,就把孩子送到生人手里过日子。

阿尔文太太　不错,我是这么做的。

曼　德　所以你儿子就跟你疏远了。

阿尔文太太　不!不!他没跟我疏远!

曼　德　他跟你疏远了,一定疏远了。现在你儿子回来了,他的思想怎么样?你仔细想一想,阿尔文太太。从前你很对不起你丈夫,这件事你自己也承认,所以你才给他办这所孤儿院。现在你也应该承认怎么对不起你儿子——现在也许还来得及把他引到正路上。你自己赶紧回头,挽救在他身上还来得及挽救的东西。因为(举起食指)阿尔文太太,你确实是个罪孽深重的母亲!我不能不对你说这句话,这是我的义务。

〔静默。

阿尔文太太　(话说得很慢,自己管着自己)曼德牧师,现在你的话都说完了,明天你要在大会发言纪念我丈夫。我明天不发言。可是现在我要老老实实跟你说几句话,就像刚才你跟我说话那样。

曼　德　不用说,你一定想找理由替自己辩护——

阿尔文太太　不是。我只想讲个故事给你听。

曼　德　什么故事?

阿尔文太太　刚才你说的关于我和我丈夫的事情,关于你把我劝回去尽义务之后——这是借用你的话——我们的生活情况,这一切你都是从别人那儿听来的,不是亲眼看见的。从前你是我们的知己朋友,可是从那时候起你的脚就再没沾过我们家的地。

曼　德　你和你丈夫后来不是就搬出城了吗?

阿尔文太太　是的。我丈夫在世的时候你也没再来看过我们。后来你担任了孤儿院的事才不能不找我。

曼　德　(声调低柔吞吐)海伦①——要是你说这话埋怨我,我只能请你想一想——

阿尔文太太　不错,想一想你的职位;再想一想我是个从丈夫家里私奔出来的

---

①　阿尔文太太的小名。

女人。像我这种不要脸的女人,人家当然越躲得远越好。

曼　德　亲爱的——阿尔文太太,你这话说得太过火了——

阿尔文太太　好吧,就算我过火。我主要的意思是,你对于我婚后生活的批评,除了一般的传说没有别的根据。

曼　德　这一点我承认。底下你还想说什么?

阿尔文太太　好,曼德牧师,让我把真情实话告诉你。我曾经赌过咒,迟早有一天要把真情实话告诉你——只告诉你一个人。

曼　德　真情是什么?

阿尔文太太　真情是这样,我丈夫死的时候还像他活着时候那么荒淫无度。

曼　德　(用手摸索,想找一张椅子)你说什么?

阿尔文太太　结婚十九年之后,他还像你给我们证婚时那么荒淫无度——至少他心里还是那么想。

曼　德　少年放荡——不守规矩——哪怕有点过火,能说是荒淫无度吗?

阿尔文太太　这句话是给他看病的医生说的。

曼　德　我不明白你的意思。

阿尔文太太　你也不必明白。

曼　德　我听了你的话脑袋发晕。这么说,你这些年的日子——表面上像夫妻在一块儿过活——其实是一片别人不知道的苦海!

阿尔文太太　正是如此。现在你算明白了。

曼　德　这事——这事我真想不到。我没法子了解!我没法子体会!世界上怎么会有——?这种事怎么瞒得过人?

阿尔文太太　正是为了要瞒人,我才一天一天地不断挣扎。欧士华生下来之后,我觉得我丈夫的情形似乎好了一点儿。可是好了没几天。后来我得加倍使劲地挣扎,好像在拼命,为的是不让人知道我孩子的父亲是怎么一等人。你是知道的,阿尔文最有本事叫人喜欢他。人家好像只相信他是个好人,不信他有别的事。有些人的生活方式不妨碍他们的名誉,阿尔文就是其中的一个。可是到最后,曼德先生——我得把故事全部告诉你——发生了一桩最丑的事情。

曼　德　比你告诉我的那些事还丑?

阿尔文太太　虽然他在外头那些偷偷摸摸的事儿我知道得很清楚,我一直耐着性子不做声。可是后来他索性把丑事闹到自己家里来了——

287

曼　德　在家里！不会吧！

阿尔文太太　正是在我们自己家里。就在那儿，(用手指着右首第一道门)我头一回知道是在饭厅里。那时候恰好我在饭厅里有点事，门开着一点儿。我听见我们的那个女用人从花园里走进来，拿着水壶浇花。

曼　德　后来怎么样？

阿尔文太太　过了不多会儿我听见阿尔文也从花园里进来了。我听见他跟女用人低低地说了两句话。后来我就听见(一声冷笑)——喔！现在那声音还在我耳朵里，叫人好气又好笑——我听见我自己的女用人低低地说，"撒手，阿尔文先生！别这么着！"

曼　德　他怎么那么轻狂！可是我想不会有别的事，阿尔文太太，一定不会有。

阿尔文太太　不久我就明白是怎么回事了。阿尔文把那女孩子弄上了手，上手之后就有了下文，曼德先生。

曼　德　(好像吓呆了似的)这些事都出在这所房子里！出在这所房子里！

阿尔文太太　在这所房子里我吃过不少的苦。为了傍晚和夜里不让他出门，我只好耐着性子陪他在屋里偷偷地喝酒胡闹，做他的酒伴儿。我不能不一个人陪着他，跟他碰杯喝酒，听他说一大堆不堪入耳的无聊话。最后我得用尽力气，把他硬拉上床睡觉——

曼　德　(心里不忍)这些事你都能忍受！

阿尔文太太　我为了自己的孩子不能不忍受。可是后来事情闹得太不像话了，连我自己的女用人都——我就自己发狠赌咒说：我决不能容许他再闹下去！因此我把权柄一把抓过来——无论是他的事或是别的事都归我掌管。你知道，我手里有了对付他的武器，他就不敢不听话了。就在那时候我把欧士华打发出门了。那时候欧士华还不到七岁，像普通小孩子一样已经开始懂事，懂得问话了。那种情形我不能忍受。我觉得要是那孩子呼吸这个家庭的肮脏空气一定会中毒。因此我就把他打发出门了。现在你该明白为什么父亲在世的时候我老不让孩子回家来。谁也不知道为了这件事我心里多痛苦。

曼　德　你的那种日子实在不好过。

阿尔文太太　要不是我有事情做，那种日子我也没法儿过。不是我自己夸口，这些年我确实做了不少事。我添置了产业，做了些改革工作，采用了节省人力的新设备，为了这些事人家都满口称赞阿尔文，都说这一切是他做出来的成绩。其实呢,他成天躺在沙发上看一本旧缙绅录,你说他会有精神干那些事？没有的事。我索性都告诉你吧。在他脑子清醒的时候,是我逼着他做人,硬给他撑面子；在他老毛病发作,或是长吁短叹发牢骚骂人的时候,是我挑着那副千斤担子,一个人受罪。

曼　德　你给他造纪念碑的就是这么个人？

阿尔文太太　你看良心不安逸多么可怕。

曼　德　良心不安逸？你这话是什么意思？

阿尔文太太　我一直担心,怕事情瞒不住,早晚会让人知道。所以我就创办这所孤儿院,平平外头的谣言,解解别人的疑心。

曼　德　你的目的可真是达到了,阿尔文太太。

阿尔文太太　另外,我还有个理由。我打定主意不让我自己的孩子欧士华承继他父亲一丝一毫的产业。

曼　德　这么说,你是用阿尔文先生的产业——

阿尔文太太　一点儿都不错。这些年我花在孤儿院上头的款子——我仔仔细细核算过——恰好抵过阿尔文原有产业的价值,就是为了那份产业,当年人家都把阿尔文中尉①当作一块肥肉。

曼　德　我不明白——

阿尔文太太　那份产业就是我当初的卖身钱。我不愿意把我的卖身钱留给欧士华。我打定主意,欧士华的钱都得由我给他。

　　　　〔欧士华·阿尔文从右首第二道门里进来。他已经摘了帽子,脱了外套,把帽子和外套搁在门厅里。

阿尔文太太　（迎上去）你已经回来了？我的宝贝儿子！

欧士华　是的。老是下不完的雨,在外头有什么可干的？听说饭已经预备好了。好极了！

吕嘉纳　（手里拿着个小包裹,从饭厅里进来）阿尔文太太,有人给您送来一包东西。（把包裹递给她）

阿尔文太太　（看了曼德一眼）大概是明天孤儿院开幕唱的歌词。

曼　德　嗯——

吕嘉纳　饭开好了。

---

① 那时他还是中尉。

阿尔文太太　好。我们马上就来。我先把——(动手解包裹)

吕嘉纳　(问欧士华)阿尔文先生喝红葡萄酒还是白葡萄酒?

欧士华　两样都要,安格斯川姑娘。

吕嘉纳　好。① 很好,阿尔文先生。(走进饭厅)

欧士华　我帮你开酒瓶。(跟着她走进饭厅,饭厅门半敞着)

阿尔文太太　(已经把包裹解开)果然是。这就是开幕典礼唱的歌。

曼　德　(合着双手)明天叫我在大会上怎么说话呢!

阿尔文太太　喔,你好歹总会对付过去的。

曼　德　(低声,为的是不让饭厅里的人听见)不错,咱们千万别让人家起疑心。

阿尔文太太　(低声,可是口气很坚决)是的。从此以后这出演了多少年的丑戏就可以结束了。从后天起,我过日子就只当没我丈夫这个人,只当他从来没在这所房子里住过。从今以后,除了我的孩子和他的母亲家里再没有第三个人了!

〔饭厅里传来一把椅子倒下来的声音,同时听见吕嘉纳低声用力说:"欧士华!别闹!你疯了?快撒手!"

阿尔文太太　(吓得跳起来)啊——

〔她紧张地用眼睛瞪着那扇半开的门。欧士华在饭厅里咳着,笑着,嘴里还哼着调子。接着听见酒瓶拔塞子的声音。

曼　德　(慌张起来)怎么回事,阿尔文太太?什么事?

阿尔文太太　(哑着嗓子)鬼!鬼!暖房里的两个鬼又出现了!

曼　德　会有这种事?吕嘉纳——?难道她——?

阿尔文太太　是。快来。别做声——

〔她抓着曼德牧师的胳臂,摇摇晃晃地朝着饭厅走过去。

---

① 原文为法文。

第 二 幕

〔还是那间屋子。外头的景致依然笼罩在浓雾里。曼德和阿尔文太太从饭厅里进来。

阿尔文太太　（还在门口）请便,曼德先生。（转过身去朝着饭厅）欧士华,你也进来,好不好?

欧士华　（在饭厅里）不,对不起。我想出去会儿。

阿尔文太太　好,去吧。天气似乎好点儿了。（关上饭厅门,走到门厅口,叫道）吕嘉纳!

吕嘉纳　（在外头）太太,什么事?

阿尔文太太　快去洗衣服,把那些花圈儿也拾掇拾掇。

吕嘉纳　是,太太。

　　〔阿尔文太太等吕嘉纳确实走了才把门关上。

曼　德　他大概听不见咱们说话吧?

阿尔文太太　关了门听不见。再说,他就要出去。

曼　德　我心里还是那么乱。我不知道刚才那顿饭是怎么咽下去的。

阿尔文太太　（走来走去,竭力压住心里的烦躁）我也不知道是怎么吃的。可是现在该怎么办呢?

曼　德　是啊,该怎么办? 我简直想不出主意。这种事我一点儿经验都没有。

阿尔文太太　我相信眼前还没出乱子。

曼　德　乱子可千万出不得! 不过这已经不像话了。

阿尔文太太　你放心,这是欧士华一时糊涂,开个小玩笑。

曼　德　是啊,我刚说过,这种事情我外行。不过我想应该——

阿尔文太太　吕嘉纳非走不可——并且还得马上就走。这一点是毫无疑问的。

曼　德　当然,她非走不可。

阿尔文太太　可是叫她上什么地方去呢?咱们不应该——

曼　德　上什么地方去?当然回家找她父亲。

阿尔文太太　你说找谁?

曼　德　找她的——唉,安格斯川不是她的——喔,天呀,难道真会有这种事?我想一定是你弄错了。

阿尔文太太　可惜我一点儿都没弄错。乔安娜①在我面前全都承认了,阿尔文也没法儿抵赖。所以那时候我没办法,只好把事情瞒起来。

曼　德　是啊,你也只好那么办。

阿尔文太太　当时我们马上就把乔安娜打发走,还给了她一笔钱堵住她的嘴。她到了城里就自己想办法。她又去找她的老相好安格斯川,不用说她一定先对他露口风,说自己手里有多少钱,还向他撒了个谎,说什么那年夏天有个坐游艇的外国人上这儿来。后来她跟安格斯川就急急忙忙结了婚。唉,那件事还是你自己给他们办的呢。

曼　德　可是我不明白怎么——我清清楚楚记得安格斯川来找我商量结婚的事情。他后悔的了不得,埋怨自己不该跟未婚妻干那种丑事情。

阿尔文太太　他当然只好把罪名担当在自己身上。

曼　德　可是他那么不老实!并且还在我面前撒谎!我真想不到杰克·安格斯川会干这种事。我一定得狠狠地教训他一顿,我一定不饶他。这种婚姻多么不道德!为了几个钱——!你们给了那女孩子多少钱?

阿尔文太太　三百块钱。

曼　德　想想!为了三百块钱那么个小数目就愿意跟一个堕落的女人结婚!

阿尔文太太　那么你说我呢?我也让自己跟一个堕落的男人结了婚。

曼　德　喔,岂有此理!你这是什么话!一个堕落的男人!

阿尔文太太　你以为跟我结婚时的阿尔文比跟安格斯川结婚时的乔安娜清白干净点儿吗?

曼　德　这两件事完全不一样——

阿尔文太太　其实并没什么不一样——区别只是在身价数目上:一个是三百

---

① 吕嘉纳的母亲的名字。

292

块钱的小数目,一个是一整份大家当。

曼　　德　　你怎么能把两件绝不相同的事情相提并论呢?我想那时候你自己心里一定盘算过,也跟自己家里人商量过。

阿尔文太太　　(眼睛不瞧他)你该知道你说的我那颗心当时在什么地方。

曼　　德　　(冷淡地)要是那时我知道你的心事,我就不会天天到你丈夫家里来了。

阿尔文太太　　反正我自己并没考虑过这问题,这是实话。

曼　　德　　那么,你一定跟你最亲近的人——跟你母亲,跟你两个姑姑——商量过,这是你的义务。

阿尔文太太　　不错,这件事是她们三个人替我决定的。现在回想起来真奇怪,她们怎么看得那么准,说我要是拒绝那么一门好亲事,那简直是糊涂透了顶。要是我母亲今天还活着,我真要让她看看这门亲事的好下场!

曼　　德　　有这个下场,谁也不负责任。你的婚姻完全没违背法律、没违背秩序,这一点至少没问题。

阿尔文太太　　(在窗口)喔!老是法律和秩序!我时常想这世界上作怪害人的东西就是法律和秩序。

曼　　德　　你说这话是罪过。

阿尔文太太　　也许是吧。可是我一定要撇开这一套拘束人欺骗人的坏东西。我再也不能忍受了。我要争取自由。

曼　　德　　你这话是什么意思?

阿尔文太太　　(轻轻敲着玻璃窗)我不应该隐瞒阿尔文过的是什么样的生活。可是那时我不敢告诉人——一半也是为自己。那时我是个胆怯的人。

曼　　德　　胆怯的人?

阿尔文太太　　当时我担心,要是别人知道了那件事,他们会说,"可怜的男人!他老婆从他那儿逃走了,难怪他胡作非为。"

曼　　德　　这两句话倒不是完全没道理。

阿尔文太太　　(眼睛盯着他)要是我有胆量的话,我应该老实告诉欧士华,"听我告诉你,我的孩子,你父亲是个荒唐鬼——"

曼　　德　　岂有此理——

阿尔文太太　　我还应该把我刚才告诉你的话从头到尾、一字不漏地告诉他。

曼　　德　　你的话把我吓坏了,阿尔文太太。

阿尔文太太　　是,我知道。我很明白。我自己也吓了一跳。(离开窗子)我胆

293

子太小。

曼　　德　　你尽了义务能说是胆小吗？难道你忘了做儿子的应该敬爱父母吗？

阿尔文太太　　咱们别说这种空泛话。咱们要问：欧士华应该不应该敬爱阿尔文爵爷？

曼　　德　　难道你做母亲的就忍心破坏你儿子的理想吗？

阿尔文太太　　顾了理想，真理怎么办？

曼　　德　　顾了真理，理想怎么办？

阿尔文太太　　喔，理想！理想！当初我要是不这么胆怯就好了！

曼　　德　　别瞧不起理想，阿尔文太太。理想会报仇。就拿欧士华说吧，可惜他没有很多的理想，可是我觉得在他脑子里他父亲却是个理想。

阿尔文太太　　你这话不错。

曼　　德　　他所以会把父亲当作个理想，是你自己多少年来给他写信培养出来的。

阿尔文太太　　不错，我受了义务的压迫，再加上对别人的顾虑，就只好一年一年地对我儿子撒谎。唉，我胆子真小——我一直是个胆小的人！

曼　　德　　阿尔文太太，你在你儿子心里已经培养了一个幸福的幻想，你不应该看轻它。

阿尔文太太　　哼！谁知道这究竟是不是好事呢？不过，无论如何，我不能让他跟吕嘉纳胡闹。我不能让他害那女孩子一辈子。

曼　　德　　对。真要那样，可就太造孽了！

阿尔文太太　　要是我知道他真爱她，跟她结婚他能有幸福，那么——

曼　　德　　怎么？你打算怎么样？

阿尔文太太　　可是不行，可惜吕嘉纳不合适。

曼　　德　　我不明白。你这话是什么意思？

阿尔文太太　　要是我不这么胆小，不这么不中用，我会对我儿子说："跟她结婚，要不然，就另想你愿意的办法——只是别做鬼鬼祟祟的事情。"①

曼　　德　　岂有此理！让他们结婚！没听见过这种荒唐事情！

阿尔文太太　　什么叫"没听见过"？说老实话，曼德牧师，你以为咱们这儿许多夫妻的血统关系不是这么近吗？

---

① 此刻阿尔文太太由于特殊情况逼迫，居然同意欧士华不知底细地同他的异母妹妹吕嘉纳结婚。

曼　德　我一点儿都不懂你的意思。

阿尔文太太　其实你懂得。

曼　德　你大概是在想,可能——喔,不错,有些人的家庭生活不太清白,不过像你说的这种事可不一定有,至少不能说准有。再说,你是做母亲的,怎么能让你儿子——

阿尔文太太　我不许他干这种事。我不愿意有这种事。我说的就是这个。

曼　德　你不许他干这种事,因为,像你自己说的,你是个"胆小"的人。可是如果你不是个"胆小"的人,那么难道——天呀!这种结合实在太荒唐!

阿尔文太太　据说咱们的老祖宗就是这么结合的。当初是谁把这世界这么安排下来的,曼德牧师?

曼　德　我不能跟你讨论这一类问题,阿尔文太太,你的心情很不正常。可是你竟把良心的顾虑当作"胆小"——

阿尔文太太　让我把我的意思告诉你。因为有一大群鬼把我死缠着,所以我的胆子就给吓小了。

曼　德　你说什么东西死缠着你?

阿尔文太太　一大群鬼!我听见吕嘉纳和欧士华在饭厅里说话的时候,我眼前好像就有一群鬼。我几乎觉得咱们都是鬼,曼德牧师。不但咱们从祖宗手里承受下来的东西在咱们身上又出现,并且各式各样陈旧腐朽的思想和信仰也在咱们心里作怪。那些老东西早已经失去了力量,可是还是死缠着咱们不放手。我只要拿起一张报纸,就好像看见字的夹缝儿里有鬼乱爬。世界上一定到处都是鬼,像河里的沙粒儿那么多。咱们都怕看见光明。

曼　德　嘿嘿!这都是你看坏书的结果。那些书可真把你害苦了!哼,那些讲革命、讲自由、坏心术的书!

阿尔文太太　我的好牧师,你的话说错了。当初使我动脑子思想的人正是你自己。这件事我非常感激你。

曼　德　感激我!

阿尔文太太　是的,在你逼着我服从义务遵守本分的时候,在你把我深恶痛绝的事情说成正确、合理的事情的时候,我才动脑子思想。那时候我就开始检查你讲的那些大道理。我本来只想解开一个疙瘩,谁知道一个疙瘩解开了,整块的东西就全都松开了。我这才明白这套东西是机器缝的。

曼　德　（低声，伤心）这就是我一生最艰苦的一场斗争的结果？

阿尔文太太　不如说那是你一生最大的失败。

曼　德　海伦，那是我最大的胜利——我在我自己身上的胜利。

阿尔文太太　那是对于咱们俩的一桩罪恶。

曼　德　那时候你走错了道儿，跑来找我，对我说："我来了！把我收留下吧！"我吩咐你："女人，快回到自己丈夫那儿去！"难道这是罪恶吗？

阿尔文太太　我觉得是罪恶。

曼　德　咱们俩彼此不了解。

阿尔文太太　至少现在不了解。

曼　德　就是在最见不得人的心窝儿里，我也从来没不把你当别人的老婆看待。

阿尔文太太　哦，真的吗？

曼　德　海伦！

阿尔文太太　一个人很容易忘记自己过去的情形。

曼　德　我没忘记。我现在还是跟从前一样。

阿尔文太太　（换话题）好，好，好，别再谈过去的事了。现在你一天到晚忙的是教区会和董事会的事情，我忙的是跟鬼打架，跟心里的鬼和外头的鬼打架。

曼　德　外头的鬼我可以帮你打。我今天听你说了这些可怕的事情，良心不容我让那没人保护的女孩子在你家里住下去。

阿尔文太太　你看最好的办法是不是给她找个安身地方？——我意思是说，给她找一门好亲事。

曼　德　没问题。从各方面说，这个办法对她都合适。吕嘉纳的年纪已经——这些事我当然太外行，不过——

阿尔文太太　吕嘉纳成熟得很早。

曼　德　不错，我也这么想。我记得给她安排受坚信礼的时候，她的身体已经发育得很好了。可是这会儿她应该先回家——让她父亲照管她——喔，安格斯川当然不是她的——唉，真荒唐，他不把实话告诉我！

〔有人敲外厅门。

阿尔文太太　是谁？进来！

〔安格斯川穿得很齐整，站在门口。

安格斯川　对不起——

曼　德　嘿嘿！哼——

阿尔文太太　哦,原来是你,安格斯川?

安格斯川　用人都不在,我就大胆自己敲门了。

阿尔文太太　好,没关系。进来。你是不是有事找我?

安格斯川　（走进来）不是,谢谢您,太太。我想跟曼德牧师说一两句话。

曼　德　（在屋里走来走去）哼,你！你想跟我说话,是不是?

安格斯川　是的,我很想——

曼　德　（在他面前站住）你有什么事?

安格斯川　喔,不是什么别的事,曼德牧师。我们工程做完了,工钱也算清了——阿尔文太太,我得特别谢谢您。现在什么事都结束了,我想我们这些一向在一块儿规规矩矩做活的伙伴儿——我想今儿晚上我们是不是应该开个小小的祷告会。

曼　德　祷告会?在孤儿院开祷告会?

安格斯川　喔,要是您老人家觉得不合适的话——

曼　德　唔,合适。不过——嗯——

安格斯川　每天晚上我自己也总爱做点儿祷告——

阿尔文太太　是吗?

安格斯川　是,说不上什么,无非做点儿小功德。可惜我是个平常人,没什么德行,上帝可怜我！——所以我想趁着曼德牧师老人家在这儿,也许——

曼　德　你听我说,安格斯川。我先得问你一句话。你的心情是不是可以开会做祷告?你的良心干净不干净?好受不好受?

安格斯川　喔,上帝饶恕我这有罪孽的人！曼德牧师,我的良心值不得您提。

曼　德　可是咱们必须谈的正是这问题。刚才我问的话你怎么回答我?

安格斯川　我的良心?喔,有时候我的良心很不好受。

曼　德　哦,你自己承认了。既然这样,你肯不肯一点儿都不撒谎,把吕嘉纳的实在情形老老实实告诉我?

阿尔文太太　（急忙拦阻）曼德先生！

曼　德　（叫她别慌）让我来——

安格斯川　您问吕嘉纳的事?嗳呀,可把我吓坏了！（瞧着阿尔文太太）她没闹什么乱子吧?

曼　德　但愿没有。我要问你,你跟吕嘉纳究竟是什么关系?你算是她父亲,

297

是不是？

安格斯川　（慌张）嗯——嗯——我跟可怜的乔安娜的事儿，您老人家都知道。

曼　德　快说老实话，别再吞吞吐吐的！你老婆辞工回去之前在阿尔文太太面前把实话全说出来了。

安格斯川　什么！她真说了吗？

曼　德　你看，现在你不能撒谎了，安格斯川。

安格斯川　那时候她还赌过咒，拿着《圣经》赌过咒——

曼　德　她拿着圣经赌过咒？

安格斯川　唔，没有，她只是赌咒，可是很认真。

曼　德　这些年你一直把实话瞒着我？瞒着我这么个完全信任你的人？

安格斯川　这我没法子抵赖。

曼　德　你凭什么欺骗我，安格斯川？难道我没用话没用行动随时随地尽力帮助过你？你说？

安格斯川　有好几件事要不是您老人家帮忙，我就走投无路了。

曼　德　所以你就这么报答我！你害我在教会登记簿上填写假材料，并且这些年你还把应该告诉我并且凭良心应该说的实话瞒着我不说。你的行为绝不能宽恕，安格斯川，从今以后我再也不管你的事了！

安格斯川　（叹口气）是了！恐怕也没办法了。

曼　德　你还能给自己的行为辩护吗？

安格斯川　难道您要我把丑事告诉别人，让那苦命的女孩子多出点儿丑吗？您老人家想想，要是您自己干了乔安娜的事儿，过她那种日子——

曼　德　我！

安格斯川　对不起，我不是说您跟她完全一样。我的意思是，比方说，要是您老人家干了见不得人的丑事。曼德先生，咱们男人不应该把个苦命的女人责备得太狠。

曼　德　我责备的不是她。我责备的是你。

安格斯川　我能不能大胆问您老人家一句话？

曼　德　你问吧。

安格斯川　一个人应该不应该帮助堕落的人？

曼　德　当然应该。

安格斯川　一个人起誓说的话能不能不算数？

曼　德　当然不能,那还用说。可是——

安格斯川　乔安娜跟那英国人闹了乱子之后——有人说是美国人,也有人说是俄国人,他们说法不一样——她就进城来了。可怜的女人,从前我碰过她一两回钉子,那时候她眼睛里只看得上漂亮男人,我偏偏长着这条倒霉腿。您老人家该记得有一回我闯进一家跳舞厅,看见一群水手正在喝酒瞎胡闹,我上去想劝他们改邪归正——

阿尔文太太　(在窗口咳嗽)嗯哼!

曼　德　我知道,安格斯川,那群畜生把你从楼上推下来了。这件事你从前已经跟我说过。你腿上的毛病就是你的成绩。

安格斯川　我倒不想居功,牧师先生。我想告诉您的只是,乔安娜来找我的时候,一五一十的跟我说了实话,她一边哭一边咬牙,不瞒您老人家说,那时候我听了她的话心里真难受。

曼　德　真的吗,安格斯川?后来怎么样?

安格斯川　后来我就跟她说:"那美国佬是个到处为家的家伙。你呢,乔安娜,你做了天大的错事,你是个堕落的女人。可是,眼前有我杰克·安格斯川,他很靠得住,两条腿长得结结实实的——"对不起,您老人家,我这句话只是打个比方。

曼　德　我很明白你的意思。快往下说。

安格斯川　我就这么救了她,跟她结了婚,为的是不让人家知道从前她跟外国人有过事。

曼　德　这些事你做得都很对。我只是不赞成你收下那笔钱——

安格斯川　钱?我?一个钱都没拿!

曼　德　(转过去问阿尔文太太)可是——

安格斯川　哦,别忙!我想起来了。乔安娜手里是有几个钱。可是我没要。我说:"呸,我才不希罕这昧心钱呢。这是造孽得来的。这些臭金子——或是钞票,不管它是什么——应该当面摔还那个美国人。"可是他漂洋过海,走得没影儿了。

曼　德　他真走了吗,我的好朋友?

安格斯川　真走了。所以乔安娜和我说好了把那笔钱留给孩子作教育费。后来那笔钱就是这么花的,我有细账,一个钱都不含糊。

曼　德　照你这么说,情形可就大不相同了。

安格斯川　这是实在情形。我敢说我这做爸爸的从来没亏待过吕嘉纳——只要我力量办得到,可惜我是个拿不定主意的人!

曼　　德　好,好,我的朋友——

安格斯川　可是我还敢说我到底把孩子带大了,我跟苦命的乔安娜和和气气过日子,像圣经上说的那样管着家务事。可是我从来不敢在您老人家面前夸自己,说像我这么个人居然也会做桩好事情。不,我不这么办。要是杰克·安格斯川做过一件好事情,他自己决不提。不过就是好事情不常有。每次我找您老人家,总有好些麻烦事、好些倒霉事跟您谈。因为我刚说过,现在再说一遍,一个人的良心有时候不那么太好受。

曼　　德　把手递过来,杰克·安格斯川。

安格斯川　喔,使不得!您老人家——

曼　　德　胡说。(抓紧他的手)这才对了!

安格斯川　要是您老人家肯原谅我——

曼　　德　原谅你?恰好相反,我倒应该请你原谅我——

安格斯川　喔,这可使不得!

曼　　德　确实是这样。我说的是真心话。对不起,我错怪了你。我恨不得给你出点儿力,一则算是对你抱歉,二则表示我对你的好意——

安格斯川　您老人家真愿意帮忙?

曼　　德　真愿意。

安格斯川　好极了,眼前凑巧倒有个机会。我手里攒了几个钱,正想在城里开个水手公寓。①

阿尔文太太　你?

安格斯川　是的。这公寓也可以算个孤儿院。水手们一上岸,撞来撞去都是迷魂阵。我想,他们住在我这公寓里就好像孩子们有了父母的照应。

曼　　德　你看这事怎么样,阿尔文太太?

安格斯川　一起头我手里的钱不大够,可是要是有人帮我一把忙——

曼　　德　好,好,咱们以后再细谈。我很赞成你的计划。现在你先回到孤儿院,把东西准备齐,把蜡烛点起来,让人看着像个喜庆事。然后咱们再在

---

① 所谓"水手公寓"(即下文中的"阿尔文公寓"),就是单身水手宿舍,换言之,就是单身水手寻欢作乐的妓院。

一块儿做会儿祷告,现在我很相信你的心情可以做祷告。

安格斯川　是的,我想可以。那么我走了,阿尔文太太,谢谢您的好心。求您好好儿给我照顾吕嘉纳。(擦眼泪)苦命的乔安娜的孩子。说起来也怪,我越来越喜欢她,她好像是我心上的一块肉。真是的。

〔他鞠了一躬,从门厅里出去。

曼　德　现在你看这人怎么样,阿尔文太太?他这段话跟别人说的完全不一样。

阿尔文太太　很不一样。

曼　德　这么看起来,咱们批评人一点儿都不能马虎。可是我发现自己错怪了好人,心里真痛快!你觉得我的话对不对?

阿尔文太太　曼德,我觉得你是个大孩子,将来也不会改样子。

曼　德　你说我?

阿尔文太太　(两只手按着他肩膀)我真想搂着你的脖子,亲一亲。

曼　德　(赶紧往后退)使不得,使不得!真是岂有此理!

阿尔文太太　(一笑)喔,你不用怕我。

曼　德　(在桌子旁边)你的举动有时候真太过火。现在让我把文件收在皮包里。(一边说一边收拾)好,收拾完了。我要走了,回头见。欧士华回来时候你要小心。回头我再来。

〔他拿了帽子,从外厅门出去。

阿尔文太太　(叹口气,对着窗出了会儿神,把屋子稍稍整理了一下,正要走进饭厅,却低低地惊叫一声,在门口站住)欧士华,你还在饭桌上坐着?

欧士华　(在饭厅里)我想抽完这支雪茄烟。

阿尔文太太　我还以为你出去散步了呢。

欧士华　这样的天气还出去散步?

〔一只酒杯叮当地响了一下。阿尔文太太让门敞着,拿起活计坐在窗口沙发上。

欧士华　刚出去的是不是曼德牧师?

阿尔文太太　是,他上孤儿院去了。

欧士华　唔。

〔又听见酒壶碰酒杯的声音。

阿尔文太太　(脸上发愁)欧士华,小心,那酒很厉害。

欧士华　酒能挡潮气。

301

阿尔文太太　你进来,到我这儿坐着好不好?

欧士华　我进来就不能抽烟了。

阿尔文太太　你还不知道,抽雪茄没关系。

欧士华　好吧,那么我就进来。让我再喝一小口。好!(抽着雪茄走进来,随手把门关上。半晌不说话)牧师上哪儿去了?

阿尔文太太　我刚说过,他上孤儿院去了。

欧士华　哦,不错,你说过。

阿尔文太太　欧士华,你不该在饭桌上坐那么些时候。

欧士华　(把雪茄藏在背后)我觉得坐着很舒服,妈妈。(用手摸她,跟她亲热)你替我想想——回到家里,坐在妈妈的饭桌上,待在妈妈的屋子里,吃妈妈给我预备的好东西,这多有意思。

阿尔文太太　我的亲宝贝!

欧士华　(一边走一边抽烟,有几分不耐烦)在家里除了吃喝,叫我干什么?我没法子工作。

阿尔文太太　你为什么不能工作?

欧士华　天气这么坏,整天见不着一丝太阳光!(在屋子里走来走去)喔,不能工作简直是——

阿尔文太太　也许你这次回家打错了主意?

欧士华　喔,我没打错主意,妈妈。我不回来不行。

阿尔文太太　你知道,我宁愿你不回来,让我心里牵挂,不愿让你——

欧士华　(在桌子旁边站住)妈妈,老实告诉我,我回家你心里是不是真快活?

阿尔文太太　亏你怎么问得出这句话!

欧士华　(搓弄一张报纸)我还以为你有我跟没有我几乎是一样。

阿尔文太太　欧士华,你怎么忍心对你妈妈说这种话?

欧士华　可是这些年你没跟我在一块儿,日子不也过得挺好吗?

阿尔文太太　这些年我没跟你在一块儿过日子,这倒是实话。

〔半晌无声。天色慢慢黑下来。欧士华在屋子里走个不停。他已经把雪茄放下了。

欧士华　(在阿尔文太太身旁站住)妈妈,我挨着你坐在沙发上行不行?

阿尔文太太　(让出点儿地方)当然可以,好孩子。

欧士华　妈妈,有件事我一定得告诉你。

302

阿尔文太太　（着急）什么事？

欧士华　（向前呆看）我不能再瞒下去了。

阿尔文太太　瞒什么？什么事？

欧士华　（还是那样）我没法子写信告诉你。自从我回家之后——

阿尔文太太　（抓住他胳臂）欧士华，到底是什么事？

欧士华　昨天，今天，这两天我总想撇开这些念头，把脑子安静下来，可是做不到。

阿尔文太太　（站起来）欧士华，你非把实话告诉我不可。

欧士华　（重新把她拉到沙发上）妈妈，坐着别动，让我慢慢儿告诉你。这次路上我觉得很疲乏——

阿尔文太太　疲乏？疲乏又怎么样？

欧士华　我不是说那个。我的疲乏跟平常人不一样——

阿尔文太太　（想要站起来）你不是病了吧，欧士华？

欧士华　（又把她拉下去）坐着别动，妈妈。别着急。我不能算真有病，我害的不是平常的"病"。（两手抱着脑袋）妈妈，我的脑子坏了，完全不中用了，我再也不能工作了！（两手捂着脸，钻在她怀里，抽抽噎噎地哭起来）

阿尔文太太　（脸色发白，浑身打颤）欧士华！抬起头来！没有的事！

欧士华　（抬起头来，眼睛里露出绝望的神情）我再也不能工作了！完了！完了！我像个活着的死人！妈妈，你说世界上有这么伤心的事情没有？

阿尔文太太　可怜的孩子！这个怪病怎么在你身上害起来的？

欧士华　（重新坐直身子）我正是想不通这件事。我从来没做过荒唐事——无论从哪方面说都没有。这一点你得相信我，妈妈！我从来没荒唐过。

阿尔文太太　我确实相信你没荒唐过，欧士华。

欧士华　可是这病平白无故在我身上害起来了——你说多倒霉。

阿尔文太太　喔，没关系，过几天就好了，好孩子。不是别的，是你工作太累了。相信我的话，确实是这样的。

欧士华　（伤心）一起头我也这么想，可是现在我知道不是那么回事。

阿尔文太太　你把事情从头到尾告诉我。

欧士华　好，让我告诉你。

阿尔文太太　你什么时候开始觉得不舒服？

欧士华　那是在我上次从家里回到巴黎的时候。从那时候起我就开始觉得脑袋痛得要命——后脑痛得最厉害，好像有个铁箍儿套紧了我的脖子，在一

303

直往上拧。

阿尔文太太　后来怎么样？

欧士华　最初我以为只是发育时期常犯的那种头痛病。

阿尔文太太　是，不错——

欧士华　后来才知道不是。不久我就明白了。我不能再工作了。我想动手画一张新的大画，可是我的脑子好像不听我指挥，我的体力好像也支持不住了。我的思想也不能集中了，东西在我眼前乱转乱晃——来回打圈子。喔，那股滋味实在不好受！后来我请了个医生来看病——从医生嘴里我才明白是怎么回事。

阿尔文太太　这话怎么讲？

欧士华　给我看病的是巴黎的一位名医。我先把病症告诉他，接着他就仔细问了一大串我觉得跟这病毫不相干的问题。我不明白他是什么意思——

阿尔文太太　快往下说。

欧士华　最后他说："你生下来的时候身上就带着一种有虫子的病。"他说的那个字是虫蛀的①。

阿尔文太太　（提心吊胆）那个字怎么讲？

欧士华　我听了也不懂，我就请他再仔细讲一讲。那只老狐狸精就说了——（捏紧拳头）喔——！

阿尔文太太　他说什么？

欧士华　他说："父亲造的孽要在儿女身上遭报应。"

阿尔文太太　（慢慢站起来）父亲造的孽！

欧士华　当时我气得几乎要照他脸上打过去——

阿尔文太太　（走到屋子那头）父亲造的孽——

欧士华　（惨笑）是啊，你说他可恨不可恨？不用说，我马上告诉他，他的说法一点儿根据都没有。可是你猜他认错不认错？他不认错，他一口咬定自己那套话，到后来我把你写给我的那些信拿出来，把提到爸爸的地方翻译出来给他看——

阿尔文太太　后来怎么样？

欧士华　后来他当然不能不认错，就换了另一套说法——这一下子我才明白

---

① 原文为法文。

了——明白了一个不容易理解的事实！原来我不应该跟朋友过那种快乐自在的日子。我的体力吃不消，因此我才害了病，这怨我自己不好！

阿尔文太太　欧士华！不是，不是，别信医生的话！

欧士华　他说，不可能有别的解释。自己不小心，断送了自己的一生！这件事最让我伤心！我打算做的那些事——喔，我不敢再想了——我也不能再想了。喔，我恨不得能重新投胎再做人——把我做过的事都取消！

〔他把脸伏在沙发上。阿尔文太太捏紧双手，静悄悄地走来走去，心里在斗争。

欧士华　（过了会儿，把头抬起来，支在胳臂肘子上）要是这是遗传病——不是我自己招惹的，倒也罢了！可是偏偏是因为我自己荒唐，自己糊涂，自己不小心，断送了自己的幸福，自己的健康——自己的前途，自己的生命——

阿尔文太太　不，不，我的好孩子，没有的事！（俯着身子看他）情形不至于像你说的这么坏。

欧士华　喔，你不知道——（跳起来）妈妈，我还连累你，害你这么伤心！我有时候恨不得要你别这么疼我。

阿尔文太太　别疼你，欧士华？我只有你这么一个儿子！你是我的宝贝！我只疼你一个人！

欧士华　（抓住她两只手，用嘴去亲）是，是，我知道你爱我。我在家的时候当然知道你真爱我，这可以说是我心里最难受的事。现在我把话都告诉你了，今天咱们不必再谈了。我不能一下子想得太长久。（走到屋子上方）给我点儿东西喝喝，妈妈。

阿尔文太太　喝喝？你想喝什么？

欧士华　喔，什么都行。家里有没有凉果子酒？

阿尔文太太　有，可是亲爱的欧士华——

欧士华　别拦着我，妈妈。行行好吧！我一定得喝点儿什么冲洗冲洗在我脑子里抓咬的东西。（走进暖房）并且——这儿又这么阴沉沉的！（阿尔文太太拉了拉铃绳）雨老下不完！一个星期一个星期接着下——说不定会连下几个月。见不着一丝太阳光！我记得几次在家的时候都没见过出太阳。

阿尔文太太　欧士华——你心里想离开我！

欧士华　唉！——(长叹一声)我什么都没想。我什么都不能想！(低声)我也只好不想。

吕嘉纳　(从饭厅里进来)您拉铃了吗,太太？

阿尔文太太　拉了,给我们把灯拿进来。

吕嘉纳　好,太太。灯早就点好了。(出去)

阿尔文太太　(走到欧士华身边)你要跟我说老实话。

欧士华　我没瞒你什么事,妈妈。我觉得告诉你的话已经不少了。

〔吕嘉纳把灯拿进来,搁在桌子上。

阿尔文太太　吕嘉纳,你给我们拿一小瓶香槟酒。

吕嘉纳　好吧,太太。(出去)

欧士华　(一只手搂着阿尔文太太的脖子)这才对了。我早就知道妈妈舍不得让儿子干着嗓子没酒喝。

阿尔文太太　我的亲宝贝儿子欧士华,现在什么事我能不依你？

欧士华　(急忙)真的吗,妈妈？你真的愿意？

阿尔文太太　愿意什么？

欧士华　愿意什么都依我？

阿尔文太太　喔,我的好孩子——

欧士华　别做声！

〔吕嘉纳用托盘托着一小瓶香槟酒和两只玻璃杯走进来,把盘子搁在桌上。

吕嘉纳　酒瓶要不要开？

欧士华　不用,谢谢。我自己开。(吕嘉纳又走出去)

阿尔文太太　(在桌子旁边坐下)刚才你说我什么事都得依你——这是什么意思？

欧士华　(忙着开酒瓶)咱们先喝一杯——要不就两杯。

〔瓶塞子啪的一声响,他先斟满一杯,刚要斟第二杯。

阿尔文太太　(用手捂着酒杯)我不喝,别给我斟。

欧士华　哦,你不喝？那么我喝！(把酒喝干,斟满,又喝干,这才在桌旁坐下)

阿尔文太太　(焦心地等待)怎么样？

欧士华　(眼睛不看她)刚才吃饭时我觉得你和曼德牧师的神气那么古怪——话那么少,告诉我,究竟为什么？

阿尔文太太　你看出来了吗？

欧士华　是的。嗯哼——(过了会儿)老实告诉我:你觉得吕嘉纳怎么样?

阿尔文太太　我觉得怎么样?

欧士华　是。你看她是不是真不错?

阿尔文太太　亲爱的欧士华,你看她没有我看她那么清楚——

欧士华　那又怎么样?

阿尔文太太　可惜吕嘉纳在自己家里待得太久了。我应该早把她带过来。

欧士华　是啊,可是她长得够漂亮的吧,妈妈?(斟酒)

阿尔文太太　吕嘉纳有好些毛病。

欧士华　喔,那有什么关系?(又喝酒)

阿尔文太太　可是我还是喜欢她,要照顾她。无论如何我不能让她吃亏。

欧士华　(跳起来)妈妈,只有吕嘉纳能救我!

阿尔文太太　(站起来)你这话是什么意思?

欧士华　我不能老是一个人忍受这种精神上的痛苦。

阿尔文太太　你不是有你妈妈帮你忍受吗?

欧士华　是啊,我从前是这么想,所以我才回家来。可是没用处。现在我知道满不是那么回事。在家里我没法子过日子。

阿尔文太太　欧士华!

欧士华　我得换个样儿过日子,妈妈。我只好离开你,我不愿意叫你看着我,让你难受。

阿尔文太太　可怜的孩子!欧士华,可是现在你病成这个样子了——

欧士华　要是我只是有病,那我可以在家里跟你住下去,因为你是世界上待我最好的人。

阿尔文太太　是啊,欧士华,可不是吗?

欧士华　(心神不定,来回走动)可是最难受的是精神上的痛苦和良心上的责备——还有那叫人提心吊胆的恐惧。喔,我害怕得要命!

阿尔文太太　(跟着他走)害怕?害怕什么?你这话是什么意思?

欧士华　喔,别再追问我。我自己也不知道。我没法子形容。(阿尔文太太走到右边拉铃)你干什么?

阿尔文太太　我要我儿子快活——这是我的心愿。我不让他把事情老憋在心里。(吕嘉纳刚到门口,就对吕嘉纳说)还要香槟酒——再拿一大瓶来。

(吕嘉纳答应了出去)

欧士华　妈妈！

阿尔文太太　你是不是觉得我们在乡下住的人不懂得过日子？

欧士华　你看她多美！身段多漂亮，体格多健康！

阿尔文太太　（在桌子旁边坐下）坐下，欧士华，咱们安安静静地在一块儿说说话。

欧士华　（坐下）妈妈，你大概不知道我还该着吕嘉纳一笔小债呢。

阿尔文太太　你？

欧士华　事情都怪我说话不小心，喔，怎么说都行——反正不是什么了不起的事。上次我回家的时候——

阿尔文太太　怎么样？

欧士华　她常跟我打听巴黎的情形，我也常跟她随便讲点儿。我记得有一天顺口问了她一句："你也想上巴黎吗？"

阿尔文太太　怎么样？

欧士华　我看她脸一红，接着就说："我很想去。"我就说："好，也许办得到。"——或者是类似这样的一句话。

阿尔文太太　后来呢？

欧士华　这件事我当然不记得了，可是前天我无意中问起她是不是愿意我在家住得那么久——

阿尔文太太　她怎么说？

欧士华　她听了之后拿一副奇怪的眼光瞧着我，问我："那么我上巴黎的事儿怎么办？"

阿尔文太太　她上巴黎的事！

欧士华　我这才明白原来她把我那句话认了真，她一直在想我，并且还一直在用心学法文——

阿尔文太太　怪不得——

欧士华　妈妈——当时我看见那么个娇嫩、可爱、漂亮的女孩子站在我面前——从前我简直没注意过她——她站在我面前，就好像张开了胳臂等着我——

阿尔文太太　欧士华！

欧士华　我一下子才明白我的救星就在她身上，因为我看她浑身都是生活的乐趣。

阿尔文太太　（吃惊）生活的乐趣——？那里头怎么有救星？

吕嘉纳 （拿着一瓶香槟酒从饭厅里进来）对不起，我去了这半天，我得下地窖去拿酒。（把酒瓶搁在桌子上）

欧士华 再去拿只玻璃杯。

吕嘉纳 （瞧着他，不明白他的意思）太太的杯子在那儿。

欧士华 我知道，我说给你自己拿一只，吕嘉纳。（吕嘉纳吃惊，从侧面对阿尔文太太瞟了一眼）你为什么不去拿？

吕嘉纳 （低声，犹豫）这是不是太太的意思？

阿尔文太太 去拿杯子吧，吕嘉纳。（吕嘉纳走进饭厅）

欧士华 （眼睛盯着她）你看她走道儿的姿态多么美！又稳重又轻松！

阿尔文太太 这事办不到，欧士华。

欧士华 事情已经决定了。难道你看不出来吗？反对也没用。

〔吕嘉纳拿着一只空杯子进来，没把杯子放下。

欧士华 坐下吧，吕嘉纳。

〔吕嘉纳眼睛瞧着阿尔文太太，看她意思怎么样。

阿尔文太太 坐下吧。（吕嘉纳在靠近饭厅门的一把椅子上坐下，空杯子还拿在手里）欧士华，刚才你说什么生活的乐趣？

欧士华 啊，妈妈，生活的乐趣！你们在这儿过日子的人不懂得。我在家里也没尝过那种滋味。

阿尔文太太 跟我在一块儿过日子你也没有生活的乐趣？

欧士华 在家里永远得不到。你不懂得这件事。

阿尔文太太 我懂，我现在差不多懂了。

欧士华 并且还有工作的乐趣！其实两件事是一件事。可是你也不懂得工作的乐趣。

阿尔文太太 你的话也许不错。你再多讲点儿给我听，欧士华。

欧士华 我的意思是，此地的人从小就相信工作是遭殃，是罪孽的报应，生活是烦恼，越早摆脱它越好。

阿尔文太太 不错，这是个"烦恼世界"，我们是在想尽方法自寻烦恼。

欧士华 可是外头的人可不信这套话。外头没人再相信这种骗人的教条。他们觉得只要能活着，就是真幸福，就是最大的快乐。妈妈，你看出来没有，我画的画儿都是集中描写生活的乐趣。永远是生活的乐趣——光明，太阳，节日的气氛——只看见人们脸上闪耀着幸福。所以我怕待在家里跟你过日子。

阿尔文太太　怕？为什么怕跟我在一块儿？

欧士华　我怕我的本性会被歪曲成丑恶的样子。

阿尔文太太　（目不转睛地看着他）你觉得待在家里就会发生这种事？

欧士华　是的。就是在家里过跟外头一样的日子，也还是不同。

阿尔文太太　（一直很焦心地听他说话，现在满脸心事地站起来）现在事情的前因后果我都明白了。

欧士华　你明白了什么？

阿尔文太太　这是我头一次明白。现在我可以说话了。

欧士华　（站起来）妈妈，我不懂你的意思。

吕嘉纳　（也站起来）也许我该走吧？

阿尔文太太　不，别走。现在我可以说话了。我的儿子，让我把实话全都告诉你。你听了之后自己打主意。欧士华！吕嘉纳！

欧士华　嘘！牧师来了！

曼　德　（从门厅里走进来）你们瞧！我们在孤儿院做了点对精神有益的工作。

欧士华　我们也做了。

曼　德　咱们一定得帮安格斯川开水手公寓。吕嘉纳一定得回去帮她父亲——

吕嘉纳　谢谢您，曼德先生，我不去。

曼　德　（这时候才看见她）什么？你在这儿？手里还拿着酒杯！

吕嘉纳　（赶紧放下杯子）对不起！①

欧士华　吕嘉纳就要跟我走，曼德先生。

曼　德　她就要走！跟你走！

欧士华　是的，跟我结婚——要是她愿意的话。

曼　德　天呀——

吕嘉纳　这不能怪我。

欧士华　要不然，我在这儿待着，她也在这儿待着。

吕嘉纳　（不由自主）在这儿！

曼　德　阿尔文太太，你的举动实在叫我摸不着头脑。

---

①　原文为法文。

阿尔文太太　两条路他们都不会走,因为我现在可以跟他们说实话了。

曼　德　你千万别说！说不得,说不得！

阿尔文太太　我不但可以说,并且一定要说。并且说出来也碍不着谁的理想。

欧士华　妈妈——你究竟有什么事瞒着我？

吕嘉纳　（一边听一边说）喔,太太,您听！您没听见外头有人嚷吗？（走进暖房,往外瞧）

欧士华　（走到左边窗口）什么事？那片火光是什么地方来的？

吕嘉纳　（大声喊叫）孤儿院着火了！

曼　德　着火了！没有的事！我刚打那儿来。

欧士华　我的帽子呢？喔,不戴没关系——爸爸的孤儿院要紧——（从花园门里跑出去）

阿尔文太太　我的披肩呢,吕嘉纳！整个儿孤儿院都着了！

曼　德　多可怕！阿尔文太太,这场大火是造孽人家的报应！

阿尔文太太　一点儿都不错。快跟我来,吕嘉纳。

〔她和吕嘉纳急急忙忙从门厅里出去。

曼　德　（双手捏紧）咱们偏偏没保火险！（也从门厅里出去）

第 三 幕

〔还是那间屋子。所有的门都敞着。桌子上的灯还点着。外面漆黑一团,只是后面左边窗外还有点淡淡的火光。

〔阿尔文太太头上蒙着披肩,站在暖房里往外瞧。吕嘉纳也围着披肩,站得比阿尔文太太略靠后些。

阿尔文太太　整个儿都烧完了! 烧成了一片平地!

吕嘉纳　房子的底层还在烧。

阿尔文太太　欧士华怎么还不回来? 反正救不出什么东西来了。

吕嘉纳　我把帽子给他送去好不好?

阿尔文太太　他连帽子都没戴?

吕嘉纳　(指着门厅)没有,帽子在那儿挂着呢。

阿尔文太太　没关系。他一会儿就会回来。我自己去找他。(从花园门里出去)

曼　德　(从门厅里进来)阿尔文太太不在这儿吗?

吕嘉纳　她刚上花园去。

曼　德　我从来没遇见过像今天晚上这种可怕的事情。

吕嘉纳　是啊,可不是一场大祸吗?

曼　德　喔,别再提了! 我连想都不敢想。

吕嘉纳　这场大火是怎么着起来的?

曼　德　别问我,安格斯川姑娘! 我怎么知道! 难道你也想——你父亲还不够我受的——

吕嘉纳　他又怎么了?

曼　德　他几乎把我气疯了。

安格斯川　(从门厅里进来)曼德牧师——

曼　德　（转过身来，吓了一跳）你索性追到这儿来了？

安格斯川　是，我该死，可是我不能不——喔，老天爷！我说什么来着？这个乱子可不小，曼德牧师！

曼　德　（走来走去）嗳！嗳！

吕嘉纳　怎么回事？

安格斯川　你瞧，都是刚才我们做祷告惹的乱子。（低声向吕嘉纳）孩子，这回老头儿可叫咱们拿住了。（高声）唉，这都是我的错儿，连累曼德牧师闯这场大祸！

曼　德　安格斯川，可是我并没有——

安格斯川　除了您老人家，谁手里都没拿蜡烛。

曼　德　（站住）你这么说吗？可是我不记得我手里拿着蜡烛。

安格斯川　我瞅得清清楚楚您老人家怎么拿着蜡烛，使手指头夹蜡花儿，把一截有火的烛芯子扔在一堆刨花里。

曼　德　你在旁边看见的？

安格斯川　是的，我瞅得清清楚楚，一点儿不假。

曼　德　这我可不明白了。再说，我从来不用手指头夹蜡花儿。

安格斯川　是啊，这不像您老人家平素干的事。可是谁想得到会惹这么大的乱子呢？

曼　德　（来回走动，心神不定）喔，别问我。

安格斯川　（跟着他走）您老人家也没保火险？

曼　德　（不停地走）没有，没有，我已经跟你说过了。

安格斯川　（跟在他后头）不保火险！还放火把那整片房子烧得干干净净！唉，真倒霉！

曼　德　（擦头上的汗）你也可以这么说，安格斯川。

安格斯川　偏偏这场火烧的是一所据说城里乡下都沾得着光的慈善机关！我想报馆里一定不会放过您老人家。

曼　德　是的，我现在想的正是这件事。最糟的就是这个。将来那些恶毒的咒骂和攻击！唉，我想起来都害怕！

阿尔文太太　（从花园里进来）我没法子劝他离开火场。

曼　德　哦，你来了，阿尔文太太。

阿尔文太太　现在你不必硬着头皮致开幕词了，曼德牧师。

曼　　德　喔,我倒宁愿——

阿尔文太太　（低声）这场火烧得很好。这所孤儿院反正不会有好下场。

曼　　德　你觉得不会?

阿尔文太太　你觉得会吗?

曼　　德　这究竟是一场大祸。

阿尔文太太　咱们不必大惊小怪的,把它当作一件普通事情处理就是了。安格斯川,你是不是在等曼德先生?

安格斯川　（在门厅门口）我是在等他老人家,太太。

阿尔文太太　那么你先坐一坐。

安格斯川　谢谢,太太,我愿意站着。

阿尔文太太　（向曼德）你是不是坐轮船走?

曼　　德　是,还有一个钟头开船。

阿尔文太太　那么请你把全部契约文件都带走。这件事我一个字都不愿意再听了。我心里还要想别的事——

曼　　德　阿尔文太太——

阿尔文太太　过几天我再把委托书寄给你,你觉得怎么合适就怎么办。

曼　　德　我愿意效劳。那笔遗产基金原来的计划恐怕整个儿都要变动了。

阿尔文太太　当然。

曼　　德　我想首先把索尔卫那份产业拨给教区。那块地很值几个钱,将来好歹总有用处。至于银行存款利息,我想最好拨给一个对本城有好处的事业。

阿尔文太太　你爱怎么办就怎么办。这件事现在完全不在我心上了。

安格斯川　曼德先生,您老人家别忘了我的水手公寓。

曼　　德　对,这意见不坏,不过我们还得考虑考虑。

安格斯川　（低声）哼,考虑个鬼!喔,老天爷!

曼　　德　（叹气）唉,我不知道这些事能管多少时候——不知道社会上的舆论会不会逼着我辞职。这就完全要看官方调查起火原因的结果了。

阿尔文太太　你说什么?

曼　　德　结果怎么样可没法子预料。

安格斯川　（走近曼德）嗯,也许可以。因为这儿有我杰克·安格斯川。

曼　　德　话是不错,可是——

安格斯川　（放低声音）杰克·安格斯川不是俗语说的见死不救、忘恩负义的那号人。

曼　德　是的,可是,老朋友,怎么——

安格斯川　打个比方吧,您老人家可以把杰克·安格斯川当作命里的救星。

曼　德　不行,不行,我不能让你替我担错儿。

安格斯川　喔,将来反正是那么回事。我知道从前有过一个人把别人的过错担在自己肩膀上。

曼　德　杰克!(抓紧他的手)像你这样的好人真少有。好,水手公寓的事我一定帮忙。你放心吧。

〔安格斯川想要道谢,可是感激得说不出话。

曼　德　(把旅行提包搭在肩膀上)现在咱们走吧。咱们俩一块儿走。

安格斯川　(站在饭厅门口,低声对吕嘉纳)我的好姑娘,你也跟我进城吧!管保你舒服得骨头发酥。

吕嘉纳　(把头一扬)谢谢!①

〔吕嘉纳走进门厅,把曼德的外套拿来。

曼　德　再见,阿尔文太太!希望法律和秩序的精神赶紧走进你们的家门!

阿尔文太太　再见,曼德牧师。

〔她看见欧士华正从花园门里进来,马上走进暖房去接他。

安格斯川　(和吕嘉纳一起帮着曼德穿外套)孩子,再见。要是出了什么事,你知道上哪儿找杰克·安格斯川。(低声)记着,小港街,唔!(向阿尔文太太和欧士华)我给水手们安的这个家名字要叫"阿尔文公寓",我一定这么办!要是事情能遂我的心,我还敢大胆说一句,准得让它对得起去世的阿尔文先生。

曼　德　(在门口)喂,喂,走吧,我的好朋友。再见!再见!(和安格斯川从门厅里出去)

欧士华　(走到桌子旁边)他刚才说的是什么公寓?

阿尔文太太　喔,他说的是他想跟曼德牧师合办的一个公寓。

欧士华　将来也会像孤儿院似的烧得精光。

阿尔文太太　你为什么这么说?

欧士华　什么东西都会烧掉。凡是纪念我爸爸的东西全都保不住。就拿我说

---

① 原文为法文。

吧,我这人也在这儿烧。(吕嘉纳吓了一跳,转眼看他)

阿尔文太太　欧士华!刚才你不应该在外头待得那么久,可怜的孩子。

欧士华　(在桌子旁边坐下)你这话差不多说对了。

阿尔文太太　我给你擦擦脸,欧士华,你满脸都是水。(拿自己的手绢儿给他擦脸)

欧士华　(瞪着眼睛向前呆看)谢谢你,妈妈。

阿尔文太太　你累不累,欧士华?想不想睡觉?

欧士华　(心神不定)不,不,不想睡!我从来不想睡。我只是假睡觉。(伤心)睡觉的日子反正不远了。

阿尔文太太　(瞧着他发愁)好孩子,你真是病了。

吕嘉纳　(关心)阿尔文先生病了吗?

欧士华　(烦躁)喔,快把门都关上!我害怕得要命!

阿尔文太太　吕嘉纳,把门都关上。

　　〔吕嘉纳把门都关上,站在门厅门口。阿尔文太太摘下披肩。吕嘉纳也摘下披肩。阿尔文太太拉过一张椅子,在欧士华旁边坐下。

阿尔文太太　好啦!现在我挨着你坐。

欧士华　对,挨着我坐。吕嘉纳也别走。吕嘉纳永远得陪着我。你肯不肯救救我,吕嘉纳?

吕嘉纳　我不懂你的话。

阿尔文太太　救救你?

欧士华　是啊,在必要的时候。

阿尔文太太　欧士华,难道你母亲不能救你吗?

欧士华　你?(一笑)这件事你不肯做。(伤心地大笑)你,哈哈!(一本正经地瞧着她)其实你不救我谁救我?(急躁)吕嘉纳,你为什么不跟我亲热点儿?为什么不叫我"欧士华"?

吕嘉纳　(低声)我怕阿尔文太太不愿意。

阿尔文太太　不久你就可以叫他"欧士华"了。你先过来挨着我坐下。(吕嘉纳静静地不好意思地在桌子那一头坐下)可怜的受罪的孩子,我现在要把压在你心上的那块石头搬开——

欧士华　你,妈妈?

阿尔文太太　我要把你说的那些懊恼痛苦扫除干净。

欧士华　你做得到吗?

阿尔文太太　现在我做得到了,欧士华。刚才你提起生活的乐趣。我听了那句话,我对自己一生的各种事情马上就有了一种新的看法。

欧士华　(摇头)我不明白你的意思。

阿尔文太太　你早就该知道你爸爸当陆军中尉时候是怎么一个人。那时候他浑身都是生活的乐趣!

欧士华　不错,我知道他是那么个人。

阿尔文太太　那时候,人家一看见他就觉得轻松快活。他真是生气勃勃,精力饱满!

欧士华　后来怎么样?

阿尔文太太　后来,那个快活的孩子——那时候你爸爸还像个小孩子——憋在一个不开通的小地方,除了荒唐胡闹,没有别的乐趣。除了衙门里的差事,他没有别的正经事可干。没有事需要他用全副精神去做,他只做点无聊的事务。他也没个朋友懂得什么叫生活的乐趣——跟他来往的净是些游手好闲的酒肉朋友——

欧士华　妈妈——

阿尔文太太　因此就发生了那桩不可避免的事情。

欧士华　什么不可避免的事情?

阿尔文太太　就是刚才你自己说的要是你在家里待下去也会发生的那件事情。

欧士华　你是不是说爸爸——

阿尔文太太　你爸爸憋着一股生活的乐趣没地方发泄。我在家里也没法子使他快活。

欧士华　连你都没法子?

阿尔文太太　从小人家就教给我一套尽义务、守本分,诸如此类的大道理,我一直死守着那些道理。反正什么事都离不开义务——不是我的义务,就是他的义务,再不就是——喔,后来我把家里的日子搞得你爸爸过不下去了。

欧士华　为什么你从前写信给我的时候不提这些事?

阿尔文太太　你是他儿子,我从前没想到可以把这种事告诉你。

欧士华　从前你是怎么个看法?

阿尔文太太　(慢慢地)从前我只看清楚这一件事:在你生下来之前,你爸爸已

317

经是个废物了。

欧士华　（语音哽塞）哦——（站起来走到窗口）

阿尔文太太　后来我每天心里都撇不下一件事,就是:照道理,吕嘉纳应该像我自己的儿子一样,待在我家里。

欧士华　（急忙转过身来）吕嘉纳——!

吕嘉纳　（跳起来,低声问）我——?

阿尔文太太　不错,现在你们俩都明白了。

欧士华　吕嘉纳!

吕嘉纳　（自言自语）原来妈妈是那么个女人。

阿尔文太太　吕嘉纳,你妈妈长处很多。

吕嘉纳　不错,可是她反正是那么个女人。喔,从前我也怀疑过,可是——太太,我现在是不是可以马上就走?

阿尔文太太　你真想走,吕嘉纳?

吕嘉纳　是的,我真想走。

阿尔文太太　当然,你高兴怎么办就怎么办,可是——

欧士华　（走近吕嘉纳）你现在就走吗?这是你的家呀。

吕嘉纳　Merci,阿尔文先生! 现在我也许可以叫你欧士华了,可是老实说,这情形可跟我从前预料的完全不一样。

阿尔文太太　从前我没跟你说老实话——

吕嘉纳　你没跟我说老实话。要是我早知道欧士华是个病人——现在我跟他也没什么正经事可说了。我不能待在乡下把精神白费在病人身上。

欧士华　跟你这么亲近的病人你都不愿意照看他?

吕嘉纳　我不愿意。一个穷人家的女孩子应该趁着年轻打主意,要不然,一转眼就没人理她了。再说,我也有我的生活乐趣,阿尔文太太!

阿尔文太太　真可惜,你也有你的生活乐趣。可是别把自己白白地糟蹋了,吕嘉纳。

吕嘉纳　喔,事情该怎么一定得怎么。要是欧士华像他爸爸,我也许就像我妈妈。阿尔文太太,我能不能问你一句话,我这些事曼德牧师知道不知道?

阿尔文太太　曼德牧师都知道。

吕嘉纳　（忙着围披肩）既然如此,我还是赶紧搭这班轮船走。曼德牧师是个容易对付的老实人,他给那个混账木匠的钱我也应该得一份儿。

阿尔文太太　我希望你能得一份儿,吕嘉纳。

吕嘉纳　（仔细瞧她）阿尔文太太,要是从前你把我当大户人家女儿那么调理我,也许对我更合适。（把头一扬）哼,好在也没关系！（对那瓶没开的酒狠狠地斜盯一眼）我总有一天能跟上等人在一块儿喝香槟酒。

阿尔文太太　吕嘉纳,要是你需要一个家,尽管来找我。

吕嘉纳　谢谢你,用不着,阿尔文太太。我知道曼德牧师会给我想法子。到了没办法的时候,我还有个地方可以去。

阿尔文太太　什么地方？

吕嘉纳　"阿尔文公寓"。

阿尔文太太　吕嘉纳——现在我明白了——你打算毁掉你自己。

吕嘉纳　哼,没有的事！再见吧。（对他们点点头打了个招呼,从门厅里出去）

欧士华　（站在窗口朝外看）她走了吗？

阿尔文太太　走了。

欧士华　（自言自语）我觉得这件事做错了。

阿尔文太太　（走到他身后,两手按在他肩膀上）欧士华,好孩子,你是不是很难受？

欧士华　（转过脸来对着她）你是不是说我为了爸爸的事情很难受？

阿尔文太太　不错,是说你那可怜的爸爸。我担心你听了受不了。

欧士华　你为什么这么想？当然我听了很吃惊,不过反正跟我不相干。

阿尔文太太　（把手放下）不相干！你爸爸一辈子倒霉跟你不相干！

欧士华　我当然可怜他,像我可怜别人一样。可是——

阿尔文太太　只是可怜他就完了？你不想他是你爸爸！

欧士华　（不耐烦）哼,"爸爸","爸爸"！我对爸爸很生疏。我不记得他别的事,只记得有一次他把我弄病了。

阿尔文太太　想起来真可怕！不管怎么样,难道做儿子的不应该爱父亲？

欧士华　要是做儿子的没事可以感谢父亲呢？要是做儿子的根本不知道他父亲是怎么一等人呢？在别的事情上头你都很开通,为什么偏偏死抱着这个古老的迷信？

阿尔文太太　难道只是一种迷信吗？

欧士华　当然是,妈妈,难道你不明白？世界上的迷信多得很,这是其中的一种,所以——

阿尔文太太　（感情激动）它们是鬼！

欧士华　（走过去）不错,是鬼,你可以这么说。

阿尔文太太　（忍不住）欧士华——这么说,你也不爱我了!

欧士华　我了解你,这一点没问题——

阿尔文太太　不错,你了解我,可是就这么完了吗?

欧士华　当然我也知道你怎么疼我,我不能不感激你。再说,现在我病了,你对我的用处大得很。

阿尔文太太　可不是吗,欧士华?我几乎要感谢这场病把你逼回家。我看得很清楚,你的心不在我身上,我得想法子把你的心拉过来。

欧士华　（不耐烦）对,对,对。这些话不过白说说罢了。妈妈,你要记着,我是个病人。我不能在别人身上多操心。我自己的事就够我操心的了。

阿尔文太太　（低声）我一定耐着性儿将就你。

欧士华　并且你还应该高高兴兴的,妈妈。

阿尔文太太　好孩子,你说得很对。（走近他）现在我是不是把你心里的懊恼痛苦全都解除了?

欧士华　不错,这一点你已经做到了。可是现在谁能解除我心里的害怕呢?

阿尔文太太　害怕?

欧士华　（走过去）要是吕嘉纳不走,只要我求她一句话,她就办得到。

阿尔文太太　我不明白你的意思。你害怕的是什么?那跟吕嘉纳又有什么相干?

欧士华　天是不是很晚了,妈妈?

阿尔文太太　已经是大清早了。（从暖房的窗里往外看）山上的天光已经亮起来了。天快晴了,欧士华。再过一会儿你就可以看见太阳了。

欧士华　我很高兴。也许还有好些事能让我快活,能让我活下去——

阿尔文太太　我想是的。

欧士华　即使我不能工作——

阿尔文太太　喔,好孩子,不久你就可以工作了——现在你心里没有痛苦烦闷的事情了。

欧士华　是的,你替我除掉了那些胡思乱想,这是好事情。等我再把这件事打发开之后——（在沙发上坐下）现在咱们说几句话,妈妈。

阿尔文太太　好,说吧。

〔她把一张扶手椅推到沙发旁边,挨着他坐下。

欧士华　太阳快出来了。到那时候你就都明白了。我也不用再害怕了。

阿尔文太太　我明白什么？

欧士华　（没听她的话）妈妈，刚才你不是说，只要我求你，你什么事都愿意替我做？

阿尔文太太　不错，我是这么说的！

欧士华　你是不是说得到做得到？

阿尔文太太　你放心，我的亲儿子。我活着就为你一个人。

欧士华　那么，很好。现在让我告诉你。妈妈，我知道你是个有胆量的人。你听我说话的时候要静静地坐着。

阿尔文太太　究竟是什么可怕的事情？

欧士华　你听了可别吓得叫起来。你听见了吗？你答应不答应？咱们坐下静静地谈一谈。你答应不答应，妈妈？

阿尔文太太　好，好，我答应。你说吧！

欧士华　你要知道，我疲乏，我不能用心想工作，这些都不是病根子。

阿尔文太太　那么你的病根子是什么？

欧士华　我的病是从胎里带来的——（用手摸摸前额，轻轻地说下去）——我的病在这儿。

阿尔文太太　（几乎说不出话来）欧士华！没——没有的事！

欧士华　别嚷！我受不了。不错，妈妈，我的病在这儿等着我。这病每天都可以发作——随时都可以发作。

阿尔文太太　喔，真可怕！

欧士华　妈妈，安静点儿。这是我的实在情形。

阿尔文太太　（跳起来）不是，欧士华！没有的事！不会这样！

欧士华　在巴黎的时候我的病发作过一次，亏得一下子就过去了。可是后来我知道了自己的病情，我马上就害怕起来了，所以我就赶紧回家来。

阿尔文太太　这就是你从前说的那种害怕吗？

欧士华　是的，你知道，这种滋味真难受。喔，要是我的病只是一种寻常的绝症，那倒没有什么！因为我并不怎么怕死，虽然能多活一天我也愿意多活一天。

阿尔文太太　是，是，欧士华，你一定得活下去！

欧士华　可是这种滋味真难受。重新再做一个什么都不懂的小孩子——要人家喂东西,要人家——!喔,简直不能说!

阿尔文太太　小孩子有他妈妈照顾啊。

欧士华　(跳起来)不,那可不行!我就是不愿意过那种日子。我想起来就害怕,也许我会一年一年这么挨下去,挨到老,挨到头发白。你在这段时间里也许会撇下我先死。(在阿尔文太太的椅子里坐下)因为医生说我这病不一定马上就会死。他说这是一种脑子软化一类的病。(惨笑)我觉得这名字真好听,一听就让我想起红丝绒——摸上去软绵绵的。

阿尔文太太　(尖声喊叫)欧士华!

欧士华　(跳起来,在屋里来回走动)现在你把吕嘉纳从我手里抢走了。有她在这儿,事情就好办了!我知道她会救我。

阿尔文太太　(走近他)你这话是什么意思,宝贝孩子?难道说有什么事我不肯帮你做?

欧士华　我的病第一次在巴黎发作治好了,医生告诉我,要是第二次再发作——并且一定会发作——那就没有指望了。

阿尔文太太　他就这么狠心地说——

欧士华　是我逼他说的。我告诉他,我还有些事要准备。(狡猾地一笑)我果然就准备了。(从前胸内衣袋里掏出一只小盒子,把盒子打开)妈妈,你看见没有?

阿尔文太太　这是什么?

欧士华　吗啡。

阿尔文太太　(吓得对他呆看)欧士华——我的孩子!

欧士华　我一共攒了十二颗丸子。

阿尔文太太　(伸手抢盒子)把盒子给我,欧士华。

欧士华　还不到时候呢,妈妈。(又把盒子藏在前胸内衣袋里)

阿尔文太太　要是真有这种事,我一定活不下去。

欧士华　你一定得活下去。要是吕嘉纳还在这儿,我会把我的实在情形告诉她,求她最后帮我一把忙。我知道她会答应我。

阿尔文太太　决不会!

欧士华　到了最后的关头,要是她看我躺在那儿像个刚生下地的小孩子,自己不会动,像废物一样,没希望,没法子挽救——

阿尔文太太　吕嘉纳决不会干这件事!

欧士华　她会。她是个快乐活泼的女孩子。她不会有耐性长期照顾我这么个病人。

阿尔文太太　这么说,谢谢老天,亏得吕嘉纳不在这儿。

欧士华　现在到了要你救我的时候了。

阿尔文太太　(高声喊叫)我!

欧士华　不是你是谁?

阿尔文太太　我!我是你母亲!

欧士华　正因为你是我母亲。

阿尔文太太　你的命是我给你的!

欧士华　我没叫你给我这条命。再说,你给我的是一条什么命?我不希罕这条命!你把它拿回去!

阿尔文太太　救命啊!救命啊!(跑到门厅里)

欧士华　(跟她出去)别把我扔下!你上哪儿去?

阿尔文太太　(在门厅里)我去找医生,欧士华!让我出去!

欧士华　(也在外面)不许你出去。别人也不许进来。(听见锁门的声音)

阿尔文太太　(又走进来)欧士华!欧士华!我的孩子!

欧士华　难道你这做母亲的心肠这么狠,看着我活受罪不肯救一把?

阿尔文太太　(静了会儿,定定神,咬咬牙)好,我答应你。

欧士华　你是不是愿意——?

阿尔文太太　要是必要的话。可是那个日子永远不会来。不会,不会,决不会!

欧士华　好,但愿如此。让咱们在一块儿活下去,能活多久就活多久。谢谢你,妈妈。

〔他在刚才阿尔文太太搬到沙发旁边的扶手椅里坐下。天亮起来了。灯还在桌上点着。

阿尔文太太　(轻轻走近他)现在你心里平静了吗?

欧士华　平静了。

阿尔文太太　(俯着身子看他)欧士华,这都是你胡思乱想——其实什么事也没有。你这么着急,身体会吃亏。现在你可以在家里长期休息了。跟着妈妈过日子吧,好孩子。你要什么我就给你什么,就像你小时候那样。好了。病的凶势过去了。你看过去得多容易!喔,我早就知道。欧士华,你看今儿天气多么好。金黄的太阳！现在你可以仔细看看你的家了。

〔她走到桌前把灯熄灭。太阳出来了。远方的冰河雪山在晨光中闪耀。

欧士华　（坐在扶手椅里，背朝着外头的景致，一动都不动。突然说）妈妈，把太阳给我。

阿尔文太太　（在桌子旁边，吓了一跳，瞧着他）你说什么？

欧士华　（声调平板地重复说）太阳。太阳。

阿尔文太太　（走到他身边）欧士华，你怎么啦？（欧士华在椅子里好像抽成了一团，他的肌肉都松开了，脸上没有表情，眼睛呆呆地瞪着。阿尔文太太吓得直哆嗦）这是怎么回事？（尖声喊叫）欧士华！你怎么啦？（跪在他身边，使劲摇他）欧士华！欧士华！抬头瞧我！你不认识我了吗？

欧士华　（声调还是像先前一样平板）太阳。太阳。

阿尔文太太　（绝望地跳起来，两只手乱抓头发，嘴里喊叫）我受不了！（好像吓傻了似的，低声说）我受不了！不行！（突然）他把药搁在哪儿了？（在他胸前摸索）在这儿！（退后几步，喊叫）不行，不行，不行！——啊！也罢！——喔，不行，不行！（站在离他几步的地方，双手插在头发里，吓得说不出话，瞪着眼看他）

欧士华　（依然坐着不动，嘴里说）太阳。太阳。

——剧　终

人 民 公 敌

(1882)

【题　解】

　　五幕"喜剧"《人民公敌》于一八八二年出版。它的问世,和《玩偶之家》、《群鬼》的出版与演出中的"风波"有密切关系。在这两部"家庭悲剧"中,作者号召妇女不做旧礼教和男权的牺牲品,提倡妇女解放,这就大大地激怒了资产阶级"正人君子",有人责骂作者是"人民公敌"。易卜生对此非常愤慨,于是用《人民公敌》这出戏反击敌人的进攻。不过,易卜生写作《人民公敌》的动机还是比较早的。大约在一八七二年,他已在一封信中吐露了《人民公敌》中最著名的台词:"少数派总是对的","世界上最有力量的人是最孤立的人"。《人民公敌》于一八八七年在柏林上演,一八九三年在伦敦上演,颇得观众的好评。一九二一年,潘家洵翻译出版的《易卜生集》第二册曾收入此剧,当时译名是《国民公敌》。这里采用潘家洵的译本(曾收入《易卜生戏剧集》,人民文学出版社 1956 年版),并经过译者校订。

　　这出戏的第一幕开端,介绍戏剧的中心人物以及与他有关的正反面人物。挪威南部某海滨城市的温泉浴场医官斯多克芒夫妇,在家接待了各式各样的"客人"。除去医生和医生的妻子儿女,登场人物还有《人民先锋报》的编辑霍夫斯达、报馆职员毕凌,有医生的哥哥、市长兼浴场委员会主席彼得,有医生的好朋友、船长霍斯特。连同尚未亮相而又即将出场的重要人物,如医生太太的义父、制革厂老板基尔和印刷所老板阿斯拉克森,也通过人物议论向观众作了预告。斯多克芒珍惜浴场医官职务,他积极研究在浴场休养的人患病的根源。早在浴场动工时,他便提出反对错误施工的意见,可是彼得们不予理睬。现在事实证明他是正确的,原来他发现从基尔磨坊沟流入水管的脏水毒化了浴场,把浴场变成"传染病的窝儿"。斯多克芒得到专家的化验书后,立即向市长呈送一份报告,准备在报上公布它,并要求重建浴场。第二幕与第三幕,是戏剧情节的发展。斯多克芒改建浴场的计划,引起了各方面的强烈反响和尖锐复杂的矛盾。霍夫斯达、阿斯拉克森、基尔都怀着不可告人的目的,怂恿医生在报纸上公布材料,向彼得市长开炮。彼得像"暴君"一样,威胁利诱医生,不许他提出"报告",否则予以撤职处分。他宁可毒害人民群众,也不愿承担这一笔改建费用和浴场停业损失。彼得一计不成又施一计,他通过利害关系说服霍夫斯达等,让他们跟着他走,放弃发表医生文章的打算。第三幕的最后,医生处于逆境,但他发誓不放弃斗争,"一定要把真理说出来"。第四幕是高潮,市民大会上的斗争及其结局,符合剧情发展的逻辑。医生借用霍斯特的"场地"召集的市民大会,却被彼得及其"走狗"把持。愤怒的医生伺机揭发批判了彼得之流的虚伪和社会的腐化,他宣布:"打倒'真理完全属于多数派'这句谎言","只有少数人才有公理"。在彼得、阿斯拉克森的操纵下,医生被市民大会宣布为"人民公敌"。最后一幕,市民大会以后,医生失去了工作。他不愿用"谎话"把基尔的肮脏的制革厂"洗刷干净",放弃了基尔留给妻儿的一大笔财产。医生发誓,他要坚持信念,教育孩子,战斗到底。

人 物 表

汤莫斯·斯多克芒医生——温泉浴场医官

斯多克芒太太——他的妻

裴特拉——他们的女儿，教师

艾立夫——十三岁 ⎫
摩邓——十岁　　 ⎭ 他们的儿子

彼得·斯多克芒——医生的哥哥，市长兼警察局长、浴场委员会主席，此外还担任一些别的职务

摩邓·基尔——制革厂老板，斯多克芒太太的义父

霍夫斯达——《人民先锋报》编辑

毕凌——报馆职员

霍斯特——船长

阿斯拉克森——印刷所老板

参加市民大会的群众：各种身份的男人，一些女人和一群小学生

事情发生在挪威南海岸的一个城市里。

第 一 幕

〔晚上。斯多克芒医生家的起坐室。室内陈设虽然朴素,布置得却很雅致。右墙有两扇门,靠后的一扇通到门厅,靠前的一扇通到医生书房。左面墙上,正对门厅的门,有一扇门通到其余各屋。贴着左墙正中,有一只火炉。再往前来,有一张沙发。沙发顶上方挂着一面镜子,前面放着一张铺着桌毯的长圆桌。桌上点着一盏带罩的灯。后墙有扇敞着的门通到饭厅,观众可以看见饭厅里吃晚饭的桌子,桌上有一盏灯。

〔毕凌坐在饭桌前,脖子底下披着饭巾。斯多克芒太太站在桌旁,正在把盛着一大块烤牛肉的盘子放到他面前。其余的座位都空着,桌上乱七八糟,像是吃过饭的样子。

斯多克芒太太　毕凌先生,你看,你来晚一点钟,就只好将就吃顿冷饭了。

毕　凌　(一边吃着东西)这肉好极了——实在太好了。

斯多克芒太太　你知道,斯多克芒一向准时吃饭——

毕　凌　喔,没关系。我觉得这么一个人坐着,没人搅我,吃起来似乎更有味儿。

斯多克芒太太　好吧,要是你觉得有味儿——(转身冲着门厅细听)大概霍夫斯达先生也来了。

毕　凌　大概是吧。

〔斯多克芒市长走进屋来,身上穿着外套,头上戴着金线官帽,手里拿着手杖。

市　长　弟妹,你好。

斯多克芒太太　(从饭厅走进起坐室)哦,原来是你!你好。谢谢你来看我们。

市　长　我碰巧路过这儿,所以——(眼睛望着饭厅)哦,你们请客。

斯多克芒太太　(有点局促)喔,不是,不是,碰巧来了个人。(急忙)你也坐下吃点晚饭,好不好?

市　　长　我?我不吃,谢谢。嗳呀!晚上吃烤肉!我的胃消化不了。

斯多克芒太太　偶然吃一回怕什么。

市　　长　不行,不行,谢谢。晚上我只吃茶和面包黄油。日子长了有好处——再说也省钱。

斯多克芒太太　(笑)你别把汤莫斯和我当作乱花钱的人。

市　　长　我知道你们不是乱花钱的人,弟妹,我绝没这意思。(指着医生书房)他不在家吗?

斯多克芒太太　不在家,吃过晚饭上外头散步去了——还带着两个孩子。

市　　长　我看这不见得有好处吧?(听)一定是他回来了。

斯多克芒太太　不,不是他。(有人敲门)请进!

〔霍夫斯达从门厅进来。

斯多克芒太太　哦,是霍夫斯达先生——

霍夫斯达　对不起,我在印刷所给事情绊住了。市长,晚安。

市　　长　(鞠躬,样子很勉强)噢,霍夫斯达先生?你来大概有事吧?

霍夫斯达　一半儿是有事。为了报纸上一篇文章。

市　　长　我早猜着了。听说我兄弟在《人民先锋报》①上投的稿子多极了。

霍夫斯达　是的,在某些问题上,他心里憋不住要发表意见的时候总把稿子先给《人民先锋报》。

斯多克芒太太　(向霍夫斯达)你不进去——?(指着饭厅)

市　　长　我绝不埋怨他给跟他最表同情的读者写文章。就拿我个人说吧,我对于贵报也没什么恶感,霍夫斯达先生。

霍夫斯达　我想没有。

市　　长　大体上说,咱们本地人都有一种互相容忍的精神——这是很好的大公无私的精神。所以能够如此,是因为有一个极大的公共事业把咱们团结在一起,这个事业凡是公正的市民都同样地关心——

霍夫斯达　嗯——你说的大概就是那浴场吧。

市　　长　一点不错。正是咱们这个富丽堂皇的新浴场。你等着瞧吧!将来咱们这城市的全部生活会围绕着浴场发展起来,霍夫斯达先生。这是毫无

---

① 自由派的报纸。

331

疑问的！

斯多克芒太太　汤莫斯也这么说。

市　　长　你想,就在过去这两年里,这地方发展得多快！市面上款子也活动了,事业跟着都有起色了。房价地租天天往上涨。

霍夫斯达　失业的人数也少了。

市　　长　不错。还有,压在富裕阶级肩膀上的贫民救济税也减轻了,并且往后还能再减轻,只要今年夏天咱们有个真正兴旺的季节——游客来得多——养病的人来得多,把咱们浴场的名声传出去。

霍夫斯达　我听说这件事很有希望。

市　　长　事情非常有希望。打听租房子这一类事情的信件,每天不断地寄到咱们这儿来。

霍夫斯达　这么说,现在把斯多克芒大夫那篇文章登出来正是好时候。

市　　长　近来他又写文章了吗？

霍夫斯达　那篇文章是他去年冬天写的,在文章里他仔细叙述浴场的优点怎么多、本地的卫生情况怎么好。可是当时我把那篇文章搁着没发表。

市　　长　哦——是不是有不大妥当的地方？

霍夫斯达　不是,不是。是我估计把它留在今年春天发表更好一点,因为春天正是大家打主意找避暑地方的时候——

市　　长　不错,不错,霍夫斯达先生。

斯多克芒太太　只要是浴场的事儿,汤莫斯总是不厌不倦的。

市　　长　他是浴场医官,这是他的责任。

霍夫斯达　并且,不消说,他是浴场的真正创办人。

市　　长　他是创办人？是吗！我想,有些人是这么看法。不过我觉得在这件事上头我也有一点儿小功劳。

斯多克芒太太　不错,汤莫斯也常这么说。

霍夫斯达　谁也不想抹杀你的功劳,市长。你首先发动这件事,给这件事打下了踏实的基础,这大家都知道。我刚才只是说,办浴场的意见是斯多克芒大夫头一个提出来的。

市　　长　不错,可惜我兄弟从前发表的意见太多了——可是到了实行的时候,霍夫斯达先生,就得借重另外一等人。我觉得,在我们家至少——

斯多克芒太太　喔,大伯子——

霍夫斯达　市长,你怎么——?

斯多克芒太太　霍夫斯达先生,别说了,进去吃晚饭吧。我丈夫一会儿准回来。

霍夫斯达　谢谢。我吃不下多少。(走进饭厅)

市　　长　(低声)真怪,庄稼人家出身的子弟永远那么不知趣。

斯多克芒太太　你何必放在心上?反正有面子你们哥儿俩都有份儿,分什么彼此。

市　　长　是啊,按说应该这样。可是有些人好像得了一份儿面子还嫌不够。

斯多克芒太太　什么话!你跟汤莫斯向来是和和气气的。(听)这回真是他回来了。(走过去开门厅的门)

斯多克芒医生　(在外面大声说笑)凯德林,又来了位客人。真好,是不是?请进,霍斯特船长。把外套挂在那只钩子上。什么!你没穿外套?凯德林,我在大街上碰见他,好容易才把他拉进来了。

〔霍斯特船长走进来,向斯多克芒太太鞠躬。

斯多克芒医生　(在门口)孩子们,进来吧。他们又饿了!霍斯特船长,来,你一定得尝尝我们的烤牛肉——

〔他把霍斯特拉进饭厅。艾立夫和摩邓跟在他们后面。

斯多克芒太太　汤莫斯,你没看见——

斯多克芒医生　(在饭厅门口转过身来)哦,哦,彼得,你在这儿!(走过去,伸出手来)这可真是好极了。

市　　长　可惜我马上就要走——

斯多克芒医生　胡说!我们马上就要喝喷奇酒。凯德林,你没忘了预备喷奇酒吧?

斯多克芒太太　当然没忘。水都开了。(走进饭厅)

市　　长　还有喷奇酒!

斯多克芒医生　有。坐下,咱们舒舒服服喝一口。

市　　长　谢谢,我向来不参加酒会。

斯多克芒医生　这不是酒会。

市　　长　不是酒会是什么?(眼睛盯着饭厅)真怪,他们吃得下那么些东西。

斯多克芒医生　(搓搓手)是啊,瞧着年轻人吃东西真痛快,你说是不是?他们什么时候都吃得下!这是应该的。他们应该吃点扎扎实实的好东西才能有力气有精神。彼得,将来发酵揉面的事儿全得依靠他们。

市　　长　请问,你说的"发酵"是怎么回事?

斯多克芒医生　那你得问他们年轻人——到时候他们自然知道。咱们当然看不出来。像你我这么两个老顽固——

市　　长　什么,老顽固!这个字眼用得太奇怪——

斯多克芒医生　彼得,别计较我随口胡说的一句话。你知道,我实在太高兴了。在这朝气蓬勃、新芽怒发的生活里,我心里说不出的快活。咱们这时代真了不起!好像咱们周围正在出现一个新世界。

市　　长　是吗?

斯多克芒医生　当然。你不会像我看得这么真切。你一直在这里头过日子,印象迟钝了,觉不出来了。可是我跟你不一样。这些年我老在北边一个小旮旯儿里糊里糊涂混日子,几乎没碰见过一个人对我说句发扬鼓舞的话——因此,我到了这儿就好像一脚迈进了一个兴旺的大都市。

市　　长　唔,大都市?

斯多克芒医生　哦,我不是不知道,跟好些别的地方比,咱们这儿规模还小得很。可是咱们这儿有生气——有前途——有无穷无尽的事业可以努力经营。这是最主要的一点。(叫喊)凯德林,有我的信没有?

斯多克芒太太　(在饭厅里)没有,一封都没有。

斯多克芒医生　在这儿,我还有一份儿好收入,彼得!只有尝过拿工钱吃不饱饭的滋味的人才能体会这里头的甘苦——

市　　长　这是什么话!

斯多克芒医生　哦,真的,老实告诉你,从前我们在北边的时候常打饥荒。现在我们的日子过得像个财主!就拿今天说吧,我们午饭吃的是烤牛肉,并且还剩下一些当晚饭。你吃点儿好不好?来——即使不吃,也不妨瞧一瞧——

市　　长　不,不,我不进去——

斯多克芒医生　好吧,那么你看这儿——我们买了条桌毯,看见没有?

市　　长　不错,刚才我就看见了。

斯多克芒医生　我们还买了个灯罩。看见没有?这些都是凯德林省下钱买的。有了这些东西,屋子就显得舒服,你说是不是?你走到这边来。不,不,不,不是那边。对——从这儿看过去!现在你看,灯罩把光都聚在一块儿了——看上去多雅致。是不是?

市　　长　　嗯,要是一个人买得起这种奢侈品的话——

斯多克芒医生　　现在我买得起了。凯德林说,我挣的钱差不多够开销了。

市　　长　　差不多够了,哼!

斯多克芒医生　　再说,一个科学家的生活多少也得讲究一点。哼,我看一个州官一年花的钱就比我多得多。

市　　长　　当然喽!一州的最高长官——

斯多克芒医生　　不说做官的,就拿一个普通的船老板说吧!那么个身份的人一年花的钱也比我多好几倍——

市　　长　　那是当然,地位不一样。

斯多克芒医生　　彼得,其实我并没乱花钱。可是我不肯不招待朋友。我一定得交朋友。在偏僻地方住了那么些年,现在我觉得必须结交一批开通活泼、热爱自由、勤苦工作的年轻人——现在在饭厅里吃得那么起劲儿的正是这么一批人。我希望你能多了解霍夫斯达——

市　　长　　哦,你提醒我啦——刚才霍夫斯达告诉我,他又准备发表你的一篇文章。

斯多克芒医生　　我的文章?

市　　长　　是啊,关于浴场的文章。你去年冬天写的。

斯多克芒医生　　哦,那篇文章!目前我不愿意发表。

市　　长　　为什么不愿意?我觉得目前正是应该发表的时候。

斯多克芒医生　　照普通情形说——也许应该——(走过去)

市　　长　　(用眼睛盯着他)现在的情形有什么特殊?

斯多克芒医生　　(站定)彼得,现在我还不能告诉你——至少今天晚上还不能说。也许这里头会有很特殊的情形。也许什么事都没有。很可能只是我个人的猜想。

市　　长　　你的话实在叫人摸不着头脑。难道出了什么事儿啦?瞒着不肯告诉我?我是浴场委员会主席,我想——

斯多克芒医生　　我是浴场——。算了,算了,咱们俩都不必生气,彼得。

市　　长　　没有的事!我从来不像你说的那样,动不动就"生气"。可是我一定得坚持这一点:一切计划都应该通过合法人员,按照合法手续才能制订实行。我不许别人使用鬼鬼祟祟的手段。

斯多克芒医生　　我几时使过鬼鬼祟祟的手段?

市　　长　你至少有个独断专行的固执脾气。这种脾气在有秩序的社会里几乎叫人不能容忍。个人应该服从社会,或者说得更具体些,个人应该服从照管社会利益的当局。

斯多克芒医生　你这话也许有理。可是干我什么屁事?

市　　长　汤莫斯,这个道理你好像永远懂不透。可是你得留点神,早晚你会吃大亏。现在我提醒你了,听不听由你。再见吧。

斯多克芒医生　难道你疯了吗?你把事情完全看错了。

市　　长　我轻易不看错事情。并且,我还得声明一句——。(冲着饭厅鞠躬)弟妹,再见。诸位先生,再见。(出去)

斯多克芒太太　(走进起坐室)他走了吗?

斯多克芒医生　走了,他走的时候一肚子气。

斯多克芒太太　汤莫斯,你又把他怎么了?

斯多克芒医生　我没把他怎么呀。反正不到时候我不能向他做报告。

斯多克芒太太　你有什么事要向他做报告?

斯多克芒医生　嗯——你不用打听,凯德林。——邮差不来,真怪!

〔霍夫斯达、毕凌和霍斯特都从饭桌旁站起来,走进起坐室。不多会儿,艾立夫和摩邓也跟着进来。

毕　　凌　(伸懒腰)啊,真痛快!吃了这么顿饭,要不像换了个人才怪呢。

霍夫斯达　今天晚上市长似乎不大高兴。

斯多克芒医生　他有胃病。他消化力很坏。

霍夫斯达　恐怕他觉得我们《人民先锋报》的这几个人格外难消化。

斯多克芒太太　我还以为你们俩已经把话说开了,不吵架了。

霍夫斯达　不错,不过这只是暂时休战。

毕　　凌　对!这四个字把整个儿局势全说明白了。

斯多克芒医生　咱们别忘了,彼得是个孤零零的光棍儿,怪可怜的!他没有家庭乐趣,一天到晚净是办公,办公。还有,他每天灌那么些稀淡的茶也耽误事儿!孩子们,把椅子围着桌子!凯德林,我们现在可以喝喷奇酒了吧?

斯多克芒太太　(走向饭厅)我正要去拿。

斯多克芒医生　霍斯特船长,你挨着我坐在沙发上。像你这么一位难得来的客人——。诸位请坐。

〔大家围桌而坐。斯多克芒太太端着一只托盘进来,盘子里摆着水壶、

　　　　　　酒杯、酒壶等等。

斯多克芒太太　东西都来了：这是椰子酒，这是甜酒，那是白兰地。大家随意请，别客气。

斯多克芒医生　（拿起一只杯子）好，我们自己来。（一边说一边调弄喷奇酒）索性把雪茄烟也拿来。艾立夫，你知道搁雪茄烟的地方。摩邓，你去给我拿烟斗。（孩子们走进右边屋子）我觉得艾立夫有时候要偷我一支雪茄烟，可是我假装不知道。（高声）摩邓，还有我的便帽！凯德林，你告诉他我把便帽扔在什么地方了。哦，他找着了。（孩子们把东西都拿来）好，朋友们，大家随意请。你们知道，我离不开我的烟斗。这只烟斗在北边的时候跟着我经历了不知多少场风波。（大家碰杯）祝诸位健康！啊，舒舒服服坐在这儿，不怕风吹雨打，真有意思。

斯多克芒太太　（坐着编织活计）霍斯特船长，你们快开船了吧？

霍斯特　我想大概下星期可以开船了。

斯多克芒太太　是不是上美国？

霍斯特　不错，是这么打算。

毕　凌　那么，你不能参加这一次市议会的选举了。

霍斯特　又要选举了？

毕　凌　你没听说吗？

霍斯特　没听说，我不理会那些事儿。

毕　凌　公共的事儿你没兴趣吗？

霍斯特　那些事儿我一点儿都不懂。

毕　凌　不管怎么样，你应该去投票。

霍斯特　外行的人也该去投票？

毕　凌　外行？什么叫外行？社会就像一条船，人人都该去掌舵。

霍斯特　这话在岸上也许说得通，在海里可绝对办不到。

霍夫斯达　真怪，在船上做事的人对于公共事业照例这么不关心。

毕　凌　怪得很。

斯多克芒医生　航海的人像候鸟似的，到处为家，南北都一样。所以咱们这些人更应该加倍努力，霍夫斯达先生。明天的《人民先锋报》上有没有地方公益事业的新闻？

霍夫斯达　关于本地的没有。可是后天我打算登你那篇文章——

斯多克芒医生　哦,那篇文章!要不得!你先把它搁一搁,别发表。

霍夫斯达　真的吗?目前我们报纸上有的是空地方,我觉得这时候发表正合适。

斯多克芒医生　嗯,嗯,你的话也许不错,可是我那篇文章你还是得压一压。过一半天我把理由告诉你。

〔裴特拉戴着帽子,穿着外套,胳臂底下夹着一叠练习本从门厅里进来。

裴特拉　爸爸,你好。

斯多克芒医生　你好,裴特拉。你回来了?

〔大家互相打招呼。裴特拉把外套、帽子、练习本儿一齐搁在靠门的一张椅子上。

裴特拉　好啊,你们坐在这儿享福,我在外头辛苦!

斯多克芒医生　好,你也过来享享福。

毕　凌　我给你兑一小杯酒好不好?

裴特拉　(走到桌前)谢谢你,我宁可自己动手——每回你都兑得太酽。哦,我想起来了,爸爸,这儿有你一封信。(走到搁东西的椅子旁边拿信)

斯多克芒医生　有封信。谁给我的?

裴特拉　(在外套口袋里摸索)刚才我上学校去的时候邮差给我的。

斯多克芒医生　(站起来,走过去)你这时候才交给我?

裴特拉　刚才我实在没工夫再跑回来了。喏,信在这儿。

斯多克芒医生　(把信抢过来)快让我瞧,快让我瞧,孩子。(念发信人地址)对,对,一点不错!

斯多克芒太太　汤莫斯,这几天你急着追问的就是这封信吗?

斯多克芒医生　正是。我马上得去看信。哪儿有灯,凯德林?是不是我书房又没灯?

斯多克芒太太　有,灯早点上了,在写字桌上。

斯多克芒医生　好,好。对不起,失陪一会儿——(话没说完就进了右边屋子)

裴特拉　究竟是什么事,妈妈?

斯多克芒太太　谁知道呢。这几天他老是伸着脖子盼邮差。

毕　凌　也许乡下有病人——

裴特拉　爸爸真可怜!他快忙不过来了。(兑喷奇酒)啊,这杯酒味儿一定错不了!

霍夫斯达　今天你又在夜校上过课了吗?

裴特拉　（端着酒杯抿一抿）上了两点钟。

毕　凌　白天在学校上四点钟——

裴特拉　（在桌旁坐下）五点钟。

斯多克芒太太　我看你今天晚上还得改练习本。

裴特拉　不错,一大堆呢。

霍斯特　我觉得你也太忙了。

裴特拉　是,可是我愿意。做完了事累得挺痛快。

毕　凌　你喜欢累吗?

裴特拉　喜欢,累了睡得香。

摩　邓　姐姐,你一定是个罪孽挺重的人。

裴特拉　罪孽挺重的人?

摩　邓　是的,要是像你这么拼命工作的话。罗冷先生①说过,工作是对我们罪孽的惩罚。

艾立夫　（鄙视地）胡说八道! 你这傻子,会信这种废话。

斯多克芒太太　算了,算了,艾立夫!

毕　凌　（大笑）妙! 妙!

霍夫斯达　摩邓,你不愿意拼命工作吗?

摩　邓　我不愿意。

霍夫斯达　那么,你长大了干什么?

摩　邓　我想当海盗。

艾立夫　那么,你只能做个异教徒。

摩　邓　那我就做异教徒。

毕　凌　摩邓,这话我同意! 我也这么说。

斯多克芒太太　（向毕凌打手势）毕凌先生,你的话是假的。

毕　凌　不是真话才怪呢。我是邪教徒,并且我还很得意。你瞧着吧,不久咱们都会变成邪教徒。

摩　邓　是不是到了那时候咱们想干什么就可以干什么?

毕　凌　唔,摩邓——

斯多克芒太太　孩子们,快走,我知道你们都要预备明天的功课。

---

① 这个人物曾在《社会支柱》中出现过。

艾立夫　妈妈,让我再待一会儿——

斯多克芒太太　不行,你也得走。你们俩都走。

〔两个孩子道了夜安,走进左屋。

霍夫斯达　你当真觉得孩子们听了这些话有坏处吗?

斯多克芒太太　我不知道。我就是不愿意他们听。

裴特拉　妈妈,说实话,我觉得你的看法很不正确。

斯多克芒太太　也许是吧。可是我不愿意他们在家里听这些话。

裴特拉　家庭和学校都是一片虚伪。在家里不许人说话,①在学校逼着人对孩子们撒谎。

霍斯特　你也对他们撒谎吗?

裴特拉　当然。你难道不知道我们经常把一大堆自己都不信的话告诉孩子们?

毕　凌　这话真不假。

裴特拉　要是我有钱,我要自己办个学校,办法完全不一样。

毕　凌　喔,这笔钱——!

霍斯特　要是你真想办学校,斯多克芒小姐,我倒愿意借地方给你。你知道,我父亲给我留下的那所旧房子现在差不多全空着,楼下有间极大的饭厅——

裴特拉　(大笑)喔,谢谢你——恐怕我不过是白说说罢了。

霍夫斯达　据我看,裴特拉小姐将来倒说不定会干新闻事业。提起新闻事业,你答应给我们翻译的那篇英文小说已经动手了吗?

裴特拉　还没动手呢。可是一定误不了你们的事。

〔斯多克芒医生拿着一封拆开的信,从自己屋里走出来。

斯多克芒医生　(摇晃着那封信)新闻来了,地方上要热闹了!

毕　凌　新闻来了?

斯多克芒太太　什么新闻?

斯多克芒医生　一个大发现,凯德林!

霍夫斯达　真的吗?

斯多克芒太太　是你发现的?

---

① 意思是不许人说"真话"。

340

斯多克芒医生　一点不错——是我发现的！（走来走去）现在让他们再骂我什么疯头疯脑、胡思乱想吧。往后他们可得小心点儿了。哈哈！往后他们可不敢乱说了！

裴特拉　爸爸，快告诉我们到底是怎么回事吧。

斯多克芒医生　别忙，我会把事情全都告诉你们。可惜彼得不在这儿！这件事可以证明，有时候我们发议论、下断语简直像瞎眼的鼹鼠①一样。

霍夫斯达　你这话什么意思，斯多克芒大夫？

斯多克芒医生　（在桌旁站住）是不是大家都说，咱们这城市是个极卫生的地方？

霍夫斯达　当然。

斯多克芒医生　是啊，大家都说，这是个少有的好地方，值得竭力推荐，对于有病的人和身体健康的人全都适宜——

斯多克芒太太　汤莫斯，可是——

斯多克芒医生　咱们确是花过力气给它吹嘘捧场。在《人民先锋报》上和小册子里头，我一次一次地写文章赞扬咱们这地方——

霍夫斯达　怎么样？

斯多克芒医生　这个浴场——咱们说它是本地的命脉，说它是本地的神经中枢，还有别的稀奇古怪的名字——

毕　凌　我记得有一次在庆祝会上，我还说过这浴场是"咱们城市的活心脏"呢——

斯多克芒医生　可不是吗。可是你知道不知道，这座规模宏大、富丽堂皇、费用浩大、人人称赞的浴场究竟是什么东西？

霍夫斯达　不知道。究竟是什么？

斯多克芒太太　快告诉我们是什么。

斯多克芒医生　是个传染病的窝儿。

裴特拉　爸爸，你说的是那浴场？

斯多克芒太太　（同时）你说的是咱们的浴场！

霍夫斯达　（也同时）可是，斯多克芒大夫——！

毕　凌　没有的事！

斯多克芒医生　老实告诉你们，这个浴场像一座外头刷得雪白、里头埋着死人

----

① 一种哺乳动物，外形似鼠，体矮胖，头尖，吻长，眼小（有的为皮肤所掩盖）。

341

的坟墓——肮脏到了极点的害人地方！从磨坊沟流出来的那些臭气熏天的东西把帮浦房送水管里的水都弄脏了,并且这种害人的毒水还在海滩上渗出来——

霍夫斯达　就在海滨浴场那儿？

斯多克芒医生　一点不错。

霍夫斯达　你怎么知道的这么清楚,斯多克芒大夫？

斯多克芒医生　我一直在尽心竭力地考查这件事。我早就动过疑心。去年病人中间就发现过几种奇怪的病症——斑疹伤寒带胃炎——

斯多克芒太太　不错,我记得有这回事。

斯多克芒医生　当时我们还以为是疗养病人自己从别处把病带来的。可是过了几个月——到了去年冬天——我才渐渐地觉得不是那么回事了。所以我就动手尽力化验浴场的水。

斯多克芒太太　原来你一天到晚忙的就是这个！

斯多克芒医生　嗯,凯德林,你可以说我是出力忙了一阵子。可是那时候我手里的科学仪器不够用,所以我就把咱们这儿喝的水和海水都取了些样品,送到大学,请一位化学专家仔细分析。

霍夫斯达　专家的化验报告你收到没有？

斯多克芒医生　(把信给他看)这就是！这个报告确确实实证明了矿泉里含着腐烂性有机体——千千万万的细菌。这种矿泉,不论是喝下去或是外用,对于人的健康都有绝对的损害。

斯多克芒太太　幸亏你发现得早。

斯多克芒医生　是可以这么说。

霍夫斯达　现在你打算怎么办呢,斯多克芒大夫？

斯多克芒医生　那还用说,当然得动手整顿喽。

霍夫斯达　你觉得有法子整顿吗？

斯多克芒医生　无论如何,非整顿不可。要不然,整个儿这座浴场就没用了,就白糟蹋了。可是不用担心。我心里很有底,我知道该怎么着手。

斯多克芒太太　汤莫斯,可是你为什么把事情瞒得这么紧？

斯多克芒医生　难道说,底细还没摸清楚,你就要我跑到大街上,逢人就告诉吗？对不起,这可办不到,我不那么疯。

裴特拉　可是告诉自己家里人——

斯多克芒医生　谁都不能告诉。可是你倒不妨去看看"老獾"①——

斯多克芒太太　喔,汤莫斯,这个称呼!

斯多克芒医生　好,好,看看你外公。那老东西知道了一定会吓一大跳。他会把我当疯子——不但是他,还有好些人也会把我当疯子,我早看出来了。现在让那些聪明人看看——我要让他们看看!（一边搓手,一边走来走去）凯德林,你等着瞧这场热闹吧!你想!所有的水管子都得重新安装。

霍夫斯达　（站起来）所有的水管子?

斯多克芒医生　当然。水管的入口太低了,一定得拆了重新安得高高的。

裴特拉　爸爸,你从前的话到底没说错。

斯多克芒医生　是啊,裴特拉,你还记得不记得?当初他们动工的时候,我就写文章反对那计划。可是那时候谁都不听我的话。现在我要对他们开火了——不用说,我已经给委员会写了个报告,报告在我手里搁了一星期,专等这份化验书。（指信）现在我可以把报告马上给他们送去了。（走进书房,拿着一份手稿出来）瞧!写得密密层层的四页!我要把这份化验书包在一块儿。给我张旧报纸,凯德林!给我点儿纸把这两件东西包起来。好——行了!把这包东西交给——交给——（叫不出名字,急得跺脚）——她叫什么?不管它。交给那女孩子,叫她马上送给市长。

〔斯多克芒太太拿着包儿,走饭厅出去。

裴特拉　爸爸,你看彼得伯伯看了信会有什么话说?

斯多克芒医生　他有什么话可说?他知道了这么个重要发现一定很高兴。

霍夫斯达　我想把你的发现在《人民先锋报》上登一段小新闻,你说行不行?

斯多克芒医生　行。谢谢你。

霍夫斯达　这个消息应该让大家知道得越早越好。

斯多克芒医生　当然。

斯多克芒太太　（回来）东西送走了。

毕凌　斯多克芒大夫,我保险,往后你是本地第一号大人物!

斯多克芒医生　（兴致勃勃地走来走去）喔,哪儿的话!我不过尽我的本分罢了。我无非运气好,探宝先到手,别的说不上什么。可是话又说回来了——

---

① "老獾"是斯多克芒医生给他老婆的义父摩邓·基尔取的绰号,等于说他是个老顽固。

343

毕　　凌　　霍夫斯达,你看地方上要不要来个提灯会给斯多克芒大夫庆祝一下子?

霍夫斯达　　我一定要提出这问题。

毕　　凌　　那么,我去找阿斯拉克森谈一谈。

斯多克芒医生　　喔,使不得！别这么招摇。我不愿意你们这么搞。要是委员会给我加薪水,我也不接受。凯德林,听见没有,加薪水我不要。

斯多克芒太太　　你的话说得对,汤莫斯。

裴特拉　　（举杯）爸爸,敬你一杯！

霍夫斯达
毕　　凌　　}敬你一杯,斯多克芒大夫！

霍斯特　　（跟医生碰杯）祝你发现了这件事,前途顺利！

斯多克芒医生　　多谢,多谢,诸位好朋友！我真是说不出的高兴！一个人给本乡、本地人尽了点力,心里真痛快！哈哈,凯德林！

　　　〔他双手搂着她脖子,抱着她打转。斯多克芒太太连笑带嚷使劲想挣开。大家哈哈大笑,给医生鼓掌喝彩。两个孩子在门口探进头来瞧热闹。

第 二 幕

〔斯多克芒医生家起坐室。饭厅门关上了。早晨。

斯多克芒太太　（从饭厅进来,手里拿着一封密封的信,走到右首最靠前的门口张望了一下)汤莫斯,你在家吗?

斯多克芒医生　(在里头)在,我刚回来。(走进来)什么事?

斯多克芒太太　你哥哥有封信。(把信递给他)

斯多克芒医生　哈哈!咱们瞧瞧。(拆开信封,念信)"手稿退还——"(接着往下念,字眼听不清了)唔——

斯多克芒太太　他说什么?

斯多克芒医生　(把信往衣袋里一塞)没说什么,他只说今天晌午要上这儿来。

斯多克芒太太　那么,记着别出门。

斯多克芒医生　行,反正上午的出诊病人我都瞧完了。

斯多克芒太太　我猜不透他是怎么个态度。

斯多克芒医生　你瞧着吧,这件事是我发现的,不是他发现的,他心里一定不怎么高兴。

斯多克芒太太　我担心的就是这件事。

斯多克芒医生　归根结底,他还是会高兴。不过,话又说回来了——彼得有个毛病,除了他自己,他不愿意别人给地方上出力。

斯多克芒太太　汤莫斯,我告诉你,你可以使点手法把功劳分给他一半。你能不能想个办法让人家看着好像是他指点你——

斯多克芒医生　我满不在乎,只要我能把事情整顿好——

〔老头子摩邓·基尔从门厅门口探进头来,四面一望,咯咯一笑,开口就问。

基　尔　是——是真的吗?

斯多克芒太太 （迎上去）爸爸——你来了？

斯多克芒医生 啊，老丈人！你好，你好！

斯多克芒太太 请进。

基　尔 要是真的，我就进来。要是假的，我马上就走。

斯多克芒医生 要是什么是真的？

基　尔 我问的是自来水这档子玄虚事儿。是不是真的？

斯多克芒医生 那还用说，当然是真的。你怎么知道的？

基　尔 （一边说一边走进来）裴特拉上学校路过我那儿——

斯多克芒医生 嗄，是吗？

基　尔 哎，哎——她告诉我——。我还当她是糊弄我，可是裴特拉平素不是那等人。

斯多克芒医生 当然不是。你怎么疑惑她糊弄你？

基　尔 哼，谁都靠不住。一个不小心，你就会上当。这么说，这是真的了？

斯多克芒医生 一点都不假。请坐，老丈人。（硬拉他坐在沙发上）你说这是不是地方上的福气？

基　尔 （几乎笑出来）地方上的福气？

斯多克芒医生 是啊，我及时发现了这件事——

基　尔 （还是忍着笑）哎，哎，哎！我再也想不到你会跟自己的哥哥捣乱。

斯多克芒医生 捣乱！

斯多克芒太太 爸爸，你怎么——

基　尔 （把两只手和下巴颏儿都贴在手杖头儿上，眯着眼睛逗趣地瞧医生）怎么回事？是不是有活的东西钻到了水管里？

斯多克芒医生 是，活的微生物。

基　尔 裴特拉说，水管里进去了好些微生物，千千万万的数不清。

斯多克芒医生 对，千千万万的。

基　尔 可是谁都看不见，是不是？

斯多克芒医生 不错，谁都看不见。

基　尔 （轻轻地咯咯一笑）真是出了娘胎头一回听见的新鲜事儿。

斯多克芒医生 这话是什么意思？

基　尔 反正你没法子叫市长信这些话。

斯多克芒医生 好，咱们瞧着吧。

基　　尔　你当他真会那么傻？

斯多克芒医生　我希望全城的人都会那么傻。

基　　尔　全城的人！嗯,这也难说。让他们吃点亏,可以学点乖。他们觉得自己比我们这些老头儿聪明得多。他们把我从市议会轰出来。真的,他们简直把我当只狗似的轰出来。可是现在轮到他们自己头上了。你别把他们放松了,斯多克芒。

斯多克芒医生　是啊,老丈人,可是——

基　　尔　千万别放松。（站起来）要是你有本事让市长和他手下那伙人栽个筋斗、丢个脸,我愿意马上捐一百克罗纳救济穷人。

斯多克芒医生　那好极了。

基　　尔　当然,我没钱瞎糟蹋,可是要是你有本事干那个,圣诞节我一定捐五十克罗纳给穷人。

〔霍夫斯达从门厅走进来。

霍夫斯达　你早！（站住）哦,对不起——

斯多克芒医生　没关系。请进,请进。

基　　尔　（又咯咯地笑起来）他！他也有份儿？

霍夫斯达　你这话是什么意思？

斯多克芒医生　当然他也有份儿。

基　　尔　我早猜着了！要登报了。嘿,斯多克芒,你这人真行！你们俩商量商量吧,我走了。

斯多克芒医生　别走,再坐会儿,老丈人。

基　　尔　不,我要走了。你使劲儿跟他们捣乱吧。别怕吃亏。

〔他走出去,斯多克芒太太送到门口。

斯多克芒医生　（大笑）你看,自来水的事儿这老头子一句都不信。

霍夫斯达　他就为这件事——？

斯多克芒医生　对,刚才我们谈的就是这件事。大概你也是为这事来的吧？

霍夫斯达　正是。你腾得出一两分钟工夫吗,斯多克芒大夫？

斯多克芒医生　老朋友,多少分钟都行。

霍夫斯达　市长那儿有回信没有？

斯多克芒医生　还没有。他一会儿就来。

霍夫斯达　打昨天晚上起,我一直在想这问题。

斯多克芒医生　怎么样？

霍夫斯达　你是医生和科学家,在你看起来,这自来水的事好像跟别的事不相干。大概你从来没想到过,这里头牵涉着一大串问题。

斯多克芒医生　是吗!怎么牵涉着一大串问题?朋友,坐下,咱们仔细谈谈。别坐在那儿,坐在沙发上。

〔霍夫斯达在沙发上坐下。医生坐在桌子那头一张软椅里。

斯多克芒医生　怎么样,你觉得——?

霍夫斯达　昨天你说,泥土里有脏东西,把自来水弄脏了。

斯多克芒医生　没问题。祸根子是靠近磨坊沟的那个害人的臭水坑。

霍夫斯达　对不起,斯多克芒大夫,我看祸根子恐怕是另外一个臭水坑。

斯多克芒医生　什么臭水坑?

霍夫斯达　就是把咱们全市生活泡得稀烂的那个臭水坑。

斯多克芒医生　岂有此理,霍夫斯达先生!你这是怎么个想法?

霍夫斯达　本城的事儿渐渐地都落到一群官僚手里去了——

斯多克芒医生　哎,他们不见得都是官僚。

霍夫斯达　话是不错,不过有些人自己虽然不是官僚,却是官僚的狐群狗党。咱们让地方上几个财主、阔人、老乡绅整个儿牵着鼻子走。

斯多克芒医生　不错,可是他们有才干、有眼光。

霍夫斯达　当初安水管子的时候,他们的才干眼光上哪儿去了?

斯多克芒医生　不用说,那件事当然做得笨透了。可是现在可以把事情改过来。

霍夫斯达　你看事情会这么顺手吗?

斯多克芒医生　嗯,不管顺手不顺手,事情总得办。

霍夫斯达　是啊,只要报馆出把力。

斯多克芒医生　我看用不着。我哥哥一定——

霍夫斯达　对不起,斯多克芒大夫,老实告诉你,我正想动手搞这件事。

斯多克芒医生　在报纸上动手?

霍夫斯达　正是。当初我接办《人民先锋报》的时候,我就拿定主意要打倒这批大权独揽的老顽固蠢家伙。

斯多克芒医生　可是后来你亲口告诉过我,事情搞得一团糟,报馆差点儿没关门。

霍夫斯达　不错,那时候我们不能不把锋芒收一收。因为要是那批人一完蛋,浴场恐怕会落空。可是现在浴场已经办成了,咱们用不着借重这批大人先生了。

斯多克芒医生　不错,现在用不着他们了。可是他们替咱们也出过不少力。

霍夫斯达　他们的功劳当然该承认。不过像我这么个民主派的新闻记者决不能让这么个好机会白白地滑过去。咱们一定要打破"官僚神圣"的迷信传统。跟别的迷信一样,这种荒谬心理必须扫除干净。

斯多克芒医生　这两句话我完全同意,霍夫斯达先生。如果是迷信,一定得扫除!

霍夫斯达　我要写文章骂市长,不过心里很抱歉,因为他是你哥哥。可是我知道你的看法跟我一样:真理比什么都重要。

斯多克芒医生　对,那还用说。(声调激昂)可是——!可是话虽然这么说——!

霍夫斯达　你别把我看错了。我这人私心并不比别人重,野心也不比别人大。

斯多克芒医生　嗳呀,好朋友——谁说你这种话?

霍夫斯达　你是知道的,我出身很低微,所以我很有机会知道下层社会的真正愿望。那就是说,他们想参与政治。参与了政治,才可以发展他们的才干、知识和自尊心——

斯多克芒医生　这话我完全了解。

霍夫斯达　并且我想,要是新闻记者放过一个可以帮助受压迫的群众得到解放的机会,他就放弃了一个很大的责任。我很明白,本地的寡头政治集团会骂我是个捣乱分子什么什么的。可是我满不在乎。只要我问心无愧,我——

斯多克芒医生　对,对,霍夫斯达先生。可是话虽然这么说——唉——!(有人敲门)进来!

〔印刷所老板阿斯拉克森在通往门厅的门口出现。他的穿着虽不讲究,可是很整齐,身上穿着一套黑衣服,打着一条不很平正的白领带,手里拿着礼帽和手套。

阿斯拉克森　(鞠躬)对不起,斯多克芒大夫,恕我这么冒昧——

斯多克芒医生　(站起来)嗳呀!是阿斯拉克森先生,真想不到!

阿斯拉克森　不错,是我,斯多克芒大夫。

霍夫斯达　(站起来)你是不是找我,阿斯拉克森?

阿斯拉克森　不是,不是,我不知道你在这儿。我是来找斯多克芒大夫——

斯多克芒医生　唔,找我什么事?

349

阿斯拉克森 毕凌先生告诉我,说你打算替我们搞一套好一点的自来水设备,这话是真的吗?

斯多克芒医生 不错,为了那浴场。

阿斯拉克森 我明白,我明白。所以我顺便进来说一句,我愿意用全副力量支持这运动。

霍夫斯达 (向医生)你看!

斯多克芒医生 我很感激你。不过——

阿斯拉克森 有我们这批小中产阶级支持你,对你会有大好处。我们在本地是个结实的多数派——那就是说,要是我们真心团结起来的话。有多数派帮忙总是有好处,斯多克芒大夫。

斯多克芒医生 不错,不错。不过我想这件事用不着采取什么特别手段。我觉得像这么一桩光明正大的事情——

阿斯拉克森 不错,不过有个准备总不会吃亏。我很熟悉本地官僚的脾气——那些掌权的人不太愿意采用别人的意见。所以我想,要是咱们来个什么表示,恐怕不算过分。

霍夫斯达 我也正有这意思。

斯多克芒医生 你说,来个表示?怎么表示?

阿斯拉克森 当然要做得非常稳健,斯多克芒大夫。我一向主张稳健。稳健是公民最大的美德——至少这是我的想法。

斯多克芒医生 这一点我们都知道,阿斯拉克森先生。

阿斯拉克森 不错,我做事稳健是大家知道的。这个自来水设备问题对于我们小中产阶级关系非常重大。这个浴场,要是办好了的话,简直可以这么说,是本城的一座小金矿。我们都要靠着浴场吃饭,尤其是我们这批有房产的人。所以我们要拼命拥护这浴场。我既然是房主联合会的主席——

斯多克芒医生 怎么样?

阿斯拉克森 我也是节制运动会①的负责人——不用说,斯多克芒大夫,你知道我是个有节制的人。

斯多克芒医生 当然,当然。

---

① 节制运动会主要任务是反对喝酒。在挪威文里,"Mådehold"这个字有"节制"和"稳健"两重意思,在这儿是双关语。

阿斯拉克森　你知道,我接触的人很多。因为大家都知道我是个谨慎守法的公民,所以,斯多克芒大夫,你自己也看得出来,我在地方上有几分势力,而且也有小小的一点权柄——虽然我不该这么说。

斯多克芒医生　我知道得很清楚,阿斯拉克森先生。

阿斯拉克森　所以,到了必要的时候,我可以安排一篇宣言,这是轻而易举的事儿。

斯多克芒医生　一篇宣言?

阿斯拉克森　是的,作为市民对你表示的谢意,因为你在这么一桩公共事业上头出了力。当然,那篇文章的措词应该相当稳健,免得得罪掌权的官僚党派。只要咱们做得仔细,我想决没人会见怪。

霍夫斯达　即使他们不赞成——

阿斯拉克森　喔,霍夫斯达先生,千万别得罪掌权的人。千万别得罪很容易在咱们身上报复的人。那种滋味我从前尝够了,一点好处都没有。可是谁都不能拦住市民发表自由而又稳健的意见。

斯多克芒医生　(跟他拉手)阿斯拉克森先生,地方上的人这么热心支持我,我真是说不出的高兴。我真快活——真快活!你喝杯雪利酒,好不好?

阿斯拉克森　不,谢谢。我从来不喝酒。

斯多克芒医生　好,那么,来杯啤酒,怎么样?

阿斯拉克森　谢谢,啤酒也不喝。白天我什么都不喝。现在我要到各处走一走,找几个房主谈一谈,发动一下群众的意见。

斯多克芒医生　阿斯拉克森先生,你真是太热心了。可是我总看不出这些安排有什么必要。我觉得这件事很简单明了。

阿斯拉克森　官僚做事总是慢吞吞的,斯多克芒大夫——我不是埋怨他们——

霍夫斯达　明天咱们在报纸上惊醒他们一下子,阿斯拉克森。

阿斯拉克森　别太激烈,霍夫斯达先生。步伐要稳健,要不然,就办不成事儿。你得听我的劝告。这是我在社会上学来的经验。斯多克芒大夫,现在我真要告辞了。现在你已经知道,反正我们这些小中产阶级分子像一座结结实实的大墙,愿意给你做靠山。结实的多数派在你这一边,斯多克芒大夫。

斯多克芒医生　谢谢,谢谢,阿斯拉克森先生。(伸出手来)再见,再见。

阿斯拉克森　你上报馆吗,霍夫斯达先生?

霍夫斯达　一会儿就来。我还要料理一两件事情。

阿斯拉克森　好。(鞠躬,出去。斯多克芒医生送到门厅里)

霍夫斯达　(正当斯多克芒医生从外面走回来)斯多克芒大夫,你的意见怎么样?你看,这不正是咱们应该在这些畏畏缩缩、前怕狼后怕虎、胆子小得像老鼠的家伙头上使劲打一棒的时候吗?

斯多克芒医生　你是不是说阿斯拉克森?

霍夫斯达　正是。他倒挺规矩——不过他是个掉在泥坑里拔不出脚的人。咱们这儿的人大半都像他。他们老是东一摆,西一晃,左顾虑,右害怕,一步都不敢往前迈。

斯多克芒医生　你的话很对,不过我觉得阿斯拉克森心眼儿挺好。

霍夫斯达　我觉得有件东西比好心眼儿更值钱,那就是自己依靠自己的刚性子。

斯多克芒医生　这句话我很同意。

霍夫斯达　所以我想抓住这机会,试一试能不能在他们的好心眼儿里给他们壮壮胆。本地人崇拜当局的坏心理必须彻底铲除。自来水工程这个大错误必须让每个投票人知道得很清楚。

斯多克芒医生　很好。要是你觉得对地方上有好处,你就这么办。不过得让我先跟哥哥谈一谈。

霍夫斯达　反正我得先把社论写起来。万一市长不理会这桩事——

斯多克芒医生　你怎么能料到他不理会?

霍夫斯达　哦,这不是料不到的事。到那时候——

斯多克芒医生　到那时候我应许你——。嗯,要是那样的话,你可以把我的文章登出来,一字不改动。

霍夫斯达　可以这么办吗?你算应许了?

斯多克芒医生　(把手稿递给他)喏,我把稿子交给你。你至少可以看一遍。以后再还我。

霍夫斯达　很好,我一定这么办。再见吧,斯多克芒大夫。

斯多克芒医生　再见,再见。事情一定很顺利,霍夫斯达先生。

霍夫斯达　唔——咱们等着瞧吧。(鞠躬,走门厅出去)

斯多克芒医生　(走到饭厅门口,往里瞧)凯德林!哦!你回来了,裴特拉?

裴特拉　(进来)回来了,刚从学校来。

斯多克芒太太　(进来)他还没来?

斯多克芒医生　你问的是彼得？还没来。我倒跟霍夫斯达谈了半天。他对我的发现很热心。原来这件事的意义比我最初料想的重大得多。要是我用得着他帮忙的话，他的报纸愿意让我使唤。

斯多克芒太太　你用得着他帮忙吗？

斯多克芒医生　我才用不着呢！不过，我知道开明自由的报纸愿意帮忙，心里还是挺高兴。你觉得怎么样？刚才房主联合会主席也来找我了。

斯多克芒太太　真的吗？他来干什么？

斯多克芒医生　他来保证帮忙。到了紧要关头，他们都会帮我。你知道不知道我背后有什么东西？

斯多克芒太太　你背后？不知道。你背后有什么？

斯多克芒医生　我背后有结实的多数派。

斯多克芒太太　哦！这对你有好处吗，汤莫斯？

斯多克芒医生　有，我想有好处。(一边来回走一边搓手)哈哈！一个人能跟地方上的人像亲弟兄似的同心一致，心里真痛快！

裴特拉　并且还能做这么些有益的事，爸爸！

斯多克芒医生　并且是为自己本乡出力！

斯多克芒太太　有人拉铃。

斯多克芒医生　一定是他来了。(有人敲门)进来！

〔市长从门厅里进来。

市　　长　你早。

斯多克芒医生　好极了，彼得，你来了。

斯多克芒太太　你早，大伯子。你好吗？

市　　长　谢谢，也还将就。(向医生)昨天下午，下班之后，我收到了你写的一篇讨论浴场水料的文章。

斯多克芒医生　不错。你看了没有？

市　　长　我看了。

斯多克芒医生　你的意见怎么样？

市　　长　唔——(往旁边闪了一眼)

斯多克芒太太　咱们走，裴特拉。

〔母女一同走进左屋。

市　　长　(顿了一顿)你调查这些事儿，是不是非得瞒着我不行？

353

斯多克芒医生　是。因为没有绝对把握，我——

市　　长　是不是现在你有了绝对把握？

斯多克芒医生　你看了我那篇文章一定可以信得过我。

市　　长　你是不是打算把报告当作正式文件提交给浴场委员会？

斯多克芒医生　当然。这件事总得想个办法——而且得赶紧动手。

市　　长　跟平常一样，你在报告里，措词还是那么激烈。除了好些别的话，你还说，咱们浴场供给疗养病人的是一种慢性毒药。

斯多克芒医生　彼得，不这么说，应该怎么说？你想——浴场的水，不论是喝是用，全都有毒！病人那么相信咱们，花那么些钱跑来治病，咱们拿这种水给他们使用！

市　　长　所以你的结论就是，咱们必须修一道沟，把你所说的从磨坊沟流出来的脏东西排泄出去，并且必须把水管重新安装过。

斯多克芒医生　是的。你有什么别的办法？我可想不出来。

市　　长　今天早晨，我借了个题目去看市政工程师，并且，半真半假地露了点口气，只说将来咱们可能考虑这些改建计划。

斯多克芒医生　将来！

市　　长　不用说，工程师听了笑了一笑，觉得我的说法是无谓的浪费。你仔细想过没有，你提出来的那些改建工程得花多少钱？我听工程师的口气，那笔费用说不定要好几十万克罗纳。

斯多克芒医生　用得了那么些钱吗？

市　　长　用得了。这还不算。最糟的是，这些工程至少得花两年工夫。

斯多克芒医生　两年？你说要整整两年工夫？

市　　长　至少。这两年里头咱们把浴场怎么办？是不是关门？恐怕除了关门没有别的办法。你想，要是大家知道水里有毒，谁还肯来？

斯多克芒医生　彼得，可是事情确实是这样。

市　　长　偏偏又凑在咱们浴场办得这么顺利的当口！邻近的城市也不是没条件做疗养区。难道他们不会马上动手把潮水似的疗养病人吸引到他们那里去？他们当然会。这么一来，咱们的事不就搁浅了吗？说不定咱们这么大本钱的买卖得整个儿歇手，那你就害了本地人啦。

斯多克芒医生　我——害了——！

市　　长　只有靠这浴场，咱们这地方将来才有点指望。这一点你也不是不知道。

354

斯多克芒医生　那么你说该怎么办？

市　　长　我看了你的报告，还不能相信浴场的情形真像你说的那么严重。

斯多克芒医生　老实告诉你，也许比报告里说的更严重——到了夏天，天气一热，情形一定更严重。

市　　长　我再说一遍，我觉得你把事情说得太过火。万一这些情况确确实实遮掩不住了，一个能干的医生应该懂得想办法——怎么防止、怎么消除有害的情况。

斯多克芒医生　唔——？那么——？

市　　长　眼前的自来水设备是个既成事实，咱们就应该把它当既成事实处理。可是有一天，委员会也许会愿意考虑，是不是不必糟蹋许多钱就可以把工程稍微修改一下子。

斯多克芒医生　你说我能帮着别人干这种欺骗的事吗？

市　　长　欺骗？

斯多克芒医生　这种办法当然是欺骗——欺骗、撒谎，这是对于公众、对于整个社会的重大罪行！

市　　长　刚才我已经说过了，我不信眼前真有这么大的危险。

斯多克芒医生　你不会不信！你不能不信！我的实验和论证非常清楚，使人不能不信。彼得，你心里非常明白，就是嘴里不承认。浴场和自来水设备的地址当初是你坚持决定的，因此，你不肯承认这个大错误——这个荒唐的大错误！呸！你当我没看透你的心眼儿？

市　　长　就算是吧，又怎么样？就算我顾虑我自己的名誉，我也是为了照顾地方的利益。没有道德威望，我就不能照着我认为对于公众有利的方式处理事情。因此——为了这个原因和许多别的原因——我决不能让你把报告提交委员会。为了公众的利益，你的报告决不能提出来。过些时候，我再把问题提出来讨论，咱们可以私下想个最好的办法。可是这件倒霉事决不能传到大众耳朵里，一个字都提不得。

斯多克芒医生　彼得，现在要人家不知道，已经不行了。

市　　长　一定不能叫人家知道。

斯多克芒医生　不中用了。知道这事的人已经太多了。

市　　长　知道这件事的人？谁？不会是《人民先锋报》的那批人吧？

斯多克芒医生　是他们。他们知道了。自由、独立的报纸要监督你尽你的职务。

市　　长　（顿了一顿）你这人性子太鲁莽,汤莫斯。你也不想想,这件事会在你自己身上发生什么后果?

斯多克芒医生　后果?我身上的后果?

市　　长　不错,在你自己身上,在你一家子身上。

斯多克芒医生　你这些话是什么意思?

市　　长　我一向愿意帮助你。

斯多克芒医生　不错,我也很感激。

市　　长　我不是要你感激。有时候我不能不那么办,也是为了我自己。我是这么打算的,要是我能帮你把手头弄得宽裕点儿,我的话你也许可以多听一两句。

斯多克芒医生　什么!你帮我是为你自己打算!

市　　长　也可以这么说。自己家里人接连不断地净干没面子的事儿,做官的人真是苦透了。

斯多克芒医生　你说我净干没面子的事儿?

市　　长　正是,可惜你干了自己都不知道。你的脾气太倔强、太任性、爱捣乱。并且你还有个毛病,不管要得要不得,喜欢乱发表文章。只要你心里想到一点儿意思,马上就在报纸上写文章,要不就是写个小册子。

斯多克芒医生　一个人有了一点新思想,把它贡献给公众,这难道不是公民的责任吗?

市　　长　喔,公众用不着新思想。公众只要有了大家公认的旧思想,日子就可以过得挺不错。

斯多克芒医生　你敢公然这么说?

市　　长　是的,今天我不能不跟你打开窗户说亮话。从前我藏着不肯说,因为我知道你性子太急躁,可是现在我不能不对你说老实话,汤莫斯。你不知道,爱管闲事自己会吃多少亏。你骂地方当局,你还骂政府,你骂他们,硬说他们冷淡你、欺负你。可是像你这副怪脾气,叫人家怎么亲近你?

斯多克芒医生　哦,真的!我这人脾气怪?

市　　长　汤莫斯,你这人脾气怪,跟你难共事。我尝过这滋味,所以我知道。你做事从来没个打算,也从来不替别人想一想。你好像完全忘了你做浴场医官是我的力量——

斯多克芒医生　医官应该是我做!应该我做,别人不配做!第一个发现本地有条件造疗养浴场的人就是我,当初只有我一个人看出来。多少年来我单枪匹马提倡这件事,我左一篇右一篇地写文章——

市　长　不错。可是那时候还不能动手。当然,你住在那块偏僻地方,看不清这一点。后来,适当的机会一到眼前,我——还有别人——马上就动手——

斯多克芒医生　不错,你们把我那整整齐齐的计划搞得一团糟。喔,现在我才知道你们是一批大笨货!

市　长　据我看,现在你又打算借题发挥,跟我们过不去。你想跟你的上司做对头——这是你的老脾气。谁的权力比你大,你都咽不下这口气。地位比你高的人你一概瞧不起,把他们当仇人——而且你什么手段都使得出。现在我已经对你把话说明白了,这件事对于全城的影响多么大,也就是对于我个人的影响多么大。因此,我警告你,汤莫斯,我坚决要求你做一件事。

斯多克芒医生　要求我做什么事?

市　长　既然你已经冒冒失失把这件应该保密的公事告诉了外头人,现在当然没法子再瞒下去。各种各样的谣言马上会起来,跟我们作对的人还会加油加醋地往里添作料。所以你必须公开批驳外头的谣言。

斯多克芒医生　我?怎么批驳?我不懂你的话。

市　长　我们希望这么做,你再去调查一下子,做出个结论,说浴场的情形并不像你最初看的那么严重、那么迫切。

斯多克芒医生　嘿嘿!你们希望我这么做?

市　长　我们还希望你公开表示信任委员会,相信只要浴场有缺点,他们一定会彻底负责想办法。

斯多克芒医生　可是你们这种敷衍塞责的态度永远办不成什么事。你记着我这句话,彼得。我把我的真实确切的信念告诉你,我的信念是——

市　长　作为一个公务员,你不配有个人的信念。

斯多克芒医生　(跳起来)不配有——?

市　长　我说的是,作为一个公务员。当然,你个人的身份是另外一回事。可是作为浴场的下级官吏,你不配发表跟你上级相反的意见。

斯多克芒医生　这太不像话了!我是个医生,是个科学家,我不配——!

市　长　目前这件事不是纯粹科学问题,它还牵涉着技术和经济两方面。

斯多克芒医生　我不管牵涉什么这个那个的!在任何问题上我都要说老实话!

市　长　你尽管说——只要不牵涉浴场问题。在浴场问题上,我们不准你多

357

嘴管闲事。

斯多克芒医生　（大声）你们不准——！你们这批——

市　　长　我不准——我是你的上司。我的命令你不能不服从。

斯多克芒医生　（捺着性子）彼得，要是你不是我哥哥，对不起——

裴特拉　（推门冲进来）爸爸，别忍这口气！

斯多克芒太太　（追进来）裴特拉！裴特拉！

市　　长　哦！原来你们在外头偷听！

斯多克芒太太　墙板这么薄，我们怎么能不听见——

裴特拉　我是成心站在外头听你们说的。

市　　长　好，反正我也不后悔——

斯多克芒医生　（走近市长）刚才你对我说什么"不准"、什么"服从"——

市　　长　是你逼得我不能不那么说。

斯多克芒医生　难道你要我当着大家打自己的嘴巴？

市　　长　我们认为你必须按照我刚才说的话发表个声明。

斯多克芒医生　要是我不照办呢？

市　　长　那我们就自己发表个声明，好让大家安心。

斯多克芒医生　好，好，那我就写文章驳你们。我要坚持我的意见，证明我是对的，你们是错的。那时候看你怎么办？

市　　长　到那时候我就拦不住他们免你的职。

斯多克芒医生　你说什么——！

裴特拉　爸爸！免职！

斯多克芒太太　免职！

市　　长　撤掉你在浴场的职务。到那时候我不能不提议，马上撤掉你的职务，从此以后浴场的事情你不能再过问。

斯多克芒医生　你真敢这么办！

市　　长　是你自己逼着我走这一步棋。

裴特拉　伯伯，你用这种手段对待我爸爸，简直太丢人！

斯多克芒太太　少说话，裴特拉！

市　　长　（瞧着裴特拉）嘿嘿！咱们自己家里已经有人说话了？当然，当然！（向斯多克芒太太）弟妹，我看你们一家子只有你最明白道理。好好儿劝劝你丈夫，让他仔细想一想，这件事闹出来会连累他家庭和——

斯多克芒医生　我的家庭是我自己的事！

市　　长　连累他家庭和他的本乡。

斯多克芒医生　真正关心本乡的人是我！我要揭穿早晚免不了要暴露的坏事。哼！你等着瞧吧，究竟我爱不爱本乡吧。

市　　长　像你这么死顽固，想切断繁荣本乡的命根子，还说什么爱本乡！

斯多克芒医生　那条命根子已经中了毒！难道你疯了吗？咱们现在是靠着贩卖肮脏腐败东西过日子！咱们这繁荣的社会整个儿建筑在欺骗的基础上！

市　　长　这都是胡思乱想——也许还别有居心。像你这么个散播谣言，糟蹋本乡的人一定是社会公敌。

斯多克芒医生　（逼近市长）你敢——！

斯多克芒太太　（插身把他们隔开）汤莫斯！

裴特拉　（拉住她父亲的胳臂）爸爸，别生气！

市　　长　我犯不上跟你动武。反正我警告过你了。仔细想想怎么才对得起你自己和你的家庭。再见。（出去）

斯多克芒医生　（走来走去）我白让他这么欺负！并且还是在自己家里，凯德林！你看是不是岂有此理！

斯多克芒太太　真荒唐，真不像话，汤莫斯——

裴特拉　我恨不得抓住伯伯——

斯多克芒医生　也怪我自己不好。我早就应该跟他们对抗——摆开阵势——对他们开火！他骂我是社会公敌！他骂我！我决不甘休！我决不饶他们！

斯多克芒太太　汤莫斯，可是你哥哥有势力——

斯多克芒医生　他有势力，我有公理。

斯多克芒太太　不错，公理，公理！可是要是你没有势力，公理有什么用处？

裴特拉　喔，妈妈——你怎么说这种话？

斯多克芒医生　什么！你说在自由社会里，公理没用处？这话没道理，凯德林！再说，我不是还有自由独立的报纸给我打先锋，结实的多数派给我做后盾吗？这点势力就足够！

斯多克芒太太　嗳，汤莫斯！你是不是想——！

斯多克芒医生　我想什么？

斯多克芒太太　我问你是不是想跟你哥哥作对。

斯多克芒医生　你不叫我坚持正义和真理，叫我干什么？

裴特拉　是啊,我也要问这句话。

斯多克芒太太　反正是白费劲儿。要是他们不答应,就是不答应。

斯多克芒医生　嘿嘿,凯德林!你别忙,看我能不能把这一仗打到底。

斯多克芒太太　不错,打到人家免你的职,这是必然的结果。

斯多克芒医生　人家骂我是社会公敌!我无论如何得对社会尽责任,对公众尽责任。

斯多克芒太太　可是你把家庭怎么办?把家里这些人怎么办?难道你这就算对老婆孩子尽责任吗?

裴特拉　喔,妈妈,别老把咱们的事搁在前头。

斯多克芒太太　你说说挺容易。到了没办法的时候,裴特拉,你可以靠自己。汤莫斯,可是你得想想两个孩子;你也该顾一顾自己,还该替我想一想——

斯多克芒医生　凯德林,你简直是说疯话!要是我这么没出息,在彼得那伙人面前低头不抵抗,往后我能不能再过一天快活的日子?

斯多克芒太太　你说的话我不懂。可是要是你拿定主意跟他们作对,咱们将来也没有快活日子过。从前的苦日子又会到眼前,没有进款,没有固定收入,那种滋味咱们已经尝够了。汤莫斯,别忘了从前的苦日子,想想那是什么滋味。

斯多克芒医生　(捏紧拳头,捺着性子)这群臭官僚竟敢这么欺负一个自由正直的人!你说气人不气人,凯德林?

斯多克芒太太　是啊,他们对付你的手段真卑鄙。可是天知道,世界上不公平的事儿多着呢,不由你不忍受。哦,孩子们来了,汤莫斯。想想孩子们!往后他们怎么办?喔,使不得!难道你忍心叫他们——

〔艾立夫和摩邓已经拿着课本进来。

斯多克芒医生　孩子们——!(忽然坚决起来)就是地球碎了,我也决不低头让步。(走向自己的屋子)

斯多克芒太太　(跟他走过去)汤莫斯,你去干什么?

斯多克芒医生　(在门口)将来孩子们长大成人之后,我得有脸见他们。(进屋)

斯多克芒太太　(放声大哭)喔,天啊!

裴特拉　爸爸是个有气节的人,他决不让步。

〔两个孩子莫名其妙,想打听是什么事,裴特拉做手势叫他们别做声。

第 三 幕

〔《人民先锋报》编辑室。后方左首是通外面的正门。右首是一扇玻璃门,从玻璃里可以看见排字间。右墙上又有一门。屋子当中摆着一张大桌子,桌上堆满了稿件、报纸和书籍。往前来,靠左,有一扇窗,靠窗摆着一张写字台,台前放着一只高凳子。桌子旁边有两把扶手椅,沿着两道墙,另有几把椅子。屋子阴暗沉闷,叫人看着不痛快,家具都旧了,扶手椅又破又脏。观众可以看见排字间里有几个工人在排字,后方有个工人在摇一部手摇机。

〔霍夫斯达坐在写字台前写东西。不多会儿,毕凌拿着斯多克芒医生的手稿从右边走进来。

毕　凌　唔,我说——!

霍夫斯达　(一边写字)稿子你看完了没有?

毕　凌　(把稿子搁在写字台上)我看过了。

霍夫斯达　你看斯多克芒大夫的话是不是很激烈?

毕　凌　激烈!他不是把人骂得没法儿喘气才怪呢!每句话都像——都像一个大铁锤。

霍夫斯达　不错,可是他们那伙人一锤子打不倒。

毕　凌　对。咱们得一锤连一锤地打下去,把这整个儿官僚世界打垮了才罢休。刚才我坐着看稿子的时候,我好像听见远处革命的雷声轰隆轰隆响起来了。

霍夫斯达　(转过身来)嘘!别让阿斯拉克森听见。

毕　凌　(放低声音)阿斯拉克森是个胆小鬼,丝毫没有汉子气。不过,这回你一定可以贯彻你的主张了,是不是?你要把斯多克芒大夫的文章登出来?

霍夫斯达　是的,要是市长不让步的话——

毕　凌　那可就麻烦了。

霍夫斯达　好在不管怎么样,咱们总可以从中讨便宜。要是市长不赞成斯多克芒大夫的提议,所有的小中产阶级——房主联合会和其他团体——都会起来反对他。要是市长赞成斯多克芒大夫的提议,他就会得罪浴场那伙子大股东——那些股东一向是市长的主要支持人——

毕　凌　当然,因为那么一来,股东得掏出一大笔款子——

霍夫斯达　那是一定的。等他们那个小集团一破裂,咱们就可以在报纸上左一遍右一遍地指出来,市长在各方面怎么不称职,怎么地方上的重要位置都——干脆一句话,整个儿市政府——一定得交给自由派的人。

毕　凌　要不这样才怪呢!我看见了,我看见了:革命就要来了!(有人敲门)

霍夫斯达　嘘!(大声)进来!

〔斯多克芒医生从后方左首正门进来。

霍夫斯达　(迎上去)哦,是斯多克芒大夫!怎么样?

斯多克芒医生　赶紧发表,霍夫斯达先生!

霍夫斯达　事情已经到了这步田地啦?

毕　凌　嗨,好极了!

斯多克芒医生　是的,赶紧发表!事情确实到了这步田地了。既然他们要这么干,让他们自作自受吧!已经开火了,毕凌先生!

毕　凌　千万别让步!一定要干到底,斯多克芒大夫!

斯多克芒医生　这篇文章只是头一炮。我脑子里已经另外打好了四五篇稿子。阿斯拉克森在什么地方?

毕　凌　(向印刷室喊叫)阿斯拉克森,上这儿来一趟。

霍夫斯达　什么?你说还有四五篇文章?都是谈这件事?

斯多克芒医生　喔,不,不,不,我的好朋友。谈的是另外几件不同的事情,可是跟自来水工程和下水道问题都有关系。这些事一桩牵连着一桩。像动手拆旧房子一样,你懂不懂?

毕　凌　对,不对才怪呢!不把这堆破烂东西完全拆掉,咱们决不罢休。

阿斯拉克森　(从印刷室出来)拆掉!难道斯多克芒大夫要把浴场拆掉吗?

霍夫斯达　不是,不是。别着急。

斯多克芒医生　不是,我们谈的完全是另外一件事。霍夫斯达先生,你觉得我这篇文章怎么样?

霍夫斯达　我觉得是篇了不起的好文章——

斯多克芒医生　真的吗?好极了——太好了。

霍夫斯达　文章写得又清楚又恰当。不是专家也看得懂它的中心思想。我敢说,明白道理的人一定都赞成你那些意见。

阿斯拉克森　我希望稳健的人也会赞成。

毕　凌　稳健的和不稳健的人都会赞成——全城的人都会赞成。

阿斯拉克森　这么说,咱们可以大胆把它登出来。

斯多克芒医生　我想可以!

霍夫斯达　明天就登。

斯多克芒医生　对,老实不客气地说,一天都迟不得。喂,阿斯拉克森先生,我想问你的是,你肯不肯亲自监印这篇文章?

阿斯拉克森　当然。

斯多克芒医生　像宝贝似的,仔仔细细地排印。别让它有一个错字,每个字都很重要。回头我再来,到时候你把校样给我看一遍。啊,我急着要把文章印出来——看着它像——

毕　凌　像晴天打了个霹雳!

斯多克芒医生　——让每个明白道理的公民下一个判断。喔,你们不知道今天我受了多少委屈。他们用各种各样的手段威胁我。他们要剥夺我做人的权利——

毕　凌　什么!剥夺你做人的权利!

斯多克芒医生　——他们逼着我低首下心,逼着我忍气吞声,逼着我把个人利益放在最深切、最神圣的信念之上——

毕　凌　这不是岂有此理才怪呢!

霍夫斯达　那批人干得出什么好事情?

斯多克芒医生　可是这回我要让他们知道,他们在我身上没睁开眼睛!我要写文章教训他们!我要在《人民先锋报》上每天向他们进攻,把炸弹一颗跟着一颗地向他们扔出去——

阿斯拉克森　可是——

毕　凌　好啊!开仗了!开仗了!

斯多克芒医生　我要当着正派人的面打倒那批坏东西,把他们都打垮,把他们

363

的堡垒打成平地。我一定要这么干!

阿斯拉克森　可是第一要稳健,斯多克芒大夫。扔炸弹的时候也要稳健——

毕　　凌　不行,不行!别舍不得炸药!

斯多克芒医生　(不慌不忙说下去)要知道现在不单是自来水设备和下水道的问题了。整个儿社会都得清洗一下子,都得消消毒——

毕　　凌　这是救苦救难的人说的话!

斯多克芒医生　这批昏聩无用的老家伙,得叫他们一齐卷铺盖。每个部门全都得这么办!今天在我眼前展开了一片无边无际的新境界。现在我还没全部看清楚,可是不久我就会把路线找出来。咱们应该去找年轻力壮的先锋队。每个前哨岗位上都应该有司令官。

毕　　凌　对,对!

斯多克芒医生　只要咱们能团结,事情一定会很顺利!这场革命会像一条新造的船,非常顺利地从造船架上滑下来。你们看我说的对不对?

霍夫斯达　我觉得咱们现在很有希望把市政交给适当的人去管理。

阿斯拉克森　咱们只要做得稳健,我看不会有危险。

斯多克芒医生　管它有危险没危险!现在我做这件事,为的是真理,为的是良心。

霍夫斯达　斯多克芒大夫,你这人真值得拥护。

阿斯拉克森　不错,斯多克芒大夫是个给地方上出力的热心人。我说他是群众的好朋友。

毕　　凌　斯多克芒大夫不是人民的朋友才怪呢,阿斯拉克森!

阿斯拉克森　我想,房主联合会不久也会这么称呼他。

斯多克芒医生　(非常感动,跟大家拉手)谢谢你们这几位有义气的好朋友,听了你们的话我心里很高兴。我那位官老爷哥哥送给我一个相反的称呼。没关系!将来我一定要加倍回敬他!现在我要去看个可怜的病人。回头我再来。阿斯拉克森先生,请你仔细监印我的那篇文章。千万别漏掉一个感叹号。多添几个倒使得!好,回头见,回头见!

〔大家送他到门口,互相施礼。他出去。

霍夫斯达　他对于咱们用处大得很。

阿斯拉克森　是的,只要他不干涉浴场以外的事情。可是,要是他把范围扩大了,那咱们恐怕就不便跟着他走了。

霍夫斯达　唔——那完全要看——

毕　　凌　阿斯拉克森,你这人胆子老是这么小。

阿斯拉克森　我胆子小?不错,跟本地当局作对,我的胆子是很小,毕凌先生。老实告诉你,这是我从经验里得来的教训。可是只要给我个机会参与国家大事,叫我跟政府打交道,那时候你看我还胆小不胆小。

毕　　凌　不错,你不胆小,可是这正是你自相矛盾的地方。

阿斯拉克森　问题是,我是个极有责任心的人。要是你攻击政府,这至少对于社会没坏处,因为政府那批人不怕人攻击,他们照样干他们的。地方当局可就不一样,他们可能被人轰出去,换上一批不会办事的新人物,那时候房主和别的人都会吃大亏。

霍夫斯达　可是地方自治对公民是一种好锻炼——这一点你没想到吗?

阿斯拉克森　霍夫斯达先生,一个人要保护自己的切实利益,就不能事事都顾到。

霍夫斯达　照你这么说,我但愿自己永远没有切实的利益需要我保护。

毕　　凌　好,好!

阿斯拉克森　(一笑)哼!(指着写字台)史丹斯戈部长从前就坐在你这编辑位子上。①

毕　　凌　(啐了一口)呸!那么个叛徒!

霍夫斯达　我不是看风头的投机分子——我永远不会做那等人。

阿斯拉克森　搞政治的人什么都不能拿得这么稳,霍夫斯达先生。毕凌先生,现在你不是正在谋市议会秘书的职位吗,我要劝你把船篷稍微收一收。

毕　　凌　我——!

霍夫斯达　真有这事吗,毕凌?

毕　　凌　唔,呃——嗳,你还不知道,我是故意跟那批大老官找麻烦。

阿斯拉克森　反正跟我不相干。不过要是有人骂我胆子小、骂我自相矛盾,那么我要指出一件事:我的政治历史是可以公开见人的。我从来没变过样子,除非是变得更稳健。我的感情永远跟着人民走,可是我也不否认,我的理智多少有点偏向当局那方面——我说的是地方当局。(走进印刷室)

---

① 阿斯拉克森这个人物在《青年同盟》一剧里出现过。史丹斯戈是《青年同盟》的主角。在那个剧本第五幕的末尾,伦德斯达预言过,再过十年或是十五年,史丹斯戈可能当部长。在这里,阿斯拉克森证明这话果然应验了,他的意思是说,霍夫斯达将来也许会做官,到时候他的态度可就难说了。这是讽刺他的话。

365

毕　凌　你看咱们是不是该想法子不要他,霍夫斯达?

霍夫斯达　你看另外还有什么人可以给咱们垫付纸张印刷费?

毕　凌　没有资本真麻烦!

霍夫斯达　(在写字台前坐下)是啊,只要咱们有资本——

毕　凌　你去找找斯多克芒大夫好不好?

霍夫斯达　(翻阅稿件)找他有什么用?他一个钱都没有。

毕　凌　不错,他自己没钱,可是他背后有个有钱的人——就是外号叫"老獾"的摩邓·基尔那老头儿。

霍夫斯达　(一边写)你准知道他有钱吗?

毕　凌　他没钱才怪呢!他的产业的一部分将来准给斯多克芒一家子。他至少得拿钱供给两个男孩子。

霍夫斯达　(身子转过一半来)你想靠托那个吗?

毕　凌　靠托?我怎么能靠托那个?

霍夫斯达　对,最好别那么打算!就是你想的那个秘书职位也靠不住,我准知道你弄不到手。

毕　凌　你当我不知道?我正是要他们给我个钉子碰。碰这么个钉子可以激起我的反抗精神,好像给我添一股子劲头儿。在咱们这种偏僻小地方,轻易受不到刺激,咱们需要的正是这股子劲。

霍夫斯达　(一边写)对,对。

毕　凌　哼——别忙,让他们等着瞧我的吧!现在我要去写劝告房主联合会的文章了。(走进右屋)

霍夫斯达　(坐在写字台前,咬着笔杆,慢吞吞地自言自语)唔——是这么回事。(有人敲门)进来。

　　　　〔裴特拉从后边左首进来。

霍夫斯达　(站起来)哦,是你?你上这儿来有什么事吗?

裴特拉　对不起——

霍夫斯达　(请她坐一张扶手椅)坐下谈好不好?

裴特拉　谢谢,不坐了,我就要走。

霍夫斯达　是不是你父亲有什么话叫你告诉我?

裴特拉　不,我是为自己的事来的。(从大衣口袋里掏出一本书)这就是那篇英文小说。

霍夫斯达　为什么你又把它拿回来？

裴特拉　我不翻译了。

霍夫斯达　可是你已经答应我——

裴特拉　我是答应翻译的，可是当时我没看。大概你也没看过吧？

霍夫斯达　没有。你知道我不懂英文，可是——

裴特拉　我知道，正因为如此，所以我要你另找点别的材料。（把书搁在桌子上）这篇小说不能登在《人民先锋报》上。

霍夫斯达　为什么不能登？

裴特拉　因为它的内容跟你的思想正相反。

霍夫斯达　唔，说到这一层——

裴特拉　你没明白我的意思。这篇小说的意思是说，冥冥之中有一种超自然的力量照顾着世界上的所谓好人，使他们到头来事事如意，另一方面，世界上的所谓坏人都得不到好结果。

霍夫斯达　这些话没说错啊。看报的人就爱看这种东西。

裴特拉　你想把这种无聊东西登出来让大家看？这种鬼话你自己一句都不信。你明知道世界上的事并不真是这么安排的。

霍夫斯达　我当然不信那一套，可是当编辑的有时候不能净照自己的意思做。在小事情上头，他得将就群众的嗜好。归根一句话，政治是最要紧的问题——至少办报的人应该这么看。我要领导群众往解放进步的路上走，我不应该把他们吓跑了。要是他们看见末一栏①有一篇伦理小说，他们就更容易接受上面几栏的东西——他们会觉得放心得多。

裴特拉　不害臊！你不该这么假仁假义，设下圈套让读者上当。你又不是个蜘蛛。

霍夫斯达　（含笑）谢谢你指教。这实在是毕凌的主意，不是我的。

裴特拉　毕凌的主意！

霍夫斯达　不错，至少前天他还发表过这样的意见。他急于要把那篇小说登出来。我根本不知道那本书。

裴特拉　毕凌思想那么进步，怎么会——

---

① 这儿说的"末一栏"是过去欧洲大陆报纸的一种版式，排在每版末尾，跟上头几栏不相干，一般叫作文艺栏，专门刊登小品文和长篇连载的小说。

367

霍夫斯达　毕凌这人很复杂。我听说,他正在谋市议会秘书的差事。

裴特拉　我不信这话,霍夫斯达先生。他怎么肯干那种事?

霍夫斯达　这件事你得问他自己。

裴特拉　我真没想到毕凌是那么个人!

霍夫斯达　(仔细打量她)当真?你觉得这是料想不到的事?

裴特拉　是。可是——也许不见得。喔,我弄不清楚——

霍夫斯达　我们当新闻记者的人没多大价值,裴特拉小姐。

裴特拉　你真这么想吗?

霍夫斯达　我有时候这么想。

裴特拉　在日常的小争端上头也许没什么价值——这个我懂得。可是现在你手里有了一件重大的事情——

霍夫斯达　你是不是说你父亲的这件事?

裴特拉　当然。我想你现在一定觉得自己比一般人的价值高得多。

霍夫斯达　对,今天我有点这种感觉。

裴特拉　你一定有。喔,你的事业真光荣!给群众还没承认的真理和大胆的新思想打先锋!不说别的,甚至于敢仗义执言,支持一个受屈的人——

霍夫斯达　尤其因为那受屈的人是——我不知道该怎么说才好——

裴特拉　你意思要说受屈的是个正直诚实的人?

霍夫斯达　(低声)我的意思是——尤其因为他是你父亲。

裴特拉　(吃了一惊)你为的是那个?

霍夫斯达　正是,裴特拉——裴特拉小姐。

裴特拉　哦,你主要是为那个,对不对?不是为事情本身?不是为真理?也不是为我父亲的伟大的热诚?

霍夫斯达　喔,当然也是为那个。

裴特拉　谢谢,霍夫斯达先生,你已经露了马脚了。往后什么事我都不信任你了。

霍夫斯达　难道因为我在这件事上头主要是为了你,你就这么责备我——

裴特拉　我责备你是因为你对我父亲的态度不老实。你跟我父亲谈话的时候好像你关心的只是真理和公众的幸福。你欺骗我父亲,也欺骗了我。你这人里外不一致。这一点我永远不能饶恕你——永远不能原谅你。

霍夫斯达　裴特拉小姐,你的话别说得太过火——尤其在这当口。

裴特拉　为什么尤其在这当口?

霍夫斯达　因为你父亲没有我帮忙不行。

裴特拉　（从上到下打量他）这种事你也干得出来？哼，不要脸！

霍夫斯达　不，不，我不是那等人。刚才那句话是我没加思索，信口说的。请你千万别认真。

裴特拉　我心里有底子。再见。

〔阿斯拉克森从印刷室走进来，一副急急忙忙、离奇古怪的样子。

阿斯拉克森　霍夫斯达先生，你看怎么办——（一眼看见了裴特拉）呦，这可糟了——

裴特拉　书在桌子上。你找别人翻译吧。（走向正门）

霍夫斯达　（跟她走过去）裴特拉小姐，可是——

裴特拉　再见。（出去）

阿斯拉克森　我说，霍夫斯达先生！

霍夫斯达　唔，唔，什么事？

阿斯拉克森　市长在印刷室。

霍夫斯达　市长？

阿斯拉克森　是。他有话跟你说。他从后门进来的，你要知道，他不愿意让人家看见。

霍夫斯达　这是什么意思？等一等，我去见他——

〔他走到印刷室门口，开门，鞠躬，请市长进来。

霍夫斯达　瞧着点儿，阿斯拉克森，别让——

阿斯拉克森　我懂得。（走进印刷室）

市　长　霍夫斯达先生，你大概没想到我会来找你吧？

霍夫斯达　可以说没想到。

市　长　（四面一望）你这儿很舒服——地方好极了。

霍夫斯达　哦——

市　长　我跑到这儿来，不管你愿意不愿意，打搅你的工作——

霍夫斯达　市长，这是哪儿的话。有什么事只管吩咐。你把帽子手杖交给我。（把东西接过来，搁在一张椅子上）请坐。

市　长　（在桌旁坐下）谢谢。（霍夫斯达也在桌旁坐下）霍夫斯达先生，今天我心里简直——简直烦透了。

霍夫斯达　真的吗？市长，我想你公事那么忙——

市　　长　今天我心烦为的是浴场医官。

霍夫斯达　是吗！为了斯多克芒大夫？

市　　长　是,他给浴场委员会写了个报告,据他说浴场有几个缺点。

霍夫斯达　他真这么说？

市　　长　真这么说。他没告诉你吗？我记得他说过——

霍夫斯达　哦,不错,我想起来了,他提过——

阿斯拉克森　（从印刷室出来）我来拿那篇稿子——

霍夫斯达　（含怒）噢！在写字台上。

阿斯拉克森　（找着了手稿）有了。

市　　长　哦,这就是那篇——

阿斯拉克森　不错,市长,这就是斯多克芒大夫写的那篇文章。

霍夫斯达　哦,刚才你说的就是这篇东西？

市　　长　一点不错。你看写的怎么样？

霍夫斯达　技术问题我外行,只是随便翻了翻。

市　　长　可是你就要把文章登出来！

霍夫斯达　我不能拒绝一篇签名负责的报道文章——

阿斯拉克森　市长,编辑稿件与我不相干——

市　　长　当然与你不相干。

阿斯拉克森　人家给我什么,我就印什么。

市　　长　对,对。

阿斯拉克森　所以我要——（动身走向印刷室）

市　　长　等一等,阿斯拉克森先生。霍夫斯达先生,让我说句话——

霍夫斯达　尽管说,市长。

市　　长　你是个谨慎细心的人,阿斯拉克森先生。

阿斯拉克森　你过奖了,市长。

市　　长　并且很有势力。

阿斯拉克森　唔,主要是在小中产阶级里头。

市　　长　小纳税人总是占多数——这情形到处都一样。

阿斯拉克森　这话不假。

市　　长　我想你一定知道他们的一般意见。我这话对不对？

阿斯拉克森　对。市长,我可以说知道他们的意见。

市　长　好,既然地方上不大有钱的市民这么热心牺牲——

阿斯拉克森　怎么牺牲?

霍夫斯达　牺牲?

市　长　这是一种使人高兴的热心公益的证据——非常使人高兴的证据。老实说,我简直没想到。不过,当然,群众的意见你比我清楚。

阿斯拉克森　可是,市长——

市　长　在这件事上头,地方上的牺牲相当大。

霍夫斯达　地方上?

阿斯拉克森　我不明白你的意思。是不是浴场——?

市　长　我们粗粗估计了一下,医生提出来的那几项改建工程要花费二三十万克罗纳。

阿斯拉克森　这数目可不小。可是——

市　长　当然我们只好发行一批市政公债了。

霍夫斯达　(站起来)难道你要地方上——?

阿斯拉克森　你是不是想在捐税上打主意?想在小中产阶级的小积蓄上头打主意?

市　长　我的好阿斯拉克森先生,请问除此之外,这笔经费还有什么别的来源?

阿斯拉克森　浴场股东应该拿出钱来。

市　长　股东没力量再花钱了。

阿斯拉克森　市长,你的消息可靠吗?

市　长　绝对可靠。所以要是地方上的人想大规模改造这浴场,他们只能自己掏腰包。

阿斯拉克森　嘿,真他妈的——对不起!——不过这是另外一个问题,霍夫斯达先生。

霍夫斯达　当然。

市　长　最糟的是,咱们这浴场得停办两整年。

霍夫斯达　停办?把门关起来?

阿斯拉克森　停办两年?

市　长　正是,工程得两年——这还是往少处说。

阿斯拉克森　岂有此理!我们受不了,市长。这两年里头难道叫我们有房子的人喝西北风?

市　　长　阿斯拉克森先生,这话很难说。可是你说叫我们怎么办?你说,会不会还有一个客人走上门,要是咱们乱嚷咱们的水有毒,咱们的浴场有病菌,咱们这个城整个儿——

阿斯拉克森　这都是没有根据的空想吧?

市　　长　我想来想去,想不出丝毫的根据。

阿斯拉克森　这么说,斯多克芒大夫简直是瞎捣乱——哦,对不起,市长——可是——

市　　长　不幸你说的正是实话,阿斯拉克森先生。我兄弟做事一向很鲁莽。

阿斯拉克森　霍夫斯达先生,这件事你还想支持他?

霍夫斯达　可是谁想得到——?

市　　长　我写了一篇短文章,照着脑子清醒的人的看法把事实概括地叙述了一下,我还指出,即使浴场有缺点,也可以用适应委员会财力的办法来补救。

霍夫斯达　这篇文章你带来没有?

市　　长　(在衣袋里摸索)带来了,准备你万一——

阿斯拉克森　(急忙)倒霉,他来了!

市　　长　谁?是我兄弟?

霍夫斯达　在哪儿?在哪儿?

阿斯拉克森　他刚走过排字间。

市　　长　真不凑巧!我不愿意在这儿跟他见面,可是我还有几件事要跟你们谈谈。

霍夫斯达　(指着右面的门)你上那里头坐一坐。

市　　长　可是——?

霍夫斯达　里头除了毕凌没别人。

阿斯拉克森　快,快,市长。他来了。

市　　长　好,就这么办。可是想法子把他快点打发走。

〔他从右面的门出去,阿斯拉克森给他开门,在他走了以后把门关上。

霍夫斯达　阿斯拉克森,你装着很忙的样子。

〔他坐下写字。阿斯拉克森翻弄搁在右边一张椅子上的一大堆报纸。

斯多克芒医生　(从排字间进来)我回来了。(放下帽子手杖)

霍夫斯达　(一边写)这么快,斯多克芒大夫?阿斯拉克森,刚才咱们谈的事赶紧办。今天咱们可不能糟蹋时候。

斯多克芒医生　（向阿斯拉克森）听说校样还没出来？

阿斯拉克森　（不转身）没有。怎么来得及？

斯多克芒医生　我知道。可是我性急得很。文章不印出来我心里一会儿都不能安静。

霍夫斯达　唔，很要些时候呢。是不是，阿斯拉克森？

阿斯拉克森　恐怕是。

斯多克芒医生　好，好，那么，我的好朋友，回头我再来。如果有必要的话，我可以来两趟。像这么一桩大事情，跟地方福利有关系——咱们不能怕麻烦。（正要出去，又停脚走回来）哦，我想起来了，我还有件事跟你说。

霍夫斯达　对不起，改天再说行不行？

斯多克芒医生　一两句话就完了。是这么回事：明天大家在报上看了我的文章，知道我一冬天都在埋头给地方上谋幸福——

霍夫斯达　可是，斯多克芒大夫——

斯多克芒医生　我知道你想说什么。你觉得这不过是我的责任——做公民的责任。当然，这一点我也很明白。可是，你看，本地市民——嗳，真想不到！他们那么看重我——

阿斯拉克森　斯多克芒大夫，本地人一向看重你。

斯多克芒医生　我正是因为这个才担心——。刚才我想说的是：将来这消息一传到他们耳朵里——特别是穷苦的人听了这消息——号召他们把地方政权拿到自己手里——

霍夫斯达　（站起来）唔，斯多克芒大夫，不瞒你说——

斯多克芒医生　哈哈！我已经猜着大家在发动了。可是我不愿听这种事。要是大家想发动这种事——

霍夫斯达　发动什么事？

斯多克芒医生　发动什么游行啊，宴会啊，再不就是捐款赠送纪念品啊，不管是什么吧——霍夫斯达先生，你得答应替我阻挡这种事。阿斯拉克森先生，你也得答应我。听见没有？

霍夫斯达　对不起，斯多克芒大夫，我们不如趁早把老实话都告诉你吧——

〔斯多克芒太太从后边左首进来。

斯多克芒太太　（看见斯多克芒医生）啊！我果然猜着了。

霍夫斯达　（迎上去）斯多克芒太太，你也来了？

斯多克芒医生　你上这儿干什么,凯德林?

斯多克芒太太　你当然知道我来干什么。

霍夫斯达　请坐,好不好?再不就——?

斯多克芒太太　谢谢,别费事。我上这儿找我丈夫,请你别见怪。别忘了,我有三个孩子。

斯多克芒医生　废话!谁都知道。

斯多克芒太太　可是今天你好像不大把自己的老婆孩子放在心上,不然你不会这么害我们。

斯多克芒医生　你疯了吧,凯德林?难道说一个人有了老婆孩子就不该宣传真理了?就不该做个积极有用的公民了?就不该给本乡尽职服务了?

斯多克芒太太　做事要稳健,汤莫斯!

阿斯拉克森　我就是这么说。事事都要稳健。

斯多克芒太太　霍夫斯达先生,你很对不起我们,不让我丈夫好好儿过日子,设下这圈套捉弄他。

霍夫斯达　我没捉弄什么人——

斯多克芒医生　捉弄!你想我会让人家捉弄吗?

斯多克芒太太　你正在被人家捉弄。我知道你是本地最聪明的人,可是你很容易上当,汤莫斯。(向霍夫斯达)别忘了,要是你把他的文章登出来,他浴场的位置就没有了——

阿斯拉克森　什么!

霍夫斯达　斯多克芒太太,当真——

斯多克芒医生　(大笑)哈哈!让他们试试!放心,我的好凯德林,他们不敢随便动手。你知道,我有结实的多数派支持我!

斯多克芒太太　倒霉就在这上头——有这么个讨厌东西支持你。

斯多克芒医生　胡说,凯德林。你回去管家务,社会上的事让我管。我这么有把握,有兴致,你为什么还那么害怕?(一边来回走,一边搓手)你放心,真理和人民一定会胜利。我看见自由公民像一支胜利的军队大家肩并肩地站在一起——!(在一张椅子旁边站住)咦,那是什么东西?

阿斯拉克森　(瞧了一眼)糟糕!

霍夫斯达　(也瞧了一眼)嗯哼——

斯多克芒医生　嘿,这是一顶官帽!(用两个指尖儿把市长的官帽小心夹着,高

高举起）

斯多克芒太太　那是市长的帽子！

斯多克芒医生　这儿还有一根官棒！这两件宝贝怎么会——？

霍夫斯达　嗯，呃——

斯多克芒医生　哦，我明白了！他上这儿来运动你！哈哈！这回他可把算盘打错了！他一看见我在印刷室——（放声大笑）——马上就溜之大吉了。阿斯拉克森先生，你说是不是？

阿斯拉克森　（急忙）不错，他就溜之大吉了，斯多克芒大夫。

斯多克芒医生　顾不得拿手杖和——。嗯，不会！彼得从来没忘过东西。你们把他藏在哪儿了？哦——不用说，一定在里头。你瞧着，凯德林。

斯多克芒太太　喔，汤莫斯，使不得！

阿斯拉克森　别鲁莽，斯多克芒大夫！

　　〔斯多克芒医生戴了市长的帽子，拿了市长的手杖，走到门口，使劲把门推开，行个军礼。

　　〔市长进来，脸上气得通红。毕凌跟在后面。

市　长　你胡闹些什么？

斯多克芒医生　彼得，拿出规矩来！现在我是本地掌权的人了。（大摇大摆地走来走去）

斯多克芒太太　（几乎要哭）喔，汤莫斯！

市　长　（跟在他后面）把帽子手杖还我！

斯多克芒医生　（还是那副口气）你也许是警察局长，我可是市长。全城都归我管，你要明白！

市　长　把帽子摘下来！别忘了这是法律规定的官帽。

斯多克芒医生　呸！你以为正在觉悟的人民会怕一顶金线官帽吗？我告诉你，明天地方上就要革命了。从前你威胁我，要撤我的职。可是现在我要撤你的职——我要把你的重要职务全部都撤销——。你以为我做不到吗？哼，我做得到！社会上的强大力量都支持我。霍夫斯达和毕凌在《人民先锋报》上开大炮，阿斯拉克森带着房主联合会打头阵——

阿斯拉克森　不行，斯多克芒大夫，我不干那个。

斯多克芒医生　你当然会干——

市　长　哈哈！是不是霍夫斯达先生还想鼓动风潮？

375

霍夫斯达　不,市长。

阿斯拉克森　霍夫斯达先生不是傻子,不会为了一件捕风捉影的事儿让自己遭殃,让报纸遭殃。

斯多克芒医生　(四面一望)唔,这是怎么回事?

霍夫斯达　斯多克芒大夫,你那篇文章里的话靠不住,所以我不能支持你。

毕　凌　承市长给我解释以后,我也——

斯多克芒医生　我的话靠不住!你不用管,有我负责。只要你把文章登出来,我自有真凭实据给大家看。

霍夫斯达　我不登你那篇文章。我不能登,我不愿意登,而且也不敢登。

斯多克芒医生　你不敢登?这是什么话?你是编辑。编辑总可以支配报纸吧!

阿斯拉克森　不行,斯多克芒大夫,支配报纸的是订报的人。

市　长　幸而如此。

阿斯拉克森　支配报纸的是舆论,是开明的多数派,是房主和其他的人。支配报纸的是这些人。

斯多克芒医生　(态度安详)这些力量都跟我作对?

阿斯拉克森　不错。要是你那篇文章登出来,全城都要遭殃。

斯多克芒医生　哦,原来是这么回事!

市　长　把帽子手杖给我!

〔斯多克芒医生摘下帽子,连手杖一齐搁在桌上。

市　长　(拿起帽子手杖)你这短命市长完蛋了。

斯多克芒医生　还没完呢。(向霍夫斯达)你决定不在《人民先锋报》上发表我的文章了?

霍夫斯达　决定不发表——这是为你家里人打算,即使不为别的原因。

斯多克芒太太　霍夫斯达先生,请你不必为他家里人打算。

市　长　(从衣袋里掏出一篇稿子)这篇文章登出来,公众需要的材料都有了,里头说的全都是真话。我把稿子交给你。

霍夫斯达　(把稿子接过来)好。一定按时登出来。

斯多克芒医生　我的文章你不登!你以为压住我的稿子就能压住我,就能压住真理吗!事情没那么容易。阿斯拉克森先生,请你马上把我的文章印成小册子。我自己花钱,自己发行。我要印四百本——不,五百——六百本。

阿斯拉克森　不行,斯多克芒医生,即使你给我几百本小册子那么重的黄金,我这印刷所也不敢担当这件事。我不敢跟舆论做对头。本地哪家印刷所都不会给你印。

斯多克芒医生　那么,把稿子还我。

霍夫斯达　(把稿子交还他)好极了。

斯多克芒医生　(拿起自己的帽子手杖)文章反正要发表。我要在市民大会上把它念出来。让大家听听真理的声音!

市　长　全城没有一个团体肯把会场借给你做这么一件事。

阿斯拉克森　我担保一个都不肯。

毕　凌　他们肯借才怪呢!

斯多克芒太太　太岂有此理!为什么他们都这么跟你作对?

斯多克芒医生　(生气)我告诉你为什么。因为咱们这儿的男人都是老太婆——都跟你一样。他们只关心自己家里人,不关心公众的利益。

斯多克芒太太　(挽着丈夫的胳臂)那么,这回我要让他们看看,一个——一个老太婆也能做个大丈夫。汤莫斯,从今以后我决计帮着你。

斯多克芒医生　这话说得有胆量,凯德林!我敢赌咒,我一定要把真理说出来!要是他们不肯借会场,我就借一面鼓,一边敲一边走,在街头巷尾念我的文章。

市　长　你不会疯到这步田地吧?

斯多克芒医生　我会。

阿斯拉克森　全城没有一个人会跟你走。

毕　凌　要有才怪呢!

斯多克芒太太　汤莫斯,别害怕。我叫两个孩子跟你走。

斯多克芒医生　嗨,这主意好极了!

斯多克芒太太　摩邓一定愿意去。艾立夫也会去。

斯多克芒医生　对,裴特拉也会去!还有你自己,凯德林!

斯多克芒太太　我不去。我站在窗口看着你。

斯多克芒医生　(抱着她接吻)谢谢你给我打气!先生们,现在我们要动手打仗了!我们要看看,你们的卑鄙手段到底能不能压制一个想清洗社会的爱国者,让他闭着嘴不说话!

〔他和他老婆一齐走后面正门出去。

市　长　(半信半疑地摇摇头)他把他老婆也带疯了!

377

第 四 幕

〔霍斯特船长家一间旧式大屋子。后面的双扇合页门开着,通到一个小套间。左边墙上有三扇窗。右墙居中的地方有个讲台,台上摆着一张小桌子,桌上有两支蜡烛、一个水瓶、一只玻璃杯和一个铃。窗与窗之间点着几盏灯。前方左首有张桌子,桌上有支蜡烛,桌旁有把椅子。前方右首有扇门,离门不远有几把椅子。

〔屋子里差不多挤满了各种各样的市民,其中夹着几个女人和小学生。从后方进来的人还是络绎不绝,一直到把屋子挤得水泄不通。

市民甲　(向站在旁边的一个市民)哦,你也来了,蓝姆斯达?
市民乙　我逢会必到。
市民丙　你带口哨子没有?
市民乙　那还用说。你带了没有?
市民丙　当然。艾文生船老板说他要带个大喇叭。
市民乙　艾文生这家伙真逗人!(大家笑起来)
市民丁　(走过来)喂,到底是怎么回事?今晚这儿开什么会?
市民乙　唔,斯多克芒大夫要发表演说骂市长。
市民丁　市长是他哥哥呀。
市民甲　没关系。斯多克芒大夫不怕他。
市民丙　可是斯多克芒大夫事情做得不对头,《人民先锋报》这么说。
市民乙　对,这回他一定做错了,因为房主联合会和市民俱乐部都不肯借地方给他开会。
市民甲　浴场都不肯把大厅借给他。
市民乙　他们不肯借。

一个人 （在另外一群人中间）这回咱们跟谁走？

另外一个人 （也在那一群）咱们留神瞧着阿斯拉克森,他怎么办,咱们也怎么办。

毕　凌 （夹着个公事包,从人堆里挤进来）对不起,诸位。请你们让一让。我是《人民先锋报》的采访员。谢谢。（在左边桌子旁坐下）

工人甲　他是谁？

工人乙　你不认识他？他是阿斯拉克森报馆的毕凌。

〔霍斯特船长招呼着斯多克芒太太和裴特拉从前方右首门里走进来。艾立夫和摩邓跟在后面。

霍斯特　你们就坐在这儿吧,万一出事儿,溜出去很方便。

斯多克芒太太　你看会不会闹乱子？

霍斯特　这话可难说——今儿有这么些人。没关系,别担心。

斯多克芒太太　（坐下）你肯把这屋子借给斯多克芒,心肠真是好。

霍斯特　别人既然不肯借,我——

裴特拉　（已经同时坐下）你也很有胆量,霍斯特船长。

霍斯特　喔,说不上什么胆量不胆量。

〔霍夫斯达和阿斯拉克森同时走进门,可是分头从人堆里挤过去。

阿斯拉克森　（走到霍斯特面前）斯多克芒大夫还没来？

霍斯特　他在里头等着呢。（后方门口一阵拥挤）

霍夫斯达　（向毕凌）市长来了！快瞧！

毕　凌　是啊,他要不来才怪呢！

〔市长从从容容从人堆里挤过来,一边走一边向两旁的人客客气气打招呼,靠左墙站定。不多会儿,斯多克芒医生从右首门里走进来。他穿着黑礼服,系着白领带。微微的一阵欢呼声马上就被低低的嘘嘘声音压下去。全场寂静无声。

斯多克芒医生　（低声）凯德林,你心里觉得怎么样？

斯多克芒太太　很舒服,谢谢你。（低声）汤莫斯,千万要沉住气。

斯多克芒医生　我决不发脾气。（瞧瞧自己的表,走上讲台,向大家鞠躬）现在已经过了一刻钟,我要开始——（从衣袋里把稿子掏出来）

阿斯拉克森　我们应该先推选个主席。

斯多克芒医生　不,完全用不着。

几个有身份的人　（大声）要推选！要推选！

市　　长　我觉得应该推选个主席。

斯多克芒医生　彼得,这个会是我召集做报告的。

市　　长　斯多克芒大夫的报告可能引起不同的意见。

人群中几个声音　要个主席！要个主席！

霍夫斯达　大家的意思似乎赞成推选个主席！

斯多克芒医生　（勉强隐忍）好吧——就照大家的意思办。

阿斯拉克森　请市长担任主席好不好？

三个有身份的人　（鼓掌）好！好！

市　　长　我不能担任,理由不必多说,大家都明白。不过咱们这儿有一位可以当主席的人,我想大家一定都赞成。我说的是,房主联合会主席阿斯拉克森先生。

许多声音　对！阿斯拉克森好极了！拥护阿斯拉克森！

〔斯多克芒医生拿了稿子走下讲台。

阿斯拉克森　既然大家要我担任这职务,我也不便推辞——

〔鼓掌欢呼。阿斯拉克森走上讲台。

毕　　凌　（记录）——"阿斯拉克森先生当选主席,群众一致欢迎——"

阿斯拉克森　既然承蒙大家推我当主席,我要简单说几句话。我是个安分守己、喜欢和平的人。我一向赞成小心稳健——还赞成——还赞成稳健小心。认识我的人都知道。

许多声音　对,对,阿斯拉克森！

阿斯拉克森　从生活经验中我体会到,稳健是公民的最上算的美德——

市　　长　听,听！

阿斯拉克森　并且小心稳健对于社会也最有好处。所以我劝告今天召集大会的这位可敬的公民,说话时候不要超出稳健的范围。

一个人　（在门口）节制运动会万岁！

一个声音　见鬼！

许多声音　嘘！嘘！

阿斯拉克森　诸位,别插嘴！现在有没有人要发言？

市　　长　主席先生！

阿斯拉克森　市长要发言。

市　　长　因为我跟浴场医官有亲属关系——这件事你们大概都知道——今天

晚上我本不打算在这儿说话。可是我是浴场委员会主席,并且我对地方上的重大利益有责任,因此我不能不提个建议。我敢说,今晚到会的人没有一个赞成用靠不住的夸张言论,把浴场和本城的卫生情形传布出去。

许多声音　不赞成！当然不赞成！

市　长　所以我要提个建议："今晚的会不听取浴场医官打算发表的那篇报告或是演说。"

斯多克芒医生　(大怒)不听取——！这话是什么意思？

斯多克芒太太　(咳嗽)嗯哼！嗯哼！

斯多克芒医生　(隐忍)你们不许我做报告？

市　长　我在《人民先锋报》发表的声明已经把重要事实说得清清楚楚了,凡是居心端正的公民看了都可以一目了然。从我那篇声明里,大家可以看出来,浴场医官的提议,除了攻击地方上的领导人之外,归根结底无缘无故还要在纳税人肩膀上增加至少十万克罗纳的负担。

〔人群中发出反对和嘘嘘的声音。

阿斯拉克森　(摇铃)维持秩序,诸位！我拥护市长提出的建议。市长说,斯多克芒大夫鼓动这件事,背后另有用意,这话我完全同意。他嘴里说的是浴场问题,其实心里想要革命,他想重新分配政权。人人都知道斯多克芒大夫的动机很不坏——在这个问题上大家的看法都一致。我也是赞成人民自治的人,只要纳税人的负担不太重。可是在这件事上头,纳税人的负担太重了,所以我死也不——对不起——干脆说,在这件事上头,我不能赞成斯多克芒大夫的主张。不管事情多么好,代价太大,还是犯不上。这是我的意见。

〔四面喝彩鼓掌。

霍夫斯达　我也要把自己的态度说明一下。斯多克芒大夫的鼓动最初好像也有些人赞成,所以我就尽量支持他。可是不久我们就觉得上了一篇谎话的当——

斯多克芒医生　谎话！

霍夫斯达　嗯,就算是一篇靠不住的话吧。这一点市长的声明已经证实了。我想今晚到会的人谁都不会怀疑我的自由思想。《人民先锋报》对于全国性政治问题的态度大家都很清楚。可是我从有阅历有见识的人那里学来一句话:在纯粹地方性的问题上,报纸必须采取相当谨慎的态度。

阿斯拉克森　我完全同意这位发言人说的话。

霍夫斯达　在眼前这件事上头，大家都反对斯多克芒大夫，这是无可讳言的。可是，请问诸位，报馆编辑最明显最切要的责任是什么？难道不是跟读者采取一致行动吗？难道他不是无形中受了群众的委托，应该勤勤恳恳为他所代表的人谋幸福吗？我这看法是不是错了？

许多声音　不错，不错！霍夫斯达说得很对！

霍夫斯达　跟一个最近还时常往来的朋友绝交，我心里非常难受——这位朋友，直到今天为止，一向受着大家的敬爱——他唯一的缺点，或者说主要的缺点，是受感情的支配，不受理性的支配。

零零落落的几个声音　对！拥护斯多克芒大夫！

霍夫斯达　可是我对社会的责任要逼着我跟他绝交。此外，还有个原因逼着我反对他的主张，并且，要是可能的话，逼着我不让他走那条他正在迈上去的险路。这个原因就是：为他的家属着想——

斯多克芒医生　别离开自来水和下水道的题目！

霍夫斯达　为他老婆和生活没落的孩子们着想。

摩　邓　他是不是说咱们，妈妈？

斯多克芒太太　别说话！

阿斯拉克森　现在我要把市长的建议付表决。

斯多克芒医生　不必。今天晚上我不打算谈浴场那些脏东西。我不谈那个。我要谈的是完全另外一件事。

市　长　（低声）又有什么新鲜玩意儿来了？

一个醉汉　（在正门口）我是个纳税人，我也有权利说话！我的全部、坚决、难以想象的意见是——

几个声音　少说话！

另外几个声音　他喝醉了！把他轰出去！

　　　　〔醉汉被人轰出去。

斯多克芒医生　我能不能发言？

阿斯拉克森　（摇铃）斯多克芒大夫发言。

斯多克芒医生　前几天我倒很想看看是不是有人敢像今天晚上似的不许我说话！要是那样的话，我会像狮子似的跟他拼命，争取我的神圣权利！可是现在我不计较了，因为我有更重要的事情要告诉大家。

〔群众向他挤紧,基尔也从看热闹的人丛里走了出来。

斯多克芒医生　（接着说）这几天我脑子里想了许多许多事情——事情想得太多了,脑子非常混乱——

市　　长　（咳嗽）嗯哼!

斯多克芒医生　可是不久事情就有了头绪,我把整个儿局势看得清清楚楚了。所以今天晚上我才站在这儿跟大家讲话。诸位,我要向你们揭露一件大事情。我要报告一个重要发现,跟它比起来,自来水有毒,浴场地点不卫生,这些小问题就显得无足轻重了。

许多声音　（大声叫嚷）别提浴场的事!我们不听!别再说了!

斯多克芒医生　我刚说过,我要报告最近这几天的一个大发现,就是:咱们精神生活的根源全都中了毒,咱们整个社会机构都建立在害人的虚伪基础上。

几个声音　（莫名其妙,低声）他说什么?

市　　长　这么暗地里骂人!

阿斯拉克森　（手按着铃）我要请发言人把话说得稳健些。

斯多克芒医生　我爱我的本乡,就像一个人爱他小时候的家庭一样。我离开咱们这儿的时候年纪还小。路程远,日子长,想家的心越来越厉害,我想起了本乡和本地人,好像他们有一股迷人的力量。

〔有几个人鼓掌欢呼。

斯多克芒医生　我在北边老远的一个小旮旯儿里憋了好些年。我在荒山旷野跟稀稀落落的住户接触的时候,我心里常想,与其派我这么个人,不如派个兽医,对于这些吃不饱的穷人也许更有好处。

〔大家窃窃私语。

毕　　凌　（把笔搁下）我要是听见过这种话才怪呢!

霍夫斯达　这是糟蹋可爱的农民的话!

斯多克芒医生　别忙!我想谁也不能埋怨我,说我住在那边心里忘了本乡。我像一只伏在窝里的野鸭,我孵的是——这浴场计划。

〔赞成和反对的声音同时并起。

斯多克芒医生　后来,好容易机会凑巧,我又回到了本乡——那时候,我觉得心满意足,再没有别的愿望。可以说,我心里只有一个愿望,就是:一心一意给本乡和本乡人出力做点事。

市　　长　（瞪眼直望）这做事的方法可真怪!

383

斯多克芒医生　从此以后我就沉迷在美好的幻想里。可是到了昨天早晨——不,说得正确些,到了前天晚上,我的眼睛才完全睁开,看见的第一件事是地方当局的昏聩糊涂——

〔叫喊笑闹声。斯多克芒太太连声咳嗽。

市　　长　主席先生!

阿斯拉克森　(摇铃)我以主席身份——!

斯多克芒医生　阿斯拉克森先生,抓住我一句话做文章,未免太小气!我只是说,咱们的领导人在浴场干的那件糊涂事被我看清楚了。我决不能容忍那种领导人——他们那种人我已经看够了。他们好像闯进新农场的一批山羊,到处闯祸捣乱。他们不让自由的人往前走——我想最好能把他们像别的害虫似的彻底消灭——

〔一阵喧嚷。

市　　长　主席先生,这种言论可以在这儿随便发表吗?

阿斯拉克森　(手按着铃)斯多克芒大夫——

斯多克芒医生　我不明白,为什么现在我才看清楚这些老爷的真嘴脸,我眼前不是天天摆着个头等好榜样吗?我的哥哥彼得——他的感觉多迟钝,偏见多么深——

〔笑嚷和口哨声乱成一片。斯多克芒太太使劲咳嗽。阿斯拉克森拼命摇铃。

醉　　汉　(又进来了)你是不是说我?一点儿不含糊,我叫彼得森,可是他妈的,要是说我——

许多怒声　把醉鬼轰出去!轰出去!(醉汉又被人轰出去)

市　　长　那个人是谁?

市民甲　我不认识他,市长。

市民乙　他是别处来的。

市民丙　他大概是做木料生意的——(底下的话听不清了)

阿斯拉克森　那家伙显然是喝醉了。斯多克芒大夫,往下说,可是请你说得稳健些。

斯多克芒医生　诸位公民,现在我不说咱们的领导人了。要是有人听了我刚才那段话,以为今天晚上我想解决这些官老爷,那他就把事情看错了——完全看错了。因为我心里拿得稳,这些落后分子,这些腐朽思想的残余,正在加紧结束自己的性命,用不着医生给他们催命。真正有害于社会的不是那等人。善于制造瘟疫、毒害咱们精神生活根源的人不是他们。在咱们社会上最能摧残真理和自由的人也不是他们。

四面喊声　那么是谁？是什么人？把名字说出来！

斯多克芒医生　你们放心,我当然要说！因为这就是我昨天的大发现。（提高嗓音）在咱们这儿,真理和自由最大的敌人就是那结实的多数派。不是别人,正是那挂着自由思想幌子的该死的结实的多数派！现在你们明白了！

〔会场秩序大乱。大多数人都在高声叫喊,跺脚,吹口哨。几个年纪大些的有身份的人彼此传递眼风,好像觉得挺有滋味儿。斯多克芒太太慌得站起来。艾立夫和摩邓走过去想动手打几个正在起哄的小学生。阿斯拉克森使劲摇铃,叫大家维持秩序。霍夫斯达和毕凌同时说话,可是听不见他们说些什么。过了半天,会场好容易才安静下来。

阿斯拉克森　我要请发言人收回那些不恰当的词句。

斯多克芒医生　办不到,阿斯拉克森先生！因为剥夺我的自由、想禁止我说真话的正是这个多数派。

霍夫斯达　多数派永远有公理。

毕　凌　并且还有真理,要没有才怪呢！

斯多克芒医生　多数派从来没有公理。从来没有！这也是思想自由的人必须揭穿的一句社会上的谎话。多数派的分子是什么？是有智慧的人还是傻瓜？我想,大家一定同意,世界上到处都是傻瓜占绝大多数。你们怎么能说,应该让傻瓜统治有智慧的人？（骚嚷叫骂）对,对,你们可以高声把我骂倒,可是你们没法子把我驳倒。多数派有势力——可惜没有公理。只有我,只有少数的人,才有公理。少数派总是对的。（又是一阵骚嚷）

霍夫斯达　哈哈！从前天起,斯多克芒大夫变成贵族了！

斯多克芒医生　我已经说过,我不想在那批胸襟狭小、气息奄奄的落后分子身上浪费口舌。活泼跳动的生命已经跟他们断绝了关系。现在我说的少数人是具有正在发芽的新真理的人。这些人站在社会的前哨——他们向前走得这么远,结实的多数派来不及跟上他们——那少数派正在为刚出世而多数派还没认识的真理打先锋。

霍夫斯达　这么说,斯多克芒大夫是个革命家了！

斯多克芒医生　当然是的,霍夫斯达先生！我要打倒"真理完全属于多数派"

这句谎话。多数派拥护的真理是什么？他们拥护的是老朽衰迈的真理。一个真理陈旧到那步田地,它就快变成谎话了。(讥笑声)好,好,信不信由你们。可是真理的寿命并不像结实的玛修撒拉①那么长。一条普通真理的寿命照例不过十七八年,或者至多二十年,轻易不会再长了。年纪那么大的真理总是非常衰弱无力,然而偏偏要到那时候多数派才肯把它们接受下来,当作滋养品推荐给社会。我可以告诉你们,那种食料没有什么营养价值,我是医生,这话你们可以相信。这些"多数派真理"好像隔年的腌猪肉,好像霉烂的臭火腿,社会上的道德坏血病都是它们传播的。

阿斯拉克森　我觉得这位发言人的高论似乎离开本题太远了。

市　　长　我同意主席这句话。

斯多克芒医生　彼得,你简直是疯了!我一字一句都是贴着本题说的,我的本题是:群众,多数派,可恶的结实的多数派——他们正是制造瘟疫、毒害咱们精神生活根源的人。

霍夫斯达　因为伟大独立的多数派只相信确定公认的真理,你就用这些话骂他们?

斯多克芒医生　嗐,霍夫斯达先生,别乱说什么确定的真理。现在群众承认的真理是咱们祖父时代先锋队拥护的真理。咱们是今天的先锋队,不再承认那些真理了。我想世界上只有一条确定的真理,就是:一个社会决不能靠着那些陈旧衰朽、没有精髓的真理,去过健康的生活。

霍夫斯达　与其说这些空话,你何妨举几个例子,看看咱们倚靠的陈旧衰朽、没有精髓的真理究竟是什么。

〔好些人赞成这提议。

斯多克芒医生　噢,从这垃圾堆里,我可以举出无穷无尽的例子。可是目前我只想说一条公认的真理,这条真理其实是大谎话,可是霍夫斯达先生、《人民先锋报》和拥护《人民先锋报》的人都靠着它活命。

霍夫斯达　那是什么?

斯多克芒医生　那就是你们从祖宗手里继承下来、到处糊里糊涂宣传的一个教条,就是说:群众、普通人、平庸的人,是人民的精华——他们就是人民——一个没有知识、没受过培养的寻常人跟少数优秀知识分子同样有

---

①　《圣经》中的长寿人,据说活到九百六十九岁,事见《旧约·创世记》五章二十七节。

权裁判、批准、建议和管理。

毕　凌　我要是听见过这种话才怪呢！

霍夫斯达　（同时大声喊）诸位公民，请听这句话！

许多愤怒的声音　嘿嘿！我们不是人民？只有大老爷们才配管事？

一个做工的人　这么胡说八道，把他轰出去！

另外几个　把他轰出去！

一个市民　（大声嚷）艾文生，快吹喇叭。

〔屋子里充满了响亮的喇叭声、口哨声和乱糟糟的叫闹声。

斯多克芒医生　（等声音平静了一点）别胡闹！难道你们偶然听一回真理都办不到吗？我并不要你们马上赞成我的意见。可是刚才我确实以为霍夫斯达先生只要心气平静点就会同意我的说法。霍夫斯达先生自称为自由思想家——①

许多声音　（低声，惊讶）他说什么？自由思想家？霍夫斯达先生是自由思想家？

霍夫斯达　（大声嚷）拿证据来，斯多克芒大夫！我在报纸上说过这话没有？

斯多克芒医生　（想了一想）嗯，你没说过。你从来没那份儿胆量。好，霍夫斯达先生，我也不叫你为难。就算我是自由思想家。现在我要根据科学方法向你们证明：《人民先锋报》说你们这些平常人是人民的精华，这句话是哄你们上当。我告诉你们，那是报纸骗人的话。平常人不过是原料，要经过加工培养才会成为人民。

〔一阵笑骂骚动。

斯多克芒医生　别的动物还不也是一样吗？一群培养得好跟一群培养得不好的动物区别多么大！拿一只平常的乡下老母鸡说吧。那副瘦骨头架子能有多少肉？有限得很，我告诉你们！它下的是什么蛋？一只像点样子的乌鸦差不多也能下那种蛋。要是拿它跟一只西班牙或是日本的好种鸡，或是一只好火鸡比一比——嘿！情形可就大不相同了！再看看咱们最熟悉的狗。先说那最平常的狗——那些粗毛癞皮、到处钻洞、满街撒尿、没教养的杂种狗。拿这么只狗跟一只狮子狗比一比，狮子狗是从好几代高贵品种繁殖出来的，它吃的是上等食物，听的是柔和悦耳的声音。你们想，那狮子狗的脑子是不是比杂种狗的发达得多！不用说，当然是！在耍

---

① 这里说的"自由思想"主要是指不信上帝。

狗的人手里受过训练会做各种伶俐把戏的就是这品种优良的狮子狗。那些把戏一只乡下野狗再也学不会——死也学不会。

〔笑骂声四起。

市民甲　（大声）是不是你要叫我们变成狗？

市民乙　我们不是畜生！

斯多克芒医生　朋友,咱们是畜生！咱们都是畜生,不管这话好听不好听。可是咱们中间高等畜生并不很多。喔,"狮子狗的人"跟"杂种狗的人"分别大得很！最可笑的是,只要咱们谈的是四条腿的畜生,霍夫斯达先生就完全赞成我的意见——

霍夫斯达　畜生究竟是畜生。

斯多克芒医生　对——可是只要我把这条规律应用到两条腿的畜生身上,霍夫斯达先生马上就打住,就不敢再坚持自己的主张,也不敢再往下推想。他把这原理倒了个过儿,在《人民先锋报》上硬说,乡下老母鸡和街上的野狗是动物界最优良的品种。不过这也难怪他,凡是精神没脱离平庸境界、没得到高级修养的人都是这样子。

霍夫斯达　我不想冒充什么高级人物。我是平常的庄稼人出身。我觉得很有体面,我的根基就是他现在侮辱的普通人。

工人们　说得好,霍夫斯达！说得真好！

斯多克芒医生　我说的普通人并不限于下层社会。在咱们周围爬来爬去的——甚至于高高在上的头等阔人——都是些平庸的人。只要看看你们这位自鸣得意、气派十足的市长！我这位哥哥跟别的用两条腿走路的人一样地平常——

〔嘲笑声和嘘嘘声。

市　长　我反对这种攻击私人的言论。

斯多克芒医生　（声色不动）——我说他是平常人,并不因为他像我似的是波美拉尼亚①或是附近地区没出息的海盗的子孙——那些没出息的海盗就是我们的祖宗——

市　长　这是荒谬的传说！完全靠不住。

---

① 也称"波莫瑞",旧地区名,即今波兰西北部从奥德河下游起,东迄维斯瓦河之间的波罗的海沿岸地区。

388

斯多克芒医生　——我说他是平常人,是因为他盲从上司的意见,自己没有独立的思想。从知识上说,这种人就叫平常人。所以我这位了不起的哥哥实在没有什么了不起——因此也就够不上一个自由派。

市　　长　主席先生——

霍夫斯达　这么说,只有了不起的大人物才是自由派？我们倒长了个新见识！

　　　（笑声）

斯多克芒医生　不错,这是我的新发现的一部分。顺着这个道理说下去,思想自由、胸襟宽阔几乎就是道德。所以我说,《人民先锋报》真荒唐,天天在报纸上瞎嚷,自由思想和道德是普通人和结实的多数派专利的东西,还瞎说什么罪恶、腐败和精神上的各种堕落都是从文化里渗出来的,正像浴场的脏东西都是从磨坊沟制革厂流出来的一样！

　　　〔叫闹插嘴的声音。

斯多克芒医生　（不慌不忙,笑一笑,照常认真说下去）然而《人民先锋报》居然还宣传什么提高群众的幸福！真是活见鬼,要是《人民先锋报》的理论靠得住的话,他们说的提高群众实在就是把群众送进地狱。幸而"文化败坏道德"是一句相沿下来的谎话。败坏道德的东西是愚蠢、贫穷和丑恶的生活！住在一所不是每天通风打扫的房子里——我老婆还说,连地板都得每天洗刷,这话也许太过分——住在这么一所房子里的人至多两三年就会丧失按照良心去思想、去行动的能力。氧气一缺少,良心就会衰弱。咱们这儿许多人家好像都非常缺少氧气,因为结实的多数派没良心到这步田地,想把本地的繁荣建筑在撒谎欺骗的泥坑里。

阿斯拉克森　我不能让他这么侮辱整个儿社会。

一个有身份的人　我提议,主席叫发言人坐下。

许多愤怒的声音　对！对！坐下！坐下！

斯多克芒医生　（按捺不住）好,那么我到大街上去宣布！我给别处报纸写文章！让全国的人都知道咱们这儿是怎么个情形！

霍夫斯达　斯多克芒大夫的目的几乎好像是要毁掉自己的家乡。

斯多克芒医生　不错,正因为我非常爱护家乡,所以与其看它靠着欺骗繁荣起来,我宁可把它毁掉。

阿斯拉克森　这倒是打开窗户说亮话。

　　　〔一阵乱哄哄的口哨声、叫骂声。斯多克芒太太咳嗽也不中用,她丈夫不再理会她。

霍夫斯达　（在满屋乱哄哄的声音里使劲嚷）一个甘心毁掉家乡的人一定是大家的公敌。

斯多克芒医生　（越来越激昂）毁掉一个撒谎欺骗的城市算得了什么！把它踩成平地都没什么可惜！靠着欺骗过日子的人都应该像害虫似的消灭干净！照你们这样干下去，全国都会中毒，总有一天国家也会灭亡。要是真有那么一天的话，我老实不客气说：国家灭亡，人民灭亡，都是活该！

一个人　（在人群中）嘿，这家伙的口气简直是人民公敌！

毕　凌　对，这句话要不是人民的公敌才怪呢！

整个会场　（大声）对！对！对！他是人民公敌！他恨国家！他恨全体人民！

阿斯拉克森　作为一个本城的公民，作为一个私人，今天晚上这种荒谬言论我听不下去。我实在梦想不到斯多克芒大夫会这么暴露他的本来面目。我不能不同意刚才有几位公民发表的意见，我想咱们应该把那些意见做成一个建议。所以我提议："大会宣布浴场医官汤莫斯·斯多克芒大夫为人民公敌。"

〔会场响起一片鼓掌喝彩声。好些人围着斯多克芒医生叫骂。这当儿斯多克芒太太和裴特拉已经站起身来。摩邓和艾立夫跟几个凑热闹叫骂的小学生打架。几个大人把他们拉开。

斯多克芒医生　（向叫骂的人）嘿，你们这些傻瓜！我告诉你们——

阿斯拉克森　（摇铃）斯多克芒大夫不能发言了。现在就要正式投票，可是为了照顾私人面子，我们采取不记名书面投票。你有白纸没有，毕凌先生？

毕　凌　蓝的白的我这儿都有——

阿斯拉克森　好极了，这省时候。把纸裁成小条儿。对，就这么裁。（向群众）蓝纸条儿是反对，白纸条儿是赞成。回头我自己过来收票。

〔市长走出会场。阿斯拉克森和另外一两个人帽子里盛着纸条儿绕行会场。

市民甲　（向霍夫斯达）斯多克芒大夫到底是怎么回事？

霍夫斯达　喔，这家伙做事一向鲁莽。

市民乙　（向毕凌）你不是常上他家去吗，你看他是不是爱喝酒？

毕　凌　我知道才怪呢。反正你什么时候去桌子上都有酒。

市民丙　不，恐怕他有时候精神不正常。

市民甲　我疑惑他上辈也许有疯病。

毕　凌　这可保不住。

市民丁　不,我看他是怀恨报仇。他想为一桩事出气。

毕　凌　前天他提过加薪水的事,可是没加到手。

甲、乙、丙、丁　(同时)啊哈!原来是这么回事!

醉　汉　(又进来了)喂,我要一张蓝票!我也要一张白票!

好几个人　那醉鬼又来了!快把他轰出去!

基　尔　(走近斯多克芒医生)斯多克芒,你看,捣乱惹出乱子来了吧?

斯多克芒医生　我尽了我的责任。

基　尔　刚才你说磨坊沟那些制革厂怎么样?

斯多克芒医生　你没听见吗——我说那些脏东西都是从制革厂流出来的。

基　尔　我的制革厂也在内?

斯多克芒医生　对不起,你的制革厂最糟糕。

基　尔　你是不是也要把这件事宣布出来?

斯多克芒医生　什么事我都不能遮掩。

基　尔　那你恐怕要吃大亏,斯多克芒!(出去)

一个胖绅士　(走近霍斯特,也不向女客们打招呼)船长,你把房子借给人民公敌开会吗?

霍斯特　我自己的产业我可以随意处置,先生。

胖　子　这么说,要是我学你的榜样,你一定不反对?

霍斯特　先生,你这话我不明白。

胖　子　明天你就明白了。(转身走出屋子)

裴特拉　霍斯特船长,他不就是你的船老板吗?

霍斯特　不错,正是维克先生。

阿斯拉克森　(手里拿着票,走上讲台,摇铃)诸位!现在我宣布投票的结果。所有投票的人,除了一个——

一个年轻市民　就是那醉鬼!

阿斯拉克森　除了一个喝醉酒的人,到会的公民一致宣布浴场医官汤莫斯·斯多克芒大夫为人民公敌。(鼓掌欢呼声)咱们这古老光荣的城市万岁!(欢呼声)咱们精明强干、大义灭亲的市长万岁!(欢呼声)散会。(下台)

毕　凌　主席万岁!

全体群众　阿斯拉克森万岁!

斯多克芒医生　把帽子外套给我,裴特拉。船长,你船上有上新大陆的舱位没有?

霍斯特　斯多克芒大夫,你们一家子要去,我们可以想办法。

斯多克芒医生　(裴特拉一面帮他穿外套)好。凯德林,跟我走。孩子们,跟我走!(伸胳臂挽着他老婆)

斯多克芒太太　(低声)汤莫斯,咱们走后门出去吧。

斯多克芒医生　不走后门,凯德林!(高声)你们等着吧,人民公敌还不跟你们甘休呢!我不像某人那么有耐性,我决不说:我饶恕你们,因为你们不知道自己干的什么事!①

阿斯拉克森　(大声)这是亵渎神明的话,斯多克芒大夫!

毕凌　不是才怪呢!这种话信仰宗教的人听不进去!

一个粗暴的声音　他还用话威胁我们!

许多愤怒的声音　咱们去砸他的窗户!把他扔在海峡里!

一个人　(在人群中)艾文生,快吹喇叭!吹,使劲吹!

〔喇叭声,口哨声,狂喊声,乱成一片。斯多克芒医生带着老婆孩子走向门口。霍斯特给他们开路。

全体群众　(在他们后头叫骂)人民公敌!人民公敌!人民公敌!

毕凌　今儿晚上我要愿意上斯多克芒家喝酒才怪呢!

〔群众挤到门口,外头有人接着叫骂,大街上响起一片"人民公敌!人民公敌!"的喊声。

---

① "某人"指耶稣。这两句话是耶稣在十字架上说的。参看《新约·路加福音》二十三章三十四节。

第 五 幕

〔斯多克芒医生的书房。靠墙摆着许多书橱和盛标本的玻璃柜。后面一扇门通门厅,前面左首一扇门通起坐室。右墙有两扇窗,玻璃都被打碎了。屋子当中摆着医生的写字桌,桌上堆着书籍稿件。屋子里乱七八糟。时间是早晨。

〔斯多克芒医生穿着睡衣、拖鞋,戴着便帽,弯着腰用伞柄在一张柜子底下掏东西,掏了半天,掏出一块石头来。

斯多克芒医生　(对着起坐室的门)凯德林,我又找着了一块。

斯多克芒太太　(在起坐室里)喔,再找吧,一定还多着呢。

斯多克芒医生　(把石头搁在桌上的一堆石头里)我要把这堆石头当珍贵的纪念品陈列起来,让艾立夫和摩邓天天看,等我死了,给他们做传家宝。(又在一只书橱底下掏)她——那女孩子叫什么名字?——她去找过配玻璃的人没有?

斯多克芒太太　(进屋)去过了,配玻璃的人说,不知今天能不能来。

斯多克芒医生　要是跟他说了实话,他一定不敢来。

斯多克芒太太　不错,阮蒂娜①也说,配玻璃的人怕他的邻居,所以不敢来。(冲着起坐室的门)什么事,阮蒂娜?噢,我来了。(出去,一会儿又回来)这儿有你一封信,汤莫斯。

斯多克芒医生　给我。(看信)哈哈!

斯多克芒太太　谁的信?

斯多克芒医生　房东的信,他通知咱们搬家。

---

① 斯多克芒医生家女用人的名字。

斯多克芒太太　真有这种事吗？他那么个好人——

斯多克芒医生　（眼睛瞧着信）房东说不敢不叫咱们搬家。他自己并不愿意，可是不敢不这么办。他说，怕别人埋怨他——他要尊重舆论——他是靠别人吃饭的——不敢得罪某些有势力的人。

斯多克芒太太　汤莫斯，你看，我的话怎么样。

斯多克芒医生　对，对，我明白。本地人个个都是胆小鬼，都是怕别人，自己不敢动一动。（把信扔在桌子上）凯德林，反正跟咱们不相干。咱们就要上新大陆了——

斯多克芒太太　汤莫斯，你看出国是不是好办法？

斯多克芒医生　难道你要我在本地待下去？本地人已经把我当作人民公敌，公开侮辱过我，砸碎了我的玻璃窗！你看，他们还在我这条黑裤子上撕了个大口子。

斯多克芒太太　嗳呀！这是你顶好的一条裤子啊！

斯多克芒医生　一个人出去争取自由和真理的时候，千万别穿好裤子。其实裤子我倒不在乎，破了你可以给我补。最可恨的是，这群蠢东西居然自以为跟我是平等的人，敢这么侮辱我——这件事我死也不甘心！

斯多克芒太太　不错，这儿的人不应该这么侮辱你，可是你应该就此离开本国吗？

斯多克芒医生　要是咱们搬到别的城去住，难道你以为那儿的一般人就不会照样不讲理？哼，一定会。一个半斤，一个八两。没关系，让那群狗乱叫吧，其实也算不了什么。最糟的是，全国的人都是党派的奴隶。我并不是说，在自由的西方情形也许会好一点，在西方，结实的多数派、开明的舆论和种种别的鬼把戏也许闹得跟这儿一样猖狂。不过那儿的规模比这儿大。他们也许干脆杀掉你，可是不会慢慢儿收拾你。他们不像这儿的人用一把老虎钳把一个自由的灵魂拧得紧紧的。并且，如果必要的话，你还可以摆脱一切躲起来。（走来走去）要是我找得着一座贱价出卖的原始森林或是一个南洋小岛——

斯多克芒太太　可是孩子们怎么办，汤莫斯？

斯多克芒医生　（站住）凯德林，你这人真古怪！你愿意孩子们在咱们目前这种社会里长大吗？难道昨天晚上你没亲眼看见，那些人一半是疯子，剩下的一半根本就是畜生，他们没有理智可以丧失。

斯多克芒太太　汤莫斯，可是你对他们说的话也太过火了。

斯多克芒医生　什么！我对他们说的难道不是真理吗？难道不是他们自己颠三倒四、分不清黑白是非吗？难道他们没把我说的真理都当作谎话吗？最荒唐的是，一大群自命为自由派的成年人到处乱嚷、自欺欺人、说他们拥护自由！凯德林，你说荒唐不荒唐？

斯多克芒太太　对，对，真荒唐。可是——

〔裴特拉从起坐室里走进来。

斯多克芒太太　这么早就从学校回来了？

裴特拉　是的。他们把我解聘了。

斯多克芒太太　解聘了？

斯多克芒医生　你也让人家解聘了！

裴特拉　勃斯克太太把解聘的事通知我，所以我想还不如马上就走的好。

斯多克芒医生　你做得很对！

斯多克芒太太　没想到勃斯克太太那么坏！

裴特拉　哦，妈妈，勃斯克太太并不坏，我看得很清楚，她心里很难受。可是，她说，她不敢不那么办，所以她就把我解聘了。

斯多克芒医生　（大笑）她跟别人一样——不敢不那么办！嘿，真妙。

斯多克芒太太　喔，经过了昨天晚上那场大风波——

裴特拉　不单为那个。爸爸，你知道不知道——？

斯多克芒医生　什么事？

裴特拉　勃斯克太太还给我看她今天早晨收到的三封信——

斯多克芒医生　不用说，一定是匿名信？

裴特拉　是。

斯多克芒医生　凯德林，他们决不敢写名字！

裴特拉　两封匿名信里都说，有个常上咱们家来的人昨天晚上在俱乐部说，在好些问题上我的主张非常激进——

斯多克芒医生　你一定没否认吧？

裴特拉　我当然没否认。你知道，勃斯克太太平日跟我私下谈话的时候她的主张也很激进。可是现在人家都在说我的坏话，她就不敢再留我了。

斯多克芒太太　说坏话的还是个常上咱们这儿来的人！汤莫斯，你看，这是你好客的下场！

斯多克芒医生　咱们别再在这肮脏地方待下去。凯德林，赶紧收拾行李。咱们越走得早越好。

斯多克芒太太　嘘！外头过道儿里好像有人。裴特拉,出去看看是谁。

裴特拉　（开门）哦,霍斯特船长,原来是你！请进。

霍斯特　（从门厅里进来）早！我来看看你们怎么样了。

斯多克芒医生　（跟他拉手）谢谢你关切我们。

斯多克芒太太　还得谢谢你昨天晚上招呼我们从人堆里挤出来,霍斯特船长。

裴特拉　后来你怎么回去的？

霍斯特　哦,没什么困难。你知道,我力气不算小,那些家伙又只会叫骂,不敢动手。

斯多克芒医生　是啊,他们的老鼠胆子小得真可怜！你过来,我给你看点东西！瞧,这一堆是他们扔进来的石头。你仔细看一看！这一大堆里,至多只有两块像点样儿的大石头,其余都是小石头子儿——碎石头片儿。他们站在外头乱嚷乱骂,说要动手杀掉我。可是说到真动手——哼,本地人没这么大的胆量！

霍斯特　斯多克芒大夫,这回幸亏你运气好,他们胆子小。

斯多克芒医生　不错,算我运气好。不过想起那批人真叫我伤心,因为要是有一天国家真出了大事情,大家一定都会提起脚就跑,结实的多数派一定会像一群绵羊似的四下里乱钻,大伙儿逃命。想起来真难受,真叫人伤心。嗳,可是我又何必这么瞎操心！他们说我是人民公敌,我就做人民公敌好了！

斯多克芒太太　汤莫斯,你决不会是人民公敌！

斯多克芒医生　凯德林,这话可难说。身上背了这么个丑名声,就好像肺上扎了一大针。这个丑名声——再也甩不掉。它像一种腐蚀性的酸素渗在我的内脏里,什么泻药都治不好。

裴特拉　嗐！爸爸,那批家伙值不得计较。

霍斯特　斯多克芒大夫,将来他们对你的看法会改变。

斯多克芒太太　对,汤莫斯,这是一定的。

斯多克芒医生　也许到了事情已经不能挽救的时候他们会改变。管它呢,反正他们是自作自受！让他们在猪圈里打滚吧,早晚有一天他们会后悔不该把一个爱国的人轰出去。霍斯特船长,你什么时候开船？

霍斯特　唔——我来就为这件事——

斯多克芒医生　什么？是不是船出了毛病？

霍斯特　不是。问题是，我不跟船走了。

斯多克芒医生　难道你也让人家解聘了？

霍斯特　（一笑）一点不错。

裴特拉　你也解聘了！

斯多克芒太太　汤莫斯，你看，我的话怎么样？

斯多克芒医生　也是为了拥护真理！喔，要是我早知道——

霍斯特　你不必放在心上。不久我就可以在别的地方的轮船公司里找到个位置。

斯多克芒医生　这就是维克那家伙干的事！他是财主，不靠别人吃饭，也干这种事！呸！

霍斯特　其实他心眼儿并不坏。他说他自己很愿意把我留下，可是他不敢——

斯多克芒医生　可是他不敢？当然不敢！

霍斯特　他说，一个有党派的人不容易——

斯多克芒医生　这位先生把实话说出来了！政党像一架做香肠的机器，把各种脑子搅碎了拌在一块儿，所以咱们只看见一大堆浑头浑脑、破烂稀糟的东西！

斯多克芒太太　算了，别说了，汤莫斯！

裴特拉　（向霍斯特）要是昨晚你不送我们回家，事情也许还不至于这么糟。

霍斯特　我并不后悔。

裴特拉　（伸手给他）谢谢你！

霍斯特　（向斯多克芒医生）我还想告诉你一句话：要是你们决意要出国，我另外有个办法——

斯多克芒医生　那好极了——我们只要能赶紧走——

斯多克芒太太　别做声！好像有人敲门？

裴特拉　恐怕是伯伯来了。

斯多克芒医生　哈哈！（大声喊）进来！

斯多克芒太太　汤莫斯，你千万别——

〔市长从门厅里走进来。

市　　长　（在门口）哦，你们有事。那么，我——

斯多克芒医生　没关系，进来吧。

市　　长　可是我只想跟你一个人说句话。

斯多克芒太太　我们上起坐室去。

霍斯特　我回头再来吧。

斯多克芒医生　你别走,霍斯特船长,你跟她们坐一坐。回头我还想再听——

霍斯特　好吧,那么我就等着你。

〔他跟斯多克芒太太母女走进起坐室。市长不说话,只是瞧窗户。

斯多克芒医生　大概你觉得今天这儿有风。把帽子戴上吧。

市　　长　谢谢你。(戴帽子)昨天晚上我大概着了凉,我站着直哆嗦——

斯多克芒医生　真的吗! 我觉得昨天晚上热得很。

市　　长　我很抱歉,昨晚没法子制止那些过火的举动。

斯多克芒医生　除了这个,你还有什么特别要跟我说的话?

市　　长　(从衣袋里掏出一封用大信封装着的信)这是浴场委员会给你的一件公文。

斯多克芒医生　是不是我的解聘书?

市　　长　是。从今天起。(把信搁在桌上)我们很抱歉——可是说老实话,为了舆论,我们不敢不这么办。

斯多克芒医生　(含笑)不敢? 这两个字今天我已经听见别人说过了。

市　　长　我劝你心里放明白些。以后你不能再在本地行医了。

斯多克芒医生　鬼才想再行医! 可是你怎么准知道我不能再行医?

市　　长　房主联合会正在挨家挨户发传单,劝告有天良的市民别找你看病,我敢说,没有一户会不签名,干脆说,不敢不签名。

斯多克芒医生　唔,唔,一定不敢。可是又怎么样呢?

市　　长　我劝你最好还是上别处暂时躲一躲——

斯多克芒医生　我心里早已经有这个意思。

市　　长　好。过五六个月,把事情想透了,要是你肯认错,写一封悔过书——

斯多克芒医生　那时候我也许可以复职,是不是?

市　　长　也许,这并不是完全做不到的事。

斯多克芒医生　到那时候舆论怎么办? 你们还不是怕舆论,不敢恢复我的职务。

市　　长　舆论是非常容易变动的。不瞒你说,最要紧的是,我们要拿到一封你亲笔写的悔过书。

斯多克芒医生　哦,原来你们处心积虑,就是为这件事! 可是你别忘了前几天我答复你这种阴谋诡计的那段话!

市　　长　那时候你的地位比现在稳固得多,那时候你以为全城的人都在背后支持你——

斯多克芒医生　不错,可是现在他们都在背后收拾我——(大怒)呸! 就是魔鬼在背后收拾我,我也不低头! 决不低头,我告诉你!

市　　长　一个有老婆孩子的人不该像你这么做。你不该这么做,汤莫斯。

斯多克芒医生　我不该这么做! 世界上只有一件事,一个自由的人不该做。你知道不知道是什么事?

市　　长　不知道。

斯多克芒医生　你当然不知道。让我告诉你。一个自由的人不该像猪似的在臭水坑里打滚儿,他不应该干连自己都要唾骂自己的丑事情!

市　　长　要不是另有原因,你这两句话倒像挺说得过去,可是我们都知道,你这么顽固,实在另有——

斯多克芒医生　另有什么?

市　　长　你心里很明白。可是我是你哥哥,也懂得点人情世故,我劝你别把没到手的东西看得太可靠,说不定到头来会落得一场空。

斯多克芒医生　你这话到底是什么意思?

市　　长　难道你真想哄我,说你不知道摩邓·基尔那老头子遗嘱里的条款吗?

斯多克芒医生　我知道他有一丁点儿钱,将来要捐给年老穷苦的手艺人做救济金。可是那跟我有什么相干?

市　　长　先不说别的,"他那一丁点儿钱"不是个小数目。摩邓·基尔手里很有几文钱。

斯多克芒医生　这个我从来没想到!

市　　长　唔——当真? 这么说,你大概也不知道他产业里头数目很可观的一部分将来要给你的儿女,并且你们夫妻在世的时候可以动用那份产业的利息。他没跟你提过这件事?

斯多克芒医生　没有,一字没提过。他不但没提过,并且反倒成天发脾气,抱怨捐税太重,把他压得没法儿喘气。彼得,你是不是知道真有这件事?

市　　长　我这消息的来源绝对靠得住。

斯多克芒医生　这么说,谢天谢地,凯德林的生活有着落了——孩子们的生活也有着落了! 噢,我马上得告诉她——(大声喊)凯德林,凯德林!

市　　长　（拦住他）别叫她！暂时先别说。

斯多克芒太太　（开门）什么事？

斯多克芒医生　哦，没什么。进去吧。

〔斯多克芒太太又关上门。

斯多克芒医生　（高兴得来回走动）她生活有着落了！想想——他们的生活都有着落了！一辈子都不愁了！生活有保障究竟是叫人高兴的事情！

市　　长　可是事情正相反，你们的生活并没有保障。摩邓·基尔随时随刻都可以取消他的遗嘱。

斯多克芒医生　他决不会，你放心，彼得。那"老獾"看见我跟你和你那班没见识的朋友作对，心里很高兴。

市　　长　（吃惊，仔细打量他）哈哈！这下子我明白了好些事儿。

斯多克芒医生　你明白了什么事？

市　　长　这件事原来是仔细安排的计策呀。借着真理的幌子，你狠命攻击地方上的领导人，原来是——

斯多克芒医生　怎么样？

市　　长　原来是一条预先安排好的计策，你给基尔那老家伙出气，是想把他那张遗嘱骗到手。

斯多克芒医生　（气得几乎说不出话来）彼得——你是我生平看见过的最卑鄙无耻的小人。

市　　长　咱们从此一刀两断。你解聘的事儿不能挽回了——现在我们手里有了对付你的武器了。（出去）

斯多克芒医生　不要脸！不要脸！不要脸！（大声喊）凯德林！他走了，地板一定得仔细擦一擦！叫那个鼻子上老有烟煤的女孩子——该死，她叫什么名字？我老记不住——叫她提一桶水来——

斯多克芒太太　（在起坐室门口）嘘！嘘！汤莫斯！

裴特拉　（也在门口）爸爸，外公来了。他问能不能跟你单独说句话。

斯多克芒医生　当然可以。（走到门口）请进，老丈人。

〔基尔走进屋来。斯多克芒医生随手把门关上。

斯多克芒医生　有什么事？请坐。

基　　尔　我不坐。（四面一望）斯多克芒，今天你们这儿挺舒服。

斯多克芒医生　可不是吗！

基　尔　真是。新鲜空气也挺充足,昨天你说的氧气今天一定足够了。今天你的良心一定挺舒服。

斯多克芒医生　不错,挺舒服。

基　尔　大概是吧。(拍拍自己的胸脯)可是你猜我这儿是什么?

斯多克芒医生　大概也是挺舒服的良心。

基　尔　呸!不是。我这东西比良心值钱得多。(从胸前掏出一个大皮夹子,把它打开,给斯多克芒看一叠东西)

斯多克芒医生　(看着他,很诧异)浴场的股票!

基　尔　今天股票不难买。

斯多克芒医生　你收买了这些——?

基　尔　我把凑得出来的钱都买了股票。

斯多克芒医生　老丈人——浴场的局面正在不妙的时候——

基　尔　只要你头脑清醒点,别这么胡闹,你马上就可以把浴场的局面挽救过来。

斯多克芒医生　你看我不是正在竭力挽救吗?可是本地人都像疯子似的不听我的话。

基　尔　昨天你说,最脏的东西是从我的制革厂流出来的。照你这么说,岂不是我祖父、我父亲和我自己简直像三个瘟神恶煞,这些年一直在用脏东西毒害本地人。你说我能不能甘心挨这份儿骂?

斯多克芒医生　可惜你不甘心也没办法。

基　尔　对不起,我不甘心。我的名誉不准别人白糟蹋。我听说有人叫我"老獾"。我知道,獾是一种猪,可是我不能让他们这么糟蹋我。我要活得清白,死得干净。

斯多克芒医生　你打算怎么办呢?

基　尔　我要你给我洗刷干净,斯多克芒。

斯多克芒医生　我!

基　尔　你知道不知道我买这些股票的钱是哪里来的?你当然不知道,现在让我告诉你。这笔钱就是我死后要给凯德林、裴特拉和两个男孩子的。不瞒你说,我手里还是攒了几文钱。

斯多克芒医生　(大怒)什么!你用凯德林的钱买了股票!

基　尔　不错,全部都买了浴场股票啦。现在我要看看你到底是不是这么疯狂固执,斯多克芒。要是你再一口咬定那些小动物和脏东西都是从我的

401

制革厂流出来的,那就简直好像把凯德林、裴特拉和两个男孩子的皮肉整片儿从身上撕下来。除了疯子,谁也不肯这么害自己的老婆孩子。

斯多克芒医生　（来回走个不停）对,我是疯子! 我是疯子!

基　尔　在你老婆孩子身上,你不至于疯到这步田地吧。

斯多克芒医生　（在他面前站住）为什么在买这些废物之前,你不跟我商量一下子?

基　尔　事情做了就收不回来了。

斯多克芒医生　（走来走去,心神不定）要是这件事我没有绝对把握倒也罢了! 可是我确实知道我并没看错。

基　尔　（掂掂手里的皮夹子）要是你一个劲儿固执下去,这些股票就不值什么钱了。（把皮夹子揣在衣袋里）

斯多克芒医生　真糟! 科学上应该有一种预防的药剂——或是什么解毒的东西——

基　尔　你是不是说用药把这些动物害死?

斯多克芒医生　是,即使不能把它们杀死,至少也不能让它们害人。

基　尔　你不能用点耗子药试试吗?

斯多克芒医生　喔,别胡说! 既然大家说这都是我一个人的胡思乱想,那就算是胡思乱想吧! 大家爱怎么办就怎么办! 那些糊涂小气的狗东西不是骂我人民公敌吗? 他们不是要撕掉我的衣服吗?

基　尔　他们还把你的窗户都砸坏了!

斯多克芒医生　可是我还有对家庭的责任! 我一定得跟凯德林仔细谈一谈,这些事她比我在行。

基　尔　对啦! 你女人懂道理,你应该听她的话。

斯多克芒医生　（对他大发脾气）你怎么会干这种糊涂事! 拿凯德林的钱开玩笑,还逼得我这么左右为难! 我看见你,简直好像亲眼看见了魔鬼!

基　尔　既然这么着,我还是走吧。可是下午两点钟,我要听你的回信:一句话,答应还是不答应。要是你不答应,我就把这些股票都捐给医院——并且今天就去捐。

斯多克芒医生　将来凯德林能到手多少钱?

基　尔　一个铜子儿都到不了手。（通门厅的门开了。霍夫斯达和阿斯拉克森站在门外）嘿,瞧瞧来的这一对。

斯多克芒医生 （眼睛瞪着霍夫斯达和阿斯拉克森）什么！你们还敢上这儿来？
霍夫斯达 嗯，我们来了。
阿斯拉克森 我们有事跟你商量。
基　尔 （低声）答应还是不答应——下午两点钟。
阿斯拉克森 （瞟了霍夫斯达一眼）哈哈！
〔基尔出去。
斯多克芒医生 你们找我什么事？少说废话。
霍夫斯达 我心里很明白，你讨厌我们昨天晚上在会上的态度——
斯多克芒医生 你们的态度？哼，你们的态度真漂亮！呸！那是胆小鬼的态度——老太婆的态度！不要脸！
霍夫斯达 你爱怎么说就怎么说吧，可是当时我们不能不那么办。
斯多克芒医生 大概不敢不那么办。是不是？
霍夫斯达 你要这么说也可以。
阿斯拉克森 可是你为什么事先不跟我们打个招呼。只要在霍夫斯达先生或是我面前露一丝儿口风——
斯多克芒医生 口风？露什么口风？
阿斯拉克森 把你的心事透露一点儿。
斯多克芒医生 你这话我摸不着头脑。
阿斯拉克森 （对他点点头，好像心照不宣的样子）哦，你心里明白，斯多克芒大夫。
霍夫斯达 这件事再瞒人也没意思了。
斯多克芒医生 （看看这个，又看看那个）你们俩搞什么鬼！
阿斯拉克森 是不是你老丈人到处乱跑，狠命收买浴场的股票？
斯多克芒医生 不错，他今天收买了些浴场股票，可是——
阿斯拉克森 其实应该找个别人——找个跟你关系不那么密切的人去收买才更稳当些。
霍夫斯达 并且这件事你也不该自己出面。不必让大家知道跟浴场作对的人是你。你应该早跟我商量商量，斯多克芒大夫。
斯多克芒医生 （直着眼瞪了半晌，接着好像如梦方醒，当头挨了一棒似的）难道真有这种事吗？世界上会有这种事？
阿斯拉克森 （一笑）明明白白有这种事。可是，你要知道，应该做得细致一点。
霍夫斯达 并且做这种事应该多邀几个人。人多了，各人肩膀上的责任就减轻了。

斯多克芒医生　（不动声色）简单一句话,你们两位究竟找我干什么?

阿斯拉克森　最好请霍夫斯达先生——

霍夫斯达　不,阿斯拉克森,你说。

阿斯拉克森　好吧,是这么回事:现在我们已经摸清了这件事的曲折底细,我们还愿意让《人民先锋报》听你的调度。

斯多克芒医生　现在你们又有胆量了?可是舆论怎么办?难道你们不怕大风浪打到咱们头上吗?

霍夫斯达　咱们可以想法子平安度过去。

阿斯拉克森　斯多克芒大夫,你得准备赶紧转方向。等你的进攻一成功——

斯多克芒医生　你是不是说,等我们翁婿俩把浴场股票用贱价一买到手?

霍夫斯达　我想,主要是为了科学上的理由,所以你要把浴场抓过来。

斯多克芒医生　当然。主要是为了科学上的理由,所以我把"老獾"拉过来。我们只要把自来水管马马虎虎修一修,把海滩胡乱挖一挖,不要本地人掏腰包。事情应该这么办,是不是?

霍夫斯达　我想是——只要《人民先锋报》肯支持你。

阿斯拉克森　在自由社会里,报纸是一股强大的力量。

斯多克芒医生　对。舆论也是一股强大的力量。阿斯拉克森先生,我想,房主联合会方面你可以负责吧?

阿斯拉克森　房主联合会和节制运动会我都可以负责。你尽管放心。

斯多克芒医生　可是,两位先生——有句话我实在不好意思问——可是——你们要什么报酬——?

霍夫斯达　当然,我们很想白给你帮忙。可是《人民先锋报》根基很不稳,目前情形又不大好。并且现在政治方面要做的事情那么多,我又不愿意停办这张报。

斯多克芒医生　当然,像你这么个人民的朋友怎么舍得丢下那张报。（忽然发作）可是我——我是人民的公敌!（大步来回走）我的手杖呢?该死!怎么找不着了?

霍夫斯达　你找手杖干什么?

阿斯拉克森　难道你要——

斯多克芒医生　（站住）要是我在股票上赚的钱一个铜子儿都不给你们,你们把我怎么样？你们别忘了,我们这些阔人舍不得掏腰包。

霍夫斯达　你也别忘了,这股票的事儿可以有两个说法。

斯多克芒医生　对,你干这种事最在行。要是我不给《人民先锋报》帮忙,你就会把买股票的事说得很下流。你会死钉着我,跟我惹麻烦,像狗追兔儿似的,掐住脖子咬死我!

霍夫斯达　这是自然界的规律——为了要找东西吃,动物都会拼死命。

阿斯拉克森　并且什么地方有东西,就在什么地方吃。

斯多克芒医生　好,那么你们就上泥沟里去找东西吃吧。(走来走去)现在我要让你们看看,咱们这三只动物,究竟谁最厉害。(找着了一把伞,举起伞来在空中乱晃)喂,瞧着——!

霍夫斯达　难道你想打我们!

阿斯拉克森　小心那伞别伤人!

斯多克芒医生　从窗户里滚出去,霍夫斯达先生!

霍夫斯达　(在门厅门口)你是不是疯了?

斯多克芒医生　你也从窗户里滚出去,阿斯拉克森先生!跳,听见没有!快跳!

阿斯拉克森　(绕着写字桌跑)稳健点,斯多克芒大夫。我身体很娇弱,禁不住这么——。(狂叫)救命啊!救命啊!

〔斯多克芒太太、裴特拉和霍斯特都从起坐室走进来。

斯多克芒太太　可了不得,汤莫斯!到底是怎么回事?

斯多克芒医生　(把伞在空中挥舞)跳,听见没有!跳到外头泥沟里去!

霍夫斯达　他无缘无故打人!霍斯特船长,我请你做见证。(慌忙从门厅里逃走)

阿斯拉克森　(昏头昏脑)只恨我不熟悉本地情况①——!(从起坐室门里溜出去)

斯多克芒太太　(拉住她丈夫)汤莫斯,平平气!

斯多克芒医生　(把伞扔下)可恶,那两个家伙还是跑掉了!

斯多克芒太太　他们找你干什么?

斯多克芒医生　回头告诉你。现在我心里还有别的事。(走到写字桌前,在一张名片上写了几个字)凯德林,你看,我写的是什么?

斯多克芒太太　三个大"不"字。这是什么意思?

---

① 参看《青年同盟》。在《青年同盟》里,阿斯拉克森也说过这四个字,意思是"当地的情形",在这儿,差不多等于"这家人家的门路"。

斯多克芒医生　回头一齐告诉你。(把名片递给裴特拉)裴特拉,叫那烟煤脸儿的女孩子赶紧送到"老獾"家里去。越快越好!

〔裴特拉从门厅出去。

斯多克芒医生　今天魔鬼手下的差人全都来过了!现在我要把笔头儿削得尖尖的,让他们尝尝刺儿扎在身上的滋味。我要写几篇毒辣的文章,我要把墨水瓶掷在他们脑壳上!

斯多克芒太太　你忘了,咱们不是就要走了吗。

〔裴特拉回到屋里。

斯多克芒医生　怎么样?

裴特拉　她送去了。

斯多克芒医生　好。凯德林,你说咱们就要走?不,咱们决不走。咱们要在这儿待下去!

裴特拉　待下去?

斯多克芒太太　还在本地待下去?

斯多克芒医生　对,就在这儿待下去。战场在这儿,仗就在这儿打。将来我就在这儿打胜仗!我的裤子一补好,我就出去另外找房子。咱们总得找地方过冬。

霍斯特　你们可以搬到我家去。

斯多克芒医生　可以吗?

霍斯特　当然可以,一点困难都没有。我家有的是空地方,我又几乎常年不在家。

斯多克芒太太　喔,我们真感激你,霍斯特船长。

裴特拉　谢谢你!

斯多克芒医生　(跟他拉手)谢谢!谢谢!一个难关过去了!今天我就可以动手做事了。喔,凯德林,这儿的事简直做不完!幸而现在我的时间都腾出来了,因为,你知道,浴场已经把我免职了。

斯多克芒太太　(叹气)唉,我早就料到了。

斯多克芒医生　他们还想把我的病人都抢走。好,让他们抢吧!反正有病花不起钱的穷人会找我,并且最需要我的也正是那些人。可是我要对他们做演讲,让他们听信我的话。我要一年到头对他们做演讲。

斯多克芒太太　汤莫斯,演讲的滋味你应该尝够了。

斯多克芒医生　凯德林,你这话真可笑。难道我就甘心让舆论、结实的多数派和这些牛鬼蛇神的家伙把我打败吗?对不起,做不到!再说,我的目的简单明了,直截了当。我只要掰开这些糊涂虫的眼睛,让他们看看:自由派是自由的最狡猾的敌人;他们的党纲是新生有力的真理的刽子手;权宜主义是颠倒道德正义的武器,它早晚会搅得大家没法儿在这儿过日子。霍斯特船长,你看我能不能使他们明白这些道理?

霍斯特　也许可以。这些事我自己也不大明白。

斯多克芒医生　你看——是这么个道理!党魁必须铲除。因为他们像贪嘴的狼。他们要活下去,每年必须吃掉好些小动物。只要看看霍夫斯达和阿斯拉克森!他们杀害过多少小动物——即使不杀害,至少也把那些小动物搞得四肢不齐全,除了当房主和《人民先锋报》的订户,别的事都干不了!(坐在桌子边上)凯德林,你过来,看看今天的太阳光多明亮!新鲜活泼的空气吹在我身上多舒服!

斯多克芒太太　是啊,汤莫斯,咱们如果能靠着阳光空气过日子就好了。

斯多克芒医生　你得掐紧开支吃几天苦——往后咱们会有好日子。这个我倒并不很放在心上。我最着急的是,恐怕将来没有意志自由、道德高尚的人继续我的事业。

裴特拉　爸爸,不必担心,日子还长得很。哦,孩子们已经回来了。

　　　　〔艾立夫和摩邓从起坐室走进来。

斯多克芒太太　今天学校放假吗?

摩　邓　不,休息时候我们跟同学打了一场架——

艾立夫　不对,是他们跟我们打架。

摩　邓　对,后来罗冷先生说我们还是在家待两天吧。

斯多克芒医生　(把手指头一捻,从桌上跳下来)哦,有了!有了!你们不用再上学了!

两个孩子　不用再上学了!

斯多克芒太太　汤莫斯,怎么——

斯多克芒医生　不必再去了!我自己教你们——那就是说我不让你们学那些无聊东西了——

摩　邓　太好了!

斯多克芒医生　我要教育你们成为自由高尚的人。裴特拉,你得帮我教他们。

裴特拉　爸爸,你放心,我一定帮你。

斯多克芒医生　咱们学校就设立在他们骂我人民公敌的那间屋子里。可是咱们得多招几个学生。至少得有十一二个孩子才能动手。

斯多克芒太太　在本地恐怕找不出这么些。

斯多克芒医生　咱们瞧着吧。（向两个男孩）你们认识不认识街上的野孩子——顽皮无赖的小家伙？

摩　邓　爸爸，我认识好些！

斯多克芒医生　好极了，给我找几个来。我要在这些野家伙身上做一次实验，有时候也许有特出的品种。

摩　邓　我们长大了，做了自由高尚的人，应该做什么事？

斯多克芒医生　孩子们，到那时候你们把国内的狼都轰出去，轰到西方远处去！

〔艾立夫听了半信半疑。摩邓听了欢呼跳跃。

斯多克芒太太　汤莫斯，只要狼不把你轰出去就好了。

斯多克芒医生　凯德林，难道你疯了？把我轰出去！现在我是本城最有力量的人啦！

斯多克芒太太　现在——你是最有力量的人？

斯多克芒医生　对，我甚至于敢说，我是全世界最有力量的人中间的一个。

摩　邓　真有意思！

斯多克芒医生　（低声）嘘，你先别做声。我发现了一件大事。

斯多克芒太太　什么！又是一件？

斯多克芒医生　当然！（叫老婆孩子挨近他，不愿意别人听见，低低地说）我发现的是：世界上最有力量的人正是最孤立的人！

斯多克芒太太　（摇头，笑一笑）噢，汤莫斯——！

裴特拉　（高兴得抓紧她父亲两只手）爸爸！

——剧　终

野 鸭

(1884)

【题　解】

　　五幕悲喜剧《野鸭》发表于一八八四年十一月。早在这一年九月初,易卜生就在一封信中预告,这个剧本和他过去的剧本在许多方面不一样,很可能引起争论。它可能把年轻的作家引上新的创作道路,可以说这是件"很好的事"。这里指的是他过去所宣扬的缺乏理想的危险性,现在开始强调强迫别人接受不切实际的"理想"的危险性,还有他在表现手法上的创新。一八八五年一、二月间,这出戏在挪威、瑞典、丹麦各大剧院上演,舞台效果很好。关于这出戏的评价,也如剧作家自己所说,有人赞叹不止,有人竭力反对,意见分歧是明显的。

　　剧情是在两个家庭间展开的,一个家包括工商业资本家老威利和他的儿子格瑞格斯,另一个家包括照相馆老板雅尔马,他的父亲老艾克达尔中尉,妻子基纳和女儿海特维格。启幕之前,两家已有一段纠葛。艾克达尔和威利曾合伙经营一家林业公司,由于非法交易而受到政府取缔,狡诈的威利说他什么也不知道,结果艾克达尔一人承担全部罪责。艾克达尔出狱时,一点办法也没有,威利让他在办公室抄写文件,报酬优厚。他还把自己玩弄过的女仆基纳许配给雅尔马,并资助雅尔马学照相,成家立业。充满幻想的格瑞格斯对父亲很不满意,长期在父亲的一座矿山工厂工作。

　　启幕时,格瑞格斯从矿山工厂返回家里,在父亲为他举行的欢迎宴会上,会见了少年时代的好友雅尔马,对父亲欺侮雅尔马一家人的卑劣行为有了进一步的了解,对雅尔马和老艾克达尔的虚假的"平静生活"忧心忡忡。在父与子的一场争吵中,他立志做一个"揭示真理的人",向威利表达了自己的怨恨。他抨击父亲不忠实于母亲、玩弄女人、嫁祸别人的罪过。他还拒绝了父亲提出加入公司、"合伙做买卖"的建议。格瑞格斯离开了家,租借雅尔马的房屋居住,表示他与父亲决裂,并且决心按照自己主观确认的"理想的要求"行事。

他认为雅尔马和他家所饲养的一只折了翅膀的野鸭一样,"扎到了水底,死啃着海草",更为严重的是中了泥塘毒气,"陷落在阴暗地方等死"。他打算救出雅尔马,以此为"做人的使命"。在雅尔马家吃午饭时,格瑞格斯再次宣传自己的观点,引起瑞凌医生的强烈不满。瑞凌说格瑞格斯犯了一种"正直病"、"民族病",也就是"过度自以为是症"。格瑞格斯把"顽固"当做"坚持真理",竟向雅尔马讲了基纳和老威利通奸怀孕后出嫁的丑事,希望他们相互坦率地交心,从此过不掺杂任何欺骗的真实的夫妇生活。但事与愿违,这一对夫妇的好日子被他搞得一团糟。雅尔马逼迫基纳坦白真情之后,既无力控制自己的情感,又无法建立新的生活。他开始疏远妻子,怀疑和厌恶海特维格(嫌她不是自己的亲生女儿)。海特维格过生日的前一天,威利通过索比太太给海特维格带来一封信。信封里装着"送礼的字据",说老艾克达尔不必再干抄写工作了,每月可到办公室支取一百元,而且老头子死后,这笔钱都归于海特维格。雅尔马为此大发雷霆,竟要离家出走。

雅尔马尚未远行,悲剧就发生了。天真烂漫的海特维格明白自己的身世后,感到无比的羞辱,受到极大的刺激,痛不欲生,竟开枪自杀。海特维格的惨死,给雅尔马和基纳带来了"和解"。雅尔马问基纳:"往后的日子你还过得下去吗?"基纳回答:"咱们俩一定得互相帮着过下去。"

人 物 表

威利——工商业家

格瑞格斯·威利——他的儿子

老艾克达尔

雅尔马·艾克达尔——他的儿子,照相馆老板

基纳·艾克达尔——雅尔马的妻子

海特维格——他们的女儿,十四岁

索比太太——威利的女管家

瑞凌——医生

莫尔维克——神学家

格罗勃格——威利的管账员

培特森——威利的用人

颜森——临时雇用的茶房

一位苍白臃肿的客人

一位秃顶的客人

一位眼睛近视的客人

另外六位男客——在威利家参加宴会的客人

几个临时雇用的茶房

第一幕在威利家,其余四幕都在雅尔马·艾克达尔家。

第 一 幕

〔在威利家，一间又讲究又舒服的书房，摆着软垫弹簧家具和书橱。屋子当中有一张写字台，上头堆着纸张文件。几盏罩着绿罩的灯，射出柔和光线。屋子后方，一对敞开的折扇门，门帘向两边拉开。从门里望进去，可以看见一间漂亮大屋子，许多吊灯和分枝烛台把屋子照得辉煌明亮。前方右首（在书房里），有一扇呢布小门，通到威利的办公室。前方左首，有个壁炉，烧着通红的煤火。再靠后些，有一个通饭厅的双扇门。

〔威利的用人培特森穿着制服，临时雇用的茶房颜森穿着黑衣服，两人正在收拾书房。在后面那间大屋里，两三个临时雇用的茶房正在来回走动，布置屋子，再多点几支蜡烛。饭厅里传出一阵阵谈笑声音，过了会儿，听见有人用刀子敲敲酒杯，声音才安静下来。接着，有人提议敬酒，一阵欢呼鼓掌之后，又传出嗡嗡的谈话声音。

培特森　（把壁炉架上的一盏灯点着，罩上灯罩）颜森，你听他们多热闹！老头子正在站着讲话，唠唠叨叨地恭维索比太太。

颜　森　（把一只扶手椅推到前面）人家说他们俩是——很好的朋友，不知道这话靠得住靠不住？

培特森　谁知道！

颜　森　我听人说，他年轻时候是个风流活泼的家伙。

培特森　也许是吧。

颜　森　人家说，他今天请客是为他儿子。

培特森　不错。他儿子昨天回来的。

颜　森　我还是头一回听说威利先生有儿子。

培特森　嗯，威利先生是有个儿子。不过他儿子老在赫义达工厂里待着不动窝儿,我在这儿当差这么些年了,他没进过一回城。

一个茶房 (在里屋门口)培特森,这儿有个老头儿要——

培特森 (嘟哝)讨厌!是谁?

〔老艾克达尔从里屋右首出来。他身上穿着一件破旧高领大衣,手上戴着一双无指毛线手套,手里拿着手杖和皮帽子,胳臂底下夹着个棕色纸包。头上带着肮脏的棕红色假发,嘴上留着一撮灰白小胡子。

培特森 (走过去)天啊——你上这儿干什么?

艾克达尔 (在门口)培特森,我有事要上办公室。

培特森 下班已经一个钟头了,并且——

艾克达尔 大门口的人跟我说过了。可是格罗勃格还在办公室。培特森,做个好事吧,让我从这儿溜进去。(指着呢布小门)我走这儿不是头一回了。

培特森 好,让你过去。(开门)可是记着,出去时候不许抄近道,我们这儿有客,你知道。

艾克达尔 我知道,我知道——嗯!谢谢你,培特森,老朋友!谢谢!(低声嘟哝)傻家伙!

〔艾克达尔走进办公室,培特森随手关上门。

颜 森 那老头儿也是办公室职员吗?

培特森 不,不是职员,他只是个临时抄写稿件的人。可是艾克达尔这老头儿从前是个大阔佬。

颜 森 看上去他是个见过世面的人。

培特森 可不是吗!你知道,他当过军官。

颜 森 真的吗?

培特森 一点儿都不假。可是他后来改行了,搞的是贩运木料什么的买卖。人家说,他从前干过一桩很对不起威利先生的事儿。那时候他们俩是合伙经营赫义达工厂的老板。喔,我跟老艾克达尔熟得很。我们俩在埃吕森大娘酒铺里,苦酒淡酒的不知喝过多少回。

颜 森 看样子他不像有钱会酒账。

培特森 喔,颜森,那还用说,当然是我会账喽。我觉得,对待过过好日子的人客气点儿,总没什么坏处。

颜 森 后来他破产了吗?

培特森 不止是破产,他还坐过监。

415

颜　　森　坐过监!

培特森　也许是进过悔过局。(听)嘘!他们散席了。

〔两个茶房从里面把饭厅门拉开。索比太太跟两位男客一边说话一边走出来。接着,大家陆续都出来了,威利也在其中。雅尔马·艾克达尔和格瑞格斯·威利两人走在最后。

索比太太　(走过培特森身旁的时候吩咐他)培特森,叫他们把咖啡放音乐室里。

培特森　是,太太。

〔她跟两位男客走进里屋,转向右首下。培特森和颜森也走同一方向下。

苍白臃肿的客人　(向秃顶客人)嘿!这桌酒席!把它吃完可不是闹着玩儿的!

秃顶的客人　嗯,要是多卖点儿力气,三个钟头工夫肚子里可以装得下好些东西。

苍白臃肿的客人　话是不错,可是东西到了肚子里,哼,我的爵爷啊!

另一位客人　我听说,咖啡和樱桃酒都在音乐室喝。

苍白臃肿的客人　好!这么说,也许索比太太要给咱们表演个音乐节目了。

秃顶的客人　(低声)我希望索比太太将来别表演咱们不爱听的节目!

苍白臃肿的客人　喔,她不会!柏塞①决不会对不起她的老朋友们。

〔他们一阵大笑,走进里屋。

威　　利　(无精打采,低声)格瑞格斯,我想谁都没觉得。

格瑞格斯　(瞧着父亲)没觉得什么?

威　　利　你也没觉得吗?

格瑞格斯　爸爸,你说什么?

威　　利　你没觉得咱们刚才吃饭是十三个人。②

格瑞格斯　是吗?咱们是十三个人?

威　　利　(向雅尔马瞟了一眼)我们平常宴会是十二个人。(招呼客人)诸位先生,请走这边!

〔威利陪着客人从后转向右下,这里只剩下雅尔马和格瑞格斯。

雅尔马　(已经听见他们父子的谈话)格瑞格斯,今天你不该邀我来吃饭。

---

① 柏塞是索比太太的名字。
② 这是个迷信。西方认为十三是不吉利的数目,尤其在十三人同席吃饭的时候。

格瑞格斯　什么话！我父亲算是为我请客,我怎么能不邀我唯一的好朋友？

雅尔马　可是我看你父亲不大愿意。你要知道,我一向跟他完全不来往。

格瑞格斯　我也听说过。可是我想见见你,跟你谈谈话,并且我也一定住不长。嗳,咱们两个老同学这些年太疏远了。咱们有十六七年没见面了。

雅尔马　有那么些年了吗？

格瑞格斯　怎么没有。你过得怎么样？看样子你挺不错。人也胖了,个子也差不多长结实了。

雅尔马　"结实"倒说不上,可是我比从前精神点儿了。

格瑞格斯　这话不假。你的外表真是好极了。

雅尔马　(声调凄惨)嗳,心里可就难说了！不瞒你说,我心里满不是那么回事儿！你一定听说过,咱们分手之后我们家遭的那场大祸。

格瑞格斯　(声音低了些)现在你父亲日子过得怎么样？

雅尔马　别提那个了,老朋友。我那苦命爸爸当然跟我在一块儿过日子。除了我,还有谁照顾他。你可以想得到,一提起这件事,我心里就难受。别提了,倒不如你给我说说你在厂里的情形吧。

格瑞格斯　我在厂里很清闲自在——有的是工夫想长想短的。过来,咱们坐舒服点儿。

〔他自己在壁炉旁边一张扶手椅里坐下,把雅尔马按在并排的另一张扶手椅里。

雅尔马　(感慨)格瑞格斯,不管怎么样,我很感激你今天邀我来吃饭,因为我觉得这是表明你对我的仇恨已经一笔勾销了。

格瑞格斯　(诧异)这话从哪儿说起？我怎么会对你有仇恨？

雅尔马　最初你当然有。

格瑞格斯　什么叫最初？

雅尔马　就是那桩倒霉事儿刚发生的时候。那时候也难怪你恨我。那场——那场大祸差点儿没把你父亲拖累在里头。

格瑞格斯　我又何必为那件事恨你？这个想法是谁给你提的？

雅尔马　格瑞格斯,我知道你恨过我,这是你父亲亲口告诉我的。

格瑞格斯　(吃惊)我父亲！哦,是了。嗯。是不是因此你就不跟我通信了？一个字都不写了？

雅尔马　是的。

格瑞格斯　甚至后来你决定开照相馆的时候还是不给我写信?

雅尔马　你父亲说,我最好别给你写信,什么事都不必告诉你。

格瑞格斯　(瞪着眼睛发愣)唔,唔,也许我父亲的说法是对的。可是,雅尔马,现在你可以告诉我了:你对于目前的处境是不是很满意?

雅尔马　(轻轻叹口气)喔,我很满意;我实在没有什么可以抱怨的事情。起头时候,这是你可以想得到的,我觉得有点儿不习惯。一切事情完全是新样子。不用说,我的境遇也完全改变了。我父亲的事业是一败涂地了——那份儿丢脸,那份儿受气,嗳,格瑞格斯!

格瑞格斯　(替他难受)是,是,我知道。

雅尔马　我没法儿再在大学念下去了。家里一个钱都拿不出来,不但没有钱,还欠了好些债——我记得主要是欠你父亲的债。

格瑞格斯　唔——

雅尔马　干脆一句话,那时候我觉得最好的办法是跟我的旧环境、旧关系一刀两断。你父亲格外怂恿我走这条路。既然他对我那么关心——

格瑞格斯　我父亲对你关心?

雅尔马　他非常关心,难道你不知道?你猜我学照相和开照相馆的费用是哪儿来的?告诉你说,那些事儿很得花几个钱。

格瑞格斯　那些费用都是我父亲拿出来的?

雅尔马　可不是吗,老朋友,你还不知道?我听他说,那些事他都写信告诉过你。

格瑞格斯　帮你开照相馆的事他一字没提过。他一定是忘了。我们父子通信一向只谈业务。这么说,是我父亲——?

雅尔马　一点都不错。他不愿意别人知道,其实是他一手帮忙。不用说,帮我结婚的也是他。难道你——难道你连这件事也不知道?

格瑞格斯　我不知道,一个字都没听说过。(推推雅尔马的胳臂)可是,亲爱的雅尔马,我没法形容这件事怎么使我又高兴又惭愧。也许,在有些事上头,倒是我错怪了父亲。这件事证明他还有心肝,证明他良心上的责备——

雅尔马　良心上的责备?

格瑞格斯　嗯,嗯,不论怎么说都行。喔,我听见父亲做这件事,心里真是说不出的高兴。这么说,你是个有老婆的人了,雅尔马!我可永远不会有那么一天。结了婚你一定很快活吧?

418

雅尔马　非常快活。我老婆又贤惠,又能干。并且她也不是没有文化。

格瑞格斯　(有点诧异)当然。

雅尔马　你看,生活本身就是一种教育。她每天跟我的接触——。并且我们还认识了一两个了不起的人,他们常上我们那儿去。我告诉你,你再看见基纳的时候恐怕不大认识她了。

格瑞格斯　基纳？

雅尔马　正是她,难道你把她的名字忘了？

格瑞格斯　谁的名字？我连一点儿影子都没有——

雅尔马　你不记得她从前在你们这儿干过活吗？

格瑞格斯　(眼睛盯着他)你说的是不是基纳·汉森？

雅尔马　当然是基纳·汉森。

格瑞格斯　就是我母亲害病的最后一年给我们管家的那个基纳？

雅尔马　对,一点儿都不错。老朋友,我想你父亲一定告诉过你,我已经结了婚。

格瑞格斯　(已经站起来了)哦,不错,他说过,可是没提——。(在屋里走动)别忙——现在我想起来了,也许他提过。我父亲的信老是写的那么短。(半个身子坐在椅子扶手上)雅尔马,告诉我——这件事很有趣——你是怎么跟基纳——跟你老婆认识的？

雅尔马　没有比那再简单的事了。你是知道的,基纳在你们这儿没待多少日子,那时候因为你母亲有病,再加上别的原因,你们这儿什么事都搞得乱七八糟,基纳对付不了,她就辞职走了。那是你母亲去世的前一年——也许就是同一年。

格瑞格斯　就是同一年。那时候我在工厂里。后来怎么样？

雅尔马　后来基纳跟她母亲汉森太太一块儿过日子,汉森太太是个吃苦耐劳的女人,开着个小饭馆,还有间空屋子出租,很舒服的一间屋子。

格瑞格斯　你运气好,把那间屋子租到手了,是不是？

雅尔马　不错。其实是你父亲介绍的。这么着,我才认识了基纳。

格瑞格斯　后来你们就订婚了？

雅尔马　是的。年轻人恋爱用不了多少时候;唔——

格瑞格斯　(站起来走了一两步)我问你,是不是在你们订婚以后——是不是在那时候我父亲——我的意思是要问,是不是在那时候你开始开照相馆？

雅尔马　一点儿都不错。那时候我想找个事儿,早点成家立业,你父亲和我都

419

觉得开照相馆是条最快的路子。基纳也那么说。啊,说起来还有桩凑巧的事儿,基纳学过修照相底版的手艺。

格瑞格斯　真是凑得太巧了。

雅尔马　(高兴,站起来)可不是吗?你说我运气是不是太好了?

格瑞格斯　哦,当然。我父亲简直像上帝似的照顾你。

雅尔马　(感激)老朋友的儿子有困难的时候,他并不袖手旁观。你知道,他是个有良心的人。

索比太太　(挽着威利的胳臂走进来)不行,亲爱的威利先生,你不该再待在那儿瞧那些灯光。那对你眼睛很不好。

威　利　(松开她的胳臂,用手摸摸自己的眼睛)你这话也许不错。

〔培特森和颜森递送茶点。

索比太太　(向那间屋里的客人)诸位先生,过来。想喝喷奇酒的请到这屋来。

苍白臃肿的客人　(走到索比太太面前)是不是你不准我们在这儿抽烟?

索比太太　是。爵爷,这儿不准抽烟。这是威利先生的私室。

秃顶的客人　索比太太,你什么时候颁布的这些严酷的禁烟条例?

索比太太　爵爷,是上次请客以后颁布的,因为有几个客人犯了规矩。

秃顶的客人　柏塞夫人,我们稍微犯点儿规矩都不行吗?你一丁点儿都不能通融?

索比太太　无论在哪方面犯规矩都不能通融,巴尔先生。

〔这时候大部分客人都走进了书房,用人们忙着递送喷奇酒。

威　利　(向站在一张桌子旁边的雅尔马)艾克达尔,你那么仔细地在看什么?

雅尔马　没什么,是一本照片簿,威利先生。

秃顶的客人　(走来走去)喔,照片,不用说,这是你的本行喽。

苍白臃肿的客人　(坐在扶手椅里)你没带几张自己照的照片?

雅尔马　没有。

苍白臃肿的客人　你应该带几张来,吃过饭坐着看看照片,可以帮助消化。

秃顶的客人　并且还可以给大家助助兴。

眼睛近视的客人　凡是可以助兴的事儿大家都欢迎。

索比太太　艾克达尔先生,爵爷们的意思是说,出来做客吃饭,应该卖点力气回敬点东西。

苍白臃肿的客人　酒席吃得这么讲究,卖点力气是桩痛快事。

秃顶的客人　要是为了想活命而卖力气的话——

索比太太　你的话我完全同意。

〔他们接着谈下去,有说有笑的。

格瑞格斯　（低声）雅尔马,你也跟大家说说话。

雅尔马　（难受）叫我说什么好呢？

苍白臃肿的客人　威利先生,你说脱凯①是不是一种喝了有益处的酒？

威　利　（在壁炉旁）别的不说,反正今天你喝的脱凯我可以担保,那是一种陈年上等货色。不用说,你尝得出来。

苍白臃肿的客人　不错,那酒味儿真香。

雅尔马　（怯生生地）酒的年代还有分别吗？

苍白臃肿的客人　（大笑）哈哈！这句话问得妙！

威　利　（一笑）请你喝好酒真是犯不上。

秃顶的客人　艾克达尔先生,脱凯跟照相一样,都需要太阳光。我这话对不对？

雅尔马　对,太阳光当然要紧。

索比太太　爵爷们也完全一样,需要太阳光。②

秃顶的客人　啊,胡说,这是一句滥套子的挖苦话。

眼睛近视的客人　索比太太在挖苦人。

苍白臃肿的客人　并且挖苦的还是咱们。（翘起手指头责问她）嘿,柏塞夫人,柏塞夫人！

索比太太　酒的年代大有分别。年代越陈,味儿越好。

眼睛近视的客人　你是不是把我算在远年陈酒里？

索比太太　喔,你还差得远呢。

秃顶的客人　你瞧！那么,我呢,亲爱的索比太太？

苍白臃肿的客人　还有我呢？你说我们是什么年代的酒？

索比太太　哦,你们都是甜酒。

〔她端起酒杯,抿了一抿。男客们大笑,跟她逗弄风情。

威　利　索比太太总有法子找过门儿——只要她想找。诸位先生,把酒斟满吧！培特森,你过来招呼一下！格瑞格斯,你也过来一块儿喝一杯。（格

---

① 脱凯是匈牙利出产的葡萄酒。
② 索比太太说的太阳光是指朝廷恩宠,爵爷是朝廷的侍从近臣,最需要君王的恩泽。

421

瑞格斯不动弹)艾克达尔,你也跟我们一块儿喝,好不好?刚才在席上我没机会跟你喝。

〔管账员格罗勃格在呢布门口探望。

格罗勃格　对不起,我走不出去了。

威　利　你又让人家锁在屋里了?

格罗勃格　是的,钥匙让富拉克斯达带走了。

威　利　好,你就走这儿出去吧。

格罗勃格　可是还有个人——

威　利　行,你们俩都从这儿走出去。别不好意思。

〔格罗勃格和老艾克达尔从办公室走出来。

威　利　(不由自主)噢!

〔客人马上停止谈笑。雅尔马看见父亲走出来,吃了一惊,赶紧放下酒杯,转过身去,向着壁炉。

艾克达尔　(低着头,一边走一边向两旁的人哈腰施礼,嘴里叽叽咕咕)对不起,走错了道儿。门锁了——门锁了。对不起。

〔他和格罗勃格从后方转向右下。

威　利　(咬牙低声)格罗勃格这蠢家伙!

格瑞格斯　(张嘴瞪眼,向雅尔马)刚才那人不是——?

苍白臃肿的客人　怎么回事?那人是谁?

格瑞格斯　喔,没什么,那是管账员和另外一个人。

眼睛近视的客人　(向雅尔马)你认识那人吗?

雅尔马　我不认识——我没留神。

苍白臃肿的客人　你们一个个的打什么闷葫芦?

〔另外几个客人正在低声谈话,他凑上前去。

索比太太　(低声向培特森)给他点东西带回去。给他点好东西,记着。

培特森　(点头)是,错不了。

格瑞格斯　(不胜感慨,低声向雅尔马)这么说,真是他呀!

雅尔马　是他。

格瑞格斯　可是你居然忍心硬说不认识他。

雅尔马　(低声用力)我怎么好意思——?

格瑞格斯　——认你自己的父亲?

雅尔马　（心里难受）唉，要是你替我设身处地——

〔刚才客人们的低声谈话现在变成不自然的高声欢笑。

秃顶的客人　（好意殷勤地走近雅尔马和格瑞格斯）哈哈！两个老同学在叙旧情，是不是？艾克达尔先生，你抽烟不抽？我给你个火，好不好？哦，我想起来了，这儿不准抽烟。

雅尔马　谢谢，我不抽。

苍白臃肿的客人　你有没有好的短诗给我们念一首，艾克达尔先生？我记得你从前念得好听极了。

雅尔马　可惜我都忘了。

苍白臃肿的客人　哦，真可惜。嗯，那么，咱们干点儿什么，巴尔？

〔两人一同走开，进了里屋。

雅尔马　（闷闷不乐）格瑞格斯——我要走了！你看，一个人遭了命运的打击——。请你代我向你父亲告辞吧。

格瑞格斯　好，好。你是不是一直回家？

雅尔马　是。你为什么问这话？

格瑞格斯　回头我也许去看你。

雅尔马　哦，使不得。你千万别上我家来。格瑞格斯，我的家是一座愁城。尤其是刚吃过这么一顿讲究的酒席以后，你千万别上我家来。咱们可以想办法在城里找个地方见面。

索比太太　（悄悄走过来）艾克达尔，你是不是要走？

雅尔马　是。

索比太太　替我给基纳问好。

雅尔马　谢谢。

索比太太　还告诉她，我一半天过去看她。

雅尔马　是，谢谢。（向格瑞格斯）你别动，让我趁着没人看见的时候从这儿溜出去。

〔他一步一步慢慢地溜过去，走进里屋，转向右下。

索比太太　（培特森已经回来了，她低声问）你给那老头儿东西没有？

培特森　给了。给了他一瓶法国白兰地，把他打发走了。

索比太太　你应该给他点好东西。

培特森　喔，索比太太。他最喜欢法国白兰地。

苍白臃肿的客人　（在门口,手里拿着一张乐谱)索比太太,咱们来个二部合
　　　　　　　奏,好不好?

索比太太　好,就来一个。

客人们　好极了! 好极了!

〔她带着所有的客人穿过里屋向右下。格瑞格斯独自站在壁炉旁。威
利正在写字台上找东西,看样子好像要他儿子走出去。格瑞格斯既然
站着不动,威利就只好朝着门走过去。

格瑞格斯　爸爸,请你等会儿好不好?

威　利　（站住)什么事?

格瑞格斯　我要跟你说句话。

威　利　等客人走了,剩下咱们俩的时候再说,行不行?

格瑞格斯　不行,因为咱们俩恐怕不会再有单独在一块儿的时候了。

威　利　（走近些)这话是什么意思?

〔在他们父子谈话的时候,隐隐听见从远处音乐室里传来的钢琴声音。

格瑞格斯　我不明白为什么要让那一家子过这种凄惨日子?

威　利　大概你说的是艾克达尔一家子吧?

格瑞格斯　不错,我是说他们。艾克达尔中尉从前跟你亲密得很。

威　利　太亲密了。为了这个,这些年来我吃够了亏啦。为了他,所以我——
不是别人——身上落了个臭名声。

格瑞格斯　（低声)你能断定是他一个人的错吗?

威　利　除了他,你说还有谁?

格瑞格斯　那个林业公司是你跟他合伙经营的。

威　利　可是我们买地的那张图样——那张骗人的图样——是艾克达尔画
的! 在官地上私砍树木的事儿也是他干的。那个买卖实际上是他一手包
办的。艾克达尔中尉究竟在搞些什么,我一点儿都不知道。

格瑞格斯　艾克达尔中尉自己好像也不知道在搞什么。

威　利　也许是吧。可是事实摆在眼前,后来法院判他有罪,判我无罪。

格瑞格斯　不错,我知道法院没抓着你犯罪的证据。

威　利　无罪就是无罪。那些倒霉事儿害得我老早白了头发,现在你为什么
又要把旧账翻出来? 难道说这些年来你在工厂里整天放不下的心事就是
这些吗? 我告诉你,格瑞格斯,本地人早把这些事忘得干干净净了——已

经跟我不相干了。

格瑞格斯　对！可是倒霉的艾克达尔一家子呢？

威　利　你要我当初怎么给他们出力？艾克达尔从监狱里出来的时候，什么都完了。他一点儿办法都没有。世界上有一等人，只要身上挨了两颗小子弹，就会一个猛子扎到水底里，从此以后再也冒不起来了。格瑞格斯，你可以相信我的话，在不招旁人疑心、不惹旁人议论的限度之内，我已经用尽了全副力量帮助他。

格瑞格斯　疑心？哦，我明白了。

威　利　我让他给办公室抄写文件，给他的报酬比他应得的高出好几倍。

格瑞格斯　（眼睛不瞧他父亲）唔，这话我信。

威　利　你笑什么？你以为我说的不是实话？当然，我没法子让你看账，那一类用款我从来不记账。

格瑞格斯　（冷笑）是啊，有些用款最好不记账。

威　利　（吃惊）你这话什么意思？

格瑞格斯　（鼓起勇气）你给雅尔马学照相花的那些钱记账没有？

威　利　我？怎么"记账"？

格瑞格斯　我听说，他学照相是你花的钱。我还听说，他能舒舒服服成家立业，也是你的力量。

威　利　对啊，可是你的口气好像还埋怨我在艾克达尔一家子身上没帮过一点儿忙！我告诉你，我在他们身上花的钱可真够瞧的了。

格瑞格斯　那些费用你记账没有？

威　利　你问这话干什么？

格瑞格斯　唔，我自有道理。请你告诉我：当初你那么关心你老朋友的儿子的时候，是不是正在他结婚之前？

威　利　你问得好没道理——事情过了这么些年，我怎么还——？

格瑞格斯　那时候你给我写过一封信——当然是谈业务的信。可是在信的末尾，你补充了一句——短短的几个字——你说，雅尔马·艾克达尔跟一位汉森小姐结了婚。

威　利　不错，有这么回事。他老婆是姓汉森。

格瑞格斯　可是你没提这位汉森小姐就是基纳·汉森——就是咱们从前的女管家。

威　利　（勉强开玩笑）不错,我没提。老实说,当时我没想到你那么特别关心咱们这位女管家。

格瑞格斯　我倒不见得特别关心。可是(放低声音)咱们家里倒有人对她特别关心。

威　利　你这话是什么意思？（发脾气）你不是指我说的吧？

格瑞格斯　（声音很低,态度坚决）我是指你说的。

威　利　你竟敢——！你敢于——！那个没良心的畜生——那个开照相馆的家伙——他竟敢在背地里造这种谣言！

格瑞格斯　这件事雅尔马一个字都没提过。我看他一点都没想到这上头。

威　利　那么,你从什么地方听来的？这种想法是谁提醒你的？

格瑞格斯　是我那苦命的母亲说的,在我跟她最后一次见面的时候,她告诉我的。

威　利　是你母亲说的！我早就该想到！你跟她——你们娘儿俩老是勾得紧紧的。一开头就是她撺掇你跟我作对。

格瑞格斯　不是。她吃尽了苦,受尽了委屈,到后来实在支持不下去了,才落得这么个可怜的下场。

威　利　她没吃过苦,没受过委屈。无论如何,她不比一般人更受苦,更委屈。可是跟疑心重、精神紧张的人没法子过日子——那种滋味儿我可尝够了。我想不到你会成天揣着这么一肚子鬼——到处搜罗当年别人糟蹋你自己父亲的坏话！格瑞格斯,我觉得像你这年纪的人应该做点更有用的事。

格瑞格斯　不错,是时候了。

威　利　要是那样的话,你的心情也许可以比现在舒畅一点。一年一年在工厂里待着,像个小职员似的净干苦差事,除了每月的普通工资之外,一个钱不多拿,你究竟是什么意思？简直傻透了。

格瑞格斯　唔,我看不一定。

威　利　我很明白你的意思。你想靠自己吃饭;你不愿意沾我的好处。好,眼前凑巧有个机会,你可以靠自己吃饭,一切事情由你自己当家做主。

格瑞格斯　真的吗？是怎么个办法？

威　利　我写信逼你马上进城来——唔——

格瑞格斯　不错,你究竟要我干什么？我已经等了一天想问这句话。

威　利　我想叫你加入我的公司,跟我合伙做买卖。

格瑞格斯　我加入你的公司？跟你合伙做买卖？

威　利　是的。合伙以后，咱们俩不必常在一块儿。你把我城里的事接过手去，我搬到工厂去住。

格瑞格斯　为什么？

威　利　因为我现在做事不如从前了。格瑞格斯，我得保养保养我的眼睛。我的眼睛越来越不好使了。

格瑞格斯　你的眼睛一向就不好。

威　利　可是不像现在这么坏。再说，观察目前的情况，也许我搬到厂里去住合适点儿——至少暂时住一阵子。

格瑞格斯　这倒确实是桩新鲜事儿。

威　利　格瑞格斯，你听我说：咱们父子之间有好些事都非常隔膜，可是咱们究竟是父子。咱们彼此应该有个了解。

格瑞格斯　你当然是说表面的了解喽？

威　利　就是表面的了解也比没有强啊。格瑞格斯，你仔细想想。你看这不是做不到的事吧？唔？

格瑞格斯　（冷冰冰地瞧着父亲）这里头有文章。

威　利　有什么文章？

格瑞格斯　你想在我身上打主意。

威　利　咱们既然是父子，彼此总可以帮忙。

格瑞格斯　不错，大家都这么说。

威　利　我很想把你留在家里陪我一阵子。格瑞格斯，我寂寞得很；我这一辈子老觉得寂寞，尤其现在上了年纪。我需要一个人陪着我——

格瑞格斯　你有索比太太陪着。

威　利　不错，有她陪着我，并且我还可以说，她几乎是我缺少不得的人。她性情活泼，脾气沉静。有了她，家里就有生气，在我，这是一桩了不起的事。

格瑞格斯　既然如此，你不是万事如意了吗？

威　利　不错，可是我恐怕这局面长不了。像她这种情形的女人别人看着容易觉得别扭。这种情形对于一个男人也没好处。

格瑞格斯　喔，要是一个男人请得起像你今天请的酒席，他大可以不必多顾虑。

威　利　不错，可是那个女人怎么办呢，格瑞格斯？我怕她不愿意这么长久下去。并且即使她愿意的话——即使她为了爱我,愿意尽着旁人在她身上说长道短,这个那个的——。格瑞格斯,你是最讲公道的人,你想是不是——?

格瑞格斯 （打断他的话）干脆告诉我:你是不是想跟她结婚?

威　利　假如我是想跟她结婚呢?怎么样?

格瑞格斯　我也要问这句话:怎么样?

威　利　你会不会坚决反对这件事?

格瑞格斯　我不反对。决不反对。

威　利　我不知道你对于母亲的孝心是不是——?

格瑞格斯　我不是精神紧张的人。

威　利　不管你是也罢,不是也罢,反正压在我心上的一块大石头现在算是落了地啦。你赞成我做这件事,我心里非常高兴。

格瑞格斯 （仔细瞧着父亲）现在我明白你在我身上打的是什么主意了。

威　利　在你身上打主意?这是什么话!

格瑞格斯　咱们不必咬文嚼字——至少在只有咱们俩在一块儿的时候不必如此。（噗哧一笑）哼哼!你一定要逼我亲自进城,原来就是为这个。为了索比太太,咱们必须装出一副正经居家过日子的模样——摆个儿子孝顺父亲的场面!这倒确实是桩新鲜事儿。

威　利　你敢用这种口气跟我说话!

格瑞格斯　咱们这个家庭过过正经日子没有?自从我懂事之后,咱们没过过正经日子。可是现在呢,当然喽,为了凑合你的计划,咱们必须装个正经过日子的模样。等到消息一传出去,说那儿子带着一片孝心,飞也似的赶回家来吃他白发苍苍的父亲的喜酒,不用说,好处可就大了。到那时候,说去世的母亲怎么吃苦、怎么受委屈的那些谣言岂不就烟消雾散了吗?做儿子的把那些谣言一扫而空了。

威　利　格瑞格斯——恐怕世界上没有第二个人,你恨他像恨我这么厉害。

格瑞格斯 （静静地）因为我把你这人看得太清楚了。

威　利　你一向用你母亲的眼光看我。（把声音放低一点）可是你别忘了,她的眼睛有时候是——迷迷蒙蒙的。

格瑞格斯 （发抖）我明白你这句话含着什么意思。然而是谁害我母亲得的那个毛病?是你,是那一伙女人!她们之中最后一个就是你拿来蒙混雅

428

尔马的那个女人！哼！

威　利　（耸耸肩膀）简直跟你母亲的口气一模一样！

格瑞格斯　（不睬他父亲）现在雅尔马钻在你的圈套里了,他那么天真老实,一点疑心都没有,跟那么个娘们儿一块儿过日子,做梦也没想到他的所谓家庭是建立在撒谎的基础上的！我一想起你从前干过的事情,眼前就好像看见了一片战场,四面八方都是遍体鳞伤的尸首。

威　利　现在我才觉得咱们两个人中间的隔膜实在太深了。

格瑞格斯　（不慌不忙,哈—哈腰）我也觉得如此,所以我要告辞了。

威　利　你要走！不回来了？

格瑞格斯　不回来了。现在我才看清了我做人的使命是什么。

威　利　什么使命？

格瑞格斯　我告诉了你,你也无非一笑而已。

威　利　格瑞格斯,寂寞的人不大容易笑。

格瑞格斯　（指着后方）爸爸,你瞧——爵爷们正在跟索比太太玩捉迷藏呢。再见。

〔他从后方右首下。观众现在可以看见客人都到了外屋,从那里传来一阵阵欢笑声。

威　利　（嘲弄地朝着儿子的背影嘀咕）嘿！这家伙——他还说自己精神不紧张呢！

第 二 幕

〔雅尔马的摄影室,屋子很宽敞,一看就知道是在楼房的最高层。右首有扇斜面玻璃天窗,半遮着蓝色幔子。后方右角,有一扇通外面的门。靠前一点,也在右首,有一扇门通起坐室。对面有两扇门,门与门之间有一只铁炉子。后方有一对宽阔的推拉门。摄影室虽然不讲究,可是布置得舒舒服服的。右首两道门中间,不紧挨着墙,有一张沙发,一张桌子,几张椅子。桌上点着一盏有罩的灯。炉子旁边有一张旧扶手椅。屋里摆着各式各样的照相器械和用具。靠着后墙,在推拉门左首,有一只书橱,里头有匣子、化学药瓶、器械、工具、几本书和一些别的东西。桌上堆着照片、鸵毛画笔和纸张什么的小零碎。

〔基纳坐在桌旁一张椅子里做针线。海特维格坐在沙发上看书,两手遮着眼睛,两个大拇指塞着耳朵。

基　　纳　（用眼睛对海特维格瞟了一两回,好像暗中担忧似的,接着就叫）海特维格！

海特维格　（没听见）

基　　纳　（再叫,声音高了一点）海特维格！

海特维格　（把两手拿开,抬起头来）什么事,妈妈？

基　　纳　宝贝,别再坐着看书了。

海特维格　喔,妈妈,我再看一点儿,真是一点儿,行不行？

基　　纳　不行,马上把书搁下。爸爸知道了会不高兴。晚上他自己都不看书。

海特维格　（把书合上）爸爸不大喜欢看书。

基　　纳　（把针线搁在一边,从桌上拿起一支铅笔和一个小账本儿）你记得不记得今天咱们买了多少钱黄油？

海特维格　一块六毛五。

基　　纳　　对。(记在账本上)咱们家黄油吃得真不少。还有熏肠子,还有干酪——让我算算——(写下来)——还有火腿——(加起来)一共是——

海特维格　　还有啤酒呢。

基　　纳　　哦,不错。(记账)这数目真够瞧的!可是再少咱们就没法儿过了。

海特维格　　今天爸爸不在家,晚饭时候咱们俩没吃热东西。

基　　纳　　是啊,这也省下了几个钱。再说,在照相上头,我收进了八块五。

海特维格　　真的!有那么些吗?

基　　纳　　整整八块五。

〔静默。基纳又拿起针线来,海特维格拿起铅笔、纸张动手画画儿,用左手遮着两只眼睛。

海特维格　　爸爸在威利先生家里吃酒席,想想多么有意思,是不是?

基　　纳　　不是威利先生请爸爸去的。是他儿子请的。(过了会儿)咱们跟那威利先生没来往。

海特维格　　我急着等爸爸回家呢。他答应我跟索比太太要点儿好吃的东西。

基　　纳　　是啊,我告诉你,他们家好东西多着呢。

海特维格　　(接着画画儿)我肚子也有点儿饿了。

〔老艾克达尔胳臂底下夹着个纸包,衣袋里还掖着一包,从过道门上。

基　　纳　　爷爷,今天你怎么回来得这么晚!

艾克达尔　　他们把办公室锁上了。我只好在格罗勃格屋里等着。后来他们才算让我走出来了——唔。

海特维格　　爷爷,今天你又弄着抄写的稿子没有?

艾克达尔　　这一大包,你瞧。

基　　纳　　好极了。

海特维格　　你口袋里还有一包呢。

艾克达尔　　唔?哦,那不相干。(把手杖搁在一个犄角里)基纳,这包东西够我抄一阵子的了。(把后墙两扇推拉门的一扇推开一点儿)嘘!(往里探了探头,仔仔细细又把门拉上)嘻嘻!那一伙子全都睡得那么香。它也钻到篮子里去了。① 嘻嘻!

海特维格　　爷爷,你说它在篮子里冷不冷?

---

① "那一伙子",指兔子、鸽子,等等。"它",指受伤的野鸭。

艾克达尔　冷？一点儿都不冷！铺着那么些干草还冷？（冲着左首后方的门走过去）屋里有火柴没有？

基　　纳　火柴在抽屉柜上。（艾克达尔走进自己的屋子）

海特维格　爷爷有这么些东西抄,真好。

基　　纳　是啊,老爷子真可怜,他抄点东西可以挣几个零花的钱。

海特维格　有了活干,他就不会整个儿上午在埃吕森大娘酒铺里泡着了。

基　　纳　那就不会了。（静默片刻）

海特维格　你说他们是不是还没散席？

基　　纳　谁知道！也许吃完了,也许没吃完。

海特维格　想想爸爸吃的那些好东西！我知道他今儿回家一定高兴。妈妈,你说是不是？

基　　纳　嗯。要是咱们能把那间空屋子租出去,把租房的事告诉他,那够多么好。

海特维格　今儿晚上不用提这种事。

基　　纳　喔,少一间屋子怕什么,反正咱们留着也没用。

海特维格　我的意思是,今儿晚上咱们不用提,爸爸反正心里挺高兴。最好把租房的事留着改天说。

基　　纳　（瞧着她女儿）你想把好消息留着,等爸爸改天晚上回来时候告诉他？

海特维格　是的,那么办,一家子可以更快活点儿。

基　　纳　（自思自想）对,对,这话有点道理。

〔老艾克达尔又从屋里走出来,想走左首前方的门出去。

基　　纳　（在椅子里转过半个身子）爷爷,你是不是上厨房找东西？

艾克达尔　是,是。你别动。（下）

基　　纳　他是不是在捅火？（等了会儿）海特维格,你去瞧瞧他干什么呢。

〔艾克达尔从厨房走出来,手里拿着一小罐滚烫的水。

海特维格　爷爷,你是不是在弄热水？

艾克达尔　不错,热水。有点用处。我想写字,墨水稠得像稀粥似的。唔。

基　　纳　爷爷,你还是先吃晚饭吧。饭开好在里头了。

艾克达尔　基纳,我没工夫吃晚饭。忙极了,我告诉你。谁也别上我屋里来。谁也别来——唔。

〔他走进自己的屋子。基纳和海特维格对看了一眼。

基　　纳　（低声）你说他的钱是哪儿来的？

海特维格　也许是从格罗勃格那儿弄来的。

基　　纳　不会。格罗勃格总是把钱交到我手里。

海特维格　这么说,他一定是在什么地方赊了一瓶酒。

基　　纳　可怜的爷爷,谁肯赊给他?

〔雅尔马穿着大衣,戴着灰呢帽,从右首上。

基　　纳　(撂下针线,站起来)喔,艾克达尔。你这么早就回来了?

海特维格　(也跳起来)爸爸,你回来得真早!

雅尔马　(摘帽子)是的,客人走了一大半了。

海特维格　这么早就走了?

雅尔马　是啊,你知道,净吃饭,没别的。

〔他脱大衣。

基　　纳　我帮你脱。

海特维格　我也来。

〔她们俩帮他把大衣拉下来,基纳把大衣挂在后墙上。

海特维格　爸爸,今天客人多不多?

雅尔马　喔,不多。吃饭时候我们不知是十二个还是十四个人。

基　　纳　你跟那些客人都谈话了吧?

雅尔马　嗯,稍微谈了几句。可是多半时候都是格瑞格斯跟我谈话。

基　　纳　格瑞格斯还是那么难看吗?

雅尔马　嗯,他倒是说不上好看。老爷子回来没有?

海特维格　回来了,爷爷在自己屋里抄写东西呢。

雅尔马　他说什么话没有?

基　　纳　没有。有什么可说的?

雅尔马　他没提起——?我听说他去找过格罗勃格。我上他屋里看看去。

基　　纳　别去,别去。

雅尔马　为什么?他说过不让我进去吗?

基　　纳　今天晚上他大概不愿意见人。

海特维格　(做手势)唔——唔!

基　　纳　(没理会)——他刚才上厨房拿热水——

雅尔马　哈哈!这么说,他准是——

基　　纳　大概是吧。

433

雅尔马　喔,天啊!可怜的白头发爸爸!算了,算了,让他一个人痛快痛快吧!

〔老艾克达尔穿着家常上衣,抽着烟斗,从自己屋里出来。

艾克达尔　回来了?我好像听见是你说话的声音。

雅尔马　我刚回来。

艾克达尔　刚才你看见我没有?

雅尔马　没有。可是人家告诉我你出来了,——所以我就跟着回来了。

艾克达尔　唔,这是你的一片孝心,雅尔马。那一伙子都是些什么人?

雅尔马　喔,什么样儿的人都有。有富洛爵爷,巴尔爵爷,卡斯波森爵爷,还有什么爵爷——这个那个的——我记不清了。

艾克达尔　(点点头)基纳,听见没有!一个一个都是爵爷!

基　纳　嗯,我听说他们家现在气派大极了。

海特维格　爸爸,那些爵爷唱歌没有?还是朗诵了什么?

雅尔马　都没有。他们净胡说八道。他们要我给他们念首诗,我可不那么傻。

艾克达尔　你不愿意念,是不是?

基　纳　我觉得念也没关系。

雅尔马　不行,一个人不能让人家随便使唤。(在屋里走动)反正我不是那等人。

艾克达尔　当然,当然,雅尔马不是个招招手就来的人。

雅尔马　我难得出去交际,为什么要伺候别人,做人家的消食果子。让他们自己卖点力气吧。那些家伙今天这家明天那家,左一顿右一顿的大吃大喝。他们应该干点什么,才不白吃那些好东西。

基　纳　这话你没说出口吧?

雅尔马　(哼哼)嘿,嘿,嘿!对不起,我把他们教训了一顿。

艾克达尔　你不是教训那些爵爷吧?

雅尔马　为什么不是?(换了轻松口气)后来我们又谈了会儿脱凯。

艾克达尔　脱凯!那是好酒啊!

雅尔马　(站住)也许是好酒。可是你知道,年代不同的酒,味儿不一样,完全要看葡萄晒的太阳是多还是少。

基　纳　艾克达尔,你什么都在行。

艾克达尔　他们听了你这话争辩没有?

雅尔马　他们想争辩,可是我就提醒他们,爵爷跟葡萄酒完全一个样,有的年代陈,有的年代新。

基　纳　亏你想得出来!

艾克达尔　嘻嘻!你就这么嘲弄了他们?

雅尔马　我把他们当面嘲弄了一顿。

艾克达尔　基纳,你听见没有?他就那么当面挖苦那些爵爷。

基　纳　真是!当面挖苦他们!

雅尔马　是的,可是我不愿意人家谈起这件事。这种事不要谈。当然事情还是客客气气地过去了。他们都挺和气,我并不想叫他们心里难受——我不是那等人。

艾克达尔　可是你究竟把他们当面挖苦了一顿!

海特维格　(亲爱的样子)爸爸,你穿着礼服真好看!这套衣服多贴身。

雅尔马　是吗?这套衣服真合适,好像是量着尺寸给我做的。就是胳臂底下也许紧一点儿。帮我一把,海特维格。(脱礼服)我还是换上便服吧。基纳,我的便服呢?

基　纳　在这儿。

〔她把便服拿过来,帮他穿上。

雅尔马　好了!别忘了,明天一清早就把礼服给莫尔维克送回去。

基　纳　(把礼服搁在一旁)放心,忘不了。

雅尔马　(伸了个懒腰)到底还是穿便服痛快。家常衣服随随便便的,对我的性格最合适。海特维格,你说对不对?

海特维格　对,爸爸。

雅尔马　我把领带松开了,让它这么两头儿搭拉着,你说好不好?

海特维格　好,配搭着你的胡子和你的一圈一圈儿头发正合适。

雅尔马　说一圈一圈儿不太合适,应该说一绺一绺的。

海特维格　对了,太长了,不是圈儿了。

雅尔马　就是嘛!应该说一绺一绺的。

海特维格　(过了会儿,揪揪父亲的衣服)爸爸。

雅尔马　唔,什么事?

海特维格　啊,爸爸,别装糊涂。

雅尔马　我真不知道。

海特维格　(半笑半抱怨)啊,爸爸,别再逗我了!

435

雅尔马　怎么？我没逗你啊。

海特维格　（摇摇她父亲的身子）喔，别闹了。东西在哪儿，爸爸？你不是答应给我带好东西吗？

雅尔马　哎呀，我忘得干干净净了！

海特维格　爸爸，你还是在逗我！你真坏！你把东西藏在哪儿了？

雅尔马　我真是忘了，什么吃的东西都没带。嗯，别忙！海特维格，我给你带了点别的东西。

〔走过去，在礼服的几个衣袋里摸索。

海特维格　（一边跳跶，一边拍手）啊，妈妈，妈妈！

基　纳　你瞧，只要你不逼着他——

雅尔马　（拿着一张纸）你瞧，这就是。

海特维格　那个？那只是一张纸啊。

雅尔马　这是菜单，全份儿菜单。你瞧，上头写着Menu①，意思就是菜单。

海特维格　还有别的东西没有？

雅尔马　我刚说过了，别的都忘了。我告诉你，那些山珍海味都不好吃。你在桌子旁边坐下，先念这张菜单，让我把菜的味道一样一样讲给你听。拿去，海特维格。

海特维格　（把眼泪咽到肚子里）谢谢你。

〔她坐下，可是不念菜单。基纳向她打手势。雅尔马看见了。

雅尔马　（在屋里走来走去）真是岂有此理，什么乱七八糟的事做父亲的都得记着。要是他忘了一星半点儿的，马上就得看别人的嘴脸。算了，算了，反正日子长了什么都能将就。（在靠近火炉、老头子坐的椅子旁边站住）爸爸，今儿晚上你往里头瞧过没有？

艾克达尔　当然瞅过了。它上篮子里去了。

雅尔马　喔，它上篮子里去了。这么说，它也慢慢儿习惯了。

艾克达尔　我早就跟你说过了。可是还有几件事——

雅尔马　不错，还有几件应该添改的事。

艾克达尔　你知道，那些事非办不可。

雅尔马　爸爸，咱们就谈谈这些应该添改的事吧。咱们坐在沙发上谈吧。

———————

① Menu 是法文。

艾克达尔　好。唔——我先装袋烟抽。还得把烟斗挖挖干净。唤。
　　　　　〔走进自己的屋子。
基　　纳　（向雅尔马笑着说）听见没有，他的烟斗！
雅尔马　喔，别管他，基纳，让他去吧——这个倒运破产的老头儿。这些应该添改的事最好明天就赶出来。
基　　纳　艾克达尔，明天你不见得有工夫。
海特维格　（插嘴）爸爸有工夫，妈妈！
基　　纳　别忘了那几张要修的照片，他们催过好几回了。
雅尔马　你看！又来了，还是那几张照片！反正我准把它们修出来就完了！今天有买卖上门没有？
基　　纳　唉，没有。明天只有那两号预约的主顾，那是你知道的。
雅尔马　别的没有了？嗳，不行，要是做买卖不卖力气的话——
基　　纳　可是叫我有什么办法呢？我不是尽力在报纸上登过广告了吗？
雅尔马　呸，报纸，报纸！报纸上登广告有什么用处。也没人来租房吧？
基　　纳　目前还没有。
雅尔马　我早就料到了。一个人要是不机灵的话——。基纳，要是不真卖力气，什么事都干不成！
海特维格　爸爸，我给你拿笛子去，好不好？
雅尔马　我不要笛子。在这世界上，我不想找快乐。（走动）好，一定这么办，明天我就干活，你们瞧着吧。反正我有多少力气就使多少力气。
基　　纳　亲爱的艾克达尔，我刚才那句话不是这意思。
海特维格　爸爸，我给你去拿瓶啤酒，好不好？
雅尔马　不要，不要。我什么都不要——。（站住）啤酒？你是不是说啤酒？
海特维格　（高兴）是，爸爸，挺好的鲜啤酒。
雅尔马　嗯——你一定要我喝的话，就去拿一瓶。
基　　纳　对，快去拿；咱们喝点啤酒痛快痛快。
　　　　　〔海特维格向厨房门跑过去。
雅尔马　（在火炉旁边把她拦住，瞧着她，搂着她脖子，抱在怀里）海特维格，海特维格！
海特维格　（快活得流眼泪）亲爱的好爸爸！
雅尔马　别这么叫我。我在阔人家里吃酒席，桌子上摆满了山珍海味，我自己

437

大吃大喝！我至少应该——！

基　　纳　（坐在桌旁）喔，胡说，胡说，艾克达尔。

雅尔马　不是胡说！可是你们也别埋怨我。你们知道，我还是照样爱你们。

海特维格　（两只胳臂搂着他）爸爸，我们也爱你，说不出地爱你！

雅尔马　要是我有时候发个小脾气——你们可千万记着，我是个有一肚子牢骚的人。算了，算了！（擦擦自己的眼泪）这不是喝啤酒的时候。把笛子给我吧。

〔海特维格跑到书橱边，把笛子拿来。

雅尔马　谢谢你！好！我手里拿着笛子，你们俩坐在我旁边——喔！

〔海特维格挨着基纳在桌旁坐下。雅尔马走来走去，使劲吹笛，吹的是一支波希米农民舞曲，委婉凄凉，一股伤感情调。

雅尔马　（止住乐声，把左手递给基纳，感慨地说）基纳，咱们的屋子虽然矮小简陋，可到底是个家。我跟你说老实话：这是我的安乐窝。

〔他又吹起笛子来，接着就听见外头有人敲门。

基　　纳　嘘！好像外头有人来了。

雅尔马　（把笛子放在书橱上）哼！又来了！

〔基纳走过去开门。

格瑞格斯　（在过道里）对不起——

基　　纳　（倒退半步）噢！

格瑞格斯　开照相馆的艾克达尔先生是不是在这儿住？

基　　纳　不错，是在这儿住。

雅尔马　（走到门口）格瑞格斯！你还是来了？既然来了，请进。

格瑞格斯　（进来）我跟你说过我要来找你。

雅尔马　为什么今儿晚上来？你把客人扔下了？

格瑞格斯　我不但扔下了客人，连我父亲的家我也扔下了。艾克达尔太太，你好！你还认识不认识我？

基　　纳　喔，认识，小威利先生容易认识。

格瑞格斯　不错，容易认识，我像我母亲。大概你一定还记得我母亲。

雅尔马　刚才你是不是说把你父亲的家也扔下了？

格瑞格斯　是，我搬到旅馆去了。

雅尔马　真的吗？好，你既然来了，把大衣脱了，请坐。

格瑞格斯　谢谢。

〔他脱下大衣,里头穿着一套样子土里土气的灰色家常衣服。

雅尔马　过来,坐在沙发上。别客气。

〔格瑞格斯在沙发上坐下,雅尔马坐在桌旁一张椅子里。

格瑞格斯　(四面一望)雅尔马,原来你就住在这儿。这就是你的家。

雅尔马　你看,这是摄影室。

基　纳　这间屋子最宽敞,所以我们常在这儿坐。

雅尔马　我们从前住的比现在好,可是这房子有个大好处:外头带着几间很好的小屋子。

基　纳　就在过道对面,我们还有一间屋子可以出租。

格瑞格斯　哦,你们还有房客?

雅尔马　目前还没有。你知道,房客不容易找,得随时留意才行。(向海特维格)啤酒怎么样了?

〔海特维格点点头,走进厨房。

格瑞格斯　那是不是你女儿?

雅尔马　不错,是我女儿海特维格。

格瑞格斯　你只有她一个孩子?

雅尔马　不错,只有她一个。她是我们最大的安慰,可是——(低声)也是我们最大的痛苦。

格瑞格斯　这话什么意思?

雅尔马　她眼睛快瞎了。

格瑞格斯　眼睛快瞎了?

雅尔马　是的。目前还只有初期症状,她自己暂时也许感觉不出什么来。可是医生已经警告过我们了。病正在发作,一定好不了。

格瑞格斯　这可真惨!她的病是怎么得的?

雅尔马　(叹口气)一定是遗传的。

格瑞格斯　(吃惊)遗传的?

基　纳　从前艾克达尔的母亲眼睛有毛病。

雅尔马　是的,我父亲这么说,我可不记得母亲的事了。

格瑞格斯　苦命孩子!她自己怎么样?

雅尔马　嗳,当然我们不忍心把这事告诉她。她做梦也想不到会有这种事。

她高高兴兴,无忧无虑,像一只小鸟儿似的唱着飞着,冲着一个永不天亮的黑夜扑过去。(伤心)唉,格瑞格斯,你说我多伤心!

〔海特维格用托盘托着啤酒和玻璃杯走进来,把盘子搁在桌上。

雅尔马　(摸摸她的头发)谢谢,谢谢,海特维格。

〔海特维格一手勾着他的脖子,凑着他的耳朵说话。

雅尔马　不,这时候不要面包黄油。(抬头)格瑞格斯,你要点儿不要?

格瑞格斯　(摆手)不要,不要,谢谢。

雅尔马　(还在伤心)你去拿点儿来也好。拿一小块也就够了。记着,多抹点黄油。

〔海特维格高高兴兴地点点头,又走进厨房。

格瑞格斯　(一直用眼睛盯着她)在别的方面,她好像挺结实、挺健康。

雅尔马　是啊。别的方面她一点儿毛病都没有,总算老天爷照应。

格瑞格斯　艾克达尔太太,将来她准像你。她今年几岁了?

基　纳　海特维格快十四岁了。后天是她生日。

格瑞格斯　照岁数说,她个子长得很高。

基　纳　是啊,这一年她一下子长高了。

格瑞格斯　看着这些孩子们长大了,就想起了自己的年纪。你们结婚几年了?

基　纳　我们结婚——让我算算——快十五年了。

格瑞格斯　有那么些年了吗?

基　纳　(提神,瞧他)可不是吗。

雅尔马　是有那么些年了,十五年只差几个月。(改变声调)格瑞格斯,这些年你在工厂里,日子一定觉得够长的吧?

格瑞格斯　过的时候觉得日子长。现在回过头来想想,我不知道那一段日子是怎么过的。

〔老艾克达尔从自己屋里走出来,嘴里没叼烟斗,头上戴着一顶旧式军帽,脚步有点摇晃。

艾克达尔　喂,雅尔马,咱们坐下好好儿谈谈这——唔——忘了,是桩什么事?

雅尔马　(迎上去)爸爸,咱们这儿有位客人——格瑞格斯·威利——不知道你记得他不记得。

艾克达尔　(瞧瞧格瑞格斯,这时候格瑞格斯已经站起来了)威利?是不是小威利?他找我干什么?

雅尔马　没什么事。他是来看我的。

艾克达尔　喔！这么说,没出什么事?

雅尔马　没有,没有。

艾克达尔　(把胳臂一甩)你知道,并不是我害怕,可是——

格瑞格斯　(走近他)艾克达尔中尉,我从你当年打猎的地方来向你致意问好。

艾克达尔　打猎的地方?

格瑞格斯　正是,赫义达工厂附近那一带地方。

艾克达尔　哦,那一带地方!那一带地方我从前熟悉得很。

格瑞格斯　那时候你是个打猎的好手。

艾克达尔　我是个打猎的好手,这话可不假。你眼睛盯着我的军帽干什么。在家里我爱戴就戴。只要我不戴着它上街——

〔海特维格端进一盘黄油面包来,摆在桌上。

雅尔马　爸爸,坐下,喝杯啤酒。格瑞格斯,请。

〔艾克达尔嘴里叽里咕噜,跌跌绊绊地走到沙发前面。格瑞格斯在靠近艾克达尔的一张椅子里坐下,雅尔马坐在格瑞格斯那一头。离桌子不远,基纳坐着做针线。海特维格站在她父亲身旁。

格瑞格斯　艾克达尔中尉,你还记得不记得,从前在夏天和过圣诞节的时候雅尔马和我常来看你?

艾克达尔　你来看过我吗?不记得,不记得。可是当年我打猎时确是有一手儿。我还打过熊。打过九只,不折不扣的九只。

格瑞格斯　(瞧着他怪可怜的)现在你不打猎了吧?

艾克达尔　不能这么说。有时候也打点儿东西。当然跟从前不一样喽。你知道,那片树林子——树林子,树林子——!(喝酒)现在那片树林子长得好不好?

格瑞格斯　赶不上当年了。树木砍掉了好些啦。

艾克达尔　砍掉了?(放低声音,好像害怕似的)砍树可不是闹着玩儿的事啊。砍了树会惹乱子。砍掉的树会跟你算账。

雅尔马　(给他斟酒)爸爸,再来点儿酒。

格瑞格斯　像你这么个海阔天空的人,怎么能在这不透气的地方憋在屋里过日子?

艾克达尔　(轻轻笑了一声,瞟了他儿子一眼)哼!我们这儿并不坏。挺不错的。

441

格瑞格斯　你惦记不惦记那些从前跟你离不开的东西:凉爽的清风,在树林里和高原上跟鸟兽做伴的逍遥生活?

艾克达尔　(微笑)雅尔马,咱们让他瞧瞧,好不好?

雅尔马　(赶紧阻挡,态度有点局促)喔,不要,不要,爸爸。今儿别让他瞧。

格瑞格斯　他要让我瞧什么?

雅尔马　喔,不是什么了不起的东西——你下回再看吧。

格瑞格斯　(接着跟老头儿说话)艾克达尔中尉,我一直在盘算要你跟我一块儿上工厂。不久我准回去。在工厂里,你也准能找点东西抄。你在这儿住着没什么意思——提不起兴致。

艾克达尔　(惊讶,眼睛瞪着他)我在这儿没什么意思!

格瑞格斯　当然,你有雅尔马做伴,可是他自己有老婆孩子。再说,像你这么一个一向喜欢逍遥自在的人——

艾克达尔　(用拳头捶一下桌子)雅尔马,咱们一定得让他瞧瞧!

雅尔马　爸爸,值得让他瞧吗?天黑了。

艾克达尔　胡说,有月亮光。(站起来)我告诉你,咱们一定得让他瞧瞧。让我过去!过来帮着我,雅尔马。

海特维格　爸爸,快去!

雅尔马　(站起来)好吧。

格瑞格斯　(向基纳)瞧什么东西?

基　纳　喔,其实不是什么了不起的东西。

〔雅尔马和艾克达尔走到后方,把那一对推拉门一人推开一扇。海特维格帮着老头儿。格瑞格斯站在沙发旁边不动。基纳还是坐着做针线。门洞开处,露出一间又大又深、形状极不规则的阁楼,周围上下满是奇形怪状的角槽洞窝,两根烟囱管子从下层楼房里通上来穿出屋顶。屋顶上有几扇天窗,晶莹的月光把这间大屋子的有些部分照得通亮,其他部分却是罩在黑影里。

艾克达尔　(向格瑞格斯)愿意走近,你可以走近瞧。

格瑞格斯　(走过去)那是什么东西?

艾克达尔　你自己瞧。唔。

雅尔马　(有点不好意思)这是我父亲养活的。

格瑞格斯　(站在门口,往阁楼里瞧)艾克达尔中尉,你养鸡鸭!

艾克达尔　嗯！我们养鸡鸭。现在它们都上窝睡觉了。白天你看看这些鸡鸭吧！

海特维格　还有一只——

艾克达尔　嘘！嘘！先别说。

格瑞格斯　我看你们还养鸽子。

艾克达尔　不错,可不是我们还养鸽子吗！上头屋檐底下有它们的笼子,鸽子喜欢在高处蹲着。

雅尔马　它们不是平常的鸽子。

艾克达尔　平常！它们才不平常呢！我们有翻头鸽,还有一对挺胸鸽。过来！那墙根底下有窝,你看见没有？

格瑞格斯　看见了。那是干什么用的？

艾克达尔　那是兔子睡觉的地方。

格瑞格斯　哎呀！你们还养兔子？

艾克达尔　对,我们还养兔子！雅尔马,他想看看咱们是不是有兔子！唔！现在让你看好东西吧！好东西来了！海特维格,闪开。站在这儿。对了。往里瞧。看见一只铺干草的篮子没有？

格瑞格斯　看见了。我看见篮子里有一只鸟儿。

艾克达尔　哼,"鸟儿"！

格瑞格斯　是不是鸭子？

艾克达尔　(生气)哼,当然是鸭子。

雅尔马　你知道是什么鸭子？

海特维格　不是一只平常鸭子。

艾克达尔　嘘！

格瑞格斯　也不是一只麝香鸭。①

艾克达尔　不是,威利——先生。不是麝香鸭,这是一只野鸭！

格瑞格斯　真的吗？这是一只野鸭？

艾克达尔　一点儿都不错。你说的"鸟儿"是一只野鸭。这是我们的野鸭。

海特维格　是我的野鸭。这只野鸭是我的。

格瑞格斯　它能在阁楼里待着吗？在阁楼里舒服吗？

艾克达尔　当然有个水槽,它可以在里头扑腾。

---

① 美洲热带地方的一种鸭子。

雅尔马　隔一天换一回清水。

基　纳　（转过头来向雅尔马）亲爱的艾克达尔,我这儿冻得冰凉的啦。

艾克达尔　嗯,把门关上吧。也别惊动它们睡觉。把门关上,海特维格。

〔雅尔马和海特维格把两扇门一齐拉上。

艾克达尔　下回你可以看仔细点儿。（在火炉旁边的扶手椅里坐下）我告诉你,这些野鸭真是希罕玩意儿。

格瑞格斯　艾克达尔中尉,你怎么把它逮住的?

艾克达尔　我没逮它。是本地一个人逮的,我们要谢谢他。

格瑞格斯　（微微一惊）那人是我父亲,是不是?

艾克达尔　你猜着了。正是你父亲,不是别人。唔。

雅尔马　格瑞格斯,真怪,你会猜得着。

格瑞格斯　你不是告诉过我吗,你们家好些东西都是我父亲给的,所以我想也许——

基　纳　可是这只野鸭不是威利先生送给我们的。

艾克达尔　基纳,咱们还是得谢谢霍古恩·威利先生。①（向格瑞格斯）他在船上打猎,把它打下来了。可是你父亲的眼神不大好了。唔。鸭子只受了点儿伤。

格瑞格斯　大概是它身上中了两颗小子弹。

雅尔马　对,中了两三颗小子弹。

海特维格　打在翅膀底下的,所以它就飞不了啦。

格瑞格斯　它一个猛子扎到水底下去了,是不是?

艾克达尔　（睡眼矇眬,声音含糊）当然。野鸭总是这样子。它们使劲扎到水底下,死啃住海藻海带——和水里那些脏东西。它们再也不钻出来了。

格瑞格斯　艾克达尔中尉,可是你的这只野鸭又钻出来了。

艾克达尔　你父亲有一只非常机灵的狗。那只狗追着野鸭钻下水去,又把它叼上来了。

格瑞格斯　（转向雅尔马）是不是后来那只野鸭就送到你们这儿来了?

雅尔马　没马上送来。开头时候,你父亲把它带回家去了。可是它在那儿日子过不好,你父亲就叫培特森把它弄死。

---

①　霍古恩是威利的名字。

444

艾克达尔　（半睡半醒）唔——不错——培特森——那蠢家伙——

雅尔马　（低声）我父亲跟培特森有点认识，一听说这件事，就想法子叫培特森把野鸭给我们。野鸭就是这么到我们手里来的。

格瑞格斯　现在它在阁楼里过得挺好吧？

雅尔马　喔，好极了。它长肥了。它在阁楼里住久了，忘了从前那种逍遥自在的日子了。幸亏这样。

格瑞格斯　雅尔马，你这话说得对。你千万别让它再看见青天碧海了。我该走了。大概你父亲睡着了吧。

雅尔马　哦，说起走的话——

格瑞格斯　哦，我想起来了——刚才你是不是说有间空屋子要出租？

雅尔马　是，怎么样？你有没有认识的人——？

格瑞格斯　我自己租行不行？

雅尔马　你？

基　纳　哦，威利先生，你要租？

格瑞格斯　租给我行不行？要是行的话，明天一清早我就搬进来。

雅尔马　行，好极了。

基　纳　威利先生，你住那间屋子太不合适。

雅尔马　咦，基纳！你怎么说这话？

基　纳　那间屋子不够大，也不够亮，再说——

格瑞格斯　没关系，艾克达尔太太。

雅尔马　我觉得那间屋子挺不错，布置得也挺好。

基　纳　可是你别忘了楼底下那两个人。

格瑞格斯　两个什么人？

基　纳　一个做过家庭教师。

雅尔马　那是莫尔维克——莫尔维克先生，文科学士。

基　纳　另外一个是医生，叫瑞凌。

格瑞格斯　瑞凌？我跟他有点认识。有一阵子他在赫义达那边行医。

基　纳　那两位先生可真不安分，晚上常出去喝酒，半夜三更才回来，并且有时候还——

格瑞格斯　住住就惯了。日子长了，我会像那只野鸭似的——

基　纳　我劝你还是多想想，明天再说。

445

格瑞格斯　艾克达尔太太,你好像很不愿意我搬进来似的。

基　　纳　喔,没有的事!你为什么说这话?

雅尔马　基纳,你的态度是有点古怪。(向格瑞格斯)听你的口气,大概你想暂时在城里住下吧?

格瑞格斯　(穿大衣)不错,我打算在这儿住下。

雅尔马　你为什么不住在父亲家里?往后你打算干什么?

格瑞格斯　嗳,雅尔马,我要是知道的话,就不至于这么狼狈了。一个人倒霉得叫"格瑞格斯"——!名字叫"格瑞格斯",再加上"威利"这个姓!你听见过这么丑的名字没有?

雅尔马　我觉得没什么丑。

格瑞格斯　哼!呸!我恨不得在叫这么个名字的人的脸上啐一口。可是一个人要是像我似的命里注定叫格瑞格斯·威利的话——

雅尔马　(大笑)哈哈!假如你不做格瑞格斯·威利,你想做什么?

格瑞格斯　假如我能做得了主的话,我想最好做一条机灵的狗。

基　　纳　做一条狗!

海特维格　噢,使不得!

格瑞格斯　我要做一条十分机灵的狗,野鸭扎到水底啃住海藻海带的时候,我就钻下去从淤泥里把它们叼上来。

雅尔马　格瑞格斯,实不相瞒,我简直听不懂你说的是什么。

格瑞格斯　唔,你听懂了也没多大用处。现在咱们算是说定了,我明天一早搬进来。(向基纳)我决不麻烦你,什么事我都自己动手。(向雅尔马)别的事咱们明天再谈吧。艾克达尔太太,明天见。(向海特维格点点头)明天见。

基　　纳　威利先生,明天见。

海特维格　明天见。

雅尔马　(已经点了一支蜡烛)别忙,我给你个亮。楼梯上准是漆黑的。
〔格瑞格斯和雅尔马从过道门下。

基　　纳　(瞪眼呆望,针线撂在腿上)他想做一条狗,这话真古怪!

海特维格　妈妈,我告诉你,我觉得他那话里有别的意思。

基　　纳　什么意思?

海特维格　喔,我也不知道,不过我觉得他那段话从头到尾都有别的意思。

基　纳　是么？不错,他的话是有点古怪。

雅尔马　（回来）我们出去时楼梯上的灯还点着呢。(把蜡烛吹灭放下)啊,现在我可以吃一点东西了。(吃面包黄油)基纳,你看,一个人只要机灵——

基　纳　什么叫机灵？

雅尔马　你看,咱们不是把屋子租出去了吗？并且还是租给像格瑞格斯这么个知己朋友。

基　纳　我不知道该怎么说。

海特维格　喔,妈妈,你瞧着吧,往后一定挺有意思的！

雅尔马　基纳,你这人真古怪。从前你一心要把屋子租出去,现在有人租了,你又不愿意了。

基　纳　我愿意,要是租给别人就好了。你看威利会不会说什么话？

雅尔马　你说的是老威利吗？这事跟他不相干。

基　纳　可是你看他们爷儿俩准是又闹别扭了,要不然,儿子不会搬出来。你当然知道,他们俩过不到一块儿。

雅尔马　大概是过不到一块儿,可是——

基　纳　威利先生也许会疑心是你怂恿他儿子搬出来的。

雅尔马　他要疑心就疑心吧！威利先生在我身上出过不少力,这我决不否认。可是不能因此就要我一辈子永远仰仗他。

基　纳　可是爷爷也许会吃亏。往后他也许连格罗勃格手里那点儿抄写都拿不到了。

雅尔马　我恨不得想说：拿不到更好！像我这么个人,眼睁睁看别人把头发都白了的爸爸当牛马使唤,你说丢脸不丢脸？好在现在时候快到了。（又拿起一块面包黄油）我有一个使命,我一定要完成这使命。

海特维格　对,爸爸！

基　纳　嘘！别把爷爷吵醒了！

雅尔马　（放低声音）我一定要完成这使命。总有一天——。所以我说咱们把屋子租出去是桩好事情,多点进款就少仰仗点别人。一个有使命的人不能仰仗别人。(走到扶手椅旁,无限感慨)白发苍苍的苦命爸爸！你放心,雅尔马会养活你。他有两只宽肩膀——反正他的肩膀有力量。早晚总有那么个好日子,在你睡醒了睁开眼睛的时候——。(向基纳)你说会不会有那么一天？

447

基　纳　（站起来）当然会有,可是目前咱们得打发他上床去睡觉。

雅尔马　对。

　　　〔他们俩轻轻地把老头儿搀起来。

第 三 幕

〔雅尔马的摄影室。早晨。阳光从玻璃大天窗里射进来。幔子拉开了。
〔雅尔马坐在桌前忙着修一张照片,桌上还堆着好几张。过不多时,基纳戴着帽子,穿着外套,从过道门里进来。她胳臂上挎着一只有盖的篮子。

雅尔马　基纳,你这么快就回来了?
基　纳　回来了,我不能悠悠荡荡糟蹋时间啊。
　　　　〔她把篮子搁在一张椅子上,脱下衣帽。
雅尔马　你顺便看了格瑞格斯的屋子没有?
基　纳　看了。我告诉你,那间屋子可真够瞧的,他一搬进去就弄得乱七八糟。
雅尔马　怎么回事?
基　纳　他不是说过什么事都自己动手吗。他一进去就动手生炉子,可是偏偏把炉子的气门儿捻得死紧的,弄得满屋子净是烟。嘿!屋子里那股味儿真够——
雅尔马　哦,是吗!
基　纳　这还不算。后来他想把火弄灭了,过去把一罐子水都泼在炉子里,这一下子可就把屋子搅成了一个稀糊烂浆的泥塘了。
雅尔马　真讨厌!
基　纳　这笨家伙!现在我打发门房的老婆给他收拾屋子去了。可是这屋子上午没法儿插脚了。
雅尔马　现在他自己怎么办?
基　纳　他说打算出去走一走。
雅尔马　你走之后,我也到他屋里去了一会儿。
基　纳　我听说了。是不是你邀他吃午饭?

449

雅尔马　无非是随便吃点儿东西。这是他头一天搬进来,咱们不能不应个景儿。家里有现成东西没有?

基　纳　我想想办法吧。

雅尔马　东西别太少,恐怕瑞凌和莫尔维克也会上楼来。我在楼梯上碰见了瑞凌,我不好意思不——

基　纳　怎么!他们俩也要上来吃饭?

雅尔马　喔,多两个少两个没多大关系。

艾克达尔　(开了自己的屋门,探身张望)喂,雅尔马——。(一眼看见了基纳)哦!

基　纳　你要什么,爷爷?

艾克达尔　喔,没什么。唔!(又把身子缩回去了)

基　纳　(拿起篮子)小心别让他出去。

雅尔马　是了,是了。你要是弄点青鱼拌生菜倒也不坏。瑞凌和莫尔维克昨晚又出去喝酒了。

基　纳　我怕他们没等我张罗完了就上楼。

雅尔马　喔,他们不会,你尽管从从容容,别着急。

基　纳　好吧。客人没来,你还可以干点活。

雅尔马　我是在这儿干活!我把力气都使出来了!

基　纳　这么着,你就可以把那批照片都修完了。

〔她拿着篮子进厨房。雅尔马又拿起画笔修照片,一副无精打采懒洋洋的神气。

艾克达尔　(探出头来,四面张望,低声)你忙不忙?

雅尔马　忙,这些倒霉照片把我累死了。

艾克达尔　没关系,没关系,你既然这么忙,唔。(又把身子缩回去,门还敞着)

雅尔马　(静静地工作了一会儿,又放下画笔,走到老头儿屋门口)爸爸,你忙不忙?

艾克达尔　(在自己屋里叽里咕噜)你忙,我也没闲着。唔!

雅尔马　好,好。(又回来工作)

艾克达尔　(过了不多会儿又走到门口)唔,雅尔马,你知道,我不算太忙。

雅尔马　我以为你在抄写东西呢。

艾克达尔　呸,见他妈的鬼!格罗勃格多等一两天就不行吗?这又不是什么要命的大事情。

雅尔马　对,究竟你也不是他的奴才啊。

艾克达尔　再说,屋里还有点别的事呢。

雅尔马　我也想到了。你进去不进去?我给你开门好不好?

艾克达尔　这倒使得。

雅尔马　(站起来)我回头再把这批照片修出来。

艾克达尔　对。你明天一早一定得修完。是不是他们明天要?唔?

雅尔马　是,当然明天要。

〔父子俩各人推开一扇门。早晨的阳光从天窗里照进来。有几只鸽子正在飞来飞去,另外有几只蹲在架子上咕咕地叫。阁楼后方,偶然有老母鸡咯咯的叫声。

雅尔马　喂,爸爸,现在你可以进去动手了。

艾克达尔　(进阁楼)你不进来吗?

雅尔马　唔,我倒想——(话没说完,一眼看见基纳在厨房门口)我?不行,我没工夫。我得修照片。现在先试试咱们的新玩意儿——

〔他把一根绳子一拉,里头一幅幔子就滑下来了,幔子的下半截是一块旧麻布,上半截是一片张开的鱼网。这么一来,阁楼的地面就看不见了。

雅尔马　(回到桌旁)好!现在我可以安静会儿了。

基　纳　是不是他又在里头瞎忙乱跑了?

雅尔马　难道你愿意他溜出去,上埃吕森大娘铺子里喝酒吗?(坐下)你有什么事?刚才你说——?

基　纳　我不过想问问你,咱们在这屋里摆桌子吃饭行不行。

雅尔马　行。这么老早大概不会有人来照相吧?

基　纳　今天只有那一对情人要来合照一张相。

雅尔马　真讨厌,他们换个日子照行不行!

基　纳　我已经告诉他们,叫他们在你下午睡午觉的时候来。

雅尔马　喔,那好极了。那么,咱们就在这儿吃午饭。

基　纳　好。可是现在还不必忙着摆桌子,这桌子你还很可以使一会儿。

雅尔马　你说我在这儿偷懒吗?我在拼命干活呢!

基　纳　你知道,干完了你就没事了。(又走进厨房。半晌无声)

艾克达尔　(在阁楼门口,鱼网后面)雅尔马!

雅尔马　什么事?

艾克达尔　恐怕咱们还得把水槽挪个地方。

451

雅尔马　我不是一直就这么说吗?

艾克达尔　唔!唔!唔!

〔他把身子缩进去。雅尔马拿起笔来画了两笔,用眼睛瞟瞟阁楼,把身子抬起一半儿。海特维格从厨房进来。

雅尔马　(赶紧坐下)什么事?

海特维格　爸爸,我就是想挨着你,没别的。

雅尔马　(静默了一会儿)你为什么这么东张西望的?是不是有人叫你监视我?

海特维格　不是,不是。

雅尔马　妈妈在厨房干什么?

海特维格　妈妈正在做青鱼拌生菜呢。(走到桌边)爸爸,有什么零碎事要我帮你做吗?

雅尔马　没有,没有。这副担子应该我一个人挑——只要我的体力能支持。海特维格,你尽管放心。只要你爸爸身体不垮台——

海特维格　喔,爸爸!别说得这么怪可怕的。

〔她走动了几步,在推拉门口站住,向阁楼里张望。

雅尔马　爷爷干什么呢?

海特维格　他好像是在给野鸭腾出一条上水槽的新路。

雅尔马　他一个人怎么办得了!偏偏我又坐在这儿不能动!

海特维格　(走近他)爸爸,你把画笔给我吧。我也会修。

雅尔马　胡说!你无非是白伤害你的眼睛。

海特维格　没有的事。把画笔给我。

雅尔马　(站起来)唔,好在顶多一两分钟。

海特维格　是啊!一两分钟怎么会伤害眼睛呢?(把画笔接过来)对!(坐下)我先修这张。

雅尔马　小心别伤了你的眼睛!听见没有?我可不负责任。是你自己要修——明白没有?

海特维格　(修照片)是,是,我明白。

雅尔马　海特维格,你的手艺很好。只要一两分钟就行了。

〔他沿着幔子悄悄溜进阁楼。海特维格坐着修照片。雅尔马父子在里头争论。

雅尔马　(在鱼网后出现)喂,海特维格——把书橱上那把钳子递给我。还有那把凿子。(转过身去)爸爸,现在你瞧。我先把我的意思告诉你。

〔海特维格从书橱上拿了钳子凿子从鱼网里递给雅尔马。

雅尔马　谢谢。我来得正是时候。

〔他又走进去。从里面传出他们父子在做木工和谈话的声音。海特维格站在外头瞧他们。过了会儿,有人敲过道门,她没听见。

格瑞格斯　(光着头,穿着家常便服,从外头进来,靠近门站住)唔!

海特维格　(转身向前)你早。请进。

格瑞格斯　谢谢。(瞧着阁楼)你们家里好像有木匠在做活。

海特维格　不是木匠,是爸爸和爷爷。我去告诉他们你来了。

格瑞格斯　不要,不要。我愿意等一会儿。

〔他在沙发上坐下。

海特维格　我们这屋子很乱!(动手收拾照片)

格瑞格斯　喔,不用收拾。这些都是要修的照片吗?

海特维格　是。这几张是我帮着爸爸修的。

格瑞格斯　别让我打搅你。

海特维格　你没打搅我。

〔她把照片归到面前,坐下来工作。格瑞格斯在旁边静静地瞧了会儿。

格瑞格斯　昨晚野鸭睡得好不好?

海特维格　谢谢你,大概睡得不错。

格瑞格斯　(转身向阁楼)这间阁楼白天看着跟昨晚在月光底下看着很不一样。

海特维格　是啊,它常改样子,白天跟晚上不一样,下雨跟晴天也不一样。

格瑞格斯　你觉得它时常变动吗?

海特维格　我怎么会不觉得?

格瑞格斯　你也喜欢在阁楼里跟野鸭待在一块儿吗?

海特维格　喜欢,要是我有工夫的话——

格瑞格斯　我想你没有多少闲工夫。不用说,你一定上学念书喽。

海特维格　我现在没上学。爸爸怕我眼睛受伤。

格瑞格斯　哦!这么说,是不是他自己教你?

海特维格　爸爸说过要自己教我,可是他一直没有工夫。

格瑞格斯　也没有别人教你念书?

海特维格　有,莫尔维克先生教我念书,可是他不是经常很——很——

453

格瑞格斯　他常喝醉酒,是不是?

海特维格　对了,恐怕是!

格瑞格斯　这么说,你的闲工夫多得很。阁楼里大概是另外一个世界吧?

海特维格　对了,那是另外一个世界。阁楼里好玩的东西多极了。

格瑞格斯　真的吗?

海特维格　真的,有好几个大柜子,里头净是书;好些书本里都有画儿。

格瑞格斯　哦!

海特维格　还有一张带抽屉和铰链板的旧写字台,还有一座大钟,钟上有小人儿会出来进去的。可是那座钟现在不走了。

格瑞格斯　所以在野鸭的世界里时间已经站住了。

海特维格　对。还有一只旧的颜色盒什么的。还有一大堆书。

格瑞格斯　那些书你大概都看吧?

海特维格　可不是吗!我有机会就看。可惜那些书多半是英文,我不懂英文,只能瞧瞧画儿。有一本大书,名字叫"海吕森的伦敦史"①。这本书一定有一百年了,里头画儿多极了。第一页画着一个死神、一个计时的沙漏和一个女人。我觉得那张画难看极了。另外那些画儿都好看,有教堂、城堡、街道,还有在海里走的大船。

格瑞格斯　那些好玩的东西都是哪儿来的?

海特维格　从前有一位老船长在这儿住过,那些东西都是他从外国带回来的。人家叫他"飞行荷兰人"②。这名字真怪,他根本不是荷兰人。

格瑞格斯　他不是荷兰人?

海特维格　不是。后来他在海里淹死了,留下了那些东西。

格瑞格斯　告诉我,你在阁楼里瞧画儿的时候,心里想不想出去旅行,亲眼看看真实的世界?

海特维格　喔,不想!我愿意老待在家里帮着爸爸妈妈。

格瑞格斯　帮他们修照片?

海特维格　不单是修照片。我最喜欢学习雕刻像英国书里那些画儿。

格瑞格斯　唔。你父亲怎么说?

---

① 《伦敦和威斯敏斯特城新通史》,渥尔特·海吕森著,一七七五年伦敦版。

② "飞行荷兰人"是北欧民间传说中人物,讲一个沉船淹死的荷兰船长的鬼魂,驾船在海上漂泊,他唯有得到忠贞的爱情方能得到解救。

海特维格　爸爸不见得愿意。在这些事情上,爸爸的脾气怪得很。你想,他说要我学习织草、编篮子!我觉得那种事没多大意思。

格瑞格斯　对,我也觉得没多大意思。

海特维格　可是爸爸说,要是我会编篮子,我就可以给野鸭编那只新篮子,他这句话倒没说错。

格瑞格斯　可不是吗,那只篮子应该你编,你说是不是?

海特维格　是,因为野鸭是我的。

格瑞格斯　那还用说。

海特维格　是啊,野鸭是我的。可是爸爸和爷爷什么时候要,我就什么时候把野鸭借给他们。

格瑞格斯　真的吗?他们借野鸭干什么?

海特维格　喔,他们照顾它,还给它盖窝什么的。

格瑞格斯　我明白了。不用说,那只野鸭比阁楼里其他的动物高贵的多喽!

海特维格　当然,你知道,它是一只真正的野鸟。再说,它真可怜,孤零零的没人亲热。

格瑞格斯　它没有亲人,不像兔子似的有亲人。

海特维格　它没有。老母鸡也有亲人,好些老母鸡都有小鸡。只有它硬让人家弄来了,跟它的伴儿分散了。可是这只野鸭真古怪,谁都不认识它,也不知道它是哪儿来的。

格瑞格斯　它到过海洋深处。

海特维格　(很快地瞟了他一眼,忍着笑问)你为什么说"海洋深处"?

格瑞格斯　不说海洋深处说什么?

海特维格　你可以说"海底"。

格瑞格斯　我说海洋深处不行么?

海特维格　行倒行,可是人家一说海洋深处,我就觉得怪可笑的。

格瑞格斯　可笑?为什么可笑?

海特维格　我不告诉你。说出来怪无聊的。

格瑞格斯　喔,一定不无聊。快告诉我,刚才你为什么笑?

海特维格　我笑的是这个:每逢我忽然间——一眨眼的时候——想起了阁楼里那些东西,我就觉得整间屋子和屋里的东西都应该叫"海洋深处"。你说这不是无聊吗!

格瑞格斯　你别说无聊。

海特维格　是无聊,你要知道,其实只是一间阁楼。

格瑞格斯　(眼睛盯着她)你准知道是一间阁楼吗?

海特维格　(诧异)什么?我准知道是一间阁楼?

格瑞格斯　你拿得稳吗?

〔海特维格不做声,张着嘴对他呆望。基纳拿着食具从厨房走进来。

格瑞格斯　(站起来)我来得太早了。

基　　纳　喔,反正你总得有个地方待着啊!好在我们也差不多准备好了。海特维格,收拾桌子。

〔海特维格把自己的东西收拾开之后,帮着基纳摆桌子开饭。格瑞格斯坐在扶手椅里翻看一本照片簿。

格瑞格斯　艾克达尔太太,我听说你会修照片。

基　　纳　(斜看了一眼)不错,我会。

格瑞格斯　这可真凑巧。

基　　纳　怎么凑巧?

格瑞格斯　我的意思是说,正好艾克达尔是开照相馆的。

海特维格　妈妈也会照相。

基　　纳　我会。那时候我非学不可。

格瑞格斯　如此说来,大概真正张罗这份买卖的是你吧?

基　　纳　艾克达尔没有工夫的时候是我张罗。

格瑞格斯　我看他在他父亲身上花的时间不少。

基　　纳　对了。再说,像艾克达尔那么个人也不能成天净给不相干的人照相啊。

格瑞格斯　你这话很有理;不过既然干了这一行——

基　　纳　威利先生,你当然明白,艾克达尔不是个平平常常的照相师。

格瑞格斯　当然不是;不过究竟——

〔阁楼里一声枪响。

格瑞格斯　(跳起来)什么响?

基　　纳　噢!他们爷儿俩又放枪了!

格瑞格斯　他们有枪吗?

基　　纳　他们打猎呢。

格瑞格斯　什么!(走到阁楼门口)雅尔马,是不是你在打猎?

雅尔马　（在鱼网里面）是你吗？我不知道你来了，我只顾忙着——。（向海特维格）你为什么不告诉我们？

〔他一边说一边走进摄影室。

格瑞格斯　你在阁楼里打枪？

雅尔马　（给他看一支双筒枪）就是这么一支枪。

基　纳　你跟爷爷老弄那支"兽枪"①，早晚会在自己身上惹乱子。

雅尔马　（有点不耐烦）我记得告诉过你，这种枪叫"手枪"。

基　纳　喔，兽枪也罢，手枪也罢，反正不是好东西。

格瑞格斯　雅尔马，你也成了个打猎的啦？

雅尔马　我说不上打猎，不过间或打几只兔子罢了。你知道，这主要是哄着老人家让他高兴。

基　纳　男人的脾气真怪，总得有一桩伤心的事。

雅尔马　（有点生气）一点都不错，我们男人总得有一桩散心的事。

基　纳　对，对，我是想说"散心"。

雅尔马　嗯。（向格瑞格斯）你看阁楼的位置真凑巧，谁也听不见我们在里头打枪。（把枪搁在书橱顶上）海特维格，你别动那支枪！一个枪筒子里有子弹，记着。

格瑞格斯　（从网子里望进去）哦，你还有一支鸟枪。

雅尔马　那是父亲的旧枪。现在不能用了，枪机有毛病了。可是留着它还是挺好玩儿的，有时候我们可以把它拆开，擦擦干净，上点油，再把它装起来。不用说，多半是我父亲闲着没事摆弄这些玩意儿。

海特维格　（走近格瑞格斯）现在你可以仔细瞧瞧野鸭了。

格瑞格斯　刚才我瞧过了。我看它一个翅膀好像有点耷拉着。

海特维格　这也难怪，你知道它那个翅膀是折的。

格瑞格斯　并且它一只脚也有点儿拐。是不是？

雅尔马　也许有一丁点儿。

海特维格　当初狗抓它的时候抓的就是那只脚。

雅尔马　除此之外，它一点儿毛病都没有；它身上挨过子弹，还让狗在嘴里叼过，居然没有大毛病，真是难得的事。

---

① 基纳文化水平不很高，常常念不准字音。在这里她把"手枪"念成了"兽枪"。

格瑞格斯 （瞟了海特维格一眼）并且还在海洋深处待过那么些时候。

海特维格 （微笑）对。

基　纳 （摆桌子）那只倒霉野鸭！你们在它身上为什么这么操心！

雅尔马 唔。午饭快得了吧？

基　纳 马上就得。海特维格，来帮助我。

〔基纳和海特维格走进厨房。

雅尔马 （低声）你最好别站在那儿瞧我父亲，他不喜欢别人瞧他。（格瑞格斯离开阁楼门）趁别的客人还没来，我得把门关上。（拍拍巴掌把禽鸟轰进去）嘘，嘘，你们都进去！（拉好幔子，把门拉上）这些装置都是我设计的。没事的时候把它们摆弄摆弄，坏了把它们拾掇拾掇，真怪有意思的。并且我也不得不这么办，因为基纳不喜欢把鸡鸭兔养在摄影室里。

格瑞格斯 当然。这间屋子大概是你太太专用的吧？

雅尔马 我照例把业务上的零碎事都交给她管，这么着，我就可以躲在客厅里专心去想更重要的事了。

格瑞格斯 雅尔马，你想的是些什么事？

雅尔马 我奇怪的是你怎么不早问这句话。也许你没听说过我的发明吧？

格瑞格斯 你的发明？我没听说过。

雅尔马 真的吗？你没听说过？哦，也难怪，你老在荒山野地里待着——

格瑞格斯 是不是你发明了一件什么东西？

雅尔马 目前还没完成，可是我正在研究。你不难想象，当初我决意学照相这门手艺的时候并不是打算单给普通人照相。

格瑞格斯 当然不是，刚才你太太也这么说。

雅尔马 我发过誓，如果我把全副力量用在这门手艺上的话，我要把它提高到也是艺术也是科学的水平。为了达到这目的，我决意要钻研这伟大的发明。

格瑞格斯 你的发明是什么性质？它的用途又是什么？

雅尔马 喔，好朋友，你暂时别打听这些小节细目。你要知道，这不是一天半天做得成的事。并且你也不要以为我的目的是为满足虚荣。我现在的工作不是为我自己。不是，不是！日日夜夜在我面前摆着的是我做人的使命。

格瑞格斯 你的使命是什么？

雅尔马 难道你忘了那银丝白发的老头儿了吗？

格瑞格斯 你是说你那可怜的父亲？你能给他出什么力？

雅尔马　只要我能恢复艾克达尔这个家门的光荣尊严,我就能恢复父亲的自尊心。

格瑞格斯　这就是你做人的使命吗?

雅尔马　正是。我要搭救这翻船的人!风暴刚开头时,他就做了翻船落难的人。甚至在案子正在进行调查还没判决的时候,他已经精神错乱改了样子。书橱上那支手枪——就是我们打兔子的那支手枪——在艾克达尔家的伤心史里曾经出现过。

格瑞格斯　那支手枪?这话当真?

雅尔马　法院宣判徒刑的时候,我父亲抓紧了那支手枪。

格瑞格斯　他想——?

雅尔马　正是,可是他不敢用它。他没有胆量。那时候他已经那么意志消沉,精神颓丧了!你明白不明白?他是个军人;他打过九只熊,祖上有过两位中校——当然是一先一后。格瑞格斯,你明白不明白?

格瑞格斯　我很明白。

雅尔马　我不明白。那支手枪后来在我们家历史里第二次又出现了。我父亲换上灰色罪衣,被他们押进监狱的时候——喔,不瞒你说,我心里真是凄惨极了。我把两扇百叶窗都拉了下来。我往外偷看了一眼,只见太阳照得挺亮,一片静悄悄的跟平常一样。我不明白是怎么回事。我看见人们在街上来来往往,说说笑笑,谈些无关紧要的事。我不明白是怎么回事。我觉得整个儿世界好像都站住不动了——仿佛正在日蚀。

格瑞格斯　我母亲去世的时候,我也有过这种感觉。

雅尔马　就在那当口,雅尔马·艾克达尔把手枪对准了自己的胸膛。

格瑞格斯　你也想要——!

雅尔马　正是。

格瑞格斯　可是你没开枪?

雅尔马　没有。在那紧要关头,我克制了自己。我还是没死。可是,我告诉你,在那种情形之下,舍死求生是需要点勇气的。

格瑞格斯　唔,那也在乎你是怎么看法。

雅尔马　确实需要点勇气。幸亏当时我意志坚决,所以才有今天。现在我不久就可以完成我的发明了;并且瑞凌大夫的看法也跟我一样,他认为我父亲将来还可以穿军服。我只要求这一件事作为我的发明的报酬。

459

格瑞格斯　你父亲提起他的军服就为这个？

雅尔马　是的,这是他一心一意盼望的事。你不知道,为了父亲的事,我心里多么难受。每逢我们家有点儿小喜庆事的时候——类如基纳和我的结婚纪念日子什么的——老头子总是穿着当年得意时期的中尉军服到场。可是只要一听见外面有人敲门,他马上就拖着两条有气无力的腿躲进自己屋里去。你要知道,他不敢看见生人。唉,做儿子的看着那种情形心里好像扎了刀子！

格瑞格斯　还要多少时间你的发明才能完成？

雅尔马　你别追问详细情形。发明不是一桩完全听人调度的事情。发明主要依靠灵感,依靠直觉,灵感什么时候会来简直没法预料。

格瑞格斯　你的发明是不是正在进展？

雅尔马　当然是正在进展。每天我都在翻来覆去地盘算,专心致志,一刻不忘。每天下午,吃过午饭,我就一个人躲在客厅里潜心思索。可是别人不能硬逼我,硬逼没有好处。瑞凌也这么说。

格瑞格斯　你看阁楼里那些事是不是太糟蹋你的时间,分散你的心思？

雅尔马　不,不,不,并且恰好相反。你别说这话。我不能一天到晚专想一件劳心的事。我总得找点儿别的事填补填补那一段等待的空闲时间。你要知道,灵感,直觉,说来就来,它们一来,就万事大吉了。

格瑞格斯　亲爱的雅尔马,据我看来,你也有几分野鸭气息。

雅尔马　我也有几分野鸭气息？这话什么意思？

格瑞格斯　你也扎到了水底,死啃着海草。

雅尔马　你是不是说打折我们爷儿俩翅膀的那颗几乎致命的子弹？

格瑞格斯　不一定是说那个。我并不是说你的翅膀已经折了。雅尔马,我是说你走了岔道,掉在一个有毒的泥塘里了；你染上了危险的病症,陷落在阴暗的地方等死。

雅尔马　我？在阴暗的地方等死？格瑞格斯,你千万别再这么胡说八道。

格瑞格斯　你放心,我会想办法把你救出来。现在我也有了做人的使命了,这是昨天我才发现的。

雅尔马　很好,可是你别管我的闲事。我告诉你,除了自然而然地有一点儿忧郁之外,我很心满意足。

格瑞格斯　你的心满意足正是中了泥塘毒气之后发生的结果。

雅尔马　格瑞格斯,请你别再谈什么病症毒气,我听不惯这种话。在我家里,从来没有人跟我提起不痛快的事。

格瑞格斯　嗯,这话我信。

雅尔马　提这些事对我没好处。再说,我们这儿并没有你说的什么泥塘毒气。我知道,我这穷照相馆老板的房子很简陋,我的景况很局促,可是我是个发明家,并且一家人都靠着我吃饭。这么一来,就把我从低微的环境之中提高了。哦,饭来了。

〔基纳和海特维格拿了几瓶啤酒、一瓶白兰地和玻璃杯什么的走进屋来。瑞凌和莫尔维克同时也从过道里进来。他们俩都没戴帽子,也没穿大衣。莫尔维克穿着一身黑衣服。

基　纳　(把东西搁在桌上)哦,你们俩来得正是时候。

瑞　凌　莫尔维克异想天开地说他闻着了青鱼生菜的味儿,于是就拦不住他了。艾克达尔,咱们又见面了。

雅尔马　格瑞格斯,我给你介绍莫尔维克先生。还有瑞凌大夫,哦,你认识瑞凌,是不是?

格瑞格斯　认识,不太熟。

瑞　凌　哦,原来是小威利先生!不错,咱们俩在赫义达工厂打过一两次小交道。你是不是刚搬进来?

格瑞格斯　今天早晨刚搬进来。

瑞　凌　莫尔维克和我的屋子正在你楼底下,所以要是你万一用得着医生和牧师的话,不必到远处去找。

格瑞格斯　谢谢,我难保用不着,因为昨天我们十三个人同席吃饭。

雅尔马　算了,算了,别再提那些丧气事了!

瑞　凌　艾克达尔,你放心,我敢赌咒,你不会倒霉。

雅尔马　为了我老婆孩子,但愿如此。现在大家请坐吧,吃吃喝喝,开心作乐。

格瑞格斯　咱们要不要等你父亲?

雅尔马　不用,他的饭回头给他端进去。来吧!

〔四个男人坐下吃喝。基纳和海特维格出来进去伺候他们。

瑞　凌　艾克达尔太太,昨儿晚上莫尔维克喝得稀糊烂醉。

基　纳　真的吗?昨天他又喝醉了?

瑞　凌　昨晚我把他弄回家来的时候你没听见吗?

461

基　　纳　　我没听见。

瑞　　凌　　没听见最好,莫尔维克昨晚闹得太不像话了。

基　　纳　　莫尔维克,真的吗?

莫尔维克　　把昨晚那段事撇开别再提了。那种行为不是出于我的本性。

瑞　　凌　　(向格瑞格斯)每逢他兴致一发作像着了魔的时候,我就不能不陪他出去喝酒胡闹了。你知道,莫尔维克先生是个出众的天才。

格瑞格斯　　出众的天才?

瑞　　凌　　真的,莫尔维克是个天才。

格瑞格斯　　唔。

瑞　　凌　　天才的脾气生来不爱走直路。他们有时候一定要走弯弯曲曲的路子。格瑞格斯,你是不是还死守着那个乌黑烟熏的工厂?

格瑞格斯　　是,我一直死守到现在。

瑞　　凌　　你到处向穷人要求的东西究竟到手没有?

格瑞格斯　　要求的东西?(恍然大悟)哦,我明白了。

雅尔马　　格瑞格斯,你是不是向人家要求什么东西?

格瑞格斯　　喔,没有的事。

瑞　　凌　　我敢赌咒,确有其事!他在乡下挨家挨户索取他的所谓"理想的要求"。

格瑞格斯　　那时候我还年轻。

瑞　　凌　　这话不错,那时候你很年轻。说起那"理想的要求",我在那儿的时候你从来没弄到手。

格瑞格斯　　你走以后,我也没弄到手。

瑞　　凌　　后来你大概学会打折扣了吧?

格瑞格斯　　要是跟一个诚实的人打交道,我还是不折不扣。

雅尔马　　对了,我想你不会打折扣。基纳,来点儿黄油。

瑞　　凌　　给莫尔维克来一片咸肉。

莫尔维克　　呕!我不吃咸肉!

〔有人在阁楼门上敲了一下。

雅尔马　　开门,海特维格。爷爷要出来。

〔海特维格过去把门推开一点。艾克达尔手里拿着一张新剥的兔皮,走进屋来。海特维格随手把门拉上。

艾克达尔　　诸位早啊!我今天运气好。打了一只大的。

雅尔马　你不等我就把皮剥了！

艾克达尔　肉都腌了。兔子肉又嫩又香。味儿真甜,像糖似的。诸位,祝你们胃口好！

〔他走进自己屋子。

莫尔维克　(站起来)对不起！我不行了,我得马上下楼。

瑞　凌　老兄,喝点汽水吧！

莫尔维克　(急忙起身)呕！呕！

〔他从过道门里出去。

瑞　凌　(向雅尔马)咱们敬那位老猎人一杯酒。

雅尔马　(跟他碰杯)为那位勇敢不怕死的猎人干杯！

瑞　凌　敬那位白头发的——(干杯)提起头发,他的头发是灰的还是白的？

雅尔马　恐怕是介乎灰白之间。要说头发,不论灰的白的,他头上没有几根了。

瑞　凌　一个人带上假头发也能在社会上混。艾克达尔,归根结底,你是个有福气的人。你有崇高的使命需要你努力——

雅尔马　我是在努力啊。

瑞　凌　你还有这么一位好太太,趿拉着毡鞋,静悄悄地走来走去,身子晃晃悠悠,把你的日子安排得那么舒服熨帖。

雅尔马　一点都不错,基纳,(向她点点头)你是我生命路途上的一个好伴侣。

基　纳　喔,别净批骗我。①

瑞　凌　艾克达尔,你还有海特维格这么个好孩子！

雅尔马　(伤感)是啊,这孩子！这孩子比什么都珍贵！海特维格,过来。(摸摸她的头发)明天是什么日子？

海特维格　(推推她父亲)喔,爸爸,别提这件事。

雅尔马　我一想起明天的事不成个局面,只是阁楼里有一场小热闹,心里真难受。

海特维格　喔,我喜欢的就是这个！

瑞　凌　海特维格,别忙,你等到那个惊人的发明出现以后就好了！

雅尔马　真是！到那时候你瞧吧！海特维格,我一定要把你将来的日子安排得稳稳当当。我要让你一辈子过舒服日子。将来我要为你要求一点东西。那就是苦命的发明家唯一的报酬。

---

① 她本想说"批评",可是错说为"批骗"。

海特维格　（低声,两只胳臂搂着他脖子）喔,亲爸爸！好爸爸！

瑞　　凌　（向格瑞格斯）喂！偶尔在一个快活家庭里吃顿好饭,你说是不是挺痛快？

雅尔马　当然,我很珍重这种朋友欢聚的机会。

格瑞格斯　我不喜欢呼吸泥塘的霉气。

瑞　　凌　泥塘的霉气？

雅尔马　喔,别再提那无聊的话了！

基　　纳　威利先生,你放心,我们这儿没有霉气。我每天都把门窗敞开,通风透气。

格瑞格斯　（离座）我说的毒气你敞开门窗也赶不出去。

雅尔马　毒气！

基　　纳　是啊,艾克达尔,你说他这话怪不怪？

瑞　　凌　对不起,恐怕那毒气是你自己从矿山里带来的吧？

格瑞格斯　这倒很像你的口气,你把我带到艾克达尔家里来的东西叫做毒气。

瑞　　凌　（走近他）喂,小威利先生,我猜想你在上衣后摆口袋里还是塞着你那不折不扣的"理想的要求"。

格瑞格斯　我塞在前胸。

瑞　　凌　不管你塞在什么地方,只要我一天不搬出这所房子,我劝你一天不要向我们硬讨什么东西。

格瑞格斯　要是我向你们硬讨呢,你又把我怎么样？

瑞　　凌　那就对不起,要请你像倒栽葱似的滚下楼去。现在我警告过你了。

雅尔马　（站起来）啊,瑞凌！

格瑞格斯　对,你把我轰出去。

基　　纳　（给他们俩劝解）这可使不得,瑞凌。可是,威利先生,你自己生炉子把屋子搞得那么稀脏,不应该再说什么霉气毒气的。

〔有人敲过道门。

海特维格　妈妈,有人敲门。

雅尔马　好！客人越来越多了！

基　　纳　我去开门。（过去开门,吃了一惊,身子倒退）哦,天啊！

〔威利向屋里迈了一步。他身上穿着皮大衣。

威　　利　对不起！我儿子大概是住在这儿吧。

464

基　纳　（使劲咽了一口气）是。

雅尔马　（走近威利）你肯不肯赏光一块儿——？

威　利　谢谢，我只想跟我儿子说一句话。

格瑞格斯　有什么话？我在这儿。

威　利　我想上你屋里跟你说几句话。

格瑞格斯　上我屋里？好吧。

〔他动身要走。

基　纳　你那屋子进去不得。

威　利　那么，就在这过道里也行。我只想跟你一个人说几句话。

雅尔马　你们可以在这儿说。瑞凌，咱们上起坐室去。

〔雅尔马和瑞凌从右下。基纳带着海特维格走进厨房。

格瑞格斯　（迟疑了一下）唔，现在没有别人了。

威　利　我听了你昨天晚上的口气，今天又看你搬到艾克达尔家来住，我不由得不疑心你在打主意跟我为难。

格瑞格斯　我要叫艾克达尔·雅尔马把眼睛睁开。我要他把自己的处境看个明白——无非如此而已。

威　利　这就是你昨天说的做人的使命？

格瑞格斯　是。你不让我走第二条路。

威　利　这么说，是我摧折了你的精神？

格瑞格斯　你摧折了我的整个儿生命。我并不是在想关于母亲那一段事情。我良心惭愧，日夜受折磨，这确实是你害我的。

威　利　是吗！你在受良心的折磨？

格瑞格斯　当初你设计陷害艾克达尔中尉的时候，我就应该出来反对。我就应该警告他不要上当，那时候我已经疑心到事情不妙了。

威　利　既然如此，那时候你就应该说话。

格瑞格斯　可是那时候我不敢说话，我胆子太小，没有魄力。我怕你怕得要命——不但在那时候怕你，并且在后来一个很长的时期里我都怕你。

威　利　现在你好像不怕我了。

格瑞格斯　不错，幸而现在我不怕你了。对不起老艾克达尔的事情——不论是我干的还是别人干的——已经没法子挽回了。可是我还可以把雅尔马救出来，叫他不要相信正在害他的那些虚伪欺诈的事情。

465

威　利　你觉得这么办对他有好处吗？

格瑞格斯　当然有好处。

威　利　你觉得那位照相馆老板是能够领会你这种好意的人吗？

格瑞格斯　我相信他是那么一等人。

威　利　哼，咱们等着瞧吧。

格瑞格斯　并且，如果我想活下去的话，我一定得想个办法医治我这有病的良心。

威　利　你的良心永远不会健康。它从小就有毛病。格瑞格斯，你的良心是你母亲给你的遗产——她只给你留下这么一份产业。

格瑞格斯　（轻蔑的微笑）当初你估计她会给你带一份好陪嫁过来，你自己估计错了，今天还恨她吗？

威　利　咱们不要离开本题。你是不是一定要叫小艾克达尔走上你认为正确的路子？

格瑞格斯　对，我一定要那么办。

威　利　既然如此，那么，我今天大可不必跑来找你。事到如今，再问你愿不愿意跟我回家当然是废话喽？

格瑞格斯　完全是废话。

威　利　大概你也不愿意加入我的公司喽？

格瑞格斯　不愿意。

威　利　很好。不过我现在想续弦，你应得的那份产业我马上给你。①

格瑞格斯　（不假思索）我不要那份产业。

威　利　你不要那份产业？

格瑞格斯　不要，我的良心不许我要。

威　利　（犹豫了一下）你还回工厂去吗？

格瑞格斯　不去了。我算是不在你手下做事了。

威　利　那么你打算干什么呢？

格瑞格斯　我只想完成我的使命。不干别的。

威　利　完成以后呢？你靠什么过日子？

格瑞格斯　我攒了一点儿工资。

威　利　那点钱够你过多少日子？

---

① 按照当时挪威法律，一个鳏夫想要续弦，必须先在他的产业中拨一部分给前妻的子女，才能结婚。

格瑞格斯　我想足够过到我死。

威　利　这话什么意思？

格瑞格斯　我不再答复了。

威　利　那么，再见吧，格瑞格斯。

格瑞格斯　再见。

〔威利下。

雅尔马　（在门口张望）他是不是走了？

格瑞格斯　走了。

〔雅尔马和瑞凌进来；基纳母女也从厨房进来。

瑞　凌　这顿午饭简直没吃好。

格瑞格斯　雅尔马，穿上大衣。我要你出去跟我多走一走。

雅尔马　好极了。你父亲找你有什么事？是不是跟我有关系？

格瑞格斯　走吧。咱们一定得谈谈。我去穿大衣。（他从过道门里出去）

基　纳　艾克达尔，你别跟他出去。

瑞　凌　去不得。你在家待着别动。

雅尔马　（拿起帽子大衣）喔，胡说！我年轻时交的一个朋友一定要背着人跟我说几句知心话——

瑞　凌　见鬼！难道你看不出那家伙疯疯癫癫，精神错乱！

基　纳　可不是吗！从前我怎么跟你说的！当年他母亲有时候也是这么疯疯癫癫的。

雅尔马　那么，他更需要朋友的照顾。（向基纳）你千万准时把晚饭做好。回头见。

〔他从过道门口下。

瑞　凌　可惜那家伙当初没死在赫义达矿山里。

基　纳　天啊！你为什么说这种话？

瑞　凌　（咕哝）我自有我的理由。

基　纳　你看小威利是不是真有疯病？

瑞　凌　不是，所以更糟。他的疯病并不比一般人厉害。可是他身上确实有一种毛病。

基　纳　他的毛病是什么？

瑞　凌　我告诉你吧，艾克达尔太太。他犯的是一种很厉害的正直病。

基　纳　正直病？

海特维格　那也算是一种病吗？

瑞　凌　是,是一种民族病①,不过不是经常发作的。(向基纳点点头)谢谢你招待我。

〔他从过道门口下。

基　纳　(心神不宁,在屋里来回走动)哼,格瑞格斯·威利——这家伙老是那么讨厌。

海特维格　(站在桌旁,仔细瞧她母亲)我觉得这些事真奇怪。

---

① 也有人译作"严重多疑症","过度自以为是症"。

第 四 幕

〔雅尔马摄影室。一张相片刚照好。屋子当中有一架蒙着布的照相机，一个照相机架子，两把椅子，一张折叠桌，等等。下午。太阳正在落山。过不多时，天色渐渐昏暗。

〔基纳站在过道门口，手里拿着一只小匣子和一块湿玻璃板，正在跟外头的人说话。

基　纳　错不了。我说哪天有，一定哪天有。头一打照片星期一准印出来。再见。

〔有人下楼梯的声音。基纳关上门，把玻璃板插到匣子里，把匣子装进蒙布的照相机。

海特维格　（从厨房进来）他们走了吗？

基　纳　（收拾东西）嗳呀，谢天谢地，好容易把他们打发走了。

海特维格　爸爸怎么还不回家？

基　纳　你准知道他不在楼下瑞凌屋里吗？

海特维格　不在。我刚走厨房楼梯下去问过瑞凌。

基　纳　他的晚饭都预备好了，快凉了。

海特维格　是啊，我真不明白。爸爸一向那么准时回家吃饭！

基　纳　他一会儿就会回来，你瞧着吧。

海特维格　我盼望他赶紧回来！今天什么事都古怪。

基　纳　（高声喊叫）他回来了！

〔雅尔马从过道门口上。

海特维格　（迎上去）爸爸！喔，我们等了你老大半天了！

基　纳　（斜着眼看他）艾克达尔，你出去的工夫不小啊。

雅尔马　（眼都不抬）嗯，不算很小。

〔他脱大衣。基纳和海特维格过去帮他，他挥手不让她们走近。

基　　纳　你是不是跟威利吃过晚饭了？

雅尔马　（挂大衣）没有。

基　　纳　（向厨房门走去）那么，我去把晚饭给你端来。

雅尔马　不用，不用。我不想吃东西。

海特维格　（走近他一点）爸爸，你是不是不舒服？

雅尔马　不舒服？喔，没什么，我身子挺好。我跟格瑞格斯走得挺累。

基　　纳　艾克达尔，你不该走那么些路，你没走惯。

雅尔马　哼，这个世界上有好些事你不惯也得惯。（在屋里走来走去）我不在家的时候有人来过没有？

基　　纳　除了那一对照相的情人没有别人来过。

雅尔马　没有新主顾？

基　　纳　今天没有。

海特维格　爸爸，明天会有，你瞧着吧。

雅尔马　那就好了，从明天起我要认真工作了。

海特维格　明天！你不记得明天是什么日子？

雅尔马　哦，我想起来了！那么，从后天起。从今以后什么事我都要自己做。什么事我都要亲自动手。

基　　纳　艾克达尔，那有什么好处？无非使你觉得过日子是个累赘罢了。照相的事我会照管，你尽管搞你的发明工作。

海特维格　你别忘了那只野鸭，还有那些老母鸡、兔子，还有——

雅尔马　别提那些无聊东西了！从明天起，我的脚不再踩进阁楼。

海特维格　喔，爸爸，你不是说过明天阁楼里要有一场小热闹吗？

雅尔马　嗯，不错。好，那么，从后天起。该死的野鸭，我恨不能拧折它的脖子！

海特维格　（尖声喊叫）拧死野鸭！

基　　纳　那可使不得！

海特维格　（推推他）喔，爸爸，使不得。你知道，那只野鸭是我的！

雅尔马　所以我不下手。海特维格，为了你，我不忍心把它弄死。可是我心窝里觉得应该把它弄死。在那伙人手里经过的东西，我不应该收留在家里。

基　　纳　天啊，即使那只野鸭是爷爷从培特森那蠢家伙手里弄来的——

雅尔马 （走来走去）有几个要求——我应该说是什么要求呢？——好，就说是理想的要求吧——一个人要是不理会这些要求，他的灵魂就会受到损害。

海特维格 （跟着他走）可是你得替野鸭想想——它多么可怜！

雅尔马 （站住）所以我说，看在你的分上我不把它弄死。一根毛都不碰——我一定不把它弄死。还有更重大的问题要我处理呢。海特维格，现在你照常出去走一走。天黑了，你该出去了。

海特维格 现在我不想出去。

雅尔马 去吧，我觉得你眼睛眨得很厉害。这儿的霉气对你有害。这所房子的空气沉闷得很。

海特维格 好吧，我走厨房楼梯下去散散步。我的大衣和帽子在什么地方？哦，在我自己屋里。爸爸，我不在家你可千万别伤害野鸭。

雅尔马 它头上一根毛我都不碰。（把她拉到怀里）你和我，海特维格——咱们俩——！嗳，去吧！

〔海特维格对父母点点头，从厨房下。

雅尔马 （走来走去，不抬头看她）基纳。

基 纳 什么事？

雅尔马 从明天起，或者就说从后天起吧——我要亲自经管家用账目了。

基 纳 是不是你现在就要算账？

雅尔马 是的。或者至少要把进款数目核对一遍。

基 纳 天啊！这可用不了多少工夫。

雅尔马 我看不见得吧；至少我觉得钱到了你手里非常耐用。（站住，瞧她）你究竟是怎么安排的？

基 纳 这是因为我和海特维格，我们俩不大花钱。

雅尔马 父亲给威利先生抄写稿子得到的报酬是不是特别丰厚？

基 纳 我不知道他有什么特别报酬。我不懂得抄写的价目。

雅尔马 他挣多少钱？大概的数目？让我听听！

基 纳 喔，有多有少。大概他挣的钱抵得过咱们在他身上花的数目，另外还能富余一点零用钱。

雅尔马 他挣的钱抵得过咱们在他身上花的数目！可是你从来没跟我提过这件事！

基 纳 我怎么能跟你提呢？你一向喜欢把自己当作父亲的供养人。

471

雅尔马　其实是威利先生在供养他。

基　纳　喔，威利先生有的是钱。

雅尔马　请你给我点上灯。

基　纳　（点灯）当然咱们也不敢说钱是威利先生给他的。也许是格罗勃格给的。

雅尔马　你为什么要这么闪闪烁烁的？

基　纳　我不知道。我一向只知道——

雅尔马　哼！

基　纳　爷爷的抄写工作并不是我给他弄的。都是柏塞从前常来串门时给他弄的。

雅尔马　你的声音好像在发抖。

基　纳　（罩上灯罩）是吗？

雅尔马　并且你两只手也在哆嗦，是不是？

基　纳　（态度坚决）艾克达尔，有话尽管老实说。格瑞格斯刚才说我什么话？

雅尔马　是不是真有其事？——会不会真有其事？——当初你在威利先生家做活的时候，你跟他有过——有过一段事儿？

基　纳　这话靠不住。不是在那时候。威利先生在我身上打过主意，这是事实。他老婆疑惑我们有了事儿，千方百计地找空子吵闹，把我挤得走投无路，因此我就只好辞活不干了。

雅尔马　后来怎么样呢？

基　纳　后来我就回家了。我母亲——唔，她不是你平常看的那么个女人——她一个劲儿这样那样地折磨我——你要知道，那时候威利先生的老婆已经死了。

雅尔马　后来怎么样？

基　纳　唉，我干脆都告诉你吧。威利一个劲儿纠缠我，最后他把我弄到手才算完事。

雅尔马　（双手一拍）这就是我的孩子的母亲！这件事你怎么瞒着我不说？

基　纳　这是我的错。我早就应该告诉你。

雅尔马　一起头你就应该告诉我，那么，我就可以知道你是个什么样的女人了。

基　纳　那你还会跟我结婚吗？

雅尔马　跟你结婚？那简直是梦话！

基　　纳　正因为如此,所以后来我一个字都不敢提。因为那时候我很爱你,并且也不愿意自寻烦恼。

雅尔马　（走来走去）这就是我的海特维格的母亲。现在我知道了,我眼前一切东西——（踢一张椅子）——我的整个儿所谓家庭——都是一个在我之前你爱的男人照应我的! 喔,威利那坏蛋!

基　　纳　这十四年——这十五年咱们在一块儿过的日子你后悔不后悔?

雅尔马　（站在她面前）这些年你在我周围织成了一个欺骗的罗网,你是不是每天每时都在后悔? 快回答我这句话! 你心里怎么能不后悔、不难受?

基　　纳　喔,亲爱的艾克达尔,安排家务,料理日常工作,我已经够忙的了。

雅尔马　难道你从来不回想你的旧事吗?

基　　纳　不想。那些陈年旧事我差不多已经忘干净了。

雅尔马　喔,你这种麻木迟钝的自满心情! 我觉得难以忍受。你居然丝毫悔恨都不觉得!

基　　纳　艾克达尔,老实告诉我——要是你没有我这么个老婆,你今天会变成什么样子?

雅尔马　你这么个老婆!

基　　纳　正是。你要知道,我做事一向比你切实精明一点。当然,论年纪我比你大一两岁。

雅尔马　我今天会变成什么样子!

基　　纳　我刚认识你的时候,各种各样毛病你都齐全。这你不能不承认吧。

雅尔马　你说哪些事是我的"毛病"? 你不懂得一个人在伤心绝望的时候精神多痛苦——尤其是像我这么个急性人。

基　　纳　也许是吧。现在我也没有理由在你面前夸口逞强,因为后来你一有了家和家庭,马上就变成了一个好丈夫。现在咱们家什么都安排得舒舒服服的,并且我和海特维格正在盘算咱们在吃的穿的上头不久都可以多花点钱了!

雅尔马　对,在欺骗的泥坑里过日子!

基　　纳　那个可恶的家伙要是当初不进咱们的门就好了!

雅尔马　从前我也以为我的家庭非常快活。谁知道是个幻想。以后叫我到什么地方去找发扬精神的力量,实现我的发明? 我的发明也许会跟我同归于尽。基纳,要是那样的话,是你从前干的坏事断送了我的发明。

473

基　　纳　（几乎要哭出来）艾克达尔，你千万别说这话。我只想一生一世出力叫你过好日子！

雅尔马　我请问你：我这做家长的人的梦想现在该怎么安排？我在屋里沙发上琢磨我的发明的时候，我心里有一个非常清楚的预兆，我觉得这个发明将来会耗尽我的心血。我甚至还想到，专利证书到手那一天就是我解脱的日子。我梦想的是，我死以后，你做了发明家的寡妇可以舒舒服服地活下去。

基　　纳　（擦眼泪）艾克达尔，别说这些丧气话。老天保佑我别让我做寡妇！

雅尔马　喔，现在我的梦想全盘落空了。什么都完了。完了！

〔格瑞格斯把过道门轻轻推开，向里张望。

格瑞格斯　我可不可以进来？

雅尔马　可以。

格瑞格斯　（走上前来，满面得意，向他们俩伸开双手）啊，亲爱的朋友！（他先看看这个，再看看那个，低声向雅尔马）你还没做吗？

雅尔马　（高声）做完了。

格瑞格斯　真的吗？

雅尔马　这是我生平最痛苦的一段经验。

格瑞格斯　我敢说这也是你最崇高的一段经验。

雅尔马　不管怎么样吧，目前这一关总算过去了。

基　　纳　威利先生，你真造孽！

格瑞格斯　（大为惊讶）我不明白。

雅尔马　你不明白什么？

格瑞格斯　在这么个紧要关节之后，在彻底的新生活开始的时候，你们彼此的关系建筑在真理上头，不掺杂丝毫欺骗的成分——

雅尔马　是，是，我知道，我很明白。

格瑞格斯　我进来的时候，一心盼望你们夫妻俩都有一股改头换面的新光彩直射到我身上。没想到现在我看见的只是沉闷、忧郁和阴暗。

基　　纳　哦，原来是这么回事啊？（摘下灯罩）

格瑞格斯　艾克达尔太太，你不了解我的意思。唔，也许你得过些时候才能了解。可是你呢，雅尔马？在这个紧要关节之后，你一定觉得精神上有一种新的提高吧。

雅尔马　当然。也就是说,多少有一点儿。

格瑞格斯　世界上什么快乐都比不上饶恕一个犯过错误的女人,并且还用爱情把她提得像自己一样崇高。

雅尔马　你看像我喝的这杯苦酒的味儿是不是容易吐干净?

格瑞格斯　一个平常人也许不容易把它吐干净!可是像你这么个人——!

雅尔马　天啊!我知道,我知道。格瑞格斯,可是你老得给我打气才行。你知道,这事不能性急。

格瑞格斯　雅尔马,你这人很有几分野鸭气息。

〔瑞凌从过道门上。

瑞　凌　喔嗬!又谈起野鸭来了?

雅尔马　是的,正是威利先生用枪打下来的那只折翅野鸭。

瑞　凌　威利先生?哦,你们谈的是他?

雅尔马　我们谈他——也谈我们自己。

瑞　凌　(低声向格瑞格斯)滚出去!

雅尔马　你说什么?

瑞　凌　我只是诚心诚意要这江湖骗子赶紧走开。要是他在这儿待下去的话,他有本事把你们夫妻的日子搞得一团糟。

格瑞格斯　瑞凌先生,这一对夫妻不会把自己的日子搞得一团糟。当然,我不必提雅尔马,他这人咱们都知道。就是在艾克达尔太太的心坎里,也有忠实诚恳的地方。

基　纳　(几乎要哭)既然如此,你为什么管我的闲事?

瑞　凌　(向格瑞格斯)我不客气地请问你,你究竟打算在他们家里搞什么把戏?

格瑞格斯　我想给他们打下真正的婚姻的基础。

瑞　凌　如此说来,莫非你觉得艾克达尔他们俩的婚姻还不够好?

格瑞格斯　当然,不幸得很,跟大多数人比起来,他们的婚姻不能算坏,然而还说不上是真正的婚姻。

雅尔马　瑞凌,你从来不懂得什么叫理想的要求。

瑞　凌　胡说,小伙子!对不起,威利先生,你一生究竟看见过多少——说个整数吧——多少真正的婚姻?

格瑞格斯　几乎一个都没看见过。

瑞　凌　我也没有。

格瑞格斯　虚伪的婚姻我倒见过不知多少。我还不幸亲眼仔细看见过虚伪的婚姻对于双方的灵魂会有多大损害。

雅尔马　并且一个人的道德基础会整个儿垮台。可怕就在这儿。

瑞　凌　我这人说不上正式结过婚,所以我不想混说内行话。可是有一条道理我却懂得:婚姻问题牵涉着孩子。你们千万别把孩子扯在里头。

雅尔马　嗳,海特维格!苦命的海特维格!

瑞　凌　真的,你千万别把海特维格跟你们夫妻这档子事搅在一块儿。你们夫妻俩是大人,你们爱把自己的日子搅成什么样子就搅成什么样子。在海特维格身上,你们可得小心点儿。不然的话,你们也许会在她身上惹个大乱子。

雅尔马　乱子!

瑞　凌　是啊,也许她会给自己惹个乱子——还会连累别人。

基　纳　瑞凌,你怎么知道?

雅尔马　她的眼睛一时不会瞎吧?

瑞　凌　我不是说她的眼睛。海特维格的年纪正在非常重要的关头。什么淘气胡闹的事她都想得出来。

基　纳　这话倒是真的——我已经看出来了!她喜欢在厨房里弄火。她说,那是玩烧房子。我时常提心吊胆,怕她真把房子烧了。

瑞　凌　你看!我早就料到了。

格瑞格斯　(向瑞凌)你说这是什么原故?

瑞　凌　(不大高兴回答)她的体质正在变化。

雅尔马　这孩子只要有我——!只要我一天不死——!

　　　　　〔有人敲门。

基　纳　嘘,艾克达尔,过道里有人。(高声)进来!

　　　　　〔索比太太身上穿着出门衣服走进来。

索比太太　晚安。

基　纳　(迎上去)是你吗,柏塞?

索比太太　可不是我吗!我打搅你们了吧?

雅尔马　没关系。他家打发来的探子——

索比太太　(向基纳)说老实话,我估计着这时候你们家男人都出门了。我跑来跟你说几句话,还顺便跟你辞行。

476

基　　纳　辞行？这么说,你要出远门了？

索比太太　正是,明天一早我就动身上赫义达。威利先生今天下午走的。(向格瑞格斯很快地瞟了一眼)他叫我替他向你辞行。

基　　纳　真想不到！

雅尔马　威利先生走了？你也要跟着他去？

索比太太　是的,艾克达尔,你觉得怎么样？

雅尔马　我告诉你:你要小心！

格瑞格斯　我一定得把情形解释一下。我父亲跟索比太太就要结婚。

雅尔马　就要结婚？

基　　纳　哦,柏塞！你们到底要走这一步！

瑞　　凌　(声音微微颤动)这话靠不住吧？

索比太太　瑞凌,靠得住。

瑞　　凌　你又要结婚了？

索比太太　看样子是。威利已经领了一张特别证书,我们准备在赫义达工厂悄悄地结婚,不惊动别人。

格瑞格斯　那么,作为一个孝顺的晚儿子,我得给你道喜。

索比太太　谢谢你——假使你是心口一致的话。我当然希望结婚之后威利和我可以过幸福日子。

瑞　　凌　你很有理由这么希望。据我所知,威利先生从来不喝醉酒;并且我想他也不像那位去世的兽医似的常打老婆。

索比太太　喔,别再牵扯去世的索比了。他也有他的长处。

瑞　　凌　我想,威利先生的长处更大。

索比太太　他至少不糟蹋自己的长处。犯那种毛病的人最后一定要吃亏。

瑞　　凌　今晚我要跟莫尔维克一块儿出去。

索比太太　瑞凌,你别出去。看在我的分上——你千万别出去。

瑞　　凌　我不去不行。(向雅尔马)要是你也去的话,跟我们一块儿走。

基　　纳　谢谢,他不喜欢参加那种讨论。

雅尔马　(低声,烦恼)嗳,你少说话！

瑞　　凌　再见,威利太太。(从过道门下)

格瑞格斯　(向索比太太)你好像跟瑞凌大夫很熟似的。

索比太太　很熟,我们是多年的朋友了。有一个时期我们俩的关系几乎要有

477

进一步的发展。

格瑞格斯　你运气好,幸而没发展。

索比太太　你倒是可以这么说。可是我向来做事不任性。一个女人不能把自己随便糟蹋。

格瑞格斯　你一点都不怕我把你们这段旧交情告诉父亲吗?

索比太太　还用你说,我自己早就都告诉他了。

格瑞格斯　真的吗?

索比太太　除了谣言之外,人家说我的话,你父亲没有一句不知道的。我一看透他的心事,就把话都告诉他了。

格瑞格斯　这么说,你比一般人都坦白。

索比太太　我一向坦白。坦白是我们女人最上算的办法。

雅尔马　基纳,你觉得怎么样?

基　纳　喔,我们女人跟女人不一样。有人这么办,有人那么办。

索比太太　我觉得我的办法最聪明,并且威利也什么事都不瞒我。这是把我们俩结合起来的一股结实力量。现在他跟我说话坦白得像小孩子一样。从前他不能这么坦白。你想,像他那么一个身体结实、精神饱满的人,在他整个青年和壮年时期,净听别人宣讲改过忏悔的大道理!并且那些宣讲词里所说的罪过常是凭空捏造的——至少我觉得是捏造的。

基　纳　你这几句话说得真对。

格瑞格斯　要是你们两位太太抱着这个题目说下去,我还不如告辞为妙。

索比太太　如果为了这个,你倒不必走。我不再谈下去了。刚才我无非要你知道,我一生从来没干过见不得人的事,也没使过鬼鬼祟祟的手段。也许别人觉得我运气好。当然也可以这么说。不过归根结底,我觉得别人给我的好处未必多于我给别人的好处。我一定永远不离开他。现在他自己越来越没办法了,我要把他照顾得比谁照顾他都仔细都周到。

雅尔马　你说他越来越没办法了?

格瑞格斯　(向索比太太)嘘,在这儿别提这件事。

索比太太　这件事现在他想瞒也瞒不住了。他眼睛快瞎了!

雅尔马　(吃惊)眼睛快瞎了?真怪。他眼睛也快瞎了!

基　纳　眼睛要瞎的人多得很。

索比太太　你可以想象,一个工商业家如果瞎了眼睛怎么得了。我一定要用我的眼睛代替他的眼睛。我不能再在这儿多待了。我还有一大堆事情要料理呢。哦,艾克达尔,我想起来了,我打算告诉你,要是你需要威利帮忙的话,只要去找格罗勃格就行。

格瑞格斯　我准知道雅尔马会说谢谢不敢当。

索比太太　真的吗?他从前可不这样——

基　　纳　柏塞,现在艾克达尔不需要威利先生帮忙了。

雅尔马　(迟缓而着重)请你替我向你未来的丈夫问好,并且告诉他,我不久就要去拜望格罗勃格先生——

格瑞格斯　什么!你这话是说着玩儿的吧?

雅尔马　我说我要去拜望格罗勃格先生,叫他把我欠他东家的钱开一篇细账。我要还清这笔信用借款。① 哈,哈,哈!就算它是信用借款吧!无论如何,我要把它全部还清,外加年息五厘。

基　　纳　艾克达尔,咱们上哪儿找这笔钱还债啊。

雅尔马　请你转告你未来的丈夫,说我正在苦心钻研我的发明。请你告诉他,我这么埋头苦干,在精神上支持我的力量就是我想还清这笔重债的心愿。这就是我努力搞发明的理由。将来的全部利益,我要拿来清偿欠你丈夫的债务。

索比太太　你们这儿一定出了事情啦。

雅尔马　你这话说对了。

索比太太　好吧,再见。基纳,我本来还有话要跟你谈,现在只好留着改天再说了。再见。

〔雅尔马和格瑞格斯对她鞠了一躬,一言不发。基纳把索比太太送到门口。

雅尔马　基纳,别迈出门坎儿!

〔索比太太下。基纳把门带上。

雅尔马　好了,格瑞格斯,现在我把压在心上的那副担子卸下来了。

格瑞格斯　无论如何,不久你准可以把它卸下来。

雅尔马　我想我的态度可以说是正确的。

格瑞格斯　你正是我心里一向估计的那么个人。

雅尔马　在有些事情上头,咱们当然不能把理想的要求置之不理。然而我是

---

① "信用",在这里还有"名誉"的意思,是双关语。

个挣钱养家的人,为了理想的要求,我不能不感觉痛苦。你要知道,要一个没有财产的人去清偿一笔年深月久,并且可以说,几乎是尘封土盖的旧账,这不是开玩笑的事情。然而也没办法:我的人格要求我这么办。

格瑞格斯　（把手搭在雅尔马肩膀上）亲爱的雅尔马,我到你家来是不是对你有好处?

雅尔马　是。

格瑞格斯　我把你的真情实况给你说得清清楚楚,你心里是不是高兴?

雅尔马　（有点不耐烦）我当然高兴。可是有一件事我心里有点不平。

格瑞格斯　什么事?

雅尔马　是这么回事——可是我不知道该不该对你父亲这么不客气。

格瑞格斯　有话尽管说,我不在乎。

雅尔马　好吧,那么我就说。你说想起来气人不气人,可以实现真正的婚姻的人不是我,反倒是他?

格瑞格斯　你怎么能说这句话?

雅尔马　事情摆得明明白白。难道你父亲和索比太太的婚姻不是建筑在彼此绝对信任和双方绝对坦白的基础上的吗?他们俩无事不谈,背地里没有秘密。他们的关系,假使我说了你不见怪的话,是建筑在互相认罪和互相宽恕的基础上的。

格瑞格斯　那又怎么样呢?

雅尔马　唔,难道这还不够吗?你自己不是说过,这正是建立真正婚姻的过程中必须克服的难关吗?

格瑞格斯　雅尔马,这完全是另一回事。你怎么能拿自己或是你太太去比那两个——?喔,你反正明白我的意思。

雅尔马　不管你怎么说,这件事有点儿使我不服气。我觉得真好像老天瞎了眼,世界上没有公道了。

基　纳　喔,艾克达尔,别说这造孽话。

格瑞格斯　咱们别谈那些问题吧。

雅尔马　然而归根结底,我觉得还是有报应。他眼睛快瞎了。

基　纳　喔,那倒不一定。

雅尔马　没有疑问。并且也不应该有疑问。这件事就是活报应。他从前蒙骗过一个信任他的朋友。

格瑞格斯　他蒙骗过的人恐怕不在少数。

雅尔马　所以现在冥冥之中,天不饶他,要搞瞎他的眼睛。

基　纳　喔,你怎么不怕造孽说这些怕人的话!你把我吓坏了!

雅尔马　间或钻研一下世上的神秘事情也有好处。

〔海特维格戴着帽子,穿着外衣,兴冲冲、喘吁吁的从过道门里进来。

基　纳　这么会儿就回来了?

海特维格　回来了,我不愿意走远。回来得早还有好处,我刚在门口碰见一个人。

雅尔马　不用说,一定是那索比太太了。

海特维格　正是。

雅尔马　(走来走去)我希望你这是末一次跟她见面。

〔大家不做声。海特维格碰了钉子,先看看这个,再看看那个,暗地里揣度他们的心事。

海特维格　(走上前去,撒娇求爱)爸爸。

雅尔马　唔,海特维格,什么事?

海特维格　索比太太给我带了点儿东西来。

雅尔马　(站住)给你带的?

海特维格　正是。为了明天的事。

基　纳　你每年生日柏塞都送你点儿小东西。

雅尔马　她送给你什么东西?

海特维格　喔,你现在不能看。明天早上,我没起床的时候妈妈会给我。

雅尔马　你们瞒着我串什么把戏!

海特维格　(急忙)喔,不是什么把戏,你要看就看。挺大的一个信封。(从外衣口袋里把信掏出来)

雅尔马　还有一封信?

海特维格　对了,只有一封信。我想别的东西还在后头。你看!一封信!我从来没收过人家的信。信封上还写着"小姐"。(念)"海特维格·艾克达尔小姐"。你看,这就是我!

雅尔马　让我看看那封信。

海特维格　(把信递给他)喏!

雅尔马　这是威利先生的笔迹。

基　纳　准是他的笔迹吗,艾克达尔?

481

雅尔马　你自己瞧。

基　纳　喔,这些事儿我懂得什么!

雅尔马　海特维格,我把信拆开看看,行不行?

海特维格　喔,当然行。

基　纳　艾克达尔,今天晚上别看。留着明天看。

海特维格　(低声)喔,你让他看吧!信里一定有好消息,爸爸看了心里一高兴,什么事不又都好了吗。

雅尔马　这么说,我可以看?

海特维格　爸爸,尽管看。我急着想知道信里说些什么。

雅尔马　好吧。(拆信,抽出一张纸,从头到尾看了一遍,脸上露出一副莫名其妙的神气)这是怎么回事?

基　纳　信里说些什么?

海特维格　是啊,爸爸——快告诉我们!

雅尔马　安静点儿。(把信再看一遍,脸色转白,可是勉强克制自己)海特维格,这是一张送礼的字据。

海特维格　是吗?送给我的什么礼物?

雅尔马　你自己看信吧。

〔海特维格走过去,凑着灯光看了半晌。

雅尔马　(低声,捏着拳头)那两只眼睛!那两只眼睛——还有那封信!

海特维格　(不再看信)我觉得好像是送给爷爷的。

雅尔马　(把信从她手里拿过来)基纳,你懂不懂这里头的意思?

基　纳　我一点儿都不懂。告诉我是怎么回事。

雅尔马　威利先生在信里告诉海特维格,说她的老爷爷不必再抄写了,从今以后他每月可以上办公室支取一百块钱。

格瑞格斯　哈哈!

海特维格　妈妈,一百块钱!我看见信上是这么写的。

基　纳　这一下子爷爷可好了!

雅尔马　——每月一百块钱,只要他需要,永远可以支下去,这也就是说,他活一天可以支一天。

基　纳　苦命的老爷子,他生活可有着落了。

雅尔马　底下还有呢。海特维格,刚才你没看到那儿。爷爷去世之后,那笔钱都归你。

海特维格　归我！整个儿都归我？

雅尔马　他说,那笔款子一辈子归你享用。基纳,你听见没有？

基　纳　听见了。

海特维格　真想不到——他给我那么些钱！(推推他)爸爸,爸爸,你高兴不高兴？

雅尔马　(躲着她)高兴！(走动)哦,现在我可把情形看清楚了！原来是为了海特维格他才这么慷慨！

基　纳　是啊,因为这是海特维格的生日。

海特维格　爸爸,你还是可以花那笔钱！你知道,我要把钱都给你和妈妈。

雅尔马　不错,给妈妈！这一下子我明白了。

格瑞格斯　雅尔马,这是他给你安的一个圈套。

雅尔马　据你看这又是一个圈套吗？

格瑞格斯　今天早晨他来的时候跟我说过:雅尔马·艾克达尔不是你想象中的那等人。

雅尔马　不是那等人！

格瑞格斯　他又说:你等着瞧吧。

雅尔马　他是不是说,你将来会看到我被他收买过去？

海特维格　喔,妈妈,这些话是什么意思？

基　纳　快去脱衣服吧。

〔海特维格从厨房门下,几乎要哭。

格瑞格斯　是的,雅尔马——现在你该让大家看看,究竟是他对还是我对。

雅尔马　(慢吞吞地把那张纸对直撕成两片,把两片都放在桌上,嘴里说)这是我的答复。

格瑞格斯　果然不出我所料。

雅尔马　(基纳站在火炉旁边,雅尔马走过去向她低声说)现在请你老老实实说出来,如果在你开始所谓爱上我的时候,你跟他已经葛藤断绝了,那么他为什么还要想法子让咱们结婚？

基　纳　大概他是想着咱们结了婚他可以跟咱们来往。

雅尔马　就为这点子事？是不是他还担心有什么意外的事？

基　纳　我不懂你这句话是什么意思。

雅尔马　我要问你,究竟你的孩子配不配住在我家。

483

基　纳　（身子挺直,两眼闪光）你问那个?

雅尔马　你一定得答复这问题:海特维格是我的孩子,还是——?唔!

基　纳　（冷冰冰地瞧着他,不肯答复）我不知道。

雅尔马　（身子哆嗦了一下）你不知道!

基　纳　我怎么会知道?像我这么个女人——

雅尔马　（静悄悄地转过身去）既然如此,我就不必再在这儿住下去了。

格瑞格斯　雅尔马,小心!仔细想一想!

雅尔马　（穿大衣）在这件事上头,像我这么个人没什么可犹豫的。

格瑞格斯　当然有,有一大串事情需要考虑。要是你们真想达到牺牲自己和饶恕别人的境界,你们三个人一定得在一块儿住着。

雅尔马　我不想达到那种境界。不想,不想!我的帽子呢!（拿起帽子）我的家垮台了。（放声大哭）格瑞格斯,我没有孩子了!

海特维格　（把厨房门推开）你说什么?（走近他）爸爸,爸爸!

基　纳　哼,你瞧!

雅尔马　海特维格,别挨近我!走远一点。我不愿意看见你。喔,那两只眼睛!再见!（打算向门口走）

海特维格　（紧紧挨着他,大声喊叫）别走,别走!别把我扔了!

基　纳　（高声）艾克达尔,你瞧瞧孩子!瞧瞧孩子!

雅尔马　我不愿意待下去了!我不能待下去了!我一定得走得远远的,不看见这些事儿!

〔他使劲甩开海特维格两只手,从过道门口下。

海特维格　（绝望的眼神）妈妈,他扔下咱们走了!他扔下咱们走了!他再也不会回来了!

基　纳　别哭,海特维格。爸爸一定还会回来。

海特维格　（扑到沙发上,抽抽搭搭哭起来）不,不,他再也不会回来看咱们了。

格瑞格斯　艾克达尔太太,你大概可以相信我原来是一片好意吧?

基　纳　你也许是一片好意,可是你造的孽真不小。

海特维格　（躺在沙发上）呕,我活不下去了!我有什么对不起他的地方?妈妈,你一定得把他找回来!

基　纳　好,好,好,只要你别哭,我马上去找他。（穿戴衣帽）也许他上瑞凌屋里去了。你别净躺着哭。答应我!

海特维格 （哭得抽抽噎噎地）好,我不哭,我不哭,只要爸爸肯回来!

格瑞格斯 （向基纳,基纳正要出去）让他咬紧牙关、苦斗到底,是不是更好一点儿?

基　　纳 喔,那是以后的事。眼前第一件事,咱们得想法儿让孩子安静下来。

（从过道门口下）

海特维格 （坐直身子,擦干眼泪）现在你得告诉我究竟是怎么回事。为什么爸爸不要我了?

格瑞格斯 现在你先别打听,等你长大了,完全长大了再问。

海特维格 （呜咽）我不能老憋在心里等我长大了再问。我看出这道理来了。也许我不是爸爸的亲生女儿。

格瑞格斯 （局促不安）那怎么会呢?

海特维格 也许我是妈妈从外头捡来的,爸爸刚知道。我在书本里看见过这种事。

格瑞格斯 假如真有这种事的话——

海特维格 我想他会照样喜欢我。也许会更喜欢我。那只野鸭是别人送给我们的,我还不是照样那么喜欢它。

格瑞格斯 （换题目）哦,说起那只野鸭! 好,海特维格,咱们谈谈野鸭吧。

海特维格 苦命的野鸭! 爸爸也不想再看它了。你想,爸爸要拧折它的脖子!

格瑞格斯 胡说,他不会真动手。

海特维格 不会,可是他嘴里说他想动手。爸爸真讨厌,不应该说这话。你知道,每天晚上我给野鸭做祷告,求老天保佑它不死,保佑它不遭祸殃。

格瑞格斯 （瞧着她）你每天晚上做祷告吗?

海特维格 做。

格瑞格斯 谁教你的?

海特维格 没人教我。有一回爸爸病得很厉害,脖子上扎着蚂蟥①,他说他快要死了。

格瑞格斯 后来怎么样?

海特维格 我在床上给他做祷告。从那以后我没间断过。

格瑞格斯 现在你也给野鸭做祷告吗?

---

① 蚂蟥就是水蛭,用它给病人吸血,是旧时一种医疗方法。

海特维格　那时候我觉得最好也给野鸭做祷告,因为它刚来的时候身体很不好。

格瑞格斯　早晨你也做祷告吗?

海特维格　不,当然不做。

格瑞格斯　为什么早晨不做?

海特维格　早晨是光明的,没有什么特别可怕的事儿。

格瑞格斯　你父亲不是要拧死你心爱的那只野鸭吗?

海特维格　不,他说他应该把野鸭拧死,可是看在我的分上饶了它的命。那是爸爸待我好。

格瑞格斯　(走近些)看在你父亲分上,你自愿地把那只野鸭牺牲了吧。

海特维格　(站起来)牺牲那只野鸭!

格瑞格斯　看在你父亲分上,把你最心爱的东西贡献出来吧。

海特维格　你觉得那么办有好处吗?

格瑞格斯　海特维格,你姑且试一试。

海特维格　(低声,眼睛发亮)好,我就试试。

格瑞格斯　你真有胆子吗?

海特维格　我会叫爷爷替我把野鸭打死。

格瑞格斯　好,就这么办。可是在你母亲面前一字都别提。

海特维格　为什么别提?

格瑞格斯　她不懂得咱们的意思。

海特维格　野鸭!明天早晨我就试试。

〔基纳从过道门口上。

海特维格　(迎上去)妈妈,你找着爸爸没有?

基　纳　没有,可是我听说他到过瑞凌屋里,拉着瑞凌一块儿出去了。

格瑞格斯　这话靠得住吗?

基　纳　靠得住,是门房的老婆说的。她说,莫尔维克也跟他们一块儿出去了。

格瑞格斯　今天晚上是他需要独自作一番内心斗争的时候——!

基　纳　(脱下衣帽)是的,男人确实是古怪东西。谁知道瑞凌把他拉到什么地方去了呢!我跑到埃吕森大娘酒铺里找他们,他们也不在那儿。

海特维格　(使劲忍住眼泪)天啊,要是他从此以后不回来可怎么办!

格瑞格斯　他会回来。明天我给他送信去,你看他就会回来。你尽管放心,海

特维格,晚上好好睡觉。明天见。(从过道门口下)
海特维格 (扑在基纳脖颈上,呜呜咽咽哭起来)妈妈!妈妈!
基　纳 (拍拍女儿的肩膀,叹口气)嗳,真是!瑞凌的话说得不错。这都是疯子到处向人索取什么倒霉要求的结果。

第 五 幕

〔雅尔马的摄影室。阴寒灰暗的晨光。玻璃天窗上压着一片湿雪。

〔基纳身上系着胸围和围裙,手里拿着一把掸子和一块抹布,从厨房走出来,正在向起坐室门口走过去。同时,海特维格慌慌张张地从过道里进来。

基　纳　（站住）什么事?

海特维格　妈妈,我看爸爸大概是在楼下瑞凌屋子里。

基　纳　你看我的话怎么样!

海特维格　门房的老婆说,昨天夜里她听见瑞凌回来的时候还带着两个人。

基　纳　我猜得一点儿都不错吧。

海特维格　要是爸爸不肯上来的话,在楼下也不相干。

基　纳　不管怎么样,我下楼跟他说说。

〔老艾克达尔在自己屋门口出现。他穿着睡衣,趿着便鞋,嘴里抽着烟斗。

艾克达尔　雅尔马!雅尔马不在家吗?

基　纳　不在,他出去了。

艾克达尔　这么早就出去了?而且还是这么个大雪天!算了,算了,随他去吧。我一个人也会散步。

〔他推开阁楼门,海特维格帮着他推。他进去以后她又把门拉上。

海特维格　（低声)妈妈,你想,要是爷爷知道了爸爸要扔下咱们可怎么办。

基　纳　胡说,咱们不能让爷爷知道。真是亏得老天爷照应,昨儿咱们闹得天翻地覆的时候,爷爷碰巧不在家。

海特维格　是啊,可是——

〔格瑞格斯从过道门口上。

格瑞格斯　你们有他什么消息没有？

基　　纳　人家说他在楼下瑞凌屋里呢。

格瑞格斯　在瑞凌屋里！他当真跟那两个家伙出去了？

基　　纳　大概是吧。

格瑞格斯　昨天晚上他应该一个人躲起来，把神定一定，把脑子静一静——

基　　纳　你可以这么说。

〔瑞凌从过道上。

海特维格　（迎上去）爸爸在你屋里吗？

基　　纳　（同时）他在你那儿吗？

瑞　　凌　当然在我那儿。

海特维格　你不告诉我们！

瑞　　凌　对，我是个畜生。可是昨天夜里我先得照顾另一个畜生，我当然是指我们那位天才朋友。后来我自己也睡得什么都不知道了。

基　　纳　艾克达尔今天说些什么话？

瑞　　凌　他什么都没说。

海特维格　他不说话？

瑞　　凌　一声儿都没吭。

格瑞格斯　是，是，我明白这意思。

基　　纳　那么，他在干什么？

瑞　　凌　他躺在沙发上打鼾。

基　　纳　是吗？艾克达尔打鼾可厉害啊。

海特维格　他睡着了？他睡得着吗？

瑞　　凌　嗯，看样子睡得着。

格瑞格斯　这也不足为奇，经过了那么一场精神斗争以后——

基　　纳　再说，他也不习惯晚上在外头东奔西跑的。

海特维格　妈妈，他能睡觉，也许是桩好事。

基　　纳　当然是好事。咱们得小心，别让他醒得太早。瑞凌，谢谢你。现在我先得把屋子收拾收拾，回头再——。海特维格，你来帮着我。

〔基纳和海特维格走进起坐室。

格瑞格斯　对于雅尔马这一场精神激动你是怎么个看法？

瑞　　凌　我连精神激动的魂儿都没看见。

489

格瑞格斯　什么！经过了这么个紧要关节,整个生活换了新的基础,他会没有精神激动？你怎么能把雅尔马这种个性——？

瑞　凌　哦,他那种个性！如果他曾经有过你所谓个性的不正常发展的倾向,那种倾向在他十几岁时候就被别人铲除干净了。

格瑞格斯　这可怪了——他小时候人家那么细心培养他。

瑞　凌　你说的是不是他那两位好夸口、精神不正常、没出嫁的姑姑？

格瑞格斯　老实告诉你,那两个女人从来不忘记理想的要求。当然,我说这话无非又要惹你取笑了。

瑞　凌　不,我没兴致取笑你。那两位女客的事我都知道,雅尔马在他那两位"精神的母亲"身上发过不知多少高论。可是我想他并没得到她们什么好处。雅尔马倒霉的地方就是在他自己的圈子里,人家老把他当作一个才能出众的人物。

格瑞格斯　这当然不是没有理由。你看他的智慧多深厚！

瑞　凌　我从来没看见过。他父亲觉得他有智慧,我倒不以为奇,那老中尉一辈子是个蠢家伙。

格瑞格斯　他一辈子像小孩子那么天真,这一点你看不出来。

瑞　凌　好,好,就算是吧。后来咱们这位亲爱的雅尔马进了大学,他的同学马上又把他当作一个前程远大的人物！这家伙长得漂亮——脸色又红又白——是女店员心目中的美男子。他的性格又那么多愁善感,他的声音那么亲切动人,再加上他善于朗诵别人的诗句,善于演说别人的思想。

格瑞格斯　（生气）你这一段话是不是说雅尔马？

瑞　凌　对不起,正是。我无非是把你五体投地崇拜的偶像做了个内部的描写。

格瑞格斯　我想我的眼睛并没有瞎透。

瑞　凌　你的眼睛是瞎透了——或者相差不远了。你要知道,你自己也是个病人。

格瑞格斯　你这话说对了。

瑞　凌　可不是吗！你的病症很复杂。第一,你犯了严重的"正直热"。第二,你犯了崇拜偶像的狂热病——这病更厉害——你永远必须在你本身以外寻找一件可以崇拜的东西。

格瑞格斯　对,我必须在我本身以外寻找。

瑞　凌　可是在每一个你自以为新发现的宝贝身上,你都犯了极大的错误。

现在你又跑到一个穷人家里索取"理想的要求",偏偏这一家都是还不起账的人。

格瑞格斯　要是你觉得雅尔马不过是个平常人物,那么你日日夜夜盯着他又有什么趣味?

瑞　凌　嗳,你要知道,我好歹总算是个医生——对不起!跟我住在一所房子里的人害了病我不能不帮一把忙。

格瑞格斯　哦,真的吗!雅尔马也有病!

瑞　凌　一般人都有病,所以更糟糕。

格瑞格斯　你给雅尔马治病用的是什么药方?

瑞　凌　还是我那张老药方。我在他身上培养生活的幻想。①

格瑞格斯　生活的——幻想?我没听清你说的什么。

瑞　凌　我是说生活的幻想。你知道,幻想是刺激的要素。

格瑞格斯　我能不能问问你在雅尔马身上培养的是什么幻想?

瑞　凌　对不起,我不能把职业的秘密泄露给江湖医生。我怕你用我的药方把他的病搞得比你已经搞出来的局面更糟糕。我的方子可是百发百中。我用这张方子给莫尔维克治过病。亏了我这张方子,他才变成了"天才"。这就是我在他脖子上贴的起泡膏药。

格瑞格斯　如此说来,他并不是真的天才?

瑞　凌　什么天才不天才!这是我编的一句谎话,让他活着有点劲儿。幸亏我这张方子,要不然,这个忠厚老实家伙多少年前就会由于自卑自贱、悲观绝望、没法子活下去了。再看看那位老中尉!他倒摸索出一张给自己治病的方子来了。

格瑞格斯　你是不是说艾克达尔中尉?他怎么样?

瑞　凌　那打熊的老猎人居然躲在漆黑的阁楼里打兔子!老实告诉你,那老头儿在那一大堆乱七八糟的东西里头悠悠荡荡过日子,世界上找不出比他更快活的猎人了。他攒的那四五棵干瘪圣诞树,在他眼睛里跟赫义达那片生气蓬勃的大森林完全一样;那些公鸡母鸡在他看起来就是枞树顶上的大猎鸟;在阁楼里乱蹿乱蹦的小兔就是他这位山中的大猎人必须拼命扑杀的大熊!

---

① 挪威文的原意是"生活的谎话"。

格瑞格斯　这个倒运的老头儿！他不能不把年轻时候的理想打一个折扣。

瑞　凌　提起这件事,小威利先生,请你别用那外国名词:理想。咱们本国有个很好的名词:谎话。

格瑞格斯　你觉得这两件东西有连带关系吗?

瑞　凌　有,它们的关系几乎像斑疹伤寒跟瘟病一样密切。

格瑞格斯　瑞凌大夫,我不把雅尔马从你手掌中间抢救出来,决不罢休!

瑞　凌　那他就更倒霉了。如果你剥夺了一个平常人的生活幻想,那你同时就剥夺了他的幸福。(向海特维格,她正从起坐室走进来)喂,小野鸭妈妈,我正要下楼去看你爸爸是不是还躺在那儿琢磨自己那个了不起的发明。

　　〔他从过道门口下。

格瑞格斯　(走近海特维格)从你脸上我看得出你还没动手呢。

海特维格　动什么手? 哦,你说的是野鸭的事! 我还没动手。

格瑞格斯　大概是你临时没有胆量了吧。

海特维格　那倒不是。我今天早晨醒来的时候,想起了咱们昨天谈过的话,我觉得那些话非常奇怪。

格瑞格斯　奇怪?

海特维格　是的,我不明白——。昨天晚上咱们谈话的时候,我觉得这件事挺有味儿,可是睡了一觉之后,醒过来再想一想,我觉得这事似乎不值得做。

格瑞格斯　你在这个家庭里受教养不会不吃亏。

海特维格　这我倒不在乎,只要爸爸肯上楼!

格瑞格斯　喔! 只要你睁开眼睛看看生命的价值在什么地方——只要你有真正、愉快、大胆的牺牲精神,你看吧,他不久就会上楼来看你。海特维格,我对你还是有信心。

　　〔他从过道下。海特维格在屋里走了会儿。她正要走进厨房的时候,听见阁楼门上有人敲了一下。海特维格走过去把门推开一点。老艾克达尔从里头走出来,她又把门拉上。

艾克达尔　唔,早晨一个人散步没多大意思。

海特维格　爷爷,你是不是想打猎?

艾克达尔　今儿天气不合适。里头黑得连走道儿都看不大清楚。

海特维格　除了兔子你从来不想打别的东西吗?

艾克达尔　你觉得打兔子还不够劲儿吗?

492

海特维格　够劲儿,可是野鸭呢?

艾克达尔　嘿嘿!是不是你怕我打你的野鸭?放心!我绝不打野鸭。

海特维格　对,大概你不会打。人家说打野鸭挺不容易的。

艾克达尔　不会打!我不至于不会吧!

海特维格　爷爷,你怎么下手?我不是说打我的野鸭,我是说打别的野鸭。

艾克达尔　我仔细看准了,打它们的胸脯。你知道,那是最有把握的地方。并且还得逆着它们的毛打进去,别顺着毛打。

海特维格　爷爷,那么打,它们死不死呢?

艾克达尔　喔,准死,只要你打得对劲儿。现在我要进去把身上弄弄干净。唔,你明白了。(他走进自己屋子)

〔海特维格等了会儿,眼睛瞟着起坐室的门,走到书橱旁边,踮起脚来,从橱顶上把那支双筒手枪拿下来,对它仔细打量。基纳拿着掸子抹布从起坐室走出来。海特维格急忙把枪放下,幸好没让基纳看见。

基　纳　别胡翻爸爸的东西,海特维格。

海特维格　(离开书橱)我是想把东西归并归并。

基　纳　你还是上厨房去吧,看着别让咖啡凉了。回头我下楼看爸爸的时候,用托盘把早餐给他送去。

〔海特维格下。基纳动手打扫屋子。过不多时,过道门慢慢地开了,雅尔马在门口张望。他身上穿着大衣,可是没戴帽子。他没洗脸,头发乱蓬蓬的。两眼没神,眼皮重得抬不起来。

基　纳　(手里拿着掸子,站住瞧他)哦,艾克达尔!你到底回来了?

雅尔马　(走进来,有声无音地回答)我回来了——只是马上还要走。

基　纳　是,是,我知道。天啊,瞧你这样儿!

雅尔马　我这样儿?

基　纳　你再瞧瞧你的漂亮的冬大衣!咳,它简直就算报销了。

海特维格　妈妈,我还是——?(话没说完,一眼看见雅尔马,高兴得尖着嗓子叫了一声,向他扑过来)哦,爸爸!爸爸!

雅尔马　(转过脸去,做出讨厌她的姿态)走,走,走!(向基纳)别让她挨近我,听见没有!

基　纳　(低声)海特维格,快上起坐室去。

〔海特维格一言不发,走进起坐室。

493

雅尔马　（慌慌张张把桌子抽屉拉出来）我非把书带走不可。我的书在什么地方？

基　　纳　什么书？

雅尔马　当然是我的科学书喽，我在工作上需要的专门杂志。

基　　纳　（在书橱里搜寻）是不是这些纸面儿的本子？

雅尔马　那还用说。

基　　纳　（把一堆杂志摆在桌上）要不要叫海特维格把书页给你裁开？

雅尔马　我不用别人给我裁书。

〔半晌无言。

基　　纳　艾克达尔，这么说，你还是想离开我们？

雅尔马　（在书堆里乱翻）我想是当然的喽。

基　　纳　是，是。

雅尔马　（使劲）在这儿时时刻刻有把刀子扎我的心窝，叫我怎么待得下去？

基　　纳　你把我看得这么下流，真造孽。

雅尔马　拿出证据来！

基　　纳　应该是你拿出证据来。

雅尔马　你干了那种丑事还说这话？世界上有一些要求——我不妨把它们叫作理想的要求——

基　　纳　可是爷爷怎么办呢？苦命的老头儿，叫他往后怎么过日子？

雅尔马　我知道我的责任。苦命的父亲跟我一块儿走。我正要进城安排这件事。唔——（犹豫）有没有人在楼梯上捡着我的帽子？

基　　纳　没有。你帽子丢了吗？

雅尔马　昨天夜里我回来时候帽子明明还戴在头上。这是毫无疑问的。可是今天早上就找不着了。

基　　纳　天啊！你跟那两个没出息的家伙上哪儿去了？

雅尔马　喔，别拿小事麻烦我。难道我还有心绪记这些零碎的事情吗？

基　　纳　艾克达尔，只要你没着凉就行。（走进厨房）

雅尔马　（一边把抽屉倒空，一边满腔烦恼地自言自语）瑞凌，你是个坏蛋！你是个下流东西！你这不要脸的迷魂鬼！我恨不得找个人一刀子把你扎死！

〔他把几封旧信搁在一边，找着了昨天撕碎的那张赠予字据，拿起撕碎的两片细瞧，看见基纳走进来，赶紧把字据放下。

基　　纳　（把一只盛着咖啡什么的托盘搁在桌上）要是你想喝的话，这儿有点儿热咖啡。还有面包黄油和一小块咸肉。

雅尔马　（对托盘瞟了一眼）咸肉？在这所房子里吃？不行！我确是将近一天一夜没吃干东西了,可是没关系。我的笔记本呢！我的自传的头一段呢！我的日记和我的重要稿件都上哪儿去了？（把起坐室的门开开,倒退一步）她又在那儿！

基　纳　天啊！那孩子总得有个地方待着呀！

雅尔马　出来。

〔雅尔马让开一点路,海特维格走进摄影室,吓得木僵僵的。

雅尔马　（手按着门拉手,向基纳）这是我在自己从前的家里最后几分钟,我不愿意让外头人搅我。（走进起坐室）

海特维格　（一步跳近她母亲,声音发颤,低低地问）他是不是说我？

基　纳　海特维格,上厨房去吧。喔,再不,你还是上自己屋里去。（一边走进起坐室,一边向雅尔马）别忙,雅尔马。别在抽屉里乱翻腾。什么东西在什么地方我都知道。

海特维格　（站着愣了会儿,又是害怕又是莫名其妙,咬紧嘴唇,忍住眼泪。然后,她哆哆嗦嗦捏紧拳头,低声自语）野鸭！

〔她轻轻走过去,从书橱上拿了手枪,把阁楼门推开一点儿,爬进阁楼,又把门拉上。这时候我们可以听见雅尔马和基纳在起坐室里争辩的声音。

雅尔马　（走进屋来,手里拿着一些笔记抄本和散页旧稿,把它们搁在桌上）那只手提箱不中用！我随身要带的东西那么一大堆。

基　纳　（提着皮箱跟在他后头）为什么不把那些东西暂且留下,先只带一件衬衫和一条羊毛衬裤呢？

雅尔马　噢！这些准备工作真能把人累死！

〔他脱下大衣,往沙发上一扔。

基　纳　咖啡快凉了。

雅尔马　唔。（忘其所以地喝了一口,接着又喝一口）

基　纳　（掸椅子背）再要给兔子找这么一间大阁楼可够你麻烦的。

雅尔马　什么！你还要我拖带着那些兔子一块儿走？

基　纳　没有那些兔子,爷爷怎么过日子。

雅尔马　他一定得练习练习没有兔子也能过日子。我还不是得牺牲比兔子重

495

要得多的东西！

基　纳　（掸书橱）要不要我把笛子给你搁在皮箱里？

雅尔马　我不要笛子。把手枪给我！

基　纳　你要把"兽枪"带走吗？

雅尔马　要，我要那支装子弹的手枪。

基　纳　（找手枪）枪没有了。一定是爷爷拿到里头去了。

雅尔马　爷爷在阁楼里吗？

基　纳　那还用说，他当然在阁楼里。

雅尔马　唔——可怜的孤老头子！（拿起一块抹黄油的面包，把它吃掉，再把剩下的咖啡喝干）

基　纳　要是当初咱们不把那间屋子租出去，今天你就可以搬进去住了。

雅尔马　还待在这所房子里跟——。不行，不行！

基　纳　那么，你就在起坐室里将就住一两天，行不行？你可以一个人使那间屋子。

雅尔马　在这所房子里绝对不行！

基　纳　那么，下去跟瑞凌和莫尔维克一块儿住。

雅尔马　别再跟我提那两个家伙的名字！一想起他们，我几乎就要恶心。喔，我一定要冒着风雪走出大门，挨家挨户给父亲和我自己找个安身之处。

基　纳　艾克达尔，可是你没有帽子。你把帽子丢了。

雅尔马　哼，那两个畜生，那两个万恶具备的坏蛋！我没有帽子不行。（又吃一块黄油面包）总得想个办法才是。我不想在这儿把自己白糟蹋了。（在托盘里找东西）

基　纳　你找什么？

雅尔马　黄油。

基　纳　我马上给你去拿。（走进厨房）

雅尔马　（叫她）喂，没关系。我吃干面包也行。

基　纳　（拿来一碟黄油）你看，这是新鲜黄油。

〔她又给他斟了一杯咖啡。他在沙发上坐下，在一块已经抹了黄油的面包上再抹一点黄油，静静地吃喝了一会儿。

雅尔马　可不可以——别让人家来搅我——什么人都别搅我——我可不可以在起坐室里暂时住一两天？

基　　纳　　当然可以,只要你愿意。

雅尔马　　因为我觉得没法子这么匆匆忙忙地把父亲的东西都搬出去。

基　　纳　　再说,你也得先告诉他,你不想跟我们娘儿俩住下去了。

雅尔马　　(把咖啡杯推开)对,还有这件事。我一定得把这段纠葛在他面前交代清楚。我总得把事情仔细想一想。我总得有个喘气的工夫。我不能在一天里头把这些担子都挑在肩膀上。

基　　纳　　对,尤其是现在外头天气那么坏。

雅尔马　　(摸摸威利那封信)那张东西还在这儿。

基　　纳　　是啊,我没碰过它。

雅尔马　　对于我,这是一张废纸。

基　　纳　　我也决不想把它安排什么用处。

雅尔马　　咱们还是别让它丢了。我搬家的时候乱哄哄的,它很容易——

基　　纳　　艾克达尔,我会把它好好儿收着。

雅尔马　　这笔钱本来是送给父亲的,接受不接受都得由着他。

基　　纳　　(叹气)是啊,苦命的老爷子!

雅尔马　　为了安全起见——。哪儿有胶水?

基　　纳　　(走到书橱旁)胶水瓶在这儿。

雅尔马　　刷子呢?

基　　纳　　刷子也在这儿。(把东西递给他)

雅尔马　　(拿起一把剪子)在背后贴上一个小纸条儿——。(剪纸,刷胶水)不是我的东西我绝不想沾光——我尤其不想沾一个苦老头子——和——和那个人的光。好了。搁着让它干一干。干了就把它拿走。我绝不想再看这张东西。绝不再看!

〔格瑞格斯从过道上。

格瑞格斯　　(有点惊讶)怎么!雅尔马,你还在这儿坐着?

雅尔马　　(慌忙站起来)我累得直不起腰来了。

格瑞格斯　　看样子你刚吃过早餐。

雅尔马　　有时候身体上的要求也逼得很紧。

格瑞格斯　　你决定怎么办?

雅尔马　　像我这么个人,只有一条路可走。我正在把最重要的东西归并起来。可是你知道,这挺费工夫。

497

基　　纳　（有点不耐烦）究竟我是给你把屋子收拾出来,还是给你装皮箱?

雅尔马　（瞟了格瑞格斯一眼,有点讨厌他）装皮箱——把屋子也收拾出来!

基　　纳　（提起皮箱）好,好。那么我把衬衫和别的东西都装在箱子里。（走进起坐室,把门带上）

格瑞格斯　（沉默了半晌）我没想到这件事会这么收场。你是不是真觉得非离开家庭不可?

雅尔马　（心神不定,走来走去）你要我怎么办?格瑞格斯,我这人不能过痛苦日子。我的环境一定得安全平静。

格瑞格斯　在这儿难道你觉得不安全不平静吗?姑且试一试。我觉得你现在已经脚踏实地,有了新基础了——只要你肯从头做起。并且别忘了你的发明,这是你的终身事业。

雅尔马　喔,别提我的发明了。也许还渺茫得很呢。

格瑞格斯　真的吗!

雅尔马　天啊!你叫我发明什么呀?差不多的东西已经都让别人发明了。这件事往后一天比一天难做。

格瑞格斯　你已经在这上头下过那么些工夫了。

雅尔马　都是瑞凌那坏蛋逼着我干的。

格瑞格斯　瑞凌?

雅尔马　正是。他是第一个使我觉得在照相上可以有重大发明的人。

格瑞格斯　啊哈——原来是瑞凌!

雅尔马　喔,为了这事我一直挺快活!发明不发明倒还在其次,我最快活的是海特维格真相信这件事——她用小孩子的全副热情相信这件事。至少我像傻瓜似的自以为她真信这件事。

格瑞格斯　难道你真觉得海特维格对你不诚实吗?

雅尔马　现在我觉得什么事都可能。阻碍我前程的是海特维格。她会把我一生的光明全都遮住。

格瑞格斯　海特维格!你说的是海特维格?她怎么会遮住你的光明?

雅尔马　（不答复这句话）我一向是说不出地喜欢那孩子!我每次回家走进自己这间小屋子,看她扑过来接我,眨巴着两只迷人的小眼睛,我真是说不出地快活。喔,我真是个容易上当的傻瓜!我那么说不出地爱她。我痴心妄想,以为她也是说不出地爱我。

格瑞格斯　你说那是妄想吗？

雅尔马　我怎么知道是不是？基纳对我一字不提。并且，这些复杂事情的理想方面她完全不懂。在你面前，我非把心事说出来不可。我老撇不开一个刺心的疑问——也许海特维格从来没真心实意地爱过我。

格瑞格斯　假如她拿出一个爱你的证据来，你有什么话可说？（侧耳细听）那是什么声音？我好像听见野鸭——？

雅尔马　那是野鸭在嘎嘎地叫。父亲在阁楼里。

格瑞格斯　他在里头吗？（满脸高兴）我告诉你，将来你会看见证据，你那受屈的海特维格确实爱你！

雅尔马　她拿得出什么证据？她的话我再也不敢信了。

格瑞格斯　海特维格不懂得什么叫欺骗。

雅尔马　喔，格瑞格斯，我拿不稳的正是这件事。谁知道那个索比太太好几回上这儿来跟基纳唧唧咕咕咬耳朵说了些什么？海特维格不是经常堵着耳朵的孩子。说不定那笔赠款在她心里早就有了底子。反正我已经看出点儿苗头来了。

格瑞格斯　你今天着了什么魔啦？

雅尔马　我眼睛已经睁开了。你瞧着吧！那笔赠款不过是起个头儿罢了。索比太太一向宠爱海特维格，现在她有力量在那孩子身上要干什么就干什么了。他们随时都可以从我手里把她抢走。

格瑞格斯　海特维格绝不会把你扔下。

雅尔马　你别拿得这么稳。只要他们对她一招手，用好东西一引她——！喔，我一向那么说不出地爱她！我要是能轻轻地搀着她的手，带着她，好像带着一个胆小的孩子穿过一间漆黑的大空屋子，那就是我最快活的事！现在我才十分凄惨地看清楚，原来她从来没把小阁楼里的这个苦命照相师真情实意地放在她心上。她一向无非是花言巧语跟我假亲热，等待适当的机会。

格瑞格斯　雅尔马，这话连你自己都不信。

雅尔马　可怕正在这上头：我不知道应该信什么，我永远没法子知道。可是你能怀疑我说的不是实在情形吗？嘿嘿！老朋友，你这人过于相信理想的要求了！要是那批人一上这儿来，带着许多好东西，对那孩子大声说："别跟着他。上我们这儿来。生活在这儿等着你呢——！"

格瑞格斯　（不等雅尔马说完,赶紧追问）唔,怎么样?

雅尔马　要是在那当口我问海特维格,"海特维格,你愿意不愿意为我牺牲那种生活?"（大声冷笑）哼,对不起!你马上会听见她怎么答复我。

　　　　〔阁楼里发出一声枪响。

格瑞格斯　（高声欢呼）雅尔马!

雅尔马　哼,老头子又打猎了。

基　纳　（进来）喔,艾克达尔,我听见爷爷一个人在阁楼里打枪。

雅尔马　我进去瞧瞧。

格瑞格斯　（非常兴奋）别忙!你知道是怎么回事?

雅尔马　我当然知道。

格瑞格斯　不,你不知道。我可知道,那就是证据。

雅尔马　什么证据?

格瑞格斯　一个孩子自愿牺牲的证据。她叫你父亲替她打那只野鸭。

雅尔马　打那只野鸭!

基　纳　喔,简直胡闹!

雅尔马　打野鸭有什么用?

格瑞格斯　她愿意为你牺牲她最心爱的东西,她想,这么一来,往后你一定会再爱她。

雅尔马　（满腔柔情）噢,苦命的孩子!

基　纳　她想的事儿真古怪!

格瑞格斯　雅尔马,她无非是要你再爱她。你不爱她,她就活不下去。

基　纳　（忍住眼泪）艾克达尔,你明白了吧。

格瑞格斯　她在什么地方,基纳?

基　纳　（吸鼻涕）可怜的孩子,我猜她是一个人坐在厨房里。

雅尔马　（走过去,把厨房门使劲拉开,一边说）海特维格,进来,上我这儿来!（四面张望）哦,她不在厨房。

基　纳　那么,她一定在自己小屋子里。

雅尔马　（在厨房里）她也不在这儿。（又走进来）她一定是出去了。

基　纳　是啊,家里什么地方你都不许她待嘛。

雅尔马　喔,我只盼望她快点回家,我就可以告诉她——。格瑞格斯,现在什么事都没问题了。现在我觉得我们可以重新过日子了。

格瑞格斯　（静静地）我早就知道。我知道她会改过赎罪。

〔老艾克达尔在自己屋门口出现。他穿着全副军装,正在忙着把军刀扣在身上。

雅尔马　（诧异）爸爸!你在自己屋里?

基　纳　刚才你是不是在屋里放枪?

艾克达尔　（生气,走过来）雅尔马,你一个人打猎,是不是?

雅尔马　（紧张慌乱）这么说,刚才在阁楼里打枪的不是你?

艾克达尔　我打枪?唔。

格瑞格斯　（大声向雅尔马）那孩子自己动手把野鸭打死了!

雅尔马　这是什么意思?（急忙跑到阁楼门口,使劲把门推开,往里一瞧,高声喊叫）海特维格!

基　纳　（跑到阁楼门口）天啊,什么事!

雅尔马　（走进去）她在地下躺着!

格瑞格斯　海特维格在地下躺着!（走进阁楼找雅尔马）

基　纳　（同时说）海特维格!（冲进阁楼）噢,天啊!

艾克达尔　嘿嘿!她也学着打枪了?

〔雅尔马、基纳和格瑞格斯把海特维格抬进摄影室。她的右手搭拉着,手指头使劲攥着手枪。

雅尔马　（精神错乱）子弹打出去了。她把自己打伤了。赶紧去找大夫!快!快!

基　纳　（跑到过道里,向楼下喊叫）瑞凌!瑞凌!瑞凌大夫!快上楼来!

〔雅尔马和格瑞格斯把海特维格抬到沙发上。

艾克达尔　（静静地）树林子给自己报仇呢。

雅尔马　（跪在海特维格旁边）她一会儿就会醒过来。她醒过来了。醒了,醒了。

基　纳　（又走进来）她伤在什么地方?我瞧不见伤处。

〔瑞凌急急忙忙走进来,不多会儿,莫尔维克也来了。莫尔维克没穿背心,没打领带,敞着上衣。

瑞　凌　你们出了什么事情?

基　纳　他们说,海特维格开枪把自己打死了。

雅尔马　快过来想个办法!

瑞　　凌　她把自己打死了！（把桌子推开,动手检查海特维格）

雅尔马　（跪在旁边,很着急地抬头瞧他）不至于致命吧？快说,瑞凌！她差不多没流血。不至于致命吧？

瑞　　凌　这件事怎么发生的？

雅尔马　喔,我们不知道！

基　　纳　她想打那只野鸭。

瑞　　凌　野鸭？

雅尔马　一定是手枪走了火。

瑞　　凌　唔。对,对。

艾克达尔　树林子给自己报仇呢。然而我还是不怕。（走进阁楼,把门拉上）

雅尔马　喂,瑞凌,你怎么不说话呀？

瑞　　凌　子弹打进胸膛了。

雅尔马　是的,可是她醒过来了！

瑞　　凌　你看不出她已经死了吗！

基　　纳　（放声大哭）噢,我的孩子,我的孩子！

格瑞格斯　（哑着嗓子）在海的深处——

雅尔马　（跳起来）不行,不行,非把她救活不可！喔,瑞凌,我求求你,让她多活一分钟也好,只要让我能告诉她,我一向是怎么也说不出地爱她！

瑞　　凌　子弹穿透了她的心脏。内部溢血。她一定当时就死了。

雅尔马　都是我！我把她像畜生似的撵得老远的！她吓得躲在阁楼里,为了爱我,开枪把自己打死了！（呜呜咽咽哭起来）我不能向她赎罪了！我不能再告诉她——！（攥着拳,仰着头,大声）喔,老天！假如你真有灵验的话！你为什么让我遭这个殃？

基　　纳　嘘,嘘,别这么胡说。大概是咱们没福气养活她。

莫尔维克　那孩子没死,她在睡觉。

瑞　　凌　胡说！

雅尔马　（安静下来,走到沙发旁边,两只胳臂在胸前一叉,瞧着海特维格）她躺在那儿直僵僵的一动都不动。

瑞　　凌　（想把她手里的枪松下来）她把枪攥得真紧,攥得那么紧。

基　　纳　别动,别动,瑞凌。别窝折了她的手指头。别动那支"兽枪"。

雅尔马　让她把枪带走吧。

基　纳　对了,让她带走。可是不能净让孩子躺在这儿给人瞧啊。她应该上自己屋里去。艾克达尔,帮我把她抬进去。

〔雅尔马和基纳抬着海特维格。

雅尔马　(一边抬,一边说)喔,基纳,基纳,往后的日子你还过得下去吗?

基　纳　咱们俩一定得互相帮着过下去。现在她是咱们俩的孩子了。

莫尔维克　(伸开两只手,嘴里叽叽咕咕)感谢上帝,你回到泥土里去吧——你回到泥土里去吧——

瑞　凌　(凑着他耳朵)少说话,傻瓜。你喝醉了。

〔雅尔马和基纳抬着尸体走厨房门下。瑞凌把门关上。莫尔维克溜出屋子,走进过道。

瑞　凌　(走近格瑞格斯,向他)谁说手枪是偶然走了火我都不信。

格瑞格斯　(站着吓傻了,浑身抽动)谁知道这场大祸是怎么惹出来的?

瑞　凌　火药烧焦了她胸前的衣服。她一定是先把手枪贴紧了胸膛才开的枪。

格瑞格斯　海特维格不算白死。难道你没看见悲哀解放了雅尔马性格中的高贵品质吗?

瑞　凌　面对着死人,一般人的品质都会提高。可是你说那种高贵品质能在他身上延续多少日子?

格瑞格斯　为什么不能延续一辈子,不能继续提高呢?

瑞　凌　到不了一年,小海特维格就会变成只是他演说时候的一个漂亮题目。

格瑞格斯　你竟敢这么挖苦雅尔马?

瑞　凌　等到那孩子坟上的草开始枯黄的时候,咱们再谈这问题吧。到那时候你会听见雅尔马装腔作势地说什么"孩子死得太早,好像割掉了她爸爸的一块心头肉"。到那时候你会看见他沉浸在赞美自己、怜惜自己的感伤的糖水蜜汁里。你等着瞧吧!

格瑞格斯　假使你的看法对,我的看法不对,那么,人在世界上活着就没有意思了。

瑞　凌　只要我们有法子甩掉那批成天向我们穷人催索"理想的要求"的讨债鬼,日子还是很可以过下去的。

格瑞格斯　(直着眼发愣)要是那样的话,我的命运像现在这样,倒也很好。

瑞　凌　我能不能请问:你的命运是什么?
格瑞格斯　(一边往外走)做饭桌上的第十三个客人。①
瑞　凌　呸!去你的吧!

——剧　终

---

①　指他在父亲为他举行的接风宴会上是第十三个人。

罗 斯 莫 庄

(1886)

【题　解】

四幕悲剧《罗斯莫庄》发表于一八八六年,翌年即在挪威、丹麦上演。这出戏的写作,与一八八五年剧作家回挪威小住有密切关系。易卜生在特隆赫姆工人联合会为他举行的一次集会上,讲了自己新近对政党纷争局势与人民精神生活状况的观感。他认为,挪威在许多方面"取得了巨大的进步",但还缺少真正的民主与自由;挪威社会需要"品质、意志和灵魂上的高尚"。他返回德国后,就迫不及待地在慕尼黑构思、写作这出新戏。此剧在中国,除了潘家洵的译本,还有刘伯量的《罗士马庄》(1930)。

这出戏的主人公罗斯莫牧师是罗斯莫庄的最后的继承人,虽已退职在家,但凭着罗斯莫这个古老望族的声誉,在地方上仍有很高的威信。他的妻子碧爱特遵守罗斯莫庄的古老传统,热爱自己的丈夫,但不知为什么竟从庄园的一座桥上跳进水沟自杀了。对此事,大家都讳莫如深。从此,给碧爱特做伴并料理家务的吕贝克小姐更能畅行无阻地影响罗斯莫了,她使他从保守的方面转向急进的潮流。幕启时,罗斯莫庄的管家妇海尔赛特与吕贝克正在议论碧爱特自杀、白马预兆之事。罗斯莫的内兄克罗尔来访,打断了她们的谈话。克罗尔校长是个极端的保守派,怀着对急进派的满腔怨愤,要求罗斯莫支持他和他的朋友,担任《州报》编辑,向"敌人"猛烈反攻。然而罗斯莫明白表示,不喜欢两个对立党派的哪一派,主张大家团结起来"创造一个真正的民主"。他拒绝了克罗尔的请求,严厉批评这位内兄在党派斗争中的卑劣行为,并且宣称自己有了新的政治见解才背叛教会和抛弃祖宗的信仰。克罗尔恼羞成怒,漫骂罗斯莫是叛徒。第二天,他又威胁、警告罗斯莫,说碧爱特自杀不是由于不能生育而神经错乱,为的是让罗斯莫与吕贝克做夫妻,从而解脱自己的精神痛苦。据此,克罗尔认为,罗斯莫对于碧爱特的死不能不负责任。罗斯莫仍不屈从,对克罗尔的下流行为"嗤之以鼻"。

通过吕贝克的努力,急进党报纸《烽火》的编辑摩腾斯果来访罗斯莫。从前,罗斯莫揭发过他的一件暧昧事,使他声名狼藉。随着时间的推移,人们对这事渐渐淡忘了。此时此刻,他俩已经和解。不过,摩腾斯果和克罗尔一样,也想利用罗斯莫的家世声望和牧师身份,借以加强急进党的社会势力。他同意在《烽火》上发表罗斯莫转向急进派的消息,但不同意罗斯莫与宗教决裂。为了抓住罗斯莫,他也亮出了碧爱特为什么自杀这张"王牌"。他手上有一封碧爱特给他的亲笔信,她向他暗示:即将自杀。罗斯莫再次思考这个问题,认为自己确实与吕贝克相爱,而且应该为碧爱特之死负间接责任,于是失去了内心的平静。他决定让吕贝克填补"碧爱特的空位子",以冲淡往事的困扰。吕贝克面对罗斯莫的强烈要求,开始高兴得大叫起来,继而因"心病"而拒绝。罗斯莫大惑不解。

这时候,克罗尔的《州报》向罗斯莫发出了连珠炮弹,恣意歪曲事实,甚至把吕贝克也扯上了。克罗尔知道吕贝克对罗斯莫影响很大,于是设法打击吕贝克。他有意调查她在北方小城的"不清白"的身世,当她的面说明:与她住在一起的"干爹"维斯特大夫,实际上是她的生父。这一下也使吕贝克失去了内心的平静。她也采取了果断的措施,在罗斯莫和克罗尔面前宣布了自己的"心病",说是她引诱碧爱特走上了自杀之路,她以为她只能在罗斯莫与碧爱特之中选择一个,而他们二人又不能同时活着。罗斯莫一怒之下,拂袖而去。正当吕贝克准备离开罗斯莫庄时,罗斯莫又回来了。他俩推心置腹地倾诉了爱情的力量与爱情带来的灾难,并且认为彼此都净化了对方的心灵。他们终于手搀手快快活活地走上碧爱特走过的道路,搂抱在一块儿跳在水车沟里了。

人 物 表

约翰尼斯·罗斯莫——罗斯莫庄主人，本区退职牧师
吕贝克·维斯特——给罗斯莫料理家务的人
克罗尔校长——罗斯莫的内兄
遏尔吕克·布伦得尔
彼得·摩腾斯果
海尔赛特太太——罗斯莫庄管事的

事情发生在挪威西部，滨海一个小城市附近，古老的罗斯莫庄。

第 一 幕

〔罗斯莫庄的起坐室。这是一间宽敞舒服的旧式屋子。前方右首,有一只用新摘的白桦树枝和野花装饰的火炉。靠后些,也在右首,有一扇门。后墙有两扇合页门,开到门厅里。左首有一扇窗,窗前有个花架,架上摆着花草。火炉旁边有一张桌子,一张长沙发,几张小沙发。周围墙上挂着许多新旧画像,其中有牧师,有军人,也有穿制服的官员。窗户敞着,合页门和后面的屋门也都敞着。望出去有一条直达屋前的林荫路,路旁都是葱郁秀美的古树。正是夏日傍晚,太阳刚落山。

〔吕贝克·维斯特坐在窗口一张小沙发里,编织一幅将要完工的白毛线大披肩。她时时抬头从花草空隙往外张望,仿佛在等人的样子。过不多时,海尔赛特太太自右上。

海尔赛特太太　小姐,我先摆桌子好不好?

吕贝克　好,摆吧。牧师一定也快回来了。

海尔赛特太太　小姐,你在窗口坐着觉不觉得有一股风?

吕贝克　有一点儿。要不,你把窗户关上也好。

〔海尔赛特太太先把通门厅的门关上,再走到窗口。

海尔赛特太太　(正要关窗的时候往外瞧了一眼)哦,那不是牧师吗?

吕贝克　(急忙接嘴)在哪儿?(站起来)不错,是他。(藏在窗帘后)你闪开点儿——别让他瞧见咱们。

海尔赛特太太　(退后一步)小姐,你看,他又走水车旁边那条小路了。

吕贝克　前天他走的也是那条路。(从窗帘和窗框缝里向外偷看)咱们看他是不是——?

海尔赛特太太　看他是不是敢走那座便桥?

吕贝克　对,我就是要看这个。(半晌无声)哦,他转弯了。他又走上面那条大路了。(离开窗口)这个弯子可不小啊。

海尔赛特太太　天啊,可不是吗。不过也难怪牧师不肯轻易走那座便桥。出过那么档子事儿的地方——

吕贝克　(把活计叠好)罗斯莫庄的人都是盯着死人不放手的。

海尔赛特太太　小姐,据我看,是死人盯着罗斯莫庄不放手。

吕贝克　(瞧她)死人不放手?

海尔赛特太太　对了,看起来好像死人撇不下活人。

吕贝克　你为什么有这种想法?

海尔赛特太太　要不是那样的话,也许白马[①]就不会出现了。

吕贝克　海尔赛特太太,大家都谈论白马,那究竟是什么东西?

海尔赛特太太　啊,我不爱谈这个。再说,你也不信那些事儿。

吕贝克　你信不信呢?

海尔赛特太太　(过去把窗关上)啊,小姐,你听了无非是笑我一场罢了。(往外瞧)喏,那不是罗斯莫先生又在水车沟小路上走吗?

吕贝克　(往外瞧)你说的是那个人吗?(走到窗口)不,那是校长。

海尔赛特太太　不错,正是克罗尔校长。

吕贝克　好极了。他一定是上这儿来的。

海尔赛特太太　他毫不在乎,走便桥过来了。从前的罗斯莫太太可是他的亲妹妹,他的亲骨肉。闲话少说,维斯特小姐,我要去摆桌子了。

〔她转右首出去。吕贝克在窗口站了会儿,冲着窗外一个人笑一笑,点点头。天色渐渐昏暗了。

吕贝克　(走到右首门口)喂,海尔赛特太太,你给我们多做一个菜吃晚饭。你知道校长最爱吃什么。

海尔赛特太太　(在外面说话)好吧,小姐,我想办法就是了。

吕贝克　难得,难得!亲爱的校长,你来了我真高兴。

克罗尔　(在门厅里放下手杖)谢谢。这么说,我没打搅你?

吕贝克　哪儿的话?亏你问得出来!

[①] 当地人迷信预兆死亡的"鬼魂",名之为"白马"。这里的"白马"暗示"便桥"上发生过的事故——牧师妻子的自杀。

克罗尔　（进屋）你待人还是这么和气。（四面一望）罗斯莫是不是在楼上自己屋里？

吕贝克　不，他在外面散步。今天他在外面待的时候长了点儿。反正也就快回来了。（招呼他坐在沙发上）你坐下等他回来，好不好？

克罗尔　（放下帽子）好，谢谢。（坐下以后四面望望）啊，这间旧屋子收拾得焕然一新了！满屋子都是花！

吕贝克　罗斯莫先生最喜欢周围摆着正在开放的鲜花。

克罗尔　你不是也喜欢吗？

吕贝克　我也喜欢，鲜花能使我精神舒畅而安静。可是我们这儿从前不许摆花，这是近来才摆的。

克罗尔　（伤心地点点头）是啊，那时候碧爱特禁受不住花的香味。

吕贝克　花的颜色她也受不了，她看了就头晕眼花。

克罗尔　我记得，我记得。（改用轻松口气）你们这儿日子过得怎么样？

吕贝克　啊，我们这儿什么事都是一板三眼、慢吞吞的。天天都是一个样儿。你近来怎么样？你太太——？

克罗尔　亲爱的维斯特小姐，别打听我的家事。家家都有不如意的事，尤其是现在这年头儿。

吕贝克　（半晌无言，在沙发旁一张小沙发里坐下）为什么整个儿假期你一次都不上我们这儿来？

克罗尔　啊，我不愿意招人家讨厌。

吕贝克　你不知道我们多么惦记你呢。

克罗尔　再说，有一阵子我出门去了。

吕贝克　不错，最近这一两个星期你出门了。我们听说你参加过政治集会。

克罗尔　（点头）不错。你的意见怎么样？你是不是想不到我这么大年纪还会当政治鼓动家？

吕贝克　（含笑）克罗尔校长，你一向就是个政治鼓动家。

克罗尔　不错，从前我只是把政治当作私人的消遣。我告诉你，往后可就不是闹着玩儿的事情了。你看不看那些急进派报纸？

吕贝克　看，亲爱的校长，我跟你说老实话——

克罗尔　亲爱的维斯特小姐，我不反对你看那些报纸。

吕贝克　当然没关系。一个人总想知道点儿外面的事情——不愿意落在时代后面。

克罗尔　你是个女人,我当然不指望你帮着哪一方面积极参加我们这场激烈的内争——或者几乎可以说是激烈的内战。可是大概你也看见了这些代表"人民"的先生们用什么手段对待我?你看见没有,他们居然敢用那种卑鄙无耻的话污辱我?

吕贝克　看见了,可是我觉得你也针锋相对地没饶他们。

克罗尔　不错,我没饶他们,虽然我也觉得不应该。现在我是个不怕血腥气味的人了,不久我就要让那些家伙尝尝滋味,知道我克罗尔不是个挨了嘴巴不还手的人——(把话截住)算了,算了,今晚咱们别谈这事了。提起来叫人太伤心、太烦恼。

吕贝克　对,对,咱们别谈这事了。

克罗尔　现在我想问问你——你在罗斯莫庄日子过得怎么样?自从碧爱特去世以后,撇下你一个人——

吕贝克　谢谢你关心,我过得很好。当然,她死后,好些方面都显得空空洞洞的——叫人伤心,也叫人惦记。然而在别的方面——

克罗尔　你是不是想在这儿待下去?是不是打算永久待下去?

吕贝克　亲爱的校长,待下去还是不待下去,我实在没想过这问题。我在这儿已经住惯了,我觉得我好像是罗斯莫庄的人了。

克罗尔　不用说,你是罗斯莫庄的人。

吕贝克　只要罗斯莫先生一天觉得我对他有用处、对他有安慰,我想我会在这儿待一天。

克罗尔　(很感动地瞧着她)你知道不知道,一个女人能像你这样为别人牺牲自己整个儿青春是一桩了不起的事?

吕贝克　我在世界上还有什么别的事可做呢?

克罗尔　最初,你那么尽心竭力地服侍你那位中风瘫痪并且喜欢挑剔人的义父——

吕贝克　你不要以为我们在芬马克①的时候维斯特大夫是个大累赚。自从在海路上经过几次艰险以后,他的身子才垮下来的。我们到了这儿以后——唉,他去世以前那两年工夫确实非常艰苦。

---

① 芬马克在挪威极北部。

513

克罗尔　后来那几年你的日子是不是更艰苦了？

吕贝克　你怎么能说这句话？那几年工夫我那么喜欢碧爱特，可怜的碧爱特也那么需要人照应，需要人体贴。

克罗尔　你心肠真好，肯那么体谅她！

吕贝克　（凑近些）亲爱的校长，你这两句话说得这么诚恳，我不能说你的话里藏着什么恶意。

克罗尔　恶意？啊，你这话什么意思？

吕贝克　要是你看见一个外人在罗斯莫庄管理家务，心里觉得不好受，那也是人之常情啊。

克罗尔　你怎么会——！

吕贝克　这么说，你心里不觉得难受？（握他的手）亲爱的校长，谢谢你！我真感激你！

克罗尔　你怎么会有那种想法？

吕贝克　你来的次数那么少，我就开始有点担心。

克罗尔　维斯特小姐，那你可是完全猜错了。再说，归根结底，这儿的情形并没有什么重大变动。就是在碧爱特还活着的时候——在她去世以前那一段伤心日子里——罗斯莫庄的家务事已经都归你一个人掌管了。

吕贝克　我只是用碧爱特的名义代管罢了。

克罗尔　就算是这样吧。维斯特小姐，你知道不知道，就我本人说，我决不反对，假如你——。可是这句话我也许不应该出口。

吕贝克　什么话你不应该出口？

克罗尔　假如局势有变动，你把现在空着的位子拿到手的话——

吕贝克　校长，我只要一个位子，那个位子我已经到手了。

克罗尔　对，实际上已经到手了，然而名义上还没——

吕贝克　（正言厉色地截断他的话）克罗尔校长，岂有此理！这种事你怎么能开玩笑？

克罗尔　唔，唔，也许是咱们这位约翰尼斯·罗斯莫觉得结婚的滋味已经尝够了。然而——

吕贝克　校长，你这话实在太荒唐。

克罗尔　然而——。维斯特小姐，我要问你一句话，请你别见怪：你今年多大了？

吕贝克　校长，说也惭愧，我已经过了二十九，快三十岁了。

克罗尔　是啊。罗斯莫呢？他多大了？让我算算：他比我小五岁，那他早过了四十三，将近四十四了。我看岁数倒挺合适。

吕贝克　当然，当然，挺合适。今天你在这儿吃晚饭，好不好？

克罗尔　好，谢谢，我是打算在这儿吃晚饭。我有件事要跟咱们的好朋友谈谈。维斯特小姐，如果你再要多心的话，以后我还照旧常上这儿来，你说好不好？

吕贝克　对，对，好极了，好极了。(把他两手一齐握住)谢谢，你这人真和气，心眼儿真好！

克罗尔　(粗声粗气地)是吗？哼，我自己家里人可不这么说。

〔约翰尼斯·罗斯莫从右门上。

吕贝克　罗斯莫先生，你看谁在这儿？

罗斯莫　海尔赛特太太已经跟我说过了。

〔克罗尔校长已经站起来了。

罗斯莫　(紧握校长两只手，低声柔气地)亲爱的克罗尔，你又上我们这儿来了，欢迎欢迎！(把两手搭在克罗尔肩膀上，对他仔细端详)亲爱的老朋友！我早就知道咱们彼此的误会总有一天会勾销。

克罗尔　老朋友，难道你也疑心过咱们真有误会吗？

吕贝克　(向罗斯莫)嗨，你看，归根到底，都是瞎疑心！

罗斯莫　克罗尔，真是那么回事吗？那么，你为什么绝迹不到我们家里来？

克罗尔　(正色低声)因为我来了会害你想起从前的伤心日子——害你想起淹死在水车沟里的那个人。

罗斯莫　这是你的一番好意——你老是那么会体贴人。然而你也不必因此就不来啊。过来，坐在沙发上。(两人一齐坐下)你放心，提起碧爱特，我不会伤心。我们天天提起她，几乎觉得她好像还活着。

克罗尔　真的吗？

吕贝克　(点灯)真的，我们心里真是那么想。

罗斯莫　这也不足为奇。我们俩都很爱她。吕贝——维斯特小姐和我心里都明白，碧爱特害病的时候我们在她身上用尽了心血。我们心里没有可以惭愧的事。所以我想起了碧爱特，心里只有一片平静的柔情。

克罗尔　你们真是好人！从今以后，我一定天天来看你们！

吕贝克　(在一张扶手椅里坐下)记着，克罗尔校长，你说的话可得算数啊。

罗斯莫　（有点踌躇）亲爱的克罗尔——真可惜,咱们的来往断绝过一阵子。自从咱们认识以后,好像命中注定你是我的顾问——自从我进大学以后一直如此。

克罗尔　不错,这是我最得意的差事。可是目前你有什么特别要——?

罗斯莫　目前有好些事我真想跟你谈谈——老老实实、开诚布公地谈谈。

吕贝克　对了,罗斯莫先生,老朋友谈心该多么痛快呀。

克罗尔　我告诉你,我要跟你谈的话比你还多呢。你大概已经知道我参加了政治斗争吧?

罗斯莫　不错,我知道。事情是怎么开始的?

克罗尔　我参加斗争是出于不得已。我再不能袖手旁观了。不幸,急进派已经掌握了政权,现在是我们不能不动手的时候了,所以我联合了城里几个朋友,要大家团结在一起。我告诉你,现在正是时候了!

吕贝克　（微笑）你看是不是已经太迟了点儿?

克罗尔　不用说,如果我们能早一步拦截这一股洪水,那当然更好喽。然而谁又能预料未来的事情呢?我可没有未卜先知的本事。（站起来,在屋里踱来踱去）现在我终于看清楚了,反叛的风气已经钻进了学校的大门。

罗斯莫　钻进了学校的大门?不会是你自己的学校吧?

克罗尔　怎么不是?正是我自己的学校。你猜是怎么回事?有人报告我,我们学校的六年级学生——即使不是全体,至少人数很可观——组织了一个秘密会社,已经有六个多月了。他们还订阅了摩腾斯果的报纸!

吕贝克　是不是《烽火》?

克罗尔　正是,那张报真是培养将来的公务人员的好食粮!你说是不是?最糟的是,勾结起来暗中跟我作对的是六年级所有最聪明的学生。只有班上成绩最坏的几个蠢家伙不在其内。

吕贝克　克罗尔校长,你心里是不是很难过?

克罗尔　你问我心里是不是很难过!我的终身事业受了这种挫折心里怎么能不难过!（放低声音）可是我几乎可以说学校的事倒并不怎么在我心上——因为下面还有更糟的事呢。（四面望望）咱们说话没有人会听见吧?

吕贝克　没有,当然没有。

克罗尔　那么,我告诉你们吧,连我自己家里,我的清静的家庭里,都有人闹分裂、闹反叛,把我安安静静的家庭生活搅得一团糟。

罗斯莫　你说什么！连你自己家里都——？

吕贝克　（走到克罗尔身旁）亲爱的校长，你家里出了什么事？

克罗尔　说了你也未必信，我自己的孩子们——。简单地说吧，洛吕是学校闹风潮的带头的；希尔达还亲手绣了一个红书夹子装《烽火》。

罗斯莫　我真是做梦也想不到你自己家里——

克罗尔　真是，谁想得到会有这种事！我的家一向是个讲究服从和注重秩序的地方，家里的事一向只有我一个人做主。

吕贝克　你太太对这些事的态度怎么样？

克罗尔　提起我太太的态度，那真是最叫人想不到的了。我太太一向最贤惠，无论大事小事，我说什么她就信什么，我的意见就是她的意见，可是现在在好些事上头，她居然跟孩子们一鼻孔出气。这次出的事她还埋怨我。她说我对孩子们太专制，好像我大可不必——。唉，你看，我的家分成了两派。当然，在外人面前，我能不说就不说。这些事最好别声张。（向屋子后方走去）唉，算了，算了。

〔他在窗前站住，背着两手，瞧着窗外。

吕贝克　（走到罗斯莫身旁，话说得又快又低，所以克罗尔没听见）现在你动手吧！

罗斯莫　（也是低声）今晚不动手。

吕贝克　（还是那样）今晚要动手。

〔她走到桌旁，忙着弄那盏灯。

克罗尔　（走上前来）亲爱的罗斯莫，现在你知道了，时代的潮流对于我的私事和公事有多大的障碍。难道我还忍得住不拿起我所有的武器跟这股无法无天、破坏秩序的恶潮流拼一拼吗？我告诉你，我一定要跟它拼一拼，嘴也要用，笔也要用。

罗斯莫　那么着，你就能堵住那股潮流吗？

克罗尔　反正我至少尽了公民保卫国家的责任。并且我觉得，凡是有一丁点儿爱国思想的正派人都应该那么做。今晚我上这儿来，主要是为这件事。

罗斯莫　克罗尔，你说什么？难道我能——？

克罗尔　你能帮助你的老朋友们。照着我们的做法去做。用你的全副力量帮我们一把忙。

吕贝克　克罗尔校长，你知道罗斯莫先生的脾气不喜欢政治。

克罗尔　他这种脾气一定得改一改。罗斯莫，你不想跟着时代前进。你躲在家里埋头钻研自己搜集的一套旧东西。我绝不轻视家谱什么的,只是可惜目前不是弄那些玩意儿的时候。你无法想象,咱们国内各处的情形已经乱到了什么地步。一切旧有的思想几乎都被他们弄得颠颠倒倒的了。要他们把那些荒谬意见再铲除干净,不是一桩轻而易举的事。

罗斯莫　你这话很对。可是我最不适宜担任那种工作。

吕贝克　并且,我觉得现在罗斯莫先生对于人生的看法比从前开朗一点了。

克罗尔　(吃惊)开朗一点了?

吕贝克　是的,也可以说是放宽一点了——不那么偏在一方面了。

克罗尔　这是什么意思?罗斯莫,我想你绝不至于那么没主见,一看见那批暴徒头子暂时得势,心里就活动起来了吧?

罗斯莫　亲爱的克罗尔,你知道我对于政治多外行。可是老实说,我觉得这几年来一般人渐渐能够独立思考,不像从前那么一味随声附和了。

克罗尔　是么!你就断定这是一种进步现象吗!然而,老朋友,无论从哪方面说,你的看法都非常错误。咱们姑且略微看看这儿的或者城里的急进分子的思想究竟是什么内容。它们的内容跟《烽火》贩卖的货色简直一模一样。

吕贝克　不错,在这一带地方,摩腾斯果的影响大得很。

克罗尔　是啊,真是岂有此理!像他那么个声名狼藉、为了品行不端而被革掉校长职务的家伙!那么个家伙居然想做人民的领导人!并且居然还成功了!居然真当了人民的领导人!我听说他还要扩充他的报纸呢。我得到可靠的消息,说他正在访求一位能干助手。

吕贝克　我不明白你为什么不跟你的朋友联合起来对付他。

克罗尔　我们正在动手干这件事。今天我们已经把《州报》买下来了。经费倒毫无困难,只是——(转向罗斯莫)现在我索性把今晚的来意老实告诉你吧。我们的困难是在调度方面——在编辑方面。罗斯莫,你老实说,为了这番正义事业,你是不是觉得应该担任它的编辑工作。

罗斯莫　(几乎不知所措)我!

吕贝克　嗨,克罗尔校长,你怎么会想到他头上来?

克罗尔　罗斯莫,我深知你最怕开会,并且我也知道你不愿意出头露面,遭受那伙人的无情攻击。可是干编辑工作不必十分露面,或者竟可以说——

罗斯莫　不行,不行,老朋友,千万别叫我干那个。

克罗尔　我自己倒也很想搞搞编辑工作,可惜实在腾不出工夫。我手头的事已经太多了。你没有职业,身子不受拘束。不用说,我们还是会尽量帮你的忙。

罗斯莫　克罗尔,我不行。我不适宜干那种工作。

克罗尔　什么,你说你不适宜?当初你父亲提升你当本区牧师的时候,你也说过这句话。

罗斯莫　我没说错呀。所以后来我就辞职了。

克罗尔　要是你当编辑也能像当牧师那么好,我们一定会满意。

罗斯莫　亲爱的克罗尔,我跟你干脆说吧,我不能担任这职务。

克罗尔　那么,你把你的名字借给我们用一用。

罗斯莫　我的名字?

克罗尔　是的,单是约翰尼斯·罗斯莫这个名字,对于我们报纸就有极大的用处。在大家眼睛里,我们这批人都是色彩浓厚的党徒——我甚至于还听见过别人骂我是个暴烈疯狂的家伙——所以如果我们用自己的名义办报,恐怕这张报纸不容易得到那些误入歧途的民众的欢迎。你呢,正好相反,一向没参加过党争。人人都知道你,并且敬重你做人仁厚正直——敬重你心思细致,敬重你品行端正。还有,你虽然已经辞职,然而从前当牧师的威望依然存在。此外,还有一件最重要的事:你有历代相传的家世名望!

罗斯莫　哦,说到我的家世——

克罗尔　(指着墙上的画像)你看罗斯莫庄的历代祖先,有牧师,有武将,还有达官显宦。在过去将近二百年之中,你们家那些人一个个始终都是本地的头等人物。(把手搭在罗斯莫肩膀上)罗斯莫,无论是为你本人打算,或是为你的家世传统打算,你都应该尽一份力量,保卫咱们本地人一向认为神圣的东西。(转过脸来)维斯特小姐,你以为如何?

吕贝克　(好像是对自己暗暗一笑)亲爱的校长,你不知道我觉得你这番话多么可笑。

克罗尔　你说什么?可笑?

吕贝克　对了,可笑。

罗斯莫　(赶紧接嘴)别说,别说!现在还没到时候呢!

克罗尔　(瞧瞧这个,再瞧瞧那个)亲爱的朋友们,你们究竟——?(把话咽住)

呃哼！

　　〔海尔赛特太太在右首门口出现。

海尔赛特太太　厨房过道里有一个人，他说要见牧师。

罗斯莫　（如释重负）好，好，请他进来。

海尔赛特太太　请他上这间屋里来？

罗斯莫　当然。

海尔赛特太太　他那副模样上这儿来不大合适。

吕贝克　那人是什么样儿，海尔赛特太太？

海尔赛特太太　小姐，他那样儿不大入眼，这是实话。

罗斯莫　他没说叫什么名字吗？

海尔赛特太太　他说了——好像是叫什么海克曼来着。

罗斯莫　我不认识那么个人。

海尔赛特太太　后来他说他又叫遏尔吕克。

罗斯莫　（惊讶）哦！遏尔吕克·海特曼！是那么个名字吗？

海尔赛特太太　不错，正是海特曼。

克罗尔　这名字我倒听见过。

吕贝克　是不是就是他——那怪家伙——从前的笔名？

罗斯莫　（向克罗尔）海特曼是遏尔吕克·布伦得尔的笔名。

克罗尔　不错，是那坏蛋遏尔吕克·布伦得尔的笔名。

吕贝克　这么说，他还活着呢。

罗斯莫　我听说他搭了个走码头的戏班子。

克罗尔　我最后听见的消息是他进了教养所。

罗斯莫　请他进来，海尔赛特太太。

海尔赛特太太　好吧。（下）

克罗尔　你真要让那么个人到你家里来吗？

罗斯莫　你知道，他当过我老师。

克罗尔　我知道，他像填鸭子似的把一大堆革命思想塞在你脑子里，后来你父亲用马鞭子把他撵出了大门，才算完事。

罗斯莫　（有点气愤）无论在家里，或是在军队里，父亲都是那么古板。

克罗尔　亲爱的罗斯莫，他死了你还得谢谢他的好处。唔！

　　〔海尔赛特太太开了右首的门，让遏尔吕克·布伦得尔进来以后自己出去,随手关上门。布伦得尔须发虽然灰白,可是模样很漂亮。面貌虽然有点憔悴,可是身子非常活泼挺拔。他的打扮像个流浪汉,身上穿着破旧礼服,看不见衬衫,脚上套着破鞋。手上带着一双黑手套,胳臂底下夹着一顶油腻的软胎呢帽,手里拿着一根手杖。

布伦得尔　(先犹豫了一下,然后快步走到克罗尔面前,伸出手来)约翰尼斯,你好!

克罗尔　对不起——

布伦得尔　你没想到又会看见我吧?并且还在这所使人厌恶的房子里?

克罗尔　对不起——(用手指着)那儿——

布伦得尔　(转过身去)对了,他在那儿。约翰尼斯——我的孩子——我最心爱的——

罗斯莫　(跟他握手)我的老师。

布伦得尔　尽管在这儿有过惨痛的经验,路过罗斯莫庄的时候我还是不能不进来看看你。

罗斯莫　现在你上这儿来,我们十分欢迎。这是实话。

布伦得尔　啊,这位漂亮太太——不用说,一定是罗斯莫太太喽。

罗斯莫　这是维斯特小姐。

布伦得尔　那么,一定是一位至亲喽。那边那位不认识的——?哦,我知道了,是一位教会的同事。

罗斯莫　那位是克罗尔校长。

布伦得尔　克罗尔?克罗尔?别忙,让我想想。年轻时你是不是学语言学的?

克罗尔　当然是。

布伦得尔　Donner wetter[①]。这么说,我从前认识你。

克罗尔　对不起——

布伦得尔　你是不是——?

克罗尔　对不起——

布伦得尔　——当年把我撵出辩论会的那批卫道小喽啰里头是不是有你?

克罗尔　很可能有我。可是,除此以外,我跟你别无来往。

布伦得尔　好,好!Nach Belieben, Herr Doctor[②]。反正我不在乎。遏尔吕克·布伦得尔还照样是那么个人。

---

① 德语:该死的。
② 德语:博士先生,悉听尊便。

521

吕贝克　布伦得尔先生,你是不是进城路过这儿?

布伦得尔　让你猜着了,好小姐。有时候,为了要活命,我不能不拼死干一下子。其实我心里不愿意那么办。然而——enfin①——到了万不得已的时候——

罗斯莫　亲爱的布伦得尔先生,你务必让我帮你一把忙。无论怎么样,反正我——

布伦得尔　哈哈,你跟我说这种话!你不怕亵渎咱们俩的神圣友谊吗?约翰尼斯,使不得,使不得!

罗斯莫　你想进城干什么?恐怕你不容易——

布伦得尔　我的孩子,这不用你操心。局势已经摆定了。别小看我现在赤手空拳,我已经参加了一个大规模运动——这个运动的规模比我从前搞过的各种玩意儿加在一块儿还要大些。(向克罗尔)请问教授先生——unter uns②——不知你们贵处城里有没有一个像点样儿的、体面的、宽敞的公共会场可以借用?

克罗尔　工人协会的会场最大。

布伦得尔　再请问教授先生,你在这不消说是个最慈善的协会里有势力没有?

克罗尔　我跟那团体毫无关系。

吕贝克　(向布伦得尔)你应该去找彼得·摩腾斯果。

布伦得尔　Pardon,madame③,他是怎么样一个傻瓜?

罗斯莫　你为什么说他是傻瓜?

布伦得尔　难道一听那名字我还不知道他是个下等人吗?

克罗尔　我想不到你会说这句话。

布伦得尔　可是我会耐着性子去找他。我没有第二条路。一个人——像我现在似的——正站在一生转折关头的时候——。事情已经决定了。我一定要去找这个人——跟他亲自打交道——

罗斯莫　你是不是严肃认真地站在转折关头?

布伦得尔　我的孩子当然知道,遏尔吕克·布伦得尔无论站在什么地方,他的态度总是严肃认真的。约翰尼斯,老实告诉你,我以后做人要换个新样儿

---

① 法语:终究。
② 德语:别告诉旁人。
③ 法语:对不起,夫人。

522

了,我要把我从前那副沉默谦让的脾气一齐甩掉。

罗斯莫　你要怎么——？

布伦得尔　我要把生命抓得紧紧的,挺身向前,自己出头做主。咱们的时代是个暴风骤雨大变动的时代。我要把自己微薄的力量贡献给解放事业。

克罗尔　你也想干那个?

布伦得尔　（向大家)本地人熟悉不熟悉我偶然写的那些文章?

克罗尔　不熟悉,我说老实话——

吕贝克　我倒看过几篇。我义父书房里有那些文章。

布伦得尔　好小姐,这么说,你把时候白糟蹋了。我告诉你,我那些文章都是废话。

吕贝克　废话!

布伦得尔　不错,你看的那些都是废话。我的真正重要著作没有人知道。除了我自己,没有一个人知道。

吕贝克　那是怎么回事?

布伦得尔　因为那些著作还没写出来呢。

罗斯莫　可是,亲爱的布伦得尔先生——

布伦得尔　约翰尼斯,你要知道,我的脾气有点贪舒服、懒做事——我是个Feinschmecker。[①] 我一向是那么个脾气。我喜欢一个人静静地享乐;我觉得,静静地享乐,滋味儿加倍好——甚至于好十倍。所以,你看,每逢黄金好梦落在我头上把我迷住的时候——每逢新奇炫目、开阔远大的思想在我脑子里出现,用它们的结实翅膀把我送到高空的时候——我就把它们装在诗句、幻境、图画的形象里——当然只是打个草稿,你要知道。

罗斯莫　我知道,我知道。

布伦得尔　哦,我经历过许多心醉神迷的快乐境界!创作的神秘乐趣——我刚说过,当然只是打个草稿——别人对我的颂扬和感激,给我的荣誉和桂冠——这些东西,我用快活得打哆嗦的手收集在一起。我心里充满了一种别人不知道的快乐,那么强烈,那么迷人!

克罗尔　唔。

罗斯莫　可是你没用文字写下来呀?

[①] 德语:讲究吃喝的享乐主义者。

布伦得尔　一个字都没写。我一向厌恶没有感情的写作。再说,我的理想一尘不染地藏在我脑子里,我可以独自享受,又何必用文字去亵渎它们呢?可是现在我却要把我的理想贡献出来了。我告诉你,现在我心里的滋味好像做母亲的把一个娇滴滴的女儿交给新郎的时候那样。然而我还是要把它们贡献出来。我要把它们贡献给解放事业。我要写几十篇精密细致的讲演稿——在全国各地——

吕贝克　(高兴)布伦得尔先生,这是高贵的行为!你贡献的是你最珍贵的东西。

罗斯莫　是唯一的东西。

吕贝克　(意味深长地瞧着罗斯莫)不知道世界上有多少人肯那么牺牲——敢那么牺牲?

罗斯莫　(回看她一眼)谁知道呢?

布伦得尔　听讲的人受了感动,我心里会高兴,意志会越发坚决。所以我现在要采取行动了。别忙——还有一件事。(向克罗尔)校长先生,我要请问你,城里有没有类似禁酒会的团体?绝对不许喝酒的团体?其实我不必问。

克罗尔　有,我就是会长,你有什么话只管吩咐。

布伦得尔　从你脸上我早就看出来了!我很可能来报名,做一个星期的会员。

克罗尔　对不起,我们不收这种论星期的会员。

布伦得尔　A la bonne heure①,学究先生。遏尔吕克·布伦得尔从来不想硬加入那种团体。(转过身来)我别在这儿多待了,这所房子容易勾起对于旧事的回忆。我要进城找个合适地方住下。我想城里总该有像样儿的旅馆。

吕贝克　在你走之前,你能不能接受我一点东西?

布伦得尔　好小姐,怎么一类的东西?

吕贝克　喝一杯茶,或是——

布伦得尔　谢谢慷慨的女主人——我一向不愿意接受私人款待。(把手一挥)再见,各位先生太太!(向门口走去,可是又转过身来)哦,我想起来了——约翰尼斯——罗斯莫牧师,看在咱们的旧交情分上,你愿意不愿意给你从前的老师帮一把忙?

罗斯莫　愿意之至。

---

① 法语:好极了。

布伦得尔　　好。那么,请你借给我——只要一两天工夫——一件浆硬的衬衣——带硬袖子的。

罗斯莫　　不要别的?

布伦得尔　　你看,我现在是走着来的,我的衣箱还没送来。

罗斯莫　　一点不错。不要别的东西了吗?

布伦得尔　　嗯,你知道不知道——也许你还可以借给我一件穿旧的夏季大衣。

罗斯莫　　可以,可以,当然可以。

布伦得尔　　如果有一双配得上大衣的像样儿的靴子——

罗斯莫　　行,我们也可以想办法。回头你把住址一通知我们,我们马上把东西送过来。

布伦得尔　　千万别送来。别让我给你们添麻烦!这几件小东西我自己带着就行了。

罗斯莫　　好,就那么办。请你跟我一块儿上楼去。

吕贝克　　让我去吧。这点儿事我跟海尔赛特太太会安排。

布伦得尔　　我不能麻烦这位高贵的小姐——

吕贝克　　噢,胡说!来吧,布伦得尔先生。

〔她从右下。

罗斯莫　　(留住布伦得尔)请你告诉我,还有别的事我可以帮忙吗?

布伦得尔　　别的事我实在想不出来了。哦,有啦,岂有此理——我想起来了!约翰尼斯,你身上有没有八个克朗①?

罗斯莫　　让我看看。(打开钱包)这儿有两张十克朗的钞票。

布伦得尔　　噢,没关系!我带进城去总有法子兑换。谢谢你。记着,你借给我两张十克朗。我的好孩子,明天见。可敬的先生,明天见。

〔布伦得尔从右下。罗斯莫跟他作别以后把门关上。

克罗尔　　天啊!这就是当年大家认为大有作为的那位遏尔吕克·布伦得尔!

罗斯莫　　(静静地)他这人至少有胆量按照自己的方式过日子。我觉得这不是一桩小事情。

克罗尔　　什么!像他过的那种日子!我看他大概又把你迷惑住了吧。

罗斯莫　　没有。我的头脑现在非常清楚,什么事都看得很明白。

---

① "克朗"是挪威币制单位。

克罗尔　亲爱的罗斯莫,但愿你这话是真的。你这人太容易感受别人的影响。

罗斯莫　咱们坐下。我有话跟你谈。

克罗尔　好,咱们坐下。

〔两人都在沙发上坐下。

罗斯莫　(稍稍犹豫了一下)你看我们在这儿的日子是不是过得又快活又舒服?

克罗尔　是。你们现在的日子很快活,很舒服——还很安静。罗斯莫,你给自己安了一个家。我的家可完蛋了。

罗斯莫　好朋友,别说这话。伤口总有一天会结好的。

克罗尔　永远不会结好了。倒钩扎在肉里,伤口永远会肿痛。以后的局面绝不会像从前那样了。

罗斯莫　克罗尔,你听我说。咱们是多年的好朋友了。你能想象咱们的交情会有破裂的一天吗?

克罗尔　我想不出世界上有什么可以叫咱们疏远的事情。你怎么会有这种怪思想?

罗斯莫　你这人过于看重思想见解的一致。

克罗尔　不错。可是咱们的思想见解是完全一致的——至少在重要问题上是一致的。

罗斯莫　(低声)不,现在情形不同了。

克罗尔　(想要跳起来)什么?

罗斯莫　(把他按住)你坐着别动,克罗尔。

克罗尔　究竟是怎么回事?我不懂你的意思,把话说明白点儿。

罗斯莫　在我的灵魂里出现了一个新的青春。我用返老还童的眼光观察事物。所以现在我站在——

克罗尔　你站在什么地方,罗斯莫?

罗斯莫　我站在你的儿女站的地方。

克罗尔　你?你!没有的事!你说你站在什么地方?

罗斯莫　我跟洛吕和希尔达站在一起。

克罗尔　(低下头来)叛徒!约翰尼斯·罗斯莫作了叛徒啦!

罗斯莫　我对于自己的行为——你所谓反叛行为——本应该非常高兴。然而我心里却非常难过,因为我知道这是一件使你十分伤心的事。

克罗尔　罗斯莫！罗斯莫！这件事会叫我伤心一辈子。你居然忍心在这不幸的国家里推动败坏人心、破坏秩序的工作。

罗斯莫　我想推动的是解放工作。

克罗尔　是,是,我知道。蛊惑旁人的坏蛋和自己上当的好人都会说这句话。可是在目前毒害咱们整个社会的这股潮流里,你看谈得到做什么解放工作吗？

罗斯莫　我并不喜欢这股正在抬头的潮流,我也不喜欢两个对立党派的哪一派。我只想把两派的人拉在一起——人数越多越好——叫他们紧紧联合起来。我情愿拿出我的全部力量,一生专做这一件事：在咱们国家里创造一个真正的民主政治。

克罗尔　难道你觉得咱们的民主政治还嫌不够吗！据我看来,咱们快要被人拖到一向只有坏人才能抬头的泥塘里去了。

罗斯莫　正因为如此,所以我要唤醒民主政治,叫它认清自己的真正任务。

克罗尔　什么任务？

罗斯莫　使咱们全国的人都有高尚品质——

克罗尔　全国的人？

罗斯莫　至少是越多越好。

克罗尔　用什么方法？

罗斯莫　方法是：解放他们的头脑,净化他们的意志。

克罗尔　罗斯莫,你是个空想家。你想解放他们的头脑？你想净化他们的意志？

罗斯莫　好朋友,不是这么说。我只想唤醒他们,叫他们认清自己的任务。他们必须亲自动手。

克罗尔　你认为他们自己会动手吗？

罗斯莫　会。

克罗尔　用他们自己的力量？

罗斯莫　一点都不错,正是用他们自己的力量。除此之外,没有别的力量。

克罗尔　（站起来）这是当牧师的应该说的话吗？

罗斯莫　我现在不是牧师了。

克罗尔　就算你不是牧师吧——难道连你祖宗的信仰——？

罗斯莫　祖宗的信仰已经不是我的信仰了。

克罗尔　不是你的信仰了！

罗斯莫 （站起来）我把它甩掉了。我不能不甩掉。

克罗尔 （控制自己的激动）对，对，对。我想，事情跟事情都有连带关系。这么说，你脱离教会就是为这缘故？

罗斯莫 对。当时我脑子一清醒过来——一看清楚这不是我一时的怀疑，而是一种我既不能甩掉也不愿意甩掉的信念——于是我马上就脱离了教会。

克罗尔 这就是你这一向的思想情况！我们这批人——你的朋友们——却一点儿都不知道。罗斯莫——罗斯莫——你为什么把这桩倒霉事儿瞒着不告诉我们！

罗斯莫 因为我觉得这事跟别人不相干。并且我也不愿意给你和别的朋友添些不必要的痛苦。我觉得我可以像从前那样，安安静静、快快活活在这儿住下去。我想埋头读书，研究那些我从前一窍不通的科目。我想彻底了解在我眼前出现的那个有真理和自由的伟大世界。

克罗尔 叛徒！句句话都证明你是个叛徒。可是为什么你现在又把从前瞒人的叛徒思想说出来呢？为什么不早不晚偏偏在这时候说出来？

罗斯莫 克罗尔，是你逼得我不能不说了。

克罗尔 啊，我逼得你不能不说了？

罗斯莫 我听过你发表的那些激烈言论，我看过你写的那些毒辣的演说稿子，我看见过你拼命攻击你的对手，对他们诬蔑谩骂、无所不为——唉，克罗尔，想不到你会堕落到这步田地！——我一发现你干得出那些事情，我马上觉得应该把责任担当起来。在这场斗争中间，人的品质越变越坏了。和平、快乐、互相容忍的美德必须在咱们灵魂里重新建立起来。所以我现在要挺身出来，公开表示我的态度。我也愿意试试自己究竟有多大力量。克罗尔，你能不能从你那方面在这件事上头帮我一把忙？

克罗尔 只要我活一天，我一天不愿意跟社会上的反叛势力讲和妥协。

罗斯莫 既然咱们非开火不可，那么咱们就摆开阵势堂堂正正地打一仗。

克罗尔 凡是在人生基本问题上意见跟我不同的人，我都不再把他们当作朋友看待。我对他们绝不留情。

罗斯莫 是不是连我也包括在内？

克罗尔 罗斯莫，是你先跟我决裂的。

罗斯莫 这就算是绝交了？

克罗尔 哼，绝交！这是你对从前一班朋友的总绝交。你自作自受，可别后悔。

〔吕贝克从右上,把门敞着。

吕贝克　瞧着吧！他去作重大的牺牲了。现在咱们可以吃饭了。克罗尔校长,进去吃饭,好不好？

克罗尔　(拿起帽子)再见,维斯特小姐。这儿没有我的事了。

吕贝克　(急忙追问)这是怎么回事？(把门关上,走过来,向罗斯莫)你说了没有？

罗斯莫　他都知道了。

克罗尔　罗斯莫,我们绝不会放松你。我们非硬把你拉回来不可。

罗斯莫　我绝不能再回到从前的立场上。

克罗尔　咱们等着瞧吧。你不是一个忍得住寂寞的人。

罗斯莫　我终究不是完全孤立的人。我们至少有两个人同受寂寞。

克罗尔　哦！(脸上泛起一阵疑云)原来如此！碧爱特从前说过——！

罗斯莫　碧爱特说过什么？

克罗尔　(撇开自己的想法)不,不,下流得很。对不起。

罗斯莫　你说什么？你这话是什么意思？

克罗尔　你别追问。呸！对不起！再见！(向门厅走去)

罗斯莫　(跟着克罗尔)克罗尔！咱们俩不能就这么甩开手。明天我来看你。

克罗尔　(在门厅里转过身来)我不准你再迈进我的大门。

〔他拿起手杖,径自走了。罗斯莫在门道里站了会儿,然后把门关上,回到桌旁。

罗斯莫　吕贝克,没关系。你①和我,咱们俩这一对忠实朋友会坚持到底的。

吕贝克　刚才他说什么"下流得很",你猜是什么意思？

罗斯莫　亲爱的,别管它。他那种想法连他自己都不信。明天我去看他。明天见！

吕贝克　出了这件事儿,你今晚这么早就上楼？

罗斯莫　今晚还不是跟平常一样吗。事情已经过去了,我心里觉得很轻松。吕贝克,你看,我心里很平静。你的心也要放平静些。明天见！

吕贝克　亲爱的朋友,明天见！好好睡觉！

〔罗斯莫从门厅下,接着就听见他上楼梯的脚步声。吕贝克走到火炉旁,把铃绳一拉,不多会儿海尔赛特太太就从右首进来了。

---

① 在挪威语里,"de"是疏远的"你","du"是亲密的"你"。从此以后,没有旁人的时候,罗斯莫和吕贝克彼此用"du"相称。

吕贝克　海尔赛特太太,你把吃晚饭的东西撤了吧。罗斯莫先生不想吃什么,克罗尔校长也走了。

海尔赛特太太　克罗尔校长走了?他是怎么回事啊?

吕贝克　(拿起她那幅编织活计)他说,他恐怕风暴快来了。

海尔赛特太太　什么怪思想!今晚天上一块云也没有。

吕贝克　但愿他别撞着白马!恐怕咱们这儿不久又要闹鬼了。

海尔赛特太太　天啊,小姐!这种话可说不得呀!

吕贝克　算了,算了。

海尔赛特太太　(低声)小姐,你是不是觉得咱们这儿又要死人了?

吕贝克　不,我为什么要那么想?海尔赛特太太,然而世界上白马的种类太多了。明天见。我要上自己屋里去了。

海尔赛特太太　小姐,明天见。

〔吕贝克拿着活计从右门下。

海尔赛特太太　(把灯捻低了,摇摇头,自言自语)天啊!天啊!这位维斯特小姐!她说的那些话!

第 二 幕

〔罗斯莫的书房。通外面的门在左首。后方有个门道,通到罗斯莫的卧室,门帘是拉开的。右首有一扇窗,窗前有一张写字桌,桌上堆满了书籍稿纸。书房四周都是书架书橱。家具非常简单。左首摆着一张旧式沙发,前面摆着一张桌子。

〔罗斯莫穿着一件家常上衣,坐在写字桌前一张高背椅里。他正在裁割一本小册子的篇页,一边裁一边翻看。

〔有人敲左首的门。

罗斯莫 (身子不动)进来。
吕贝克 (穿着早晨便服,走进屋来)你早。
罗斯莫 (一边翻阅小册子)亲爱的,你早。有什么事?
吕贝克 我只想问问你昨晚睡得好不好。
罗斯莫 啊,昨晚我睡得又甜又安稳!(转过身来)你呢?
吕贝克 谢谢,我也睡得好——在天快亮的时候——
罗斯莫 我的心境从来没有像现在这么轻松过。昨天我好歹把话说出来了,心里真痛快。
吕贝克 是啊,罗斯莫,从前你不该那么老不说话。
罗斯莫 我自己也不明白为什么那么胆怯。
吕贝克 那也不一定是胆怯。
罗斯莫 嗳,是胆怯。我把事情仔细想了一想,我觉得到底是因为我胆怯。
吕贝克 要是那样的话,那么,毅然决然改变方针就越发显得勇敢了。(在写字桌旁靠近他的一张椅子里坐下)现在我要告诉你我做的一件事,你听了千万别对我生气。

罗斯莫　生气？我怎么会对你生气？

吕贝克　这件事也许我做得鲁莽了一点,然而——

罗斯莫　快告诉我是什么事。

吕贝克　遏尔吕克·布伦得尔昨晚临走时候——我托他带了一张字条给彼得·摩腾斯果。

罗斯莫　(有点不信)啊,亲爱的吕贝克,你写的什么？

吕贝克　我是这么写的:要是他肯好歹帮那倒运的家伙一把忙,那就是帮了你的忙。

罗斯莫　亲爱的,你不应该写那张字条。这么一来,你反倒害了布伦得尔了。再说,我也不愿意跟摩腾斯果那么个人打交道。你知道从前我跟他有过一段故事。

吕贝克　你看跟他讲和好不好？

罗斯莫　我跟摩腾斯果讲和？怎么个讲法呢？

吕贝克　你要知道,你跟你的一班老朋友决裂以后,你的地位就不能十分安稳了。

罗斯莫　(瞧着她,摇摇头)难道你真相信克罗尔或是另外那些人想在我身上报仇吗？难道你以为他们真会——？

吕贝克　亲爱的,人在气头上的时候——。谁都不敢说有把握。据我看,像克罗尔校长昨天那副一怒而去的神气——

罗斯莫　你应该知道他那人不至于如此。克罗尔是个地道的君子。今天下午我要进城去找他谈谈。我要跟他们那批人一齐谈谈。你瞧着吧,事情很容易——

〔海尔赛特太太在左首门口出现。

吕贝克　(站起来)海尔赛特太太,什么事？

海尔赛特太太　克罗尔校长在楼下门厅里。

罗斯莫　(慌忙站起来)克罗尔来了！

吕贝克　克罗尔校长来了！难道说——？

海尔赛特太太　他问可不可以上楼见见罗斯莫先生。

罗斯莫　(向吕贝克)你看我对你说的话怎么样？他当然可以上楼。(走到门口,向楼梯下高声呼唤)好朋友,请上楼！欢迎欢迎。

〔罗斯莫拉着门,站着等客人。海尔赛特太太下。吕贝克先把后方门道上的帘子拉好,然后动手收拾屋子。克罗尔校长手里拿着帽子走上楼。

罗斯莫　（心里激动,表面很平静）我早知道昨晚不会是咱们末一次见面。

克罗尔　今天我对事情的看法跟昨天大不相同了。

罗斯莫　是啊,克罗尔。你把事情仔细想了一想以后,我知道你的看法会不一样。

克罗尔　你把我的意思完全误会了。(把帽子搁在沙发旁桌子上)我非跟你单独谈一谈不可。

罗斯莫　为什么维斯特小姐不能——？

吕贝克　罗斯莫先生,没关系,没关系。我走就是了。

克罗尔　（从头到脚打量她）我还要请维斯特小姐原谅我来的不是时候——我突如其来害她来不及换——

吕贝克　（惊讶）你这句话什么意思？难道说我在家里早晨穿便服还有什么不是吗？

克罗尔　你言重了！我绝没有这意思。我不知道罗斯莫庄现在的规矩。

罗斯莫　克罗尔,你今天的神情跟平日不一样。

吕贝克　克罗尔校长,我失陪了。

克罗尔　对不起。(在沙发上坐下)

罗斯莫　对了,克罗尔,请坐,咱们平心静气,仔细谈一谈。（在正对克罗尔校长的一张椅子里坐下）

克罗尔　从昨晚到现在我没合过眼,我躺在床上想了足足一整夜。

罗斯莫　你今天是怎么个看法呢？

克罗尔　罗斯莫,说起来话可长了。让我先说个引子吧。我先告诉你一点遏尔吕克·布伦得尔的消息。

罗斯莫　他来看过你没有？

克罗尔　没有。他住在一家小客栈里——不用说,当然是跟最下流的家伙混在一块儿喽——天天喝酒,只要手里有钱就做东。他喝了酒就骂人,骂那批家伙都是下流东西——其实他这句话倒没说错——大家生了气,打了他一顿,把他扔在街上臭沟里。

罗斯莫　这么看起来,他的脾气终究难改了。

克罗尔　他把衣服也当了,可是我听说后来有人又替他赎出来了。你猜是谁替他赎的？

罗斯莫　也许就是你自己吧？

克罗尔　不是我。替他赎衣服的是那位赫赫有名的摩腾斯果先生。

533

罗斯莫　哦,真有这事!

克罗尔　据我所知,布伦得尔先生第一个拜望的客人就是这位他所说的"傻瓜"和"下等人"。

罗斯莫　这是他运气好。

克罗尔　当然是喽。(身子靠着桌子,向罗斯莫凑过来)因此,为了咱们旧日的——为了咱们从前的交情,我不能不警告你一件事。

罗斯莫　克罗尔,有什么了不起的事?

克罗尔　是这么回事:你家里有人瞒着你进行活动。

罗斯莫　你为什么说这话?你是不是指吕贝——指维斯特小姐说?

克罗尔　一点儿都不错。从她那方面说,我觉得这事毫不足奇。她在你家里自作主张,独断独行,已经不是一朝一夕的事了。然而——

罗斯莫　克罗尔,你把事情完全看错了。她和我——我们俩无论什么事谁都不瞒谁。

克罗尔　那么,她跟你说过她跟《烽火》编辑通过信吗?

罗斯莫　哦,原来你说的是她托遏尔吕克·布伦得尔带去的那张字条?

克罗尔　这么说,你已经知道了。摩腾斯果没有一个星期不在报上把我当作个校长、当作个社会活动家来挖苦嘲笑,你愿意维斯特小姐跟那么个下流文人有来往吗?

罗斯莫　克罗尔,我看维斯特小姐未必想到过那方面。再说,她跟我一样,当然完全有行动自由。

克罗尔　是吗?毫无疑问,这种说法是从你的新思想里发展出来的。大概维斯特小姐也采取你现在的立场了吧?

罗斯莫　是的。我们俩志同道合、努力前进。

克罗尔　(瞧着他,慢慢地摇头)唉,你是个盲目受骗的人!

罗斯莫　我盲目受骗?你为什么说这话?

克罗尔　因为我不敢——也不愿意往最坏的地方想。嗳,也罢,让我把老实话告诉你吧。罗斯莫,你是不是真看重我对你的交情?你是不是也看重我对你的尊敬?你说。

罗斯莫　我实在无须回答这问题。

克罗尔　然而另外有一串你必须回答的问题——你必须详细解释。你愿意不愿意接受我的查问?

罗斯莫　查问？

克罗尔　是的。你愿不愿意让我问你几桩提起来也许会叫你难过的事情？你要知道,你的反叛行为,你的所谓思想解放,跟许多别的事情都有密切联系。为了你自己的利益,你非把它们对我解释清楚不可。

罗斯莫　克罗尔,你爱问什么就问什么吧。反正我没有瞒人的事儿。

克罗尔　既然如此,老实告诉我,在你看来,碧爱特自杀的真正原因究竟是什么？

罗斯莫　在这件事上头难道你还有疑问吗？或者,换句话说,难道对于一个精神痛苦、长期有病的人的不由自主的举动,你还想追究原因吗？

克罗尔　你敢断定碧爱特对于自己的举动完全不能控制吗？无论如何,医生们不能相信这件事。

罗斯莫　如果医生们也像我一样跟碧爱特日夜相处,经常看见她的举动,他们也就不会有疑问了。

克罗尔　在当时,我也没有疑问。

罗斯莫　是啊,不幸并没有丝毫可疑之处。我曾经告诉过你,她有一股疯狂热情,并且她还希望我用同样的热情对待她。她那些举动真叫我害怕！临死以前那几年,她还无缘无故责备自己,糟蹋自己的身子。

克罗尔　不错,那是在她知道了自己一辈子不会生孩子以后的事情。

罗斯莫　是啊,你想！为了一桩自己完全做不了主的事,她会像发疯似的日夜磨折自己！你能说她那些举动是自己能做主的吗？

克罗尔　唔,你记得不记得那时候你家里有没有按照当时的"进步"思想讨论婚姻基本原理的书籍？

罗斯莫　我记得维斯特小姐曾经借给我一本那样的书。你知道,维斯特大夫去世以后,他的藏书都归了维斯特小姐。克罗尔,可是你总不至于以为我们会那么粗心大意、让我那位多病的太太接触那种思想吧？我可以向你郑重保证,这个过失不在我们。她那些颠三倒四的事情都是因为她自己精神错乱才干出来的。

克罗尔　有一句话我至少可以告诉你：心情紧张、精神痛苦的碧爱特所以自杀,无非是为了可以让你把日子过得快活一点——自由一点——并且称心如意。

罗斯莫　(从椅子里耸起半个身子来)你这话什么意思？

克罗尔　罗斯莫,静静地听我告诉你,现在我可以把话说出来了。在她死的那一年,她来找过我两次,对我诉说她的痛苦和绝望。

罗斯莫　她说的也是这件事吗?

克罗尔　不是。她头一次找我的时候是宣布你正在走上叛教的邪路,正在背叛你祖宗的信仰。

罗斯莫　(急切地)哪儿会有这种事。绝对不会有!你一定记错了。

克罗尔　为什么?

罗斯莫　因为碧爱特在世的时候我还正在彷徨犹豫,跟自己作斗争呢。并且我始终是独自在暗地里斗争,跟谁都没谈过。恐怕甚至于连吕贝克都不——

克罗尔　吕贝克?

罗斯莫　哦,维斯特小姐。我叫她吕贝克是为了方便起见。

克罗尔　这我已经看出来了。

罗斯莫　所以我觉得碧爱特绝不会有那种想法。再说,她为什么不跟我本人谈这件事呢?她从来没跟我谈过——一个字都没提过。

克罗尔　碧爱特真可怜!她再三恳求我跟你谈一谈。

罗斯莫　那你为什么不谈?

克罗尔　那时候我确实相信她有精神病,因为她对你这么个人居然会说那种坏话!过了约莫一个月光景,她又来找我了。在表面上看,这次她比前一次安静。可是在临走的时候,她说,"在罗斯莫庄,白马不久就要出现了。"

罗斯莫　不错,不错,白马,她时常提起白马。

克罗尔　我劝她撇开那些凄凉的念头,她只是这么回答:"我是活不长的人了,因为约翰尼斯必定马上跟吕贝克结婚。"

罗斯莫　(几乎说不出话来)你说什么?我就要跟——?

克罗尔　那是一个星期四下午的事情。星期六晚上她就从桥上跳到水车沟里自杀了。

罗斯莫　事先你也不警告我们!

克罗尔　你当然知道她时常说自己觉得活不长了。

罗斯莫　是,我知道。然而——事先你还是应该警告我们!

克罗尔　我也想到过,可是等我想到的时候已经来不及了。

罗斯莫　可是后来你为什么不——?后来你为什么一字不提呢?

克罗尔　事后我再跑来火上浇油,给你增加痛苦,又有什么好处呢?我一向把她说的那些话当作胡言乱语,到了昨晚,我才明白不是那么回事。

罗斯莫　如此说来,你现在的看法跟从前不一样了?

克罗尔　碧爱特说你不久就要背叛祖宗的信仰,她不是看得很清楚吗?

罗斯莫　(目不转睛地向前呆望)我真不明白。这简直是世界上最不可解的事。

克罗尔　可解也罢,不可解也罢,反正事实摆在眼前。罗斯莫,现在我问你,碧爱特控诉你的罪名究竟有几分可信?我是指她后来控诉的那件事说。

罗斯莫　控诉?那个能算是控诉吗?

克罗尔　也许你没注意她的措辞。她说她非死不可了。为什么?

罗斯莫　为的是我可以跟吕贝克结婚?

克罗尔　她不是这么说的。她的说法跟这不一样。她说,"我是活不长的人了,因为约翰尼斯必定马上跟吕贝克结婚。"

罗斯莫　(看了他一会儿,站起来)克罗尔,现在我明白你的意思了。

克罗尔　明白了怎么样?你怎么答复我?

罗斯莫　(依然安定镇静)答复这么个岂有此理的——?最适当的答复是:请你出去。

克罗尔　(站起来)好吧。

罗斯莫　(站在他面前)听我告诉你。一年多以来——自从碧爱特去世以后——吕贝克·维斯特一直跟我同住在罗斯莫庄。这一年多工夫,你心里知道碧爱特控诉我们的罪名,可是我从来没看出你有不赞成吕贝克住在我家的意思。

克罗尔　从前我不知道,直到昨晚我才知道,原来是一个不信宗教的男人跟一个——解放的女人住在一块儿。

罗斯莫　啊!如此说来,是不是你觉得不信宗教的人和思想解放的人心地都不会纯洁?你不相信道德是他们天性中的本能法则!

克罗尔　我觉得不是拿教会的训条做基础的道德都不大可靠。

罗斯莫　你这句话的意思是不是把吕贝克和我都包括在内?也包括着我跟她的关系?

克罗尔　即使想要顾全你们的面子,我也不能否认,在那两件事中间并没有跨不过去的界线——一件是自由思想,另外一件是——嗯——

罗斯莫　是什么?

克罗尔　——是自由恋爱。既然你要我说,我就说。

罗斯莫　（低声）亏你有脸在我面前说这句话！你是我小时候就认识我的人！

克罗尔　正因为如此，我才说这话。我知道你这人跟谁在一起就最容易受谁的影响。至于你这位吕贝克——嗯，就说是维斯特小姐吧——她的底细我们简直不清楚。罗斯莫，总而言之，我决不放松你。并且你——你也趁早要把自己救出来。

罗斯莫　把自己救出来？怎么个救法呢？

〔海尔赛特太太在左首门口探头张望。

罗斯莫　有什么事？

海尔赛特太太　我要请维斯特小姐下去一趟。

罗斯莫　维斯特小姐不在楼上。

海尔赛特太太　她不在楼上？（周围看了一看）唔，这可怪了。（下）

罗斯莫　克罗尔，刚才你说——？

克罗尔　听我说下去。我不打算十分仔细追究碧爱特在世时这儿有过的——并且也许现在还有的秘密事情。我知道你的婚姻极不快活，这件事你大概会用来做一种借口。

罗斯莫　唉，你太不了解我了！

克罗尔　别打岔！我的意思是这样：如果你要照目前的方式跟维斯特小姐过下去，那么，她的坏影响在你脑子里造成的倒霉的叛教思想绝不能让大家知道。你别打岔！让我说下去！我告诉你，到了万不得已的时候，随便你爱想什么，爱信什么，都可以将就。然而你的思想只能藏在自己脑子里。这些事究竟纯粹是个人的问题，无须到处宣传，闹得通国皆知。

罗斯莫　我觉得非把暧昧虚伪的身份摆脱不可。

克罗尔　罗斯莫，然而你对于祖宗的传统有一种责任！你要好好记着！从古以来，罗斯莫庄好像是一座宣扬道德秩序和遵守上等社会一切信条的大本营。本地人都学罗斯莫庄的榜样。如果大家知道你已经抛弃了我所谓罗斯莫庄的传统思想，社会上就会发生不可补救的惶惑混乱。

罗斯莫　克罗尔，我的看法跟你不一样。罗斯莫家族世世代代是个黑暗和压迫的中心，所以我觉得我应该刻不容缓地在本地散播一点光明和欢乐。

克罗尔　（对他板着脸）嗯，这倒是你们家后代子孙的光辉事业！罗斯莫，可是你别管这种事，你是最不适宜做这种事的人。你生来就是个安安静静的读书人。

罗斯莫　这话也许不错。然而我也想偶然参加一次生活斗争。

克罗尔　你知道不知道这场斗争对于你有什么意义？这是你跟你全体朋友之间的一场生死恶战。

罗斯莫　（静静地）我的朋友不会都像你这么疯狂。

克罗尔　罗斯莫，你是个轻信寡断的人，也是个没有经验的人。你不知道就要打到你头上来的那阵排山倒海的风暴有多大力量。

〔海尔赛特太太在左首门口张望。

海尔赛特太太　维斯特小姐叫我问问——

罗斯莫　问什么？

海尔赛特太太　楼下有个人想跟牧师说句话。

罗斯莫　是不是昨晚来的那个人？

海尔赛特太太　不是，今天来的是那个摩腾斯果。

罗斯莫　摩腾斯果？

克罗尔　哈哈！事情已经到了这步田地啦？真快！

罗斯莫　他找我干什么？为什么你不把他打发走？

海尔赛特太太　维斯特小姐叫我问问，他是不是可以上楼。

罗斯莫　告诉他，我现在没工夫。

克罗尔　（向海尔赛特太太）海尔赛特太太，让他上来。

〔海尔赛特太太下楼。

克罗尔　（拿起帽子）我暂时退出战场。可是大战还在后头呢。

罗斯莫　克罗尔，我可以赌咒，我跟摩腾斯果毫无来往。

克罗尔　我不信你的话。从今以后，在任何事情和任何关系上，我都不信你的话了。现在是拼死血战的时候了。我们要试试能不能使你卸甲投降。

罗斯莫　克罗尔，你简直下流得太不像话了！

克罗尔　我下流？你还自以为配骂我下流吗！别忘了碧爱特！

罗斯莫　你还唠叨那件事？

克罗尔　不是我唠叨。如果你还有一丝良心的话，你应该拿出自己的良心解决水车沟那一桩疑案。

〔彼得·摩腾斯果静悄悄地从左边上。他生得短小精悍，须发淡红稀疏。

克罗尔　（满脸憎恨）嘿，"烽火"在罗斯莫庄着起来了！（扣上衣钮）现在我不必再犹豫应该走哪条路了。

摩腾斯果　（恭恭敬敬）校长先生尽管放心，"烽火"的亮光永远会给你带路。

克罗尔　不错，你一向对我表示好意。当然，圣经里有一条训诫：不准人们捏造证据诬蔑邻居①——

摩腾斯果　克罗尔校长不必提出"十诫"来教训我。

克罗尔　连第七条都不必提吗？②

罗斯莫　克罗尔！

摩腾斯果　即使我需要人教训，那也应该是牧师的事情。

克罗尔　（暗含讽刺）牧师的事情？哦，对，对，这件事罗斯莫牧师最合适。两位先生，祝你们谈判成功！

〔他走出去，砰的一声把门使劲关上。

罗斯莫　（眼睛盯着关上的门自言自语）罢了，罢了，听其自然吧。（转过身来）摩腾斯果先生，请问你光临舍间有什么事见教？

摩腾斯果　其实我是来拜访维斯特小姐的。昨天承她写给我那么一封信，所以我今天特地亲自来道谢。

罗斯莫　我知道她给你写过信。你见过她没有呢？

摩腾斯果　见过了，还谈了几句话。（微微一笑）我听说罗斯莫庄近来发生了思想变化。

罗斯莫　在许多方面，我的思想都发生了变化。也许可以说，我的思想在各方面都有了变化。

摩腾斯果　维斯特小姐已经跟我谈过了，所以她说，最好我还是上来跟牧师当面仔细谈一谈。

罗斯莫　摩腾斯果先生，你想谈什么事？

摩腾斯果　我可不可以在《烽火》上宣布，说你的思想发生了变化，并且已经加入了自由进步党？

罗斯莫　当然可以。其实我还想请你替我宣布呢。

摩腾斯果　好，那么，明天报上一定登出来。要是大家一知道罗斯莫庄的罗斯莫牧师也准备为争取光明而奋斗，地方上必然会有一番大轰动。

罗斯莫　我不十分明白你的意思。

---

① 这是《旧约》"十诫"中的第九条。
② 《旧约》"十诫"中的第七条是不准人们犯奸淫。克罗尔引用这一条讥刺摩腾斯果过去的行为。

摩腾斯果　我的意思是,如果我们多吸收一个真正信仰基督教义的党员,我们党的精神地位就会特别加强一步。

罗斯莫　(有点惊讶)如此说来,你并不知道——？维斯特小姐没把那话同时告诉你吗？

摩腾斯果　罗斯莫牧师,什么话？维斯特小姐非常匆忙。她只说叫我上楼,其余的话你会亲自告诉我。

罗斯莫　那么,我老实告诉你吧,我已经把自己从各方面彻底解放出来了。我已经把教会的教条全部扔掉,从今以后它们跟我没有关系了。

摩腾斯果　(惊讶地瞧着他)哦！这件事简直比天塌下来还想不到！罗斯莫牧师居然自己宣布——

罗斯莫　是的,我现在站的地方就是你已经站了多年的地方。这件事明天你也可以在《烽火》上宣布。

摩腾斯果　这件事也宣布？亲爱的牧师,对不起,不行。我觉得犯不上提起事情的那方面。

罗斯莫　犯不上提？

摩腾斯果　目前还是不提为妙。

罗斯莫　我不明白你的意思。

摩腾斯果　罗斯莫牧师,你要知道——事情的底细也许你不如我知道得清楚。不过你既然加入了自由党——维斯特小姐还告诉我你打算积极参加这运动——所以我想,对于运动的本身和对于这次的特别鼓动,你大概都愿意有多少力量拿出多少来。

罗斯莫　不错,这是我的热烈愿望。

摩腾斯果　好。可是,罗斯莫牧师,我得提醒你一句话,如果你公开宣布了背叛教会的事,那么,一起头你就不能放开手去活动了。

罗斯莫　这是你的看法吗？

摩腾斯果　是。那么一来,你就不容易给本党出力了,至少在本地不容易有成就了。再说,罗斯莫牧师,我们党里已经有了许多宗教自由思想家——几乎可以说是太多了。本党需要的是一个大家都敬重的基督教分子。这是我们最需要的角色。所以我要劝你,与公众没关系的事不必宣布。这至少是我个人的看法。

罗斯莫　我明白了。是不是如果我公开承认了叛教,你就不敢跟我来往了？

541

摩腾斯果 （摇头）罗斯莫牧师,我不大愿意冒这个险。这些年我定下了规条,凡是积极反对教会的事情和人物我都不拥护。

罗斯莫 这么说,你自己又回到教会去了吗?

摩腾斯果 那是我自己的事,跟别人不相干。

罗斯莫 哦,原来是这么回事。现在我明白你的意思了。

摩腾斯果 罗斯莫牧师,你别忘了,我——特别是我——没有充分的行动自由。

罗斯莫 什么东西在阻碍你?

摩腾斯果 我是个众目睽睽的人物:这个事实在阻碍我。

罗斯莫 哦,真的吗!

摩腾斯果 罗斯莫牧师,我是个众目睽睽的人物。你特别应该记着这件事,因为我从前出丑丢脸主要是由于你的力量。

罗斯莫 假如那时候我站在现在我站的地方,那么,对于你犯的错误,我的态度就不会那么严厉了。

摩腾斯果 这话我信。然而现在已经来不及了。你在我身上烙了个火印,一辈子都磨不掉。那件事的滋味你未必能体会。罗斯莫牧师,可是现在恐怕要轮到你自己来尝尝那股滋味了。

罗斯莫 我自己?

摩腾斯果 正是。难道你以为克罗尔校长和他那群伙伴会饶恕你这种叛教行为吗?我听说《州报》正在张牙舞爪地准备咬人了。不久恐怕你自己也会变成一个众目睽睽的人物。

罗斯莫 摩腾斯果先生,在私人行为方面,我不怕别人攻击。我一生做人行事没有可以指摘的地方。

摩腾斯果 （狡猾的一笑）罗斯莫先生,你这句话口气可不小啊。

罗斯莫 也许是吧,然而我有资格说这话。

摩腾斯果 要是你把自己的行为像你当年把我的行为那么仔细检查一遍呢?

罗斯莫 你的口气很古怪。你的话里有什么文章?有没有确切事实?

摩腾斯果 有,只有一件,可是万一传到居心险恶的敌人耳朵里,那就够糟的了。

罗斯莫 你肯不肯告诉我是什么事?

摩腾斯果 牧师,你自己猜不出来吗?

罗斯莫 当然猜不出,我连影子都没有。

摩腾斯果 唔,唔,那么,恐怕我只好说实话了。我手里有一封怪信,是从罗斯莫庄发出来的。

罗斯莫　你说的是不是维斯特小姐那封信？那说得上怪吗？

摩腾斯果　不是，那封信当然说不上怪。可是我从前收到过从罗斯莫庄寄来的另外一封信。

罗斯莫　也是维斯特小姐写的吗？

摩腾斯果　罗斯莫先生，不是。

罗斯莫　那么是谁写的？究竟是谁写的？

摩腾斯果　是去世的罗斯莫太太写的。

罗斯莫　是我太太写的！你收到过我太太的信！

摩腾斯果　收到过。

罗斯莫　什么时候？

摩腾斯果　罗斯莫太太快要去世的时候。大概是在一年半以前。我说的怪信就是那一封。

罗斯莫　大概你也知道那时候我太太精神不正常。

摩腾斯果　知道。我也知道许多人都那么想。然而在那封信里却看不出她精神不正常。我说那是一封怪信，我有另外的意思。

罗斯莫　真怪，我那位去世的太太会有什么事写信告诉你？

摩腾斯果　那封信还藏在我家里。在信的开头，大意是说，她每天在忧虑恐慌的心境中过日子。她说，你们这儿有好些居心险恶的人，他们成天不想别的，只想惹乱子害你。

罗斯莫　惹乱子害我？

摩腾斯果　不错，她是那么说的。最奇怪的话还在后头呢。罗斯莫牧师，我要不要说下去？

罗斯莫　当然要说！把话都说出来，一字都别瞒我！

摩腾斯果　你那位去世的太太求我做个宽宏大量的人。她说，她知道，学校辞退我、不许我教书，祸根子是她的丈夫。她还求天拜地地劝我别报复。

罗斯莫　她怎么想得到你有法子报复呢？

摩腾斯果　她在信里说，万一我风闻罗斯莫庄有什么造孽的事情，叫我别相信是真的，那是坏人故意散播谣言想害得你不快活。

罗斯莫　信里还有别的话没有？

摩腾斯果　如果你愿意的话，将来你可以把信亲自看一遍。

543

罗斯莫　然而我不明白！她想象中的谣言究竟说些什么事？

摩腾斯果　首先，人家说牧师背弃了他祖宗的信仰。那时候你太太绝对不承认这件事。其次——唔——

罗斯莫　其次怎么样？

摩腾斯果　其次，她在信里说——这一段文理写得不大清楚——她并不知道罗斯莫庄有什么造孽的勾当，她说她本人从来没受过委屈。她还说，万一外头有这一类谣言，她央告我别在《烽火》上登出来。

罗斯莫　信里没提人名吗？

摩腾斯果　没提。

罗斯莫　信是谁送来的？

摩腾斯果　我答应过守秘密。信是一天黄昏时送来的。

罗斯莫　如果当时你打听一下，你会知道我那位苦命太太对于自己的行动是不能完全做主的。

摩腾斯果　罗斯莫牧师，我打听过，可是老实说，我得到的印象并不如此。

罗斯莫　并不如此？今天你在我面前提起那封莫名其妙的旧信究竟是什么意思？

摩腾斯果　罗斯莫牧师，我无非要你记着：十分谨慎是必要的事情。

罗斯莫　你是不是指我的生活？

摩腾斯果　正是。你必须记着，从今天起你不是中立派了。

罗斯莫　这么说，你决意要我隐瞒一部分事情？

摩腾斯果　一个思想解放的人过日子当然应该尽量不受拘束。可是，我刚说过，你以后必须非常谨慎。万一有一桩触犯社会偏见的事情传播出去，整个自由主义运动一定都会吃亏。罗斯莫牧师，再见。

罗斯莫　再见。

摩腾斯果　我马上就回报馆把这件大事在《烽火》上发表。

罗斯莫　对，一字不要遗漏。

摩腾斯果　公众应该知道的材料我决不遗漏。

〔他鞠躬下。他下楼时罗斯莫站在门口不动。随后听见外头关门的声音。

罗斯莫　（在门口轻轻叫唤）吕贝克！吕贝——，唔？（高声）海尔赛特太太，维斯特小姐不在那儿吗？

海尔赛特太太　（在外厅）罗斯莫牧师，她不在这儿。

〔后面门帘忽然拉开。吕贝克在门道里出现。

吕贝克　罗斯莫！

罗斯莫　(转过身来)怎么！你在我屋里？亲爱的,你在我屋里干什么？

吕贝克　(走近他)我在听你们说话。

罗斯莫　嗳,吕贝克,那怎么使得？

吕贝克　我不能不听。克罗尔的话那么可恶,他说我穿便服什么的。

罗斯莫　这么说,克罗尔跟我谈话的时候你已经在我屋里了？

吕贝克　是的。我想听听他肚子里藏着什么心思。

罗斯莫　其实我会告诉你。

吕贝克　你未必会全都告诉我。并且你也绝不会用他原来的字句。

罗斯莫　这么说,你全都听见了？

吕贝克　差不多都听见了。只是摩腾斯果来的时候我下楼去了会儿。

罗斯莫　后来你又上来了？

吕贝克　好朋友,别跟我生气！

罗斯莫　你觉得怎么对就怎么办。你的行动可以自己做主。可是,吕贝克,你看这件事该怎么办？我似乎从来没有像今天这么需要你帮忙。

吕贝克　咱们俩早就准备有一天会出事儿。

罗斯莫　不,不,咱们准备的不是这件事。

吕贝克　不是这件事？

罗斯莫　我早就料到,咱们的美丽纯洁的友谊迟早会遭受别人的误解和诬蔑。我是指那批心胸粗鄙、见识卑陋的家伙,然而我绝没想到克罗尔会对咱们来那么一手。我一向把咱们俩的关系瞒得那么紧,不是没道理。这是个容易惹乱子的秘密。

吕贝克　那批人说的话咱们何必放在心上呢！反正咱们自己问心无愧就是了。

罗斯莫　我问心无愧？不错,从前我觉得问心无愧——今天可不同了。可是,吕贝克,现在——现在——

吕贝克　现在怎么样？

罗斯莫　现在我怎么去解释碧爱特对我那个痛心的控诉呢？

吕贝克　(用力说)唉,别提碧爱特了！别再想她了！她虽然已经死了,可是你好容易才开始摆脱她对你的控制。

罗斯莫　自从我听了那些话以后,她好像又阴森森地活起来了。

吕贝克　啊,罗斯莫,没有的事！没有的事！

545

罗斯莫　我告诉你,确有其事。咱们一定得把这事弄清楚。碧爱特究竟为什么会把事情误会到那步田地?

吕贝克　现在你总不至于不信那时候她快发疯了吧?

罗斯莫　正是在这问题上我现在觉得有点拿不稳了。再说——即使她真是——

吕贝克　即使她真是?唔,底下怎么样?

罗斯莫　我的意思是想问:把她的精神病激成疯狂症的决定因素究竟是什么?

吕贝克　你为什么要把谁都不能解决的问题老挂在心上呢?

罗斯莫　吕贝克,我自己也做不了主。我竭力想摆脱这些痛苦的疑虑,然而总摆脱不了。

吕贝克　可是把心思长年挂在一个烦恼的问题上,将来难免出乱子。

罗斯莫　(心神不定,一边想心事,一边来回走动)我一定是在什么事上头露出了破绽。碧爱特一定是看破了,自从你一到我们家我就快活起来了。

吕贝克　亲爱的,即使她看破了——?

罗斯莫　咱们俩看同样的书;新思想的讨论把咱们俩吸引到了一块儿;这些情形一定都没逃过碧爱特的眼睛。然而我还是不明白!我处处十分留神,为的是免得她伤心。现在回想起来,好像是我一心一意要把咱们的志趣隐瞒着不让碧爱特知道。吕贝克,你说我是不是这样?

吕贝克　是,是,你确实是这样。

罗斯莫　你也跟我一样。然而——!哦,想起来真可怕!碧爱特一定怀着满腔乖僻的爱情——成天一言不发——在旁边冷眼瞧着咱们——什么事都看在眼睛里——什么事都看错了意思。

吕贝克　(两手捏紧)唉,只怪我当初不该到罗斯莫庄来!

罗斯莫　唉,想想她暗地里受过多少委屈!她那有病的脑子给咱们捏造过多少肮脏材料!她从来没对你说过可以使你多心的话吗?

吕贝克　(仿佛吃了一惊)对我说过!如果她对我说过那种话,难道我还会在这儿多待一天吗?

罗斯莫　噢,当然不会。她挣扎得多可怜!吕贝克,并且她还是一个人独自挣扎!一个人拼死挣扎!最后她得到了控诉的胜利,演出了水车沟那出悲剧!

〔他一纵身坐在写字桌前的椅子里,两臂支在桌上,两手捂着脸。

吕贝克　(从椅子后面小心地走近他)罗斯莫,你听我说。假使你有法子能使碧爱特起死回生——能使她回到你面前——回到罗斯莫庄来——你愿意不愿意那么办？

罗斯莫　咳，我怎么知道什么事愿意什么事不愿意！别的我不知道，我只知道这件事已经无法挽救了。

吕贝克　罗斯莫，前一阵子你刚开始生活。你已经开始了。你把自己从各方面解放出来了。你开始感觉轻松快活了。

罗斯莫　不错，确有其事！可是现在我挨了这致命的当头一棒。

吕贝克　（站在他身后，两只胳臂搁在椅背上）暮色苍茫的时候咱们坐在楼下屋子里，互相帮助安排自己的新生命计划，那是多美的境界呀！你准备迈进你所说的今天的活世界，动手做一番事业。你准备挨家挨户去做一个思想解放的传达者。你想争取千万人的精神和意志，在你周围培养出数目越来越多的高尚人物，高尚人物。

罗斯莫　快乐的高尚人物。

吕贝克　不错——快乐的人物。

罗斯莫　吕贝克，快乐才能提高人的精神。

吕贝克　难道你不可以说悲哀也能提高人的精神吗？一个巨大的悲哀？

罗斯莫　可以那么说，只要一个人能熬得住、摆得脱、撇得开那种悲哀。

吕贝克　你就必须那么办。

罗斯莫　（凄然摇头）我永远不能完全摆脱这种悲哀。我心里老是揣着个疑团——存着个问题。那种能使生活非常甜美的精神乐趣我再也尝不到嘴了。

吕贝克　（把身子伏在椅背上，声音放低些）罗斯莫，你指什么说？

罗斯莫　（仰脸瞧她）我说的是快活宁静、清白纯洁的心情。

吕贝克　（倒退一步）对了，清白纯洁的心情。

〔半晌无言。

罗斯莫　（一只臂肘支在桌上，手托着头，眼睛瞧着前面）她的眼光多么深刻！她把那些材料编排得多么有条有理！第一步，她怀疑我的信仰不是正统思想——真怪，她怎么会怀疑呢？可是她确实怀疑了。第二步，她的怀疑在她脑子里变成了真事。那么一来，其余那一大串事情，在她看起来，当然都是可能的了。（身子坐直，两只手抄自己的头发）噢，这些可怕的想象！我再也摆脱不了啦。我有这种感觉。我有这种体会。那些想象随时都会涌到我脑子里，使我想起死人的事！

吕贝克　像罗斯莫庄的白马似的。

罗斯莫　对,它们像白马似的,在黑暗中,在寂静的境界中奔腾。

吕贝克　为了这无聊的幻想,你就想放松你对于现实世界刚抓住的那点儿把握吗?

罗斯莫　你也许觉得太过分。吕贝克,不错,太过分。然而我不得不如此。叫我怎么摆脱得了这桩事情呢?

吕贝克　(在他椅子后)你可以缔结新的关系啊。

罗斯莫　(吃惊,仰头)新的关系?

吕贝克　是啊,对于外界的新关系。你应该生活、工作、行动。不要坐在家里在无法解决的哑谜里沉思摸索。

罗斯莫　(站起来)新的关系?(走过去,在门口站了一站,又走回来)我心里想起了一个问题。吕贝克,不知你也想起过没有?

吕贝克　(呼吸困难)让我——听听——是什么问题?

罗斯莫　你看从今以后咱们俩的关系会变成什么方式?

吕贝克　我想咱们的友谊会永久存在——不论外界发生什么事。

罗斯莫　我不是说那个。我的意思是说,最初把咱们吸引在一起,把咱们紧紧团结在一起——咱们俩对于男女之间纯洁友谊的共同信心——

吕贝克　是啊,是啊,怎么样?

罗斯莫　我的意思是说,像咱们这种关系是不是应该先有一个宁静、快乐、平安的生活作基础?

吕贝克　以后怎么样?

罗斯莫　然而现在摆在我眼前的却是一个奋斗、动荡、纷争、扰攘的生活。吕贝克,我要过自己的日子!我不愿意让可怕的外来事件把我压倒。我不愿意旁人,不论是活人还是——随便什么人,硬替我决定生活方式。

吕贝克　当然,千万别受旁人的支配。罗斯莫,你应该做一个绝对自由的人!

罗斯莫　可是你猜不出我的心事吗?莫非你不知道?难道你看不出我用什么方法最容易摆脱那些烦恼的回忆——伤心的旧事?

吕贝克　用什么方法?

罗斯莫　用一个新的、活的现实去抵挡它们。

吕贝克　(想用手抓住椅背)一个活的——?你这句话是什么意思?

罗斯莫　(走近些)吕贝克——假使我向你求婚——你愿意不愿意做我的老婆?

吕贝克　（半晌说不出话，然后快活得叫起来）做你的老婆！做你的——！我！

罗斯莫　来，咱们试试。咱们俩合成一个人。死者的位子不能让它再空着。

吕贝克　叫我填补碧爱特的空位子！

罗斯莫　那么一来，她的事迹就不会再提起了——完全不提了——永远不提了！

吕贝克　（低声，发抖）罗斯莫，你相信事情真会如此吗？

罗斯莫　非如此不可！非如此不可！我不能——我也不愿意背着个死人过日子。吕贝克，帮我撇开这累赘。让咱们用自由、欢乐、热烈的心情来勾销那一大笔旧账。你要做我生平唯一的老婆。

吕贝克　（克制自己）别再提这件事了，我决不做你的妻子。

罗斯莫　什么！决不做！难道你将来不会爱我吗？咱们的友谊不是已经有了恋爱的气息吗？

吕贝克　（两手掩耳，好像害怕的样子）罗斯莫，别这么说！别说这种话！

罗斯莫　（抓住她胳臂）这是真话——咱们的关系越来越有这种希望。我看得出你心里也有这感觉。吕贝克，你说是不是？

吕贝克　（恢复了坚决安详的态度）听我说。老实告诉你——假如你不放松这件事，我就离开罗斯莫庄。

罗斯莫　你离开！你不能离开。你没法儿离开。

吕贝克　我更没法儿做你的妻子。无论如何我不能跟你结婚。

罗斯莫　（莫名其妙地瞧着她）你说"不能"，口气又那么古怪。你为什么不能呢？

吕贝克　（抓住他两只手）亲爱的朋友——为了你自己，也为了我——你别追问为什么。（放松他的手）罗斯莫，你千万别问为什么。（向左首门走去）

罗斯莫　从今以后，我只能老想这一个问题：为什么？

吕贝克　（转过身来瞧着他）既然如此，只好一切都拉倒。

罗斯莫　咱们俩一切都拉倒？

吕贝克　正是。

罗斯莫　咱们俩永远不会拉倒。你也永远不会离开罗斯莫庄。

吕贝克　（手按着门拉手儿）嗯，也许我不会离开。可是如果你再追问那句话——那就一切都罢休。

罗斯莫　罢休？怎么个——？

吕贝克　到那时候我会走碧爱特走过的那条路。罗斯莫，现在你明白了吧。

罗斯莫　吕贝克——？

549

吕贝克　（站在门口，慢慢地点点头）现在你明白了吧。（出去）

罗斯莫　（大吃一惊，呆望着门，自言自语）这是——怎么——回事？

第 三 幕

〔罗斯莫庄起坐室。窗户和后面的屋门都开着。室外阳光照耀。上午。
〔吕贝克·维斯特穿得跟在第一幕里一样,站在窗口浇花。她的活计撂在窗口小沙发上。海尔赛特太太手里拿着毛掸正在走来走去,掸拂家具。

吕贝克　(沉默了会儿)我不明白为什么牧师今天老不下楼。
海尔赛特太太　噢,他常是这样。现在他大概快下楼了。
吕贝克　你看见他没有?
海尔赛特太太　我上楼给他送咖啡的时候看了一眼。他正在卧室换衣服。
吕贝克　我问这句话为的是他昨天身子有点儿不舒服。
海尔赛特太太　他气色不大好。我疑心也许他跟他内兄闹了什么别扭了。
吕贝克　你说他们为什么闹别扭?
海尔赛特太太　这我倒不知道。也许是摩腾斯果那家伙在他们中间挑拨吧。
吕贝克　很可能。你认识这个彼得·摩腾斯果不认识?
海尔赛特太太　不认识。小姐,你怎么问这话?我怎么会认识他那么个家伙。
吕贝克　你看不起他,是不是因为他编辑那张下流报纸?
海尔赛特太太　还不单为那个。小姐,你一定听说过,他跟一个被丈夫遗弃的女人生过一个孩子。
吕贝克　不错,我听说过。不过那一定是远在我到这儿以前的事。
海尔赛特太太　那时候他当然很年轻,那女人也太荒唐。他也想跟那女人结婚,可是当然做不到。我倒不是说他没吃大亏。可是,天呀,没想到从那以后摩腾斯果倒出名了。现在给他捧场的人可真不少。
吕贝克　是啊,穷苦的人有了为难的事情都找他帮忙。
海尔赛特太太　不但穷苦的人,也许还有别人找他呢。

吕贝克 （偷偷地瞧她）是吗！

海尔赛特太太 （在沙发旁，使劲撢拂）小姐，也许还有你最想不到的人去找他呢。

吕贝克 （忙着弄花）海尔赛特太太，这不过是你自己的猜想罢了。你说的话，你并没有把握。

海尔赛特太太 小姐，你说我没有把握？我告诉你，我有把握。好吧，要是你一定想知道的话，我就告诉你。有一次我亲自给摩腾斯果送去过一封信。

吕贝克 （转身）是吗？

海尔赛特太太 真是。并且那封信还是在罗斯莫庄写的。

吕贝克 海尔赛特太太，真有这事吗？

海尔赛特太太 真有这事。信纸挺讲究，信上还盖着个精致的红印。

吕贝克 信是交给你送去的吗？亲爱的海尔赛特太太，这么说，写信的人是谁就不难猜了。

海尔赛特太太 是谁？

吕贝克 一定是去世的罗斯莫太太在发病的时候——

海尔赛特太太 小姐，这话是你说的，我可没说。

吕贝克 信里写些什么？哦，我忘了——你不会知道。

海尔赛特太太 唔，要是我知道又怎么样呢？

吕贝克 她没告诉你信里写些什么话？

海尔赛特太太 她倒没告诉我。可是摩腾斯果看完了那封信就把我仔仔细细盘问起来了。所以我马上就猜出了信里写的是什么事。

吕贝克 你猜信里写的是什么事？亲爱的海尔赛特太太，快告诉我。

海尔赛特太太 哦，不行。我怎么也不能告诉你。

吕贝克 你尽不妨告诉我。咱们俩是知己朋友。

海尔赛特太太 小姐，这件事万万不能告诉你。我只能告诉你，信里说的是他们哄着那位有病的太太相信的一件荒唐事。

吕贝克 哄她的是什么人？

海尔赛特太太 维斯特小姐，是一群坏人。他们是坏人。

吕贝克 坏人？

海尔赛特太太 坏人，我再说一遍。他们一定是真正的坏人。

吕贝克 你说他们究竟是谁？

海尔赛特太太 嗯，我心里当然有底子，可是我决不能说出来。反正城里有一位太太——呃哼！

吕贝克　我明白你是指克罗尔太太说。

海尔赛特太太　哼,那位太太派头可不小。她老在我面前摆架子。她也不见得太喜欢你。

吕贝克　你说罗斯莫太太写那封信给摩腾斯果的时候,脑子是不是正常？

海尔赛特太太　小姐,人的脑子是个怪东西。要说她脑子完全不正常,我看倒也不见得。

吕贝克　可是她一知道自己永远不会生孩子好像就精神错乱了。她的疯病就是那么起头的。

海尔赛特太太　是啊,真可怜,那一下子是她的致命伤。

吕贝克　（拿起活计,在靠窗一张椅子里坐下）海尔赛特太太,那件事对于牧师终究还是有好处,你说是不是？

海尔赛特太太　小姐,你说的是什么事？

吕贝克　我说,没有孩子对牧师有好处,你说是不是？

海尔赛特太太　唔,我简直不知该说什么好。

吕贝克　我告诉你,真的,牧师幸而没有孩子。家里有哭闹的孩子,罗斯莫牧师一定受不了。

海尔赛特太太　小姐,罗斯莫庄的孩子不会哭。

吕贝克　（瞧着她）不会哭？

海尔赛特太太　不会哭。从来没有人听说过,罗斯莫庄的孩子会哭。

吕贝克　这可真怪。

海尔赛特太太　可不是吗？世世代代都这样。还有一桩怪事呢,孩子们长大了也从来不会笑。他们一辈子不笑。

吕贝克　真是奇闻！

海尔赛特太太　小姐,你听见或是看见牧师大笑过一回没有？

吕贝克　没有。我现在想想,几乎觉得你的话很正确。可是我觉得这一带地方的人都不大笑。

海尔赛特太太　不错,他们都不大笑。人家说,这件事是从罗斯莫庄开头的,后来好像传染病似的就散布出去了。

吕贝克　海尔赛特太太,你是个很有智慧的女人。

海尔赛特太太　啊,小姐,你别拿我开玩笑。（听）嘘,嘘,牧师下楼来了。他

553

不喜欢看人家撑东西。(从右下)

〔罗斯莫拿着帽子和手杖从门厅上。

罗斯莫　吕贝克，你早。

吕贝克　亲爱的，你早。(沉默片刻。她照常做活计)你是不是要出门？

罗斯莫　是。

吕贝克　天气好得很。

罗斯莫　今天早上你没来看我。

吕贝克　没有。今天没来看你。

罗斯莫　往后你也不想来看我了吧？

吕贝克　亲爱的，现在我还不知道。

罗斯莫　有我的信件没有？

吕贝克　《州报》来了。

罗斯莫　《州报》？

吕贝克　在桌子上。

罗斯莫　(搁下帽子和手杖)报上有什么事没有？

吕贝克　有。

罗斯莫　你为什么不把报送上楼？

吕贝克　反正你就会看见的。

罗斯莫　哦？(拿起报纸，站在桌旁看)什么！"我们敬请读者严防无耻叛徒。"(转眼瞧她)吕贝克，他们骂我叛徒。

吕贝克　他们没提姓名。

罗斯莫　提不提还不是一样。(念下去)"暗中叛教的奸贼。""这些像犹大①一样的人一旦认为最方便——最有利的机会到了眼前的时候马上就无耻地招供自己的叛教行为。""毫无顾惜地玷辱了一个世代相传的光荣姓氏。""他们希冀从暂时掌权的党派手里得到适当的报酬。"(把报纸搁在桌上)他们知道我的为人不算不久，也不算不深，然而竟会用连他们自己都不信的丑话糟蹋我！他们明知那是一篇谎话，可是还把它登在报纸上。

吕贝克　还不止这些呢。

罗斯莫　(又拿起报纸念)"没有经验和缺乏判断力是他们唯一的借口——"

---

① 《圣经·新约》中出卖耶稣的叛徒。

554

"恶毒的影响——可能已经扩展到我们暂时不想公开讨论控诉的事件上。"(转眼瞧她)这句话是什么意思？

吕贝克　这句话分明是指我说的。

罗斯莫　(放下报纸)吕贝克,这是下流人的行为。

吕贝克　是啊,其实他们用不着那么看不起摩腾斯果。

罗斯莫　(在屋里走动)总得想个办法才好。如果尽他们那么胡闹下去,人类的善良品质会全部沦亡。我绝不容许他们那么胡闹！噢,如果我能让一线光明射进这黑暗丑恶的角落,那够多快活！

吕贝克　(站起来)罗斯莫,这话对。在这件事里头,你可以找到一个伟大光荣的目标。

罗斯莫　吕贝克,但愿我能让他们睁开眼看看自己的面貌；激发他们的良心,让他们悔恨惭愧；并且把他们团结起来,互相容忍,互相亲爱！

吕贝克　对,把你的全部力量都放进去,你一定可以成功。

罗斯莫　我想一定可以。到那时候,过日子多快乐！世界上不再有恶意的争夺,只有善意的竞赛！大家的眼睛集中在一个目标上！每人的智力,每人的意志,都顺着天赋的途径各自努力前进,努力向上。大家有幸福——从大家身上得到幸福。(无意中向窗外看了一眼,吃了一惊,伤心地说)唉！从我身上却得不到幸福。

吕贝克　从你身上得不到？

罗斯莫　我本人也没有幸福。

吕贝克　罗斯莫,别让这些疑虑在你心里纠缠。

罗斯莫　亲爱的吕贝克,幸福主要是宁静快乐、清白纯洁的心境。

吕贝克　(瞧着前面)不错,清白纯洁的心境。

罗斯莫　唉,你怎么懂得犯罪是什么滋味。可是我——

吕贝克　你才最不懂得呢！

罗斯莫　(指着窗外)那水车沟。

吕贝克　噢,罗斯莫！

〔海尔赛特太太在门口张望。

海尔赛特太太　维斯特小姐！

吕贝克　就来,马上就来。现在不行。

海尔赛特太太　小姐,我只有一句话。

〔吕贝克走到门口,海尔赛特太太告诉她一件事。她们俩咬了半天耳朵,海尔赛特太太点点头走了。

罗斯莫　（心绪不宁）是不是我的事？

吕贝克　不是,只是一件家务事。亲爱的罗斯莫,你应该上外头吸点新鲜空气。你应该出去多走一走。

罗斯莫　（拿起帽子）对,走。咱们一块儿出去。

吕贝克　亲爱的,现在我没工夫。你只能一个人去。可是千万要撇开那些伤心念头。

罗斯莫　恐怕我永远撇不开了。

吕贝克　哦,想不到那些没有根据的空想会把你缠得这么紧！

罗斯莫　吕贝克,我看未必完全没有根据。夜里我在床上睡不着,把这件事想了又想。也许究竟还是碧爱特看得最清楚。

吕贝克　看清楚什么？

罗斯莫　她看清楚我爱你,吕贝克。

吕贝克　她看清楚了吗！

罗斯莫　（把帽子搁在桌上）我心里老撇不开的问题是：咱们俩嘴里说是朋友,究竟是不是一直在欺骗自己？

吕贝克　你的意思是说,咱们的关系不妨叫作——？

罗斯莫　——恋爱。对,吕贝克,我正是这意思。就是碧爱特还在世的时候,我的心思也全在你身上。我只爱慕你一个人。只有你在我旁边的时候我才觉得宁静快乐,心满意足。吕贝克,你仔细想想,是不是一起头的时候咱们彼此就有一种甜美而隐秘的天真恋爱——没有欲念,也没有梦想？你是不是也有那股滋味？老实告诉我。

吕贝克　（跟自己挣扎）噢,我不知道该怎么答复。

罗斯莫　咱们把这种密切难分、二人一体的关系当作了友谊。吕贝克,其实那并不是友谊,咱们的关系说不定一起头就是精神上的夫妻。所以我的灵魂里有了罪孽。我不配享受幸福,我犯了对不起碧爱特的罪过。

吕贝克　你说你不配过幸福日子？罗斯莫,你相信这话吗？

罗斯莫　碧爱特用她的恋爱眼光看咱们的关系——用她的恋爱方式判断咱们的行为。这也难怪,她没法子用别的方式判断。

吕贝克　可是你怎么能根据她的幻想责备自己呢？

罗斯莫　因为她爱我——照着她的方式爱我——所以她才跳进水车沟。吕贝克,这是一桩确切不移的事实,也是我永远不能撇开的心事。

吕贝克　不要想别的事,单想你终身致力的那桩伟大美好的事业。

罗斯莫　(摇头)亲爱的,那桩事业永远做不成了。在我手里做不成了。在我发现了这些情形以后,我再也做不成了。

吕贝克　为什么在你手里做不成呢?

罗斯莫　因为起源于罪孽的事业绝不会成功。

吕贝克　(愤激)噢,这些无非是祖宗传下来的疑虑——祖宗传下来的恐惧——祖宗传下来的顾忌。人家说,死人化成了一群奔腾的白马回到了罗斯莫庄。我看,你这情形倒可以证明人家的话不假。

罗斯莫　就算是不假吧,可是只要我一天撇不开那种念头,是真是假又有什么关系呢?吕贝克,你要相信我,我说的是真情实话。一桩事业要取得永久的胜利,必须有一个快乐清白的人支持它。

吕贝克　罗斯莫,你真是那么缺少不得快乐吗?

罗斯莫　快乐?对,亲爱的,我缺少不得。

吕贝克　像你这么个从来不会笑的人,也缺少不得快乐吗?

罗斯莫　对,还是缺少不得。真的,我能消受大量的快乐。

吕贝克　亲爱的,现在你出去散步吧。走远一点。听见没有?喏,你的帽子在这儿。还有你的手杖。

罗斯莫　(拿起帽子手杖)谢谢。你不跟我一块儿去吗?

吕贝克　不,不,现在不行。

罗斯莫　好吧。反正你还是没离开我。

　　　　〔他走后面屋门下。吕贝克站在敞着的门后,小心翼翼地看他走了以后才走到右首门口。

吕贝克　(开门,低声说)唉,海尔赛特太太。现在你请他进来吧。(走近窗口)
　　　　〔过了会儿,克罗尔校长从右上。他一言不发客客气气地鞠了一躬,帽子拿在手里。

克罗尔　他出去了吗?

吕贝克　出去了。

克罗尔　他平常在外头待得很久吗?

吕贝克　很久。然而今天可难说。所以如果你不想看见他的话——

557

克罗尔　不想,不想。我是来找你说话的——单找你一个人。

吕贝克　既然如此,咱们还是别耽搁时候。校长,请坐。

〔她在窗口小沙发里坐下。克罗尔校长坐在她旁边一张椅子里。

克罗尔　维斯特小姐——约翰尼斯·罗斯莫这次改变态度,你很难想象我为这事多伤心。

吕贝克　我们早就料到最初你会伤心。

克罗尔　只在最初?

吕贝克　罗斯莫料定你早晚会跟他走一条路。

克罗尔　我?

吕贝克　不但你,还有他所有别的朋友。

克罗尔　啊,你看!这正好证明在人情世故方面,他的见解不大靠得住。

吕贝克　然而既然他觉得必须把自己从各方面解放出来——

克罗尔　对,可是咱们等着瞧吧——我就是不信会有这种事。

吕贝克　那么,你相信什么呢?

克罗尔　我相信一切事情都是你在背后鼓动。

吕贝克　克罗尔校长,这句话是你太太教你的。

克罗尔　谁教的都没关系。总之,我把事情仔细想了一想,把你来到这儿以后就我所知的各种行动合起来研究了一下,我确实起了一股非常厉害的疑心。

吕贝克　(瞧着他)亲爱的校长,我好像记得有一个时期你非常信任我,几乎可以说是热烈地信任我。

克罗尔　(低声)你想迷人的时候谁能不被你迷住呢?

吕贝克　我想迷住——?

克罗尔　你想过。我现在不再相信那时候你有什么真情真意。你无非想在罗斯莫庄找个站脚的地方——在这儿扎下根——想利用我在这件事上头做你的傀儡。现在我都看明白了。

吕贝克　你好像完全忘了当初是碧爱特请我来的吧?

克罗尔　是你先把她迷住了,她才请你来的。你能把她对你的那种感情叫作友谊吗?那是一种敬仰——近乎偶像崇拜,后来又从崇拜发展为——我应该怎么说才好呢?——发展为一种无可奈何的热情。嗯,这名词倒还恰当。

吕贝克　请你别忘了当时你妹妹的情况。就我本人说,我想谁都不能说我精神不正常。

克罗尔　你确实没有精神病。然而正因为如此,所以对于你想控制的人来说,你这人更危险。正因为你的心是冰凉的,所以衡量利害、估计后果,你很方便。

吕贝克　我的心是冰凉的?你看准了没有?

克罗尔　现在我看准了。要不然,你绝不会在这儿一年一年待下去,一心一意追逐你的目标。好,现在你如愿以偿了。你已经把他抓住了,一切都归你掌握了。然而为了做到这一步,你却毫无顾虑地害得他不快活。

吕贝克　这话靠不住。害得他不快活的不是我——是你自己。

克罗尔　是我?

吕贝克　是你,因为你哄得他真相信他应该对碧爱特的惨死负责任。

克罗尔　他真为这事那么难受吗?

吕贝克　难道你还不信吗?像他那么敏感的人——

克罗尔　我还以为所谓思想解放的人是毫无顾忌的。然而现在我明白了!哦,其实我早就知道这事会有什么结果。做了墙上那些人物的子孙,他怎么能跟世世代代传下来的那些东西割断关系呢?

吕贝克　(低头沉思)约翰尼斯·罗斯莫的思想根子是结结实实地扎在他的祖宗身上的。这是无可怀疑的。

克罗尔　如果你爱他的话,你应该早就考虑到这上头。这种考虑当然不在你心上。你的历史跟他的历史的区别实在太大了。

吕贝克　你说的是什么历史?

克罗尔　维斯特小姐,我说的是你的出身,你的家庭历史。

吕贝克　不错!我的出身确实很低微。然而——

克罗尔　我不是说门第和地位什么的。我说的是你的道德历史。

吕贝克　道德——?这是什么意思?

克罗尔　你出生的情形。

吕贝克　你指什么说?

克罗尔　我提起这件事,是因为它足以说明你的一切行为。

吕贝克　这话我不懂。你一定得解释一下。

克罗尔　我真没想到你会要我解释。如果没有原因,你怎么会让维斯特大夫

559

收你作干女儿——

吕贝克 （站起来）哦！现在我明白了。

克罗尔 并且你还改姓了他的姓。你母亲的姓是甘维克。

吕贝克 （走动）克罗尔校长,我父亲姓甘维克。

克罗尔 当初你母亲一定因为有事,所以常去找这位教区医生。

吕贝克 不错,常去找他。

克罗尔 你母亲一去世,维斯特大夫就把你收养在家了。他待你很不好,可是你还跟他待下去。你也知道他死后一个钱都不会留给你——事实上后来你只得到满满一箱子的书——然而你还是愿意待下去,耐着性子看护他,一直到他死。

吕贝克 （在桌旁站住,鄙薄地瞧着他）你先编派我的出身不道德、有罪恶,然后你就胡乱下解释吗?

克罗尔 我认为你那么爱护维斯特大夫是出于天性的孝心。我确实相信你的出身决定了你的一切行为。

吕贝克 （生气）你的话没有一个字靠得住！我有证据。维斯特大夫到芬马克来的时候,我已经出世了。

克罗尔 维斯特小姐,恐怕你记错了吧。他是在你出世前一年在那儿住下的。这一点我记得很清楚。

吕贝克 我告诉你,是你记错了！你完全记错了。

克罗尔 前天你亲口告诉过我,你现在已经过了二十九岁——不到三十岁。

吕贝克 是吗！我真那么说过吗?

克罗尔 你说过。因此我推算——

吕贝克 得了！你不必推算了。我索性老实告诉你吧:我的真岁数比我对别人说的大一岁。

克罗尔 （微笑而不信）真的吗！这可怪了！你为什么要说小一岁?

吕贝克 作为一个没结婚的女人说,在我过了二十五岁的时候,我觉得年纪实在太大了,因此我就开始瞒岁数。

克罗尔 你?一个思想解放的女人?难道你对于结婚年龄还有偏见吗?

吕贝克 有,我这想法当然又笨又无聊。然而咱们身上都有一些甩不掉的毛病。咱们生来就是如此。

克罗尔 好吧,就算是这样。然而我的推算恐怕还是正确的,因为维斯特大夫在就职的前一年曾经到你们那儿去过一次。

吕贝克　（勃然大怒）胡说！

克罗尔　胡说？

吕贝克　嗯。我母亲从来没提过这事。

克罗尔　她没提过？

吕贝克　从来没提过。维斯特大夫也没提过，一字没提过。

克罗尔　维斯特小姐，会不会因为他们俩，也像你似的，都有理由要少说一年？这也许是个遗传的毛病吧。

吕贝克　（走来走去，捏弄两手）没有的事。你想哄我上当。绝无其事！断乎不会！

克罗尔　（站起来）亲爱的维斯特小姐，你为什么无缘无故这么暴躁呀？你把我吓坏了！叫我应该往哪方面揣测呢？

吕贝克　你不必揣测！什么事都没有。

克罗尔　既然如此，你得老实告诉我，你为什么那么着急，惟恐真有其事呢？

吕贝克　（耐着性子）克罗尔校长，理由非常简单。我不愿意人家把我当作私生子。

克罗尔　真的吗！好，暂时就算你的解释是可靠的。然而即使如此，我看在那个问题上你一定还有一种偏见吧？

吕贝克　唔，恐怕我有。

克罗尔　我看你嘴里说的"解放"大半都是这样。你在书本里捡了些新思想和新意见。你从各部门的新学说里抓了点皮毛——好像那些学说足以推翻一向公认为无懈可击的某些原理似的。维斯特小姐，其实这仅仅是理性知识——一点肤浅的认识。它并没渗到你的血液里。

吕贝克　（沉思）你这话也许不错。

克罗尔　只要你反省一下，你就会明白！如果你是这种情形的话，那就不难推测约翰尼斯·罗斯莫是怎么回事了。他想挺身出来，公开承认自己是个叛教的人——这简直是十足的疯狂举动，蒙着眼睛往死路上撞！你想，他的感觉多敏锐！要是有一天平常跟他来往的人不认他做朋友了，唾弃他，迫害他，社会上的优秀人物无情地攻击他，那他绝对受不了，无论如何受不了！

吕贝克　他受不了也得受！现在退步已经太迟了。

克罗尔　绝不太迟。一点儿都不迟。已经发生的事可以隐瞒起来——或者至少可以把它当作精神错乱的举动来掩饰,尽管这种举动是荒唐的。然而——有一件事却非做不可。

吕贝克　什么事?

克罗尔　维斯特小姐,你必须逼他用法律确定他的身份。

吕贝克　是不是他对我的身份?

克罗尔　正是。这件事你非逼他做不可。

吕贝克　这样说来,你是认定了我跟他的身份必须像你所说的,用法律确定一下?

克罗尔　我不愿意仔细推敲这问题。不过,据我观察,世界上最容易破除所谓偏见的场所恐怕莫过于——呃哼——

吕贝克　莫过于在男女关系上,你是不是这意思?

克罗尔　对了,老实说,我是这意思。

吕贝克　(走过去,向窗外探望)克罗尔校长,我几乎要说:但愿你的话是正确的就好了。

克罗尔　你这话什么意思?你的口气那么古怪。

吕贝克　算了,咱们别再谈下去了。哦,他回来了。

克罗尔　这么快!那么我要走了。

吕贝克　(走上前去)请你别走。我还有话告诉你呢。

克罗尔　改天再说吧。我不怎么喜欢看见他。

吕贝克　我求你别走。别走!否则你不久就会后悔的。这是我末一次求你的事。

克罗尔　(诧异地瞧着她,放下帽子)维斯特小姐,好吧,既然如此,我就不走。

〔半晌无言。罗斯莫从门厅上。

罗斯莫　(看见了克罗尔校长就在门口站住)什么!你在这儿?

吕贝克　亲爱的,他不想跟你①见面。

克罗尔　(不由自主)"亲爱的!"

吕贝克　对了,克罗尔校长,罗斯莫跟我彼此称呼"亲爱的"。这是从我们的"身份"里产生的一个结果。

克罗尔　你要告诉我的是不是就是这个?

---

① 在原文中,这个"你"是"du"。这是吕贝克初次当着克罗尔用"du"称呼罗斯莫。参看第一幕末尾注。

吕贝克　除了这个,还有点儿别的事。

罗斯莫　(走上前来)你今天的来意是什么?

克罗尔　我想再试试能不能劝你回心转意。

罗斯莫　(指着报纸)在那篇文章发表以后?

克罗尔　那篇文章不是我写的。

罗斯莫　你用过丝毫力量阻止它发表没有?

克罗尔　阻止它发表就是背叛我信仰的主义。并且,我也没力量阻止。

吕贝克　(把那张报纸扯碎,搓成纸团,扔在炉子里)好了!现在眼睛看不见了。心里也别再想了。罗斯莫,以后不会再有这种事了。

克罗尔　嗯,那可说不定啊!

吕贝克　亲爱的,过来坐下。咱们三个人都坐下。让我仔细告诉你们。

罗斯莫　(呆呆地坐下)吕贝克,你究竟是怎么回事?脸上显现一股不自然的镇静——究竟是什么意思?

吕贝克　这是有了决心以后的镇静。(坐下)克罗尔校长,你也请坐。

〔克罗尔在沙发上坐下。

罗斯莫　你说决心?什么决心?

吕贝克　我准备把你过日子需要的东西交还你。亲爱的朋友,我要把你的快乐清白的良心交还你!

罗斯莫　你这话叫我摸不着头脑。

吕贝克　我只要告诉你一件事,你就明白了。

罗斯莫　什么事?

吕贝克　当年我跟着维斯特大夫从芬马克来到此地的时候,我仿佛觉得眼前展开了一个宽阔伟大的世界。维斯特大夫教给我许多东西——那时候我对于生活的零碎知识都是从他那儿学来的。(挣扎了一下,声音低得几乎听不见)后来——

克罗尔　后来怎么样?

罗斯莫　吕贝克——可是我都知道。

吕贝克　(控制自己)对,对,你这话不错。你知道得够清楚了。

克罗尔　(仔细瞧她)也许我还是走的好。

吕贝克　不必,亲爱的校长,你坐着别动。(向罗斯莫)我告诉你,是这么回事:那时候我想参加新思想正在萌芽的新时代生活。有一天克罗尔校长告诉我,在你还是个小孩子的时候,遏尔吕克·布伦得尔在你身上发生过极大的影响。当时我想,我一定能够把布伦得尔的工作继续做下去。

罗斯莫　你来的时候暗中有计划?

吕贝克　我想,咱们俩应该并肩迈步,自由前进。永远前进,越走越远。然而在你走向彻底解放的路上,横着一道迈不过去的叫人发愁的栅栏。

罗斯莫　你说的是什么栅栏?

吕贝克　罗斯莫,我的意思是这样:只有在清明新鲜的阳光底下你才能走进自由的境界——然而你却在婚姻的幽暗气息里一天一天委顿憔悴。

罗斯莫　从前你对我谈起我的婚姻的时候不是这种口气。

吕贝克　不是。我不敢,我恐怕吓着你。

克罗尔　(向罗斯莫点点头)你听见没有?

吕贝克　(说下去)然而我看得很清楚,你的救星,你的唯一的救星,是在什么地方。于是我就动起手来了。

罗斯莫　动手?怎么动手?

克罗尔　你是不是说——?

吕贝克　啊,罗斯莫——(站起来)坐着别动。克罗尔校长,你也别动。现在我非说不可了。罗斯莫,这事跟你不相干。你没有罪过。引诱碧爱特,并且终于把她引上迷惑的道路的人是我。

罗斯莫　(跳起来)吕贝克!

克罗尔　(从沙发里站起来)迷惑的道路!

吕贝克　就是那通到水车沟的道路。现在你们俩都明白了吧。

罗斯莫　(好像吓傻了似的)我不明白——她说的什么?我一个字都不明白!

克罗尔　罗斯莫,我倒渐渐明白起来了。

罗斯莫　(向吕贝克)你是怎么下手的?你究竟对碧爱特说了些什么话?其实没有什么可说的——绝对没有什么可说的!

吕贝克　后来她渐渐知道你在用力摆脱一切古老的偏见。

罗斯莫　不错,可是那时候我还没达到那个境界呢。

吕贝克　我知道那个境界不久就会来的。

克罗尔　(向罗斯莫点点头)啊哈!

罗斯莫　后来怎么样呢?还有什么?现在你都得告诉我。

吕贝克　过了一阵子——我恳求她让我离开罗斯莫庄。

罗斯莫　那时候你为什么想走呢?

吕贝克　我并不想走。我想在这儿待下去。可是我对她说,如果我及早离开罗斯莫庄,大家都有好处。我让她明白,如果我再待下去——我不敢——我不敢担保——不出什么事儿。

罗斯莫　你就是那么说的,那么做的!

吕贝克　对了,罗斯莫。

罗斯莫　这就是你所说的"动手"。

吕贝克　(声音凄哽)不错,我正是这意思。

罗斯莫　(沉默半晌)吕贝克,现在你把实话都说出来了吗?

吕贝克　都说出来了。

克罗尔　不,还有呢。

吕贝克　(害怕地瞧着他)还有什么可说的?

克罗尔　最后你是不是还向碧爱特透露过,为了你自己,为了罗斯莫,你必须——这不但是最聪明的并且是必须的办法——尽早离开罗斯莫庄?

吕贝克　(声音低而含糊)也许我说过这样的话。

罗斯莫　(有气无力地倒在窗口小沙发里)这一套谎言假话,她——我那位多愁多病的太太居然会信!还信得那么认真!那么至诚!(抬头瞧着吕贝克)她从来没找过我,也从来没在我面前提过一个字!啊,吕贝克,看你脸上的神气,我知道是你拦着不让她找我。

吕贝克　她有个固执的想法:既然自己不会生孩子,她就不配待在罗斯莫庄。她还以为应该把自己一笔勾销才对得起你。

罗斯莫　你——你也没想法说破她的糊涂念头?

吕贝克　没有。

克罗尔　说不定你反倒还怂恿过她,说她的念头并不糊涂呢,是不是?老实说!

吕贝克　我想她也许觉得我是有这意思。

罗斯莫　对了,所以无论什么事她都让你牵着鼻子走。她真把自己一笔勾销了!(跳起来)你怎么——你怎么会忍心玩弄这套狠心的把戏!

吕贝克　罗斯莫,我觉得你们夫妻俩不能同时活着,我得在两个人中间选择一个。

克罗尔　(正言厉色)选择之权不在你手里。

吕贝克　你难道以为我始终是一个冷静、沉着、心里有算计的人吗!那时候的我跟现在站在你面前说话的我不一样。并且,人都有两种意志。我好歹

565

想把碧爱特打发开,然而我从来没想到这事当真会实现。在我摸索前进,每次迈步的时候,我似乎听见自己心里有个声音在喊叫:别走了! 一步都不能再走了! 然而我收不住脚步。我只能向前再走一丁点儿,只是再走一丝丝。可是走完了一步,我又走一步,最后终于出了事。这种事都是那么发生的。(半晌无言)

罗斯莫　(向吕贝克)照你看来,今后你的前途怎么样?

吕贝克　我的前途听其自然发展吧。那没多大关系。

克罗尔　你也没有一句后悔的话? 难道你丝毫都不后悔?

吕贝克　(不慌不忙地把他那句问话撇开)克罗尔校长,对不起,这是我自己的事,跟旁人不相干。我自有办法。

克罗尔　(向罗斯莫)你跟这么个女人终日相处——并且还跟她亲密到极点! (抬头看看周围墙上的画像)可惜那些去世的人看不见我们现在的情形!

罗斯莫　你是不是要回城里去?

克罗尔　(拿起帽子)是。越早越好。

罗斯莫　(也拿起帽子)那么,我跟你一块儿走。

克罗尔　你也走吗! 啊,我早就知道你绝不会永久扔下我们。

罗斯莫　走吧,克罗尔! 走!

〔两人一齐穿过门厅下,也不看吕贝克一眼。过了会儿,吕贝克小心翼翼地走到窗口,藏在花草后面向外张望。

吕贝克　(低声自语)今天他也不走便桥。他绕着道儿走。绝不经过水车沟。绝不。(离开窗口)算了! 算了! (走过去拉铃绳,过了会儿海尔赛特太太从右上)

海尔赛特太太　小姐,什么事?

吕贝克　海尔赛特太太,请你把阁楼上我那只箱子拿下来好不好?

海尔赛特太太　你那只箱子?

吕贝克　是啊,你知道,就是那只棕色海豹皮箱。

海尔赛特太太　我知道,我知道。可是天呀! 小姐,难道你要出门旅行吗?

吕贝克　对了,海尔赛特太太,我要出门旅行。

海尔赛特太太　还马上就要走!

吕贝克　收拾好东西我就走。

海尔赛特太太　唉,我从来没听见过这种事儿! 小姐,不用说,你去了就会回来的吧?

吕贝克　我再也不回来了。

海尔赛特太太　再也不回来了!天呀!小姐,你走了,你想罗斯莫庄会成个什么样儿?并且可怜的牧师刚把日子过得快活舒服点儿。

吕贝克　海尔赛特太太,你的话不错,可是我今天受了惊啦。

海尔赛特太太　受了惊啦!嗳呀!那是怎么回事?

吕贝克　我好像看见白马出现了。

海尔赛特太太　白马!青天白日会出现!

吕贝克　罗斯莫庄的白马不论早晚都会出现。(改变声调)算了——去拿箱子吧。

海尔赛特太太　好,好,我去拿箱子。

〔两人一齐从右下。

第 四 幕

〔罗斯莫庄起坐室。深夜时候。桌上点着一盏有罩的灯。
〔吕贝克站在桌旁把小零碎东西装在手提包里。她的外套、帽子和白毛线披肩都搭在沙发背上。
〔海尔赛特太太从右上。

海尔赛特太太　（心神不宁的样子，低声说话）小姐，你的东西都搬下来了，在厨房过道里搁着呢。
吕贝克　很好。你叫了马车没有？
海尔赛特太太　叫了。车夫问什么时候来。
吕贝克　叫他十一点左右来吧。轮船夜里十二点开。
海尔赛特太太　（犹豫了一下）那么牧师呢？到那时候他不回家怎么办？
吕贝克　我照样走。要是我见不着他，你可以告诉他我会给他写信——给他写一封长信。你这么说就是了。
海尔赛特太太　写信——写信当然很好喽。可是，我的苦命小姐——我觉得你应该想法儿跟他再谈一谈。
吕贝克　也许应该。然而——也许不应该。
海尔赛特太太　唉，想不到我会活着看见这件事！这种事我简直没想到过。
吕贝克　海尔赛特太太，那么，你想到过什么呢？
海尔赛特太太　我一向以为罗斯莫牧师是个靠得住的人，不至于如此。
吕贝克　靠得住？
海尔赛特太太　对了，我是这么说。
吕贝克　亲爱的海尔赛特太太，你这话什么意思？
海尔赛特太太　我说的是公道话。他不应该这么甩开手。他真不应该。

吕贝克　（眼睛盯着她）海尔赛特太太,老实告诉我:你猜我为什么要走?

海尔赛特太太　唉,说也造孽,小姐,我想你是不能不走了。咳,罢了,罢了!可是我觉得牧师的举动很不大方。摩腾斯果好歹还有个借口,因为那个女人的丈夫还活着,所以尽管他们想结婚,他们做不到。可是罗斯莫牧师呢——呃哼!

吕贝克　（淡然一笑）难道你真相信牧师跟我会有那种事?

海尔赛特太太　哦,我绝没那意思。我的意思是,至少从前我不信。

吕贝克　那么,现在呢?

海尔赛特太太　唔——自从人家把报纸上骂牧师的那些丑话告诉我以后——

吕贝克　嘿嘿!

海尔赛特太太　一个甘心投降摩腾斯果、愿意做他的思想信徒的人,天啊,是什么事都干得出来的。

吕贝克　嗯,也许是吧。可是我呢?你看我这人怎么样?

海尔赛特太太　小姐,天在头顶上!我觉得你没有什么大错处。一个孤零零的女人难免有疏忽的时候,这也是实在的情形。维斯特小姐,咱们都是有血有肉的活人啊。

吕贝克　海尔赛特太太,这话很对,咱们都是有血有肉的活人。你在听什么?

海尔赛特太太　（低声）嗳呀,那不是他回来了吗!

吕贝克　（吃惊）到底又——?（态度坚决）算了,听其自然吧。

〔罗斯莫从门厅上。

罗斯莫　（看见了手提包什么的,转身问吕贝克）这是怎么回事?

吕贝克　我要走。

罗斯莫　马上就走?

吕贝克　马上就走。(向海尔赛特太太）那么,就十一点吧。

海尔赛特太太　是了,小姐。(从右下)

罗斯莫　（沉默片刻）吕贝克,你上什么地方去?

吕贝克　坐轮船往北去。

罗斯莫　往北去?往北去干什么?

吕贝克　我是从北边来的。

罗斯莫　可是你在那儿并没有什么亲人啊。

吕贝克　在这儿我也没有啊。

569

罗斯莫　往后你打算干什么？

吕贝克　我不知道。我只想撒开手拉倒。

罗斯莫　撒开手拉倒？

吕贝克　罗斯莫庄摧毁了我的意志。

罗斯莫　（注意起来）是吗？

吕贝克　全部摧毁，无法挽回了。我刚上这儿来的时候我的意志是不受拘束、勇往直前的。现在我低头服从了一条奇怪的法则。我觉得好像从今以后什么事都不敢做了。

罗斯莫　为什么不敢？你说的那条法则是什么？

吕贝克　亲爱的，咱们暂时不谈这问题。你跟克罗尔校长的事怎么样了？

罗斯莫　我们讲和了。

吕贝克　哦，原来如此。那么，事情就算完了。

罗斯莫　他把我们那一班老朋友都请到了家里。他们对我说明，提高人类精神的工作我不能胜任。吕贝克，这种工作根本就做不成。从今以后，我撒手不管了。

吕贝克　对，对，也许这么着最好。

罗斯莫　这是你现在说的话？这是你现在的想法？

吕贝克　对了，这是我最近几天的想法。

罗斯莫　吕贝克，你在撒谎。

吕贝克　撒谎！

罗斯莫　你是撒谎。在我身上你从来没有信心。你从来不信我有魄力能把事业彻底完成。

吕贝克　我当初以为咱们俩合作可以把事业完成。

罗斯莫　这不是真话。你以为自己可以干点大事，利用我推进你的计划。在你心目中，我不过是个可以利用的工具。

吕贝克　罗斯莫，你听我说——

罗斯莫　（无精打采地在沙发上坐下）唉，说又有什么用？现在我都看透了。我好像是你手里的一只手套。

吕贝克　罗斯莫，听着。我有话跟你说。这是最后一次了。（在靠近沙发的一张椅子里坐下）我本打算回到北边以后写信一齐告诉你。可是我想现在让你马上知道了更好。

罗斯莫　难道说你还有要招供的事吗?

吕贝克　最重要的我还没说呢。

罗斯莫　最重要的?

吕贝克　是你从来没想到的事。这件事可以理清全部的线索。

罗斯莫　(摇头)你这话我一点儿都不懂。

吕贝克　我用过心计想在罗斯莫庄找个站脚的地方,这是确实情形。我以为我一定可以在这儿打开一个有利的局面,好歹总有个办法,你知道。

罗斯莫　你已经如愿以偿了。

吕贝克　那时候我觉得什么事都做得成,因为我还有勇往直前、无拘无束的意志。我不懂得什么叫顾忌,我不怕人与人之间的束缚。可是后来就发生了摧毁我的意志的事,压得我再不能抬头。

罗斯莫　发生了什么事?不要打哑谜。

吕贝克　在我心里发作了一股控制不住的狂暴热情。噢,罗斯莫!

罗斯莫　热情?你——!对什么的热情?

吕贝克　对你的热情。

罗斯莫　(想要跳起来)这话怎么讲?

吕贝克　(拦住他)亲爱的,别动。我的话还没说完呢。

罗斯莫　你的意思是不是说,你爱我——就是怀着那种心情?

吕贝克　那时候我以为那种心情应该叫作爱。我以为那就是爱,谁知并不是的,它只是我刚才说的一种控制不住的狂暴热情。

罗斯莫　(说话费力)吕贝克,你是不是在说你自己——说你本人?

吕贝克　罗斯莫,我是在说自己,你信不信?

罗斯莫　这样说来,是为了这股热情——是受了这股热情的支配,你才——用你自己的话——"动手"的?

吕贝克　这股热情好像海上的风暴突然打在我身上。它很像在北方冬季我们有时遭到的风暴。它把你紧紧裹住,卷着你前进,不由你做主。简直没法抵抗。

罗斯莫　所以后来它就把倒霉的碧爱特卷进了水车沟。

吕贝克　对了,因为那是我跟碧爱特的一场生死恶斗。

罗斯莫　你确实是罗斯莫庄最有力量的人。你的力量比碧爱特和我合在一起还大些。

571

吕贝克　有一件事我没把你看错,就是:必须等你在实际生活和精神两方面都得到自由以后,我才能把你拿到手里。

罗斯莫　吕贝克,我不能了解你。你——你本人和你的一举一动——在我看来,都是一个猜不透的哑谜。现在我已经自由了——精神和实际生活都自由了。你一起头就想达到的目标已经达到了。然而——

吕贝克　我从来没有离开我的目标像现在这么远。

罗斯莫　然而昨天我向你求婚的时候,你好像很害怕,高声喊叫,说这事断乎使不得。

吕贝克　罗斯莫,我高声喊叫是由于绝望。

罗斯莫　为什么绝望?

吕贝克　因为罗斯莫庄消蚀了我的力量。我从前那股勇往直前的意志被人铰短了翅膀。翅膀被铰短了!什么事都敢做的日子已经过去了!罗斯莫,我已经丧失了行动的能力。

罗斯莫　你把这事的起因告诉我。

吕贝克　我跟你在一块儿过日子:这就是这事的起因。

罗斯莫　这可怪了,那是怎么回事呢?

吕贝克　在我单独跟你在这儿过日子的时候——在你又能重新自己做主的时候——

罗斯莫　怎么样?快说?

吕贝克　——只要碧爱特活一天,你就一天不能完全自己做主——

罗斯莫　不幸让你说着了。

吕贝克　然而自从我跟你在一块儿过着那种安宁静穆的日子以后——你对我推心置腹,无话不谈,你对我的柔情蜜意也不隐瞒——于是我心里就发生了大变化。你要知道,变化是一点儿一点儿发生的。起初几乎觉察不出来,可是到了最后,它用排山倒海的力量冲进了我的灵魂深处。

罗斯莫　吕贝克,这是实话吗?

吕贝克　其他一切——沉醉于官能的欲望——都从我心里消失了。旋转激动的情欲一齐都安定下来,变得寂然无声了。一片宁静笼罩着我的灵魂——那股宁静滋味仿佛是在夜半太阳之下,在我们北方鹰隼盘踞的峭壁上头的境界一样。

罗斯莫　再多讲一点。把你能讲的都讲出来。

吕贝克　亲爱的,没有多少可讲的了。只有这一句话了:我心里发生了爱情,伟大忘我的爱情,满足于咱们那种共同生活的爱情。

罗斯莫　啊,可惜我一点儿都不觉得!

吕贝克　这样最好。昨天你问我愿意不愿意跟你结婚的时候——我快活得叫起来了——

罗斯莫　吕贝克,可不是吗!我当时是那么想的。

吕贝克　当时那一会儿确是如此。我确是情不自禁,忘乎所以了。我的轻松活泼的意志一直想争取自由,可是它现在已经没有力量了——没有坚持的力量了。

罗斯莫　你怎么解释这些事的原因呢?

吕贝克　原因是:罗斯莫庄的人生观,或者可以说是你的人生观,感染了我的意志。

罗斯莫　感染?

吕贝克　并且把它害得衰弱无力,屈服于从前不能拘束我的法则。你——或者是,跟你在一块儿过的日子——提高了我的心智。

罗斯莫　但愿这是真话!

吕贝克　确实是真话!罗斯莫庄的人生观可以提高人的品质。然而——(摇摇头)然而——然而——

罗斯莫　然而怎么样?

吕贝克　然而它可以毁灭幸福。

罗斯莫　吕贝克,这是你的看法吗?

吕贝克　它至少可以毁灭我的幸福。

罗斯莫　你敢断定确是如此吗?如果现在我再向你——?如果我再央求你——?

吕贝克　亲爱的,别再提这事了!这事绝对做不到!罗斯莫,你要知道,我还有——我还有一段历史呢。

罗斯莫　一桩没告诉过我的事?

吕贝克　对了,没告诉过你,并且性质也不一样。

罗斯莫　(淡然一笑)吕贝克,你说怪不怪?有时候我心里也有这种想法。

吕贝克　是吗?然而——?然而你还照样——?

罗斯莫　我不信那是真事。你知道,我只是把它藏在心里作个消遣。

573

吕贝克　如果你想听的话,我马上都告诉你。

罗斯莫　(截住她的话)不,不,我一个字也不想听。不管是怎么回事,我都能把它忘了。

吕贝克　我可忘不了。

罗斯莫　啊,吕贝克!

吕贝克　罗斯莫,最伤心的就是这一点:恰好在人生的幸福快要到手的时候,我的思想忽然改变了,我的历史把我的路挡住了。

罗斯莫　吕贝克,你的历史已经过去了。它再也不能拘束你,它跟你现在这人满不相干了。

吕贝克　亲爱的,这些无非都是空话。请问叫我上哪儿去找清白的良心?

罗斯莫　(伤心)啊,清白的良心!

吕贝克　是啊,清白的良心是快乐宁静的根源。这正是从前你想在快乐高尚的下一代人身上培植的真理。

罗斯莫　别再提那话了。吕贝克,那是一场没结果的大梦,一个不成熟的空想,我自己都不再相信了。吕贝克,我现在相信,咱们不能用外来的力量提高自己。

吕贝克　(低声地)罗斯莫,连平静的爱情都不中用吗?

罗斯莫　(沉思)嗯,如果中用的话,那倒是人间一桩最光荣的事情。(心神不定)然而我怎么能有把握呢?我怎么能相信确是如此呢?

吕贝克　罗斯莫,你不信任我吗?

罗斯莫　吕贝克,叫我怎么能完全信任你?你一直隐瞒着好些事!现在又出了新花样!如果你暗中有什么打算的话,老老实实告诉我。你是不是有什么企图?你知道,只要我办得到,什么事我都愿意给你做。

吕贝克　(两手紧握)啊,这种害人的疑心病!罗斯莫!罗斯莫!

罗斯莫　吕贝克,你说是不是可怕?然而我自己做不了主,我永远撇不掉这种疑心。我总不能绝对相信你对我的爱是纯洁完整的。

吕贝克　我的改变都是由于你一个人的力量,难道你不觉得吗?

罗斯莫　吕贝克,我不再相信我有改变别人的力量。我对自己的信心完全没有了。我既不信任自己,也不信任你。

吕贝克　(凄惨地瞧着他)那么你往后怎么过日子?

罗斯莫　我不知道。我无从想象。我恐怕没法过日子了。我觉得世界上没有

　　　　值得我为它生活的东西。

吕贝克　生活——生活自己会产生新力量。罗斯莫,咱们把生活抓得紧紧的。咱们的日子本来就不多了。

罗斯莫　(烦躁地跳起来)那么,吕贝克,把我的信心交还我!我对于你的信心!我对于你的爱的信心!拿证据来!我非要证据不可!

吕贝克　证据?叫我怎么给你证据呢?

罗斯莫　你非给不可!(在屋里走动)我不能忍受这种凄凉寂寞——这种可怕的空虚——这种——这种——

　　　　〔有人用力敲厅门。

吕贝克　(从椅子里跳起来)唉,你听见没有?

　　　　〔厅门开了,布伦得尔走进来。他身上穿着白衬衫,黑上衣,脚上穿着一双好靴子,裤腿塞在靴筒里。在其他方面,他的打扮跟在第一幕一样。他神色紧张。

罗斯莫　哦,布伦得尔先生,原来是你啊?

布伦得尔　约翰尼斯,我的孩子,你好啊——再见吧!

罗斯莫　这么晚你上哪儿?

布伦得尔　下山去。

罗斯莫　怎么——?

布伦得尔　亲爱的学生,我要回家。我想念那个巨大的空虚。

罗斯莫　布伦得尔先生,你出了事吧!究竟是怎么回事?

布伦得尔　你看出我改样子了吗?对,可以这么说。上回我到你这儿来的时候,我是个很殷实的人,手拍着胸前的衣袋。

罗斯莫　是吗!这话我不大懂。

布伦得尔　然而你看我今晚的模样像个废位的国王,宫殿变成了灰烬。

罗斯莫　如果我有什么能给你效劳的地方——

布伦得尔　约翰尼斯,你这人依然有一副小孩子心肠。你可以借点东西给我吗?

罗斯莫　可以,可以!

布伦得尔　你能不能施舍给我一两个理想?

罗斯莫　你说什么?

布伦得尔　施舍一两个破旧的理想。这是一桩慈善事业啊。孩子,我现在是个穷光蛋。两手空空,像个叫化子。

575

吕贝克　你还没做讲演吗?

布伦得尔　没有,迷人的小姐。你猜为什么?在我正要把百宝箱里的东西倒出来的时候,我才很伤心地知道我是个穷光蛋。

吕贝克　你那些没写出来的文章呢?

布伦得尔　二十五年以来,我像守财奴似的蹲在锁着两道锁的财宝箱上。到了昨天,我打开箱子,想把财宝陈列出来的时候,才知道里头什么都没有!时间的齿轮把财宝磨成了灰尘。里头竟是空空如也。

罗斯莫　你真觉得是这样吗?

布伦得尔　我的好朋友,毫无疑问。会长告诉我这是确实的。

罗斯莫　会长?

布伦得尔　嗯,称呼他大人也行。Ganz nach Belieben①。

罗斯莫　你说的是谁?

布伦得尔　当然是彼得·摩腾斯果喽。

罗斯莫　什么?

布伦得尔　(神秘莫测地)嘘!嘘!嘘!彼得·摩腾斯果是将来的主人和领袖。我从来没见过像他那么威严的人物。彼得·摩腾斯果有万能的秘诀。他想干什么就能干什么。

罗斯莫　别信那一套。

布伦得尔　孩子,不能不信。彼得·摩腾斯果从来不想做他做不到的事。他是个没有理想也可以过日子的人。你明白没有,这一点就是行动和胜利的大秘诀。这就是全世界智慧的总和。Basta!②

罗斯莫　(低声)现在我明白了,为什么你离开此地的时候比来的时候还穷。

布伦得尔　Bien!③ 既然如此,你就应该把你从前的老师当个Beispiel④。把他从前印在你脑子里的东西全都擦掉。不要把你的房子建筑在流沙上。小心点儿——先探探路线——不要轻易依靠使你日子过得甜蜜的那个美人儿。

吕贝克　你是不是指我说?

---

① 德语:悉听尊便。
② 德语:够了。
③ 法语:好。
④ 德语:榜样。

576

布伦得尔　正是说你这迷人的美人鱼。

吕贝克　为什么我这人依靠不得呢?

布伦得尔　(走近她一步)我听说我这位从前的学生打算干一桩大事业。

吕贝克　那又怎么样呢?

布伦得尔　成功是有把握的,然而——要记着我这句话——他必须有一个不可缺少的条件。

吕贝克　什么条件?

布伦得尔　(轻轻捏住她的手腕)这条件是:爱他的那个女人必须高高兴兴地走进厨房,把她那又红又白又嫩的小手指头——在这儿——正在中间这一节——一刀切断。还有,上文说的那位多情女子——必须也是高高兴兴地把她那只秀丽无比的左耳朵一刀削掉。(松开她的手腕,转向罗斯莫)再见,胜利的约翰尼斯。

罗斯莫　你现在就走吗?在黑夜里走?

布伦得尔　黑夜最好。祝你平安。(下。屋子里半晌无声)

吕贝克　(呼吸沉重)噢,这屋里空气沉闷得要命!

〔她走到窗前,把窗打开,站在窗口。

罗斯莫　(在火炉旁一张小沙发里坐下)吕贝克,终究没有别的办法了。我看,你非走不可了。

吕贝克　对,我也觉得非走不可了。

罗斯莫　咱们要把最后这一段时间好好地使用。过来,挨着我坐下。

吕贝克　(过去在沙发上坐下)罗斯莫,你有什么话要跟我说?

罗斯莫　第一,我要告诉你,你不必担心你将来的日子。

吕贝克　(一笑)哼,我将来的日子。

罗斯莫　我早就什么都安排好了。无论出什么事情,你的生活不会没着落。

吕贝克　亲爱的,你连那个都想到了吗?

罗斯莫　其实你早就该知道。

吕贝克　我已经好久不想那些事了。

罗斯莫　对,对,你以为咱们的事永远不会有变动。

吕贝克　我是那么想的。

罗斯莫　我也是那么想的。然而万一我先死的话——

吕贝克　啊,罗斯莫,你会比我活得长。

罗斯莫　我这条无足轻重的性命当然该由我自己做主。

吕贝克　你这话什么意思？难道你打算——！

罗斯莫　你觉得奇怪吗，在我经过了这场伤心挫折以后？我本打算干一桩大事业，没想到战争还没开始，我就临阵脱逃了！

吕贝克　罗斯莫，再上去打呀！只要你肯试试，瞧着吧，你一定会胜利。你可以提高千百人的精神。只要你肯试试！

罗斯莫　噢，吕贝克，我已经不相信自己的使命了！

吕贝克　可是你的使命已经经过了考验。你至少提高过一个人——那个人就是我，我永久被你提高了。

罗斯莫　唉，可惜我不敢信你的话。

吕贝克　(两手捏紧)啊，罗斯莫，难道就没有办法能使你信我的话吗？

罗斯莫　(吃惊似的一跳)别谈那个！吕贝克，别提那件事！一字都别再提！

吕贝克　不，咱们非谈不可的正是这件事。你想得出什么办法解除你的疑心吗？我可想不出来。

罗斯莫　你想不出最好——对于咱们俩都有好处。

吕贝克　不，不，我不愿意这么拖延下去。在你看起来，如果你有什么办法可以使我把自己洗刷干净，我有权利要求你告诉我。

罗斯莫　(好像不愿意说似的)那么，咱们想想看。你说，你心里有一股热烈的爱；你又说，我把你的精神提高了。这话是真的吗？吕贝克，你的账算的正确不正确？咱们要不要把它核对一下？你看怎么样？

吕贝克　我都准备好了。

罗斯莫　什么时候都行吗？

吕贝克　随你的便，越早越好。

罗斯莫　既然如此，让我想想。吕贝克——如果为了我——你就在今天晚上——(把话截住)哦，使不得，使不得！

吕贝克　罗斯莫，说下去！快说！只要你说，我自有办法。

罗斯莫　你有没有胆量——你有没有决心——像遏尔吕克·布伦得尔说的——为了我，今天晚上——高高兴兴地——去走碧爱特走过的那条路？

吕贝克　(从沙发上慢慢站起来，声音低得几乎听不见)罗斯莫！

罗斯莫　吕贝克，在你走了以后，这个问题会永远缠着我。每天每时每刻，我都会盘算这问题。我好像看见你就在我眼前。你站在便桥上——正在桥中央。你探着身子伏在栏杆上——一阵子头晕眼花,不由自主地冲着急流扑下去! 不! 你又缩回来了。你不敢做她敢做的事。

吕贝克　如果我敢做又怎么样呢? 如果我有决心高高兴兴地做了又怎么样呢?

罗斯莫　那我就不能不信任你了。我就会恢复对于自己使命的信心。我就会相信自己有提高人类灵魂的能力。我就会相信人类的灵魂可以达到高尚的境界。

吕贝克　(慢慢地拿起披肩,蒙在头上,安详地说)我一定让你恢复自己的信心。

罗斯莫　吕贝克,你有没有决心、有没有胆量干这件事?

吕贝克　明天——或者再迟些——他们捞着我的尸首的时候你就知道了。

罗斯莫　(手按着前额)这件事有一股可怕的吸引力!

吕贝克　我不愿意在水里不必要地多待。你一定得叫他们把我捞起来。

罗斯莫　(跳起来)这些简直都是疯话。走? 还是待下去? 这回只凭你口头一句话我就信任你。

吕贝克　罗斯莫,这是空话。亲爱的,咱们别再闪闪躲躲地不敢说老实话。从今以后,你怎么会相信我空口一句话?

罗斯莫　吕贝克,我没有胆量看你失败!

吕贝克　我不会失败。

罗斯莫　会。你绝不会走碧爱特那条路。

吕贝克　你说我不会?

罗斯莫　你一定不会。你跟碧爱特不一样。你没受畸形人生观的支配。

吕贝克　没有。然而我今天受了罗斯莫庄人生观的支配。我造了孽,我应该赎罪。

罗斯莫　(眼睛盯着她)这是你的看法吗?

吕贝克　是。

罗斯莫　(口气坚决)吕贝克,既然如此,我坚持咱们的解放人生观。没有人裁判咱们,所以咱们必须自己裁判自己。

吕贝克　(误会了他的意思)对,对。我一走,你身上最优秀的东西就可以保全了。

罗斯莫　我身上再没有什么可以保全的东西了。

吕贝克　有。然而从今天起,我只能做一个海怪,拖住你的船,不让你往前走。我应该跳下海去。我为什么一定要拖着我的残废的生命在世上挨日子

579

呢？我为什么要念念不忘由于我过去的行为而永远丧失的幸福呢？罗斯莫，我非下场不可了。

罗斯莫　如果你走，我跟你一块儿走。

吕贝克　（几乎看不出来的一笑，瞧着他，放低声音）好，跟我走——亲眼看着我——

罗斯莫　我是说，我跟你一块儿走。

吕贝克　对，走到便桥旁边。你要知道，你从来不敢跨上桥。

罗斯莫　这件事你看出来了吗？

吕贝克　（悲不成声）看出来了。正因为如此，所以我的爱情没有希望。

罗斯莫　吕贝克，现在我把手按在你头上（照做），我跟你正式做夫妻。

吕贝克　（拉着他两只手，低头挨着他胸口）罗斯莫，谢谢你。（撒手）现在我要走了，心里高高兴兴的。

罗斯莫　夫妻应该一块儿走。

吕贝克　你只走到桥边。

罗斯莫　我跟你一块儿上桥。你走多远，我也走多远。现在我有胆量了。

吕贝克　你确实以为这是一条最好的路吗？

罗斯莫　我确实知道，只有这一条路。

吕贝克　万一这是你给自己上当呢？万一这只是一个幻想，只是罗斯莫庄的一匹白马呢？

罗斯莫　也许是。我们罗斯莫庄的人永远躲不开那群白马。

吕贝克　罗斯莫，那么，你别走！

罗斯莫　丈夫应该跟老婆走，正如老婆应该跟丈夫走。

吕贝克　不错，可是你得先告诉我：究竟是你跟着我走，还是我跟着你走？

罗斯莫　这问题咱们永远没法回答。

吕贝克　然而我倒想听听。

罗斯莫　咱们互相跟着走——我跟着你，你也跟着我。

吕贝克　我看这倒几乎是实在的情形。

罗斯莫　因为咱们俩现在是一个人。

吕贝克　对。咱们是一个人。走！咱们高高兴兴地走。

〔他们手挽手的穿过门厅，从左下。门敞着，屋子空了一会儿。随后，海尔赛特太太开了右首的门走进来。

海尔赛特太太　维斯特小姐,马车已经——(四面一望)哦,不在这儿?这么老晚地一块儿出去了?唉,真是!哼!(走进门厅,四面一望,又回到屋里)也没在花园里坐着。算了,算了。(走到窗口,向外张望)哦,天啊!那边有一片白的!嗳呀,他们俩都站在桥上!可了不得,两个人不是搂在一块儿吗!(尖声喊叫)噢——跳下去了——两个人都跳下去了!跳在水车沟里了!救命啊!救命!(两膝发抖,扶着椅背,浑身打战,话几乎说不清楚)不行!救不了啦。去世的太太把他们抓走了。

——剧　终

"中国翻译家译丛"书目

(以作者出生年先后排序)

第 一 辑

书 名	作 者
罗念生译《古希腊戏剧》	[古希腊]埃斯库罗斯 等
朱光潜译《柏拉图文艺对话集》《歌德谈话录》	[古希腊]柏拉图　[德国]爱克曼
纳训译《一千零一夜》	
丰子恺译《源氏物语》	[日本]紫式部
田德望译《神曲》	[意大利]但丁
杨绛译《堂吉诃德》	[西班牙]塞万提斯
朱生豪译《莎士比亚戏剧》	[英国]莎士比亚
罗大冈译《波斯人信札》	[法国]孟德斯鸠
查良铮译《唐璜》	[英国]拜伦
冯至译《德国,一个冬天的童话》	[德国]海涅 等
傅雷译《幻灭》	[法国]巴尔扎克
叶君健译《安徒生童话》	[丹麦]安徒生
杨必译《名利场》	[英国]萨克雷
耿济之译《卡拉马佐夫兄弟》	[俄国]陀思妥耶夫斯基
潘家洵译《易卜生戏剧》	[挪威]易卜生
张友松译《汤姆·索亚历险记》《哈克贝利·费恩历险记》	[美国]马克·吐温
汝龙译《契诃夫短篇小说》	[俄国]契诃夫
冰心译《吉檀迦利》《先知》	[印度]泰戈尔　[黎巴嫩]纪伯伦
王永年译《欧·亨利短篇小说》	[美国]欧·亨利
梅益译《钢铁是怎样炼成的》	[苏联]尼·奥斯特洛夫斯基

第 二 辑

书 名	作 者
钱春绮译《尼贝龙根之歌》	
方重译《坎特伯雷故事》	[英国]乔叟
鲍文蔚译《巨人传》	[法国]拉伯雷
绿原译《浮士德》	[德国]歌德
郑永慧译《九三年》	[法国]雨果
满涛译《狄康卡近乡夜话》	[俄国]果戈理
巴金译《父与子》《处女地》	[俄国]屠格涅夫
李健吾译《包法利夫人》	[法国]福楼拜
张谷若译《德伯家的苔丝》	[英国]哈代
金人译《静静的顿河》	[苏联]肖洛霍夫

第 三 辑

书 名	作 者
季羡林译《五卷书》	
金克木译天竺诗文	[印度]迦梨陀娑 等
魏荒弩译《伊戈尔远征记》《涅克拉索夫诗选》	[俄国]佚名 涅克拉索夫
孙用译《卡勒瓦拉》	
朱维之译《失乐园》	[英国]约翰·弥尔顿
赵少侯译《莫里哀戏剧》《莫泊桑短篇小说》	[法国]莫里哀 莫泊桑
钱稻孙译《曾根崎鸳鸯殉情》《日本致富宝鉴》	[日本]近松门左卫门 井原西鹤
王佐良译《爱情与自由》	[英国]彭斯 等
盛澄华译《一生》《伪币制造者》	[法国]莫泊桑 纪德
曹靖华译《城与年》	[苏联]费定